CW01512265

OSCAR MODERNI

Di Dino Buzzati negli Oscar

Un amore
Bàrnabo delle montagne
Il «Bestiario» di Dino Buzzati
(2 voll. in cofanetto)
La boutique del mistero
Il colombre
Il crollo della Baliverna
Le cronache fantastiche di Dino Buzzati
(2 voll. in cofanetto)
Cronache terrestri
Il deserto dei Tartari
Dino Buzzati al Giro d'Italia
La famosa invasione degli orsi in Sicilia
I fuorilegge della montagna
(2 voll. in cofanetto)
Il grande ritratto
Il meglio dei racconti
I miracoli di Val Morel
I misteri d'Italia
La «nera» di Dino Buzzati
(2 voll. in cofanetto)
Le notti difficili
Il panettone non bastò
Paura alla Scala
Poema a fumetti
In quel preciso momento
Il segreto del Bosco Vecchio
Sessanta racconti
I sette messaggeri
Siamo spiacenti di
Le storie dipinte
Teatro

Dino Buzzati

SESSANTA RACCONTI

© 1958 Arnoldo Mondadori Editore S.p.A., Milano
© 2016 Mondadori Libri S.p.A., Milano

I edizione Narratori Italiani marzo 1958
I edizione Scrittori italiani e stranieri luglio 1971
I edizione Oscar classici moderni ottobre 1994
I edizione Oscar Moderni maggio 2016

ISBN 978-88-04-66832-9

Questo volume è stato stampato
presso ELCOGRAF S.p.A.
Stabilimento - Cles (TN)
Stampato in Italia. Printed in Italy

Anno 2018 - Ristampa   33 34 35

www.dinobuzzati.it

⚠ | librimondadori.it | anobii.com

Dino Buzzati

La vita

Dino Buzzati nasce il 16 ottobre 1906 a San Pellegrino, nei pressi di Belluno, nella villa cinquecentesca di proprietà della famiglia. I genitori risiedono stabilmente a Milano, in piazza San Marco 12. Il padre, professor Giulio Cesare, insegna Diritto internazionale all'Università di Pavia e alla Bocconi di Milano. La madre, Alba Mantovani, veneziana come il marito, è l'ultima discendente della famiglia dogale Badoer Partecipazio.

Nel 1916 Dino Buzzati si iscrive al ginnasio Parini di Milano, passando nel 1919 al ginnasio superiore. Sin dalla giovinezza si manifestano gli interessi, i temi e le passioni del futuro scrittore, ai quali resterà fedele per tutta la vita: la montagna, il disegno, la poesia, come testimonia il diario su cui, a parte una breve interruzione fra il 1966 e il 1970, annoterà per tutta la vita impressioni e pensieri.

Durante l'estate del 1920 comincia le prime escursioni sulle Dolomiti; inizia a scrivere e a disegnare affascinato dalle illustrazioni fantastiche di Arthur Rackham; legge Dostoevskij ed è attratto dall'egittologia. Nel dicembre dello stesso anno scrive il suo primo testo letterario, *La canzone alle montagne*. Sempre nel 1920 muore il padre per un tumore al pancreas ed egli, a soli quattordici anni, comincia a nutrire il timore di essere colpito dallo stesso male.

Superati gli esami di maturità, nel 1924 Buzzati si iscrive alla facoltà di Legge, laureandosi il 30 ottobre 1928 con una tesi su "La natura giuridica del Concordato". Qualche mese prima, dopo aver svolto il servizio militare presso la Caserma Teulié di Milano, era stato assunto al «Corriere della Sera» come addetto al servizio di cronaca. Nel 1931 inizia la collaborazione al settimanale «Il popolo di Lombardia» con note teatrali, racconti e soprattutto come illustratore e disegnatore.

Nel 1933 esce il suo primo romanzo, *Bàrnabo delle montagne* e, due anni dopo, pubblica *Il segreto del Bosco Vecchio*. Nel gennaio del 1939 affida il manoscritto de *Il deserto dei Tartari* all'amico Arturo Brambilla perché lo consegni a Leo Longanesi, che stava preparando una nuova collezione per Rizzoli denominata il "Sofà delle Muse". Su segnalazione di Indro Montanelli, questi accetta la pubblicazione del nuovo romanzo di Buzzati; tuttavia, in una lettera, Longanesi prega l'autore di cambiare il titolo originario *La fortezza*, per evitare ogni allusione alla guerra ormai imminente.

Il 12 aprile del 1939, Buzzati si imbarca a Napoli sulla nave *Colombo* e parte per Addis Abeba, come cronista e fotoreporter, inviato speciale del «Corriere della Sera»; l'anno successivo parte dallo stesso porto come corrispondente di guerra sull'incrociatore *Fiume*; partecipa così, seppure come testimone, alle battaglie di Capo Teulada e di Capo Matapan e ai due scontri della Sirte, inviando i suoi articoli al giornale: e sarà sua anche la *Cronaca di ore memorabili* apparsa sulla prima pagina del «Corriere della Sera» il 25 aprile 1945, giorno della Liberazione.

Nello stesso anno esce *La famosa invasione degli orsi in Sicilia*, disegnata dall'autore, e l'"operetta didascalica in chiave di umorismo fantastico" *Il libro delle pipe*, redatta e illustrata in stile ottocentesco e realizzata in collaborazione con il cognato Eppe Ramazzotti.

Nel 1949 esce il volume di racconti *Paura alla Scala* e nel giugno dello stesso anno è inviato dal «Corriere della Sera» al seguito del Giro d'Italia. Questi articoli saranno poi riuniti in un volume a cura di Claudio Marabini nel 1981. Nel 1950 l'editore Neri Pozza stampa la prima edizione di *In quel preciso momento*, una raccolta di note, appunti, racconti brevi e divagazioni; quattro anni dopo, esce per Mondadori il volume di racconti *Il crollo della Baliverna*, col quale Buzzati vincerà, ex aequo con Vincenzo Cardarelli, il Premio Napoli.

Nel 1955 Albert Camus adatta per il pubblico francese il copione di *Un caso clinico*, che viene rappresentato a Parigi per la regia di Georges Vitaly; il 1° ottobre dello stesso anno viene rappresentato a Bergamo il racconto musicale *Ferrovia sopraelevata*, con le musiche di Luciano Chailly.

Nel gennaio 1957 Buzzati sostituisce Leonardo Borgese come critico d'arte del «Corriere della Sera». Lavora anche per la «Domenica del Corriere», occupandosi soprattutto dei titoli e delle didascalie. Compone alcune poesie, che entreranno a far parte del poemetto *Il capitano Pic*. Nel 1958 escono *Le storie dipinte*, presentate in occasione della personale di pittura dello scrittore inaugurata il 27 novembre alla Galleria dei Re Magi di Milano.

Le sue opere continuano a essere rappresentate in teatro, alla radio e in seguito alla televisione. L'8 giugno del 1961 muore la madre e due anni dopo egli scriverà la cronaca interiore di quel funerale nell'elzeviro *I due autisti*. Seguono anni di viaggi come inviato del giornale: Tokyo, Gerusalemme, New York, Washington e Praga, dove visita "le case di Kafka", l'autore al quale la critica lo ha sempre affiancato. Libri, mostre e rappresentazioni di Buzzati compaiono sempre più spesso sulle cronache.

Nel 1970 gli viene assegnato il premio giornalistico Mario Massai per gli articoli pubblicati sul «Corriere della Sera» nell'estate 1969, a commento dello sbarco dell'uomo sulla Luna. Il 10 marzo di quell'anno va in onda alla televisione francese *Le chien qui a vu Dieu*, di Paul Paviot, dall'omonimo racconto di Buzzati. In settembre si espongono alla Galleria Naviglio di Venezia le tavole di ex-voto di Santa Rita, da lui dipinte.

Il 27 febbraio 1971 viene rappresentata a Trieste l'opera in un atto e tre quarti del maestro Mario Buganelli dal titolo *Fontana*, tratta dal racconto *Non aspettavamo altro*. Lo stesso anno l'editore Garzanti pubblica, con l'aggiunta di didascalie, gli ex-voto dipinti da Buzzati: *I miracoli di Val Morel*. L'8 novembre esce su «Oggi» una lunga intervista-inchiesta sulle "eterne domande della fede". In novembre espone i suoi quadri alla Galleria Lo Spazio di Roma. Nella stessa occasione viene presentato un volume di critica a lui dedicato dal titolo *Buzzati pittore*. Esce presso Mondadori il volume di racconti ed elzeviri *Le notti difficili*. Sarà l'ultimo curato dall'autore. Il 1° dicembre visita per l'ultima volta la casa di San Pellegrino per il "supremo addio". Sette giorni dopo esce sul «Corriere della Sera» l'ultimo elzeviro: *Alberi*. Lo stesso giorno viene ricoverato nella clinica La Madonnina di Milano. Il 28 gennaio 1972, mentre fuori imperversa una bufera di vento e di neve, Buzzati muore a Milano con la dignità coraggiosa di un suo famoso personaggio de *Il deserto dei Tartari*.

Le opere

L'opera di Buzzati, seppure sfaccettata in vari aspetti e generi, presenta un tema ricorrente: la montagna. Essa appare come elemento costante sia nella prosa sia nella pittura, tanto che il suo primo romanzo è stato tracciato anche in una serie di bozzetti per lo più inediti. In *Bàrnabo delle montagne* (1933) il paesaggio dolomitico si configura come oggetto e soggetto della narrazione; Buzzati sembra accostarvisi nella sua tormentata solitudine come a un luogo che ha radici perse nella notte dei tempi, quando l'uomo nasceva al mondo e alla vita, senza distinzione di classe e di ordini.

Osservando la produzione di Buzzati nel suo insieme, si può dire che ogni libro è legato all'altro in quanto rappresentazione delle fasi di una vita umana: nel flusso del tempo universale, lo scrittore enuclea un brandello di storia, che si dilata fino a diventare un romanzo. Il protagonista, le cui origini non sono mai definite, è trascinato in una trama che lo porta verso la morte. E ogni fase successiva è la rinascita di un'esperienza. Si tratta di una scelta meditata, maturata ai tempi di *Bàrnabo*, opera che già contiene i temi dei due romanzi successivi *Il segreto del Bosco Vecchio* (1935) e *Il deserto dei Tartari* (1940): il bosco della sua fanciullezza e la "pianura vile" dell'età adulta.

La cerniera fra il passato dei boschi e delle montagne e il deserto dell'attesa è già presente in quei racconti che poi confluiranno per la maggior parte ne *I sette messaggeri*, edito nel 1942. Comincia qui il racconto di un viaggio, la storia di una vita che continua. Ma qui comincia anche il resoconto dell'altra storia: quella che si svolge intorno all'autore proprio nel momento in cui scrive. Buzzati, da cronista, si è trovato a dover registrare gli accadimenti e lo ha fatto contestandone gli aspetti negativi e, al tempo stesso, allargando l'impegno morale della parola scritta. Il modo scelto per adempiere a questo compito è stato quello di dilatare i "mostri della normalità", le deformazioni dell'uomo che ha smarrito la purezza originaria.

Il romanzo più famoso di Buzzati, *Il deserto dei Tartari*, viene pubblicato nel 1940, entrando a far parte di una collana diretta da Leo Longanesi che si proponeva di riunire le «opere più originali della letteratura italiana e straniera, le biografie e le memorie di uomini grandi e meschini, la storia dei fatti e delle illusioni di ieri e di oggi». Quando Buzzati consegna il suo manoscritto all'editore ha solo trentatré anni. Dal 1928 il lavoro al «Corriere della Sera» radica in lui la consapevolezza della "fuga del tempo": ha visto i suoi colleghi invecchiare nell'attesa inutile di un miracolo scaturito dal rigido mestiere del giornalista che li isola nei confini di una scrivania. Il "deserto" del romanzo è proprio la storia della vita nella fortezza del giornale, che promette i prodigi di una solitudine che è al tempo stesso abito e vocazione.

La favola per bambini *La famosa invasione degli orsi in Sicilia* (1945) non fa che ripetere, sotto mentite spoglie, il mito di *Bàrnabo*, l'atmosfera di "attesa" del *Deserto*, il viaggio della vita, la morte in battaglia e la lotta spirituale e morale. È quindi un libro tutt'altro che ingenuo e testimonia la ricerca interiore e formale che Buzzati compie tentando la via della fusione dei generi letterari.

Nello stesso anno esce anche *Il libro delle pipe*, realizzato da Buzzati in collaborazione con Eppe Ramazzotti. Qui la forma del catalogo permette di elencare tutte le specie di pipe esistenti nella realtà e nella fantasia. I disegni, inoltre, fanno corpo con la descrizione e arricchiscono il testo di particolari e dettagli. Dopo aver dato voce umana agli animali, ai venti, alle cose della natura, adesso Buzzati tenta di infondere vita anche agli oggetti apparentemente inanimati. Il modo iper-reale di descrivere le pipe, allora, diventa segno della visionarietà di Buzzati, del suo modo di convertire l'arte, in ogni sua manifestazione, in giudizio sugli uomini e sul mondo.

In *Paura alla Scala* (1949) il "vizio giudicante" di Buzzati e la coscienza della mortalità lasciano le montagne aguzze, regno del mistero e della purezza, e si riverberano nei salotti della Milano formicolante di uomini e di macchine. Egli riesce a raffigurare e a osservare con occhio critico il clima dominante in Italia dopo la Seconda guerra mondiale, i compromessi borghesi, la violenza sovversiva; vi dominano un tono grottesco e satirico, un ritmo spietato e profondamente lucido, una forza morale ed etica mascherate sotto il dovere di cronaca.

Considerazioni, appunti, riflessioni sul mestiere esercitato, sulla interpretazione del mondo faranno parte del libro

In quel preciso momento, uscito nel 1950. Frammenti, note e racconti brevi, raccolti come scintille dei romanzi, come colloquio con se stesso, come risonanza interiore ed esteriore. Fra le varie forme narrative testimoniate in questo libro comincia a farsi strada la struttura a dialogo propria del testo teatrale. Il monologo interiore diventa gesto, la parola voce recitante, il testo rappresentazione. Ne *Il crollo della Baliverna* (1954) il racconto nasce sempre da un nucleo costituito da elementi concreti che da un lato conduce alla deformazione fantastica e dall'altro porta verso territori che implicano impegno sociale, etico e trascendente. Il suo sguardo, ora, pur ritornando spesso alle origini, si spinge verso il futuro, verso quelle ipotesi fantascientifiche che tentano di sostituirsi al vecchio Dio.

L'estrema frammentarietà dei racconti tende comunque sempre alla totalità del senso, come viene ribadito nel 1958, quando Buzzati riunisce la sua produzione più significativa nel libro *Sessanta racconti*. Anche qui si profila il messaggio dei nuovi pericoli annidati nella ricerca scientifica, che anticipa il romanzo del 1960 *Il grande ritratto*. Il racconto della "macchina che vive" è immaginato in un futuro relativamente prossimo rispetto al momento di composizione del libro e narra, per la prima volta nell'opera di Buzzati, la storia di "un amore". Il grande scienziato Endriade ama fino al paradosso una macchina che riproduce la prima moglie scomparsa. La storia, all'apparenza diversa, del desiderio di un amore reale di uomini con un'occupazione verosimile e aspirazioni legate alla terra, al denaro, al prestigio sociale, è narrata nel romanzo del 1963, *Un amore*.

I temi del discorso narrativo di Buzzati si riverberano anche nella poesia, dove il pensiero, le voci e le immagini dei personaggi usufruiscono della musica, delle parole, dei suoni onomatopeici, del ritmo percussivo e significante che accompagnerà anche i suoi libretti d'opera. La contaminazione fra disegno, storia, poesia e musica diventerà sovrapposizione ne *Le storie dipinte* (1958), nel *Poema a fu-*

metti (1969) e, infine, in quella sorta di libro miniato che sono *I miracoli di Val Morel* (1971). Il tutto poi si arricchirà del linguaggio d'azione, che tradurrà gran parte delle tematiche di Buzzati nella sua vasta produzione teatrale. Nel 1966 esce un'altra raccolta di racconti, *Il colombre*, con in appendice un piccolo romanzo, *Viaggio agli inferni del secolo*, che diventa una sorta di chiave di lettura dell'opera di Buzzati, tesa soprattutto a descrivere la realtà che lo circonda. La volontà di comunicare si manifesta anche nel linguaggio adottato, sempre piano e comprensibile, "giornalistico", una sorta di "volgare" accessibile a tutti, anche ai bambini.

La boutique del mistero (1968) nasce dall'intento dichiarato dell'autore di far conoscere il meglio di quanto aveva scritto: racconti che sono da considerarsi, dunque, come una fatica unitaria attorno ai temi prediletti dell'angoscia, della sconfitta e della morte; della suggestione metafisica, del sogno e del ricordo; del richiamo al surreale e del mistero dietro l'apparente normalità delle cose. Nella *Boutique* Buzzati utilizza parole del linguaggio parlato, non ricercate né artificiose: parole di cui tutti ci serviamo per comunicare tra noi, ogni giorno. Varcati i limiti del plausibile, venuti meno i rapporti logici tra cause ed effetti, scomparsa la fiducia nelle leggi naturali e impostosi definitivamente l'indecifrabile, l'improbabile, l'assurdo, anche la parola consueta, la lingua parlata e la costruzione sintattica più immediata possono ottenere esiti di straordinaria efficacia e di magico richiamo.

I libri usciti dopo *La boutique del mistero* tendono a riunire le "cronache" scritte per il giornale: lo spazio privilegiato dello scrittore per rammentare a tutti gli uomini la loro finitezza, per invitarli a guardare oltre gli involucri fisici e sociali. Nel settembre 1971 esce *Le notti difficili* e pochi mesi dopo la sua morte, le *Cronache terrestri* (1972). Le sue inchieste giornalistiche saranno poi raccolte nei volumi *I misteri d'Italia* (1978), *Dino Buzzati al Giro d'Italia* (1981), *Cronache nere* (1984). Le ultime testimonianze della sua vita dedicata alla scrittura sono apparse nel 1985 nelle raccolte di alcuni passi annotati su una delle sue agende, *Il reggimento parte all'alba*, e delle lettere da lui scritte all'amico Arturo Brambilla (*Lettere a Brambilla*). Ancora una volta emergono i suoi temi più cari e insistiti e, soprattutto, la cifra dello scavo oltre le apparenze, che Buzzati ha sempre ricercato nelle cose e negli uomini.

La fortuna

La figura e la presenza di Buzzati nel Novecento italiano furono certamente condannate in un primo tempo alla solitudine, all'isolamento e talora al disprezzo. Era uno scrittore che pochi presero sul serio, soprattutto per via della esigenza più vistosa: quella di essere messaggio affidato alla pagina scritta e non decorazione di stile da esibire sul foglio bianco.

L'importanza della sua opera fu certamente messa in evidenza dalla critica francese, che ha scelto Buzzati come primo autore italiano a cui dedicare dei *Cahiers*. L'esegesi italiana ha avuto, invece, la tendenza a schematizzare la sua opera o, addirittura, la tentazione di considerare i suoi scritti come "novellette" fra la cronaca e la favola. Nel *Viaggio agli inferni del secolo* lo stesso Buzzati esclamava: «I critici, si sa, una volta che hanno messo un artista in una casella, ce ne vuole a farli cambiare parere». I giudizi, comunque, che più lo indispettivano, erano quelli che lo consideravano una sorta di emulo di Kafka. In un suo elziviro del 31 marzo 1965 egli osserva: «Da quando ho cominciato a scrivere, Kafka è stato la mia croce. Non c'è stato mio racconto, romanzo, commedia dove qualcuno non ravvisasse somiglianze, derivazioni, imitazioni o addirittura sfrontati plagi a spese dello scrittore boemo. Alcuni critici denunciavano colpevoli analogie anche quando spedivo un telegramma o compilavo un modulo Vanoni».

Fino al 1965, quindi, malgrado fossero usciti numerosi interventi, soprattutto su quotidiani e riviste, i giudizi non rivelavano certo l'importanza del "messaggio" letterario di Buzzati. Quando uscì *Un amore*, molti gli si scagliarono addirittura contro accusandolo di aver voluto scrivere di proposito un libro che potesse avere un successo di cassetta. Eppure, già nel 1960, Buzzati aveva pubblicato la raccolta di aforismi *Egregio signore siamo spiacenti di...*, dove l'autore informava il lettore e il critico che si continuava a non capire la sua opera e che sentiva l'esigenza di dire come stavano realmente le cose. Lo stesso intento si può ravvisare nel *Viaggio agli inferni del secolo* e, soprattutto, nella presentazione all'*Opera completa di Bosch*, testo trascurato ma indispensabile per comprendere il discorso etico e letterario di Buzzati.

Tutto questo potrà apparire perlomeno curioso, soprattutto dopo il successo ottenuto con la pubblicazione del suo terzo libro, *Il deserto dei Tartari*, che fu tradotto in varie lingue. Eppure la predilezione dell'autore per il fondamento antropologico dell'opera e il suo apparente distacco dalla storia, dall'ideologia, dal realismo, dai miti della modernità, il suo rifiuto ad appartenere a gruppi e correnti, lo avevano rinchiuso in una specie di sottordine letterario. Le cose sono certamente cambiate dopo la sua morte e l'interesse della critica e dei lettori sta restituendo a Buzzati anche qui da noi il posto che gli compete nella storia letteraria del nostro Novecento.

Bibliografia

Opere di Dino Buzzati

ROMANZI E RACCONTI

Bàrnabo delle montagne, Treves-Treccani-Tumminelli, Milano-Roma 1933 (poi Garzanti, Milano 1949 e Mondadori, Milano 1979).

Il segreto del Bosco Vecchio, Treves-Treccani-Tumminelli, Milano-Roma 1935 (poi Garzanti, Milano 1957 e Mondadori, Milano 1979).

Il deserto dei Tartari, Rizzoli, Milano-Roma 1940 (poi Mondadori, Milano 1945).

I sette messaggeri, Mondadori, Milano 1942.

La famosa invasione degli orsi in Sicilia, Rizzoli, Milano 1945 (poi Martello, Milano 1958 e Mondadori, Milano 1977).

Il libro delle pipe, in collaborazione con G. Ramazzotti e con disegni degli autori, Antonioli, Milano 1945 (poi Martello, Milano 1966).

Paura alla Scala, Mondadori, Milano 1949.

In quel preciso momento, Neri Pozza, Vicenza 1950 (2ª ed. accresciuta 1955; 3ª ed. Mondadori, Milano 1963).

Il crollo della Baliverna, Mondadori, Milano 1954.

Esperimento di magia. 18 racconti, Rebellato, Padova 1958.

Sessanta racconti, Mondadori, Milano 1958.

Le storie dipinte, a cura di M. Oriani e A. Ravegnani, All'insegna dei Re Magi, Milano 1958 (nuova ed. a cura di L. Viganò, Mondadori, Milano 2013).

Egregio signore, siamo spiacenti di..., con illustrazioni di Siné, Elmo, Milano 1960 (poi con il titolo *Siamo spiacenti di*, con introduzione di D. Porzio, Mondadori, Milano 1975).

Il grande ritratto, Mondadori, Milano 1960.

Un amore, Mondadori, Milano 1963.

Il colombre e altri cinquanta racconti, Mondadori, Milano 1966.

La boutique del mistero, Mondadori, Milano 1968.

Poema a fumetti, Mondadori, Milano 1969.

Le notti difficili, Mondadori, Milano 1971.

I miracoli di Val Morel, Garzanti, Milano 1971 (1ª ed. nel catalogo *Miracoli inediti di una santa*, Edizioni del Naviglio, Milano 1970; poi con il titolo *Per grazia ricevuta*, GEI, Milano 1983; quindi ancora con il titolo *I miracoli di Val Morel*, con prefazione di I. Montanelli e postfazione di L. Viganò, Mondadori, Milano 2012).

Romanzi e racconti, a cura di G. Gramigna, Mondadori, Milano 1975 ("I Meridiani").

180 racconti, con una presentazione di C. Della Corte, Mondadori, Milano 1982.

Il reggimento parte all'alba, con una prefazione di I. Montanelli e uno scritto di G. Piovene, Frassinelli, Milano 1985.

Il meglio dei racconti, a cura di F. Roncoroni, Mondadori, Milano 1990.

Lo strano Natale di Mr. Scrooge e altre storie, a cura di D. Porzio, Mondadori, Milano 1990.

Bestiario, a cura di C. Marabini, Mondadori, Milano 1991 (ed. accresciuta con il titolo *Il «Bestiario» di Dino Buzzati*, a cura di L. Viganò, Mondadori, Milano 2015).

Opere scelte, a cura di G. Carnazzi, Mondadori, Milano 1998 ("I Meridiani").

POESIA

Il capitano Pic e altre poesie, Neri Pozza, Vicenza 1965 (poi in *Le poesie*, Neri Pozza, Vicenza 1982).

Scusi, da che parte per Piazza del Duomo?, in G. Pirelli – C. Orsi, *Milano*, Alfieri, Milano 1965 (poi in *Due poemetti*, Neri Pozza, Vicenza 1967; quindi in *Le poesie*, cit.).

Tre colpi alla porta, in «Il Caffè», n. 5, 1965 (poi in *Due poemetti*, cit.; quindi in *Le poesie*, cit.).

TEATRO

La rivolta contro i poveri, in «I quaderni di "Film"», 1946.

Un caso clinico, Mondadori, Milano 1953.

Drammatica fine di un noto musicista, in «Corriere d'informazione», 3-4 novembre 1955.

Sola in casa, in «L'Illustrazione italiana», maggio 1958, pp. 75-80.

Le finestre, in «Corriere d'informazione», 13-14 giugno 1959.

Un verme al Ministero, in «Il dramma», aprile 1960, pp. 15-48.

Il mantello, in «Il dramma», giugno 1960, pp. 37-47.

I suggeritori, in «Documento Moda 1960», Milano 1960.

L'uomo che andrà in America, in «Il dramma», giugno 1962, pp. 5-37 (poi in *L'uomo che andrà in America. Una ragazza arrivò*, Bietti, Milano 1968).

La colonna infame, in «Il dramma», dicembre 1962, pp. 33-61.

La fine del borghese, Bietti, Milano 1968.

L'aumento, in «Carte segrete», VI, n. 19, luglio-settembre 1972, pp. 73-85 (l'atto unico, del 1961, è preceduto da una nota di L. Pascutti).

Un caso clinico e altre commedie in un atto, a cura di G. Davico Bonino, Mondadori, Milano 1985 ("Oscar Teatro e Cinema").

Teatro, a cura di G. Davico Bonino, Mondadori, Milano 2006 (raccoglie tutti i testi teatrali).

LIBRETTI PER MUSICA

Ferrovia sopraelevata (racconto musicale in sei episodi per la musica di Luciano Chailly, rappresentato a Bergamo,

1° ottobre 1955), Edizioni della Rotonda, Bergamo 1955 (poi Ferriani, Milano 1960).

Procedura penale (opera buffa in un atto per la musica di Luciano Chailly, rappresentata a Como, Teatro Villa Olmo, 30 settembre 1959), Ricordi, Milano 1959.

Il mantello (opera lirica in un atto per la musica di Luciano Chailly, rappresentata a Firenze nell'ambito del Maggio Musicale Fiorentino, Teatro della Pergola, 11 maggio 1960), Ricordi, Milano 1960.

Battono alla porta (opera televisiva in un atto per la musica di Riccardo Malipiero; trasmessa dalla televisione, per il premio Italia 1961, nel febbraio 1962; rappresentata a Genova nel 1963), Suvini-Zerboni, Milano 1963.

Era proibito (opera lirica in un atto per la musica di Luciano Chailly, rappresentata a Milano, Piccola Scala, nella stagione 1962-63), Ricordi, Milano 1963.

Dino Buzzati ha inoltre realizzato varie scenografie per teatri importanti; fra le altre, ricordiamo quelle per i già citati *Il mantello* (Teatro della Pergola, Firenze 1960) ed *Era proibito* (Piccola Scala, Milano 1963) di Luciano Chailly, e per *Jeu de cartes* di Igor Stravinskij (Teatro alla Scala, Milano 1960).

SCRITTI GIORNALISTICI IN VOLUME

Cronache terrestri, a cura di D. Porzio, Mondadori, Milano 1972.

I misteri d'Italia, Mondadori, Milano 1978.

Dino Buzzati al Giro d'Italia, a cura di C. Marabini, Mondadori, Milano 1981.

Cronache nere, a cura di O. Del Buono, Theoria, Roma-Napoli 1984.

Le montagne di vetro, a cura di E. Camanni, Vivalda, Torino 1989.

Il buttafuoco. Cronache di guerra sul mare, Mondadori, Milano 1992.

La «nera» di Dino Buzzati, 2 voll., a cura di L. Viganò, Mondadori, Milano 2002.

Le cronache fantastiche, 2 voll., a cura di L. Viganò, Mondadori, Milano 2003.

Il panettone non bastò, a cura di L. Viganò, Mondadori, Milano 2004.

Sulle Dolomiti. Scritti dal 1932 al 1970, a cura di M.A. Ferrari, Editoriale Domus, Rozzano 2005.

I fuorilegge della montagna, 2 voll., a cura di L. Viganò, Mondadori, Milano 2010.

PREFAZIONI E ALTRI SCRITTI

Ritratto con battaglia, in AA.VV., *Prime storie di guerra*, a cura di A. Cappellini, Rizzoli, Milano-Roma 1942, pp. 39-50.

Difficoltà di Verdi, in AA.VV., *Giuseppe Verdi*, a cura di F. Abbiati, Milano s.d. [ma 1951], pp. 79-81 (pubblicazione del Teatro alla Scala per le onoranze a Giuseppe Verdi nel cinquantenario della morte).

Prefazione a G. Supino, *La vera storia di Galatea*, Ceschina, Varese-Milano 1962.

Milano, in AA.VV., *Lo stivale allo spiedo. Viaggio attraverso la cucina italiana*, a cura di P. Accolti e G.A. Cibotto, Canesi, Roma s.d. [ma 1964], pp. 75-81.

Come fece Erostrato, in AA.VV., *Quando l'Italia tollerava*, a cura di G. Fusco, Canesi, Roma 1965, pp. 101-106.

Il maestro del Giudizio universale, in *L'opera completa di Bosch*, con apparati critici e filologici di M. Cinotti, Rizzoli, Milano 1966 ("Classici dell'arte").

Prefazione ad A. Pigna, *Miliardari in borghese*, Mursia, Milano 1966.

Week-End, in F.S. Borri, *Il Cimitero Monumentale di Milano*, Arti Grafiche E. Marazzi, Milano 1966, pp. 71-75.

Prefazione ad A. Giannini, *Il brevetto*, con tredici disegni di D. Buzzati, Longanesi, Milano 1967.

Prefazione a M.R. James, *Cuori strappati*, Bompiani, Milano 1967 ("Il pesanervi").

Testimonianza di due amici, in A. Brambilla, *Diario*, a cura di F. Brambilla Ageno e A. Brambilla, Mondadori, Milano 1967.

Disegno e fotografia, in *Trieste e il Carso nelle tavole di Achille Beltrame della «Domenica del Corriere» (1915-1918)*, All'insegna del pesce d'oro, Milano 1968, pp. 10-16.

Prefazione a D. Manzella, *L'incontro giusto*, Bietti, Milano 1968.

Prefazione a W. Disney, *Vita e dollari di Paperon de' Paperoni*, Mondadori, Milano 1968.

Introduzione ad A. Sala, *Il giusto verso*, Rusconi, Milano 1970.

Un nobile addio, introduzione a W. Bonatti, *I giorni grandi*, Mondadori, Milano 1971.

Prefazione a E.R. Burroughs, *Tarzan delle scimmie*, Giunti, Firenze 1971.

Prefazione ad A. Pasetti, *L'ora delle lucertole*, Bietti, Milano 1971.

Il giornale segreto, con prefazione di G. Schiavi, Fondazione Corriere della Sera, Rizzoli, Milano 2006.

LETTERE

D. Buzzati, *Lettere a Brambilla*, a cura di L. Simonelli, De Agostini, Novara 1985 (cfr. M. Depaoli, *Il «Fondo Buzzati»*, in «Autografo», vol. VII, n.s., n. 19, febbraio 1990, pp. 101-108).

—, *Il figlio della notte. Lettere inedite di Dino Buzzati ad Arturo Brambilla*, a cura di M. Depaoli, in «Autografo», vol. VIII, n.s., n. 23, giugno 1991, pp. 50-67.

N. Giannetto, *Uno scambio di lettere fra Calvino e Buzzati*, in «Studi buzzatiani», I, 1996, pp. 99-112.

—, «*Di solito ciò che si scrive su di me mi annoia terribil-mente...*»: *una lettera inedita di Buzzati sul libro dedica-togli da Gianfranceschi*, in «Studi buzzatiani», II, 1997, pp. 164-72.

—, «*Sono arrivato all'ultimo capitolo...*»: *una preziosa lettera di Dino Buzzati a Franco Mandelli a proposito di «Un amore»*, in «Studi buzzatiani», VI, 2001, pp. 95-98.

Sessanta racconti

I racconti dal numero 1 al 9 compreso
appartenevano al volume I sette messaggeri;
quelli dal numero 10 al 18, al volume Paura alla Scala;
quelli dal numero 19 al 36,
al volume Crollo della Baliverna;
tutti e tre libri esauriti.

1
I sette messaggeri

Partito ad esplorare il regno di mio padre, di giorno in giorno vado allontanandomi dalla città e le notizie che mi giungono si fanno sempre più rare.

Ho cominciato il viaggio poco più che trentenne e più di otto anni sono passati, esattamente otto anni, sei mesi e quindici giorni di ininterrotto cammino. Credevo, alla partenza, che in poche settimane avrei facilmente raggiunto i confini del regno, invece ho continuato ad incontrare sempre nuove genti e paesi; e dovunque uomini che parlavano la mia stessa lingua, che dicevano di essere sudditi miei.

Penso talora che la bussola del mio geografo sia impazzita e che, credendo di procedere sempre verso il meridione, noi in realtà siamo forse andati girando su noi stessi, senza mai aumentare la distanza che ci separa dalla capitale; questo potrebbe spiegare il motivo per cui ancora non siamo giunti all'estrema frontiera.

Ma più sovente mi tormenta il dubbio che questo confine non esista, che il regno si estenda senza limite alcuno e che, per quanto io avanzi, mai potrò arrivare alla fine.

Mi misi in viaggio che avevo già più di trent'anni, troppo tardi forse. Gli amici, i familiari stessi, deridevano il mio progetto come inutile dispendio degli anni migliori della vita. Pochi in realtà dei miei fedeli acconsentirono a partire.

Sebbene spensierato – ben più di quanto sia ora! – mi

preoccupai di poter comunicare, durante il viaggio, con i miei cari, e fra i cavalieri della scorta scelsi i sette migliori, che mi servissero da messaggeri.

Credevo, inconsapevole, che averne sette fosse addirittura un'esagerazione. Con l'andar del tempo mi accorsi al contrario che erano ridicolmente pochi; e sì che nessuno di essi è mai caduto malato, né è incappato nei briganti, né ha sfiancato le cavalcature. Tutti e sette mi hanno servito con una tenacia e una devozione che difficilmente riuscirò mai a ricompensare.

Per distinguerli facilmente imposi loro nomi con le iniziali alfabeticamente progressive: Alessandro, Bartolomeo, Caio, Domenico, Ettore, Federico, Gregorio.

Non uso alla lontananza dalla mia casa, vi spedii il primo, Alessandro, fin dalla sera del secondo giorno di viaggio, quando avevamo percorso già un'ottantina di leghe. La sera dopo, per assicurarmi la continuità delle comunicazioni, inviai il secondo, poi il terzo, poi il quarto, consecutivamente, fino all'ottava sera di viaggio, in cui partì Gregorio. Il primo non era ancora tornato.

Ci raggiunse la decima sera, mentre stavamo disponendo il campo per la notte, in una valle disabitata. Seppi da Alessandro che la sua rapidità era stata inferiore al previsto; avevo pensato che, procedendo isolato, in sella a un ottimo destriero, egli potesse percorrere, nel medesimo tempo, una distanza due volte la nostra; invece aveva potuto solamente una volta e mezza; in una giornata, mentre noi avanzavamo di quaranta leghe, lui ne divorava sessanta, ma non più.

Così fu degli altri. Bartolomeo, partito per la città alla terza sera di viaggio, ci raggiunse alla quindicesima; Caio, partito alla quarta, alla ventesima solo fu di ritorno. Ben presto constatai che bastava moltiplicare per cinque i giorni fin lì impiegati per sapere quando il messaggero ci avrebbe ripresi.

Allontanandoci sempre più dalla capitale, l'itinerario dei messi si faceva ogni volta più lungo. Dopo cinquanta giorni di cammino, l'intervallo fra un arrivo e l'altro dei messaggeri cominciò a spaziarsi sensibilmente; mentre prima me ne vedevo arrivare al campo uno ogni cinque giorni, questo intervallo divenne di venticinque; la voce della mia città diveniva in tal modo sempre più fioca; intere settimane passavano senza che io ne avessi alcuna notizia.

Trascorsi che furono sei mesi – già avevamo varcato i monti Fasani – l'intervallo fra un arrivo e l'altro dei messaggeri aumentò a ben quattro mesi. Essi mi recavano oramai notizie lontane; le buste mi giungevano gualcite, talora con macchie di umido per le notti trascorse all'addiaccio da chi me le portava.

Procedemmo ancora. Invano cercavo di persuadermi che le nuvole trascorrenti sopra di me fossero uguali a quelle della mia fanciullezza, che il cielo della città lontana non fosse diverso dalla cupola azzurra che mi sovrastava, che l'aria fosse la stessa, uguale il soffio del vento, identiche le voci degli uccelli. Le nuvole, il cielo, l'aria, i venti, gli uccelli, mi apparivano in verità cose nuove e diverse; e io mi sentivo straniero.

Avanti, avanti! Vagabondi incontrati per le pianure mi dicevano che i confini non erano lontani. Io incitavo i miei uomini a non posare, spegnevo gli accenti scoraggiati che si facevano sulle loro labbra. Erano già passati quattro anni dalla mia partenza; che lunga fatica. La capitale, la mia casa, mio padre, si erano fatti stranamente remoti, quasi non ci credevo. Ben venti mesi di silenzio e di solitudine intercorrevano ora fra le successive comparse dei messaggeri. Mi portavano curiose lettere ingiallite dal tempo, e in esse trovavo nomi dimenticati, modi di dire a me insoliti, sentimenti che non riuscivo a capire. Il mattino successivo, dopo una sola notte di riposo, mentre noi ci rimettevamo in cammino, il messo partiva nella direzione opposta, recando alla città le lettere che da parecchio tempo io avevo apprestate.

Ma otto anni e mezzo sono trascorsi. Stasera cenavo da solo nella mia tenda quando è entrato Domenico, che riusciva ancora a sorridere benché stravolto dalla fatica. Da quasi sette anni non lo rivedevo. Per tutto questo periodo lunghissimo egli non aveva fatto che correre, attraverso praterie, boschi e deserti, cambiando chissà quante volte cavalcatura, per portarmi quel pacco di buste che finora non ho avuto voglia di aprire. Egli è già andato a dormire e ripartirà domani stesso all'alba.

Ripartirà per l'ultima volta. Sul taccuino ho calcolato che, se tutto andrà bene, io continuando il cammino come ho fatto finora e lui il suo, non potrò rivedere Domenico che fra trentaquattro anni. Io allora ne avrò settantadue. Ma comincio a sentirmi stanco ed è probabile che la morte mi coglierà prima. Così non lo potrò mai più rivedere.

Fra trentaquattro anni (prima anzi, molto prima) Domenico scorgerà inaspettatamente i fuochi del mio accampamento e si domanderà perché mai nel frattempo, io abbia fatto così poco cammino. Come stasera, il buon messaggero entrerà nella mia tenda con le lettere ingiallite dagli anni, cariche di assurde notizie di un tempo già sepolto; ma si fermerà sulla soglia, vedendomi immobile disteso sul giaciglio, due soldati ai fianchi con le torce, morto.

Eppure va, Domenico, e non dirmi che sono crudele! Porta il mio ultimo saluto alla città dove io sono nato. Tu sei il superstite legame con il mondo che un tempo fu anche mio. I più recenti messaggi mi hanno fatto sapere che molte cose sono cambiate, che mio padre è morto, che la Corona è passata a mio fratello maggiore, che mi considerano perduto, che hanno costruito alti palazzi di pietra là dove prima erano le querce sotto cui andavo solitamente a giocare. Ma è pur sempre la mia vecchia patria.

Tu sei l'ultimo legame con loro, Domenico. Il quinto messaggero, Ettore, che mi raggiungerà, Dio volendo, fra un anno e otto mesi, non potrà ripartire perché non farebbe più in tempo a tornare. Dopo di te il silenzio, o Domenico, a meno che finalmente io non trovi i sospirati confini. Ma quanto più procedo, più vado convincendomi che non esiste frontiera.

Non esiste, io sospetto, frontiera, almeno nel senso che noi siamo abituati a pensare. Non ci sono muraglie di separazione, né valli divisorie, né montagne che chiudano il passo. Probabilmente varcherò il limite senza accorgermene neppure, e continuerò ad andare avanti, ignaro.

Per questo io intendo che Ettore e gli altri messi dopo di lui, quando mi avranno nuovamente raggiunto, non riprendano più la via della capitale ma partano innanzi a precedermi, affinché io possa sapere in antecedenza ciò che mi attende.

Un'ansia inconsueta da qualche tempo si accende in me alla sera, e non è più rimpianto delle gioie lasciate, come accadeva nei primi tempi del viaggio; piuttosto è l'impazienza di conoscere le terre ignote a cui mi dirigo.

Vado notando – e non l'ho confidato finora a nessuno – vado notando come di giorno in giorno, man mano che avanzo verso l'improbabile mèta, nel cielo irraggi una luce insolita quale mai mi è apparsa, neppure nei sogni; e come le piante, i monti, i fiumi che attraversiamo, sembrino fatti di una essenza diversa da quella nostrana e l'aria rechi presagi che non so dire.

Una speranza nuova mi trarrà domattina ancora più avanti, verso quelle montagne inesplorate che le ombre della notte stanno occultando. Ancora una volta io leverò il campo, mentre Domenico scomparirà all'orizzonte dalla parte opposta, per recare alla città lontanissima l'inutile mio messaggio.

2
L'assalto al grande convoglio

Arrestato in una via del paese e condannato soltanto per contrabbando – poiché non lo avevano riconosciuto – Gaspare Planetta, il capo brigante, rimase tre anni in prigione.

Ne venne fuori cambiato. La malattia lo aveva consunto, gli era cresciuta la barba, sembrava piuttosto un vecchietto che non il famoso capo brigante, il miglior schioppo conosciuto, che non sapeva sbagliare un colpo.

Allora, con le sue robe in un sacco, si mise in cammino per Monte Fumo, che era stato il suo regno, dove erano rimasti i compagni.

Era una domenica di giugno quando si addentrò per la valle in fondo alla quale c'era la loro casa. I sentieri del bosco non erano mutati: qua una radice affiorante, là un caratteristico sasso ch'egli ricordava bene. Tutto come prima.

Siccome era festa, i briganti si erano riuniti alla casa. Avvicinandosi, Planetta udì voci e risate. Contrariamente all'uso dei suoi tempi, la porta era chiusa.

Batté due tre volte. Dentro si fece silenzio. Poi domandarono: «Chi è?».

«Vengo dalla città» egli rispose «vengo da parte di Planetta.»

Voleva fare una sorpresa, ma invece quando gli aprirono e gli si fecero incontro, Gaspare Planetta si accorse subito che non l'avevano riconosciuto. Solo il vecchio cane della compagnia, lo scheletrico Tromba, gli saltò addosso con guaiti di gioia.

Da principio i suoi vecchi compagni, Cosimo, Marco, Felpa ed anche tre quattro facce nuove gli si strinsero attorno, chiedendo notizie di Planetta. Lui raccontò di avere conosciuto il capo brigante in prigione; disse che Planetta sarebbe stato liberato fra un mese e intanto aveva mandato lui lassù per sapere come andavano le cose.

Dopo poco però i briganti si disinteressarono del nuovo venuto e trovarono pretesti per lasciarlo. Solo Cosimo rimase a parlare con lui, pur non riconoscendolo.

«E al suo ritorno cosa intende fare?» chiedeva accennando al vecchio capo, in carcere.

«Cosa intende fare?» fece Planetta «forse che non può tornare qui?»

«Ah, sì, sì, io non dico niente. Pensavo per lui, pensavo. Le cose qui sono cambiate. E lui vorrà comandare ancora, si capisce, ma non so...»

«Non sai che cosa?»

«Non so se Andrea sarà disposto... farà certo delle questioni... per me torni pure, anzi, noi due siamo sempre andati d'accordo...»

Gaspare Planetta seppe così che il nuovo capo era Andrea, uno dei suoi compagni di una volta, quello che anzi pareva allora il più bestia.

In quel momento si spalancò la porta, lasciando entrare proprio Andrea, che si fermò in mezzo alla stanza. Planetta ricordava uno spilungone apatico. Adesso gli stava davanti un pezzo formidabile di brigante, con una faccia dura e un paio di splendidi baffi.

Quando seppe del nuovo venuto, che anch'egli non riconobbe: «Ah, così?» disse a proposito di Planetta «ma come mai non è riuscito a fuggire? Non deve essere poi così difficile. Marco anche lui l'hanno messo dentro, ma non ci è rimasto che sei giorni. Anche Stella ci ha messo poco a fuggire. Proprio lui, che era il capo, proprio lui, non ha fatto una bella figura».

«Non è più come una volta, così per dire» fece Planetta con un furbesco sorriso. «Ci sono molte guardie adesso, le inferriate le hanno cambiate, non ci lasciavano mai soli. E poi lui s'è ammalato.»

Così disse; ma intanto capiva di essere rimasto tagliato fuori, capiva che un capo brigante non può lasciarsi imprigionare, tanto meno restar dentro tre anni come un disgraziato qualunque, capiva di essere vecchio, che per lui non c'era più posto, che il suo tempo era tramontato.

«Mi ha detto» riprese con voce stanca lui di solito gioviale e sereno «Planetta mi ha detto che ha lasciato qui il suo cavallo, un cavallo bianco, diceva, che si chiama Polàk, mi pare, e ha un gonfio sotto un ginocchio.»

«Aveva, vuoi dire aveva» fece Andrea arrogante, cominciando a sospettare che fosse proprio Planetta presente. «Se il cavallo è morto la colpa non sarà nostra...»

«Mi ha detto» continuò calmo Planetta «che aveva lasciato qui degli abiti, una lanterna, un orologio.» E sorrideva intanto sottilmente e si avvicinava alla finestra perché tutti lo potessero veder bene.

E tutti infatti lo videro bene, riconobbero in quel magro vecchietto ciò che rimaneva del loro capo, del famoso Gaspare Planetta, del migliore schioppo conosciuto, che non sapeva sbagliare un colpo.

Eppure nessuno fiatò. Anche Cosimo non osò dir nulla. Tutti finsero di non averlo riconosciuto, perché era presente Andrea, il nuovo capo, di cui avevano paura. Ed Andrea aveva fatto finta di niente.

«Le sue robe nessuno le ha toccate» disse Andrea «devono essere là in un cassetto. Degli abiti non so niente. Probabilmente li ha adoperati qualcun altro.»

«Mi ha detto» continuò imperturbabile Planetta, questa volta senza più sorridere «mi ha detto che ha lasciato qui il suo fucile, il suo schioppo di precisione.»

«Il suo fucile è sempre qui» fece Andrea «e potrà venire a riprenderselo.»

«Mi diceva» proseguì Planetta «mi diceva sempre: chissà

come me lo adoperano, il mio fucile, chissà che ferravecchio troverò al mio ritorno. Ci teneva tanto al suo fucile.»

«L'ho adoperato io qualche volta» ammise Andrea con un leggero tono di sfida «ma non credo per questo di averlo mangiato.»

Gaspare Planetta sedette su una panca. Si sentiva addosso la sua solita febbre, non grande cosa, ma abbastanza da fare la testa pesante.

«Dimmi» fece rivolto ad Andrea «me lo potresti far vedere?»

«Avanti» rispose Andrea, facendo segno a uno dei briganti nuovi che Planetta non conosceva «avanti, va di là a prenderlo.»

Fu portato a Planetta lo schioppo. Egli lo osservò minutamente con aria preoccupata e via via parve rasserenarsi. Accarezzò con le mani la canna.

«Bene» disse dopo una lunga pausa «e mi ha detto anche che aveva lasciato qui delle munizioni. Mi ricordo anzi precisamente: polvere, sei misure, e ottantacinque palle.»

«Avanti» fece Andrea con aria seccata «avanti, andategliele a prendere. E poi c'è qualcosa d'altro?»

«Poi c'è questo» disse Planetta con la massima calma, alzandosi dalla panca, avvicinandosi ad Andrea e staccandogli dalla cintura un lungo pugnale inguainato. «C'è ancora questo» confermò «il suo coltello da caccia.» E tornò a sedere.

Seguì un lungo pesante silenzio. Finalmente fu Andrea che disse:

«Be', buonasera» disse, per fare capire a Planetta che se ne poteva ormai andare.

Gaspare Planetta alzò gli occhi misurando la potente corporatura di Andrea. Avrebbe mai potuto sfidarlo, patito e stanco come si sentiva? Perciò si alzò lentamente, aspettò che gli dessero anche le altre sue cose, mise tutto nel sacco, si gettò lo schioppo sulle spalle.

«Allora buonasera, signori» disse avviandosi alla porta.

I briganti rimasero muti, immobili per lo stupore, perché mai avrebbero immaginato che Gaspare Planetta, il famoso capo brigante, potesse andarsene così, lasciandosi mortificare a quel modo. Solo Cosimo trovò un po' di voce, una voce stranamente fioca.

«Addio Planetta!» esclamò, lasciando da parte ogni finzione. «Addio, buona fortuna!»

Planetta si allontanò per il bosco, in mezzo alle ombre della sera, fischiettando una allegra arietta.

Così fu di Planetta, ora non più capo brigante, bensì soltanto Gaspare Planetta fu Severino, di anni 48, senza fissa dimora. Però una dimora l'aveva, un suo baracchino sul Monte Fumo, metà di legno e metà di sassi, nel mezzo delle boscaglie, dove una volta si rifugiava quando c'erano troppe guardie in giro.

Planetta raggiunse la sua baracchetta, accese il fuoco, contò i soldi che aveva (potevano bastargli per qualche mese) e cominciò a vivere solo.

Ma una sera, ch'era seduto al fuoco, si aprì di colpo la porta e comparve un giovane, con un fucile. Avrà avuto diciassette anni.

«Cosa succede?» domandò Planetta, senza neppure alzarsi in piedi. Il giovane aveva un'aria ardita, assomigliava a lui, Planetta, una trentina d'anni prima.

«Stanno qui quelli del Monte Fumo? Sono tre giorni che vado in cerca.»

Il ragazzo si chiamava Pietro. Raccontò senza esitazione che voleva mettersi coi briganti. Era sempre vissuto da vagabondo ed erano anni che ci pensava, ma per fare il brigante occorreva almeno un fucile e aveva dovuto aspettare un pezzo, adesso però ne aveva rubato uno, ed anche uno schioppo discreto.

«Sei capitato bene» fece Planetta allegramente «io sono Planetta.»

«Planetta il capo, vuoi dire?»

«Sì, certo, proprio lui.»

«Ma non eri in prigione?»

«Ci sono stato, così per dire» spiegò furbescamente Planetta. «Ci sono stato tre giorni. Non ce l'hanno fatta a tenermi di più.»

Il ragazzo lo guardò con entusiasmo.

«E allora mi vuoi prendere con te?»

«Prenderti con me?» fece Planetta «be', per stanotte dormi qui, poi domani vedremo.»

I due vissero insieme. Planetta non disilluse il ragazzo, gli lasciò credere di essere sempre lui il capo, gli spiegò che preferiva viversene solo e trovarsi con i compagni soltanto quando era necessario. Il ragazzo lo credette potente e aspettò da lui grandi cose.

Ma passavano i giorni e Planetta non si muoveva. Tutt'al più girava un poco per cacciare. Del resto se ne stava sempre vicino al fuoco.

«Capo» diceva Pietro «quand'è che mi conduci con te a far qualcosa?»

«Ah» rispondeva Planetta «uno di questi giorni combineremo bene. Farò venire tutti i compagni, avrai da cavarti la soddisfazione.»

Ma i giorni continuavano a passare.

«Capo» diceva il ragazzo «ho saputo che domani, giù nella strada della valle, domani passa in carrozza un mercante, un certo signor Francesco, che deve avere le tasche piene.»

«Un certo Francesco?» faceva Planetta senza dimostrare interesse. «Peccato, proprio lui, lo conosco bene da un pezzo. Una bella volpe, ti dico, quando si mette in viaggio non si porta dietro neanche uno scudo, è tanto se porta i vestiti, dalla paura che ha dei ladri.»

«Capo» diceva il ragazzo «ho saputo che domani passano due carri di roba buona, tutta roba da mangiare, cosa ne dici, capo?»

«Davvero?» faceva Planetta «roba da mangiare?» e lasciava cadere la cosa, come se non fosse degna di lui.

«Capo» diceva il ragazzo «domani c'è la festa al paese, c'è un mucchio di gente che gira, passeranno tante carrozze, molti torneranno anche di notte. Non ci sarebbe da far qualcosa?»

«Quando c'è gente» rispondeva Planetta «è meglio lasciar stare. Quando c'è la festa vanno attorno i gendarmi. Non val la pena di fidarsi. È proprio in quel giorno che mi hanno preso.»

«Capo» diceva dopo alcuni giorni il ragazzo «di' la verità, tu hai qualcosa. Non hai più voglia di muoverti. Nemmeno più a caccia vuoi venire. I compagni non li vuoi vedere. Tu devi essere malato, anche ieri dovevi avere la febbre, stai sempre attaccato al fuoco. Perché non mi parli chiaro?»

«Può darsi che io non stia bene» faceva Planetta sorridendo «ma non è come tu pensi. Se vuoi proprio che te lo dica, dopo almeno mi lascerai tranquillo, è cretino sfacchinare per mettere insieme qualche marengo. Se mi muovo, voglio che valga la fatica. Bene, ho deciso, così per dire, di aspettare il Gran Convoglio.»

Voleva dire il Grande Convoglio che una volta all'anno, precisamente il 12 settembre, portava alla Capitale un carico d'oro, tutte le tasse delle province del sud. Avanzava tra suoni di corni, lungo la strada maestra, tra lo scalpitare della guardia armata. Il Grande Convoglio imperiale, con il grande carro di ferro, tutto pieno di monete, chiuse in tanti sacchetti. I briganti lo sognavano nelle notti buone, ma da cent'anni nessuno era riuscito impunemente ad assaltarlo. Tredici briganti erano morti, venti ficcati in prigione. Nessuno osava pensarci più; d'anno in anno poi il provento delle tasse cresceva e si aumentava la scorta armata. Cavalleggeri davanti e di dietro, pattuglie a cavallo di fianco, armati i cocchieri, i cavallanti e i servi.

Precedeva una specie di staffetta, con tromba e bandiera. A una certa distanza seguivano ventiquattro cavalleggeri, con schioppi, pistole e spadoni. Poi veniva il carro di ferro, con lo stemma imperiale in rilievo, tirato da sedici cavalli. Ventiquattro cavalleggeri, anche dietro, dodici altri dalle due parti. Centomila ducati d'oro, mille once d'argento, riservati alla cassa imperiale.

Dentro e fuori per le valli il favoloso convoglio passava a galoppo serrato. Luca Toro, cent'anni prima, aveva avuto il coraggio di assaltarlo e gli era andata miracolosamente bene. Era quella la prima volta: la scorta aveva preso paura. Luca Toro era poi fuggito in Oriente e si era messo a fare il signore.

A distanza di parecchi anni, anche altri briganti avevano

tentato: Giovanni Borso, per dire solo alcuni, il Tedesco, Sergio dei Topi, il Conte e il Capo dei trentotto. Tutti, al mattino dopo, distesi al bordo della strada, con la testa spaccata.

«Il Gran Convoglio? Vuoi rischiarti sul serio?» domandò il ragazzo meravigliato.

«Sì certo, voglio rischiarla. Se riesce, sono a posto per sempre.»

Così disse Gaspare Planetta, ma in cuor suo non ci pensava nemmeno. Sarebbe stata un'assoluta follia, anche a essere una ventina, attaccare il Gran Convoglio. Figurarsi poi da solo.

L'aveva detto così per scherzare, ma il ragazzo lo prese sul serio e guardò Planetta con ammirazione.

«Dimmi» fece il ragazzo «e quanti sarete?»

«Una quindicina almeno, saremo.»

«E quando?»

«C'è tempo» rispose Planetta «bisogna che lo domandi ai compagni. Non c'è mica tanto da scherzare.»

Ma i giorni, come avviene, non fecero fatica a passare e i boschi cominciarono a diventar rossi. Il ragazzo aspettava con impazienza. Planetta gli lasciava credere e nelle lunghe sere, passate vicino al fuoco, discuteva del grande progetto e ci si divertiva anche lui. In qualche momento perfino pensava che tutto potesse essere anche vero.

L'11 settembre, alla vigilia, il ragazzo stette in giro fino a notte. Quando tornò aveva una faccia scura.

«Cosa c'è?» domandò Planetta, seduto al solito davanti al fuoco.

«C'è che finalmente ho incontrato i tuoi compagni.»

Ci fu un lungo silenzio e si sentirono gli scoppiettii del fuoco. Si udì pure la voce del vento che fuori soffiava nelle boscaglie.

«E allora» disse alla fine Planetta con una voce che voleva sembrare scherzosa. «Ti hanno detto tutto, così per dire?»

«Sicuro» rispose il ragazzo. «Proprio tutto mi hanno detto.»

«Bene» soggiunse Planetta, e si fece ancora silenzio nella stanza piena di fumo, in cui c'era solo la luce del fuoco.

«Mi hanno detto di andare con loro» osò alla fine il ragazzo. «Mi hanno detto che c'è molto da fare.»

«Si capisce» approvò Planetta «saresti stupido a non andare.»

«Capo» domandò allora Pietro con voce vicina al pianto «perché non dirmi la verità, perché tutte quelle storie?»

«Che storie?» ribatté Planetta che faceva ogni sforzo per mantenere il suo solito tono allegro. «Che storie ti ho mai contato? Ti ho lasciato credere, ecco tutto. Non ti ho voluto disingannare. Ecco tutto, così per dire.»

«Non è vero» disse il ragazzo. «Tu mi hai tenuto qui con delle promesse e lo facevi solo per sfottermi. Domani, lo sai bene...»

«Che cosa domani?» chiese Planetta, ritornato nuovamente tranquillo. «Vuoi dire del Gran Convoglio?»

«Ecco, e io fesso a crederti» brontolò irritato il ragazzo. «Del resto, lo potevo ben capire, malato come sei, non so cosa avresti potuto...» Tacque per qualche secondo, poi concluse a bassa voce: «Domani allora me ne vado».

Ma all'indomani fu Planetta ad alzarsi per primo. Si levò senza svegliare il ragazzo, si vestì in fretta e prese il fucile. Solo quando egli fu sulla soglia, Pietro si destò.

«Capo» gli domandò, chiamandolo così per l'abitudine «dove vai a quest'ora, si può sapere?»

«Si può sapere, sissignore» rispose Planetta sorridendo. «Vado ad aspettare il Gran Convoglio.»

Il ragazzo, senza rispondere, si voltò dall'altra parte del letto, come per dire che di quelle stupide storie era stufo.

Eppure non erano storie. Planetta, per mantenere la promessa, anche se fatta per scherzo, Planetta, ora che era rimasto solo, andò ad assalire il Gran Convoglio.

I compagni l'avevano abbastanza sfottuto. Che almeno fosse quel ragazzo a sapere chi era Gaspare Planetta. Ma no, neanche di quel ragazzo gliene importava. Lo faceva in fondo per sé, per sentirsi quello di prima, sia pure per l'ultima volta. Non ci sarebbe stato nessuno a vederlo, forse nessuno a saperlo mai, se rimaneva subito ucciso; ma questo non aveva importanza. Era una questione personale, con l'antico potente Planetta. Una specie di scommessa, per un'impresa disperata.

Pietro lasciò che Planetta se n'andasse. Ma più tardi gli nacque un dubbio: che Planetta andasse davvero all'assalto? Era un dubbio debole e assurdo, eppure Pietro si alzò e uscì alla ricerca. Parecchie volte Planetta gli aveva mostrato il posto buono per aspettare il Convoglio. Sarebbe andato là a vedere.

Il giorno era già nato, ma lunghe nubi temporalesche si stendevano attraverso il cielo. La luce era chiara e grigia. Ogni tanto qualche uccello cantava. Negli intervalli si udiva il silenzio.

Pietro corse giù per le boscaglie, verso il fondo della valle dove passava la strada maestra. Procedeva guardingo tra i cespugli in direzione di un gruppo di castagni, dove Planetta avrebbe dovuto trovarsi.

Planetta infatti c'era, appiattato dietro a un tronco e si era fatto un piccolo parapetto di erbe e rami, per esser sicuro che non lo potessero vedere. Era sopra una specie di gobba che dominava una brusca svolta della strada: un tratto in forte salita dove i cavalli erano costretti a rallentare. Perciò si sarebbe potuto sparare bene.

Il ragazzo guardò giù in fondo la pianura del sud, che si perdeva nell'infinito, tagliata in due dalla strada. Vide in fondo un polverone che si muoveva.

Il polverone che si muoveva, avanzando lungo la strada, era la polvere del Gran Convoglio.

Planetta stava collocando il fucile con la massima flemma quando udì qualcosa agitarsi vicino a lui. Si voltò e vide il ragazzo appiattato con il fucile proprio all'albero vicino.

«Capo» disse ansando il ragazzo «Planetta, vieni via. Sei diventato pazzo?»

«Zitto» rispose sorridendo Planetta «finora pazzo non lo sono. Torna via immediatamente.»

«Sei pazzo, ti dico, Planetta, tu aspetti che vengano i tuoi compagni, ma non verranno, me l'hanno detto, non se la sognano neppure.»

«Verranno, perdio se verranno, è questione d'aspettare un poco. È un po' la loro mania di arrivare sempre in ritardo.»

«Planetta» supplicò il ragazzo «fammi il piacere, vieni via. Ieri sera scherzavo, io non ti voglio lasciare.»

«Lo so, l'avevo capito» rise bonariamente Planetta. «Ma adesso basta, va via, ti dico, fa presto, che questo non è un posto per te.»

«Planetta» insisté il ragazzo. «Non vedi che è una pazzia? Non vedi quanti sono? Cosa vuoi fare da solo?»

«Perdio, vattene» gridò con voce repressa Planetta, finalmente andato in bestia. «Non ti accorgi che così mi rovini?»

In quel momento si cominciavano a distinguere, in fondo alla strada maestra, i cavalleggeri del Gran Convoglio, il carro, la bandiera.

«Vattene, per l'ultima volta» ripeté furioso Planetta. E il ragazzo finalmente si mosse, si ritrasse strisciando tra i cespugli, fino a che disparve.

Planetta udì allora lo scalpitìo dei cavalli, diede un'occhiata alle grandi nubi di piombo che stavano per crepare, vide tre quattro corvi nel cielo. Il Gran Convoglio ormai rallentava, iniziando la salita.

Planetta aveva il dito al grilletto, ed ecco si accorse che il ragazzo era tornato strisciando, appostandosi nuovamente dietro l'albero.

«Hai visto?» sussurrò Pietro «hai visto che non sono venuti?»

«Canaglia» mormorò Planetta, con un represso sorriso, senza muovere neppure la testa. «Canaglia, adesso sta fermo, è troppo tardi per muoversi, attento che incomincia il bello.»

Trecento, duecento metri, il Gran Convoglio si avvicinava. Già si distingueva il grande stemma in rilievo sui fianchi del prezioso carro, si udivano le voci dei cavalleggeri che discorrevano tra loro.

Ma qui il ragazzo ebbe finalmente paura. Capì che era una impresa pazza, da cui era impossibile venir fuori.

«Hai visto che non sono venuti?» sussurrò con accento disperato. «Per carità, non sparare.»

Ma Planetta non si commosse.

«Attento» mormorò allegramente, come se non avesse sentito. «Signori, qui si incomincia.»

Planetta aggiustò la mira, la sua formidabile mira, che non poteva sbagliare. Ma in quell'istante, dal fianco opposto della valle, risuonò secca una fucilata.

«Cacciatori!» commentò Planetta scherzoso, mentre si allargava una terribile eco «cacciatori! niente paura. Anzi, meglio, farà confusione.»

Ma non erano cacciatori. Gaspare Planetta sentì di fianco a sé un gemito. Voltò la faccia e vide il ragazzo che aveva lasciato il fucile e si abbandonava riverso per terra.

«Mi hanno beccato!» si lamentò «oh mamma!»

Non erano stati cacciatori a sparare, ma i cavalleggeri di scorta al Convoglio, incaricati di precedere il carriaggio, disperdendosi lungo i fianchi della valle, per sventare insidie. Erano tutti tiratori scelti, selezionati nelle gare. Avevano fucili di precisione.

Mentre scrutava il bosco, uno dei cavalleggeri aveva visto il ragazzo muoversi tra le piante. L'aveva visto poi stendersi a terra, aveva finalmente scorto anche il vecchio brigante.

Planetta lasciò andare una bestemmia. Si alzò con precauzione in ginocchio, per soccorrere il compagno. Crepitò una seconda fucilata.

La palla partì diritta, attraverso la piccola valle, sotto alle nubi tempestose, poi cominciò ad abbassarsi, secondo le leggi della traiettoria. Era stata spedita alla testa; entrò invece dentro al petto, passando vicino al cuore.

Planetta cadde di colpo. Si fece un grande silenzio, come egli non aveva mai udito. Il Gran Convoglio si era fermato. Il temporale non si decideva a venire. I corvi erano là nel cielo. Tutti stavano in attesa.

Il ragazzo voltò la testa e sorrise: «Avevi ragione» balbettò. «Sono venuti, i compagni. Li hai visti, capo?»

Planetta non riuscì a rispondere ma con un supremo sforzo volse lo sguardo dalla parte indicata.

Dietro a loro, in una radura del bosco, erano apparsi una trentina di cavalieri, con il fucile a tracolla. Sembravano diafani come una nube, eppure spiccavano nettamente sul fondo scuro della foresta. Si sarebbero detti briganti, dall'assurdità delle divise e dalle loro facce spavalde.

Planetta infatti li riconobbe. Erano proprio gli antichi compagni, erano i briganti morti, che venivano a prenderlo. Facce spaccate dal sole, lunghe cicatrici di traverso, orribili baffoni da generale, barbe strappate dal vento, occhi duri e chiarissimi, le mani sui fianchi, inverosimili speroni, grandi bottoni dorati, facce oneste e simpatiche, impolverate dalle battaglie.

Ecco là il buon Paolo, lento di comprendonio, ucciso all'assalto del Mulino. Ecco Pietro del Ferro, che non aveva mai saputo cavalcare, ecco Giorgio Pertica, ecco Frediano, crepato di freddo, tutti i buoni vecchi compagni, visti ad uno ad uno morire. E quell'omaccione coi grandi baffi e il fucile lungo come lui, su per quel magro cavallo bianco, non era il Conte, il famigerato capo, pure lui caduto per il Gran Convoglio? Sì, era proprio lui. Il Conte, col volto luminoso di cordialità e straordinaria soddisfazione. E si sbagliava Planetta oppure l'ultimo a sinistra, che se ne stava diritto e superbo, si sbagliava Planetta o non era Marco Grande in persona, il più famoso degli antichi capi? Marco Grande impiccato nella Capitale, alla presenza dell'imperatore e di quattro reggimenti in armi? Marco Grande che cinquant'anni dopo nominavano ancora a bassa voce? Precisamente lui era, anch'egli presente per onorare Planetta, l'ultimo capo sfortunato e prode.

I briganti morti se ne stavano silenziosi, evidentemente commossi, ma pieni di una comune letizia. Aspettavano che Planetta si movesse.

Infatti Planetta, così come il ragazzo, si levò ritto da terra, non più in carne ed ossa come prima, ma diafano al pari degli altri e pure identico a se stesso.

Gettato uno sguardo al suo povero corpo, che giaceva raggomitolato al suolo, Gaspare Planetta fece un'alzata di spalle come per dire a se stesso che se ne fregava e uscì nella radura, ormai indifferente alle possibili schioppettate. Si avanzò verso gli antichi compagni e si sentì invadere da contentezza.

Stava per cominciare i saluti individualmente, quando notò che proprio in prima fila c'era un cavallo perfettamente sellato ma senza cavaliere. Istintivamente si avanzò sorridendo.

«Così per dire» esclamò, meravigliandosi per il tono stranissimo della sua nuova voce. «Così per dire non sarebbe questo il mio Polàk, più in gamba che mai?»

Era davvero Polàk, il suo caro cavallo, e riconoscendo il padrone mandò una specie di nitrito, bisogna dire così perché quella dei cavalli morti è una voce più dolce di quella che noi conosciamo.

Planetta gli diede due tre manate affettuose e già pregustò la bellezza della prossima cavalcata, insieme ai fedeli amici, via verso il regno dei briganti morti ch'egli non conosceva ma ch'era legittimo immaginare pieno di sole, dentro a un'aria di primavera, con lunghe strade bianche senza polvere che conducevano a miracolose avventure.

Appoggiata la sinistra al colmo della sella, come accingendosi a balzare in groppa, Gaspare Planetta disse:

«Grazie, ragazzi miei» disse, stentando a non lasciarsi vincere dalla commozione. «Vi giuro che...»

Qui s'interruppe perché si era ricordato del ragazzo, il quale, pure lui in forma di ombra, se ne stava in disparte, in atteggiamento d'attesa, con l'imbarazzo che si ha in compagnia di persone appena conosciute.

«Ah, scusa» disse Planetta. «Ecco qua un bravo compagno» aggiunse rivolto ai briganti morti. «Aveva appena diciassett'anni, sarebbe stato un uomo in gamba.»

I briganti, tutti chi più chi meno sorridendo, abbassarono leggermente la testa, come per dare il benvenuto.

Planetta tacque e si guardò attorno indeciso. Cosa doveva fare? Cavalcare via coi compagni, piantando il ragazzo solo?

Planetta diede altre due tre manate al cavallo, tossicchiò furbescamente, poi disse al ragazzo:

«Be' avanti, salta su te. È giusto che sia tu a divertirti. Avanti, avanti, poche storie» aggiunse poi con finta severità vedendo che il ragazzo non osava accettare.

«Se proprio vuoi...» esclamò infine, il ragazzo, evidentemente lusingato. E con un'agilità che egli stesso non avrebbe mai preveduto, poco pratico come era stato fino allora di equitazione, il ragazzo fu di colpo in sella.

I briganti agitarono i cappelli, salutando Gaspare Planetta, qualcuno strizzò benevolmente un occhio, come per dire arrivederci. Tutti diedero di sprone ai cavalli e partirono di galoppo.

Partirono come schioppettate, allontanandosi tra le piante. Era meraviglioso come essi si gettassero negli intrichi del bosco e li attraversassero senza rallentare. I cavalli tenevano un galoppo soffice e bello a vedere. Anche da lontano, qualcuno dei briganti e il ragazzo agitarono ancora il cappello.

Planetta, rimasto solo, diede un'occhiata circolare alla valle. Sogguardò, ma appena con la coda dell'occhio, l'ormai inutile corpo di Planetta che giaceva ai piedi dell'albero. Diresse quindi gli sguardi alla strada.

Il Convoglio era ancora fermo, al di là della curva e perciò non era visibile. Sulla strada c'erano soltanto sei o sette cavalleggeri della scorta; erano fermi e guardavano verso Planetta. Benché possa apparire incredibile, essi avevano potuto vedere la scena: l'ombra dei briganti morti, i saluti, la cavalcata. In certi giorni di settembre, sotto alle nuvole temporalesche, non è poi detto che certe cose non possano avvenire.

Quando Planetta, rimasto solo, si voltò, il capo di quel drappello si accorse di essere guardato. Allora drizzò il busto e salutò militarmente, come si saluta tra soldati.

Planetta si toccò la falda del cappello, con un gesto molto confidenziale ma pieno di bonomia increspando le labbra a un sorriso.

Poi diede un'altra alzata di spalle, la seconda della giorna-

ta. Fece perno sulla gamba sinistra, voltò le spalle ai cavalleggeri, sprofondò le mani nelle tasche e se n'andò fischiettando, fischiettando, sissignori, una marcetta militare. Se
n'andò nella direzione in cui erano spariti i compagni, verso
il regno dei briganti morti ch'egli non conosceva ma ch'era
lecito supporre migliore di questo.

I cavalleggeri lo videro farsi sempre più piccolo e diafano;
aveva un passo leggero e veloce che contrastava con la sua
sagoma ormai di vecchietto, un'andatura da festa quale hanno solo gli uomini sui vent'anni quando sono felici.

3
Sette piani

Dopo un giorno di viaggio in treno, Giuseppe Corte arrivò, una mattina di marzo, alla città dove c'era la famosa casa di cura. Aveva un po' di febbre, ma volle fare ugualmente a piedi la strada fra la stazione e l'ospedale, portandosi la sua valigetta.

Benché avesse soltanto una leggerissima forma incipiente, Giuseppe Corte era stato consigliato di rivolgersi al celebre sanatorio, dove non si curava che quell'unica malattia. Ciò garantiva un'eccezionale competenza nei medici e la più razionale ed efficace sistemazione d'impianti.

Quando lo scorse da lontano – e lo riconobbe per averne già visto la fotografia in una circolare pubblicitaria – Giuseppe Corte ebbe un'ottima impressione. Il bianco edificio a sette piani era solcato da regolari rientranze che gli davano una fisonomia vaga d'albergo. Tutt'attorno era una cinta di alti alberi.

Dopo una sommaria visita medica, in attesa di un esame più accurato Giuseppe Corte fu messo in una gaia camera del settimo ed ultimo piano. I mobili erano chiari e lindi come la tappezzeria, le poltrone erano di legno, i cuscini rivestiti di policrome stoffe. La vista spaziava su uno dei più bei quartieri della città. Tutto era tranquillo, ospitale e rassicurante.

Giuseppe Corte si mise subito a letto e, accesa la lampadina sopra il capezzale, cominciò a leggere un libro che aveva portato con sé. Poco dopo entrò un'infermiera per chiedergli se desiderasse qualcosa.

Giuseppe Corte non desiderava nulla ma si mise volentieri a discorrere con la giovane, chiedendo informazioni sulla casa di cura. Seppe così la strana caratteristica di quell'ospedale. I malati erano distribuiti piano per piano a seconda della gravità. Il settimo, cioè l'ultimo, era per le forme leggerissime. Il sesto era destinato ai malati non gravi ma neppure da trascurare. Al quinto si curavano già affezioni serie e così di seguito, di piano in piano. Al secondo erano i malati gravissimi. Al primo quelli per cui era inutile sperare.

Questo singolare sistema, oltre a sveltire grandemente il servizio, impediva che un malato leggero potesse venir turbato dalla vicinanza di un collega in agonia, e garantiva in ogni piano un'atmosfera omogenea. D'altra parte la cura poteva venir così graduata in modo perfetto.

Ne derivava che gli ammalati erano divisi in sette progressive caste. Ogni piano era come un piccolo mondo a sé, con le sue particolari regole, con le sue speciali tradizioni. E siccome ogni settore era affidato a un medico diverso, si erano formate, sia pure minime, ma precise differenze nei metodi di cura, nonostante il direttore generale avesse impresso all'istituto un unico fondamentale indirizzo.

Quando l'infermiera fu uscita, Giuseppe Corte, sembrandogli che la febbre fosse scomparsa, raggiunse la finestra e guardò fuori, non per osservare il panorama della città, che pure era nuova per lui, ma nella speranza di scorgere, attraverso le finestre, altri ammalati dei piani inferiori. La struttura dell'edificio, a grandi rientranze, permetteva tale genere di osservazione. Soprattutto Giuseppe Corte concentrò la sua attenzione sulle finestre del primo piano che sembravano lontanissime, e che si scorgevano solo di sbieco. Ma non poté vedere nulla di interessante. Nella maggioranza erano ermeticamente sprangate dalle grigie persiane scorrevoli.

Il Corte si accorse che a una finestra di fianco alla sua stava affacciato un uomo. I due si guardarono a lungo con crescente simpatia, ma non sapevano come rompere il silenzio. Finalmente Giuseppe Corte si fece coraggio e disse: «Anche lei sta qui da poco?».

«Oh no» fece l'altro «sono qui già da due mesi...» tacque qualche istante e poi, non sapendo come continuare la conversazione, aggiunse: «Guardavo giù mio fratello.»

«Suo fratello?»

«Sì» spiegò lo sconosciuto. «Siamo entrati insieme, un caso veramente strano, ma lui è andato peggiorando, pensi che adesso è già al quarto.»

«Al quarto che cosa?»

«Al quarto piano» spiegò l'individuo e pronunciò le due parole con una tale espressione di commiserazione e di orrore, che Giuseppe Corte restò quasi spaventato.

«Ma son così gravi al quarto piano?» domandò cautamente.

«Oh Dio» fece l'altro scuotendo lentamente la testa «non sono ancora così disperati, ma c'è comunque poco da stare allegri.»

«Ma allora» chiese ancora il Corte, con una scherzosa disinvoltura come di chi accenna a cose tragiche che non lo riguardano «allora, se al quarto sono già così gravi, al primo chi mettono allora?»

«Oh, al primo sono proprio i moribondi. Laggiù i medici non hanno più niente da fare. C'è solo il prete che lavora. E naturalmente...»

«Ma ce n'è pochi al primo piano» interruppe Giuseppe Corte, come se gli premesse di avere una conferma «quasi tutte le stanze sono chiuse laggiù.»

«Ce n'è pochi, adesso, ma stamattina ce n'erano parecchi» rispose lo sconosciuto con un sottile sorriso. «Dove le persiane sono abbassate là qualcuno è morto da poco. Non vede, del resto, che negli altri piani tutte le imposte sono aperte? Ma mi scusi» aggiunse ritraendosi lentamente «mi pare che cominci a far freddo. Io ritorno in letto. Auguri, auguri...»

L'uomo scomparve dal davanzale e la finestra venne chiusa con energia; poi si vide accendersi dentro una luce. Giuseppe Corte se ne stette ancora immobile alla finestra fissando le persiane abbassate del primo piano. Le fissava con un'intensità morbosa, cercando di immaginare i funebri segreti di quel terribile primo piano dove gli ammalati venivano confinati a morire; e si sentiva sollevato di sapersene così lontano. Sulla città scendevano intanto le ombre della sera. Ad una ad una le mille finestre del sanatorio si illuminavano, da lontano si sarebbe potuto pensare a un palazzo in festa. Solo al primo piano, laggiù in fondo al precipizio, decine e decine di finestre rimanevano cieche e buie.

Il risultato della visita medica generale rasserenò Giuseppe Corte. Incline di solito a prevedere il peggio, egli si era già in cuor suo preparato a un verdetto severo e non sarebbe rimasto sorpreso se il medico gli avesse dichiarato di doverlo assegnare al piano inferiore. La febbre infatti non accennava a scomparire, nonostante le condizioni generali si mantenessero buone. Invece il sanitario gli rivolse parole cordiali e incoraggianti. Un principio di male c'era – gli disse – ma leggerissimo; in due o tre settimane probabilmente tutto sarebbe passato.

«E allora resto al settimo piano?» aveva domandato ansiosamente Giuseppe Corte a questo punto.

«Ma naturalmente!» gli aveva risposto il medico battendogli amichevolmente una mano su una spalla. «E dove pensava di dover andare? Al quarto forse?» chiese ridendo, come per alludere alla ipotesi più assurda.

«Meglio così, meglio così» fece il Corte. «Sa? Quando si è ammalati si immagina sempre il peggio...»

Giuseppe Corte infatti rimase nella stanza che gli era stata assegnata originariamente. Imparò a conoscere alcuni dei suoi compagni di ospedale, nei rari pomeriggi in cui gli veniva concesso d'alzarsi. Seguì scrupolosamente la cura, mise tutto l'impegno a guarire rapidamente, ma ciononostante le sue condizioni pareva rimanessero stazionarie.

Erano passati circa dieci giorni, quando a Giuseppe Corte si presentò il capo-infermiere del settimo piano. Aveva da chiedere un favore in via puramente amichevole: il giorno dopo doveva entrare all'ospedale una signora con due bambini; due camere erano libere, proprio di fianco alla sua, ma mancava la terza; non avrebbe consentito il signor Corte a trasferirsi in un'altra camera, altrettanto confortevole?

Giuseppe Corte non fece naturalmente nessuna difficoltà; una camera o un'altra per lui erano lo stesso; gli sarebbe anzi toccata forse una nuova e più graziosa infermiera.

«La ringrazio di cuore» fece allora il capo-infermiere con un leggero inchino; «da una persona come lei le confesso non mi stupisce un così gentile atto di cavalleria. Fra un'ora, se lei non ha nulla in contrario, procederemo al trasloco. Guardi che bisogna scendere al piano di sotto» aggiunse con voce attenuata come se si trattasse di un particolare assolutamente trascurabile. «Purtroppo in questo piano non ci sono altre camere libere. Ma è una sistemazione assolutamente provvisoria» si affrettò a specificare vedendo che Corte, rialzatosi di colpo a sedere, stava per aprir bocca in atto di protesta «una sistemazione assolutamente provvisoria. Appena resterà libera una stanza, e credo che sarà fra due o tre giorni, lei potrà tornare di sopra.»

«Le confesso» disse Giuseppe Corte sorridendo, per dimostrare di non essere un bambino «le confesso che un trasloco di questo genere non mi piace affatto.»

«Ma non ha alcun motivo medico questo trasloco; capisco benissimo quello che lei intende dire, si tratta unicamente di una cortesia a questa signora che preferisce non rimaner separata dai suoi bambini... Per carità» aggiunse ridendo apertamente «non le venga neppure in mente che ci siano altre ragioni!»

«Sarà» disse Giuseppe Corte «ma mi sembra di cattivo augurio.»

Il Corte così passò al sesto piano, e sebbene fosse convinto che questo trasloco non corrispondesse a un peggioramento del male, si sentiva a disagio al pensiero che tra lui e il mondo normale, della gente sana, già si frapponesse un netto ostacolo. Al settimo piano, porto d'arrivo, si era in un certo modo ancora in contatto con il consorzio degli uomini; esso si poteva anzi considerare quasi un prolungamento del mondo abituale. Ma al sesto già si entrava nel corpo autentico dell'ospedale; già la mentalità dei medici, delle infermiere e degli stessi ammalati era leggermente diversa. Già si ammetteva che a quel piano venivano accolti dei veri e propri ammalati, sia pure in forma non grave. Dai primi discorsi fatti con i vicini di stanza, con il personale e con i sanitari, Giuseppe Corte si accorse come in quel reparto il settimo piano venisse considerato come uno scherzo, riservato ad ammalati dilettanti, affetti più che altro da fisime; solo dal sesto, per così dire, si cominciava davvero.

Comunque Giuseppe Corte capì che per tornare di sopra, al posto che gli competeva per le caratteristiche del suo male, avrebbe certamente incontrato qualche difficoltà; per tornare al settimo piano, egli doveva mettere in moto un complesso organismo, sia pure per un minimo sforzo; non c'era dubbio che se egli non avesse fiatato, nessuno avrebbe pensato a trasferirlo di nuovo al piano superiore dei "quasi-sani".

Giuseppe Corte si propose perciò di non transigere sui suoi diritti e di non cedere alle lusinghe dell'abitudine. Ai compagni di reparto teneva molto a specificare di trovarsi con loro soltanto per pochi giorni, ch'era stato lui a voler scendere d'un piano per fare un piacere a una signora, e che appena fosse rimasta libera una stanza sarebbe tornato di sopra. Gli altri lo ascoltavano senza interesse e annuivano con scarsa convinzione.

Il convincimento di Giuseppe Corte trovò piena conferma nel giudizio del nuovo medico. Anche questi ammetteva che Giuseppe Corte poteva benissimo essere assegnato al settimo piano; la sua forma era as-so-lu-ta-men-te leg-ge-ra – e scandiva tale definizione per darle importanza – ma in fondo riteneva che al sesto piano Giuseppe Corte forse potesse essere meglio curato.

«Non cominciamo con queste storie» interveniva a questo

punto il malato con decisione «lei mi ha detto che il settimo piano è il mio posto; e voglio ritornarci.»

«Nessuno ha detto il contrario» ribatteva il dottore «il mio era un puro e semplice consiglio non da dot-to-re, ma da au-ten-ti-co a-mi-co! La sua forma, le ripeto, è leggerissima, non sarebbe esagerato dire che lei non è nemmeno ammalato, ma secondo me si distingue da forme analoghe per una certa maggiore estensione. Mi spiego: l'intensità del male è minima, ma considerevole l'ampiezza; il processo distruttivo delle cellule» era la prima volta che Giuseppe Corte sentiva là dentro quella sinistra espressione «il processo distruttivo delle cellule è assolutamente agli inizi, forse non è neppure cominciato, ma tende, dico solo *tende*, a colpire contemporaneamente vaste porzioni dell'organismo. Solo per questo, secondo me, lei può essere curato più efficacemente qui, al sesto, dove i metodi terapeutici sono più tipici ed intensi.»

Un giorno gli fu riferito che il direttore generale della casa di cura, dopo essersi lungamente consultato con i suoi collaboratori, aveva deciso un mutamento nella suddivisione dei malati. Il grado di ciascuno di essi – per così dire – veniva ribassato di un mezzo punto. Ammettendosi che in ogni piano gli ammalati fossero divisi, a seconda della loro gravità, in due categorie, (questa suddivisione veniva effettivamente fatta dai rispettivi medici, ma ad uso esclusivamente interno) l'inferiore di queste due metà veniva d'ufficio traslocata a un piano più basso. Ad esempio, la metà degli ammalati del sesto piano, quelli con forme leggermente più avanzate, dovevano passare al quinto; e i meno leggeri del settimo passare al sesto. La notizia fece piacere a Giuseppe Corte, perché in un così complesso quadro di traslochi, il suo ritorno al settimo piano sarebbe riuscito assai più facile.

Quando accennò a questa sua speranza con l'infermiera egli ebbe però un'amara sorpresa. Seppe cioè che egli sarebbe stato traslocato, ma non al settimo bensì al piano di sotto. Per motivi che l'infermiera non sapeva spiegargli, egli era stato compreso nella metà più "grave" degli ospiti del sesto piano e doveva perciò scendere al quinto.

Passata la prima sorpresa, Giuseppe Corte andò in furore; gridò che lo truffavano, che non voleva sentir parlare di altri traslochi in basso, che se ne sarebbe tornato a casa, che i diritti erano diritti e che l'amministrazione dell'ospedale non poteva trascurare così sfacciatamente le diagnosi dei sanitari.

Mentre egli ancora gridava arrivò il medico per tranquillizzarlo. Consigliò al Corte di calmarsi se non avesse voluto veder salire la febbre, gli spiegò che era successo un malinteso, almeno parziale. Ammise ancora una volta che Giuseppe Corte sarebbe stato al suo giusto posto se lo avessero messo al settimo piano, ma aggiunse di avere sul suo caso un concetto leggermente diverso, se pure personalissimo. In fondo in fondo la sua malattia poteva, in un certo senso s'intende, essere anche considerata di sesto grado, data l'ampiezza delle manifestazioni morbose. Lui stesso però non riusciva a spiegarsi come il Corte fosse stato catalogato nella metà inferiore del sesto piano. Probabilmente il segretario della direzione, che proprio quella mattina gli aveva telefonato chiedendo l'esatta posizione clinica di Giuseppe Corte, si era sbagliato nel trascrivere. O meglio la direzione aveva di proposito leggermente "peggiorato" il suo giudizio, essendo egli ritenuto un medico esperto ma troppo indulgente. Il dottore infine consigliava il Corte a non inquietarsi, a subire senza proteste il trasferimento; quello che contava era la malattia, non il posto in cui veniva collocato un malato.

Per quanto si riferiva alla cura – aggiunse ancora il medico – Giuseppe Corte non avrebbe poi avuto da rammaricarsi; il medico del piano di sotto aveva certo più esperienza; era quasi dogmatico che l'abilità dei dottori andasse crescendo, almeno a giudizio della direzione, man mano che si scendeva. La camera era altrettanto comoda ed elegante. La vista ugualmente spaziosa: solo dal terzo piano in giù la visuale era tagliata dagli alberi di cinta.

Giuseppe Corte, in preda alla febbre serale, ascoltava ascoltava le meticolose giustificazioni con una progressiva stanchezza. Alla fine si accorse che gli mancavano la forza e soprattutto la voglia di reagire ulteriormente all'ingiusto trasloco. E senza altre proteste si lasciò portare al piano di sotto.

L'unica, benché povera, consolazione di Giuseppe Corte, una volta che si trovò al quinto piano, fu di sapere che per giudizio concorde di medici, di infermieri e ammalati, egli era in quel reparto il meno grave di tutti. Nell'ambito di quel piano insomma egli poteva considerarsi di gran lunga il più fortunato. Ma d'altra parte lo tormentava il pensiero che oramai ben due barriere si frapponevano fra lui e il mondo della gente normale.

Procedendo la primavera, l'aria intanto si faceva più tepida, ma Giuseppe Corte non amava più come nei primi giorni affacciarsi alla finestra; benché un simile timore fosse una pura sciocchezza, egli si sentiva rimescolare tutto da uno strano brivido alla vista delle finestre del primo piano, sempre nella maggioranza chiuse, che si erano fatte assai più vicine.

Il suo male sembrava stazionario. Dopo tre giorni di permanenza al quinto piano, si manifestò anzi sulla gamba destra una specie di eczema che non accennò a riassorbirsi nei giorni successivi. Era un'affezione – gli disse il medico – assolutamente indipendente dal male principale; un disturbo che poteva capitare alla persona più sana del mondo. Ci sarebbe voluta, per eliminarlo in pochi giorni, una intensa cura di raggi digamma.

«E non si possono avere qui i raggi digamma?» chiese Giuseppe Corte.

«Certamente» rispose compiaciuto il medico «il nostro ospedale dispone di tutto. C'è un solo inconveniente...»

«Che cosa?» fece il Corte con un vago presentimento.

«Inconveniente per modo di dire» si corresse il dottore «volevo dire che l'installazione per i raggi si trova soltanto al quarto piano e io le sconsiglierei di fare tre volte al giorno un simile tragitto.»

«E allora niente?»

«Allora sarebbe meglio che fino a che l'espulsione non sia passata lei avesse la compiacenza di scendere al quarto.»

«Basta!» urlò allora esasperato Giuseppe Corte. «Ne ho già abbastanza di scendere! Dovessi crepare, al quarto non ci vado!»

«Come lei crede» fece conciliante il medico per non irritarlo «ma come medico curante, badi che le proibisco di andar da basso tre volte al giorno.»

Il brutto fu che l'eczema, invece di attenuarsi, andò lentamente ampliandosi. Giuseppe Corte non riusciva a trovare requie e continuava a rivoltarsi nel letto. Durò così, rabbioso, per tre giorni, fino a che dovette cedere. Spontaneamente pregò il medico di fargli praticare la cura dei raggi e di essere trasferito al piano inferiore.

Quaggiù il Corte notò, con inconfessato piacere, di rappresentare un'eccezione. Gli altri ammalati del reparto erano decisamente in condizioni molto serie e non potevano lasciare neppure per un minuto il letto. Egli invece poteva prendersi il lusso di raggiungere a piedi, dalla sua stanza, la sala dei raggi, fra i complimenti e la meraviglia delle stesse infermiere.

Al nuovo medico, egli precisò con insistenza la sua posizione specialissima. Un ammalato che in fondo aveva diritto al settimo piano veniva a trovarsi al quarto. Appena l'espulsione fosse passata, egli intendeva ritornare di sopra. Non avrebbe assolutamente ammesso alcuna nuova scusa. Lui, che sarebbe potuto trovarsi legittimamente ancora al settimo.

«Al settimo, al settimo!» esclamò sorridendo il medico che finiva proprio allora di visitarlo. «Sempre esagerati voi ammalati! Sono il primo io a dire che lei può essere contento del suo stato; a quanto vedo dalla tabella clinica, grandi peggioramenti non ci sono stati. Ma da questo a parlare di settimo piano – mi scusi la brutale sincerità – c'è una certa differenza! Lei è uno dei casi meno preoccupanti, ne convengo, ma è pur sempre un ammalato!»

«E allora, allora» fece Giuseppe Corte accendendosi tutto nel volto «lei a che piano mi metterebbe?»

«Oh, Dio, non è facile dire, non le ho fatto che una breve visita, per poter pronunciarmi dovrei seguirla per almeno una settimana.»

«Va bene» insistette Corte «ma pressapoco lei saprà.»

Il medico per tranquillizzarlo, fece finta di concentrarsi

un momento in meditazione e poi, annuendo con il capo a se stesso, disse lentamente: «Oh Dio! proprio per accontentarla, ecco, ma potremmo in fondo metterla al sesto! Sì sì» aggiunse come per persuadere se stesso. «Il sesto potrebbe andar bene».

Il dottore credeva così di far lieto il malato. Invece sul volto di Giuseppe Corte si diffuse un'espressione di sgomento: si accorgeva, il malato, che i medici degli ultimi piani l'avevano ingannato; ecco qui questo nuovo dottore, evidentemente più abile e più onesto, che in cuor suo – era evidente – lo assegnava, non al settimo, ma al quinto piano, e forse al quinto inferiore! La delusione inaspettata prostrò il Corte. Quella sera la febbre salì sensibilmente.

La permanenza al quarto piano segnò il periodo più tranquillo passato da Giuseppe Corte dopo l'entrata all'ospedale. Il medico era persona simpaticissima, premurosa e cordiale; si tratteneva spesso anche per delle ore intere a chiacchierare degli argomenti più svariati. Giuseppe Corte discorreva pure molto volentieri, cercando argomenti che riguardassero la sua solita vita d'avvocato e d'uomo di mondo. Egli cercava di persuadersi di appartenere ancora al consorzio degli uomini sani, di essere ancora legato al mondo degli affari, di interessarsi veramente dei fatti pubblici. Cercava, senza riuscirvi. Invariabilmente il discorso finiva sempre per cadere sulla malattia.

Il desiderio di un miglioramento qualsiasi era divenuto in Giuseppe Corte un'ossessione. Purtroppo i raggi digamma, se erano riusciti ad arrestare il diffondersi dell'espulsione cutanea, non erano bastati ad eliminarla. Ogni giorno Giuseppe Corte ne parlava lungamente col medico e si sforzava in questi colloqui di mostrarsi forte, anzi ironico, senza mai riuscirvi.

«Mi dica, dottore» disse un giorno «come va il processo distruttivo delle mie cellule?»

«Oh, ma che brutte parole!» lo rimproverò scherzosamente il dottore. «Dove mai le ha imparate? Non sta bene, non sta bene, soprattutto per un malato! Mai più voglio sentire da lei discorsi simili.»

«Va bene» obiettò il Corte «ma così lei non mi ha risposto.»

«Oh, le rispondo subito» fece il dottore cortese. «Il processo distruttivo delle cellule, per ripetere la sua orribile espressione, è, nel suo caso minimo, assolutamente minimo. Ma sarei tentato di definirlo ostinato.»

«Ostinato, cronico vuol dire?»

«Non mi faccia dire quello che non ho detto. Io voglio dire soltanto ostinato. Del resto sono così la maggioranza dei casi. Affezioni anche lievissime spesso hanno bisogno di cure energiche e lunghe.»

«Ma mi dica, dottore, quando potrò sperare in un miglioramento?»

«Quando? Le predizioni in questi casi sono piuttosto difficili... Ma senta» aggiunse dopo una pausa meditativa «vedo che lei ha una vera e propria smania di guarire... se non temessi di farla arrabbiare, sa che cosa le consiglierei?»

«Ma dica, dica pure, dottore...»

«Ebbene, le pongo la questione in termini molto chiari. Se io, colpito da questo male in forma anche tenuissima, capitassi in questo sanatorio, che è forse il migliore che esista, mi farei assegnare spontaneamente, e fin dal primo giorno, fin dal primo giorno, capisce? a uno dei piani più bassi. Mi farei mettere addirittura al...»

«Al primo?» suggerì con uno sforzato sorriso il Corte.

«Oh no! al primo no!» rispose ironico il medico «questo poi no! Ma al terzo o anche al secondo di certo. Nei piani inferiori la cura è fatta molto meglio, le garantisco, gli impianti sono più completi e potenti, il personale è più abile. Lei sa poi chi è l'anima di questo ospedale?»

«Non è il professore Dati?»

«Già il professore Dati. È lui l'inventore della cura che qui si pratica, lui il progettista dell'intero impianto. Ebbene, lui, il maestro, sta, per così dire, fra il primo e il secondo piano. Di là irraggia la sua forza direttiva. Ma, glielo garantisco io, il suo influsso non arriva oltre al terzo piano: più in là si direbbe che gli stessi suoi ordini si sminuzzino, perdano di consistenza, deviino; il cuore dell'ospedale è in basso e in basso bisogna stare per avere le cure migliori.»

«Ma insomma» fece Giuseppe Corte con voce tremante «allora lei mi consiglia...»

«Aggiunga una cosa» continuò imperterrito il dottore «aggiunga che nel suo caso particolare ci sarebbe da badare anche all'espulsione. Una cosa di nessuna importanza ne convengo, ma piuttosto noiosa, che a lungo andare potrebbe deprimere il suo "morale"; e lei sa quanto è importante per la guarigione la serenità di spirito. Le applicazioni di raggi che io le ho fatte sono riuscite solo a metà fruttuose. Il perché? Può darsi che sia un puro caso, ma può darsi anche che i raggi non siano abbastanza intensi. Ebbene, al terzo piano le macchine dei raggi sono molto più potenti. Le probabilità di guarire il suo eczema sarebbero molto maggiori. Poi vede? una volta avviata la guarigione, il passo più difficile è fatto. Quando si comincia a risalire, è poi difficile tornare ancora indietro. Quando lei si sentirà davvero meglio, allora nulla impedirà che lei risalga qui da noi o anche più in su, secondo i suoi "meriti" anche al quinto, al sesto, persino al settimo oso dire...»

«Ma lei crede che questo potrà accelerare la cura?»

«Ma non ci può essere dubbio. Le ho già detto che cosa farei io nei suoi panni.»

Discorsi di questo genere il dottore ne faceva ogni giorno a Giuseppe Corte. Venne infine il momento in cui il malato, stanco di patire per l'eczema, nonostante l'istintiva riluttanza a scendere, decise di seguire il consiglio del medico e si trasferì al piano di sotto.

Notò subito al terzo piano che nel reparto regnava una speciale gaiezza, sia nel medico, sia nelle infermiere, sebbene laggiù fossero in cura ammalati molto preoccupanti. Si accorse anzi che di giorno in giorno questa gaiezza andava aumentando: incuriosito, dopo che ebbe preso un po' di confidenza con l'infermiera, domandò come mai fossero tutti così allegri.

«Ah, non lo sa?» rispose l'infermiera «fra tre giorni andiamo in vacanza.»

«Come: andiamo in vacanza?»

«Ma sì. Per quindici giorni, il terzo piano si chiude e il personale se ne va a spasso. Il riposo tocca a turno ai vari piani.»

«E i malati? come fate?»

«Siccome ce n'è relativamente pochi, di due piani se ne fa uno solo.»

«Come? riunite gli ammalati del terzo e del quarto?»

«No, no» corresse l'infermiera «del terzo e del secondo. Quelli che sono qui dovranno discendere da basso.»

«Discendere al secondo?» fece Giuseppe Corte, pallido come un morto. «Io dovrei così scendere al secondo?»

«Ma certo. E che cosa c'è di strano? Quando torniamo, fra quindici giorni, lei ritornerà in questa stanza. Non mi pare che ci sia da spaventarsi.»

Invece Giuseppe Corte – un misterioso istinto lo avvertiva – fu invaso da una crudele paura. Ma, visto che non poteva trattenere il personale dall'andare in vacanza, convinto che la nuova cura coi raggi più intensi gli facesse bene – l'eczema si era quasi completamente riassorbito – egli non osò muovere formale opposizione al nuovo trasferimento. Pretese però, incurante dei motteggi delle infermiere, che sulla porta della sua nuova stanza fosse attaccato un cartello con su scritto "Giuseppe Corte, del terzo piano, di passaggio". Una cosa simile non trovava precedenti nella storia del sanatorio, ma i medici non si opposero, pensando che in un temperamento nervoso quale il Corte anche una piccola contrarietà potesse provocare una grave scossa.

Si trattava in fondo di aspettare quindici giorni né uno di più, né uno di meno. Giuseppe Corte si mise a contarli con avidità ostinata, restando per delle ore intere immobile sul letto, con gli occhi fissi sui mobili, che al secondo piano non erano più così moderni e gai come nei reparti superiori, ma assumevano dimensioni più grandi e linee più solenni e severe. E di tanto in tanto aguzzava le orecchie poiché gli pareva di udire dal piano di sotto, il piano dei moribondi, il reparto dei "condannati", vaghi rantoli di agonie.

Tutto questo naturalmente contribuiva a scoraggiarlo. E la minore serenità sembrava aiutare la malattia, la febbre tendeva a salire, la debolezza generale si faceva più fonda. Dalla finestra – si era oramai in piena estate e i vetri si tenevano quasi sempre aperti – non si scorgevano più i tetti e neppure le case della città, ma soltanto la muraglia verde degli alberi che circondavano l'ospedale.

Dopo sette giorni, un pomeriggio verso le due, entrarono improvvisamente il capo-infermiere e tre infermieri, che spingevano un lettuccio a rotelle. «Siamo pronti per il trasloco?» domandò in tono di bonaria celia il capo-infermiere.

«Che trasloco?» domandò con voce stentata Giuseppe Corte «che altri scherzi sono questi? Non tornano fra sette giorni quelli del terzo piano?»

«Che terzo piano?» disse il capo-infermiere come se non capisse «io ho avuto l'ordine di condurla al primo, guardi qua» e fece vedere un modulo stampato per il passaggio al piano inferiore firmato nientemeno che dallo stesso professore Dati.

Il terrore, la rabbia infernale di Giuseppe Corte esplosero allora in lunghe irose grida che si ripercossero per tutto il reparto. «Adagio, adagio per carità» supplicarono gli infermieri «ci sono dei malati che non stanno bene!» Ma ci voleva altro per calmarlo.

Finalmente accorse il medico che dirigeva il reparto, una persona gentilissima e molto educata. Si informò, guardò il modulo, si fece spiegare dal Corte. Poi si rivolse incollerito al capo-infermiere, dichiarando che c'era stato uno sbaglio, lui non aveva dato alcuna disposizione del genere, da qualche tempo c'era una insopportabile confusione, lui veniva tenuto all'oscuro di tutto... Infine, detto il fatto suo al dipendente, si rivolse, in tono cortese, al malato, scusandosi profondamente.

«Purtroppo però» aggiunse il medico «purtroppo il professor Dati proprio un'ora fa è partito per una breve licenza, non tornerà che fra due giorni. Sono assolutamente desolato, ma i suoi ordini non possono essere trasgrediti. Sarà lui il primo a rammaricarsene, glielo garantisco... un errore simile! Non capisco come possa essere accaduto!»

Ormai un pietoso tremito aveva preso a scuotere Giuseppe Corte. La capacità di dominarsi gli era completamente sfuggita. Il terrore l'aveva sopraffatto come un bambino. I suoi singhiozzi risuonavano lenti e disperati per la stanza.

Giunse così, per quell'esecrabile errore, all'ultima stazione. Nel reparto dei moribondi lui, che in fondo, per la gravità del male, a giudizio anche dei medici più severi, aveva il diritto di essere assegnato al sesto, se non al settimo piano! La situazione era talmente grottesca che in certi istanti Giuseppe Corte sentiva quasi la voglia di sghignazzare senza ritegno.

Disteso nel letto, mentre il caldo pomeriggio d'estate passava lentamente sulla grande città, egli guardava il verde degli alberi attraverso la finestra, con l'impressione di essere giunto in un mondo irreale, fatto di assurde pareti a piastrelle sterilizzate, di gelidi androni mortuari, di bianche figure umane vuote di anima. Gli venne persino in mente che anche gli alberi che gli sembrava di scorgere attraverso la finestra non fossero veri; finì anzi per convincersene, notando che le foglie non si muovevano affatto.

Questa idea lo agitò talmente, che il Corte chiamò col campanello l'infermiera e si fece porgere gli occhiali da miope, che in letto non adoperava; solo allora riuscì a tranquillizzarsi un poco: con l'aiuto delle lenti poté assicurarsi che erano proprio alberi veri e che le foglie, sia pur leggermente, ogni tanto erano mosse dal vento.

Uscita che fu l'infermiera, passò un quarto d'ora di completo silenzio. Sei piani, sei terribili muraglie, sia pure per un errore formale, sovrastavano adesso Giuseppe Corte con implacabile peso. In quanti anni, sì, bisognava pensare proprio ad anni, in quanti anni egli sarebbe riuscito a risalire fino all'orlo di quel precipizio?

Ma come mai la stanza si faceva improvvisamente così buia? Era pur sempre pomeriggio pieno. Con uno sforzo supremo Giuseppe Corte, che si sentiva paralizzato da uno strano torpore, guardò l'orologio, sul comodino, di fianco al letto. Erano le tre e mezzo. Voltò il capo dall'altra parte, e vide che le persiane scorrevoli, obbedienti a un misterioso comando, scendevano lentamente, chiudendo il passo alla luce.

4

Ombra del sud

Tra le case pencolanti, le balconate a traforo marce di polvere, gli anditi fetidi, le pareti calcinate, gli aliti della sozzura annidata in ogni interstizio, sola in mezzo a una via io vidi a Porto Said una figura strana. Ai lati, lungo i piedi delle case, si muoveva la gente miserabile del quartiere; e benché a pensarci bene non fosse molta, pareva che la strada ne formicolasse, tanto il brulichìo era uniforme e continuo. Attraverso i veli della polvere e i riverberi abbacinanti del sole, non riuscivo a fermare l'attenzione su alcuna cosa, come succede nei sogni. Ma poi, proprio nel mezzo della via (una strada qualsiasi identica alle mille altre, che si perdeva a vista d'occhio in una prospettiva di baracche fastose e crollanti) proprio nel mezzo, immerso completamente nel sole, scorsi un uomo, un arabo forse, vestito di una larga palandrana bianca, in testa una specie di cappuccio – o così mi parve – ugualmente bianco. Camminava lentamente in mezzo alla strada, come dondolando, quasi stesse cercando qualcosa, o titubasse, o fosse anche un poco storno. Si andava allontanando tra le buche polverose sempre con quel suo passo d'orso, senza che nessuno gli badasse e l'insieme suo, in quella strada e in quell'ora, pareva concentrare in sé con straordinaria intensità tutto il mondo che lo contornava.

Furono pochi istanti. Solo dopo che ne ebbi tratto via gli sguardi mi accorsi che l'uomo, e specialmente il suo passo

inconsueto, mi erano di colpo entrati nell'animo senza che
sapessi spiegarmene la ragione. «Guarda che buffo quello là
in fondo!» dissi al compagno, e speravo da lui una parola banale che riportasse tutto alla normalità (perché sentivo essere nata in me certa inquietudine). Ciò dicendo diressi ancora
gli sguardi in fondo alla strada per osservarlo.

«Chi buffo?» fece il mio compagno. Io risposi: «Ma sì,
quell'uomo che traballa in mezzo alla strada».

Mentre dicevo così l'uomo disparve. Non so se fosse entrato in una casa, o in un vicolo, o inghiottito dal brulichìo che
strisciava lungo le case, o addirittura fosse svanito nel nulla,
bruciato dai riverberi meridiani. «Dove? dove?» disse il mio
compagno e io risposi: «Era là, ma adesso è scomparso».

Poi risalimmo in macchina e si andò in giro benché fossero appena le due e facesse caldo. L'inquietudine non c'era più
e si rideva facilmente per stupidaggini qualsiasi, fino a che si
giunse ai confini del borgo indigeno dove i falansteri polverosi cessavano, cominciava la sabbia e al sole resistevano alcune baracche luride, che per pietà speravo fossero disabitate. Invece, guardando meglio, mi accorsi che un filo di fumo,
quasi invisibile tra le vampate del sole, saliva su da uno di
quei tuguri, alzandosi con fatica al cielo. Uomini dunque vivevano là dentro, pensai con rimorso, mentre rimuovevo un
pezzetto di paglia da una manica del mio vestito bianco.

Stavo così gingillandomi con queste filantropie da turista
quando mi mancò il respiro. «Che gente!» stavo dicendo al
compagno. «Guarda quel ragazzetto con una terrina in mano, per esempio, che cosa spera di...» Non terminai perché
gli sguardi, non potendo sostare per la luce su alcuna cosa e
vagando irrequieti, si posarono su di un uomo vestito di una
palandrana bianca, che se n'andava dondolando al di là dei
tuguri, in mezzo alla sabbia, verso la sponda di una laguna.

«Che ridicolo» dissi ad alta voce per tranquillizzarmi. «È
mezz'ora che giriamo e siamo capitati nello stesso posto di
prima! Guarda quel tipo, quello che ti dicevo!» Era lui infatti, non c'era dubbio, con il suo passo vacillante, come se andasse cercando qualcosa, o titubasse, o fosse anche un poco

storno. E anche adesso voltava le spalle e si andava allontanando adagio, chiudendo – mi pareva – una fatalità paziente
e ostinata.

Era lui; e l'inquietudine rinacque più forte perché sapevo
bene che quello non era il posto di prima e che l'auto, pur facendo giri viziosi, si era allontanata di qualche chilometro, la
qual cosa un uomo a piedi non avrebbe potuto. Eppure l'arabo indecifrabile era là, in cammino verso la sponda della laguna, dove non capivo che cosa potesse cercare. No, egli non
cercava nulla, lo sapevo perfettamente. Di carne ed ossa o
miraggio, egli era comparso per me, miracolosamente si era
spostato da un capo all'altro della città indigena per ritrovar-
mi e fui consapevole (per una voce che mi parlava dal fondo)
di una oscura complicità che mi legava a quell'essere.

«Che tipo?» rispose il compagno spensierato. «Quel ragazzo col piatto, dici?»

«Ma no!» feci con ira. «Ma non lo vedi là in fondo? Non c'è
che lui, quello lì che... che...»

Era un effetto di luce, forse, un'illusione banale degli occhi, ma l'uomo si era ancora dissolto nel nulla, sinistro inganno. In realtà le parole mi si ingorgavano in bocca. Io bal-
bettavo, smarrito, fissando le sabbie vuote. «Tu non stai
bene» mi disse il compagno. «Torniamo al piroscafo.» Allora
cercai di ridere e dissi: «Ma non capisci che scherzavo?».

Alla sera partimmo, la nave scese per il canale verso il Mar
Rosso, in direzione del Tropico e nella notte l'immagine del-
l'arabo mi restava fissa nell'animo, mentre inutilmente ten-
tavo di pensare alle cose di tutti i giorni. Mi pareva anzi
oscuramente di seguire in un certo modo determinazioni
non mie, mi mettevo addirittura in mente che l'uomo di Porto Said non fosse estraneo alla cosa, quasi che ci fosse stato
in lui il desiderio di indicarmi le strade del sud, che il suo
barcollare, i suoi tentennamenti d'orso fossero ingenue lusinghe, sul tipo di certi stregoni.

Andò la nave e a poco a poco mi convinsi di essere stato in
errore: gli arabi si vestono pressapoco tutti uguali, mi ero
evidentemente confuso, complice la fantasia sospettosa. Tut-

tavia sentii ritornare vaga eco di disagio il mattino che approdammo a Massaua. Quel giorno me ne andai girando solo, nelle ore più calde, e mi fermavo agli incroci per esplorare attorno. Mi sembrava di fare una specie di collaudo, come attraversare un ponticello per vedere se tenga. Sarebbe ricomparso l'individuo di Porto Said, uomo o fantasma che fosse?

Girai per un'ora e mezza e il sole non mi dava pena (il sole celebre di Massaua) perché la prova sembrava riuscire secondo le mie speranze. Mi spinsi a piedi attraverso Taulud, mi fermai a perlustrare la diga, vidi arabi, eritrei, sudanesi, volti puri od abbietti, ma lui non vidi. Lietamente mi lasciavo cuocere dal caldo, come liberato da una persecuzione.

Poi venne la sera e si ripartì per il meridione. I compagni di viaggio erano sbarcati, la nave era quasi vuota, mi sentivo solo ed estraneo, un intruso in un mondo di altri. Gli ormeggi erano stati tolti, la nave cominciò a scostarsi lentamente dalla banchina deserta, nessuno c'era a salutare e d'un tratto mi passò per la mente che in fondo il fantasma di Porto Said in qualche modo si era occupato di me, sia pure per angustiarmi, meglio che niente. Sì, egli mi aveva fatto paura con le sue sparizioni magiche, nello stesso tempo però c'era un motivo di orgoglio. L'uomo infatti era venuto per me (il mio compagno di passeggiata non lo aveva neppure notato). Considerato a distanza, quell'essere mi risultava adesso come una personificazione, racchiudente il segreto stesso dell'Africa. Tra me e questa terra c'era dunque, prima che lo sospettassi, un legame. Era venuto a me un messaggero, dai regni favolosi del sud, a indicarmi la via?

La nave era già a duecento metri dalla banchina ed ecco una piccola figura bianca muoversi sull'estremità del molo. Solissimo sulla striscia grigia di cemento, si allontanava lentamente – mi parve – barcollando come se titubasse o andasse cercando qualcosa, o fosse anche un poco storno. Il cuore mi cominciò a battere. Era lui, ne fui sicuro, chissà se uomo o fantasma, probabilmente (ma non potevo distinguere a motivo della distanza) mi voltava le spalle, se n'andava in direzione del sud, assurdo ambasciatore di un mondo che sarebbe potuto essere anche mio.

Ed oggi, ad Harar, finalmente l'ho incontrato di nuovo. Io sono qui che scrivo, nella casa di un amico piuttosto isolata, il ronzìo del Petromax mi ha riempito la testa, i pensieri vanno su e giù come le onde, forse la stanchezza, forse l'aria presa in macchina. No, non è più paura, come avvenne presso la laguna di Porto Said, è invece come sentirsi deboli, inferiori a ciò che ci aspetta.

L'ho rivisto oggi, mentre perlustravo i labirinti della città indigena. Già camminavo da mezz'ora per quei budelli, tutti uguali e diversi, e c'era luce bellissima dopo un temporale. Mi divertivo a gettare un'occhiata nei rari pertugi, dove si aprono cortiletti da fiaba, chiusi come in minuscoli fortilizi tra muri rossi di sassi e di fango. I viottoli erano per lo più deserti, le case (per così dire) silenziose, alle volte veniva in mente che fosse una città morta, sterminata dalla peste, e che non ci fosse più via d'uscita; la notte ci avrebbe colti alla ricerca affannosa della liberazione.

Facevo questi pensieri quando lui mi riapparve. Per una combinazione la stradicciola ripida per dove scendevo non era tortuosa come le altre ma abbastanza diritta, cosicché se ne poteva scorgere un'ottantina di metri. Lui camminava tra i sassi, barcollando più che mai come un orso e volgendo la schiena si allontanava, estremamente significativo: non proprio tragico e nemmeno grottesco, non saprei proprio come dire. Ma era lui, sempre l'uomo di Porto Said, il messaggero di favolosi regni, che non mi potrà più lasciare.

Corsi giù tra i sassi scoscesi, con la maggiore lestezza possibile. Questa volta finalmente non mi sarebbe sfuggito, due muri rossi e uniformi rinserravano la stradicciola e non vi erano porte. Corsi fino a che il vicolo faceva un'ansa e mi aspettavo, alla svolta, di trovarmi l'uomo a non più di tre metri. Invece non c'era. Come le altre volte egli era svanito nel nulla.

L'ho rivisto più tardi, sempre uguale, che si allontanava ancora per uno di quei budelli, non verso il mare ma verso l'interno. Non gli sono più corso dietro. Sono rimasto fermo a guardarlo, con una vaga tristezza, finché è sparito in un vicolo laterale. Che cosa voleva da me? Dove voleva condurmi? Non so chi tu sia, se uomo, fantasma, o miraggio, ma temo che ti sia sbagliato. Non sono, ho paura, colui che tu cerchi. La faccenda non è molto chiara ma mi pare di avere capito che tu vorresti condurmi più in là, ogni volta più in là, sempre più nel centro, fino alle frontiere del tuo incognito regno.

Lo capisco e sarebbe anche bello. Tu sei paziente, tu mi aspetti ai bivi solitari per insegnarmi la strada, tu sei veramente discreto, tu fai perfino mostra di fuggirmi, con diplomazia tutta orientale, e non osi neppure rivelare il tuo volto. Tu vuoi soltanto farmi capire – mi sembra – che il tuo monarca mi aspetta in mezzo al deserto, nel palazzo bianco e meraviglioso, vigilato da leoni, dove cantano fontane incantate. Sarebbe bello, lo so, lo vorrei proprio. Ma la mia anima è deprecabilmente timida, invano la redarguisco, le sue ali tremano, i suoi dentini diafani battono appena la si conduce verso la soglia delle grandi avventure. Così sono fatto, purtroppo, e ho davvero paura che il tuo re sprechi il suo tempo ad aspettarmi nel palazzo bianco in mezzo al deserto, dove probabilmente sarei felice.

No, no, in nome del Cielo. Sia come sia, o messaggero, porta la notizia che io vengo, non occorre neanche che tu ti faccia vedere ancora. Questa sera mi sento veramente bene, sebbene i pensieri ondeggino un poco, e ho preso la decisione di partire (Ma sarò poi capace? Non farà storie poi la mia anima al momento buono non si metterà a tremare, non nasconderà la testa tra le pavide ali dicendo di non andare più avanti?).

5

Eppure battono alla porta

La signora Maria Gron entrò nella sala al pianterreno della villa col cestino del lavoro. Diede uno sguardo attorno, per constatare che tutto procedesse secondo le norme familiari, depose il cestino su un tavolo, si avvicinò a un vaso pieno di rose, annusando gentilmente. Nella sala c'erano suo marito Stefano, il figlio Federico detto Fedri, entrambi seduti al caminetto, la figlia Giorgina che leggeva, il vecchio amico di casa Eugenio Martora, medico, intento a fumare un sigaro.

«Sono tutte *fanées*, tutte andate» mormorò parlando a se stessa e passò una mano, carezzando, sui fiori. Parecchi petali si staccarono e caddero.

Dalla poltrona dove stava seduta leggendo, Giorgina chiamò: «Mamma!».

Era già notte e come al solito le imposte degli alti finestroni erano state sprangate. Pure dall'esterno giungeva un ininterrotto scroscio di pioggia. In fondo alla sala, verso il vestibolo d'ingresso, un solenne tendaggio rosso chiudeva la larga apertura ad arco: a quell'ora, per la poca luce che vi giungeva, esso sembrava nero.

«Mamma!» disse Giorgina. «Sai quei due cani di pietra in fondo al viale delle querce, nel parco?»

«E come ti saltano in mente i cani di pietra, cara?» rispose la mamma con cortese indifferenza, riprendendo il cestino del lavoro e sedendosi al consueto posto, presso un paralume.

«Questa mattina» spiegò la graziosa ragazza «mentre tornavo in auto, li ho visti sul carro di un contadino, proprio vicino al ponte.»

Nel silenzio della sala, la voce esile della Giorgina spiccò grandemente. La signora Gron, che stava scorrendo un giornale, piegò le labbra a un sorriso di precauzione e guardò di sfuggita il marito, come se sperasse che lui non avesse ascoltato.

«Questa è bella!» esclamò il dottor Martora. «Non ci manca che i contadini vadano in giro a rubare le statue. Collezionisti d'arte, adesso!»

«E allora?» chiese il padre, invitando la figliola a continuare.

«Allora ho detto a Berto di fermare e di andare a chiedere...»

La signora Gron contrasse lievemente il naso; faceva sempre così quando uno toccava argomenti ingrati e bisognava correre ai ripari. La faccenda delle due statue nascondeva qualcosa e lei aveva capito; qualcosa di spiacevole che bisognava quindi tacere.

«Ma sì, ma sì, sono stata io a dire di portarli via» e lei così tentava di liquidar la questione «li trovo così antipatici.»

Dal caminetto giunse la voce del padre, una voce profonda e oscillante, forse per la vecchiaia, forse per inquietudine: «Ma come? ma come? Ma perché li hai fatti portar via, cara? Erano due statue antiche, due pezzi di scavo...».

«Mi sono spiegata male» fece la signora accentuando la gentilezza ("che stupida sono stata" pensava intanto "non potevo trovare qualcosa di meglio?"). «L'avevo detto, sì, di toglierli, ma in termini vaghi, più che altro per scherzo l'avevo detto, naturalmente...»

«Ma stammi a sentire, mammina» insisté la ragazza. «Berto ha domandato al contadino e lui ha detto che aveva trovato il cane giù sulla riva del fiume...»

Si fermò perché le era parso che la pioggia fosse cessata. Invece, fattosi silenzio, si udì ancora lo scroscio immobile, fondo, che opprimeva gli animi (benché nessuno se ne accorgesse).

«Perché "il cane"?» domandò il giovane Federico, senza nemmeno voltare la testa. «Non avevi detto che c'erano tutti e due?»

«Oh Dio, come sei pedante» ribatté Giorgina ridendo «io ne ho visto uno, ma probabilmente c'era anche l'altro.»

Federico disse: «Non vedo, non vedo il perché». E anche il dottor Martora rise.

«Dimmi, Giorgina» chiese allora la signora Gron, approfittando subito della pausa. «Che libro leggi? È l'ultimo romanzo del Massin, quello che mi dicevi? Vorrei leggerlo anch'io quando l'avrai finito. Se non te lo si dice prima, tu lo presti immediatamente alle amiche. Non si trova più niente dopo. Oh, a me piace Massin, così personale, così strano... La Frida oggi mi ha promesso...»

Il marito però interruppe: «Giorgina» chiese alla figlia «tu allora che cosa hai fatto? Ti sarai fatta almeno dare il nome! Scusa sai, Maria» aggiunse alludendo all'interruzione.

«Non volevi mica che mi mettessi a litigare per la strada, spero» rispose la ragazza. «Era uno dei Dall'Oca. Ha detto che lui non sapeva niente, che aveva trovato la statua giù nel fiume.»

«E sei proprio sicura che fosse uno dei cani nostri?»

«Altro che sicura. Non ti ricordi che Fedri e io gli avevamo dipinto le orecchie di verde?»

«E quello che hai visto aveva le orecchie verdi?» fece il padre, spesso un poco ottuso di mente.

«Le orecchie verdi, proprio» disse la Giorgina. «Si capisce che ormai sono un po' scolorite.»

Di nuovo intervenne la mamma: «Sentite» domandò con garbo perfino esagerato «ma li trovate poi così interessanti questi cani di pietra? Non so, scusa se te lo dico, Stefano, ma non mi sembra che ci sia da fare poi un gran caso...».

Dall'esterno – si sarebbe detto quasi subito dietro il tendone – giunse, frammisto alla voce della pioggia, un rombo sordo e prolungato.

«Avete sentito?» esclamò subito il signor Gron. «Avete sentito?»

«Un tuono, no? Un semplice tuono. È inutile, Stefano, tu hai bisogno di essere sempre nervoso nelle giornate di pioggia» si affrettò a spiegare la moglie.

Tacquero tutti, ma a lungo non poteva durare. Sembrava che un pensiero estraneo, inadatto a quel palazzo da signori, fosse entrato e ristagnasse nella grande sala in penombra.

«Trovato giù nel fiume!» commentò ancora il padre, tornando all'argomento dei cani. «Come è possibile che sia finito giù al fiume? Non sarà mica volato, dico.»

«E perché no?» fece il dottor Martora gioviale.

«Perché no cosa, dottore?» chiese la signora Maria, diffidente, non piacendole in genere le facezie del vecchio amico.

«Dico: e perché è poi escluso che la statua abbia fatto un volo? Il fiume passa proprio lì, sotto. Venti metri di salto, dopo tutto.»

«Che mondo, che mondo!» ancora una volta Maria Gron tentava di respingere il soggetto dei cani, quasi vi si celassero cose sconvenienti. «Le statue da noi si mettono a volare e sapete cosa dice qua il giornale? "Una razza di pesci parlanti scoperta nelle acque di Giava".»

«Dice anche: "Tesaurizzate il tempo!"» aggiunse stupidamente Federico che pure aveva in mano un giornale.

«Come, che cosa dici?» chiese il padre, che non aveva capito, con generica apprensione.

«Sì, c'è scritto qui: "Tesaurizzate il tempo! Nel bilancio di un produttore di affari dovrebbe figurare all'attivo e al passivo, secondo i casi, anche il tempo".»

«Al passivo, direi allora, al passivo, con questo po' po' di pioggia!» propose il Martora divertito.

E allora si udì il suono di un campanello, al di là della grande tenda. Qualcuno dunque giungeva dall'infida notte, qualcuno aveva attraversato le barriere di pioggia, la quale diluviava sul mondo, martellava i tetti, divorava le rive del fiume facendole crollare a spicchi; e nobili alberi precipitavano col loro piedestallo di terra giù dalle ripe, scrosciando, e poco dopo si vedevano emergere per un istante cento metri più in là, succhiati dai gorghi; il fiume che aveva inghiottito i margini dell'antico parco, con le balaustre di ferro settecentesco, le panchine, i due cani di pietra.

«Chi sarà?» disse il vecchio Gron, togliendosi gli occhiali d'oro. «Anche a quest'ora vengono? Sarà quello della sottoscrizione, scommetto, l'impiegato della parrocchia, da qualche giorno è sempre tra i piedi. Le vittime dell'inondazione! Dove sono poi queste vittime! Continuano a domandare soldi, ma non ne ho vista neanche una, io, di queste vittime! Come se... Chi è? Chi è?» domandò a bassa voce al cameriere uscito dalla tenda.

«Il signor Massigher» annunciò il cameriere.

Il dottor Martora fu contento: «Oh eccolo, quel simpatico amico! Abbiam fatto una discussione l'altro giorno... oh, sa quel che si vuole il giovanotto».

«Sarà intelligente fin che volete, caro **Martora**» disse la signora «ma è proprio la qualità che mi commuove meno. Questa gente che non fa che discutere... Confesso, le discussioni non mi vanno... Non dico di Massigher che è un gran bravo ragazzo... Tu, Giorgina» aggiunse a bassa voce «farai il piacere, dopo aver salutato, di andartene a letto. È tardi, cara, lo sai.»

«Se Massigher ti fosse più simpatico» rispose la figlia audacemente, tentando un tono scherzoso «se ti fosse più simpatico scommetto che adesso non sarebbe tardi, scommetto.»

«Basta, Giorgina, non dire sciocchezze, lo sai... Oh buonasera, Massigher. Oramai non speravamo più di vedervi... di solito venite più presto...»

Il giovine, i capelli un po' arruffati, si fermò sulla soglia, guardando i Gron con stupore. "Ma come, loro non sapevano?" Poi si fece avanti, vagamente impacciato.

«Buonasera, signora Maria» disse senza raccogliere il rimprovero. «Buonasera, signor Gron, ciao Giorgina, ciao Fedri, ah, scusatemi dottore, nell'ombra non vi avevo veduto...»

Sembrava eccitato, andava di qua e di là salutando, quasi ansioso di dare importante notizia.

«Avete sentito dunque?» si decise infine, siccome gli altri non lo provocavano. «Avete sentito che l'argine...»

«Oh sì» intervenne Maria Gron con impeccabile scioltezza. «Un tempaccio, vero?» E sorrise, socchiudendo gli occhi, invitando l'ospite a capire (pare impossibile, pensava intanto, il senso dell'opportunità non è proprio il suo forte!).

Ma il padre Gron si era già alzato dalla poltrona. «Ditemi, Massigher, che cosa avete sentito? Qualche novità forse?»

«Macché novità» fece vivamente la moglie. «Non capisco proprio, caro, questa sera sei così nervoso...»

Massigher restò interdetto.

«Già» ammise, cercando una scappatoia «nessuna novità che io sappia. Solo che dal ponte si vede...»

«Sfido io, mi immagino, il fiume in piena!» fece la signora Maria aiutandolo a trarsi d'impaccio. «Uno spettacolo imponente, immagino... ti ricordi, Stefano, del Niagara? Quanti anni, da allora...»

A questo punto Massigher si avvicinò alla padrona di casa e le mormorò sottovoce, approfittando che Giorgina e Federico si erano messi a parlare tra loro: «Ma signora, ma signora» i suoi occhi sfavillavano «ma il fiume è ormai qui sotto, non è prudente restare, non sentite il...?».

«Ti ricordi, Stefano?» continuò lei come se non avesse neppure sentito «ti ricordi che paura quei due olandesi? Non hanno voluto neppure avvicinarsi, dicevano ch'era un rischio inutile, che si poteva venire travolti...»

«Bene» ribatté il marito «dicono che qualche volta è proprio successo. Gente che si è sporta troppo, un capogiro, magari...»

Pareva aver riacquistato la calma. Aveva rimesso gli occhiali, si era nuovamente seduto vicino al caminetto, allungando le mani verso il fuoco, allo scopo di scaldarle.

Ed ecco per la seconda volta quel rombo sordo e inquietante. Ora sembrava provenire in realtà dal fondo della terra, giù in basso, dai remoti meandri delle cantine. Anche la signora Gron restò suo malgrado ad ascoltare.

«Avete sentito?» esclamò il padre, corrugando un pochetto la fronte. «Di', Giorgina, hai sentito?...»

«Ho sentito, sì, non capisco» fece la ragazza sbiancatasi in volto.

«Ma è un tuono!» ribatté con prepotenza la madre. «Ma è un tuono qualsiasi... che cosa volete che sia?... Non saranno mica gli spiriti alle volte!»

«Il tuono non fa questo rumore, Maria» notò il marito scuotendo la testa. «Pareva qui sotto, pareva.»

«Lo sai, caro: tutte le volte che fa temporale sembra che crolli la casa» insisté la signora. «Quando c'è temporale in questa casa saltan fuori rumori di ogni genere... Anche voi avete sentito un semplice tuono, vero, Massigher?» concluse, certa che l'ospite non avrebbe osato smentirla.

Il quale sorrise con garbata rassegnazione, dando risposta elusiva: «Voi dite gli spiriti, signora..., proprio stasera, attraversando il giardino, ho avuto una curiosa impressione, mi pareva che mi venisse dietro qualcuno... sentivo dei passi, come... dei passi ben distinti sulla ghiaietta del viale...».

«E naturalmente suono di ossa e rantoli, vero?» suggerì la signora Gron.

«Niente ossa, signora, semplicemente dei passi, probabilmente erano i miei stessi» soggiunse «si verificano certi strani echi, alle volte.»

«Ecco, così; bravo Massigher... Oppure topi, caro mio volete vedere che erano topi? Certo non bisogna essere romantici come voi, altrimenti chissà cosa si sente...»

«Signora» tentò nuovamente sottovoce il giovane, chinandosi verso di lei. «Ma non sentite, signora? Il fiume qua sotto, non sentite?»

«No, non sento, non sento niente» rispose lei, pure sottovoce, recisa. Poi più forte: «Ma non siete divertente con queste vostre storie, sapete?».

Non trovò da rispondere, il giovane. Tentò soltanto una risata, tanto gli pareva stolta l'ostinazione della signora. "Non ci volete credere, dunque?" pensò con acrimonia; anche in pensiero, istintivamente, finiva per darle del voi. "Le cose spiacevoli non vi riguardano, vero? Vi pare da zotici il parlarne? Il vostro prezioso mondo le ha sempre rifiutate, vero? Voglio vedere, la vostra sdegnosa immunità dove andrà a finire!"

«Senti, senti, Stefano» diceva lei intanto con slancio, parlando attraverso la sala «Massigher sostiene di aver incontrato gli spiriti, qui fuori, in giardino, e lo dice sul serio... questi giovani, un bell'esempio, mi pare.»

«Signor Gron, ma non crediate» e rideva con sforzo, arrossendo «ma io non dicevo questo, io...»

Si interruppe, ascoltando. E dal silenzio stesso sopravvenuto gli parve che, sopra il rumore della pioggia, altra voce andasse crescendo, minacciosa e cupa. Egli era in piedi, nel cono di luce di una lampada un poco azzurra, la bocca socchiusa, non spaventato in verità, ma assorto e come vibrante, stranamente diverso da tutto ciò che lo circondava, uomini e cose. Giorgina lo guardava con desiderio.

Ma non capisci, giovane Massigher? Non ti senti abbastanza sicuro nell'antica magione dei Gron? Come fai a dubitare? Non ti bastano queste vecchie mura massicce, questa controllatissima pace, queste facce impassibili? Come osi offendere tanta dignità coi tuoi stupidi spaventi giovanili?

«Mi sembri uno spiritato» osservò il suo amico Fedri. «Sembri un pittore..., ma non potevi pettinarti, stasera? Mi raccomando un'altra volta... lo sai che la mamma ci tiene» e scoppiò in una risata.

Il padre allora intervenne con la sua querula voce: «Bene, lo cominciamo questo ponte? Facciamo ancora in tempo, sapete. Una partita e poi andiamo a dormire. Giorgina, per favore, va a prendere la scatola delle carte».

In quel mentre si affacciò il cameriere con faccia stranita. «Che cosa c'è adesso?» chiese la padrona, malcelando l'irritazione. «È arrivato qualcun altro?»

«C'è di là Antonio, il fattore... chiede di parlare con uno di lor signori, dice che è una cosa importante.»

«Vengo io, vengo io» disse subito Stefano, e si alzò con precipitazione, come temesse di non fare in tempo.

La moglie infatti lo trattenne: «No, no, no, tu rimani qui, adesso. Con l'umido che c'è fuori... lo sai bene... i tuoi reumi. Tu rimani qui, caro. Andrà Fedri a sentire».

«Sarà una delle solite storie» fece il giovane, avviandosi verso la tenda. Poi da lontano giunsero voci incerte.

«Vi mettete qui a giocare?» chiedeva nel frattempo la signora. «Giorgina, togli quel vaso, per favore... poi va a dormire, cara, è già tardi. E voi, dottor Martora, che cosa fate, dormite?»

L'amico si riscosse, confuso: «Se dormivo? Eh sì, un poco» rise. «Il caldo del caminetto, l'età...»

«Mamma!» chiamò da un angolo la ragazza. «Mamma, non trovo più la scatola delle carte, erano qui nel cassetto, ieri.»

«Apri gli occhi, cara. Ma non la vedi lì sulla mensola? Voi almeno non trovate mai niente...»

Massigher dispose le quattro sedie, poi cominciò a mescolare un mazzo. Intanto rientrava Federico. Il padre domandò stancamente: «Che cosa voleva Antonio?».

«Ma niente!» rispose il figliolo allegro. «Le solite paure dei contadini. Dicono che c'è pericolo per il fiume, dicono che anche la casa è minacciata, figurati. Volevano che io andassi a vedere, figurati, con questo tempo! Sono tutti là che pregano, adesso, e suonano le campane, sentite?»

«Fedri» propose allora Massigher. «Andiamo insieme a vedere? Solo cinque minuti. Ci stai?»

«E la partita, Massigher?» fece la signora. «Volete piantare in asso il dottor Martora? Per bagnarvi come pulcini, poi...»

Così i quattro cominciarono il gioco, Giorgina se n'andò a dormire, la madre in un angolo prese in mano il ricamo.

Mentre i quattro giocavano, i tonfi di poco prima divennero più frequenti. Era come se un corpo massiccio piombasse in una buca profonda piena di melma, tale era il suono: un colpo tristo nelle viscere della terra. Ogni volta esso lasciava dietro a sé sensazione di pena, le mani indugiavano sulla carta da gettare, il respiro restava sospeso, ma poi tutto quanto spariva.

Nessuno – si sarebbe detto – osava parlarne. Solo a un certo punto il dottor Martora osservò: «Deve essere nella cloaca, qui sotto. C'è una specie di condotta antichissima che sbocca nel fiume. Qualche rigurgito forse...». Gli altri non aggiunsero parola.

Ora conviene osservare gli sguardi del signor Gron, nobi-luomo. Essi sono rivolti principalmente al piccolo ventaglio di carte tenuto dalla mano sinistra, tuttavia essi passano anche oltre il margine delle carte, si estendono alla testa e alle spalle del Martora, seduto dinanzi, e raggiungono perfino l'estremità della sala là dove il lucido pavimento scompare sotto le frange del tendaggio. Adesso invece gli occhi di Gron non si indugiavano più sulle carte, né sull'onesto volto dell'amico, ma insistevano al di là, verso il fondo, ai piedi del cortinaggio; e si dilatavano per di più, accendendosi di strana luce.

Fino a che dalla bocca del vecchio signore uscì una voce opaca, carica di indicibile desolazione, e diceva semplicemente: «Guarda». Non si rivolgeva al figlio, né al dottore, né a Massigher in modo particolare. Diceva solamente «Guarda» ma così da suscitare paura.

Il Gron disse questo e gli altri guardarono, compresa la consorte che sedeva nell'angolo con grande dignità, accudendo al ricamo. E dal bordo inferiore del cupo tendaggio videro avanzare lentamente, strisciando sul pavimento, un'informe cosa nera.

«Stefano, Stefano, per l'amor di Dio, perché fai quella voce?» esclamava la signora Gron levatasi in piedi e già in cammino verso la tenda: «Non vedi che è acqua?». Dei quattro che stavano giocando nessuno si era ancora alzato.

Era acqua infatti. Da qualche frattura o spiraglio essa si era finalmente insinuata nella villa, come serpente era andata strisciando qua e là per gli anditi prima di affacciarsi nella sala, dove figurava di colore nero a causa della penombra. Una cosa da ridere, astrazion fatta per l'aperto oltraggio. Ma dietro quella povera lingua d'acqua, scolo di lavandino, non c'era altro? È proprio certo che sia tutto qui l'inconveniente? Non sussurrìo di rigagnoli giù per i muri, non paludi tra gli alti scaffali della biblioteca, non stillicidio di flaccide gocce dalla vòlta del salone vicino (percotenti il grande piatto d'argento donato dal Principe per le nozze, molti molti anni or sono)?

Il giovane Federico esclamò: «Quei cretini hanno dimenticato una finestra aperta!». Il padre suo: «Corri, va a chiudere, va!». Ma la signora si oppose: «Ma neanche per idea, state quieti voi, verrà bene qualcheduno spero!».

Nervosamente tirò il cordone del campanello e se ne udì lo squillo lontano. Nel medesimo tempo i tonfi misteriosi succedevano l'uno all'altro con tetra precipitazione, perturbando gli estremi angoli del palazzo. Il vecchio Gron, accigliato, fissava la lingua d'acqua sul pavimento: lentamente essa gonfiavasi ai bordi, straripava per qualche centimetro, si fermava, si gonfiava di nuovo ai margini, di nuovo un altro passo in avanti e così via. Massigher mescolava le carte per coprire la propria emozione, presentendo cose diverse dalle solite. E il dottor Martora scuoteva adagio il capo, il quale gesto poteva voler dire: che tempi, che tempi, di questa servitù non ci si può più fidare!, oppure, indifferentemente: niente da fare oramai, troppo tardi ve ne siete accorti.

Attesero alcuni istanti, nessun segno di vita proveniva dalle altre sale. Massigher si fece coraggio: «Signora» disse «l'avevo pur detto che...».

«Cielo! Sempre voi, Massigher!» rispose Maria Gron non lasciandolo neppur finire. «Per un po' d'acqua per terra! Adesso verrà Ettore ad asciugare. Sempre quelle benedette vetrate, ogni volta lasciano entrare acqua, bisognerebbe rifare le serramenta!»

Ma il cameriere di nome Ettore non veniva, né alcun altro dei numerosi servi. La notte si era fatta ostile e greve. Mentre gli inesplicabili tonfi si mutavano in un rombo pressoché continuo simile a rotolìo di botti nelle fondamenta della casa. Lo scroscio della pioggia all'esterno non si udiva già più, sommerso dalla nuova voce.

«Signora!» gridò improvvisamente Massigher, balzando in piedi, con estrema risolutezza. «Signora, dove è andata Giorgina? Lasciate che vada a chiamarla.»

«Che c'è ancora, Massigher?» e Maria Gron atteggiava ancora il volto a mondano stupore. «Siete tutti terribilmente nervosi, stasera. Che cosa volete da Giorgina? Fatemi il santo piacere di lasciarla dormire.»

«Dormire!» ribatté il giovanotto ed era piuttosto beffardo. «Dormire! Ecco, ecco...»

Dall'andito che la tenda celava, come da gelida spelonca, irruppe nella sala un impetuoso soffio di vento. Il cortinaggio si gonfiò qual vela, attorcigliandosi ai lembi, così che le luci della sala poterono passare di là e riflettersi nell'acqua dilagata per terra.

«Fedri, perdio, corri a chiudere!» imprecò il padre «perdio, chiama i servi, chiama!»

Ma il giovane pareva quasi divertito dall'imprevisto. Accorso verso l'andito buio andava gridando: «Ettore! Ettore! Berto! Berto! Sofia!». Egli chiamava i facenti parte della servitù ma le sue grida si perdevano senza eco nei vestiboli deserti.

«Papà» si udì ancora la voce di Federico. «Non c'è luce, qui. Non riesco a vedere... Madonna, che cos'è successo!»

Tutti nella sala erano in piedi, sgomenti per l'improvviso appello. La villa intera sembrava ora, inesplicabilmente, scrosciare d'acqua. E il vento, quasi i muri si fossero spalancati, la attraversava in su e in giù, protervamente, facendo dondolare le lampade, agitando carte e giornali, rovesciando fiori.

Federico, di ritorno, comparve. Era pallido come la neve e un poco tremava. «Madonna!» ripeteva macchinalmente. «Madonna, cos'è successo!»

E occorreva ancora spiegare che il fiume era giunto lì sotto, scavando la riva, con la sua furia sorda e inumana? Che i muri da quella parte stavano per rovinare? Che i servi tutti erano dileguati nella notte e fra poco presumibilmente sarebbe mancata la luce? Non bastavano, a spiegare tutto, il bianco volto di Federico, i suoi richiami affannosi (lui solitamente così elegante e sicuro di sé), l'orribile rombo che aumentava dalle fonde voragini della terra?

«Andiamo, presto, andiamo, c'è anche la mia macchina qui fuori, sarebbe da pazzi...» diceva il dottor Martora, fra tutti passabilmente calmo. Poi, accompagnata da Massigher, ecco ricomparire Giorgina, avviluppata in un pesante mantello; ella singhiozzava lievemente, con assoluta decenza, senza quasi farsi sentire. Il padre cominciò a frugare un cassetto raccogliendo i valori.

«Oh no! no!» proruppe infine la signora Maria, esasperata. «Oh, non voglio! I miei fiori, le mie belle cose, non voglio, non voglio!» la sua bocca ebbe un tremito, la faccia si contrasse quasi scomponendosi, ella stava per cedere. Poi con uno sforzo meraviglioso, sorrise. La sua maschera mondana era intatta, salvo il suo raffinatissimo incanto.

«Me la ricorderò, signora» incrudelì Massigher, odiandola sinceramente. «Me la ricorderò sempre questa vostra villa. Com'era bella nelle notti di luna!»

«Presto, un mantello, signora» insisteva Martora rivolto alla padrona di casa. «E anche tu, Stefano, prendi qualcosa da coprirti. Andiamo prima che manchi la luce.»

Il signor Stefano Gron non aveva nemmeno paura, si poteva veramente dirlo. Egli era come atono e stringeva la busta di pelle contenente i valori. Federico girava per la sala sguazzando nell'acqua, senza più dominarsi. «È finita, è finita» andava ripetendo. La luce elettrica cominciò a affievolire.

Allora rintronò, più tenebroso dei precedenti e ancor più vicino, un lungo tonfo da catastrofe. Una gelida tenaglia si chiuse sul cuore dei Gron.

«Oh, no! no!» ricominciò a gridare la signora. «Non voglio, non voglio!» Pallida anche lei come la morte, una piega dura segnata sul volto, ella avanzò a passi ansiosi verso il tendaggio che palpitava. E faceva di no col capo: per significare che lo proibiva, che adesso sarebbe venuta lei in persona e l'acqua non avrebbe osato passare.

La videro scostare i lembi sventolanti della tenda con gesto d'ira, sparire al di là nel buio, quasi andasse a cacciare una turba di pezzenti molesti che la servitù era incapace di allontanare. Col suo aristocratico sprezzo presumeva ora di opporsi alla rovina, di intimidire l'abisso?

Ella sparì dietro il tendaggio, e benché il rombo funesto andasse crescendo, parve farsi il silenzio.

Fino a che Massigher disse: «C'è qualcuno che batte alla porta».

«Qualcuno che batte alla porta?» chiese il Martora. «Chi volete che sia?»

«Nessuno» rispose Massigher. «Non c'è nessuno, naturalmente, oramai. Pure battono alla porta, questo è positivo. Un messaggero forse, uno spirito, un'anima, venuta ad avvertire. È una casa di signori, questa. Ci usano dei riguardi, alle volte, quelli dell'altro mondo.»

6

Il mantello

Dopo interminabile attesa quando la speranza già cominciava a morire, Giovanni ritornò alla sua casa. Non erano ancora suonate le due, sua mamma stava sparecchiando, era una
giornata grigia di marzo e volavano cornacchie.

Egli comparve improvvisamente sulla soglia e la mamma
gridò: «Oh benedetto!» correndo ad abbracciarlo. Anche Anna
e Pietro, i due fratellini molto più giovani, si misero a gridare
di gioia. Ecco il momento aspettato per mesi e mesi, così spesso balenato nei dolci sogni dell'alba, che doveva riportare la
felicità.

Egli non disse quasi parola, troppa fatica costandogli trattenere il pianto. Aveva subito deposto la pesante sciabola su
una sedia, in testa portava ancora il berretto di pelo. «Lasciati vedere» diceva tra le lacrime la madre, tirandosi un po' indietro «lascia vedere quanto sei bello. Però sei pallido, sei.»

Era alquanto pallido infatti e come sfinito. Si tolse il berretto, avanzò in mezzo alla stanza, si sedette. Che stanco,
che stanco, perfino a sorridere sembrava facesse fatica.

«Ma togliti il mantello, creatura» disse la mamma, e lo
guardava come un prodigio, sul punto d'esserne intimidita;
com'era diventato alto, bello, fiero (anche se un po' troppo
pallido). «Togliti il mantello, dammelo qui, non senti che
caldo?»

Lui ebbe un brusco movimento di difesa, istintivo, serrandosi addosso il mantello, per timore forse che glielo strappassero via.

«No, no lasciami» rispose evasivo «preferisco di no, tanto, tra poco devo uscire...»

«Devi uscire? Torni dopo due anni e vuoi subito uscire?» fece lei desolata, vedendo subito ricominciare, dopo tanta gioia, l'eterna pena delle madri. «Devi uscire subito? E non mangi qualcosa?»

«Ho già mangiato, mamma» rispose il figlio con un sorriso buono, e si guardava attorno assaporando le amate penombre. «Ci siamo fermati a un'osteria, qualche chilometro da qui...»

«Ah, non sei venuto solo? E chi c'era con te? Un tuo compagno di reggimento? Il figliolo della Mena forse?»

«No, no, era uno incontrato per via. È fuori che aspetta adesso.»

«È lì che aspetta? E perché non l'hai fatto entrare? L'hai lasciato in mezzo alla strada?»

Andò alla finestra e attraverso l'orto, di là del cancelletto di legno, scorse sulla via una figura che camminava su e giù lentamente; era tutta intabarrata e dava sensazione di nero. Allora nell'animo di lei nacque, incomprensibile, in mezzo ai turbini della grandissima gioia, una pena misteriosa ed acuta.

«È meglio di no» rispose lui, reciso. «Per lui sarebbe una seccatura, è un tipo così.»

«Ma un bicchiere di vino? glielo possiamo portare, no, un bicchiere di vino?»

«Meglio di no, mamma. È un tipo curioso, è capace di andar sulle furie.»

«Ma chi è allora? Perché ti ci sei messo insieme? Che cosa vuole da te?»

«Bene non lo conosco» disse lui lentamente e assai grave. «L'ho incontrato durante il viaggio. È venuto con me, ecco.»

Sembrava preferisse altro argomento, sembrava se ne vergognasse. E la mamma, per non contrariarlo, cambiò immediatamente discorso, ma già si spegneva nel suo volto amabile la luce di prima.

«Senti» disse «ti figuri la Marietta quando saprà che sei tornato? Te l'immagini che salti di gioia? È per lei che volevi uscire?»

Egli sorrise soltanto, sempre con quell'espressione di chi vorrebbe essere lieto eppure non può, per qualche segreto peso.

La mamma non riusciva a capire: perché se ne stava seduto, quasi triste, come il giorno lontano della partenza? Ormai era tornato, una vita nuova davanti, un'infinità di giorni disponibili senza pensieri, tante belle serate insieme, una fila inesauribile che si perdeva di là delle montagne, nelle immensità degli anni futuri. Non più le notti d'angoscia quando all'orizzonte spuntavano bagliori di fuoco e si poteva pensare che anche lui fosse là in mezzo, disteso immobile a terra, il petto trapassato, tra le sanguinose rovine. Era tornato, finalmente, più grande, più bello, e che gioia per la Marietta. Tra poco cominciava la primavera, si sarebbero sposati in chiesa, una domenica mattina, tra suono di campane e fiori. Perché dunque se ne stava smorto e distratto, non rideva di più, perché non raccontava le battaglie? E il mantello? perché se lo teneva stretto addosso, col caldo che faceva in casa? Forse perché, sotto, l'uniforme era rotta e infangata? Ma con la mamma, come poteva vergognarsi di fronte alla mamma? Le pene sembravano finite, ecco invece subito una nuova inquietudine.

Il dolce viso piegato un po' da una parte, lo fissava con ansia, attenta a non contrariarlo, a capire subito tutti i suoi desideri. O era forse ammalato? O semplicemente sfinito dai troppi strapazzi? Perché non parlava, perché non la guardava nemmeno?

In realtà il figlio non la guardava, egli pareva anzi evitasse di incontrare i suoi sguardi come se ne temesse qualcosa. E intanto i due piccoli fratelli lo contemplavano muti, con un curioso imbarazzo.

«Giovanni» mormorò lei non trattenendosi più. «Sei qui finalmente, sei qui finalmente! Aspetta adesso che ti faccio il caffè.»

Si affrettò alla cucina. E Giovanni rimase coi due fratelli tanto più giovani di lui. Non si sarebbero neppure riconosciuti se si fossero incontrati per la strada, che cambiamento nello spazio di due anni. Ora si guardavano a vicenda in silenzio, senza trovare le parole, ma ogni tanto sorridevano insieme, tutti e tre, quasi per un antico patto non dimenticato.

Ed ecco tornare la mamma, ecco il caffè fumante con una bella fetta di torta. Lui vuotò d'un fiato la tazza, masticò la torta con fatica. "Perché? Non ti piace più? Una volta era la tua passione!" avrebbe voluto domandargli la mamma, ma tacque per non importunarlo.

«Giovanni» gli propose invece «e non vuoi rivedere la tua camera? C'è il letto nuovo, sai? ho fatto imbiancare i muri, una lampada nuova, vieni a vedere... ma il mantello, non te lo levi dunque?... non senti che caldo?»

Il soldato non le rispose ma si alzò dalla sedia movendo alla stanza vicina. I suoi gesti avevano una specie di pesante lentezza, come s'egli non avesse venti anni. La mamma era corsa avanti a spalancare le imposte (ma entrò soltanto una luce grigia, priva di qualsiasi allegrezza).

«Che bello!» fece lui con fioco entusiasmo, come fu sulla soglia, alla vista dei mobili nuovi, delle tendine immacolate, dei muri bianchi, tutto quanto fresco e pulito. Ma, chinandosi la mamma ad aggiustare la coperta del letto, anch'essa nuova fiammante, egli posò lo sguardo sulle sue gracili spalle, sguardo di inesprimibile tristezza e che nessuno poteva vedere. Anna e Pietro infatti stavano dietro di lui, i faccini raggianti, aspettandosi una grande scena di letizia e sorpresa.

Invece niente. «Com'è bello! Grazie, sai? mamma» ripeté lui, e fu tutto. Muoveva gli occhi con inquietudine, come chi ha desiderio di conchiudere un colloquio penoso. Ma soprattutto, ogni tanto, guardava, con evidente preoccupazione, attraverso la finestra, il cancelletto di legno verde dietro il quale una figura andava su e giù lentamente.

«Sei contento, Giovanni? sei contento?» chiese lei impaziente di vederlo felice. «Oh, sì, è proprio bello» rispose il figlio (ma perché si ostinava a non levarsi il mantello?) e continuava a sorridere con grandissimo sforzo.

«Giovanni» supplicò lei. «Che cos'hai? che cos'hai, Giovanni? Tu mi tieni nascosta una cosa, perché non vuoi dire?»

Egli si morse un labbro, sembrava che qualcosa gli ingorgasse la gola. «Mamma» rispose dopo un po' con voce opaca «mamma, adesso io devo andare.»

«Devi andare? Ma torni subito, no? Vai dalla Marietta, vero? dimmi la verità, vai dalla Marietta?» e cercava di scherzare, pur sentendo la pena.

«Non so, mamma» rispose lui sempre con quel tono contenuto ed amaro; si avviava intanto alla porta, aveva già ripreso il berretto di pelo «non so, ma adesso devo andare, c'è quello là che mi aspetta.»

«Ma torni più tardi? torni? Tra due ore sei qui, vero? Farò venire anche zio Giulio e la zia, figurati che festa anche per loro, cerca di arrivare un po' prima di pranzo...»

«Mamma» ripeté il figlio, come se la scongiurasse di non dire di più, di tacere, per carità, di non aumentare la pena. «Devo andare, adesso, c'è quello là che mi aspetta, è stato fin troppo paziente.» Poi la fissò con sguardo da cavar l'anima.

Si avvicinò alla porta, i fratellini, ancora festosi, gli si strinsero addosso e Pietro sollevò un lembo del mantello per sapere come il fratello fosse vestito di sotto. «Pietro, Pietro! su, che cosa fai? lascia stare, Pietro!» gridò la mamma, temendo che Giovanni si arrabbiasse.

«No, no!» esclamò pure il soldato, accortosi del gesto del ragazzo. Ma ormai troppo tardi. I due lembi di panno azzurro si erano dischiusi un istante.

«Oh, Giovanni, creatura mia, che cosa ti han fatto?» balbettò la madre, prendendosi il volto tra le mani. «Giovanni, ma questo è sangue!»

«Devo andare, mamma» ripeté lui per la seconda volta, con disperata fermezza. «L'ho già fatto aspettare abbastanza. Ciao Anna, ciao Pietro, addio mamma.»

Era già alla porta. Uscì come portato dal vento. Attraversò l'orto quasi di corsa, aprì il cancelletto, due cavalli partirono al galoppo, sotto il cielo grigio, non già verso il paese, no, ma attraverso le praterie, su verso il nord, in direzione delle montagne. Galoppavano, galoppavano.

E allora la mamma finalmente capì, un vuoto immenso, che mai e poi mai i secoli sarebbero bastati a colmare, si aprì nel suo cuore. Capì la storia del mantello, la tristezza del figlio e soprattutto chi fosse il misterioso individuo che passeggiava su e giù per la strada, in attesa, chi fosse quel sinistro personaggio fin troppo paziente. Così misericordioso e paziente da accompagnare Giovanni alla vecchia casa (prima di condurselo via per sempre), affinché potesse salutare la madre; da aspettare parecchi minuti fuori del cancello, in piedi, lui signore del mondo, in mezzo alla polvere, come pezzente affamato.

7

L'uccisione del drago

Nel maggio 1902 un contadino del conte Gerol, tale Giosuè Longo, che andava spesso a caccia per le montagne, raccontò di aver visto in valle Secca una grossa bestiaccia che sembrava un drago. A Palissano, l'ultimo paese della valle, era da secoli leggenda che fra certe aride gole vivesse ancora uno di quei mostri. Ma nessuno l'aveva mai preso sul serio. Questa volta invece l'assennatezza del Longo, la precisione del suo racconto, i particolari dell'avventura più volte ripetuti senza la minima variazione, persuasero che ci dovesse essere qualche cosa di vero e il conte Martino Gerol decise di andare a vedere. Certo egli non pensava a un drago; poteva darsi tuttavia che qualche grosso serpente di specie rara vivesse fra quelle gole disabitate.

Gli furono compagni nella spedizione il governatore della provincia Quinto Andronico con la bella e intrepida moglie Maria, il naturalista professore Inghirami e il suo collega Fusti, versato specialmente nell'arte dell'imbalsamazione. Il fiacco e scettico governatore da tempo si era accorto che la moglie aveva per il Gerol grande simpatia, ma non se ne dava pensiero. Acconsentì anzi volentieri quando Maria gli propose di andare col conte alla caccia del drago. Egli non aveva per il Martino la minima gelosia; né lo invidiava, pure essendo il Gerol molto più giovane, bello, forte, audace e ricco di lui.

Due carrozze partirono poco dopo la mezzanotte dalla

città con la scorta di otto cacciatori a cavallo e giunsero verso le sei del mattino al paese di Palissano. Il Gerol, la bella Maria e i due naturalisti dormivano; solo l'Andronico era sveglio e fece fermare la carrozza dinanzi alla casa di un'antica conoscenza: il medico Taddei. Poco dopo, avvertito da un cocchiere, il dottore, tutto assonnato, il berretto da notte in testa, comparve a una finestra del primo piano. Andronico, fattosi sotto, lo salutò giovialmente, spiegandogli lo scopo della spedizione; e si aspettò che l'altro ridesse, sentendo parlare di draghi. Al contrario il Taddei scosse il capo a indicare disapprovazione.

«Io non ci andrei se fossi in voi» disse recisamente.

«Perché? Credete che non ci sia niente? Che siano tutte fandonie?»

«Non lo so questo» rispose il dottore. «Personalmente anzi credo che il drago ci sia, benché non l'abbia mai visto. Ma non mi ci metterei in questo pasticcio. È una cosa di malaugurio.»

«Di malaugurio? Vorreste sostenere, Taddei, che voi ci credete realmente?»

«Sono vecchio, caro governatore» fece l'altro «e ne ho viste. Può darsi che sia tutta una storia, ma potrebbe anche essere vero; se fossi in voi, non mi ci metterei. Poi, state a sentire: la strada è difficile a trovare, sono tutte montagne marce piene di frane, basta un soffio di vento per far nascere un finimondo e non c'è un filo d'acqua. Lasciate stare, governatore, andate piuttosto lassù, alla Crocetta (e indicava una tonda montagna erbosa sopra il paese), là ci sono lepri fin che volete.» Tacque un istante e aggiunse: «Io non ci andrei davvero. Una volta poi ho sentito dire, ma è inutile, voi vi metterete a ridere...».

«Perché dovrei ridere» esclamò l'Andronico. «Ditemi, dite, dite pure.»

«Bene, certi dicono che il drago manda fuori del fumo, che questo fumo è velenoso, basta poco per far morire.»

Contrariamente alla promessa, l'Andronico diede in una bella risata:

«Vi ho sempre saputo reazionario» egli concluse «strambo e reazionario. Ma questa volta passate i limiti. Medioevale siete, il mio caro Taddei. Arrivederci a stasera, e con la testa del drago!»

Fece un cenno di saluto, risalì nella carrozza, diede ordine di ripartire. Giosuè Longo, che faceva parte dei cacciatori e conosceva la strada, si mise in testa al convoglio.

«Che cosa aveva quel vecchio da scuotere la testa?» domandò la bella Maria che nel frattempo si era svegliata.

«Niente» rispose l'Andronico «era il buon Taddei, che fa a tempo perso anche il veterinario. Si parlava dell'afta epizootica.»

«E del drago?» disse il conte Gerol che sedeva di fronte. «Gli hai chiesto se sa niente del drago?»

«No, a dir la verità» fece il governatore. «Non volevo farmi ridere dietro. Gli ho detto che si è venuti quassù per un po' di caccia, non gli ho detto altro, io.»

Alzandosi il sole, la sonnolenza dei viaggiatori scomparve, i cavalli accelerarono il passo e i cocchieri si misero a canticchiare.

«Era medico della nostra famiglia il Taddei. Una volta» raccontava il governatore «aveva una magnifica clientela. Un bel giorno non so più per che delusione d'amore si è ritirato in campagna. Poi deve essergli capitata un'altra disgrazia ed è venuto a rintanarsi quassù. Ancora un'altra disgrazia e chissà dove andrà a finire; diventerà anche lui una specie di drago!»

«Che stupidaggini!» disse Maria un po' seccata. «Sempre la storia del drago, comincia a diventare noiosa questa solfa, non avete parlato d'altro da che siamo partiti.»

«Ma sei stata tu a voler venire!» ribatté con ironica dolcezza il marito. «E poi come potevi sentire i nostri discorsi se hai continuato a dormire? Facevi finta forse?»

Maria non rispose e guardava inquieta, fuori dal finestrino. Osservava le montagne che si facevano sempre più alte, dirupate e aride. In fondo alla valle si intravvedeva una successione caotica di cime, per lo più di forma conica, nude di boschi o prato, dal colore giallastro, di una desolazione senza pari. Battute dal sole, esse risplendevano di una luce ferma e fortissima.

Erano circa le nove quando le vetture si fermarono perché la strada finiva. I cacciatori, scesi dalla carrozza, si accorsero di trovarsi ormai nel cuore di quelle montagne sinistre. Viste da presso, apparivano fatte di rocce fradice e crollanti, quasi di terra, tutta una frana dalla cima in fondo.

«Ecco, qui comincia il sentiero» disse il Longo, indicando una traccia di passi umani che saliva all'imboccatura di una valletta. Procedendo di là, in tre quarti d'ora si arrivava al Burel, dove il drago era stato visto.

«È stata presa l'acqua?» domandò Andronico ai cacciatori.

«Ce ne sono quattro fiaschi; e poi due altri di vino, eccellenza» rispose uno dei cacciatori. «Ce n'è abbastanza, credo...»

Strano. Adesso che erano lontani dalla città, chiusi dentro alle montagne, l'idea del drago cominciava a sembrare meno assurda. I viaggiatori si guardavano attorno, senza scoprire cose tranquillizzanti. Creste giallastre dove non era mai stata anima viva, vallette che si inoltravano ai lati nascondendo alla vista i loro meandri: un grandissimo abbandono.

S'incamminarono senza dire parola. Precedevano i cacciatori coi fucili, le colubrine e gli altri arnesi da caccia, poi veniva Maria, ultimi i due naturalisti. Per fortuna il sentiero era ancora in ombra; fra le terre gialle il sole sarebbe stato una pena.

Anche la valletta che menava al Burel era stretta e tortuosa, non c'era torrente sul fondo, non c'erano piante né erba ai lati, solamente sassi e sfasciumi. Non canto di uccelli o di acque, ma isolati sussurri di ghiaia.

Mentre il gruppo così procedeva, sopraggiunse dal basso, camminando più presto di loro, un giovanotto con una capra morta sulle spalle. «Va dal drago, quello» fece il Longo; e lo disse con la massima naturalezza, senza alcuna intenzione di celia. La gente di Palissano, spiegò, era superstiziosissima, e ogni giorno mandava una capra al Burel, per rabbonire gli umori del mostro. L'offerta era portata a turno dai giovani del paese. Guai se il mostro faceva sentire la sua voce. Succedeva disgrazia.

«E ogni giorno il drago si mangia la capra?» domandò scherzoso il conte Gerol.

«Il mattino dopo non trovano più niente, questo è positivo.»

«Nemmeno le ossa?»

«Eh no, nemmeno le ossa. La va a mangiare dentro la caverna.»

«E non potrebbe darsi che fosse qualcuno del paese a mangiarsela?» fece il governatore. «La strada la sanno tutti. L'hanno veramente mai visto il drago acchiapparsi la capra?»

«Non so questo, eccellenza» rispose il cacciatore.

Il giovane con la capra li aveva intanto raggiunti.

«Di', giovanotto!» disse il conte Gerol con il suo tono autoritario «quanto vuoi per quella capra?»

«Non posso venderla, signore» rispose quello.

«Nemmeno per dieci scudi?»

«Ah, per dieci scudi...» accondiscese il giovanotto «vuol dire che ne andrò a prendere un'altra.» E depose la bestia per terra.

Andronico chiese al conte Gerol:

«E a che cosa ti serve quella capra? Non vorrai mica mangiarla, spero.»

«Vedrai, vedrai a che cosa mi serve» fece l'altro elusivamente.

La capra venne presa sulle spalle da un cacciatore, il giovanotto di Palissano ridiscese di corsa verso il paese (evidentemente andava a procurarsi un'altra bestia per il drago) e la comitiva si rimise in cammino.

Dopo meno di un'ora finalmente arrivarono. La valle si apriva improvvisamente in un ampio circo selvaggio, il Burel, una specie di anfiteatro circondato da muraglie di terra e rocce crollanti, di colore giallo-rossiccio. Proprio nel mezzo, al culmine di un cono di sfasciumi, un nero pertugio: la grotta del drago.

«È là» disse il Longo. Si fermarono a poca distanza, sopra

una terrazza ghiaiosa che offriva un ottimo punto di osservazione, una decina di metri sopra il livello della caverna e
quasi di fronte a questa. La terrazza aveva anche il vantaggio
di non essere accessibile dal basso perché difesa da una paretina a strapiombo. Maria ci poteva stare con la massima sicurezza.

Tacquero, tendendo le orecchie. Non si udiva che lo smisurato silenzio delle montagne, toccato da qualche sussurro
di ghiaia. Ora a destra ora a sinistra una cornice di terra si
rompeva improvvisamente, e sottili rivoli di sassolini cominciavano a colare, estinguendosi con fatica. Ciò dava al paesaggio un aspetto di perenne rovina; montagne abbandonate
da Dio, parevano, che si disfacessero a poco a poco.

«E se oggi il drago non esce?» domandò Quinto Andronico.

«Ho la capra» replicò il Gerol. «Ti dimentichi che ho la capra!»

Si comprese quello che voleva dire. La bestia sarebbe servita da esca per far uscire il mostro dalla caverna.

Si cominciarono i preparativi: due cacciatori si inerpicarono con fatica una ventina di metri sopra l'ingresso della
caverna per scaraventare giù sassi se mai ce ne fosse bisogno. Un altro andò a depositare la capra sul ghiaione, non
lontano dalla grotta. Altri si appostarono ai lati, ben difesi
dietro grossi macigni, con le colubrine e i fucili. L'Andronico
non si mosse, con l'intenzione di stare a vedere.

La bella Maria taceva. Ogni intraprendenza era in lei svanita. Con quanta gioia sarebbe tornata subito indietro. Ma
non osava dirlo a nessuno. I suoi sguardi percorrevano le pareti attorno, le antiche e le nuove frane, i pilastri di terra rossa che sembrava dovessero ad ogni momento cadere. Il marito, il conte Gerol, i due naturalisti, i cacciatori gli parevano
pochi, pochissimi, contro tanta solitudine.

Deposta che fu la capra morta dinanzi alla grotta, cominciarono ad aspettare. Le 10 erano passate da un pezzo e il sole aveva invaso completamente il Burel, portandolo a un intenso calore. Ondate ardenti si riverberavano dall'una all'altra
parete. Per riparare dai raggi il governatore e sua moglie, i

cacciatori alzarono alla bell'e meglio una specie di baldacchino, con le coperte della carrozza; e Maria mai si stancava di bere.

«Attenti!» gridò a un tratto il conte Gerol, in piedi sopra un macigno, giù sul ghiaione, con in mano una carabina, appeso al fianco un mazzapicchio metallico.

Tutti ebbero un tremito e trattennero il fiato scorgendo dalla bocca della caverna uscire cosa viva. «Il drago! il drago!» gridarono due o tre cacciatori, non si capiva se con letizia o sgomento.

L'essere emerse alla luce con dondolio tremulo come di biscia. Eccolo, il mostro delle leggende la cui sola voce faceva tremare un intero paese!

«Oh, che brutto!» esclamò Maria con evidente sollievo perché si era aspettata ben di peggio.

«Forza, forza!» gridò un cacciatore scherzando. E tutti ripresero sicurezza in se stessi.

«Sembra un piccolo *ceratosaurus*!» disse il prof. Inghirami a cui era tornata sufficiente tranquillità d'animo per i problemi della scienza.

Non appariva infatti tremendo, il mostro, lungo poco più di due metri, con una testa simile ai coccodrilli sebbene più corta, un esagerato collo da lucertola, il torace quasi gonfio, la coda breve, una specie di cresta molliccia lungo la schiena. Più che la modestia delle dimensioni erano però i suoi movimenti stentati, il colore terroso di pergamena (con qualche striatura verdastra) l'apparenza complessivamente floscia del corpo a spegnere le paure. L'insieme esprimeva una vecchiezza immensa. Se era un drago, era un drago decrepito, quasi al termine della vita.

«Prendi» gridò sbeffeggiando uno dei cacciatori saliti sopra l'imbocco della caverna. E lanciò una pietra in direzione della bestiaccia.

Il sasso scese a piombo e raggiunse esattamente il cranio del drago. Si udì nettissimo un toc sordo come di zucca. Maria ebbe un sussulto di repulsione.

La botta fu energica ma insufficiente. Rimasto qualche

istante immobile, come intontito, il rettile cominciò ad agitare il collo e la testa lateralmente, in atto di dolore. Le mascelle si aprivano e chiudevano alternativamente, lasciando intravedere un pettine di acuti denti, ma non ne usciva alcuna voce. Poi il drago mosse giù per la ghiaia in direzione della capra.

«Ti hanno fatto la testa storna eh?» ridacchiò il conte Gerol che aveva improvvisamente smesso la sua alterigia. Sembrava invaso da una gioiosa eccitazione, pregustando il massacro.

Un colpo di colubrina, sparato da una trentina di metri, sbagliò il bersaglio. La detonazione lacerò l'aria stagnante, destò tristi boati fra le muraglie da cui presero a scivolare giù innumerevoli piccole frane.

Quasi immediatamente sparò la seconda colubrina. Il proiettile raggiunse il mostro a una zampa posteriore, da cui sgorgò subito un rivolo di sangue.

«Guarda come balla!» esclamò la bella Maria, presa anche lei dal crudele spettacolo. Allo spasimo della ferita la bestiaccia si era messa infatti a girare su se stessa, sussultando, con miserevole affanno. La zampa fracassata le ciondolava dietro, lasciando sulla ghiaia una striscia di liquido nero.

Finalmente il rettile riuscì a raggiungere la capra e ad afferrarla coi denti. Stava per ritirarsi quando il conte Gerol, per ostentare il proprio coraggio, gli si fece vicino, quasi a due metri, scaricandogli la carabina nella testa.

Una specie di fischio uscì dalle fauci del mostro. E parve che cercasse di dominarsi, reprimesse il furore, non emettesse tutta la voce che aveva in corpo, che un motivo ignoto agli uomini lo inducesse ad aver pazienza. Il proiettile della carabina gli era entrato nell'occhio. Gerol fatto il colpo, si ritrasse di corsa e si aspettava che il drago cadesse stecchito. Ma la bestia non cadde stecchita, la sua vita pareva inestinguibile come fuoco di pece. Con la pallottola di piombo nell'occhio, il mostro tranguggiò tranquillamente la capra e si vide il collo dilatarsi come gomma man mano che vi passava il gigantesco boccone. Poi si ritrasse indietro alla base delle rocce, prese a inerpicarsi per la parete, di fianco alla caverna. Saliva affannosamente, spesso franandogli la terra sotto le zampe, ansioso di scampo. Sopra s'incurvava un cielo limpido e scialbo, il sole asciugava rapidamente le tracce di sangue.

«Sembra uno scarafaggio in un catino» disse a bassa voce il governatore Andronico, parlando a se stesso.

«Come dici?» gli chiese la moglie.

«Niente, niente» fece lui.

«Chissà perché non entra nella caverna!» osservò il prof. Inghirami, apprezzando lucidamente ogni aspetto scientifico della scena.

«Ha paura di restare imprigionato» suggerì il Fusti. «Deve essere, piuttosto completamente intontito. E poi come vuoi che faccia un simile ragionamento? Un *ceratosaurus*... Non è un *ceratosaurus*» fece il Fusti. «Ne ho ricostruiti parecchi per i musei, ma sono diversi. Dove sono gli aculei della coda?»

«Li tiene nascosti» replicò l'Inghirami. «Guarda che addome gonfio. La coda si accartoccia di sotto e non si può vedere.»

Stavano così parlando quando uno dei cacciatori, quello che aveva sparato il secondo colpo di colubrina, si avviò di corsa verso la terrazza dove stava l'Andronico, con l'evidente intenzione di andarsene.

«Dove vai? Dove vai?» gli gridò il Gerol. «Sta al tuo posto fin che non abbiamo finito.»

«Me ne vado» rispose con voce ferma il cacciatore. «Questa storia non mi piace. Non è caccia per me, questa.»

«Che cosa vuoi dire? Hai paura. È questo che vuoi dire?»

«No signore, io non ho paura.»

«Hai paura sì, ti dico, se no rimarresti al tuo posto.»

«Non ho paura, vi ripeto. Vergognatevi piuttosto voi, signor conte.»

«Ah, vergognatevi?» imprecò Martino Gerol. «Porco furfante che non sei altro! Sei uno di Palissano, scommetto, un vigliaccone sei. Vattene prima che ti dia una lezione.»

«E tu, Beppi, dove vai tu adesso?» gridò ancora il conte poiché anche un altro cacciatore si ritirava.

«Me ne vado anch'io, signor conte. Non voglio averci mano in questa brutta faccenda.»

«Ah, vigliacchi!» urlava il Gerol. «Vigliacchi, ve la farei pagare, se potessi muovermi!»

«Non è paura signor conte» ribatté il secondo cacciatore. «Non è paura, signor conte. Ma vedrete che finirà male!»

«Vi faccio vedere io adesso!» E, raccattata una pietra da terra, il conte la lanciò di tutta forza contro il cacciatore. Ma il tiro andò a vuoto.

Vi fu qualche minuto di pausa mentre il drago arrancava sulla parete senza riuscire a innalzarsi. La terra e i sassi cadevano, lo trascinavano sempre più in giù, là donde era partito. Salvo quel rumore di pietre smosse, c'era silenzio.

Poi si udì la voce di Andronico. «Ne abbiamo ancora per un pezzo?» gridò al Gerol. «C'è un caldo d'inferno. Falla fuori una buona volta, quella bestiaccia. Che gusto tormentarla così, anche se è un drago?»

«Che colpa ce n'ho io?» rispose il Gerol irritato. «Non vedi che non vuol morire? Con una palla nel cranio è più vivo di prima...»

S'interruppe scorgendo il giovanotto di prima comparire sul ciglio del ghiaione con un'altra capra in spalla. Stupito dalla presenza di quegli uomini, di quelle armi, di quelle tracce di sangue e soprattutto dall'affannarsi del drago su per le rocce, lui che non l'aveva mai visto uscire dalla caverna si era fermato, fissando la strana scena.

«Ohi! Giovanotto!» gridò il Gerol. «Quanto vuoi per quella capra?»

«Niente, non posso» rispose il giovane. «Non ve la do neanche a peso d'oro. Ma che cosa gli avete fatto?» aggiunse, sbarrando gli occhi verso il mostro sanguinolento.

«Siamo qui per regolare i conti. Dovreste essere contenti. Basta capre da domani.»

«Perché basta capre?»

«Domani il drago non ci sarà più» fece il conte sorridendo.

«Ma non potete, non potete farlo, io dico» esclamò il giovane spaventato.

«Anche tu adesso cominci!» gridò Martino Gerol. «Dammi subito qua la capra.»

«No, vi dico» replicò duro l'altro ritirandosi.

«Ah, perdio!» E il conte fu addosso al giovane, gli vibrò un pugno in pieno viso, gli strappò la capra di dosso, lo scaraventò a terra.

«Ve ne pentirete, vi dico, ve ne pentirete, vedrete se non ve ne pentirete!» imprecò a bassa voce il giovane rialzandosi, perché non osava reagire.

Ma Gerol gli aveva già voltato le spalle.

Il sole adesso incendiava la conca, a stento si riusciva a tenere gli occhi aperti tanto abbacinava il riflesso delle ghiaie gialle, delle rocce, delle ghiaie ancora e dei sassi; niente, assolutamente, che potesse riposare gli sguardi.

Maria aveva sempre più sete, e bere non serviva a niente. «Dio, che caldo!» si lamentava. Anche la vista del conte Gerol cominciava a darle fastidio.

Nel frattempo, come sbucati dalla terra, decine di uomini erano apparsi. Venuti probabilmente da Palissano alla voce che gli stranieri erano saliti al Burel, essi se ne stavano immobili sul ciglio di vari crestoni di terra gialla e osservavano senza far motto.

«Hai un bel pubblico adesso!» tentò di celiare l'Andronico, rivolto al Gerol che stava trafficando intorno alla capra con due cacciatori.

Il giovane alzò gli sguardi fin che scorse gli sconosciuti che lo stavano fissando. Fece una smorfia di disprezzo e riprese il lavoro.

Il drago, estenuato, era scivolato per la parete fino al ghiaione e giaceva immobile, palpitando solo il ventre rigonfio.

«Pronti!» fece un cacciatore sollevando col Gerol la capra da terra. Avevano aperto il ventre alla bestia e introdotto una carica esplosiva collegata a una miccia.

Si vide allora il conte avanzare impavido per il ghiaione, farsi vicino al drago non più di una decina di metri, con tutta calma deporre per terra la capra, quindi ritirarsi svolgendo la miccia.

Si dovette aspettare mezz'ora prima che la bestia si movesse. Gli sconosciuti in piedi sul ciglio dei crestoni sembravano statue: non parlavano neppure fra loro, il loro volto esprimeva riprovazione. Insensibili al sole che aveva assunto una estrema potenza, non distoglievano gli sguardi dal rettile, quasi implorando che non si muovesse.

Invece il drago, colpito alla schiena da un colpo di carabina, si voltò improvvisamente, vide la capra, vi si trascinò lentamente. Stava per allungare la testa e afferrare la preda quando il conte accese la miccia. La fiammella corse via rapidamente lungo il cordone, ben presto raggiunse la capra, provocò l'esplosione.

Lo scoppio non fu rumoroso, molto meno forte dei colpi di colubrina, un suono secco ma opaco, come di asse che si spezzi. Ma il corpo del drago fu ributtato indietro di schianto, si vide quindi che il ventre era stato squarciato. La testa riprese ad agitarsi penosamente a destra e a sinistra, pareva che dicesse di no, che non era giusto, che erano stati troppo crudeli, e che non c'era più nulla da fare.

Rise di compiacenza il conte, ma questa volta lui solo.

«Oh che orrore! Basta!» esclamò la bella Maria coprendosi la faccia con le mani.

«Sì» disse lentamente il marito «anch'io credo che finirà male.»

Il mostro giaceva, in apparenza sfinito, sopra una pozza di sangue nero. Ed ecco dai suoi fianchi uscire due fili di fumo scuro, uno a destra e uno a sinistra, due fumacchi grevi che stentavano ad alzarsi.

«Hai visto?» fece l'Inghirami al collega.

«Sì, ho visto» confermò l'altro.

«Due sfiatatoi a mantice, come nel *Ceratosaurus*, i cosiddetti operculi hammeriani.»

«No» disse il Fusti. «Non è un *Ceratosaurus*.»

A questo punto il conte Gerol, di dietro al pietrone dove si era riparato, si avanzò per finire il mostro. Era proprio in mezzo al cono di ghiaia e stava impugnando la mazza metallica quando tutti i presenti mandarono un urlo.

Per un istante Gerol credette fosse un grido di trionfo per l'uccisione del drago. Poi avvertì che una cosa stava muovendosi alle sue spalle. Si voltò di un balzo e vide, oh ridicola cosa, vide due bestiole pietose uscire incespicando dalla caverna, e avanzarsi abbastanza celermente verso di lui. Due piccoli rettili informi, lunghi non più di mezzo metro, che ripetevano in miniatura l'immagine del drago morente. Due piccoli draghi, i figli, probabilmente usciti dalla caverna per fame.

Fu questione di pochi istanti. Il conte dava bellissima prova di agilità. «Tieni! Tieni!» gridava gioiosamente roteando la clava di ferro. E due soli colpi bastarono. Vibrato con estrema energia e decisione, il mazzapicchio percosse successivamente i mostriciattoli, spezzò le teste come bocce di vetro. Entrambi si afflosciarono, morti, da lontano sembravano due cornamuse.

Allora gli uomini sconosciuti, senza dare la minima voce, si allontanarono correndo giù per i canali di ghiaia. Si sarebbe detto che fuggissero una improvvisa minaccia. Essi non provocarono rumore, non smossero frane, non volsero il capo neppure per un istante alla caverna del drago, scomparvero così come erano apparsi, misteriosamente.

Il drago adesso si moveva, sembrava che mai e poi mai sarebbe riuscito a morire. Trascinandosi come lumaca, si avvicinava alle bestiole morte, sempre emettendo due fili di fumo. Raggiunti che ebbe i figli, si accasciò sul ghiaione, allungò con infinito stento la testa, prese a leccare dolcemente i due mostriciattoli morti, forse allo scopo di richiamarli in vita.

Infine il drago parve raccogliere tutte le superstiti forze, levò il collo verticalmente al cielo, come non aveva ancora fatto e dalla gola uscì, prima lentissimo, quindi con progressiva potenza un urlo indicibile, voce mai udita nel mondo, né animalesca né umana, così carica d'odio che persino il conte Gerol ristette, paralizzato dall'orrore.

Ora si capiva perché prima non aveva voluto rientrare nella tana, dove pure avrebbe trovato scampo, perché non aveva emesso alcun grido o ruggito, limitandosi a qualche sibilo. Il drago pensava ai due figli e per risparmiarli aveva rifiutato la propria salvezza; se si fosse infatti nascosto nella caverna, gli uomini lo avrebbero inseguito là dentro, scoprendo i suoi nati; e se avesse levato la voce, le bestiole sarebbero corse fuori a vedere. Solo adesso, che li aveva visti morire, il mostro mandava il suo urlo di inferno.

Invocava un aiuto il drago, e chiedeva vendetta per i suoi figli. Ma a chi? alle montagne forse, aride e disabitate? al cielo senza uccelli né nuvole, agli uomini che lo stavano suppliziando, al demonio forse? L'urlo trapanava le muraglie di roccia e la cupola del cielo, riempiva l'intero mondo. Sembrava impossibile (anche se non c'era alcun ragionevole motivo) sembrava impossibile che nessuno gli rispondesse.

«Chi chiamerà?» domandò l'Andronico tentando inutilmente di fare scherzosa la propria voce. «Chi chiama? Non c'è nessuno che venga, mi pare?»

«Oh, che muoia presto!» disse la donna.

Ma il drago non si decideva a morire, sebbene il conte Gerol, accecato dalla smania di finirla, gli sparasse contro con la carabina. *Tan! Tan!* Era inutile. Il drago accarezzava con la lingua le bestiole morte; pur con moto sempre più lento, un sugo biancastro gli sgorgava dall'occhio illeso.

«Il sauro!» esclamò il professor Fusti. «Guarda che piange!»

Il governatore disse: «È tardi. Basta, Martino, è tardi, è ora di andare».

Sette volte si levò al cielo la voce del mostro, e ne rintronarono le rupi e il cielo. Alla settima volta parve non finire mai, poi improvvisamente si estinse, piombò a picco, sprofondò nel silenzio.

Nella mortale quiete che seguì si udirono alcuni colpi di tosse. Tutto coperto di polvere, il volto trasfigurato dalla fatica, dall'emozione e dal sudore, il conte Martino, gettata tra i sassi la carabina, attraversava il cono di sfasciumi tossendo, e si premeva una mano sul petto.

«Che cosa c'è adesso?» domandò l'Andronico con volto serio per presentimento di male. «Che cosa ti sei fatto?»

«Niente» fece il Gerol sforzando a giocondità il tono della voce. «Mi è andato dentro un po' di quel fumo.»

«Di che fumo?»

Gerol non rispose ma fece segno con la mano al drago. Il

mostro giaceva immobile, anche la testa si era abbandonata fra i sassi; si sarebbe detto ben morto, senza quei due sottili pennacchi di fumo.

«Mi pare che sia finita» disse l'Andronico.

Così infatti sembrava. L'ostinatissima vita stava uscendo dalla bocca del drago.

Nessuno aveva risposto al suo grido, in tutto il mondo non si era mosso nessuno. Le montagne se ne stavano immobili, anche le piccole frane si erano come riassorbite, il cielo era limpido, neppure una minuscola nuvoletta e il sole andava calando. Nessuno, né bestia né spirito, era accorso a vendicare la strage. Era stato l'uomo a cancellare quella residua macchia del mondo, l'uomo astuto e potente che dovunque stabilisce sapienti leggi per l'ordine, l'uomo incensurabile che si affatica per il progresso e non può ammettere in alcun modo la sopravvivenza dei draghi, sia pure nelle sperdute montagne. Era stato l'uomo ad uccidere e sarebbe stato stolto recriminare.

Ciò che l'uomo aveva fatto era giusto, esattamente conforme alle leggi. Eppure sembrava impossibile che nessuno avesse risposto alla voce estrema del drago. Andronico, così come sua moglie e i cacciatori, non desiderava altro che fuggire; persino i naturalisti rinunciarono alle pratiche dell'imbalsamazione, pur di andarsene presto lontani.

Gli uomini del paese erano spariti, come presentissero maledizione. Le ombre salivano su per le pareti crollanti. Dal corpo del drago, carcame incartapecorito, si levavano ininterrotti i due fili di fumo e nell'aria stagnante si attorcigliavano lentamente. Tutto sembrava finito, una triste cosa da dimenticare e nient'altro. Ma il conte Gerol continuava a tossire, a tossire. Sfinito, sedeva sopra un pietrone, accanto agli amici che non osavano parlargli. Anche la intrepida Maria guardava da un'altra parte. Si udivano solo quei brevi colpi di tosse. Inutilmente Martino Gerol cercava di dominarli; una specie di fuoco colava nell'interno del suo petto sempre più in fondo.

«Me la sentivo» sussurrò il governatore Andronico alla moglie che tremava un poco. «Me la sentivo che doveva finire malamente.»

8

Una cosa che comincia per elle

Arrivato al paese di Sisto e sceso alla solita locanda, dove soleva capitare due tre volte all'anno, Cristoforo Schroder, mercante in legnami, andò subito a letto, perché non si sentiva bene. Mandò poi a chiamare il medico dottor Lugosi, ch'egli conosceva da anni. Il medico venne e sembrò rimanere perplesso. Escluse che ci fossero cose gravi, si fece dare una bottiglietta di orina per esaminarla e promise di tornare il giorno stesso.

Il mattino dopo lo Schroder si sentiva molto meglio, tanto che volle alzarsi senza aspettare il dottore. In maniche di camicia stava facendosi la barba quando fu bussato all'uscio. Era il medico. Lo Schroder disse di entrare.

«Sto benone stamattina» disse il mercante senza neppure voltarsi, continuando a radersi dinanzi allo specchio. «Grazie di essere venuto, ma adesso potete andare.»

«Che furia, che furia!» disse il medico, e poi fece un colpettino di tosse a esprimere un certo imbarazzo. «Sono qui con un amico, questa mattina.»

Lo Schroder si voltò e vide sulla soglia, di fianco al dottore, un signore sulla quarantina, solido, rossiccio in volto e piuttosto volgare, che sorrideva insinuante. Il mercante, uomo sempre soddisfatto di sé e solito a far da padrone, guardò seccato il medico con aria interrogativa.

«Un mio amico» ripeté il Lugosi. «Don Valerio Melito. Più

tardi dobbiamo andare insieme da un malato e così gli ho detto di accompagnarmi.»

«Servitor suo» fece lo Schroder freddamente. «Sedete, sedete.»

«Tanto» proseguì il medico per giustificarsi maggiormente «oggi, a quanto pare, non c'è più bisogno di visita. Tutto bene, le orine. Solo vorrei farvi un piccolo salasso.»

«Un salasso? E perché un salasso?»

«Vi farà bene» spiegò il medico. «Vi sentirete un altro, dopo. Fa sempre bene ai temperamenti sanguigni. E poi è questione di due minuti.»

Così disse e trasse fuori dalla mantella un vasetto di vetro contenente tre sanguisughe. L'appoggiò ad un tavolo e aggiunse: «Mettetevene una per polso. Basta tenerle ferme un momento e si attaccano subito. E vi prego, di fare da voi. Cosa volete che vi dica? Da vent'anni che faccio il medico, non sono mai stato capace di prendere in mano una sanguisuga».

«Date qua» disse lo Schroder con quella sua irritante aria di superiorità. Prese il vasetto, si sedette sul letto e si applicò ai polsi le due sanguisughe come se non avesse fatto altro in vita sua.

Intanto il visitatore estraneo, senza togliersi l'ampio mantello, aveva deposto sul tavolo il cappello e un pacchetto oblungo che mandò un rumore metallico. Lo Schroder notò, con un senso di vago malessere, che l'uomo si era seduto quasi sulla soglia come se gli premesse di stare lontano da lui.

«Don Valerio, voi non lo immaginate, ma vi conosce già» disse allo Schroder il medico, sedendosi pure lui, chissà perché, vicino alla porta.

«Non mi ricordo di aver avuto l'onore» rispose lo Schroder che, seduto sul letto, teneva le braccia abbandonate sul materasso, le palme rivolte in su, mentre le sanguisughe gli succhiavano i polsi. Aggiunse: «Ma dite, Lugosi, piove stamattina? Non ho ancora guardato fuori. Una bella seccatura se piove, dovrò andare in giro tutto il giorno».

«No, non piove» disse il medico senza dare peso alla cosa. «Ma don Valerio vi conosce davvero, era ansioso di rivedervi.»

«Vi dirò» fece il Melito con voce spiacevolmente cavernosa. «Vi dirò: non ho mai avuto l'onore di incontrarvi personalmente, ma so qualche cosa di voi che certo non immaginate.»

«Non saprei proprio» rispose il mercante con assoluta indifferenza.

«Tre mesi fa?» chiese il Melito. «Cercate di ricordare: tre
mesi fa non siete passato con la vostra carrozzella per la
strada del Confine vecchio?»

«Mah, può darsi» fece lo Schroder. «Può darsi benissimo,
ma esattamente non ricordo.»

«Bene. E non vi ricordate allora di essere slittato a una
curva, di essere andato fuori strada?»

«Già, è vero» ammise il mercante, fissando gelidamente la
nuova e non desiderata conoscenza.

«E una ruota è andata fuori di strada e il cavallo non riusciva a rimetterla in carreggiata?»

«Proprio così. Ma, voi, dove eravate?»

«Ah, ve lo dirò dopo» rispose il Melito scoppiando in una
risata e ammiccando al dottore. «E allora siete sceso, ma
neanche voi riuscivate a tirar su la carrozzella. Non è stato
così, dite un po'?»

«Proprio così. E pioveva che Dio la mandava.»

«Caspita se pioveva!» continuò don Valerio, soddisfattissi-
mo. «E mentre stavate a faticare, non è venuto avanti un curioso tipo, un uomo lungo, tutto nero in faccia?»

«Mah, adesso non ricordo bene» interruppe lo Schroder.
«Scusate, dottore, ma ce ne vuole ancora molto di queste
sanguisughe? Sono già gonfie come rospi. Ne ho abbastanza
io. E poi vi ho detto che ho molte cose da fare.»

«Ancora qualche minuto!» esortò il medico. «Un po' di pazienza, caro Schroder! Dopo vi sentirete un altro, vedrete. Non
sono neanche le dieci, diamine, c'è tutto il tempo che volete!»

«Non era un uomo alto, tutto nero in faccia, con uno strano cappello a cilindro?» insisteva don Valerio. «E non aveva
una specie di campanella? Non vi ricordate che continuava a
suonare?»

«Bene: sì, mi ricordo» rispose scortesemente lo Schroder. «E, scusate, dove volete andare a finire?»

«Ma niente!» fece il Melito. «Solo per dirvi che vi conoscevo già. E che ho buona memoria. Purtroppo quel giorno ero lontano, al di là di un fosso, ero almeno cinquecento metri distante. Ero sotto un albero a ripararmi dalla pioggia e ho potuto vedere.»

«E chi era quell'uomo, allora?» chiese lo Schroder con asprezza, come per far capire che se il Melito aveva qualche cosa da dire, era meglio che lo dicesse subito.

«Ah, non lo so chi fosse, esattamente, l'ho visto da lontano! Voi, piuttosto, chi credete che fosse?»

«Un povero disgraziato, doveva essere» disse il mercante. «Un sordomuto pareva. Quando l'ho pregato di venire ad aiutarmi, si è messo come a mugolare, non ho capito una parola.»

«E allora voi gli siete andato incontro, e lui si è tirato indietro, e allora voi lo avete preso per un braccio, l'avete costretto a spingere la carrozza insieme a voi. Non è così? Dite la verità.»

«Che cosa c'entra questo?» ribatté lo Schroder insospettito. «Non gli ho fatto niente di male. Anzi, dopo gli ho dato due lire.»

«Avete sentito?» sussurrò a bassa voce il Melito al medico; poi, più forte, rivolto al mercante: «Niente di male, chi lo nega? Però ammetterete che ho visto tutto».

«Non c'è niente da agitarsi, caro Schroder» fece il medico a questo punto vedendo che il mercante faceva una faccia cattiva. «L'ottimo don Valerio, qui presente, è un tipo scherzoso. Voleva semplicemente sbalordirvi.»

Il Melito si volse al dottore, assentendo col capo. Nel movimento, i lembi del mantello si dischiusero un poco e lo Schroder, che lo fissava, divenne pallido in volto.

«Scusate, don Valerio» disse con una voce ben meno disinvolta del solito. «Voi portate una pistola. Potevate lasciarla da basso, mi pare. Anche in questi paesi c'è l'usanza, se non m'inganno.»

«Perdio! Scusatemi proprio!» esclamò il Melito battendosi una mano sulla fronte a esprimere rincrescimento. «Non so proprio come scusarmi! Me ne ero proprio dimenticato. Non la porto mai, di solito, è per questo che mi sono dimenticato. E oggi devo andare fuori in campagna a cavallo.»

Pareva sincero, ma in realtà si tenne la pistola alla cintola; continuando a scuotere il capo. «E dite» aggiunse sempre rivolto allo Schroder. «Che impressione vi ha fatto quel povero diavolo?»

«Che impressione mi doveva fare? Un povero diavolo, un disgraziato.»

«E quella campanella, quell'affare che continuava a suonare, non vi siete chiesto che cosa fosse?»

«Mah» rispose lo Schroder, controllando le parole, per il presentimento di qualche insidia. «Uno zingaro, poteva essere; per far venire gente li ho visti tante volte suonare una campana.»

«Uno zingaro!» gridò il Melito, mettendosi a ridere come se l'idea lo divertisse un mondo. «Ah, l'avete creduto uno zingaro?»

Lo Schroder si voltò verso il medico con irritazione.

«Che cosa c'è?» chiese duramente. «Che cosa vuol dire questo interrogatorio? Caro il mio Lugosi, questa storia non mi piace un bel niente! Spiegatevi, se volete qualcosa da me!»

«Non agitatevi, vi prego...» rispose il medico interdetto.

«Se volete dire che a questo vagabondo è capitato un accidente e la colpa è mia, parlate chiaro» proseguì il mercante alzando sempre più la voce «parlate chiaro, cari i miei signori. Vorreste dire che l'hanno ammazzato?»

«Macché ammazzato!» disse il Melito, sorridendo, completamente padrone della situazione «ma che cosa vi siete messo in mente? Se vi ho disturbato mi spiace proprio. Il dottore mi ha detto: don Valerio, venite su anche voi, c'è il cavaliere Schroder. Ah lo conosco, gli ho detto io. Bene, mi ha detto lui, venite su anche voi, sarà lieto di vedervi. Mi dispiace proprio se sono riuscito importuno...»

Il mercante si accorse di essersi lasciato portare.

«Scusate me, piuttosto, se ho perso la pazienza. Ma pareva quasi un interrogatorio in piena regola. Se c'è qualche cosa, ditela senza tanti riguardi.»

«Ebbene» intervenne il medico con molta cautela. «Ebbene: c'è effettivamente qualche cosa.»

«Una denuncia?» chiese lo Schroder sempre più sicuro di sé, mentre cercava di riattaccarsi ai polsi le sanguisughe staccatesi durante la sfuriata di prima. «C'è qualche sospetto contro di me?»

«Don Valerio» disse il medico. «Forse è meglio che parliate voi.»

«Bene» cominciò il Melito. «Sapete chi era quell'individuo che vi ha aiutato a tirar su la carrozza?»

«Ma no, vi giuro, quante volte ve lo devo ripetere?»

«Vi credo» disse il Melito. «Vi domando solo se immaginate chi fosse.»

«Non so, uno zingaro, ho pensato, un vagabondo...»

«No. Non era uno zingaro. O, se lo era stato una volta, non lo era più. Quell'uomo, per dirvelo chiaro, è una cosa che comincia per elle.»

«Una cosa che comincia per elle?» ripeté meccanicamente lo Schroder, cercando nella memoria, e un'ombra di apprensione gli si era distesa sul volto.

«Già. Comincia per elle» confermò il Melito con un malizioso sorriso.

«Un ladro? volete dire?» fece il mercante illuminandosi in volto per la sicurezza di aver indovinato.

Don Valerio scoppiò in una risata: «Ah, un ladro! Buona davvero questa! Avevate ragione, dottore: una persona piena di spirito, il cavaliere Schroder!». In quel momento si sentì fuori della finestra il rumore della pioggia.

«Vi saluto» disse il mercante recisamente, togliendosi le due sanguisughe e rimettendole nel vasetto. «Adesso piove. Io me ne devo andare, se no faccio tardi.»

«Una cosa che comincia per elle» insistette il Melito alzandosi anche lui in piedi e manovrando qualcosa sotto l'ampia mantella.

«Non so, vi dico. Gli indovinelli non sono per me. Decidetevi, se avete qualche cosa da dirmi... Una cosa che comincia per elle?... Un lanzichenecco forse?...» aggiunse in tono di beffa.

Il Melito e il dottore, in piedi, si erano accostati l'un l'altro, appoggiando le schiene all'uscio. Nessuno dei due ora sorrideva più.

«Né un ladro né un lanzichenecco» disse lentamente il Melito. «Un lebbroso, era.»

Il mercante guardò i due uomini, pallido come un morto.

«Ebbene? E se anche fosse stato un lebbroso?»

«Lo era purtroppo di certo» disse il medico, cercando pavidamente di ripararsi dietro le spalle di Don Valerio. «E adesso lo siete anche voi.»

«Basta!» urlò il mercante tremando per l'ira. «Fuori di qua! Questi scherzi non mi vanno. Fuori di qua tutti e due!»

Allora il Melito insinuò fuori del mantello una canna della pistola.

«Sono l'alcade, caro signore. Calmatevi, vi torna conto.»

«Vi farò vedere io chi sono!» urlava lo Schroder. «Che cosa vorreste farmi, adesso?»

Il Melito scrutava lo Schroder, pronto a prevenire un eventuale attacco. «In quel pacchetto c'è la vostra campanella» rispose. «Uscirete immediatamente di qui e continuerete a suonarla, fino a che sarete uscito fuori del paese, e poi ancora, fino a che non sarete uscito dal regno.»

«Ve la farò vedere io la campanella!» ribatté lo Schroder, e tentava ancora di gridare ma la voce gli si era spenta in gola, l'orrore della rivelazione gli aveva agghiacciato il cuore. Finalmente capiva: il dottore, visitandolo il giorno prima, aveva avuto un sospetto ed era andato ad avvertire l'alcade. L'alcade per caso lo aveva visto afferrare per un braccio, tre mesi prima, un lebbroso di passaggio, ed ora lui, Schroder, era condannato. La storia delle sanguisughe era servita per guadagnar tempo. Disse ancora: «Me ne vado senza bisogno dei vostri ordini, canaglie, vi farò vedere, vi farò vedere...».

«Mettetevi la giacca» ordinò il Melito, il suo volto essendosi illuminato di una diabolica compiacenza. «La giacca, e poi fuori immediatamente.»

«Aspetterete che prenda le mie robe» disse lo Schroder, oh quanto meno fiero di un tempo. «Appena ho impacchettato le mie robe me ne vado, statene pur sicuri.»

«Le vostre robe devono essere bruciate» avvertì sogghignando l'alcade. «La campanella prenderete, e basta.»

«Le mie robe almeno!» esclamò lo Schroder, fino allora così soddisfatto e intrepido; e supplicava il magistrato come un bambino. «I miei vestiti, i miei soldi, me li lascerete almeno!»

«La giacca, la mantella, e basta. L'altro deve essere bruciato. Per la carrozza e il cavallo si è già provveduto.»

«Come? Che cosa volete dire?» balbettò il mercante.

«Carrozza e cavallo sono stati bruciati, come ordina la legge» rispose l'alcade, godendo della sua disperazione. «Non vi immaginerete che un lebbroso se ne vada in giro in carrozzella, no?»

E diede in una triviale risata. Poi, brutalmente: «Fuori! fuori di qua!» urlava allo Schroder. «Non immaginerai che stia qui delle ore a discutere? Fuori immediatamente, cane!».

Lo Schroder tremava tutto, grande e grosso com'era, quando uscì dalla camera, sotto la canna puntata della pistola, la mascella cadente, lo sguardo inebetito.

«La campana!» gli gridò ancora il Melito facendolo sobbalzare; e gli sbatté dinanzi, per terra, il pacchetto misterioso, che diede una risonanza metallica. «Tirala fuori, e legatela al collo.»

Si chinò lo Schroder, con la fatica di un vecchio cadente, raccolse il pacchetto, spiegò lentamente gli spaghi, trasse fuori dell'involto una campanella di rame, col manico di legno tornito, nuova fiammante. «Al collo!» gli urlò il Melito. «Se non ti sbrighi, perdio, ti sparo!»

Le mani dello Schroder erano scosse da un tremito e non era facile eseguire l'ordine dell'alcade. Pure il mercante riuscì a passarsi attorno al collo la cinghia attaccata alla campanella, che gli pendette così sul ventre, risuonando ad ogni movimento.

«Prendila in mano, scuotila, perdio! Sarai buono, no? Un marcantonio come te. Va' che bel lebbroso!» infierì don Valerio, mentre il medico si tirava in un angolo, sbalordito dalla scena ripugnante.

Lo Schroder con passi da infermo cominciò a scendere le scale. Dondolava la testa da una parte e dall'altra come certi cretini che si incontrano lungo le grandi strade. Dopo due gradini si voltò cercando il medico e lo fissò lungamente negli occhi.

«La colpa non è mia!» balbettò il dottor Lugosi. «È stata una disgrazia, una grande disgrazia!»

«Avanti, avanti!» incitava intanto l'alcade come a una bestia. «Scuoti la campanella, ti dico, la gente deve sapere che arrivi!»

Lo Schroder riprese a scendere le scale. Poco dopo egli comparve sulla porta della locanda e si avviò lentamente attraverso la piazza. Decine e decine di persone facevano ala al suo passaggio, ritraendosi indietro man mano che lui si avvicinava. La piazza era grande, lunga da attraversare. Con gesto rigido egli ora scuoteva la campanella che dava un suono limpido e festoso; den, den, faceva.

9

Vecchio facocero

Occorre considerare la psicologia del vecchio facocero. Giunto a una certa età, il cinghiale africano spesso è portato a considerare con disdegno le miserie della vita. Le gioie della famiglia si appannano, i facocerini irrequieti e famelici, sempre tra i piedi, divengono un continuo fastidio; e non parliamo della invadente alterigia dei giovanotti ormai fatti, convinti che il mondo e le femmine siano tutti per loro.

Adesso lui crede di essersene andato a vivere da solo per impulso spontaneo, di avere raggiunto il vertice della maestà belluina, vuol convincersi di essere felice. Eppure guardatelo come si aggira irrequieto tra le stoppie, come ogni tanto annusa l'aria sorpreso da improvvise memorie e come risulta sfavorevolmente asimmetrico nel grande quadro della natura che ha fatto tutte le vite a due a due. In realtà ti hanno cacciato via dalla tua famiglia patriarcale, vecchio facocero, perché eri diventato scorbutico e pretenzioso; i giovani avevano perduto ritegno, ti davano colpi di zanna per spingerti da parte, e le donne hanno lasciato fare, segno che anch'esse ne avevano di te abbastanza. Così per giorni e giorni, fino a che tu li hai abbandonati al loro destino.

Eccolo qui, nel mezzo della piana di Ibad, mentre si avvicina la sera, intento a spilluzzicare entro una specie di vecchio canneto secco. E attorno non c'è nulla, eccezion fatta per la desolazione del piatto deserto, con aridi termitai qua e là, e qualche piccolo misterioso cono nerastro a fior di terra. Verso il sud, tuttavia, si posson scorgere alcune montagne, veramente troppo lontane; ma sconsigliamo dal crederci, probabilmente si tratta di parvenze vuote, nate solo dal desiderio. Del resto lui non le vede perché gli occhi dei facoceri sono diversi dai nostri. Invece poiché il sole discende, il verro scruta soddisfatto la propria ombra farsi di minuto in minuto più oblunga; e avendo poca memoria, come succede ogni sera, monta in superbia, per l'illusione di essere diventato grande in modo meraviglioso.

No, non è specialmente grande rispetto ad altri giovani compagni, ma in un certo senso è magnifico, lui che è una delle bestie più brutte del mondo. Perché l'età gli ha generosamente allungato le zanne, gli ha donato una importante criniera di setole gialle, gli ha inturgidito le quattro verruche ai lati del muso, lo ha trasformato in un mostro corporeo di favola, inerme pronipote dei draghi. In lui ora si esprime l'anima stessa della selva, un incanto di tenebre, protetto da antiche maledizioni. Ma nella testa immonda dovrà pur esserci un barlume di luce, sotto il pelame scabro una specie di cuore.

Un cuore che si è messo a battere essendo nel pieno deserto comparso una sorta di mostro nuovissimo e nero; il quale mugola lievemente e si avvicina in modo strano, né correndo né strisciando, come non si era mai visto. Questo mostro è grandissimo, forse più alto di un gazzellone, ma il facocero aspetta, fermo, e lo guarda con intenzioni malvage (benché tutt'attorno, dalle solitudini, stia nascendo un avverso presagio).

Anche la nostra automobile si è adesso arrestata.

«Che cosa guardi?» faccio al compagno. «Perché hai fermato? Non vedi che è un bue?»

«Anche a me pareva» dice lui «ma è un facocero, invece. Aspetta che sparo.»

Lo strano mostro che mugola si è taciuto ed è fermo, apparentemente privo di vita. Eppure il facocero ha sentito di improvviso un colpo tremendo; poi un rumore secco e sinistro come di antico albero che crolli, o di certe frane. «Bravo, perdio, l'hai preso!» grido io. «Guarda come si rivolta per terra, guarda che polverone!»

Proprio così: attraverso i resti del vecchio canneto, il bestione è stato visto compiere una specie di capriola e rotolarsi in furore. «Macché» fa il mio compagno. «Non vedi che scappa?»

Fugge infatti il cinghiale, con la zampa posteriore destra spezzata. Assume un piccolo trotto ostinato, in direzione di est, allontanandosi dal sole morente, quasi timoroso di questa siderale allusione. E il mostro metallico riprende il mugolìo di prima, si mette a corrergli dietro, né guadagnando né perdendo terreno, per via di certi ciuffi di erba morta che ostacolano il cammino.

Ora lui è solo e perduto. Né dal cielo vuoto, né dagli ermetici termitai, né da alcuna parte della terra potrà venire il soccorso. La sua ombra personale lo precede, trottando di conserva, sempre più mostruosa ed ambigua; ma oramai essa non serve, l'orgoglio di poco fa gocciola fuori, col sangue, dalla ferita, e resta seminato per via.

Ed ecco, ma quanto lontana, al limite di congiunzione fra terra e cielo, mentre la luce lentamente declina, ecco una striscia scura, le acacie spinose, il fiume. Laggiù sono gli altri, lui lo sa bene, tutta la patriarcale famiglia, le mogli, i giovanotti brutali, gli antipatici facocerini. Oh, è inutile negare, forse senza che se ne rendesse ben conto, anche nei giorni scorsi lui ha continuato a seguirli, a distanza, curando di non farsi vedere. Ed è ridicolo, certo, ma lui provava piacere ad annusare le loro peste recenti, a riconoscere le orme di questo o di quello; ecco, qui devono essersi azzuffati, là hanno fatto scorpacciata di radici, non me ne hanno lasciata neppure una. Reietto, non aveva potuto staccarsi, non era stato capace di vivere solo, presuntuoso vecchio, e adesso l'unica speranza superstite deriva ancora da loro.

Ma una seconda fucilata l'ha preso a metà di una coscia, il sole tra poco affonderà sotto terra e dal fiume troppo lontano si avanzano a imbuto tetri abissi di buio. Vediamo, dall'automobile, che il suo trotto si è fatto in un certo senso svogliato e pesante, come se l'istinto ancora lo traesse alla fuga, ma non più sincera velleità di vita. Il deserto del resto sembra divenire sempre più sterminato, allontanandosi anziché approssimarsi il verde segno del fiume.

Io dico al compagno: «Guarda, si è fermato, è stanco. Fatti sotto, ci sono ancora pochi minuti di luce». E siccome noi possiamo continuare la strada (su di noi nessuno ha sparato a tradimento colpi di Mauser con pallottole dilaceranti) siccome noi ci avviciniamo, il facocero comincia a farsi più grande, scorgiamo finalmente il laido volto, le orecchie irte di setole, la molto nobile criniera. Esso è immobile, in piedi e ci guarda con due occhi a spillo. Deve essere oramai esausto, ma può darsi anche sia stato un solingo dio dancalo a trattenerlo, col vitreo scettro di sale, rimproverandogli la viltà della fuga.

La canna dello schioppo è già stata disposta secondo l'esatta linea di mira; a questa breve distanza sbagliare sarebbe impossibile, il dito indice si appoggia all'incavo del grilletto. Ed allora (mentre i draghi della notte sopraggiungevano dalle spente caverne d'oriente con la precipitazione di chi teme d'arrivare in ritardo) allora lo vedemmo volgere lentamente il muso in direzione del sole, di cui restava sopra il deserto soltanto una piccola fetta purpurea. C'era una pace immensa e ci nacque l'immagine di una villa ottocentesca alla medesima ora, con le vetrate già accese e affacciata una vaga figurina di donna che tra echi di musica mandasse un sospiro, mentre i cani viziati chiacchierano al cancello del giardino su aneddoti nobiliari e di caccia.

Il mugolìo del motore si spense e forse allora, per misericordioso fiato di vento, giunse al facocero la voce dei compagni liberi e felici, rintanati sulle rive del fiume. Era però troppo tardi. Intorno a lui stava per calare l'estremo sipario. Né gli restava più nulla se non dare uno sguardo al sole residuo, come positivamente fece; non già per sentimentali rimpianti, né per succhiarne con gli occhi l'ultima luce; solo per chiamarlo a testimone dell'ingiustizia che si compiva.

Quando tacque il colpo della fucilata, esso giaceva sul fian-

co sinistro, con gli occhi già chiusi, le zampe abbandonate.
Sotto i nostri occhi – in alto accendevansi le prime stelle –
esalò gli ultimi respiri: due borbottii profondi da vecchio,
commisti ai rigurgiti sanguigni. E non successe nulla, non il
più sottile spirito si involò dal mostro defunto per navigare
nei cieli, neppure una minuscola bollicina. Perché il sapien-
tissimo Geronimo, che di queste cose se ne intende, è disposto ad ammettere un'anima, sia pure rudimentale, al leone,
all'elefante e ai più eletti carnivori; nei giorni di ottimismo si
mostra benevolmente disposto perfino col pellicano, ma col
facocero mai, assolutamente; per quanto insistessimo, egli
ha sempre rifiutato di concedergli il privilegio di una seconda vita.

• Scusa, cosa ho appena letto?

10
Paura alla Scala

Per la prima rappresentazione della *Strage degli innocenti* di Pierre Grossgemüth (novità assoluta in Italia) il vecchio maestro Claudio Cottes non esitò a mettere il frac. Si era già, è vero, in maggio inoltrato quando la stagione della Scala, a giudizio dei più intransigenti, volge al declino, quando al pubblico, composto in gran parte di turisti, è buona norma offrire spettacoli di esito sicuro, non di eccessivo impegno, scelti nel repertorio tradizionale di tutta tranquillità; e non importa se i direttori non sono proprio i massimi, se i cantanti, per lo più elementi di vecchia *routine* scaligera, non destano curiosità. In questo periodo i raffinati si concedono confidenze formali che darebbero scandalo nei mesi più sacri alla Scala: par quasi di buon gusto alle signore non insistere nelle *toilettes* da sera e vestire semplici abiti da pomeriggio, agli uomini venire in blu o in grigio scuro con cravatte di colore come se si trattasse di visita a una famiglia amica. E qualche abbonato, per snobismo, giunge al punto di non farsi neanche vedere, senza però cedere ad altri il palco o la poltrona che rimangono perciò vuoti (e tanto meglio se i conoscenti vorranno accorgersene).

Ma quella sera c'era spettacolo di gala. Prima di tutto la *Strage degli innocenti* costituiva in sé un avvenimento, a motivo delle polemiche che il lavoro aveva provocate cinque mesi prima in mezza Europa quando era stata messa in scena a Parigi. Si diceva che in quest'opera (a dir la verità si trattava, secondo la definizione dell'autore, di un "Oratorio popolare, per coro e voci, in dodici quadri") il musicista alsaziano, uno dei maggiori capiscuola dell'epoca moderna, avesse, benché a tarda età, preso una nuova via (dopo averne cambiate tante) assumendo forme ancora più sconcertanti e audaci delle precedenti, con la dichiarata intenzione però di "richiamare finalmente il melodramma dal gelido esilio dove gli alchimisti tentano di tenerlo in vita con pesanti droghe, verso le dimenticate contrade della verità": cioè, a sentire i suoi ammiratori, aveva rotto i ponti col passato prossimo, tornando (ma bisognava sapere come) alla gloriosa tradizione dell'Ottocento: qualcuno aveva perfino trovato riferimenti con le tragedie greche.

L'interesse maggiore nasceva comunque dalle ripercussioni di genere politico. Nato da famiglia evidentemente originaria della Germania, di aspetto quasi prussiano pure lui benché ormai ingentilito in volto dall'età e dalla pratica dell'arte, Pierre Grossgemüth, da molti anni stabilito presso Grenoble, aveva avuto, al tempo dell'occupazione, un contegno dubbio. Non aveva saputo dire di no quando i tedeschi lo avevano invitato a dirigere un concerto a scopo di beneficenza, era stato d'altra parte, si raccontava, largo di aiuti verso i *maquis* della zona. Aveva fatto cioè di tutto per non dover prendere un atteggiamento aperto, standosene rinserrato nella sua ricca villa, donde, nei mesi più critici prima della liberazione, non veniva neanche più la solita inquietante voce del pianoforte. Ma Grossgemüth era un grande artista e la sua crisi non sarebbe stata rinvangata se egli non avesse scritto e fatto rappresentare la *Strage degli innocenti*. La più ovvia interpretazione di questo oratorio – su libretto di un giovanissimo poeta francese, Philippe Lasalle, ispirato dall'episodio biblico – era che fosse un'allegoria dei massacri compiuti dai nazisti, con l'identificazione di Hitler nella torva figura di Erode. Critici d'estrema sinistra avevano però attaccato Grossgemüth accusandolo di adombrare, sotto la superficiale e illusoria analogia anti-hitleriana, le eliminazioni compiute dai vincitori, dalle vendette spicciole avvenute in ogni borgo fino alle forche di Norimberga. Ma c'era chi andava più in là: la *Strage degli innocenti*, secondo questi, voleva essere una specie di profezia e alludere a una futura rivoluzione e massacri relativi; condanna quindi anticipata di tale rivolta e ammonimento a quanti avrebbero avuto il potere di soffocarla in tempo: un libello, insomma, di spirito addirittura medioevale.

Grossgemüth aveva, com'era prevedibile, smentito le insinuazioni con poche ma secche parole: se mai, la *Strage degli innocenti* doveva essere considerata una testimonianza di fede cristiana e niente più. Ma alla *première* di Parigi c'era stata battaglia e a lungo i giornali ne avevano disputato in termini di fuoco e di veleno.

Si aggiunga la curiosità per la difficile realizzazione musicale, l'aspettativa per le scene – che si annunciavano pazzesche – e per le coreografie ideate dal famoso Johan Monclar, fatto venire apposta da Bruxelles. Da una settimana, per seguire le prove, Grossgemüth si trovava a Milano con la moglie e la segretaria; e naturalmente avrebbe assistito alla rappresentazione. Tutto questo dava insomma allo spettacolo un tono di eccezione. Nell'intera stagione non c'era stata anzi una *soirée* così importante. Per l'occasione i maggiori critici e musicisti d'Italia si erano trasferiti a Milano, da Parigi era giunto un gruppetto di fanatici grossgemüthiani. E il questore aveva previsto uno straordinario servizio d'ordine nell'eventualità che si scatenasse la burrasca.

Vari funzionari e molti agenti di polizia, in un primo tempo destinati alla Scala, furono invece impiegati altrove. Una diversa e ben più preoccupante minaccia si era delineata all'improvviso nel tardo pomeriggio. Varie segnalazioni annunciavano imminente, forse per la notte stessa, un'azione di forza da parte della comunità dei Morzi. I capi di questo grande movimento non avevano mai fatto mistero che il loro ultimo scopo era di rovesciare l'ordine costituito e di instaurare la "nuova giustizia". Sintomi di agitazione c'erano già stati nei mesi precedenti. Adesso era in corso una offensiva dei Morzi contro la legge, che stava per essere approvata al Parlamento, sulla migrazione interna. Il pretesto poteva essere buono per un tentativo a fondo.

Durante tutta la giornata gruppetti dall'aspetto deciso e quasi provocante si erano notati nelle piazze e nelle vie del centro. Non avevano né distintivi, né bandiere, né cartelli, non erano inquadrati, non tentavano di formare dei cortei. Ma era fin troppo facile indovinare di che razza fossero. Niente di strano, a dir la verità, perché manifestazioni come questa, innocue e in sordina, si ripetevano da anni con frequenza. E anche stavolta la forza pubblica aveva lasciato fare. Le informazioni riservate della Prefettura lasciavano temere invece, entro poche ore, una manovra in grande stile per la conquista del potere. Roma era stata subito avvertita, polizia e carabinieri messi in stato di emergenza, anche i reparti dell'esercito stavano sul chi vive. Non si poteva però escludere che fosse un falso allarme. Già altre volte era successo. Gli stessi Morzi diffondevano voci del genere, era un loro gioco favorito.

Una vaga e inespressa sensazione di pericolo, come avviene, si era tuttavia diffusa per la città. Non c'era un fatto concreto che la giustificasse, non c'erano neppure dicerie che si riferissero a qualcosa di preciso, nessuno sapeva nulla, eppure nell'aria si era fatta una sensibile tensione. Usciti dagli uffici, molti borghesi quella sera affrettavano il passo verso casa, scrutando con apprensione la prospettiva delle strade se mai dal fondo avanzasse una massa nereggiante a sbarrare la via. Non era la prima volta che la tranquillità della cittadinanza veniva minacciata; parecchi cominciavano a farci l'abitudine. Anche per questo la maggioranza continuò a badare alle sue faccende come se fosse una sera qualsiasi fra le tante. Singolare poi una circostanza che fu notata da parecchi: benché, filtrato attraverso chissà quali indiscrezioni, un presentimento di cose grosse avesse preso a serpeggiare qua e là, nessuno ne parlava. In un tono magari differente dal consueto, con sottintesi ermetici, ma si facevano sempre i soliti discorsi della sera, ci si diceva ciao e arrivederci senza postille, si fissavano appuntamenti per l'indomani, si preferiva insomma non accennare apertamente a ciò che in un modo o nell'altro riempiva gli animi, quasi che parlarne potesse rompere l'incanto, menare gramo, chiamare la sventura; così come sulle navi in guerra è legge non enunciare neppure a titolo di scherzo ipotesi di siluramenti o di colpi a bordo.

Tra coloro che più di ogni altro ignoravano tali preoccupazioni era senza dubbio il maestro Claudio Cottes, uomo candido e per alcuni versi ottuso, per il quale nulla esisteva al mondo fuori della musica. Romeno di nascita (sebbene pochi lo sapessero) si era stabilito in Italia giovanissimo, negli anni d'oro, al principio del secolo, quando la sua prodigiosa precocità di virtuoso lo aveva reso celebre in breve tempo. Spentisi poi nel pubblico i primi fanatismi, egli era pur sempre rimasto un magnifico pianista, forse più delicato che potente, che periodicamente faceva il giro delle maggiori città europee per cicli di concerti, invitato dai più noti enti filarmonici; questo fin verso il '40. Soprattutto gli riusciva caro ricordare i successi ottenuti, più di una volta, suonando nelle stagioni sinfoniche della Scala. Ottenuta la cittadinanza italiana, aveva sposato una milanese e occupato con molta probità, al Conservatorio, la cattedra di pianoforte nel corso superiore. Ormai si considerava milanese e bisogna ammettere che pochi, nell'ambiente, sapessero parlare in dialetto meglio di lui.

Benché in pensione – gli restava solo l'incarico onorifico di commissario in alcune sessioni di esami al Conservatorio – Cottes continuava a vivere solo per la musica, non frequentava che musicisti e musicomani, non mancava a un concerto e seguiva, con una specie di trepidante timidezza, le affermazioni del figlio Arduino, ventiduenne, compositore di ingegno promettente. Diciamo timidezza, perché Arduino era un ragazzo molto chiuso in sé, avarissimo di confidenze ed espansioni, di una sensibilità perfino esagerata. Da che era rimasto vedovo, il vecchio Cottes si trovava, per così dire, disarmato e impacciato di fronte a lui. Non lo capiva. Non sapeva che vita conducesse. Si rendeva conto che i propri consigli, anche in materia musicale, cadevano nel vuoto.

Cottes non era mai stato un gran bell'uomo. Adesso, a 67 anni, era un bel vecchio, di quelli che si usano chiamar decorativi. Con l'età una vaga assomiglianza a Beethoven si era accentuata; compiacendosene forse senza saperlo, egli curava con amore i capelli bianchi, lunghi e vaporosi che gli facevano una corona molto "artistica". Un Beethoven non tragico, anzi bonario, pronto al sorriso, socievole, disposto a trovare il bene quasi dovunque; "quasi", perché in fatto di pianisti era ben raro ch'egli non torcesse il naso. Era l'unica sua debolezza e gliela si perdonava volentieri. «Ebbè, maestro?» gli chiedevano gli amici, durante gli intervalli. «Tutt ben per mi. Ma se ghe fuss staa el Beethoven?» rispondeva; oppure: «Perché? Lu l'ha minga sentì? El s'è indormentaa?» o analoghe facili facezie di vecchio stampo, suonassero pure Backhaus, Cortot o Gieseking.

Questa naturale bonomia – egli non era affatto invelenito di trovarsi escluso, a causa dell'età, dall'attiva vita artistica – lo rendeva simpatico a tutti quanti e gli assicurava, da parte della direzione della Scala, un trattamento di riguardo. Nella stagione lirica non è mai questione di pianisti e la presenza in platea del buon Cottes, nelle serate un po' difficili, costituiva un sicuro piccolo nucleo di ottimismo. Per lo meno sui suoi personali battimani si poteva contare come regola; e l'esempio di un concertista già famoso era presumibile inducesse molti dissenzienti a moderarsi, gli indecisi ad approvare, i tepidi a un consenso più manifesto. Ciò senza contare il suo aspetto molto "scaligero" e le passate benemerenze di pianista. Il suo nome quindi figurava nella segreta e avara lista degli "abbonati perpetui non paganti". Al mattino di ogni giorno di *première*, la busta col biglietto per una poltrona compariva immancabilmente nella cassetta della sua posta, alla portineria di via della Passione, 7. Solo per le "prime" che si prevedevano povere d'incassi, le poltrone erano due, una per lui e l'altra per il figlio. Del resto Arduino non ci teneva; preferiva arrangiarsi da solo, con gli amici, assistendo alle prove generali dove non c'è l'obbligo di andar vestiti bene.

Per l'appunto, della *Strage degli innocenti*, Cottes junior aveva ascoltato il giorno prima l'ultima prova. Ne aveva anche parlato col padre a colazione, in termini molto nebbiosi come era sua abitudine. Aveva accennato a certe "interessanti risoluzioni timbriche", a una "polifonia molto scavata", a delle "vocalizzazioni più deduttive che induttive" (parole queste pronunciate con una smorfia di disprezzo) e così via. L'ingenuo padre non era riuscito a capire se il lavoro fosse buono o no, o quanto meno se al figlio fosse piaciuto o dispiaciuto. Non insistette per sapere. I giovani lo avevano abituato al loro gergo misterioso; alle porte del quale anche stavolta ristette intimidito.

Adesso si trovava solo in casa. La donna di servizio, che veniva a ore, se n'era andata. Arduino a pranzo fuori e il pianoforte, grazie al Cielo, muto. Il "grazie al Cielo" era senza dubbio nel cuore del vecchio concertista; mai però egli avrebbe avuto il coraggio di confessarlo. Quando il figlio componeva, Claudio Cottes entrava in uno stato di estrema agitazione interna. Da quegli accordi apparentemente inesplicabili di momento in momento egli aspettava, con una speranza quasi viscerale, che uscisse infine qualche cosa di simile alla musica. Capiva che era una debolezza da sorpassato, che non si poteva battere di nuovo le antiche strade. Si ripeteva che proprio il gradevole doveva essere evitato quale segno di impotenza, decrepitezza, marcia nostalgia. Sapeva che la nuova arte doveva soprattutto far soffrire gli ascoltatori e qui era il segno, dicevano, della sua vitalità. Ma era più forte di lui. Nella stanza vicina, ascoltando, egli talora intrecciava le dita delle mani così forte da farle scricchiolare, come se con questo sforzo aiutasse il figlio a "liberarsi". Il figlio invece non si liberava; le note, faticando, si aggrovigliavano sempre di più, gli accordi assumevano suoni ancor più ostili, tutto restava lì sospeso o addirittura si rovesciava a piombo in più caparbi attriti. Che Dio lo benedisse. Deluse, le mani del padre si separavano, tremando un poco si affaccendavano ad accendere una sigaretta.

Cottes era solo, si sentiva bene, un'aria tepida entrava dalle finestre aperte. Le otto e mezzo, ma il sole splendeva ancora. Mentre egli si vestiva, suonò il telefono. «C'è il maestro Cottes?» fece una voce sconosciuta. «Sì, sono io» rispose. «Il maestro Arduino Cottes?» «No, io sono Claudio, il padre.» La comunicazione fu troncata. Tornò alla camera da letto e il telefono suonò di nuovo. «Ma c'è o non c'è Arduino?» domandò la stessa voce di prima, in tono quasi villano. «No, el gh'è no» rispose il padre cercando di pareggiare la bruschezza. «Peggio per lui!» fece l'altro e tolse il contatto. Che modi, pensò Cottes, e chi poteva essere? Che razza di amici frequentava adesso Arduino? E che cosa poteva significare quel "peggio per lui"? La telefonata gli lasciò una punta di fastidio. Durò per fortuna pochi istanti.

Nello specchio dell'armadio, il vecchio artista ora rimirava il proprio frac di antico stile, largo, a sacco, adatto alla sua età e nello stesso tempo molto *bohémien*. Ispirato, pare, dall'esempio del leggendario Joachim, Cottes aveva la civetteria, proprio per distinguersi dal piatto conformismo, di mettere il panciotto nero. Come i camerieri, esattamente, ma chi al mondo, fosse pure cieco, avrebbe mai scambiato lui, Claudio Cottes, per un cameriere? Benché avesse caldo, indossò un leggero soprabito per evitare la curiosità indiscreta dei passanti, e preso un piccolo binocolo, uscì di casa, sentendosi pressoché felice.

Era una sera incantevole di prima estate, quando perfino Milano riesce a recitare la parte di città romantica: con le strade quiete e semideserte, il profumo dei tigli* che usciva dai giardini, una falce di luna in mezzo al cielo. Pregustando la brillante serata, l'incontro con tanti amici, le discussioni, la vista delle belle donne, lo spumante prevedibile al ricevimento annunciato dopo lo spettacolo nel ridotto del teatro, Cottes si avviò per via Conservatorio; allungava così di poco il cammino ma risparmiava la vista, a lui ingratissima, dei Navigli coperti.

Ivi il maestro si imbatté in uno spettacolo curioso. Un giovanotto dai lunghi capelli ricci cantava sul marciapiede una romanza napoletana tenendo un microfono a pochi centimetri dalla bocca. Un filo correva dal microfono a una cassetta,

bellissimo passaggio

con accumulatore, impianto di amplificazione e altoparlante, da cui la voce usciva con tracotanza, così da rimbombare tra le case. C'era in quel canto una specie di sfogo selvaggio, un'ira, e benché le note parole fossero di amore, si sarebbe detto che il giovane stesse minacciando. Intorno, sette otto ragazzetti dall'aria imbambolata e basta. Le finestre, da una parte e dall'altra della via, erano chiuse, sprangate le persiane, come se si rifiutassero di ascoltare. Tutti vuoti questi appartamenti? O gli inquilini si erano chiusi dentro, simulando l'assenza, per paura di qualche cosa? Al passaggio di Claudio Cottes, il cantante, senza muoversi, accrebbe l'intensità delle emissioni tanto che l'altoparlante cominciò a vibrare: era un invito perentorio a mettere dei soldi sul piattello collocato sopra la cassetta. Ma il maestro, disturbato nell'animo, non sapeva neppure lui come, continuò dritto accelerando il passo. E per parecchi metri sentì sulle spalle il peso dei due occhi vendicativi.

"Tanghero e cane!" inveì mentalmente il maestro contro il posteggiatore. La sguaiataggine dell'esibizione gli aveva guastato il buon umore, chissà perché. Ma ancor più fastidio gli procurò, quando stava per raggiungere San Babila, un breve incontro con Bombassei, ottimo giovane che era stato suo allievo al Conservatorio e adesso faceva il giornalista. «È di Scala, maestro?» gli chiese scorgendo nello scollo del soprabito la cravattina bianca.

«Vorresti insinuare, o insolente ragazzo, che alla mia età sarebbe ora...?» fece lui sollecitando, ingenuo, un complimento.

«Lo sa bene anche lei» disse l'altro «che la Scala non si chiamerebbe Scala senza il maestro Cottes. Ma Arduino? Come mai non è venuto?»

«Arduino ha già visto la prova generale. Stasera era impegnato.»

«Ah, capisco» disse Bombassei con un sorriso di furba comprensione. «Stasera... avrà preferito stare a casa...»

«E perché mai?» domandò Cottes avvertendo il sottinteso.

«Ci sono troppi amici in giro, stasera» e il giovane fece un cenno con la testa ad indicare la gente che passava. «... Del resto, nei suoi panni, io farei altrettanto... Ma mi scusi, maestro, c'è qui il mio tram... Buon divertimento!»

Il vecchio rimase là sospeso, inquieto, senza capire. Guardò la folla e non riuscì a scorgere niente di strano: tranne che forse ce ne era meno del solito, e quella poca aveva un'aria sciatta e in certo modo piena d'affanno. E allora, pur restando un enigma il discorso di Bombassei, ricordi rotti e confusi affioravano, di certe mezze frasi dette dal figlio, di certi nuovi compagni sbucati fuori negli ultimi tempi, di certi impegni serali che Arduino non aveva mai spiegato, eludendo le sue domande con vaghi pretesti. Che il figlio si fosse messo in qualche pasticcio? Ma che cosa aveva poi di speciale quella sera? Chi erano i "troppi amici in giro"?

Rimestando questi problemi giunse in piazza della Scala. Ed ecco i pensieri sgradevoli fuggire via alla vista consolante del fermento alla porta del teatro, delle signore che si affrettavano in un precipitoso ondeggiar di strascichi e di veli, della folla che stava a vedere, delle automobili stupende in lunga coda, attraverso i cui vetri si intravvedevano gioielli, sparati bianchi, spalle nude. Mentre stava per cominciare una notte minacciosa, forse anche tragica, la Scala, impassibile, mostrava lo splendore degli antichi tempi. Mai, nelle ultime stagioni, si era vista una armonia tanto ricca e fortunata di uomini, di spiriti e di cose. La stessa inquietudine che aveva cominciato a spandersi per la città accresceva probabilmente l'animazione. A chi sapeva, parve che tutto un mondo dorato ed esclusivo si rifugiasse nella sua amata cittadella, come i Nibelunghi nella reggia all'arrivo di Attila, per un'estrema folle notte di gloria. In realtà pochi sapevano. Anzi, la maggioranza ebbe l'impressione, tanta era la dolcezza della sera, che un periodo torbido fosse finito con l'ultima traccia dell'inverno, e che venisse avanti una grande serena estate.

Portato nel gorgo della folla, ben presto, senza quasi accorgersene, Claudio Cottes si ritrovò nella platea, nel pieno fulgore delle luci. Erano le nove meno dieci, il teatro era già gremito. Cottes guardò intorno, estasiato come un ragazzetto. Avevano un bel passare gli anni, la prima sensazione ogni volta che lui entrava in quella sala, si manteneva pura e vivida, come dinanzi ai grandi spettacoli della natura. Molti altri, con cui andava scambiando fuggevoli segni di saluto, provavano lo stesso, lo sapeva. Proprio di qui nasceva una speciale fratellanza, una sorta di innocua massoneria che agli estranei, a chi non vi partecipava, doveva forse sembrare un po' ridicola.

Chi mancava? Gli sguardi esperti di Cottes ispezionarono, settore per settore, il grande pubblico, trovando tutti a posto. Accanto a lui sedeva il celebrato pediatra Ferro che avrebbe lasciato morire di crup migliaia di piccoli clienti pur di non perdere una "prima" (il pensiero suggerì anzi a Cottes un grazioso gioco di parole con allusione a Erode e ai bimbi galilei, che si promise di utilizzare in seguito). A destra, la coppia ch'egli aveva definito dei "parenti poveri", marito e moglie già attempati, con abiti da sera sì, ma lisi e sempre quelli, che non mancavano a nessuna "prima", applaudivano con la stessa foga qualsiasi cosa, non parlavano con nessuno, non salutavano nessuno, non scambiavano neanche l'un l'altro una parola; tanto che tutti li consideravano *claqueurs* di lusso, dislocati nella parte più aristocratica della platea per dare il via ai battimani. Più in là l'ottimo professore Schiassi, economista, famoso per avere seguito anni e anni Toscanini dovunque si recasse a dar concerti; e siccome allora era a corto di denari, viaggiava in bicicletta, dormiva nei giardini e mangiava le provviste portate nel sacco da montagna; parenti e amici lo consideravano un po' matto ma lo amavano ugualmente. Ecco l'ing. Beccian, idraulico, ricco forse a miliardi, melomane umile e infelice, che da un mese in qua, essendo stato nominato consigliere alla Società del Quartetto (per cui aveva palpitato da decenni come un innamorato e fatto indicibili sforzi diplomatici) era all'improvviso montato, in casa e in ditta, a un tale grado di superbia da diventare insopportabile; e trinciava giudizi su Purcell e D'Indy, lui che prima non osava rivolgere la parola all'ultimo dei contrabbassi. Ecco, col minuscolo marito, la bellissima Maddi Canestrini, ex-commessa, che ad ogni nuova opera si faceva catechizzare nel pomeriggio da un docente di storia della musica per non fare brutte figure; il suo celebre petto mai si era potuto ammirare in tanta completezza e veramente risplendeva tra la folla, disse uno, come il faro al Capo di Buona Speranza. Ecco la principessa Wurz-Montague, dal gran naso d'uccello, venuta apposta dall'Egitto con le quattro figlie. Ecco, nel più basso palco di proscenio, luccicare i cupidi occhi del barbuto conte Noce, assiduo alle sole opere che promettessero la comparsa di ballerine; e infaticabile, a memoria d'uomo, in tale circostanza, nell'esprimere la soddisfazione con la invariata formula: "Ah, che personale! Ah, che polpe!". Ecco in un palco della prima fila l'intera tribù dei Salcetti, vecchia famiglia milanese, che si vantava di non aver mai perso una "prima" della Scala a partire dal 1837. E in quarta fila, quasi sul proscenio, le povere marchese Marizzoni, madre, zia e figlia nubile, sbircianti con amarezza al sontuoso palco 14 di seconda fila, loro feudo, dovuto quest'anno abbandonare per ristrettezze: adattatesi a un ottavo di abbonamento da consumare lassù, tra i piccioni, si tenevano rigide e compassate come upupe, cercando di passare inosservate. Intanto, vigilato da un aiutante di campo in uniforme, un pingue principe indiano non bene identificato stava addormentandosi e al ritmo del respiro l'*aigrette* del turbante oscillava su e giù, sporgendo fuor del palco. Poco lontana, con un vestito color fiamma da sbalordire, aperto davanti fino alla cintura, le braccia nude con attorcigliato a biscia un cordone nero, stava in piedi, proprio a farsi ammirare, una impressionante donna sui trent'anni; un'attrice di Hollywood dicevano, ma i pareri sul nome eran discordi. E accanto le sedeva, immoto, un bambino bellissimo e spaventosamente pallido che pareva dovesse morire da un momento all'altro. In quanto ai due circoli rivali della nobiltà e della ricca borghesia avevano entrambi rinunciato alla elegante consuetudine di lasciare le barcacce semivuote. I "signorini" meglio provveduti della Lombardia vi si congestionavano in serrati grappoli di volti abbronzati, di camicie a specchio, di marsine da grande firma. A confermare il successo eccezionale della serata si notava poi, contro il solito, un forte numero di donne belle con *décolletés* estremamente impegnativi. Il Cottes si propose di ripetere, durante un intervallo, una distrazione che usava concedersi nei verdi anni: di contemplare cioè la profondità di tali prospettive dall'alto in basso. E in cuor suo scelse, quale osservatorio, il palco in quarta fila dove scintillavano gli smeraldi giganteschi di Flavia Sol, ottima contralto e buona amica.

A tale frivolo splendore un solo palco contrastava, simile a un occhio tenebroso e fisso in mezzo a un tremolio di fiori. Era in terza fila e vi stavano, due seduti ai lati e il terzo in piedi, tre signori dai trenta ai quarant'anni, con vestiti neri a doppio petto, cravatte scure, volti magri e tetri. Immobili, atoni, stranieri a tutto ciò che succedeva intorno, volgevano con ostinazione gli sguardi al sipario, come se fosse l'unica cosa degna d'interesse: parevano non spettatori venuti per godere, ma giudici di un sinistro tribunale che, data la sentenza, ne aspettassero l'esecuzione; e nell'attesa preferissero non guardare i condannati, non già per pietà, bensì a motivo della repulsione. Più di uno si trattenne a osservarli, provandone disagio. Chi erano? Come si permettevano di contristare la Scala col loro aspetto funerario? Era una sfida? E a che scopo? Anche il maestro Cottes, come li notò, rimase un po' perplesso. Una maligna stonatura. E n'ebbe un oscuro senso di timore, tanto che non osò alzare verso di loro il suo binocolo. In quel mentre si spensero le luci. Spiccò nel buio il bianco riverbero che saliva dall'orchestra e vi sorse la scarna figura di Max Nieberl, direttore, lo specialista di musiche moderne.

Se mai nella sala si trovavano, quella sera, degli uomini timorosi o inquieti, certo la musica di Grossgemüth, le smanie del Tetrarca, gli impetuosi e quasi ininterrotti interventi del coro appollaiato come un branco di corvi su una specie di rupe conica (le sue invettive piombavano come caterrate sul pubblico, facendolo spesso sobbalzare) le scene allucinate, non erano certo fatte per rasserenarli. Sì, c'era dell'energia, ma a quale prezzo. Strumenti, suonatori, coro, cantanti, massa di ballo (che era di scena quasi sempre per minuziose esplicazioni mimiche, mentre i protagonisti si muovevano di rado) direttore e perfino spettatori erano sottoposti al massimo sforzo che si potesse pretendere da loro. Al termine della prima parte l'applauso esplose non tanto a scopo di consenso quanto per il comune bisogno fisico di sfogare la tensione. La meravigliosa sala vibrava tutta. Alla terza chiamata comparve tra gli interpreti la torreggiante sagoma di Grossgemüth il quale rispondeva con brevissimi e quasi stentati sorrisi, piegando ritmicamente il capo. Claudio Cottes si ricordò dei tre lugubri signori e, continuando a battere le mani, alzò gli occhi a guardarli: erano ancora là, immobili e inerti come prima, non si erano spostati di un millimetro, non applaudivano, non parlavano, non sembravano neanche persone vive. Che fossero dei manichini? Restarono nella stessa posizione anche quando la maggior parte della gente si fu riversata nel ridotto.

Appunto durante il primo intervallo le voci che fuori, nella città, stesse covando una specie di rivoluzione, si fecero strada in mezzo al pubblico. Anche qui esse procedettero in sordina, a poco a poco, grazie ad un istintivo ritegno della gente. Né riuscirono certo a sopraffare le accese discussioni sull'opera di Grossgemüth a cui il vecchio Cottes prese parte, senza esprimere giudizi, con scherzosi commenti in meneghino. Suonò infine il campanello per annunciare la fine dell'*entr'acte*. Avviatosi giù per la scala dalla parte del Museo teatrale, Cottes si trovò fianco a fianco con un conoscente di cui non ricordava il nome e il quale, accortosi di lui, gli sorrise con espressione astuta.

«Bene, caro maestro» disse «sono proprio contento di vederla, avevo appunto desiderio di dirle una cosa...» Parlava adagio con pronuncia molto affettata. Intanto scendevano. Ci fu un ingorgo, per un istante furono separati. «Ah eccola» riprese il conoscente quando si ritrovarono vicini «dove mai era sparito? Sa che per un momento ho creduto che lei fosse

sparito sottoterra?... Come Don Giovanni!» E gli parve di
aver trovato un accostamento molto spiritoso perché si mise
a ridere di gusto; e non finiva mai. Era un signore scialbo,
dall'aspetto incerto, un intellettuale di buona famiglia andato al meno, si sarebbe detto a giudicare dallo *smoking* di taglio sorpassato, dalla camicia floscia di dubbia freschezza,
dalle unghie listate di grigio. Imbarazzato, il vecchio Cottes
attendeva. Erano giunti quasi in fondo.

«Bene» riprese, circospetto, il conoscente incontrato chissà dove «lei deve promettermi di considerare ciò che le dirò
come una comunicazione confidenziale... confidenziale, mi
spiego?... Non s'immagini insomma cose che non ci sono...
Non le venga in mente di considerarmi, come dire?, di considerarmi un rappresentante officioso... un portavoce, questo
è il termine oggi usato, vero?»

«Sì, sì» disse il Cottes, sentendo rinascere l'identico malessere provato nell'incontro con Bombassei, però ancora più
acuto «sì... Ma le assicuro che non capisco niente...» Suonò il
secondo campanello di avvertimento. Erano nel corridoio
che corre, a sinistra, di fianco alla platea. Stavano per imbu-
care la scaletta che porta alle poltrone.

Qui lo strano signore si fermò. «Ora devo lasciarla» disse.
«Io non sono in platea... Ebbene... basterà le dica questo: suo
figlio, il musicista... sarebbe forse meglio... un po' più di prudenza, ecco... non è più un ragazzino, vero, maestro?... Ma
vada, vada, che hanno già spento... E io ho parlato perfino
troppo, sa?» Rise, chinò il capo senza dare la mano, se ne
andò svelto, quasi correndo, sul tappeto rosso del corridoio
deserto.

Meccanicamente il vecchio Cottes s'inoltrò nella sala già
buia, chiese scusa, raggiunse il suo posto. In lui era il tumulto. Che cosa stava combinando quel pazzo di Arduino?
Sembrava che tutta Milano lo sapesse mentre lui, padre, non
riusciva neanche a immaginarlo. E chi era questo signore
misterioso? Dove gli era stato presentato? Senza successo si
sforzava di ricordare le circostanze della prima conoscenza.
Gli parve di poter escludere gli ambienti musicali. Dove allo-

ra? Forse all'estero? In qualche albergo durante la villeggiatura? No, assolutamente non riusciva a ricordare. Intanto,
sulla scena, avanzava con mosse da biscia la provocante
Martha Witt, in nudità barbariche, a incarnare la Paura, o
cosa del genere, che entrava nel palazzo del Tetrarca.

Come Dio volle si giunse anche al secondo *entr'acte*. Non
appena si accesero le luci il vecchio Cottes cercò intorno, ansiosamente, il signore di prima. Lo avrebbe interpellato, si
sarebbe fatto spiegare; una motivazione non gli poteva essere rifiutata. Ma l'uomo non si vedeva. Alla fine, singolarmente attratto, il suo sguardo posò sul palco dei tre tipi tenebrosi. Non erano più tre, ce n'era un quarto che si teneva un
poco indietro, in *smoking* questi, però squallido anche lui.
Uno *smoking* di taglio sorpassato (adesso Cottes non esitò a
guardare col binocolo) una camicia floscia di dubbia freschezza. E a differenza degli altri tre, rideva, il nuovo venuto, con espressione astuta. Un brivido corse per la schiena
del maestro Cottes.

Si volse al professor Ferro, come chi, sprofondando nel-
l'acqua, afferra senza badare il primo sostegno che si offre.
«Scusi, professore» domandò con precipitazione «mi sa dire
chi sono quei brutti tipi in quel palco, là in terza fila, subito a
sinistra di quella signora in viola?»

«Quei negromanti?» fece ridendo il pediatra «ma è lo Stato Maggiore! lo Stato Maggiore pressoché al completo!»

«Stato Maggiore? Che Stato Maggiore?»

Il Ferro sembrava divertito: «Almeno lei, maestro, vive
sempre nelle nuvole. Beato lei».

«Che Stato Maggiore?» insistette il Cottes impazientito.

«Ma dei Morzi, benedetto Iddio!»

«Dei Morzi?» fece eco il vecchio, assalito da pensieri ancor
più foschi. I Morzi, nome tremendo. Lui Cottes non era pro
né contro, non se ne intendeva, non aveva mai voluto inte-
ressarsene, sapeva solo che erano pericolosi, che era meglio
non stuzzicarli. E quello sciagurato di Arduino gli si era messo contro, se ne era tirato addosso l'inimicizia. Non c'erano
altre spiegazioni. Di politica, di intrighi si occupava dunque

quel ragazzo senza cervello invece di mettere un po' di senso comune nelle sue musiche. Padre indulgente sì, discreto, comprensivo quanto si voleva; ma all'indomani si sarebbe fatto perdio sentire! Rischiare di rovinarsi per una smania idiota! Nello stesso tempo rinunciò all'idea di interpellare il signore di poco prima. Capiva che sarebbe stato inutile, se non dannoso. Gente che non scherzava i Morzi. Bontà loro se avevano avuto la finezza di metterlo sull'avviso. Si guardò alle spalle. Aveva la sensazione che tutta la sala lo fissasse, disapprovando. Brutti tipi i Morzi. E potenti. Inafferrabili. Perché andarli a provocare?

Si riscosse con fatica. «Maestro, non si sente bene?» gli chiedeva il prof. Ferro.

«Come?... Perché?...» rispose tornando progressivamente a galla.

«L'ho visto diventare pallido... Alle volte succede con questo caldo... Mi scusi...»

Lui disse: «Anzi... la ringrazio... ho avuto infatti un colpo di stanchezza... Eh, sont vecc!». Si raddrizzò, avviandosi all'uscita. E come al mattino il primo raggio del sole cancella gli incubi che per tutta notte hanno ossessionato l'uomo, così, tra i marmi del ridotto, lo spettacolo di tutta quell'umanità ricca, piena di salute, elegante, profumata e viva, trasse il vecchio artista dall'ombra in cui la rivelazione lo aveva fatto sprofondare. Deciso a distrarsi, si avvicinò a un gruppetto di critici che stavano discutendo. «In ogni caso» diceva uno «i cori restano, non si può negare.»

«I cori stanno alla musica» fece un secondo «come le teste di vecchio stanno alla pittura. Si fa presto a raggiungere l'effetto, ma dell'effetto non si diffida mai abbastanza.»

«Bene» disse un collega noto per il suo candore. «Ma di questo passo?... La musica di adesso non cerca effetti, non è frivola, non è passionale, non è orecchiabile, non è istintiva, non è facile, non è plateale, tutto benissimo. Ma mi sa dire che cosa rimane?» Cottes pensò alle musiche del figlio.

Fu un gran successo. È molto dubbio che in tutta la Scala ci fosse uno a cui la musica della *Strage* piacesse sinceramente. Ma c'era nella generalità il desiderio di mostrarsi all'altezza della situazione, di figurare all'avanguardia. In questo senso una specie di gara si accese tacitamente a superarsi. E poi, quando con tutto l'impegno ci si mette all'agguato di una musica per scoprirne ogni possibile bellezza, genialità inventiva, riposto significato, allora l'autosuggestione lavora senza limiti. Inoltre: quando mai, con le opere moderne, ci si era divertiti? Si sapeva in partenza che i nuovi capiscuola rifuggono dal divertire. Goffaggine imperdonabile pretenderlo da loro. Per chi chiedeva di divertirsi non c'era il varietà, non c'erano i "luna park" sui bastioni? Quella stessa esasperazione nervosa a cui portavano l'orchestra di Grossgemüth, le voci tese sempre al massimo registro e specialmente i cori martellanti, non era del resto da buttar via. Sia pure brutalmente, il pubblico in un certo senso era stato commosso, come negarlo? La smania che si accumulava negli spettatori e li costringeva, appena fattosi silenzio, a battere le mani, a gridare bravo, ad agitarsi, non era un fior di risultato per un musicista?

Il vero entusiasmo fu però dovuto all'ultima, lunga, incalzante scena dell'"oratorio", quando i soldati di Erode irruppero in Betlemme alla ricerca dei bambini e le madri glieli contesero sulla soglia delle case finché quelli ebbero il sopravvento e allora il cielo si oscurò, e un accordo altissimo di trombe, dal fondo del palcoscenico, annunciò la salvezza del Signore. Bisogna dire che scenografo, figurinista e soprattutto Johan Monclar, autore della coreografia e ispiratore di tutto l'allestimento scenico, erano riusciti ad evitare possibili interpretazioni dubbie: il quasi scandalo successo a Parigi li aveva messi in guardia. Cosicché Erode non che assomigliasse a Hitler ma certo aveva un deciso aspetto nordico ricordando più Siegfried che il padrone della Galilea. E i suoi armati, specialmente per la forma dell'elmo, non permettevano di certo equivoci. «Ma sta chí» disse Cottes «l'è minga la reggia d'Erode. Ghe doveven scriv su Oberkommandantur!»

I quadri scenici parvero molto belli. Di effetto irresistibile,

come si è detto, fu l'ultima tragica danza dei massacratori e
delle madri, mentre dalla sua rupe smaniava il coro. Il trucco, per così dire, di Monclar (non nuovissimo del resto) fu di
estrema semplicità. I soldati erano tutti neri compreso il volto; le madri tutte bianche; e i bambini erano rappresentati
da certi pupi fatti al tornio (su disegno, c'era scritto sul programma, dello scultore Ballarin) di colore rosso vivo, tirati a
lucido e per questo loro fulgore emozionanti. Le successive
composizioni e scomposizioni di quei tre elementi, bianco,
nero e rosso, sullo sfondo violaceo del paese, precipitanti in
un ritmo sempre più affannato, furono interrotte più volte
dagli applausi. «Guarda Grossgemüth com'è raggiante» e-
sclamò una signora dietro a Cottes quando l'autore venne alla ribalta. «Bella forza!» ribatté lui. «El gha on crapon ch'el
par on specc!» Il celebre compositore era infatti calvo (o ra-
sato?) come un uovo.

Il palco dei Morzi in terza fila era già vuoto.

In questa atmosfera di soddisfazione, mentre la maggior
parte del pubblico se n'andava a casa, la *crème* affluì rapidamente nel ridotto per il ricevimento. Sontuosi vasi di ortensie
bianche e rosa erano stati collocati negli angoli della lucente
sala, che prima, durante gli intervalli, non si eran visti. Alle
due porte stavano a ricevere gli ospiti da una parte il direttore
artistico, maestro Rossi-Dani, dall'altra il sovrintendente dottor Hirsch, con la brutta ma garbata moglie. Poco dietro a loro, perché amava far sentire la sua presenza ma nello stesso
tempo non voleva ostentare un'autorità che non le apparteneva ufficialmente, la signora Portalacqua, chiamata più fre-
quentemente "donna Clara", chiacchierava col venerando
maestro Corallo. Già segretaria e braccio destro, molti anni
prima, del maestro Tarra, allora direttore artistico, la Portalacqua, rimasta vedova a meno di trent'anni, ricca di casa,
imparentata con la migliore borghesia industriale di Milano,
era riuscita a farsi considerare indispensabile anche dopo che
il Tarra era defunto. Aveva naturalmente dei nemici i quali la
definivano un'intrigante: anche essi però pronti a ossequiarla
se l'incontravano. Benché probabilmente non ce ne fosse al-

cun motivo, era temuta. I successivi direttori artistici e i so-
vrintendenti avevano subito intuito il vantaggio di tenersela
buona. La interpellavano quando c'era da formare il cartellone, la consultavano sulla scelta degli interpreti e quando con
le autorità e con gli artisti nasceva qualche grana era sempre
lei chiamata a districarla; dove, bisogna dire, era bravissima.
Del resto, per salvar le forme, da anni immemorabili, donna
Clara era consigliera dell'Ente autonomo: un seggio praticamente vitalizio che nessuno si era mai sognato di insidiare.
Un solo sovrintendente, creato dal fascismo, il comm. Man-
cuso, ottima pasta d'uomo ma sprovveduto nella navigazione
della vita, aveva cercato di metterla da parte; dopo tre mesi,
non si sa come, fu sostituito.

Donna Clara era una donna bruttina, piccola, magra, insignificante nell'aspetto, trasandata nel vestire. Una frattura
del femore sofferta in gioventù per una caduta da cavallo l'a-
veva lasciata un poco zoppa (donde il nomignolo di "diavola
zoppa" nel clan avversario). Dopo pochi minuti sorprendeva
però l'intelligenza che illuminava la sua faccia. Più d'uno,
benché sembri strano, se ne era innamorato. Adesso, a oltre
sessant'anni, anche per quella specie di prestigio che le dava
l'età, vedeva affermarsi come non mai il suo potere. In realtà
sovrintendente e direttore erano poco più che dei funzionari
a lei subordinati; ma sapeva manovrare con tanto tatto che
quelli non se n'accorgevano, anzi erano illusi di essere nel
teatro poco meno che dei dittatori.

La gente entrava a fiotti. Uomini celebri e rispettati, ru-
scelli di sangue blu, *toilettes* giunte fresche da Parigi, gioielli
celebri, bocche, spalle e seni a cui anche gli occhi più mori-
gerati non si rifiutavano. Ma insieme entrava ciò che fino allora era soltanto balenato fuggevolmente tra la folla, eco remota e non credibile, senza ferirla: entrava la paura. Le varie
e difformi voci avevano finito per incontrarsi e, confermant-
dosi a vicenda, per fare presa. Qua e là si bisbigliava, confidenze all'orecchio, risolini scettici, esclamazioni incredule di
quelli che voltavano tutto in una burla. In quel mentre, seguito dagli interpreti, comparve nella sala Grossgemüth. Ci

furono, in francese, le presentazioni alquanto laboriose. Poi il musicista, con l'indifferenza di prammatica, fu guidato verso il *buffet*. Al fianco gli era donna Clara.

Come succede in questi casi, le conoscenze di lingue estere furono messe a dura prova.

«*Un chef-d'oeuvre, véritablement, un vrai chef-d'oeuvre!*» continuava a ripetere il dott. Hirsch, sovrintendente, napoletano nonostante il nome, e sembrava non sapesse dire altro. Anche Grossgemüth, sebbene stabilito da decenni in Delfinato, non si mostrava troppo disinvolto: e il suo accento gutturale rendeva ancora più difficile la comprensione. A sua volta il direttore d'orchestra, maestro Nieberl, pure tedesco, di francese ne sapeva poco. Ci volle un po' di tempo prima che la conversazione si avviasse sui suoi binari. Unica consolazione per i più galanti: la sorpresa che Martha Witt, la danzatrice di Brema, parlasse discretamente l'italiano, anzi con un curioso accento bolognese.

Mentre i camerieri sgusciavano tra la folla con vassoi di spumante e pasticcini, i gruppi si formarono.

Grossgemüth parlava sottovoce con la segretaria di cose, pareva, molto importanti.

«*Je parie d'avoir aperçu Lenotre*» le diceva. «*Etes-vous bien sûre qu'il n'y soit pas?*» Lenotre era il critico musicale del «Le Monde» che lo aveva stroncato malamente alla "prima" di Parigi; se questa sera fosse stato presente significava per lui, Grossgemüth, una formidabile rivincita. Ma monsieur Lenotre non c'era.

«*A quelle heure pourra-t-on lire le "Corriere della Sera"?*» chiedeva ancora il caposcuola con la sfrontatezza propria dei grandi, a donna Clara. «*C'est le journal qui a le plus d'autorité en Italie n'est-ce-pas, Madame?*»

«*Au moins on le dit*» rispose sorridendo donna Clara. «*Mais jusqu'à demain matin...*»

«*On le fait pendant la nuit, n'est-ce pas, Madame?*»

«*Oui, il paraît le matin. Mais je crois vous donner la certitude que ce sera une espèce de panégyrique. On m'a dit que le critique, le maître Frati, avait l'air rudement bouleversé.*»

«*Oh, bien, ça serait trop, je pense.*» Cercò di escogitare un complimento. «*Madame, cette soirée a la grandeur, et le bonheur aussi, de certains rêves... Et, à propos, je me rappelle un autre journal... le "Messaro", si je ne me trompe pas...*»

«*Le "Messaro"?*» Donna Clara non capiva.

«*Peut-être le "Messaggero"?*» suggerì il dott. Hirsch.

«*Oui, oui, le "Messaggero" je voulais dire...*»

«*Mais c'est à Rome, le "Messaggero"!*»

«*Il a envoyé tout de même son critique*» annunciò uno che purtroppo nessuno conosceva con tono di trionfo; poi pronunciò la frase restata celebre e di cui il solo Grossgemüth parve non afferrare la bellezza. «*Maintenant il est derrière à téléphoner son reportage!*»

«*Ah, merci bien. J'aurais envie de le voir, demain, ce "Messaggero"*», fece Grossgemüth chinandosi verso la segretaria; e spiegò: «*Après tout c'est un journal de Rome, vous comprenez?*».

Qui il direttore artistico comparve offrendo a Grossgemüth, a nome dell'Ente autonomo della Scala, una medaglia d'oro incisa con la data e il titolo dell'opera, in un astuccio di raso blu. Seguirono le consuete proteste del festeggiato, i ringraziamenti, per qualche istante il gigantesco musicista parve proprio commosso. Poi l'astuccio fu passato alla segretaria. La quale aprì per ammirare, sorrise estasiata, sussurrò al maestro: «*Epatant! Mais ça, je m'y connais, c'est du vermeil!*».

La massa degli invitati si interessava d'altro. Una diversa strage e non quella degli innocenti li preoccupava. Che si prevedesse un'azione dei Morzi non era più il segreto di pochi bene informati. La voce, a forza di girare, aveva ormai raggiunto anche coloro che erano soliti stare nella luna, come il maestro Claudio Cottes. Ma in fondo, per dire la verità, non molti ci credevano. «Anche in questo mese la polizia è stata rinforzata. Sono più di ventimila agenti nella sola città. E poi i carabinieri... E poi l'esercito...» dicevano. «L'esercito! Ma chi ci garantisce che cosa farà la truppa al momento buono? Se ci fosse l'ordine di aprire il fuoco, sparerebbero?»
«Io ho parlato proprio l'altro giorno col generale De Matteis. Lui dice che può rispondere del morale delle truppe... Certo

che le armi non sono adatte...» «Adatte a che cosa?» «Adatte
alle operazioni di ordine pubblico... Ci vorrebbero più bombe lacrimogene... e poi diceva che in questi casi non c'era
niente di meglio che la cavalleria... Ma dove è adesso la cavalleria?... Pressoché innocua, di effetto strepitoso...» «Ma
senti, caro, non sarebbe meglio andare a casa?» «A casa?
Perché a casa? Credi che a casa saremmo più sicuri?» «Per
carità, signora, adesso non esageriamo. Prima di tutto bisogna vedere se succederà... e poi, se succederà sarà questione
di domani, domani l'altro... Mai si è vista una rivoluzione
scoppiare nella notte... le case chiuse... le strade deserte...
per la forza pubblica sarebbe come andare a nozze...!» «Rivoluzione? Misericordia, hai sentito, Beppe?... Quel signore
ha detto che c'è rivoluzione... Beppe, dimmi, che cosa faremo?... Ma parla, Beppe, scuotiti... stai lì come una mum-
mia!» «Avete notato? Al terzo atto, nel palco dei Morzi, non
c'era più nessuno.» «Ma neppure in quello della Questura e
della Prefettura, caro mio... e neanche in quelli dell'esercito,
neanche le signore... fuga generale... sembrava una parola
d'ordine.» «Ah, non dormono mica in Prefettura... ci sanno...
tra i Morzi ci sono informatori del Governo anche nelle logge periferiche.» E così via. Ciascuno in cuor suo avrebbe preferito trovarsi a quell'ora in casa sua. D'altra parte non osava
andar via. Avevano paura di sentirsi soli, paura del silenzio,
di non aver notizie, di aspettare, fumando in letto, l'esplosione delle prime urla. Mentre là, tra tanta gente conosciuta, in
un ambiente estraneo alla politica, con tanti personaggi pieni di autorità, si sentivano quasi protetti, in terra intoccabile,
come se la Scala fosse una sede diplomatica. Era poi immaginabile che tutto questo vecchio mondo, lieto, nobile e civile, ancora così solido, tutti questi uomini d'ingegno, tutte
queste donne così gentili e amanti delle cose buone, possibile che venisse spazzato via d'un colpo?

Con mondano cinismo che a lui pareva molto di buon gusto, Teodoro Clissi, l'"Anatole France italiano" come era stato definito trent'anni prima, ben portante, il volto roseo da
cherubino vizzo, due baffi grigi fedeli a un modello tramon-

tatissimo di intellettuale, descriveva piacevolmente, poco più in là, quello che tutti temevano avvenisse.

«Prima fase» diceva in finto tono <u>cattedratico</u>, prendendo con le dita della mano destra il pollice sinistro come quando si insegna ai bambini la numerazione «prima fase: occupazione dei cosiddetti centri nevralgici della città... e il Cielo non voglia che si sia già a buon punto», consultò ridendo l'orologio a polso. «Seconda fase, cari signori miei: prelevamento degli elementi ostili...»

«Dio mio» scappò detto a Mariù Gabrielli, la moglie del finanziere. «I miei piccoli, soli, a casa!»

«Niente piccoli, cara signora, non abbia paura» fece Clissi. «Questa è caccia grossa: niente bambini, soltanto adulti, e bene sviluppati!»

Rise della facezia.

«E poi a casa non hai la *nurse*?» esclamò la bella Ketti Introzzi, oca come al solito.

Intervenne una voce fresca e petulante insieme.

«Ma scusi, Clissi, le trova proprio spiritose queste storie?»

Era Liselore Bini, forse la giovane signora più brillante di Milano, simpatica ugualmente per la faccia piena di vita e per la sincerità senza freni, quale danno soltanto o grande spirito o forte superiorità sociale.

«Ecco» disse il romanziere, un po' interdetto, sempre scherzando. «Trovo opportuno instradare queste dame verso la novità che...»

«Scusi, sa?, Clissi, ma mi risponda: farebbe qui, stasera, questi discorsi, se lei non si sentisse assicurato?»

«Perché assicurato?»

«Oh, Clissi, non mi costringa a dire quello che tutti sanno. Del resto, perché rimproverarla se lei ha dei buoni amici anche tra, come dire, anche tra i rivoluzionari?... Anzi, ha fatto bene, benissimo... Forse tra poco lo constateremo... Lo sa bene anche lei di poter contare sull'esonero...»

«Che esonero? Che esonero?» disse lui impallidito.

«Diamine! L'esonero dal muro!» E gli voltò le spalle tra le soffocate risa dei presenti.

Il gruppo si divise. Clissi restò pressoché solo. Gli altri fecero circolo poco più in là, intorno a Liselore. Come se quello fosse una specie di bivacco, l'ultimo disperato bivacco del suo mondo, la Bini si accoccolò languidamente a terra, spiegazzando tra i mozziconi di sigaretta e le chiazze di *champagne* la *toilette* di Balmain costata a occhio e croce duecentomila lire. E vivamente polemizzò con un accusatore immaginario, prendendo le difese della sua classe. Ma siccome non c'era alcuno che la contraddicesse, aveva l'impressione di non essere capita bene, e infantilmente si accaniva, alzando il capo agli amici rimasti in piedi. «Sanno o non sanno i sacrifici che si sono fatti? Sanno o no che non abbiamo più un soldo in banca?... I gioielli! Ecco, i gioielli!» e faceva l'atto di sfilare un braccialetto d'oro con un topazio di due etti. «Bella roba! quand'anche dessimo la chincaglieria, che cosa si risolverebbe?... No, non è per questo» la voce si faceva prossima al pianto. «È proprio perché odiano le nostre facce... Non sopportano che ci sia gente civile... non sopportano che noi non puzziamo come loro... ecco la "nuova giustizia" che vogliono quei porci!...»

«Prudenza, Liselore» disse un giovanotto. «Non si sa mai chi ci sta a sentire.»

«Prudenza un corno! Credi che non sappia che mio marito ed io siamo i primi nella lista? Prudenza anche ci vorrebbe? Ne abbiamo avuta troppa di prudenza, questo il guaio. E adesso forse...» si interruppe. «Be', è meglio che la smetta.»

L'unico tra tutti, a perdere subito la testa, era stato proprio il maestro Claudio Cottes. Come un esploratore, per fare un paragone di vecchio stampo, che, costeggiata a gran distanza, per non aver noie, la plaga dei cannibali, dopo parecchi giorni di continuo viaggio per terre sicure, quando ormai non ci si pensa più, vede spuntare dai cespugli dietro la sua tenda, a centinaia, i giavellotti dei niam niam e scorge, di tra i rami, brillare fameliche pupille, così il vecchio pianista tremò alla notizia che i Morzi entravano in azione. Tutto era piombato su di lui nello spazio di poche ore: il primo disagio premonitore per la telefonata, le ambigue parole del Bombassei, il monito del problematico signore e adesso la catastrofe imminente. Quell'imbecille di Arduino! Se succedeva un patatrac i Morzi lo avrebbero sistemato tra i primissimi. E ormai era troppo tardi per rimediare. Poi per consolarsi si diceva: "Ma se il signore di poco fa mi ha avvertito, non è buon segno? Non significa che contro Arduino ci sono soltanto dei sospetti? Già" interveniva dentro di lui una voce opposta "perché nelle insurrezioni si guarda tanto per il sottile! E come escludere che l'avvertimento sia stato fatto proprio questa sera, a scopo di pura malvagità, non essendoci più per Arduino il tempo di salvarsi?". Fuori di sé, il vecchio passava da gruppo a gruppo, nervosamente, il volto ansioso, nella speranza di raccogliere qualche notizia tranquillizzante. Ma di buone notizie non ce n'erano. Abituati a vederlo sempre gioviale e di lingua lesta, gli amici si meravigliavano che fosse così stravolto. Ma avevano da pensare abbastanza ai propri casi per preoccuparsi di quell'innocuo vecchio, proprio di lui che non aveva motivo di temere nulla.

Così vagando, pur di appoggiarsi a qualche cosa che gli desse sollievo, tranguggiava distrattamente, uno dopo l'altro, i bicchieri di spumante che i camerieri offrivano senza risparmio. E si aggravava la confusione in testa.

Finché gli venne in mente la risoluzione più semplice. E si meravigliò di non averci pensato prima: tornare a casa, avvertire il figlio, farlo nascondere in qualche appartamento. Di amici disposti ad ospitarlo certo non mancavano. Guardò l'orologio: le una e dieci. Si avviò verso la scala.

Ma a pochi passi dalla porta fu fermato. «Dove va, maestro benedetto, a quest'ora? E perché ha quella faccia? Non si sente bene?» Era nientemeno che donna Clara, staccatasi dal gruppo più autorevole e ferma là, presso l'uscita, insieme con un giovanotto.

«Oh, donna Clara» fece Cottes riprendendosi. «E dove pensa che possa andare a un'ora simile? Alla mia età? Vado a casa, naturalmente.»

«Senta, maestro» e qui la Passalacqua prese un tono di stretta confidenza. «Dia retta a me: aspetti ancora un poco. Meglio non uscire... Fuori c'è qualche movimento, mi capisce?»

«Come, hanno già cominciato?»

«Non si spaventi, caro maestro. Non c'è pericolo. Tu Nanni vuoi accompagnare il maestro a prendere un cordiale?»

Nanni era il figlio del maestro Gibelli, compositore, suo vecchio amico. Mentre donna Clara si allontanava per fermare altri all'uscita, il giovanotto, accompagnando il Cottes al *buffet*, lo mise al corrente. Pochi minuti prima era arrivato l'avvocato Frigerio, uno sempre informatissimo, intrinseco del fratello del prefetto. Era corso alla Scala per avvertire che nessuno si muovesse. I Morzi si erano concentrati in vari punti della periferia e stavano per affluire in centro. La Prefettura era già praticamente circondata. Diversi reparti della polizia si trovavano isolati e privi di automezzi. Insomma si era alle strette. Uscire dalla Scala, per di più in abito da sera, non era consigliabile. Meglio aspettare là. Certe i Morzi non sarebbero venuti a invadere il teatro.

Il nuovo annuncio, passato di bocca in bocca, con sorprendente rapidità, fece sugli invitati un tremendo effetto. Non era più, dunque, il tempo di scherzare. Il brusio si spense, una certa animazione rimase solo intorno a Grossgemüth, non sapendosi come sistemarlo. Sua moglie, stanca, già da un'ora aveva raggiunto in automobile l'albergo. Come adesso accompagnare lui per le strade già presumibilmente invase dal tumulto? Sì, era un artista, un vecchio, uno straniero. Perché avrebbero dovuto minacciarlo? Ma era pur sempre un rischio. L'albergo era lontano, di fronte alla stazione. Forse dargli una scorta d'agenti? Sarebbe stato probabilmente peggio.

A Hirsch venne un'idea: «Senta, donna Clara. Se si potesse trovare qualche pezzo grosso dei Morzi... Non ne ha visti qui?... Sarebbe un salvacondotto proprio ideale».

«Eh già» assentì donna Clara, e meditava. «... Ma sì, ma sa che è un'idea stupenda?... E siamo fortunati... Ne ho intravisto uno poco fa. Non proprio grosso calibro, ma sempre un deputato. Lajanni, voglio dire... Ma sì, ma sì, vado a vedere subito.»

Questo on. Lajanni era un uomo scialbo e dimesso nel vestire. Aveva quella sera uno *smoking* di taglio sorpassato, una camicia di freschezza dubbia, le unghie delle mani contornate da strisce grigie. Per lo più incaricato di svolgere vertenze agrarie, veniva a Milano raramente e pochi lo conoscevano di vista. Fino allora, del resto, invece di correre al *buffet*, se n'era andato solo soletto a visitare il Museo teatrale. Tornando nel ridotto pochi minuti prima, si era seduto su un sofà in disparte, fumando una sigaretta Nazionale.

Donna Clara gli andò diritta incontro. Lui si levò in piedi.

«Dica la verità, onorevole» fece la Passalacqua senza preamboli. «Dica la verità: lei è qui a farci la guardia?»

«La guardia? Proprio? E perché mai?» esclamò il deputato alzando le sopracciglia a indicar stupore.

«Me lo domanda? Saprà pur qualcosa, lei che è dei Morzi!»

«Oh, se è per questo... certo che qualcosa so... E lo sapevo anche da prima, per essere sincero... Sì, conoscevo il piano di battaglia, purtroppo.»

Donna Clara, senza rilevare quel "purtroppo", continuò decisa: «Senta, onorevole, capisco che può sembrarle un poco comico, ma ci troviamo in una situazione imbarazzante. Grossgemüth è stanco, ha voglia di dormire, e noi non sappiamo come fargli raggiungere l'albergo. Capisce? per le strade c'è agitazione... Non si sa mai... un malinteso... un incidente... è un momento... D'altra parte come fare a spiegargli la difficoltà? Mi parrebbe poco simpatico, con uno straniero? E poi...».

Lajanni la interruppe: «Insomma, se non vado errato, si vorrebbe che lo accompagnassi io, che lo coprissi con la mia autorità, vero? Ah, ah...». Scoppiò a ridere in modo tale che donna Clara restò di stucco. Sghignazzava facendo dei cenni con la mano destra come a dire che lui capiva, sì, era villano ridere così, chiedeva scusa, era mortificato, ma il caso era troppo divertente. Fin che riprese fiato e si spiegò.

«L'ultimo, egregia signora!» fece col suo accento manierato, ancora scosso dai singulti del riso. «Sa che cosa vuol dir l'ultimo? L'ultimo di quanti sono qui alla Scala, comprese le maschere e i camerieri... l'ultimo che possa proteggere il bravo Grossgemüth, l'ultimo son proprio io... La mia autorità?

Questa è magnifica! Ma sa lei chi i Morzi farebbero fuori per primo, di quanti sono qui presenti? Lo sa lei?...» E aspettava la risposta.

«Non saprei...» disse donna Clara.

«Il sottoscritto, signora egregia! Proprio con me regolerebbero il conto con assoluta precedenza.»

«Sarebbe come dire caduto in disgrazia?» fece lei che non le mandava a dire.

«Precisamente, ecco.»

«E così di colpo? Proprio stasera?»

«Sì. Cose che succedono. Esattamente tra il secondo e il terz'atto, nel corso di una breve discussione. Ma penso che la meditassero da mesi.»

«Be', almeno lei non ha perso il buon umore...»

«Oh, noialtri!» spiegò in tono amaro. «Noi siamo sempre pronti al peggio... È la nostra abitudine mentale... Guai, se no...»

«Bene. L'ambasceria è andata a vuoto, pare. Mi scusi... e tanti auguri, se crede il caso...» aggiunse donna Clara volgendo indietro il capo perché già si allontanava. «Niente da fare» annunciò poi al sovrintendente. «L'onorevole non conta più di quel che si dice un fico secco... Non si dia pensiero... a Grossgemüth ci penso io...»

Da una certa distanza, quasi in silenzio, gli invitati avevano seguito l'incontro e colto a volo alcune frasi. Né alcuno sgranò gli occhi quanto il vecchio Cottes: colui che ora gli indicavano come l'on. Lajanni altri non era se non il signore misterioso che gli aveva parlato di Arduino.

Il colloquio di donna Clara e la sua disinvoltura col deputato dei Morzi, il fatto inoltre che ad accompagnare Grossgemüth attraverso la città andasse proprio lei, ebbero moltissimi commenti. C'era dunque del vero, si pensò, in quello che si andava mormorando da parecchio tempo: donna Clara trescava coi Morzi. Con l'aria di tenersi fuori della politica, si destreggiava tra l'una e l'altra parte. Logico del resto, conoscendosi che donna fosse. Era verosimile che donna Clara, per restare in sella, non avesse preveduto ogni ipotesi

e non si fosse procurata anche tra i Morzi le amicizie sufficienti? Molte signore erano indignate. Gli uomini invece si
mostravano propensi a compatirla.

Ma la partenza di Grossgemüth con la Passalacqua, dando
fine al ricevimento, accentuò l'orgasmo generale. Ogni pretesto mondano per rimanere era esaurito. La finzione cadeva.
Sete, *décolletés*, marsine, gioielli, tutto l'armamentario della
festa ebbero di colpo l'amaro squallore delle maschere a carnevale terminato allorché la pesante vita di tutti i giorni si
riaffaccia. Ma stavolta non c'era dinanzi la quaresima, qualcosa di ben più temibile stava in attesa al traguardo della
prossima mattina.

Un gruppo uscì sulla terrazza a vedere. La piazza era deserta, le automobili stavano assopite, nere come non mai, abbandonate. E gli autisti? Dormivano invisibili, sui divani posteriori? O anch'essi erano fuggiti per partecipare alla rivolta?
Ma i globi della luce risplendevano regolarmente, tutto dormiva, si tendeva le orecchie per avvertire un lontano rombo
che si avvicinasse, eco di tumulti, spari, rombo di carriaggi.
Non si udiva niente. «Ma siamo matti?» gridò uno. «Ci pensa-
te se vedono tutta questa luminaria? Uno specchietto per
chiamarli!» Rientrarono, loro stessi chiusero le imposte esterne, mentre qualcuno andava a cercare l'elettricista. Poco dopo i grandi lampadari del ridotto si spensero. Le "maschere"
portarono una dozzina di candelieri e li deposero per terra.
Anche questo gravò sugli animi come un malaugurio.

Stanchi, uomini e donne, perché i divani erano pochi, cominciarono a sedersi in terra, dopo avere disteso i soprabiti
per non sporcarsi. Dinanzi a uno studiolo, presso il Museo,
dove c'era un telefono, si formò una coda. Pure Cottes aspettò il turno, per tentare almeno questo: che Arduino fosse avvertito del pericolo. Nessuno più intorno a lui scherzava,
nessuno ricordava più la *Strage* e Grossgemüth.

Aspettò almeno tre quarti d'ora. Come si trovò solo nello
stanzino (qui, non essendoci finestre, la luce elettrica era accesa) sbagliò due volte a formare il numero perché gli tremavano le mani. Finalmente udì il segnale di linea libera. Gli

parve suono amico, voce rassicurante di casa sua. Ma perché nessuno rispondeva? Che ancora Arduino non fosse rientrato? Eppure le due erano passate. E se i Morzi lo avessero già preso? Stentava a reprimere l'affanno. Dio, perché nessuno rispondeva? Ah, finalmente.

«Pronto, pronto» era la voce assonnata di Arduino. «Chi è, Cristo, a quest'ora?»

«Pronto, pronto» disse il padre. Ma immediatamente si pentì. Quanto meglio se avesse taciuto: perché in questo istante gli venne in mente che la linea potesse essere controllata. Che cosa dirgli adesso? Consigliarlo a fuggire? Spiegargli che cosa stava succedendo? E se quelli stavano in ascolto?

Cercò un pretesto indifferente. Per esempio, che venisse subito alla Scala per combinare un concerto di musiche sue. No, perché a Arduino sarebbe toccato uscire. Un pretesto banale, allora? Dirgli che aveva dimenticato il portafogli e che era in pensiero? Peggio. Il figlio non avrebbe saputo ciò che occorreva e i Morzi, che certo ascoltavano, si sarebbero insospettiti.

«Senti, senti...» disse per guadagnare tempo. Forse l'unica era dirgli di aver dimenticato la chiave del portello: sola giustificazione plausibile e innocente di una telefonata così tarda.

«Senti» ripeté «ho dimenticato le chiavi di casa. Tra venti minuti sarò dabbasso.» Lo prese un'onda di terrore. E se Arduino fosse sceso ad aspettarlo e uscito per la strada? Forse qualcuno era stato spedito a prelevarlo e stazionava nella via.

«No, no» rettificò «aspetta a scendere che io sia arrivato. Mi sentirai fischiettare.» Che idiota, si disse ancora, questo è insegnare ai Morzi il sistema più facile per catturarlo.

«Sentimi bene» disse «sentimi bene... non scendere fin che mi sentirai fischiettare il motivo della *Sinfonia romanica*... Lo conosci, vero?... Siamo intesi. Mi raccomando.»

Troncò il contatto per evitare domande pericolose. Che razza di pasticcio aveva combinato? Arduino ancora all'oscuro del pericolo, i Morzi messi sul chi vive. Forse qualche musicologo, tra di loro, ci poteva essere che conoscesse la *Sinfonia* convenuta. Forse, arrivando, egli avrebbe trovato nella via i nemici in attesa. Più stupidamente di così non avrebbe potuto agire. Telefonargli di nuovo, allora, e parlar chiaro? Ma in quel mentre l'uscio si socchiuse, si affacciò il volto apprensivo di una ragazzina. Cottes uscì asciugandosi il sudore.

In ridotto, alle fioche luci, trovò aggravata l'aria di disfacimento. Signore rattrappite e freddolose, strette l'una di fianco all'altra sui divani, sospiravano. Molte si erano tolti i gioielli più vistosi riponendoli nelle borsette, altre, lavorando dinanzi alle specchiere, avevano ridotto la pettinatura a forme meno provocanti, altre si erano curiosamente acconciate con le mantelline e i veli sì da parere quasi delle penitenti. «Ma è spaventosa questa attesa, meglio finirla in qualsiasi modo.» «No, questa non ci voleva... e io che pareva che me la sentissi... Proprio oggi si doveva partire per Tremezzo, poi Giorgio ha detto ma è un peccato perdere la prima di Grossgemüth, io gli dico ma lassù ci aspettano, be' non importa dice lui con una telefonata rimediamo, no non mi sentivo, adesso anche l'emicrania... mia povera testa...» «Oh te, scusa, non lamentarti, te ti lasceranno in pace, te non sei compromessa...» «Sa che Francesco, il mio giardiniere, dice di averle viste coi suoi occhi, le liste nere?... È dei Morzi, lui... dice che sono più di quarantamila nomi nella sola Milano.» «Dio mio, possibile una tale infamia?...» «Ci sono notizie nuove?» «No, non si sa niente.» «Arriva gente?» «No, dicevo che non si sa niente.» Qualcuna tiene le mani giunte come per caso e sta pregando, qualcuna bisbiglia fitto fitto nell'orecchio dell'amica senza interruzione, come presa da una frenesia. E poi uomini distesi a terra, molti senza scarpe, i colletti slacciati, le cravatte bianche penzolanti, fumano, sbadigliano, ronfano, discutono a voce bassa, scrivono chissà cosa con matite d'oro sul risvolto del programma. Quattro cinque, gli occhi agli interstizi delle persiane, fanno da sentinella, pronti a segnalare novità all'esterno. E in un angolo, solo, l'on. Lajanni, pallido, un po' curvo, gli occhi sbarrati, che fuma Nazionali.

Ma durante l'assenza del Cottes la situazione degli assediati si era cristallizzata in modo strano. Poco prima ch'egli andasse a telefonare, fu visto l'ing. Clementi, il proprietario delle rubinetterie, trattenersi col sovrintendente Hirsch e poi trarlo in disparte. Confabulando, si avviarono verso il Museo teatrale e qui, al buio, rimasero vari minuti. Poi l'Hirsch ricomparve nel ridotto, mormorò qualche cosa successivamente a quattro persone, le quali lo seguirono: erano lo scrittore Clissi, la soprano Borri, un certo Prosdocimi, commerciante in tessuti e il giovane conte Martoni. Il gruppetto raggiunse l'ing. Clementi ch'era rimasto di là, al buio, e si formò una specie di conciliabolo. Una "maschera", senza dare spiegazioni venne quindi a prendere uno dei candelieri dal ridotto e lo portò nella saletta del Museo dove quelli si erano ritirati.

Il movimento, dapprima inosservato, destò la curiosità, anzi l'allarme; bastava poco a insospettire, in quello stato d'animo. Qualcuno, con l'aria di capitare là per caso, andò a dare un'occhiata; di questi non tutti fecero ritorno nel ridotto. Infatti l'Hirsch e il Clementi, a seconda dei volti che si affacciavano alla porta della saletta, sospendevano la discussione oppure invitavano ad entrare in forma assai obbligante. In poco tempo il gruppo dei secessionisti raggiunse la trentina.

Non fu difficile capire, conoscendo i tipi. Clementi, Hirsch e compagni tentavano di far parte a sé, di schierarsi anticipatamente dalla parte dei Morzi, di far capire che non avevano niente da spartire con tutti quei marci ricconi rimasti nel ridotto. Di alcuni già si sapeva che in occasioni precedenti, più per paura probabilmente che per sincera convinzione, si erano mostrati teneri o indulgenti verso la potente setta. Dell'ing. Clementi, pur di mentalità dispotica e padronale, non ci si meravigliò, sapendosi che uno dei suoi figli, degenere, occupava addirittura un posto di comando nelle file dei Morzi. Poco prima lo si era visto, il padre, entrare nello sgabuzzino del telefono e quelli che aspettavano di fuori avevano dovuto pazientare più di un quarto d'ora; si suppose che, visosi in pericolo, Clementi avesse chiesto per telefono aiuto al figlio e costui, non volendo esporsi personalmente, gli avesse consigliato di agire subito per conto suo: riunendo una specie di comitato favorevole ai Morzi, quasi una giunta rivoluzionaria della Scala, che i Morzi poi, arrivando, avrebbero tacitamente riconosciuto e, quel che più importa, risparmiato. Dopo tutto, notò qualcuno, il sangue non era acqua.

Ma per parecchi altri secessionisti c'era da sbalordire. Erano tipici campioni della categoria sopra tutte aborrita dai Morzi, proprio ad essi o per lo meno a gente come loro potevano imputarsi molti dei guai che ai Morzi troppo spesso offrivano facili spunti di propaganda o agitazione. Eccoli adesso schierarsi all'improvviso dalla parte dei nemici, rinnegando tutto il passato oltre ai discorsi tenuti fino a pochi minuti prima. Evidentemente da tempo trescavano nel campo avversario, non badando a spese, per garantirsi una scappatoia al momento buono; ma di nascosto, per interposta persona, così da non perdere la faccia nel mondo elegante ch'essi frequentavano. Venuta infine l'ora del pericolo, si erano affrettati a rivelarsi, incuranti di salvare le apparenze: andassero pure all'inferno le relazioni, le nobili amicizie, il posto in società, adesso si trattava della vita.

La manovra, se all'inizio procedette in sordina, ben presto preferì manifestarsi chiaramente, proprio allo scopo di definire le rispettive posizioni. Nella saletta del Museo venne riaccesa la luce elettrica e spalancata la finestra affinché di fuori si vedesse bene e i Morzi, arrivando in piazza, capissero subito di avere lassù dei sicuri amici.

Rientrato dunque nel ridotto, il maestro Cottes si accorse della novità, notando il bianco riverbero che, rimandato di specchio in specchio, veniva dal Museo e udendo l'eco della discussione che vi si svolgeva. Però non ne capiva le ragioni. Perché nel Museo avevano riacceso la luce e nel ridotto no? Che stava succedendo?

«E che cosa fanno quelli di là?» domandò infine ad alta voce.

«Che cosa fanno?» gridò con la sua simpatica vocetta Liselore Bini accoccolata a terra, la schiena contro il fianco del marito. «Beati gli innocenti, caro maestro!... Hanno fondato la cellula scaligera, quei machiavelli. Non hanno perso tempo. Si affretti, maestro, pochi minuti ancora e poi le iscrizioni si chiudono. Brava gente, sa?... Ci hanno informato che faranno di tutto per salvarci... Adesso si spartiscono la torta, legiferano, ci hanno autorizzato a riaccendere le luci... vada a vederli, maestro, che vale la pena... Sono carini sa?... Grossi, luridi maiali!» alzò la voce «... giuro che, se non succede niente...»

«Su, Liselore, calmati» le disse il marito che a occhi chiusi sorrideva, divertendosi come se tutta quella fosse un'avventura sportiva di nuovo genere.

«E donna Clara?» chiese Cottes, sentendo confondersi le idee.

«Ah, sempre all'altezza, la zoppetta!... Ha scelto la soluzione più geniale, anche se più faticosa... Donna Clara cammina. Cammina, capisce? Passeggia in su e in giù... due parole di qua due parole di là e così via, comunque vadano le cose lei è a posto... non si sbilancia... non si pronuncia... non si siede... un po' di qua un po' di là... fa la spola... la nostra impareggiabile presidentessa!»

Era la verità. Tornata dall'aver condotto Grossgemüth all'albergo, Clara Passalacqua ancora dominava, dividendosi imparzialmente tra i due partiti. E per questo fingeva di ignorare lo scopo di quel convegno a parte, quasi fosse un capriccio di invitati. Ma ciò la costringeva a non fermarsi mai perché fermarsi equivaleva a una scelta impegnativa. Passava e ripassava cercando di incoraggiare le donne più abbattute, provvedeva nuovi sedili e con molta intelligenza promosse un secondo abbondante turno di rinfresco. Lei stessa girava zoppicando coi vassoi e con le bottiglie, tanto da ottenere in entrambi i campi un successo personale.

«Pss, pss...» chiamò in quel mentre una delle vedette appostate dietro le persiane, e fece segno verso la piazza.

Sei sette corsero a vedere. Lungo la Banca Commerciale, proveniente da via Case Rotte, avanzava un cane: un bastardo, pareva, e a testa bassa, rasente il muro, scomparve giù per via Manzoni.

«E per chi ci hai chiamati, per un cane?»

«Mah... io pensavo che dietro il cane...»

Così la condizione degli assediati stava per diventar grottesca. Fuori, le strade vuote, il silenzio, l'assoluta pace, almeno in apparenza. Qui dentro, una visione di disfatta: decine e decine di persone ricche, stimate e potenti che, rassegnate, sopportavano quella specie di vergogna per un rischio non ancora dimostrato.

Passando le ore, se crescevano la stanchezza e l'intorpidimento delle membra, ad alcuni però si snebbiò la testa. Era ben strano, se i Morzi avevano scatenato l'offensiva, che in piazza della Scala non fosse arrivata ancora neanche una staffetta. E sarebbe stato amaro patire tanta paura gratis. Verso il gruppo dove si trovavano le signore più di riguardo, al lume tremolante delle candele ecco avanzare, una coppa di spumante nella destra, l'avvocato Cosenz, un dì celebre per le sue conquiste e ancora considerato, da alcune vecchie dame, uomo pericoloso.

«Sentite, cari amici» declamò con voce insinuante «può darsi, dico può darsi che domani sera molti di noi qui presenti si trovino, uso un eufemismo, in una condizione critica...» (qui una pausa) «Ma può anche darsi, né sappiamo quale delle due ipotesi sia più attendibile, può darsi che domani sera tutta Milano si smascelli dalle risa pensando a noi. Un momento. Non mi interrompete... Valutiamo serenamente i fatti. Che cosa ci fa credere che il pericolo sia così vicino? Enumeriamo i sintomi. Primo: la scomparsa al terzo atto dei Morzi, del prefetto, del questore, dei rappresentanti militari. Ma chi può escludere, mi sia perdonata la bestemmia, che fossero stufi della musica? Secondo: le voci, giunte da diverse parti, che stesse per scoppiare una rivolta. Terzo, e sarebbe il fatto più grave: le notizie che si dice, ripeto si dice, abbia portato il mio benemerito collega Frigerio; il quale però se ne è andato subito dopo e deve anzi avere fatto un'apparizione molto breve se quasi nessuno di noi l'ha visto. Non importa. Ammettiamo pure: Frigerio ha detto che i Morzi avevano iniziato l'occupazione della città, che la Prefettura era assediata eccetera... Io chiedo: ma da chi Frigerio ha avuto, all'una di notte, queste informazioni? Possibile che notizie così riservate gli siano state trasmesse a tarda notte? E da chi? E per quale motivo? Intanto, qui nei dintorni non si è notato, e sono ormai le tre passate, nessun sintomo sospetto. Né si sono uditi rumori di alcun genere. Insomma, c'è da restare per lo meno in dubbio.»

«E perché al telefono nessuno riesce ad aver notizie?»

«Giusto» proseguì Cosenz, dopo aver inghiottito un sorso di *champagne*. «Quarto elemento preoccupante è, per così dire, la sordità telefonica. Chi ha tentato di comunicare con la Prefettura e la Questura dice di non esserci riuscito o per lo meno di non aver potuto avere informazioni. Ebbene, se voi foste un funzionario e all'una di notte una voce sconosciuta o incerta vi chiedesse come vanno le cose pubbliche, dico, rispondereste? Questo, notate bene, mentre è in corso una fase politica di estrema delicatezza. Anche i giornali, è vero, sono stati reticenti... Vari amici delle redazioni sono stati sulle generali. Uno, il Bertini, del "Corriere", mi ha risposto testualmente: "Finora qui non si sa niente di preciso". "E di non preciso?" ho chiesto io. Ha risposto: "Di non preciso c'è che non si capisce niente". Ho insistito: "Ma voi siete preoccupati?". Lui ha risposto: "Non direi, almeno fino adesso".»

Respirò. Tutti lo ascoltavano con la voglia matta di poter approvare il suo ottimismo. Il fumo delle sigarette ristagnava, con un incerto odore misto di traspirazione umana e di profumi. Un'eco di voci concitate arrivò alla porta del Museo.

«Per concludere» disse Cosenz «circa le notizie telefoniche, o meglio le mancate notizie, non mi sembra che ci sia troppo da allarmarsi. Probabilmente anche ai giornali non si sa molto. E significa che la temuta rivoluzione, se c'è, non si è ancora ben delineata. Ve lo immaginate che i Morzi, padroni della città, lascino uscire il "Corriere della Sera"?»

Due tre risero, nel silenzio generale.

«Non è finita. Quinto elemento preoccupante potrebbe essere la secessione di quelli là» e fece un cenno verso il Museo. «Andiamo: volete che siano così imbecilli da compromettersi tanto apertamente senza la sicurezza matematica che i Morzi riusciranno? Però mi sono anche detto: nel caso che la rivolta abortisse, ammessa la rivolta, di pretesti buoni per giustificare quel complotto in separata sede non ci sarà penuria. Figuratevi, avranno solo l'imbarazzo della scelta: tentativo di mimetizzazione, per esempio, tattica del doppio gioco, premure per l'avvenire della Scala e così via... Statemi a sentire: quelli là, domani...»

Ebbe un attimo di incertezza. Restò col braccio sinistro levato senza finire. In quel brevissimo silenzio, da una lontananza che era difficile valutare, giunse un boato: rombo di un'esplosione che rintronò nel cuore dei presenti.

«Gesù, Gesù» gemette Mariù Gabrielli gettandosi in ginocchio. «I miei bambini!» «Han cominciato!» gridò un'altra istericamente. «Calma, calma, non è successo niente! Non fate le donnette!» intervenne Liselore Bini.

Allora si fece avanti il maestro Cottes. Stralunato in volto, il soprabito gettato sulle spalle, le mani aggrappate ai risvolti della marsina, fissò negli occhi l'avvocato Cosenz. E annunciò solennemente: «Io vado».

«Dove, dove va?» fecero insieme parecchie voci, con indefinibili speranze.

«A casa, vado. Dove volete mai che vada? Qua io non ci resisto.» E mosse in direzione dell'uscita. Ma barcollava, si sarebbe detto ubriaco fradicio.

«Proprio adesso? Ma no, ma no, aspetti! Tra poco è mattino!» gli gridarono dietro. Fu inutile. Due gli fecero strada con le candele fin dabbasso dove un portiere insonnolito gli aperse senza obiezioni. «Telefoni» fu l'ultima raccomandazione. Il Cottes si incamminò senza rispondere.

Su, nel ridotto, corsero ai finestroni, spiando dalle fessure delle imposte. Che sarebbe successo? Videro il vecchio attraversare i binari del tram; a passi goffi, quasi incespicando, puntare all'aiola centrale della piazza. Sorpassò la prima fila di automobili ferme, procedette nella zona sgombra. All'improvviso stramazzò di schianto in avanti, come se gli avessero dato uno spintone. Ma oltre a lui non si vedeva nella piazza anima viva. Si udì il tonfo. Restò disteso sull'asfalto, le braccia tese, a faccia in giù. Da lontano pareva un gigantesco scarafaggio spiaccicato.

A chi vide, venne a mancare il fiato. Restarono là, imbambolati dallo spavento, senza una parola. Poi sorse un grido orribile di donna: «Lo hanno accoppato!».

La piazza stava immobile. Dalle macchine in attesa nessuno uscì in aiuto del vecchio pianista. Tutto sembrava morto. E, sopra, il peso di un incubo immenso.

«Gli hanno sparato. Ho sentito il colpo» disse uno.

«Macché, sarà stato il rumore della caduta.»

«Ho sentito il colpo, giuro. Pistola automatica, me ne intendo.»

Nessuno contraddisse. Restarono così, chi seduto fumando per disperazione, chi abbandonato in terra, chi incollato alle imposte per spiare. Sentivano il destino che avanzava: concentrico, dalle porte della città verso di loro.

Finché un barlume vago di luce grigia calò sui palazzi addormentati. Un solitario ciclista passò cigolando. Si udì un fragore simile a quello dei tram lontani. Quindi nella piazza spuntò un ometto curvo spingendo un carrettino. Con calma estrema, partendo dall'imbocco di via Marino, l'ometto cominciò a spazzare. Bravo! Bastarono pochi colpi di ramazza. Scopando le carte e la sporcizia, egli scopava insieme la paura. Ecco un altro ciclista, un operaio a piedi, un camioncino. Milano si svegliava a poco a poco.

Niente era successo. Scosso finalmente dallo spazzino, il maestro Cottes soffiando si rimise in piedi, trasecolato guardò intorno, raccolse il soprabito da terra, si affrettò dondolando verso casa.

E nel ridotto, l'alba filtrando dalle persiane, si vide entrare, a passi quieti e silenziosi, la vecchia fioraia. Un'apparizione. Pareva si fosse vestita e incipriata allora allora per una serata inaugurale, la notte era passata su di lei senza sfiorarla: l'abito lungo fino a terra di tulle nero, il velo nero, le nere ombre intorno agli occhi, colmo di fiori il cestellino. Passò in mezzo alla livida assemblea e col suo sorriso malinconico porse a Liselore Bini una gardenia, intatta.

11

Il borghese stregato

Giuseppe Gaspari, commerciante in cereali, di 44 anni, arrivò un giorno d'estate al paese di montagna dove sua moglie e le bambine erano in villeggiatura. Appena giunto, dopo colazione, quasi tutti gli altri essendo andati a dormire, egli uscì da solo a fare una passeggiata.

Incamminatosi per una ripida mulattiera che saliva alla montagna, si guardava intorno a osservare il paesaggio. Ma, nonostante il sole, provava un senso di delusione. Aveva sperato che il posto fosse in una romantica valle con boschi di pini e di larici, recinta da grandi pareti. Era invece una valle di prealpi, chiusa da cime tozze, a panettone, che parevano desolate e torve. Un posto da cacciatori, pensò il Gaspari, rimpiangendo di non esser potuto mai vivere, neppure per pochi giorni, in una di quelle valli, immagini di felicità umana, sovrastate da fantastiche rupi, dove candidi alberghi a forma di castello stanno alla soglia di foreste antiche, cariche di leggende. E con amarezza considerava come tutta la sua vita fosse stata così: niente in fondo gli era mancato ma ogni cosa sempre inferiore al desiderio, una via di mezzo che spegneva il bisogno, mai gli aveva dato piena gioia.

Intanto era salito un buon tratto e, voltatosi indietro, stupì di vedere il paese, l'albergo, il campo da tennis, già così piccoli e lontani. Stava per riprendere il cammino quando, di là di un basso costone, udì alcune voci.

Per curiosità lasciò allora la mulattiera e, facendosi strada tra i cespugli, raggiunse la schiena della ripa. Là dietro, sottratto agli sguardi di chi seguiva la via normale, si apriva un selvatico valloncello, dai fianchi di terra rossa, ripidi e crollanti. Qua e là un macigno che affiorava, un cespuglietto, i resti secchi di un albero. Una cinquantina di metri più in alto il canalone piegava a sinistra, addentrandosi nel fianco della montagna. Un posto da vipere, rovente di sole, stranamente misterioso.

A quella vista egli ebbe una gioia; e non sapeva neanche lui il perché. Il valloncello non presentava speciale bellezza. Tuttavia gli aveva ridestato una quantità di sentimenti fortissimi, quali da molti anni non provava; come se quelle ripe crollanti, quella abbandonata fossa che si perdeva chissà verso quali segreti, le piccole frane bisbiglianti giù dalle arse prode, egli le riconoscesse. Tanti anni fa le aveva intraviste, e quante volte, e che ore stupende erano state; propriamente così erano le magiche terre dei sogni e delle avventure, vagheggiate nel tempo in cui tutto si poteva sperare.

Ma, proprio sotto, dietro a un'ingenua siepe di paletti e di rovi, cinque ragazzetti stavano confabulando. Seminudi e con strani berretti, fasce, cinture, a simulare vesti esotiche o piratesche. Uno aveva un fucile a molla, di quelli che lanciano un bastoncino, ed era il più grande, sui quattordici anni. Gli altri erano armati di archetti fatti con rami di nocciuolo; da frecce servivano piccoli uncini di legno ricavati dalla biforcazione di ramoscelli.

«Senti» diceva il più grande, che portava alla fronte tre penne. «Non me ne importa niente... a Sisto io non ci penso, a Sisto penserai tu e Gino, in due ce la farete, spero. Basta che facciamo piano, vedrai che li prendiamo di sorpresa.»

Il Gaspari, ascoltando i loro discorsi, capì che giocavano ai selvaggi o alla guerra: i nemici erano più avanti, asserragliati in un ipotetico fortilizio, e Sisto era il loro capo, il più in gamba e temibile. Per impossessarsi del forte i cinque si sarebbero serviti di un'asse, che avevano appunto con loro, lunga circa tre metri; la quale servisse da passerella da una sponda all'altra di un fosso o spaccatura (il Gaspari non aveva ben capito) alle spalle del covo nemico. Due sarebbero andati su per il fondo del vallone, simulando un attacco di fronte; gli altri tre alle spalle, valendosi della tavola.

In quel mentre uno dei cinque vide, fermo sul ciglio del vallone, il Gaspari, quell'uomo anziano, dalla testa pressoché calva, la fronte altissima, gli occhi chiari e benevoli. «Guarda là» disse ai compagni, che improvvisamente si tacquero, guardando l'estraneo con diffidenza.

«Buongiorno» disse Giuseppe, in lietissima disposizione di spirito. «Stavo a guardarvi... e così, quando andate all'assalto?»

Ai bambini piacque che l'ignoto signore, anziché sgridarli, quasi li incoraggiasse. Però tacquero intimiditi.

Una ridicola cosa venne allora in mente a Giuseppe. Balzò giù per il valloncello e, affondando i piedi nelle ghiaie sotto di lui frananti, discese a salti verso i ragazzi; i quali si alzarono in piedi. Ma lui disse loro:

«Mi volete con voi? Porterò la tavola, per voi è troppo pesante.»

I ragazzi sorrisero leggermente. Che cosa voleva quello sconosciuto che mai si era visto nei dintorni? Poi, vedendo la sua faccia simpatica, presero a considerarlo con indulgenza.

«Ma guarda che lassù c'è Sisto» gli disse il più piccolo, per vedere se si spaventava.

«Ma è così terribile Sisto?»

«Lui vince sempre» rispose il bambino. «Mette le dita in faccia, sembra che voglia cavare gli occhi. È cattivo lui...»

«Cattivo? Vedrai che lo prenderemo lo stesso!» fece il Gaspari divertito.

Così mossero. Il Gaspari, aiutato da un altro, sollevò l'asse che pesava molto di più di quanto non avesse pensato. Poi risalirono il canalone, su per i macigni del fondo. I bambini lo guardavano meravigliati. Curioso: non c'era ombra di compatimento in lui, come negli altri uomini grandi quando si degnano di giocare. Pareva proprio facesse sul serio.

Finché giunsero al punto dove il valloncello svoltava. Ivi si fermarono e appiattandosi dietro ai sassi sporsero lentamente il capo a osservare. Anche Gaspari fece lo stesso, lungo disteso sulle ghiaie, senza preoccuparsi del vestito.

Vide allora la rimanente parte del canalone, ancora più singolare e selvaggia. Coni di terra rossa che parevano fragilissimi si alzavano attorno, accavallandosi a circo, come guglie di una cattedrale morta. Essi avevano una vaga e inquietante espressione, quasi da secoli fossero rimasti là, immobili, allo scopo di aspettare qualcuno. E in cima al più alto di essi, che si ergeva nel punto superiore del valloncello, si vedeva una specie di mucciolo di sassi, e tre quattro teste che spuntavano.

«Eccoli lassù, li vedi?» gli bisbigliò uno dei cinque.

Lui fece cenno di sì; ed era perplesso. Breve era lo spazio metricamente considerato. Tuttavia per qualche istante egli si chiese come avrebbero fatto ad arrivare lassù, a quella lontanissima rupe sospesa tra le voragini. Sarebbero giunti prima di sera? Ma fu impressione di pochi istanti. Che cosa gli era mai passato per la mente? Ma se era questione di un centinaio di metri!

Due dei ragazzi rimasero fermi ad aspettare. Si sarebbero fatti avanti solo al momento opportuno. Gli altri, col Gaspari, si inerpicarono da un lato, per raggiungere il ciglio del vallone, badando a non farsi vedere.

«Adagio, non muovere sassi» raccomandava a bassa voce il Gaspari, più ansioso degli altri circa l'esito dell'impresa. «Coraggio, tra poco ci siamo.»

Raggiunsero il ciglione, discesero per qualche metro in un valloncello laterale, del tutto insignificante. Quindi ripresero la salita; portandosi dietro la tavola.

Il piano era ben calcolato. Quando si riaffacciarono al vallone, il "fortino" dei selvaggi comparve a una decina di metri da loro, un poco più sotto. Ora bisognava scendere in mezzo ai cespugli e gettare la tavola sopra una stretta spaccatura. I nemici erano placidamente seduti e tra essi spiccava Sisto, con una specie di criniera in testa; una maschera gialliccia di cartone, intenzionalmente mostruosa, gli nascondeva metà faccia. (Ma intanto una nuvola era calata sopra di loro, il sole si era spento, il valloncello aveva preso colore di piombo.)

«Ci siamo» bisbigliò il Gaspari. «Adesso io vado avanti con la tavola.»

Infatti, tenendo l'asse con le mani, si lasciò lentamente calare in mezzo ai rovi, seguito da presso dai ragazzi. Senza che i selvaggi si accorgessero, essi riuscirono a raggiungere il punto desiderato.

Ma qui il Gaspari si fermò, come assorto (la nube ristagnava ancora, da lungi si udì un grido lamentoso che assomigliava a un richiamo). "Che strana storia" pensava "solo due ore fa ero in albergo, con la moglie e le bambine, seduto a tavola; e adesso in questa terra inesplorata, distante migliaia di chilometri, a lottare con dei selvaggi."

Il Gaspari guardava. Non c'era più il valloncello adatto ai giochi dei ragazzi, né le mediocri cime a panettone, né la strada che risaliva la valle, né l'albergo, né il rosso campo da tennis. Egli vide sotto di sé sterminate rupi, diverse da ogni ricordo, che precipitavano senza fine verso maree di foreste, vide più in là il tremulo riverbero dei deserti e più in là ancora altre luci, altri confusi segni denotanti il mistero del mondo. E qui dinanzi, in cima alla rupe, stava una sinistra bicocca; tetre mura a sghembo la reggevano e i tetti in bilico erano coronati da teschi, candidi per il sole, che sembrava ridessero. Il paese delle maledizioni e dei miti, le intatte solitudini, l'ultima verità concessa ai nostri sogni!

Una porta di legno, socchiusa (che non esisteva), era coperta di biechi segni e gemeva ai soffi del vento. Il Gaspari si trovava ormai vicinissimo, a due metri forse. Cominciò ad alzare lentamente la tavola, per lasciarla cadere sull'altra sponda.

«Tradimento!» gridò nel medesimo istante Sisto, accortosi dell'attacco; e balzò in piedi ridendo, armato di un grande archetto. Quando scorse il Gaspari restò un istante perplesso. Poi trasse di tasca un uncino di legno, innocuo dardo; lo applicò alla corda dell'archetto, prese la mira.

Ma, dalla socchiusa porta coperta di oscuri segni (che non

esisteva), il Gaspari vide uscire uno stregone, incrostato di lebbre e di inferno. Lo vide rizzarsi, altissimo, gli sguardi privi di anima, un arco in mano, sorretto da una forza scellerata. Egli lasciò allora andare la tavola, si trasse con spavento indietro. Ma l'altro già scoccava il colpo.

Colpito al petto, il Gaspari cadde tra i rovi.

Ritornò all'albergo che già scendeva la sera. Era sfinito. E si lasciò andare su una panchina, di fianco alla porta di ingresso. Gente entrava ed usciva, qualcuno lo salutò, altri non lo riconobbero perché era già scuro.

Ma lui non badava alla gente, chiuso intensamente in se stesso. E nessuno di quanti passavano si accorgeva che nel mezzo del petto egli portava confitta una freccia. Una asticciola, tornita con perfezione, di un legno apparentemente durissimo e di colore scuro, sporgeva per circa trentacinque centimetri dalla camicia, al centro di una macchia sanguigna. Gli sguardi del Gaspari la fissavano con moderato orrore, per via di una felicità curiosa che vi si mescolava. Egli aveva provato ad estrarla ma faceva troppo male: uncini laterali dovevano trattenerla dentro alle carni. E dalla ferita ogni tanto gorgogliava il sangue. Lo sentiva colare giù per il petto e il ventre, ristagnare nelle pieghe della camicia.

Dunque l'ora di Giuseppe Gaspari era giunta, con poetica magnificenza; e crudele. Probabilmente – egli pensò – gli toccava morire. Eppure che vendetta contro la vita, la gente, i discorsi, le facce, mediocri, che l'avevano sempre contornato. Che stupenda vendetta. Oh, lui adesso non tornava certo dal valloncello domestico a pochi minuti dall'albergo Corona. Bensì tornava da remotissima terra, sottratta alle irriverenze umane, regno di sortilegi, pura; e per arrivarci gli altri (non lui) avevano bisogno di attraversare gli oceani e poi avanzare lungo tratto per le inospitali solitudini, contro la natura nemica e le debolezze dell'uomo; e poi non era ancora detto che sarebbero giunti. Mentre lui invece...

Sì, lui, quarantenne, si era messo a giocare coi bambini, credendoci come loro; solo che nei bambini c'è una specie di angelica leggerezza; mentre lui ci aveva creduto sul serio, con una fede pesante e rabbiosa, covata, chissà, per tanti anni ignavi senza saperlo. Così forte fede che tutto si era fatto vero, il vallone, i selvaggi, il sangue. Egli era entrato nel mondo non più suo delle favole, oltre il confine che a una certa stagione della vita non si può impunemente tentare. Aveva detto a una segreta porta apriti, credendo quasi di scherzare, ma la porta si era aperta veramente. Aveva detto selvaggi e così era stato. Freccia, per gioco, e vera freccia lo faceva morire.

Pagava dunque l'arduo incantesimo, il riscatto; era andato troppo lontano per poter ritornare; ma in compenso che vendetta per lui. Oh, lo aspettassero per pranzo moglie, figlie, compagni d'albergo, lo aspettassero per il *bridge* della sera! La pastina in brodo, il manzo lesso, il giornale radio: c'era da ridere. Lui, uscito dai tenebrosi recessi del mondo!

«Beppino» chiamò la moglie da una terrazza sovrastante dove erano preparate le tavole all'aperto. «Beppino, che cosa fai là seduto? E cosa hai fatto fino adesso? Ancora in calzettoni? Non vai a cambiarti? Lo sai che sono passate le otto? Noi abbiamo una fame...»

«"... *amen*..."» La sentì quella voce il Gaspari? Oppure se n'era già troppo discostato? Con la destra fece un cenno vago come per dire che lo lasciassero, facessero a meno di lui, non gliene importava un corno. Perfino sorrise. Ed esprimeva un'acre letizia, benché il respiro stesse cadendo.

«Ma su, Beppino» gridava la moglie. «Ci vuoi fare ancora aspettare? Ma che cos'hai? Perché non rispondi? Si può sapere perché non rispondi?»

Egli abbassò la testa come per dire di sì; senza rialzarla. Lui vero uomo, finalmente, non meschino. Eroe, non già verme, non confuso con gli altri, più in alto adesso. E solo. La testa pendeva sul petto, come si conveniva alla morte, e le raggelate labbra continuavano a sorridere un poco, significando disprezzo, ti ho vinto miserabile mondo, non mi hai saputo tenere.

12

Una goccia

Una goccia d'acqua sale i gradini della scala. La senti? Disteso in letto nel buio, ascolto il suo arcano cammino. Come fa? Saltella? Tic, tic, si ode a intermittenza. Poi la goccia si ferma e magari per tutta la rimanente notte non si fa più viva. Tuttavia sale. Di gradino in gradino viene su, a differenza delle altre gocce che cascano perpendicolarmente, in ottemperanza alla legge di gravità, e alla fine fanno un piccolo schiocco, ben noto in tutto il mondo. Questa no: piano piano si innalza lungo la tromba delle scale lettera E dello sterminato casamento.

Non siamo stati noi, adulti, raffinati, sensibilissimi, a segnalarla. Bensì una servetta del primo piano, squallida piccola ignorante creatura. Se ne accorse una sera, a ora tarda, quando tutti erano già andati a dormire. Dopo un po' non seppe frenarsi, scese dal letto e corse a svegliare la padrona. «Signora» sussurrò «signora!» «Cosa c'è?» fece la padrona riscuotendosi. «Cosa succede?» «C'è una goccia, signora, una goccia che vien su per le scale!» «Che cosa?» chiese l'altra sbalordita. «Una goccia che sale i gradini!» ripeté la servetta, e quasi si metteva a piangere. «Va, va» imprecò la padrona «sei matta? Torna in letto, marsch! Hai bevuto, ecco il fatto, vergognosa. È un pezzo che al mattino manca il vino nella bottiglia! Brutta sporca, se credi...» Ma la ragazzetta era fuggita, già rincantucciata sotto le coperte.

"Chissà che cosa le sarà mai saltato in mente, a quella stupida" pensava poi la padrona, in silenzio, avendo ormai perso il sonno. Ed ascoltando involontariamente la notte che dominava sul mondo, anche lei udì il curioso rumore. Una goccia saliva le scale, positivamente.

Gelosa dell'ordine, per un istante la signora pensò di uscire a vedere. Ma che cosa mai avrebbe potuto trovare alla miserabile luce delle lampadine oscurate, pendule dalla ringhiera? Come rintracciare una goccia in piena notte, con quel freddo, lungo le rampe tenebrose?

Nei giorni successivi, di famiglia in famiglia, la voce si sparse lentamente e adesso tutti lo sanno nella casa, anche se preferiscono non parlarne, come di cosa sciocca di cui forse vergognarsi. Ora molte orecchie restano tese, nel buio, quando la notte è scesa a opprimere il genere umano. E chi pensa a una cosa, chi a un'altra.

Certe notti la goccia tace. Altre volte invece, per lunghe ore non fa che spostarsi, su, su, si direbbe che non si debba più fermare. Battono i cuori allorché il tenero passo sembra toccare la soglia. Meno male, non si è fermata. Eccola che si allontana, tic, tic, avviandosi al piano di sopra.

So di positivo che gli inquilini dell'ammezzato pensano di essere ormai al sicuro. La goccia – essi credono – è già passata davanti alla loro porta, né avrà più occasione di disturbarli; altri, ad esempio io che sto al sesto piano, hanno adesso motivi di inquietudine, non più loro. Ma chi gli dice che nelle prossime notti la goccia riprenderà il cammino dal punto dove era giunta l'ultima volta, o piuttosto non ricomincerà da capo, iniziando il viaggio dai primi scalini, umidi sempre, ed oscuri di abbandonate immondizie? No, neppure loro possono ritenersi sicuri.

Al mattino, uscendo di casa, si guarda attentamente la scala se mai sia rimasta qualche traccia. Niente, come era prevedibile, non la più piccola impronta. Al mattino del resto chi prende più questa storia sul serio? Al sole del mattino l'uomo è forte, è un leone, anche se poche ore prima sbigottiva.

O che quelli dell'ammezzato abbiano ragione? Noi del sesto, che prima non sentivamo niente e ci si teneva esenti, da alcune notti pure noi udiamo qualcosa. La goccia è ancora lontana, è vero. A noi arriva solo un ticchettio leggerissimo, flebile eco attraverso i muri. Tuttavia è segno che essa sta salendo e si fa sempre più vicina.

Anche il dormire in una camera interna, lontana dalla tromba delle scale, non serve. Meglio sentirlo, il rumore, piuttosto che passare le notti nel dubbio se ci sia o meno. Chi abita in quelle camere ripos.e talora non riesce a resistere, sguscia in silenzio nei corridoi e se ne sta in anticamera al gelo, dietro la porta, col respiro sospeso, ascoltando. Se *la* sente, non osa più allontanarsi, schiavo di indecifrabili paure. Peggio ancora però se tutto è tranquillo: in questo caso come escludere che, appena tornati a coricarsi, proprio allora non cominci il rumore?

Che strana vita, dunque. E non poter far reclami, né tentare rimedi, né trovare una spiegazione che sciolga gli animi. E non poter neppure persuadere gli altri, delle altre case, i quali non sanno. Ma che cosa sarebbe poi questa goccia: – domandano con esasperante buona fede – un topo forse? Un rospetto uscito dalle cantine? No davvero.

E allora – insistono – sarebbe per caso una allegoria? Si vorrebbe, così per dire, simboleggiare la morte? o qualche pericolo? o gli anni che passano? Niente affatto, signori: è semplicemente una goccia, solo che viene su per le scale.

O più sottilmente si intende raffigurare i sogni e le chimere? Le terre vagheggiate e lontane dove si presume la felicità? Qualcosa di poetico insomma? No, assolutamente.

Oppure i posti più lontani ancora, al confine del mondo, ai quali mai giungeremo? Ma no, vi dico, non è uno scherzo, non ci sono doppi sensi, trattasi ahimè proprio di una goccia d'acqua, a quanto è dato presumere, che di notte viene su per le scale. Tic, tic, misteriosamente, di gradino in gradino. E perciò si ha paura.

13

La canzone di guerra

Il re sollevò il capo dal grande tavolo di lavoro fatto d'acciaio e diamanti.

«Che cosa diavolo cantano i miei soldati?» domandò. Fuori, nella piazza dell'Incoronazione, passavano infatti battaglioni e battaglioni in marcia verso la frontiera, e marciando cantavano. Lieve era ad essi la vita perché il nemico era già in fuga e laggiù nelle lontane praterie non c'era più da mietere altro che gloria: di cui incoronarsi per il ritorno. E anche il re di riflesso si sentiva in meravigliosa salute e sicuro di sé. Il mondo stava per essere soggiogato.

«È la loro canzone, Maestà» rispose il primo consigliere, anche lui tutto coperto di corazze e di ferro perché questa era la disciplina di guerra. E il re disse: «Ma non hanno niente di più allegro? Schroeder ha pur scritto per i miei eserciti dei bellissimi inni. Anch'io li ho sentiti. E sono vere canzoni da soldati».

«Che cosa vuole, Maestà?» fece il vecchio consigliere, ancora più curvo sotto il peso delle armi di quanto non sarebbe stato in realtà. «I soldati hanno le loro manie, un po' come i bambini. Diamogli i più begli inni del mondo e loro preferiranno sempre le loro canzoni.»

«Ma questa non è una canzone da guerra» disse il re. «Si direbbe perfino, quando la cantano, che siano tristi. E non mi pare che ce ne sia il motivo, direi.»

«Non direi proprio» approvò il consigliere con un sorriso pieno di lusinghiere allusioni. «Ma forse è soltanto una canzone d'amore, non vuol esser altro, probabilmente.»

«E come dicono le parole?» insistette il re.

«Non ne sono edotto, veramente» rispose il vecchio conte Gustavo. «Me le farò riferire.»

I battaglioni giunsero alla frontiera di guerra, travolsero spaventosamente il nemico, ingrassandone i territori, il fragore delle vittorie dilagava nel mondo, gli scalpitii si perdevano per le pianure sempre più lontano dalle cupole argentee della reggia. E dai loro bivacchi recinti da ignote costellazioni si spandeva sempre il medesimo canto: non allegro, triste, non vittorioso e guerriero bensì pieno di amarezza. I soldati erano ben nutriti, portavano panni soffici, stivali di cuoio armeno, calde pellicce, e i cavalli galoppavano di battaglia in battaglia sempre più lunghi, greve il carico solo di colui che trasportava le bandiere nemiche. Ma i generali chiedevano: «Che cosa diamine stanno cantando i soldati? Non hanno proprio niente di più allegro?».

«Sono fatti così, eccellenza» rispondevano sull'attenti quelli dello Stato Maggiore. «Ragazzi in gamba, ma hanno le loro fissazioni.»

«Una fissazione poco brillante» dicevano i generali di malumore. «Caspita, sembra che piangano. E che cosa potrebbero desiderare di più? Si direbbe che siano malcontenti.»

Contenti erano invece, uno per uno, i soldati dei reggimenti vittoriosi. Che cosa potevano infatti desiderare di più? Una conquista dopo l'altra, ricco bottino, donne fresche da godere, prossimo il ritorno trionfale. La cancellazione finale del nemico dalla faccia del mondo già si leggeva sulle giovani fronti, belle di forza e di salute.

«E come dicono le parole?» il generale chiedeva incuriosito.

«Ah, le parole! Sono delle ben stupide parole» rispondevano quelli dello Stato Maggiore, sempre guardinghi e riservati per antica abitudine.

«Stupide o no, che cosa dicono?»

«Esattamente non le conosco, eccellenza» diceva uno. «Tu, Diehlem, le sai?»

«Le parole di questa canzone? Proprio non saprei. Ma c'è qui il capitano Marren, certo lui...»

«Non è il mio forte, signor colonnello» rispondeva Marren. «Potremmo però chiederlo al maresciallo Peters, se permette...»

«Su, via, quante inutili storie, scommetterei...» ma il generale preferì non terminare la frase.

Un po' emozionato, rigido come uno stecco, il maresciallo Peters rispondeva al questionario:

«La prima strofa, eccellenza serenissima, dice così:

Per campi e paesi,
il tamburo ha suonà
e gli anni passà
la via del ritorno,
la via del ritorno
nessun sa trovà.

E poi viene la seconda strofa che dice: "Per dinde e per donde...".»

«Come?» fece il generale.

«"Per dinde e per donde" proprio così, eccellenza serenissima.»

«E che significa "per dinde e per donde"?»

«Non saprei, eccellenza serenissima, ma si canta proprio così.»

«Be', e poi cosa dice?»

Per dinde e per donde,
avanti si va
e gli anni passà
dove io ti ho lasciata,
dove io ti ho lasciata,
una croce ci sta.

«E poi c'è la terza strofe, che però non si canta quasi mai. E dice...»

«Basta, basta così» disse il generale, e il maresciallo salutò militarmente.

«Non mi sembra molto allegra» commentò il generale, come il sottufficiale se ne fu andato. «Poco adatta alla guerra, comunque.»

«Poco adatta invero» confermavano col dovuto rispetto i colonnelli degli Stati Maggiori.

Ogni sera, al termine dei combattimenti, mentre ancora il terreno fumava, messaggeri veloci venivano spiccati, che volassero a riferire la buona notizia. Le città erano imbandierate, gli uomini si abbracciavano nelle vie, le campane delle chiese suonavano, eppure chi passava di notte attraverso i quartieri bassi della capitale sentiva qualcuno cantare, uomini, ragazze, donne, sempre quella stessa canzone, venuta su chissà quando. Era abbastanza triste, effettivamente, c'era come dentro molta rassegnazione. Giovani bionde, appoggiate al davanzale, la cantavano con smarrimento.

Mai nella storia del mondo, per quanto si risalisse nei secoli, si ricordavano vittorie simili, mai eserciti così fortunati, generali così bravi, avanzate così celeri, mai tante terre conquistate. Anche l'ultimo dei fantaccini alla fine si sarebbe trovato ricco signore, tanta roba c'era da spartire. Alle speranze erano stati tolti i confini. Si tripudiava ormai nelle città, alla sera, il vino correva fin sulle soglie, i mendicanti danzavano. E tra un boccale e l'altro ci stava bene una canzoncina, un piccolo coro di amici. «Per campi e paesi...» cantavano, compresa la terza strofe.

E se nuovi battaglioni attraversavano la piazza dell'Incoronazione per dirigersi alla guerra, allora il re sollevava un poco la testa dalle pergamene e dai rescritti, ascoltando, né sapeva spiegarsi perché quel canto gli mettesse addosso il malumore.

Ma per i campi e i paesi i reggimenti d'anno in anno avanzavano sempre più lungi, né si decidevano a incamminarsi finalmente in senso inverso; e perdevano coloro che avevano scommesso sul prossimo arrivo dell'ultima e più felice notizia. Battaglie, vittorie, vittorie, battaglie. Ormai le armate marciavano in terre incredibilmente lontane, dai nomi difficili che non si riusciva a pronunciare.

Finché (di vittoria in vittoria!) venne il giorno che la piazza dell'Incoronazione rimase deserta, le finestre della reggia sprangate, e alle porte della città il rombo di strani carriaggi stranieri che si approssimavano; e dagli invincibili eserciti erano nate, sulle pianure remotissime, foreste che prima non c'erano, monotone foreste di croci che si perdevano all'orizzonte e nient'altro. Perché non nelle spade, nel fuoco, nell'ira delle cavallerie scatenate era rimasto chiuso il destino, bensì nella sopracitata canzone che a re e generalissimi era logicamente parsa poco adatta alla guerra. Per anni, con insistenza, attraverso quelle povere note il fato stesso aveva parlato, preannunciando agli uomini ciò ch'era stato deciso. Ma le reggie, i condottieri, i sapienti ministri, sordi come pietre. Nessuno aveva capito; soltanto gli inconsapevoli soldati coronati di cento vittorie, quando marciavano stanchi per le strade della sera, verso la morte, cantando.

14

Il re a Horm el-Hagar

Questi i fatti avvenuti in località Horm el-Hagar, di là della Valle dei Re, al cantiere per gli scavi del palazzo di Meneftah II.

Il direttore degli scavi, Jean Leclerc, uomo attempato e geniale, ebbe una lettera dal segretario del Servizio delle Antichità che gli annunciava una visita di riguardo: un illustre archeologo straniero, il conte Mandranico, verso il quale si raccomandavano i maggiori riguardi.

Leclerc non ricordava nessun archeologo che si chiamasse Mandranico. L'interessamento del S.d.A. – pensò – anziché da reali meriti, era procurato da qualche alta parentela. Ma non ne fu seccato, tutt'altro. Da dieci giorni era solo, il suo collaboratore essendo partito per le vacanze. L'idea di vedere in quell'eremo una faccia cristiana che si interessasse un poco delle sue vecchie pietre non gli dispiacque. Da quel signore che era, spedì una camionetta fino ad Akhmim per fare provviste e sotto un padiglione di legno da cui si dominava l'intero complesso degli scavi allestì una mensa perfino elegante.

Sorse quel mattino d'estate, caldo e greve, con le modiche speranze che accompagnano il nascere del dì sui deserti, e poi si dissolvono nel sole. Proprio il giorno prima, all'estremità del secondo cortile interno, tra le informi cataste delle colonne crollate, era uscita dalla sabbia, dopo molti secoli di buio, una stele con iscrizione di grande interesse per ciò che rifletteva il regno, finora rimasto oscuro, di Meneftah II. "I re due volte dai nomi del nord e dalle paludi sono venuti a prosternarsi dinanzi al faraone, sua maestà, vita, salute, forza" diceva l'iscrizione alludendo probabilmente alla sottomissione di vari signorotti del Basso Nilo già ribelli "e sconfitti lo hanno aspettato alla porta del tempio, portavano le parrucche nuove profumate d'olio, in mano tenevano corone di fiori ma gli occhi non sono stati pari alla sua luce, le membra ai suoi comandi, le orecchie alla sua voce, le parole allo splendore di Meneftah, figlio di Ammone, vita, salute, forza..." La notte precedente, al lume di un petromax, la decifrazione non era andata oltre.

Ora, benché Leclerc non desse più l'importanza di una volta alle affermazioni accademiche e alla fama, il ritrovamento gli aveva procurato una gioia sincera. Guardando a oriente, verso l'invisibile fiume, là dove la pista automobilistica si perdeva in una prospettiva senza fine di terrazze rocciose polverulente di sabbie, l'archeologo pregustava la soddisfazione di annunciare all'ospite ignoto la scoperta, proprio come si ama trasmettere al prossimo una buona notizia.

Vide in quel mentre – non erano ancora le otto – un lontano esile turbine levarsi dall'orizzonte, cadere, rifarsi più alto e consistente, ondeggiare nell'aria immobile e pura. Poi, con un alito di vento che gli mosse i capelli bianchi da artista, giunse anche un ronzio di motore. La macchina dello straniero stava per arrivare.

Batté le mani Leclerc e a un paio di fellah accorsi fece segno. I due corsero all'ingresso del recinto, aprirono la porta di solide travi. Poco dopo l'automobile entrava. Leclerc notò subito sulla targa, con leggero disappunto, l'insegna del corpo diplomatico. Fermatasi la macchina quasi dinanzi a lui, ne scese prima un giovanotto *stilé* che Leclerc doveva aver già visto da qualche parte al Cairo, poi un altro signore bruno e compunto, dall'aria molto seria; infine, con gran fatica – e il Leclerc capì ch'era quello l'ospite – un vecchietto piccolo e segaligno, dalla faccia di tartaruga assolutamente inespressiva. Sorretto dal signore bruno, il conte Mandranico scese dalla vettura e appoggiandosi a un bastoncello mosse verso il cantiere. Fino a quel momento nessuno pareva esser-si accorto del Leclerc il quale tuttavia con la sua decorativa corpulenza e il largo vestito bianco campeggiava nella scena. Finalmente il giovanotto per primo si avvicinò annunciando in francese che lui, tenente Afghe Christani della Guardia di Palazzo e il barone Fantin (alludeva evidentemente al signo-re bruno), avevano l'onore (chissà perché tanta solennità) di accompagnare Monsieur Le Comte Mandranico a questa vi-sita che "confidiamo sarà del più alto interesse".

A questo punto il Leclerc d'un subito riconobbe l'ospite: troppo spesso i giornali egiziani avevano pubblicato la foto-grafia del re straniero che viveva in esilio al Cairo. Archeolo-go illustre? Non era una bugia, dopo tutto. Nella sua giovane età – ricordò l'egittologo – il re aveva dimostrato spiccato in-teresse per la etruscologia e ne aveva appoggiato gli studi an-che ufficialmente.

Perciò il Leclerc si fece avanti con un certo impaccio, ac-cennò a un piccolo inchino, la sua simpatica faccia arrossì lievemente. L'ospite, sorriso spento, borbottò qualche parola, dando la mano. Quindi le altre presentazioni.

Ben presto il Leclerc ritrovò la disinvoltura abituale. «Di qua, di qua, signor conte» disse indicando la via «è meglio cominciare il giro subito, prima che faccia troppo caldo.» Con la coda dell'occhio si accorse che il compostissimo baro-ne Fantin aveva offerto il braccio al conte; quasi irosamente il vecchio lo aveva però respinto, avviandosi da solo a piccoli stentati passi. Il giovane Christani seguiva da presso con una bianca borsa di pelle sotto il braccio; e sorrideva generica-mente.

Giunsero su un ciglione roccioso, donde sprofondava tra due alte ripe tagliate con meravigliosa precisione un lungo piano inclinato. In fondo si apriva come una larghissima e piatta fossa, a metà della quale un rotto colonnato, terribil-mente immobile, formava la facciata esterna dell'antica reg-gia. Spigoli diritti, ombre geometriche, nere occhiaie rettan-golari di atrii e portali si accavallavano più in là in apparente disordine, rivelando, in così morto paesaggio, che quello era pure stato il regno dell'uomo.

Spiegava il Leclerc, con signorile distacco, le difficoltà dell'impresa. Prima che si iniziassero gli scavi, tutto era sepolto dalle sabbie e dai detriti fin sopra la cima delle colonne e del maggiore frontone. Una montagna di materiale si era perciò dovuta scavare, sollevare, portar via, per un dislivello in alcuni punti perfino di 20 metri, fino a raggiungere il piano originario del palazzo. E il lavoro non era che a metà.

«*Ta scianti cencio tan ninciatii levoo...?*» domandò con voce chioccia il conte Mandranico, aprendo e chiudendo la bocca in modo curioso.

Leclerc non capì una parola. Fulmineo, guardò il serio barone chiedendo aiuto. E il barone doveva essere allenatissimo a difficoltà del genere perché, impassibile, si affrettò a spiegare: «Monsieur le comte desidera sapere da quanto tempo si sono iniziati gli scavi». E c'era nelle parole un vago disdegno, come se fosse logico che il vecchio re parlasse in quel modo, e idiota colui che avesse avuto la tentazione di meravigliarsene.

«Da sette anni, signor conte» rispose Leclerc, suo malgrado un poco intimidito «e ho avuto il privilegio di inaugurarli io stesso... Ecco qui, ora ci conviene scendere di qui, è l'unico punto un po' disagevole» disse, quasi facendo suo l'imbarazzo del decrepito conte dinanzi allo sdrucciolo del piano inclinato.

Il barone ritentò di offrire il braccio e questa volta non venne respinto; commisurando i suoi passi a quelli del conte si avviò per la discesa. Anche Leclerc rispettosamente avanzò molto adagio. La china era ripida, l'aria sempre più calda, le ombre si accorciavano, l'ospite insigne strascinava un po' la gamba sinistra, impolverandosi la scarpa di pelle bianca, dall'estremità della fossa giungevano ritmici colpi, come di mazzapicchi.

Come furono in fondo, non si videro più le baracche del cantiere, nascoste dal ciglione; ma soltanto gli antichi pietroni, e intorno le alte ripe precipitose, calcinate e cadenti. Verso occidente esse si innalzavano a gradoni formando una vera montagna, anch'essa più che mai nuda, ormai soggiogata dal sole.

Leclerc, cortese, spiegava e il conte Mandranico alzava ogni volta la faccia meccanicamente senza partecipazione, approvando con piccoli cenni; ma si sarebbe detto non ascoltasse. Ecco il colonnato d'ingresso, il troncone di una sfinge androcefala, i minuziosi bassorilievi semicancellati dal tempo, dove si indovinavano figure di d. ità e di monarchi. Ermetici come montagne gli appiombi delle antiche muraglie non rispondevano agli sguardi umani.

Lo straniero avvistò allora nel cielo delle nuvole strane che salivano lentamente dal cuore dell'Africa. Erano tronche di sopra e di sotto, come se un coltello le avesse tagliate, e solo ai fianchi ridondavano di molli gorghi spumosi. Con infantile curiosità il conte le additò col bastoncino.

«Le nuvole del deserto» spiegò Leclerc «senza testa né gambe... come se fossero schiacciate tra due coperchi, vero?...»

Il conte stette a fissarle alcuni istanti, dimentico dei faraoni, poi vivamente si volse al barone domandando qualcosa. Il barone dimostrò confusione e si scusava ampiamente senza perdere la sua compunzione. Si poté capire che il Fantin aveva dimenticato di portare la macchina fotografica. Il vecchio non dissimulò la stizza e gli voltò le spalle.

Entrarono nella prima corte, in totale rovina. Solo la simmetrica disposizione delle pietre e degli sfasciumi indicava approssimativamente dove un tempo si innalzavano i colonnati e le mura. Ma in fondo due massicci piatti torrioni dagli spigoli sbiechi, resistevano ancora, collegati da un muro più basso e rientrante, dove si apriva un portale. Era il frontone interno del palazzo e Leclerc fece notare due smisurate figure umane che in bassorilievo occupavano ciascuna delle due pareti: il faraone Meneftah II rappresentato nel magnanimo furore della battaglia.

Un uomo anziano col *tarbusc* e una lunga tunica bianca avanzò dall'interno del tempio, avvicinandosi a Leclerc e gli parlò in lingua araba, concitato. Leclerc gli rispondeva scuotendo il capo con un sorriso.

«Scusi, che cosa dice?» chiese il tenente Christani incuriosito.

«È uno degli assistenti» rispose Leclerc «un greco, che ne sa ormai più di me, si occupa di scavi da almeno trent'anni.»

«Ma è successo qualcosa?» insistette Christani che aveva afferrato qualche frammento della conversazione.

«Le loro solite storie» fece Leclerc «dice che oggi gli dèi sono inquieti... dice sempre così quando le cose non vanno per il loro verso... c'è un masso che non riescono a spostare, è slittato fuori dalle guide, adesso dovranno rifare l'argano.»

«Sono inquieti... eh... eh...» esclamò, non si capiva in che senso, il conte Mandranico, rianimatosi all'improvviso.

Passarono nel secondo cortile, anch'esso tutto desolazione e rovina. Solo a destra ciclopici piloni stavano ancora ritti, da cui sporgevano, smozzicate, le sagome di formidabili atlanti. In fondo, una ventina di fellah stavano lavorando e all'apparire dei signori, come presi di frenesia, cominciarono ad agitarsi, vociando, in una simulazione di intenso zelo.

Il re straniero guardò ancora le singolari nubi del deserto. Navigando esse tendevano a raggrupparsi in un nuvolone solo, statico e pesante, che invece non si muoveva. Sulla biancastra cornice della montagna a ovest passò l'ombra.

Leclerc, ora seguito anche dall'assistente, guidò gli ospiti a destra, in un'ala laterale, l'unico punto dove le strutture fossero in buone condizioni. Era una cappella funeraria, ancora riparata dal tetto, solo qua e là sbrecciato. Entrarono nell'ombra. Il conte si tolse lo spesso casco coloniale e il barone fu lesto ad offrirgli un fazzoletto affinché si tergesse il sudore. Il sole penetrava dagli interstizi con lamine di ardente luce che battevano qua e là sui bassorilievi, rianimandoli. Intorno c'era penombra, silenzio e mistero. Nella semioscurità, ai lati, si intravedevano alte statue, irrigidite sui troni, alcune decapitate, altre ridotte a monconi; ma anche queste, dalla cintura in giù, esprimevano volontà cupa e solenne di imperio.

Leclerc ne indicò una, priva di braccia ma dalla testa pres-

soché intatta. Aveva un muso grifagno e malvagio. Avvicinatosi, il conte si accorse ch'era il volto di un uccello, solo che
il becco si era spezzato.

«Interessantissima questa statua» disse Leclerc. «È il dio
Thot. Risale almeno alla dodicesima dinastia e doveva essere
considerata preziosa se venne trasportata fin qui. I faraoni
venivano a chiedergli...» si interruppe, restò immobile come
tendendo le orecchie. Si udiva infatti, non si capiva bene da
quale parte, una specie di sordo fruscio.

«Niente, è la sabbia, la maledetta sabbia, la nostra nemica» riprese Leclerc tornando a rasserenarsi. «Ma scusatemi...
dicevo che i re, prima di partire per le guerre, chiedevano
consigli a questa statua, una specie di oracolo... se la statua
restava immobile la risposta era no... se muoveva la testa era
approvazione... Alle volte queste statue parlavano... chissà
che voce... i re soltanto riuscivano a resistere... i re perché
anche loro erano dei...» Così dicendo si voltò, nel vago dubbio di aver commesso una *gaffe*. Ma il conte Mandranico fissava con inaspettato interesse il simulacro, toccò con la punta del bastone il basamento di porfido quasi a saggiarne la
consistenza.

«*Dun ciarè genigiano anteno galli?*» chiese finalmente con
intonazione incredula.

«Monsieur le comte chiede se i re venivano di persona a
interrogarli» tradusse il barone, indovinando che il Leclerc
non aveva afferrato una parola.

«Precisamente» confermò soddisfatto l'archeologo, «e dicono, dicono almeno, che Thot rispondesse... Ed ecco, ecco
qui in fondo la stele di cui vi avevo parlato... voi siete i primi
a vederla...» Aprì le braccia in un largo gesto, un poco teatrale, restò così immobile, di nuovo ascoltando.

Tutti istintivamente tacquero. Il fruscio di prima rodeva
intorno, misterioso, come se i secoli assediassero lentamente
il santuario cercando di riseppellirlo.

Le lame del sole si erano fatte sempre meno oblique, ora
scendevano quasi a picco, parallele agli spigoli dei piloni, ma
alquanto fioche, quasi il cielo si fosse appannato.

Il Leclerc aveva appena cominciato la spiegazione che il barone gettò uno sguardo all'orologio da polso. Le dieci e mezzo. Faceva un caldo d'inferno.

«Vi ho fatto fare un poco tardi, signori, forse?» domandò amabilmente Leclerc. «Avrei disposto la colazione per le undici e mezzo...»

«La colazione?» esclamò il conte, in tono secco e finalmente comprensibile, rivolto al Fantin. «Ma noi dobbiamo partire... alle 11 al più *taddi*, al più *taddi*...»

«Non avrò dunque l'onore?...» fece Leclerc desolato.

Il barone volse la cosa in termini più diplomatici: «Siamo davvero estremamente grati... davvero commossi... ma impegni...».

A malincuore l'egittologo abbreviò i commenti, rinunciando a molte importantissime cose che gli erano care. Il gruppetto ritornò quindi sui suoi passi. Il sole si era spento, una coltre rossiccia si era stesa nel cielo, atmosfera da pestilenze. A un certo punto il conte bisbigliò qualche parola al Fantin, che lo lasciò, precedendolo. Leclerc, pensando che il vecchio avesse voglia di orinare, si avviò all'uscita con gli altri due. Il conte rimase solo, tra le antiche statue.

Uscito intanto dal chiuso, Leclerc esaminò la volta celeste: aveva un colore strano. In quel mentre una goccia gli battè su una mano. Pioveva.

«Piove» esclamò «da tre anni non si era vista una goccia!... Era un brutto segno a quei tempi... se pioveva i faraoni rinviavano qualsiasi impresa...»

Si volse per comunicare al conte, rimasto indietro nel tempio, l'eccezionale notizia; e lo vide. Stava in piedi dinanzi alla statua di Thot e parlava. La voce non giungeva fino a lui ma l'archeologo scorgeva distintamente la bocca che si apriva e chiudeva in quel curioso modo da tartaruga.

Monologava il signor conte? o veramente interpellava il dio come i remoti faraoni? Ma che cosa poteva domandargli? Non guerre da poter combattere c'erano più per lui, non leggi da promulgare, né progetti, né sogni. Il suo regno era rimasto di là dei mari, per sempre perduto. Buono e cattivo della vita era stato speso fino in fondo. Non gli restavano che dei poveri giorni superflui, proprio l'ultimo pezzettino di strada. Quale ostinazione lo teneva dunque perché osasse tentare gli dei? Oppure, svanito, non ricordava più che cosa era successo e si immaginava di vivere i bei tempi lontani? O intendeva fare uno scherzo? Ma non era il tipo.

«Signor conte!» gridò Leclerc con improvvisa inquietudine. «Signor conte, siamo qui... ha cominciato a piovere...»

Troppo tardi. Dall'interno del tempio uscì un suono orribile. Leclerc si sbiancò in volto, il barone Fantin arretrò istintivamente di un passo, la borsa bianca scivolò di sotto al braccio del giovane. E le gocce di pioggia cessarono.

Un suono di legni cavi rotolanti, o di lugubri tamburi, così pressappoco dalla cappella di Thot. E poi si ampliò in un mugolo cavernoso, confusamente articolato, simile, ma ancora peggio, al lamento delle cammelle nel parto. C'era dentro una specie di inferno.

Il conte Mandranico, fermo, guardava. Non fu visto retrocedere né accennare la fuga. Il becco mozzo di Thot si era dischiuso formando alla base un ghigno, i due moncherini si aprivano e chiudevano bestialmente; tanto più spaventosi perché il resto della statua giaceva immobile, del tutto privo di vita. E dal becco usciva la voce.

Il dio parlava. Nella quiete, le sue roche maledizioni – perché così parvero – avevano tetre risonanze.

Leclerc non era più capace di muoversi. Un orrore mai conosciuto lo teneva, facendogli saltare il cuore. E il conte? come il conte poteva resistere? forse perché anche lui era re, invulnerabile dal Verbo come i sepolti faraoni?

Ma la voce adesso ondeggiava in borbottii, cedeva, si spense, lasciando un terribile silenzio. Solo allora il vecchio conte si mosse, coi suoi fragili passettini si avviò all'uscita, non vacillava, non era spaventato. Avvicinatosi a Leclerc che lo fissava inorridito, disse, approvando con cenni del capo:

«*Ingegnoso: proprio ingegnoso... peccato che force la molla si è rotta... biciognava ciassi tabli cicata...*»

Stavolta però il barone non era pronto a tradurre gli ultimi suoi balbettii. Perfino il barone tacque, sopraffatto da quell'arido vecchio, sordo ai misteri della vita, così misero da non capire neanche che gli aveva parlato un dio.

«Ma in nome del cielo» supplicò finalmente Leclerc, col vago presentimento di cose ostili. «Ma non ha sentito?»

Alzò il capo il grinzoso sovrano con atto autoritario: «*Cioccheccia! na ciocchezza!*» (voleva dire sciocchezza?). Poi ancora con improvviso cipiglio: «*È ponta la macchina? È taddi: taddi... Fantin, cagaia fa?*». Sembrava impermalito.

Leclerc, dominandosi, lo fissava con un sentimento strano, tra la costernazione e l'odio. Ma un coro di imprecazioni esplose all'estremità degli scavi. I fellah urlavano, impazziti e dal fondo del tempio accorreva a precipizio l'assistente, vociando.

«Che dice? che è successo?» chiese allarmato il Fantin.

«Una frana» tradusse il giovane Christani «uno dei fellah è rimasto sepolto.»

Leclerc strinse i pugni. Perché non se ne andava lo straniero? Non ne aveva avuto abbastanza? perché aveva voluto risvegliare gli incantesimi rimasti per millenni addormentati?

In realtà se n'andava il conte Mandranico, strascicando la sua gambetta su per il piano inclinato. Nello stesso tempo Leclerc si accorse che tutt'attorno, dalle bruciate ripe, il deserto si muoveva. Piccole frane smottavano qua e là, silenziosamente, simili a bestie guardinghe. In moto concentrico colavano giù per i valloncelli, canali, fessure, di terrazzo in terrazzo, ora fermandosi, poi riprendendo, strisciavano verso il monumento dissepolto. E non c'era un filo di vento. Il rumore dell'auto che si metteva in moto parve per qualche attimo una realtà rassicurante. Commiati e ringraziamenti furono formali. L'imperterrito conte aveva fretta. Non chiese perché i fellah urlassero, non guardò le sabbie, non si interessò del Leclerc che era molto pallido. La vettura uscì dal recinto, scivolò via per la pista tra mulinelli di polvere, scomparve.

Rimasto solo sul ciglione, Leclerc ora fissava il suo regno. Le sabbie continuavano a franare, tratte giù da forza misteriosa. Egli vide anche i fellah lasciare in corsa disordinata il palazzo, fuggire spaventati, sparire quasi inesplicabilmente. L'assistente in gabbana bianca correva di qua e di là, con irosi richiami, cercando invano di trattenerli. Poi anche lui tacque.

Si poté quindi udire la voce del deserto che avanzava: coro sommesso di mille fruscii formicolanti. Già una piccola colata di sabbia, scivolando giù per una scarpata, toccò il piedistallo della prima colonna, un secondo rigurgito eseguì poco dopo il seppellimento dell'intero zoccolo.

«Dio mio» mormorò Leclerc. «Dio mio.»

15

La fine del mondo

Un mattino verso le dieci un pugno immenso comparve nel cielo sopra la città; si aprì poi lentamente ad artiglio e così rimase immobile come un immenso baldacchino della malora. Sembrava di pietra e non era pietra, sembrava di carne e non era, pareva anche fatto di nuvola, ma nuvola non era. Era Dio; e la fine del mondo. Un mormorio che poi si fece mugolio e poi urlo, si propagò per i quartieri, finché divenne una voce sola, compatta e terribile, che saliva a picco come una tromba.

Luisa e Pietro si trovavano in una piazzetta, tepida a quell'ora di sole, recinta da fantasiosi palazzi e parzialmente da giardini. Ma in cielo, a un'altezza smisurata, era sospesa la mano. Finestre si spalancavano tra grida di richiamo e spavento, mentre l'urlo iniziale della città si placava a poco a poco; giovani signore discinte si affacciavano a guardare l'apocalisse. Gente usciva dalle case, per lo più correndo, sentivano il bisogno di muoversi, di fare qualcosa purchessia, non sapevano però dove sbattere il capo. La Luisa scoppiò in un pianto dirotto: «Lo sapevo» balbettava tra i singhiozzi «che doveva finire così... mai in chiesa, mai dire le preghiere... me ne fregavo io, me ne fregavo, e adesso... me la sentivo che doveva andare a finire così!...». Che cosa poteva mai dirle Pietro per consolarla? Si era messo a piangere pure lui come un bambino. Anche la maggior parte della gente era in lacrime, specialmente le donne. Soltanto due frati, vispi vecchietti, se n'andavano lieti come pasque: «La è finita, per i furbi, adesso!» esclamavano gioiosamente, procedendo di buon passo, rivolti ai passanti più ragguardevoli. «L'avete smessa di fare i furbi, eh? Siamo noi i furbi adesso!» (e ridacchiavano). «Noi sempre minchionati, noi creduti cretini, lo vediamo adesso chi erano i furbi!» Allegri come scolaretti trascorrevano in mezzo alla crescente turba che li guardava malamente senza osare reagire. Erano già scomparsi da un paio di minuti per un vicolo, quando un signore fece come l'atto istintivo di gettarsi all'inseguimento, quasi si fosse lasciata sfuggire un'occasione preziosa: «Per Dio!» gridava battendosi la fronte «e pensare che ci potevano confessare». «Accidenti!» rincalzava un altro «che bei cretini siamo stati! Capitarci così sotto il naso e noi lasciarli andare!» Ma chi poteva più raggiungere i vispi fraticelli?

Donne e anche omaccioni già tracotanti, tornavano intanto dalle chiese, imprecando, delusi e scoraggiati. I confessori più in gamba erano spariti – si riferiva – probabilmente accaparrati dalle maggiori autorità e dagli industriali potenti. Stranissimo, ma i quattrini conservavano meravigliosamente un certo loro prestigio benché si fosse alla fine del mondo; chissà, forse, si considerava che mancassero ancora dei minuti, delle ore; qualche giornata magari. In quanto ai confessori rimasti disponibili, si era formata nelle chiese una tale spaventosa calca, che non c'era neppure da pensarci. Si parlava di gravi incidenti accaduti appunto per l'eccessivo affollamento; o di lestofanti travestiti da sacerdoti che si offrivano di raccogliere confessioni anche a domicilio, chiedendo prezzi favolosi. Per contro giovani coppie si appartavano precipitosamente senza più ombra di ritegno, distendendosi sui prati dei giardini, per fare ancora una volta l'amore. La mano intanto si era fatta di colore terreo, benché il sole splendesse, e faceva quindi più paura. Cominciò a circolare la voce che la catastrofe fosse imminente; alcuni garantivano che non si sarebbe giunti a mezzogiorno.

In quel mentre, nella elegante loggetta di un palazzo, poco

più alta del piano stradale (vi si accedeva per due rampe di scale a ventaglio), fu visto un giovane prete. La testa tra le spalle, camminava frettolosamente quasi avesse premura di andarsene. Era strano un prete a quell'ora, in quella casa sontuosa popolata di cortigiane. «Un prete! un prete!» si sentì gridare da qualche parte. Fulmineamente la gente riuscì a bloccarlo prima che potesse fuggire. «Confessaci, confessaci!» gli gridavano. Impallidì, fu tratto a una specie di piccola e graziosa edicola che sporgeva dalla loggetta a guisa di pulpito coperto; pareva fatta apposta. A decine uomini e donne formarono subito grappolo, tumultuando, irrompendo dal basso, arrampicandosi su per le sporgenze ornamentali, aggrappandosi alle colonnine e al bordo della balaustra; non era del resto una grande altezza.

Il prete cominciò a raccogliere confessioni. Rapidissimo, ascoltava le affannose confidenze degli ignoti (che ormai non si preoccupavano se gli altri potevano udire). Prima che avessero finito, tracciava con la destra un breve segno di croce, assolveva, passava immediatamente al peccatore successivo. Ma quanti ce n'erano. Il prete si guardava intorno smarrito, misurando la crescente marea di peccati da cancellare. Con grandi sforzi anche la Luisa e Pietro si fecero sotto, guadagnarono il loro turno, riuscirono a farsi ascoltare. «Non vado mai a messa, dico bugie...» gridava a precipizio la giovanetta per paura di non fare in tempo, in una frenesia di umiliazione «e poi tutti i peccati che lei vuole... li metta pure tutti... E non è per paura che son qui, mi creda, è proprio soltanto per desiderio di essere vicina a Dio, le giuro che...» ed era convinta di essere sincera. «*Ego te absolvo...*» mormorò il prete e passò ad ascoltare Pietro.

Ma un'ansia indicibile cresceva negli uomini. Uno chiese: «Quanto tempo c'è al giudizio universale?». Un altro, bene informato, guardò l'orologio. «Dieci minuti» rispose autorevolmente. Lo udì il prete che di colpo tentò di ritirarsi. Ma, insaziabile, la gente lo tenne. Egli pareva febbricitante, era chiaro che il fiotto delle confessioni non gli arrivava più che come un confuso mormorio privo di senso; faceva segni di croce uno dopo l'altro, ripeteva «*Ego te absolvo...*» così, macchinalmente.

«Otto minuti!» avvertì una voce d'uomo dalla folla. Il prete letteralmente tremava, i suoi piedi battevano sul marmo come quando i bambini fanno i capricci. «E io? e io?» cominciò a supplicare, disperato. Lo defraudavano della salvezza dell'anima, quei maledetti; il demonio se li prendesse quanti erano. Ma come liberarsi? come provvedere a se stesso? Stava proprio per piangere. «E io? e io?» chiedeva ai mille postulanti, voraci di Paradiso. Nessuno però gli badava.

16

Qualche utile indicazione
a due autentici gentiluomini
(di cui uno deceduto per morte violenta)

Un uomo sui 35 anni, di nome Stefano Consonni, vestito con una certa ricercatezza e con un pacchettino bianco nella mano sinistra, passando alle dieci di sera, addì 16 gennaio, per la via Fiorenzuola, a quell'ora deserta, udì intorno a sé improvvisamente come un sonoro ronzio di mosconi che sussurrassero. Mosconi di pieno inverno e con quel freddo? Ne rimase stupito e fece così con la mano, per scacciarli. Ma il ronzio si faceva sempre più sussurro, e a un certo punto gli parve di sentire delle parole, sottili, sottili, come succede alle volte dalla cornetta del telefono abbandonata sul tavolo durante la conversazione, quando l'altro continua a parlare. Si guardò intorno, a onor del vero con un certo batticuore; la via era proprio deserta: da una parte le case, dall'altra il lungo muro di cinta delle ferrovie; e i lampioni erano accesi regolarmente. Ma non si vedeva nessuno.

«Cosa c'è?» ebbe alla fine il coraggio di chiedere un po' titubando, dopo aver cercato di cacciar via quei curiosi bisbigli, quasi fossero farfalle, ma inutilmente.

Il Consonni ristette, sbalordito. Pensò se alle volte quella sera avesse bevuto un po' troppo; ma no. Sentì paura. D'altra parte erano voci così sottili. Se venivano da una creatura umana, doveva essere alta al massimo venti centimetri. Allora si fece forza:

«Ma insomma, mosconi della malora, si può sapere chi siete?»

«Ih, ih!» ridacchiò alla sua destra, vicinissima, un'altra voce diversa dalla prima. «Ih, ziamo piccolini, noi!»

Stefano Consonni, con comprensibile allarme, guardò su alla facciata delle case vicine se mai qualcuno fosse affacciato ad ascoltare. Le finestre erano tutte chiuse.

«Quel che è giusto è giusto» fece a questo punto la prima vocina, comicamente compassata e grave. «Perché non dirlo, Max? (evidentemente si rivolgeva al compagno). Io sono il professore Petercondi Giuseppe... fu Giuseppe, anzi... e questo qui che scommetto le sta dando un po' di fastidio è mio nipote Max, Max Adinolfi, nelle mie medesime condizioni. E noi, se non siamo importuni, con chi abbiamo l'onore?»

«Consonni, mi chiamo Consonni» fece l'uomo, burbero, che ancora non sapeva capacitarsi. E poi, dopo averci pensato su un momento: «Be', non sarete mica degli spiriti, alle volte, no?».

«Be'... in un certo senso» ammise il Petercondi. «C'è chi crede di poterci definire così...»

«Ih, ih!» riprese con estrema ilarità la voce di Max, specialmente sibilante e affettata. «Ziamo piccolini, ziamo! Avrebbe dovuto zentirci la notte zcorza... avrebbe dovuto zentirci, che vocioni...» e non ne poteva più dalle risa...

«Come sarebbe a dire?» fece il Consonni, che stava via via rinfrancandosi.

«In realtà» sussurrò Petercondi, con umiltà «a poco a poco noi ci andiamo assottigliando. Possiamo stare qui non più di 24 ore. E ci si consuma rapidamente. Da mezzanotte scorsa stiamo girando... fra due ore *adieu*, mio egregio signore.»

«Ah, ah!» ridacchiò il Consonni, del tutto rassicurato. (Spiriti fin che si vuole, ma al massimo ancora fino a mezzanotte. E poi ci sarebbe stato il gusto di raccontarla.) Perciò, con magnifica disinvoltura: «Dunque, professor Petercondi...».

«Ma bravo, perbacco» lo interruppe il vocino del professore «che prontezza, che memoria, ha subito imparato il mio nome.»

«Ecco» continuò il Consonni, con un lieve ritorno di imbarazzo «volevo appunto dire che il suo nome non mi tornava nuovo.»

«Ih, ih!» ghignò senza riguardi il nipote Max all'orecchia sinistra. «Hai sentito zio? Non gli torna nuovo! Ah quezta zì che è zplendida!»

«Smettila Max» fece con tutta la gravità compatibile con la estrema sottigliezza il Petercondi. «Signor Consonni, la ringrazio. Posso infatti dire, senza false modestie, che ero un discreto chirurgo.»

"Benissimo" pensò l'uomo "adesso voglio proprio divertirmi un poco" e a voce bassa ma chiaramente: «E in che cosa, professore» domandò con accento complimentoso «in che cosa potrei esserle utile?»

«Vede?» spiegò ciò che restava, invisibile, del chirurgo Petercondi. «Siamo venuti qui a cercare un uomo, avrei un certo conticino da regolare. Vede? Io, personalmente ho avuto la sfortuna di essere stato ammazzato!»

Manifestò stupore il Consonni: «Ammazzato? Una persona come lei? E come mai?».

«A scopo di furto» rispose secca e grave la vocina.

«E quando? E dove?» tentò con impudenza il Consonni.

«A quell'angolo, proprio a quell'angolo... due mesi fa, esattamente...»

«Ah, perbacco!» il Consonni non si era mai divertito tanto. «E adesso... insomma è venuto a cercare... insomma è venuto a cercarlo...»

«Per l'appunto, signore, e se lei...»

«Ma» fece ancora il Consonni, mettendosi a gambe aperte, quasi in atto di sfida «ma anche ammesso che lei lo trovasse, che cosa...?»

«Ih, ih!» ridacchiò odiosamente il giovane Max. «Questo è vero! Ziamo cozì piccolini! Dio mio come ziamo diventati piccolini!»

«Lei vuol dire, signor Consonni» continuò con straordinaria compassatezza il professore «che cosa ne potrei ricavare, ammesso, intendiamoci bene... ammesso che lo rintracciassi...»

«Già, per l'appunto» il Consonni sorrise «mi chiedevo...»

Ma qui ci fu un improvviso silenzio, grandissimo, che invase tutta la strada. E il Consonni aspettò trepidando, senza capire.

«Hem, hem!» il Petercondi si schiarì infine la vocina. «Lei mi domanda... Mah, prima di tutto potremmo fargli paura. Un uomo come lei, con la coscienza pulita è un'altra cosa. Ma lui! Se lui mi sentisse parlare, non crede, signor Consonni che potrebbe trovarsi male?»

«Mah» e il Consonni non seppe trattenere un leggero riso «certo che si troverebbe un po' imbarazzato, direi...»

«Ecco, vede... E poi...»

«E poi» sibilò petulante e strascicante il nipote Max. «E poi noi pozziamo profetizzare...»

«Profetizzare?» chiese il Consonni, da quell'ignorante che era. «E come sarebbe a dire?»

«Max vuol dire che noi possiamo dirgli il futuro, a quel delinquente. E questo sarebbe un brutto scherzo...»

«E se il futuro fosse bello, putacaso?» obiettò il Consonni accendendo una sigaretta e aggiunse, chinando un poco il capo: «Spero che il fumo non disturbi lor signori...».

«Per nessuno» osservò il Petercondi, senza raccogliere l'accenno al fumo «per nessuno il futuro propriamente è bello. Basta, per esempio, che un uomo sappia quando dovrà morire; basta questa notizia, mi creda signor Consonni, ad avvelenargli la restante vita.»

«Ah, se lo dice lei, professore! Ma non trova che faccia freddo? Se si passeggiasse un poco...» e si mise in cammino dando dei colpetti all'aria con la destra all'altezza dell'orecchia, come per cacciar via l'insopportabile Max.

«Ih, ih!» ridacchiò subito costui. «Zio, ma digli di non farmi il zolletico!»

Fece una ventina di passi. Da lontano, ma molto lontano giunse il vago fragore di un tram.

«E allora?» domandò il Petercondi, proprio nell'orecchia sinistra del Consonni, il quale trasalì.

«Allora, certo... non saprei... Ma forse... qualche utile indicazione... Forse potrei dargliela, caro il mio professore, qualche utile indicazione...»

«Ih, ih!» Max nel suo piccolo si doveva smascellare dalle risa. «Hai zentito zio? qualche utile indicazione, hai zentito? Quezta zì che è proprio ztraordinaria!»

«E la vuol smettere?» sbottò il Consonni, fermandosi, sinceramente irritato.

«Ih, ih!» fece ancora, ma quasi in sordina Max. «Mi zcuzi proprio, zignore. E che coz'ha, mi dica, in quezto pacchetto. Mi dica, che coza c'è?»

Il Consonni taceva.

«Dei dolci?» suggerì, sibilando, Max. «Zembra proprio un pacchetto di dolci. Vero?»

Il Consonni non rispose. Pensò un attimo. Poi, in tono sfottente:

«Ma la mi scusi, professore, ma queste ventiquattr'ore non le potevate impiegare meglio, per esempio? Nelle vostre condizioni, io, per esempio, mi sarei piuttosto divertito a prendermi certe soddisfazioni...»

«Che soddisfazioni?»

«Ci son certe donnette in giro!... Tra le sottane dico, piccoli come siete, ah ah... sarebbe proprio magnifica.»

«Ma, vede?» spiegò, sempre grave il Petercondi «a parte che io certe propensioni... insomma noi a quelle cose non ci pensiamo più, capisce?»

«Ah, ah!» rideva ancora il Consonni «e poi... e poi se la ragazza faceva un peto? Se l'immagina, professore, che volo le toccava fare? se lo immagina?» e si sbellicava senza ritegno...

Soltanto Max, pur con un certo ritardo, si unì alla sua ilarità, ma nel solito odioso tono: «Ih, ih!» faceva «ah, è proprio vero. Noi ziamo cozì piccolini!».

Il Petercondi ricondusse la conversazione sul binario: «Mi diceva, signor Consonni, che lei poteva darmi qualche utile indicazione... Le sarei proprio grato... il tempo purtroppo stringe...».

«Sì, sì» rispose l'uomo «si potrebbe anche vedere... ma così sui due piedi... sa? io sono in ottimi rapporti con la polizia...»

«Ih, ih!» sussurrava insistente Max «ziamo piccolini, piccolini ziamo... e zappiamo profetizzare...»

Il Consonni guardò l'orologio da polso. Le dieci e trentacinque. Per male che la andasse, di quelle piaghe tra un'ora e mezzo se ne sarebbe liberato.

«Di', zio» fece a questo punto Max, sempre con il suo tono ilare e mondano «guarda il zignor Conzonni: che coz'ha vicino al nazo?»

«Già» fece il Petercondi «non l'avevo notato... Lasci vedere... sì, quella macchietta rossa, già già, niente di promettente quella macchietta...»

«Come... come sarebbe a dire?»

«Ecco, signor Consonni» spiegò il professore «non mi piace proprio niente questa macchietta, per essere sincero, non vorrei che... Le duole a toccarla?»

«Questa qui?» disse il Consonni e la toccò con l'indice destro piano piano.

«Le duole, vero?» fece il Petercondi «e da quanto tempo?»

«E che cosa importa?» il Consonni sembrava meno sicuro di prima. «Sarà due mesi che ce l'ho.»

«Bellissima questa» il Petercondi aveva un tono tipicamente professionale «ce l'aveva dunque anche due mesi fa... curioso davvero...»

«E allora? che cosa significa?»

«La cosa cambia allora totalmente aspetto, egregio signor Consonni» (la voce si era fatta così esile che l'uomo doveva piegare la testa da una parte per afferrarla). «Se l'avessi saputo prima mi sarei risparmiato la fatica.»

Il Consonni si era fermato. Toccò ancora la macchia rossa a lato del naso... «E che cosa c'entra?» chiese, titubando.

«Non capisce?» insisté il professore. «Ma non c'è più nessuna differenza!»

«Che differenza?»

«Differenza tra noi due... glielo dice il professor Petercondi, egregio signore...»

Si udì la vocina di Max, compiaciuta: «Mi zembra di capire, zio... Ma è magnifica? Zembra vivo e zano e invece... l'ha avuto anche lui il zervizio!» e una sottilissima risata sibilò sgradevolmente nella strada deserta.

«Cosa c'è insomma? Si può sapere?» il Consonni stava imbestialendosi.

«Sarcoma, egregio signore» rispose Petercondi, freddo. «Si chiama così. Non c'è più niente da fare.»

«Ih, ih, ci creda, ci creda pure» ridacchiò il petulante Max «mio zio ze ne intende, ztia pur zicuro. Ze lo dice lui, può crederci... ih, ih... Noi profetizziamo, zignor Conzonni...»

«All'inferno!» esclamò l'uomo disgustato. «Andrò da un dottore! Fosse anche come dice lei, mi farò curare, non mi mancano i mezzi, stia tranquillo...»

«Un dottore, ih, ih!» ghignò Max. «Ma non l'ha capito che non zervirà un fico... Zei dei noztri, ormai.»

Il Consonni fece per aprir bocca, ma:

«Va, va a portare i dolcetti alla tua bella!» sbeffeggiò Max. «Corri pure, giovanotto! Va a portarle qualche utile indicazione!»

«Singolare caso» commentò grave e quasi placato il Petercondi. «Ti ho riconosciuto subito, Consonni... appena sei comparso in fondo alla strada ti ho riconosciuto... ed ecco, due mesi ancora, tre mesi a farla lunga... Ce ne possiamo andare, mi sembra, nipote mio...»

Il Consonni si portò la mano al colletto. Gli mancava il respiro.

«Arrivederci prezto, giovanotto!» infierì Max. «Mi raccomando le pazte con la crema!»

Anche il Petercondi stavolta rise di gusto; sembrava un calabrone. I due si allontanavano, sghignazzando sconciamente. Si persero dietro il muro della ferrovia, sui tetri terrapieni.

«Maledetti! Maledetti porci!» imprecò il Consonni. «I signori! quei maledetti! Finiscono sempre per spuntarla!»

Con smarrimento si guardava intorno. Ma non c'era nessuno, assoluto silenzio. Un topo sguscò da un tombino. Sfilatosi lo spago dal dito, il pacchetto bianco scivolò a terra con rumore di carta. «Maledetti» mormorò ancora l'uomo. E con precauzione si toccava, sfiorandola, quella cosa, di fianco al naso, che gli doleva.

17
Inviti superflui

Vorrei che tu venissi da me in una sera d'inverno e, stretti insieme dietro i vetri, guardando la solitudine delle strade buie e gelate, ricordassimo gli inverni delle favole, dove si visse insieme senza saperlo. Per gli stessi sentieri fatati passammo infatti tu ed io, con passi timidi, insieme andammo attraverso le foreste piene di lupi, e i medesimi genii ci spiavano dai ciuffi di muschio sospesi alle torri, tra svolazzare di corvi. Insieme, senza saperlo, di là forse guardammo entrambi verso la vita misteriosa, che ci aspettava. Ivi palpitarono in noi per la prima volta pazzi e teneri desideri. "Ti ricordi?" ci diremo l'un l'altro, stringendoci dolcemente, nella calda stanza, e tu mi sorriderai fiduciosa mentre fuori daran tetro suono le lamiere scosse dal vento. Ma tu – ora mi ricordo – non conosci le favole antiche dei re senza nome, degli orchi e dei giardini stregati. Mai passasti, rapita, sotto gli alberi magici che parlano con voce umana, né battesti mai alla porta del castello deserto, né camminasti nella notte verso il lume lontano lontano, né ti addormentasti sotto le stelle d'Oriente, cullata da piroga sacra. Dietro i vetri, nella sera d'inverno, probabilmente noi rimarremo muti, io perdendomi nelle favole morte, tu in altre cure a me ignote. Io chiederei "Ti ricordi?", ma tu non ricorderesti.

Vorrei con te passeggiare, un giorno di primavera, col cielo di color grigio e ancora qualche vecchia foglia dell'anno prima trascinata per le strade dal vento, nei quartieri della periferia; e che fosse domenica. In tali contrade sorgono spesso pensieri malinconici e grandi; e in date ore vaga la poesia, congiungendo i cuori di quelli che si vogliono bene. Nascono inoltre speranze che non si sanno dire, favorite dagli orizzonti sterminati dietro le case, dai treni fuggenti, dalle nuvole del settentrione. Ci terremo semplicemente per mano e andremo con passo leggero, dicendo cose insensate, stupide e care. Fino a che si accenderanno i lampioni e dai casamenti squallidi usciranno le storie sinistre delle città, le avventure, i vagheggiati romanzi. E allora noi taceremo, sempre tenendoci per mano, poiché le anime si parleranno senza parola. Ma tu – adesso mi ricordo – mai mi dicesti cose insensate, stupide e care. Né puoi quindi amare quelle domeniche che dico, né l'anima tua sa parlare alla mia in silenzio, né riconosci all'ora giusta l'incantesimo delle città, né le speranze che scendono dal settentrione. Tu preferisci le luci, la folla, gli uomini che ti guardano, le vie dove dicono si possa incontrar la fortuna. Tu sei diversa da me e se venissi quel giorno a passeggiare, ti lamenteresti di essere stanca; solo questo e nient'altro.

Vorrei anche andare con te d'estate in una valle solitaria, continuamente ridendo per le cose più semplici, ad esplorare i segreti dei boschi, delle strade bianche, di certe case abbandonate. Fermarci sul ponte di legno a guardare l'acqua che passa, ascoltare nei pali del telegrafo quella lunga storia senza fine che viene da un capo del mondo e chissà dove andrà mai. E strappare i fiori dei prati e qui, distesi sull'erba, nel silenzio del sole, contemplare gli abissi del cielo e le bianche nuvolette che passano e le cime delle montagne. Tu diresti "Che bello!". Niente altro diresti perché noi saremmo felici; avendo il nostro corpo perduto il peso degli anni, le anime divenute fresche, come se fossero nate allora.

Ma tu – ora che ci penso – tu ti guarderesti attorno senza capire, ho paura, e ti fermeresti preoccupata a esaminare una calza, mi chiederesti un'altra sigaretta, impaziente di fare ritorno. E non diresti "Che bello!", ma altre povere cose che a me non importano. Perché purtroppo sei fatta così. E non saremmo neppure per un istante felici.

Vorrei pure – lasciami dire – vorrei con te sottobraccio attraversare le grandi vie della città in un tramonto di novembre, quando il cielo è di puro cristallo. Quando i fantasmi della vita corrono sopra le cupole e sfiorano la gente nera, in fondo alla fossa delle strade, già colme di inquietudini. Quando memorie di età beate e nuovi presagi passano sopra la terra, lasciando dietro di sé una specie di musica. Con la candida superbia dei bambini guarderemo le facce degli altri, migliaia e migliaia, che a fiumi ci trascorrono accanto. Noi manderemo senza saperlo luce di gioia e tutti saran costretti a guardarci, non per invidia e malanimo; bensì sorridendo un poco, con sentimento di bontà, per via della sera che guarisce le debolezze dell'uomo. Ma tu – lo capisco bene – invece di guardare il cielo di cristallo e gli aerei colonnati battuti dall'estremo sole, vorrai fermarti a guardare le vetrine, gli ori, le ricchezze, le sete, quelle cose meschine. E non ti accorgerai quindi dei fantasmi, né dei presentimenti che passano, né ti sentirai, come me, chiamata a sorte orgogliosa. Né udresti quella specie di musica, né capiresti perché la gente ci guardi con occhi buoni. Tu penseresti al tuo povero domani e inutilmente sopra di te le statue d'oro sulle guglie alzeranno le spade agli ultimi raggi. Ed io sarei solo.

È inutile. Forse tutte queste sono sciocchezze, e tu migliore di me, non presumendo tanto dalla vita. Forse hai ragione tu e sarebbe stupido tentare. Ma almeno, questo sì almeno, vorrei rivederti. Sia quel che sia, noi staremo insieme in qualche modo, e troveremo la gioia. Non importa se di giorno o di notte, d'estate o d'autunno, in un paese sconosciuto, in una casa disadorna, in una squallida locanda. Mi basterà averti vicina. Io non starò qui ad ascoltare – ti prometto – gli scricchiolii misteriosi del tetto, né guarderò le nubi, né darò retta alle musiche o al vento. Rinuncerò a queste cose inutili, che pure io amo. Avrò pazienza se non capirai ciò che ti dico, se parlerai di fatti a me strani, se ti lamenterai dei vestiti vecchi e dei soldi. Non ci saranno la cosiddetta poesia, le comuni speranze, le mestizie così amiche all'amore. Ma io ti avrò vicina. E riusciremo, vedrai, a essere abbastanza felici, con molta semplicità, uomo con donna solamente, come suole accadere in ogni parte del mondo.

Ma tu – adesso ci penso – sei troppo lontana, centinaia e centinaia di chilometri difficili a valicare. Tu sei dentro a una vita che ignoro, e gli altri uomini ti sono accanto, a cui probabilmente sorridi, come a me nei tempi passati. Ed è bastato poco tempo perché ti dimenticassi di me. Probabilmente non riesci più a ricordare il mio nome. Io sono ormai uscito da te, confuso fra le innumerevoli ombre. Eppure non so pensare che a te, e mi piace dirti queste cose.

18

Racconto di Natale

Tetro e ogivale è l'antico palazzo dei vescovi, stillante salni-
tro dai muri, rimanerci è un supplizio nelle notti d'inverno.
E l'adiacente cattedrale è immensa, a girarla tutta non basta
una vita, e c'è un tale intrico di cappelle e sacrestie che, dopo
secoli di abbandono, ne sono rimaste alcune pressoché inesplorate. Che farà la sera di Natale – ci si domanda – lo scar-
no arcivescovo tutto solo, mentre la città è in festa? Come
potrà vincere la malinconia? Tutti hanno una consolazione:
il bimbo ha il treno e pinocchio, la sorellina ha la bambola,
la mamma ha i figli intorno a sé, il malato una nuova speranza, il vecchio scapolo il compagno di dissipazioni, il carcera-
to la voce di un altro dalla cella vicina. Come farà l'arcivescovo? Sorrideva lo zelante don Valentino, segretario di sua
eccellenza, udendo la gente parlare così. L'arcivescovo ha
Dio, la sera di Natale. Inginocchiato solo soletto nel mezzo
della cattedrale gelida e deserta a prima vista potrebbe quasi
far pena, e invece se si sapesse! Solo soletto non è, e non ha
neanche freddo, né si sente abbandonato. Nella sera di Natale Dio dilaga nel tempio, per l'arcivescovo, le navate ne rigur-
gitano letteralmente, al punto che le porte stentano a chiudersi; e, pur mancando le stufe, fa così caldo che le vecchie
bisce bianche si risvegliano nei sepolcri degli storici abati e
salgono dagli sfiatatoi dei sotterranei sporgendo gentilmente
la testa dalle balaustre dei confessionali.

Così, quella sera il Duomo; traboccante di Dio. E benché sapesse che non gli competeva, don Valentino si tratteneva perfino troppo volentieri a disporre l'inginocchiatoio del presule. Altro che alberi, tacchini e vino spumante. Questa, una serata di Natale. Senonché in mezzo a questi pensieri, udì battere a una porta. "Chi bussa alle porte del Duomo" si chiese don Valentino "la sera di Natale? Non hanno ancora pregato abbastanza? Che smania li ha presi?" Pur dicendosi così andò ad aprire e con una folata di vento entrò un poverello in cenci.

«Che quantità di Dio!» esclamò sorridendo costui guardandosi intorno. «Che bellezza! Lo si sente perfino di fuori. Monsignore, non me ne potrebbe lasciare un pochino? Pensi, è la sera di Natale.»

«È di sua eccellenza l'arcivescovo» rispose il prete. «Serve a lui, fra un paio d'ore. Sua eccellenza fa già la vita di un santo, non pretenderai mica che adesso rinunci anche a Dio! E poi io non sono mai stato monsignore.»

«Neanche un pochino, reverendo? Ce n'è tanto! Sua eccellenza non se ne accorgerebbe nemmeno!»

«Ti ho detto di no... Puoi andare... Il Duomo è chiuso al pubblico» e congedò il poverello con un biglietto da cinque lire.

Ma come il disgraziato uscì dalla chiesa, nello stesso istante Dio disparve. Sgomento, don Valentino si guardava intorno, scrutando le volte tenebrose: Dio non c'era neppure lassù. Lo spettacoloso apparato di colonne, statue, baldacchini, altari, catafalchi, candelabri, panneggi, di solito così misterioso e potente, era diventato all'improvviso inospitale e sinistro. E tra un paio d'ore l'arcivescovo sarebbe disceso.

Con orgasmo don Valentino socchiuse una delle porte esterne, guardò nella piazza. Niente. Anche fuori, benché fosse Natale, non c'era traccia di Dio. Dalle mille finestre accese giungevano echi di risate, bicchieri infranti, musiche e perfino bestemmie. Non campane, non canti.

Don Valentino uscì nella notte, se n'andò per le strade profane, tra fragore di scatenati banchetti. Lui però sapeva l'indirizzo giusto. Quando entrò nella casa, la famiglia amica stava sedendosi a tavola. Tutti si guardavano benevolmente l'un l'altro e intorno ad essi c'era un poco di Dio.

«Buon Natale, reverendo» disse il capofamiglia. «Vuol favorire?»

«Ho fretta, amici» rispose lui. «Per una mia sbadataggine Iddio ha abbandonato il Duomo e sua eccellenza tra poco va a pregare. Non mi potete dare il vostro? Tanto, voi siete in compagnia, non ne avete un assoluto bisogno.»

«Caro il mio don Valentino» fece il capofamiglia. «Lei dimentica, direi, che oggi è Natale. Proprio oggi i miei figli dovrebbero far a meno di Dio? Mi meraviglio, don Valentino.»

E nell'attimo stesso che l'uomo diceva così Iddio sguscio fuori dalla stanza, i sorrisi giocondi si spensero e il cappone arrosto sembrò sabbia tra i denti.

Via di nuovo allora, nella notte, lungo le strade deserte. Cammina cammina, don Valentino infine lo rivide. Era giunto alle porte della città e dinanzi a lui si stendeva nel buio, biancheggiando un poco per la neve, la grande campagna. Sopra i prati e i filari di gelsi, ondeggiava Dio, come aspettando. Don Valentino cadde in ginocchio.

«Ma che cosa fa, reverendo?» gli domandò un contadino. «Vuol prendersi un malanno con questo freddo?»

«Guarda laggiù figliuolo. Non vedi?»

Il contadino guardò senza stupore. «È nostro» disse. «Ogni Natale viene a benedire i nostri campi.»

«Senti» disse il prete. «Non me ne potresti dare un poco? In città siamo rimasti senza, perfino le chiese sono vuote. Lasciamene un pochino che l'arcivescovo possa almeno fare un Natale decente.»

«Ma neanche per idea, caro il mio reverendo! Chi sa che schifosi peccati avete fatto nella vostra città. Colpa vostra. Arrangiatevi.»

«Si è peccato, sicuro. E chi non pecca? Ma puoi salvare molte anime figliolo, solo che tu mi dica di sì.»

«Ne ho abbastanza di salvare la mia!» ridacchiò il contadino, e nell'attimo stesso che lo diceva, Iddio si sollevò dai suoi campi e scomparve nel buio.

Andò ancora più lontano, cercando. Dio pareva farsi sempre più raro e chi ne possedeva un poco non voleva cederlo (ma nell'atto stesso che lui rispondeva di no, Dio scompariva, allontanandosi progressivamente).

Ecco quindi don Valentino ai limiti di una vastissima landa, e in fondo, proprio all'orizzonte, risplendeva dolcemente Dio come una nube oblunga. Il pretino si gettò in ginocchio nella neve. «Aspettami, o Signore» supplicava «per colpa mia l'arcivescovo è rimasto solo, e stasera è Natale!»

Aveva i piedi gelati, si incamminò nella nebbia, affondava fino al ginocchio, ogni tanto stramazzava lungo disteso. Quanto avrebbe resistito?

Finché udì un coro disteso e patetico, voci d'angelo, un raggio di luce filtrava nella nebbia. Aprì una porticina di legno: era una grandissima chiesa e nel mezzo, tra pochi lumini, un prete stava pregando. E la chiesa era piena di paradiso.

«Fratello» gemette don Valentino, al limite delle forze, irto di ghiaccioli «abbi pietà di me. Il mio arcivescovo per colpa mia è rimasto solo e ha bisogno di Dio. Dammene un poco, ti prego.»

Lentamente si voltò colui che stava pregando. E don Valentino, riconoscendolo, si fece, se era possibile, ancora più pallido.

«Buon Natale a te, don Valentino» esclamò l'arcivescovo facendosi incontro, tutto recinto di Dio. «Benedetto ragazzo, ma dove ti eri cacciato? Si può sapere che cosa sei andato a cercar fuori in questa notte da lupi?»

19

Il crollo della Baliverna

Fra una settimana comincia il processo per il crollo della Baliverna. Che sarà di me? Verranno a prendermi?

Ho paura. Inutile ripetermi che nessuno si presenterà a testimoniare in odio a me; che della mia responsabilità il giudice istruttore non ha avuto neanche il minimo sospetto; che, anche se venissi incriminato, sarei assolto certamente; che il mio silenzio non può fare male ad alcuno; che, pur presentandomi io spontaneamente a confessare, l'imputato non ne sarebbe alleggerito. Niente di questo serve a consolarmi. Del resto, morto di malattia tre mesi fa il commissario ragionier Dogliotti, su cui pesava la principale accusa, sul banco degli imputati sarà soltanto l'allora assessore comunale all'Assistenza. Ma si tratta di una incriminazione *pro forma*; infatti come lo si potrebbe condannare se aveva preso possesso della carica da appena cinque giorni? Se mai, responsabile poteva considerarsi l'assessore precedente, ma costui era defunto il mese prima. E la vendetta della legge non entra nel buio delle tombe.

A distanza di due anni dall'avvenimento spaventoso, tutti certo ne hanno un vivo ricordo. La Baliverna era un grandissimo e piuttosto lugubre edificio di mattoni costruito fuori porta nel secolo XVII dai frati di San Celso. Estinto l'ordine, nell'Ottocento il fabbricato era servito da caserma e prima della guerra apparteneva ancora alla amministrazione militare. Lasciato poi in abbandono, vi si era installata, con la tacita acquiescenza delle autorità, una turba di sfollati e senzatetto, povera gente che aveva avuta distrutta la casa dalle bombe, vagabondi, "barboni", disperati, perfino una piccola comunità di zingari. Solo col tempo il Comune, entrato in possesso dello stabile, vi aveva messo una certa disciplina, registrando gli inquilini, sistemando gli indispensabili servizi, allontanando i tipi turbolenti. Ciononostante la Baliverna, anche a motivo di varie rapine avvenute nella zona, aveva brutta fama. Dire che fosse un covo della malavita sarebbe esagerato. Però nessuno passava volentieri di notte nei dintorni.

Benché in origine la Baliverna sorgesse in piena campagna, coi secoli i sobborghi della città l'avevano quasi raggiunta. Ma nelle immediate vicinanze non c'erano altre case. Squallido e torvo, il casermone torreggiava sul terrapieno della ferrovia, sui prati incolti, sulle miserabili baracche di lamiera, dimore di pezzenti, sparse in mezzo ai cumuli di macerie e di detriti. Esso ricordava insieme la prigionia, l'ospedale e la fortezza. Di pianta rettangolare, era lungo circa ottanta metri, e largo la metà. Nell'interno, un vasto cortile senza portici.

Laggiù accompagnavo spesso, nei pomeriggi di sabato o domenica, mio cognato Giuseppe, entomologo, che in quei prati trovava molti insetti. Era un pretesto per prendere un po' d'aria e stare in compagnia.

Devo dire che lo stato del tetro edificio mi aveva fatto senso fin dalla prima volta. La tinta stessa dei mattoni, le numerose spie infisse nei muri, le rappezzature, certi travi messi da puntello, denotavano la decrepitezza. E specialmente impressionante era la parete posteriore, uniforme e nuda, che aveva poche, irregolari e piccole aperture simili più a feritoie che a finestre; e perciò sembrava molto più alta della facciata, ariosa di loggiati e finestroni. «Non ti sembra che il muro pencoli un po' in fuori?» mi ricordo che domandai un giorno a mio cognato. Lui rise: «Speriamo bene. Ma è una tua impressione. Sempre i muri alti fanno questo effetto».

Un sabato di luglio si era laggiù per una di queste passeggiate. Mio cognato aveva portato le due figlie, ancora ragazzette, e un suo collega di università, il professor Scavezzi, zoologo anche lui, un tipo sui quarant'anni, pallido e molliccio, che non mi era mai stato simpatico per il fare gesuitico e le arie che si dava. Mio cognato diceva che era un pozzo di scienza, oltre che una bravissima persona. Io però lo stimo un imbecille: altrimenti non avrebbe con me tanto sussiego, tutto perché io sono sarto e lui scienziato.

Giunti alla Baliverna, si prese a costeggiare la parete posteriore che ho descritta. Ivi si stende un largo lembo di terreno polveroso dove i ragazzi giocavano al calcio. Da una parte e dall'altra infatti erano stati infissi dei pali a segnare le due porte. Quel giorno però di ragazzi non ce n'era. Invece varie donne coi bambini sedevano, a prendere il sole, sul bordo del campo, lungo il gradino erboso che segue la massicciata della strada.

Era l'ora della siesta e dall'interno del falansterio non giungevano che sperdute voci. Senza splendore, il sole torpido batteva sul fosco muraglione; e dalle finestre sporgevano pali carichi di panni stesi ad asciugare; i quali pendevano a guisa di morte bandiere assolutamente immobili; non c'era infatti un fiato di vento.

Già appassionato di alpinismo, mentre gli altri erano intenti alla ricerca degli insetti, mi venne voglia di provare a arrampicarmi su per lo sconnesso muro: i buchi, i bordi sporgenti di certi mattoni, vecchi ferri incastrati qua e là nelle fessure offrivano appigli convenienti. Non pensavo certo di salire fino in cima. Era soltanto il gusto di sgranchirmi, di saggiare i muscoli. Un desiderio, se si vuole, un po' puerile.

Senza difficoltà mi innalzai un paio di metri lungo il pilastro di un portone ora murato. Giunto all'altezza dell'architrave, tesi la destra verso una raggera di arrugginite aste di ferro, foggiate a lancia, che chiudeva la lunetta (forse in questa cavità c'era stata anticamente qualche immagine di santo).

Afferrata la punta della lancia, mi tirai su di peso. Ma quella cedette, spezzandosi. Per fortuna non ero che a un paio di metri dal terreno. Tentai, ma inutilmente, di tenermi con l'altra mano. Perso l'equilibrio, saltai indietro e caddi in piedi, senza alcuna conseguenza benché prendessi un duro colpo. L'asta di ferro, spezzata, mi seguì.

Quasi contemporaneamente, dietro all'asta di ferro se ne staccò un'altra, più lunga, che dal centro della raggera saliva verticalmente a una specie di sovrastante mensola. Doveva essere una specie di puntello messo a scopo di rabberciatura. Venuto così a mancare il suo sostegno, anche la mensola – immaginate una lastra di pietra larga come tre mattoni – cedette, senza però precipitare; restò là sbilenca, mezza dentro e mezza fuori.

Né qui ebbe fine il guasto da me involontariamente provocato. La mensola sorreggeva un vecchio palo, alto circa un metro e mezzo, che a sua volta aiutava a sostenere una specie di balcone (solo adesso mi si rivelavano tutte queste magagne, che a prima vista si confondevano nella vastità della parete). Il palo era stato semplicemente incastrato tra le due sporgenze; non fissato al muro. Spostatasi la mensola, due tre secondi dopo il palo si piegò in fuori e io feci appena in tempo a saltare indietro per non prendermelo in testa. Toccò terra con un tonfo.

Era finita? A ogni buon conto mi allontanai dal muro verso il gruppo dei compagni distante circa trenta metri. Costoro erano in piedi, rivolti tutti e quattro verso me; non me però guardavano. Con un'espressione che non dimenticherò, fissavano il muro, molto sopra la mia testa. E mio cognato a un tratto urlò: «Mio Dio, guarda! guarda!».

Mi volsi. Al di sopra del balconcino, ma più a destra, il muraglione, in quel punto compatto e regolare, si gonfiava. Immaginate una stoffa tesa dietro la quale prema uno spigolo diritto. Fu dapprima un lieve fremito serpeggiante su per la parete; poi apparve una gibbosità lunga e sottile; poi i mattoni si scardinarono, aprendo le loro marce dentature; e, tra scoli di pulverulente frane, si spalancò una crepa tenebrosa.

Durò pochi minuti o pochi istanti? Non saprei dire. In

quel mentre – dite pure che io sono matto – dalle profonde cavità dell'edificio venne un boato triste che assomigliava a una tromba militare. E tutto intorno, per vasta zona, si udì un lungo ululare di cani.

A questo punto i ricordi si accavallano: io che correvo a perdifiato cercando di raggiungere i compagni già lontani, le donne sul bordo del campo che, balzate in piedi, urlavano, una che si rotolava nella terra, una figura di ragazza seminuda che si sporgeva incuriosita da una delle più alte finestrelle mentre sotto di lei già si spalancava la voragine: e, per un baleno di secondo, la visione allucinante della muraglia rovesciantesi nel vuoto. Allora, dietro gli squarci sommitali, pure la intera retrostante massa, di là del cortile, si mosse lentamente, tratta da irresistibile forza di rovina.

Seguì un terrificante tuono come quando le centinaia di Liberator si scaricavano insieme delle bombe. E la terra tremò, mentre si espandeva velocissima una nuvola di polvere giallastra che nascose quella immensa tomba.

Poi mi rivedo in cammino verso casa, con l'ansia di allontanarmi dal luogo funesto e la gente, a cui la notizia era giunta con celerità prodigiosa, mi guardava spaventata, forse per i vestiti carichi di polvere. Ma soprattutto non dimentico le occhiate, cariche di orrore e di pietà, di mio cognato e delle sue due figlie. Muti, mi fissavano come si fissa un condannato a morte (o questa era una mia pura suggestione?).

A casa, quando seppero ciò che avevo visto, non si stupirono che io fossi sconvolto; né che per qualche giorno me ne stessi chiuso in camera senza parlare con nessuno e rifiutandomi anche di leggere i giornali (ne intravidi solo uno, nelle mani di mio fratello entrato a sentire come stavo; in prima pagina c'era una fotografia grandissima con una fila di furgoni neri, interminabile).

Ero stato io a provocare l'ecatombe? La rottura dell'asta di ferro aveva, per una mostruosa progressione di cause ed effetti, propagato lo sfacelo all'intero mastodontico castello? O forse gli stessi primi costruttori con diabolica malizia avevano disposto un segreto gioco di masse in equilibrio per cui bastava togliere quella minuscola asticciola per scardinare tutto quanto? Ma mio cognato, o le sue figlie, o lo Scavezzi, si accorsero di ciò che avevo fatto? E se non si accorsero di nulla, perché da allora Giuseppe sembra evitare di incontrarmi? O invece sono io stesso che, per timore di tradirmi, ho inconsciamente manovrato per vederlo il meno possibile?

In senso opposto non è inquietante l'insistenza del professor Scavezzi nel volermi frequentare? Benché di modeste condizioni finanziarie, da allora egli si è ordinata nella mia sartoria una decina di vestiti. Alle prove ha sempre quel suo sorrisetto ipocrita e non si stanca di osservarmi. Inoltre è di una pedanteria esasperante, qui una pieghetta che non ci vorrebbe, là una spalla che non casca bene: o sono i bottoni delle maniche, o la larghezza dei *revers*, c'è sempre qualche cosa da aggiustare. Per ogni abito sei sette prove. E ogni tanto mi domanda: «Si ricorda di quel giorno?». «Che giorno?» faccio io. «Eh, quel giorno alla Balìverna!» Sembra che ammicchi con furbeschi sottintesi. Io dico: «Come potrei dimenticarmi?». Lui scuote il capo: «Già... come potrebbe?».

Naturalmente io gli faccio degli sconti eccezionali, finisco anzi per rimetterci. Ma lui fa finta di niente. «Sì sì» dice «da lei si spende, però vale la pena, lo confesso.» E allora io mi chiedo: è un idiota o si diverte con questi piccoli ignobili ricatti?

Sì. Potrebbe darsi che egli solo mi abbia visto nell'atto di rompere la fatale asta di ferro. Forse ha capito tutto, potrebbe denunciarmi, scatenare su di me l'odio della popolazione. Ma è perfido e non parla. Viene a ordinarsi un vestito nuovo, mi tiene d'occhio, pregusta la soddisfazione di inchiodarmi quando meno me lo aspetto. Io sono il topo e lui il gatto. Giocherella, finché di colpo mi darà l'unghiata. Ed aspetta il processo, preparandosi al colpo di scena. Sul più bello si alzerà in piedi. «Io soltanto so chi ha provocato il crollo» griderà «l'ho visto coi miei occhi.»

Anche oggi è venuto per provarsi un completo di flanella. Più melliflúo del solito. «Eh, siamo agli sgoccioli!» «Che sgoccioli?» «Come che sgoccioli? Il processo! Ne parla tutta la città! Si direbbe che lei viva tra le nuvole, eh, eh.» «Vuol dire il crollo della Baliverna?» «Proprio, la Baliverna... Eh, eh, chissà se salterà fuori il vero colpevole!»

Poi se ne va salutandomi con esagerate cerimonie. Lo accompagno alla porta. Aspetto a chiudere che abbia disceso una rampa di scale. Se ne è andato. Silenzio. Io ho paura.

20
Il cane che ha visto Dio

Per pura malignità, il vecchio Spirito, ricco fornaio del paese di Tis, lasciò in eredità il suo patrimonio al nipote Defendente Sapori con una condizione: per cinque anni, ogni mattina, egli doveva distribuire ai poveri, in località pubblica, cinquanta chilogrammi di pane fresco. All'idea che il massiccio nipote, miscredente e bestemmiatore tra i primi in un paese di scomunicati, si dedicasse sotto gli sguardi della gente a un'opera cosidetta di bene, a questa idea lo zio doveva essersi fatto, anche prima di morire, molte risate clandestine.

Defendente, unico erede, aveva lavorato nel forno fin da ragazzo e non aveva mai dubitato che la sostanza di Spirito toccasse a lui quasi di diritto. Quella condizione lo esasperava. Ma che fare? Buttar via tutta quella grazia di Dio, forno compreso? Si adattò, maledicendo. Per località pubblica scelse la meno esposta: l'atrio del cortiletto che si apriva dietro il forno. E qui lo si vide ogni mattina di buon'ora pesare il pane stabilito (come prescriveva il testamento), ammucchiarlo in una grande cesta e quindi distribuirlo a una turba vorace di poveri, accompagnando l'offerta con parolacce e scherzi irriverenti all'indirizzo dello zio defunto. Cinquanta chili al giorno! Gli pareva stolto e immorale.

L'esecutore testamentario, ch'era il notaio Stiffolo, veniva ben di rado, in un'ora così mattutina, a godersi lo spettacolo. La sua presenza del resto era superflua. Nessuno avrebbe potuto controllare la fedeltà ai patti meglio degli stessi accattoni. Tuttavia Defendente finì per escogitare un parziale rimedio. La grande cesta in cui il mezzo quintale di pagnotte si ammucchiava veniva messa a ridosso di un muro. Il Sapori di nascosto vi tagliò una specie di sportellino che, rinchiuso, non si poteva distinguere. Iniziata personalmente la distribuzione, prese l'abitudine di andarsene, lasciando la moglie e un garzoncello a esaurire il lavoro: il forno e il negozio, diceva, avevano bisogno di lui. In realtà si affrettava in cantina, saliva su una sedia, apriva in silenzio la grata di una finestrella al filo del pavimento del cortile contro la quale era collocata la cesta; aperto poi lo sportellino di paglia, sottraeva dal fondo quanti più pani era possibile. Il livello così calava rapidamente. Ma i poveri come potevano capire? Con la velocità con cui venivano consegnate le pagnotte, logico che la cesta si vuotasse in fretta.

Nei primi giorni gli amici di Defendente anticiparono apposta la sveglia per andarlo ad ammirare nelle sue nuove funzioni. Fermi in gruppetto sulla porta del cortile lo osservavano beffardi. «Che Dio te ne rimeriti!» erano i loro commenti. «Te lo prepari, eh, un posto in Paradiso? E bravo il nostro filantropo!»

«All'anima di quella carogna!» rispondeva lui lanciando le pagnotte in mezzo alla calca dei pezzenti che le afferravano a volo. E sogghignava al pensiero del bellissimo trucco per frodare quei disgraziati e insieme l'anima dello zio defunto.

II

Nella stessa estate il vecchio eremita Silvestro, saputo che di Dio in quel paese ce n'era poco, venne a stabilirsi nelle vicinanze. A una decina di chilometri da Tis c'era, su una collinetta solitaria, il rudere di una cappella antica: pietre, più che altro. Qui si pose Silvestro, trovando acqua in una fonte vicina, dormendo in un angolo riparato da un resto di volta, mangiando erbe e carrube; e di giorno spesso saliva ad inginocchiarsi in cima a un grosso macigno per la contemplazione di Dio.

Di quassù egli scorgeva le case di Tis e i tetti di alcuni casolari più vicini: tra cui le frazioni della Fossa, di Andron e di Limena. Ma invano aspettò che qualcuno comparisse. Le sue calde preghiere per le anime di quei peccatori salivano al cielo senza frutto. Silvestro continuava però ad adorare il Creatore, praticando digiuni e chiacchierando, quando era triste, con gli uccelli. Nessun uomo veniva. Una sera scorse, è vero, due ragazzetti che di lontano lo spiavano. Li chiamò amabilmente. Quelli scapparono.

III

Ma nottetempo, in direzione della cappella abbandonata, i contadini della zona cominciarono a scorgere strane luci. Pareva l'incendio di un bosco ma il bagliore era bianco e palpitava dolcemente. Il Frigimelica, quello della fornace, andò una sera, per curiosità, a vedere. A metà strada però la sua motocicletta ebbe una panne. Chissà perché, egli non si arrischiò di continuare a piedi. Ritornato, disse che un alone di luce si diffondeva dalla collinetta dell'eremita; e non era luce di fuoco o di lampada. Senza difficoltà i contadini dedussero che quella era la luce di Dio.

Anche da Tis alcune notti si scorgeva il riverbero. Ma la venuta dell'eremita, le sue stravaganze e poi le sue luci notturne affondarono nella solita indifferenza dei paesani per tutto ciò che riguardasse anche da lontano la religione. Se veniva il discorso, ne parlavano come di fatti già da lungo tempo noti, non si insisteva per trovare spiegazioni e la frase: "L'eremita fa i fuochi" divenne di uso corrente come dire: "stanotte piove o tira vento".

Che tanta indifferenza fosse del tutto sincera lo confermò la solitudine in cui venne lasciato Silvestro. L'idea di andare da lui in pellegrinaggio sarebbe parsa il colmo del ridicolo.

IV

Un mattino Defendente Sapori stava distribuendo le pagnotte ai poveri quando un cane entra nel cortiletto. Era una bestia apparentemente randagia, abbastanza grossa, pelo ispido e volto mansueto. Sguscia fra gli accattoni in attesa, raggiunge la cesta, afferra un pane e se ne va lemme lemme. Non come un ladro, piuttosto come uno che sia venuto a prendersi del suo.

«Ehi, Fido, qua, brutta bestiaccia!» urla Defendente, tentando un nome; e balza alla rincorsa. «Son già troppi questi lazzaroni. Non mancano che i cani, adesso!» Ma l'animale è già fuori tiro.

La stessa scena il giorno dopo: il medesimo cane, la medesima manovra. Questa volta il fornaio insegue la bestia fin sulla strada, gli lancia pietre senza prenderlo.

Il bello è che il furto va ripetendosi puntualmente ogni mattina. Meravigliosa la furberia del cane nello scegliere il momento giusto; così giusto che per lui non c'è neppure bisogno di affrettarsi. Né i proiettili lanciatigli dietro arrivano mai al segno. Uno sguaiato coro di risa si leva ogni volta dalla turba dei pezzenti, e il fornaio va in furore.

Imbestialito, il giorno successivo Defendente si apposta sulla soglia del cortile, nascosto dietro lo stipite, in mano un randello. Inutile. Mescolandosi forse alla calca dei poveretti, che godono della beffa e non hanno perciò motivo di tradirlo, il cane entra ed esce impunemente.

«Eh, anche oggi ce l'ha fatta!» avverte qualche accattone stazionante sulla strada. «Dove? dove?» chiede Defendente balzando fuori dal nascondiglio. «Guardi, guardi come se la batte!» indica ridendo il miserabile, deliziato dall'ira del fornaio.

In verità il cane non se la batte in alcun modo: tenendo fra i denti la pagnotta si allontana col passo dinoccolato e tranquillo di chi ha a posto la coscienza.

Chiudere un occhio? No, Defendente non sopporta questi scherzi. Poiché nel cortile non riesce a imbottigliarlo, alla prossima occasione favorevole darà la caccia al cane per la via. Può anche darsi che il cane non sia del tutto randagio, forse ha un rifugio a carattere stabile, forse ha un padrone a cui si può chiedere un compenso. Così non si può certo andare avanti. Per badare a quella bestiaccia, negli ultimi giorni il Sapori ha tardato a scendere in cantina e ha recuperato molto meno pane del solito: soldi che se ne vanno.

Anche il tentativo di sistemare la bestia con una pagnotta avvelenata, messa per terra all'ingresso del cortile, non ha avuto fortuna. Il cane l'ha annusata un istante, è subito proseguito verso la cesta: così almeno hanno poi riferito testimoni.

V

Per far le cose bene Defendente Sapori si mise alla posta dall'altra parte della strada, sotto un portone, con la bicicletta e il fucile da caccia: la bicicletta per inseguire la bestia, la doppietta per ammazzarla se avesse constatato che non esisteva un padrone a cui poter chiedere indennizzo. Gli doleva solo il pensiero che quel mattino la cesta sarebbe stata vuotata a esclusivo beneficio dei poveri.

Da che parte e in che modo venne il cane? Proprio un mistero. Il fornaio, che pur stava con gli occhi spalancati, non riuscì ad avvistarlo. Lo scorse più tardi che usciva, placido, la pagnotta tra i denti. Dal cortile giungevano echi di alte risate. Defendente aspettò che l'animale si allontanasse un poco, per non metterlo in allarme. Poi balzò sul sellino e dietro.

Il fornaio si aspettava, come prima ipotesi, che il cane si fermasse poco dopo a divorare la pagnotta. Il cane non si fermò. Aveva anche immaginato che, dopo breve cammino, si infilasse nella porta di una casa. E invece niente. Il suo pane tra i denti, la bestia trotterellava lungo i muri con passo regolare né mai sostava per annusare, o fare la piscia, o curiosare come è abitudine dei cani. Dove dunque si sarebbe fermato? Il Sapori guardava il cielo grigio. Niente da meravigliarsi se si fosse messo a piovere.

Passarono la piazzetta di Sant'Agnese, passarono le scuole

elementari, la stazione, il lavatoio pubblico. Ormai erano ai margini del paese. Si lasciarono finalmente alle spalle anche il campo sportivo e si inoltrarono nella campagna. Da quando era uscito dal cortile, il cane non si era mai voltato indietro. Forse ignorava di essere inseguito.

Ormai c'era da abbandonare la speranza che l'animale avesse un padrone che potesse rispondere per lui. Era proprio un cane randagio, una di quelle bestiacce che infestano le aie dei contadini, rubano i polli, addentano i vitelli, spaventano le vecchie e poi finiscono in città a diffondere sporche malattie.

Forse l'unica era di sparargli. Ma per sparargli occorreva fermarsi, scendere di bicicletta, togliersi la doppietta di spalla. Tanto bastava perché la bestia, pur senza accelerare il passo, si mettesse fuori tiro. Il Sapori continuò l'inseguimento.

VI

Cammina cammina, ecco che cominciano i boschi. Il cane zampetta via per una strada laterale e poi in un'altra ancora più stretta ma liscia ed agevole.

Quanta strada hanno già percorsa? Forse otto, nove chilometri. E perché il cane non si ferma a mangiare? Che cosa aspetta? Oppure porta il pane a qualcuno? Quand'ecco, il terreno facendosi sempre più ripido, il cane svolta in un sentierino e la bicicletta non può più proseguire. Per fortuna anche la bestia, per la forte pendenza, rallenta un poco il passo. Defendente balza dal velocipede e continua l'inseguimento a piedi. Ma il cane a mano a mano lo distanzia.

Già esasperato, sta per tentare una schioppettata quando, in cima a un arido declivo, vede un grande macigno: sopra il macigno è inginocchiato un uomo. E allora gli torna alla mente l'eremita, le luci notturne, tutte quelle ridicole fandonie. Il cane trotterella placido su per il magro prato.

Defendente, il fucile già in mano, si ferma a una cinquantina di metri. Vede l'eremita interrompere la preghiera e calarsi giù dal macigno con singolare agilità verso il cane che scodinzola e gli depone il pane ai piedi. Raccolta da terra la pagnotta, l'eremita ne spicca un pezzettino e lo ripone in una bisaccia che porta a tracolla. Il resto lo restituisce al cane con un sorriso.

L'anacoreta è piccolo e segaligno, vestito con una specie di saio; la faccia si mostra simpatica, non priva di una astuzia fanciullesca. Allora il fornaio si fa avanti, deciso a far valere le sue ragioni.

«Benvenuto, fratello» lo previene Silvestro, vedendolo avvicinare. «Come mai da queste parti? Sei forse in giro per caccia?»

«A dir la verità» risponde duro il Sapori «andavo a caccia di... di una certa bestiaccia che ogni giorno...»

«Ah, sei tu?» lo interrompe il vecchio. «Sei tu che mi procuri ogni giorno questo buon pane?... un pane da signori questo... un lusso che non sapevo di meritare!...»

«Buono? Sfido che è buono! Fresco tolto dal forno... il mio mestiere lo conosco, caro il mio signore... ma non è fatto per rubare il mio pane!»

Silvestro abbassa il capo fissando l'erba: «Capisco» dice con una certa tristezza. «Tu hai ragione di lamentarti, ma io non sapevo... Vuol dire che Galeone non andrà più in paese... lo terrò sempre qui con me... anche un cane non deve avere rimorsi... Non verrà più, te lo prometto.»

«Oh be'» dice il fornaio un poco calmato «quand'è così può anche venire il cane. C'è una maledetta faccenda di testamento, e io sono obbligato a buttar via ogni giorno cinquanta chili di pane... ai poveri devo darli, a quei bastardi senza arte né parte... Anche se una pagnotta verrà a finire quassù... povero più povero meno...»

«Dio te ne renderà merito, fratello... Testamento o no, tu fai opera di misericordia.»

«Ma ne farei molto volentieri a meno.»

«Lo so perché parli così... C'è in voi uomini, una specie di vergogna... Ci tenete a mostrarvi cattivi, peggio di quello che siete, così va il mondo!»

Ma le parolacce che Defendente si è preparato in corpo non vengono fuori. Sia imbarazzo, sia delusione, non gli riesce di arrabbiarsi. L'idea di essere il primo e il solo in tutta la contrada ad aver avvicinato l'eremita lo lusinga. Sì, egli pensa, un eremita è quello che è: non c'è da cavarci niente di buono. Chi può tuttavia prevedere il futuro? Se lui facesse una segreta amicizia con Silvestro, chissà che un giorno non gliene verrà vantaggio. Per esempio immagina che il vecchio compia un miracolo, allora il popolino si infatua di lui, dalla grande città arrivano monsignori e prelati, si organizzano cerimonie, processioni e sagre. E lui, Defendente Sapori, prediletto dal nuovo santo, invidiato da tutto il paese, fatto per esempio sindaco. Perché no, in fin dei conti?

Silvestro allora: «Che bel fucile che hai!» dice e non senza garbo glielo toglie di mano. In quest'attimo, e Defendente non capisce perché, parte un colpo che fa rintronare la valle. Lo schioppo però non sfugge di mano all'eremita.

«Non hai paura» dice questi «a girare col fucile carico?»

Il fornaio lo guarda insospettito: «Non sono mica più un ragazzetto!».

«Ed è vero» prosegue subito Silvestro, restituendogli il fucile «è vero che non è impossibile trovar posto, la domenica, nella parrocchiale di Tis? Ho sentito dire che non è proprio stipata.»

«Ma se è vuota come il palmo della mano» fa con aperta soddisfazione il fornaio. Poi si corregge: «Eh, siamo in pochi a tener duro!».

«E a messa, quanti sarete di solito a messa? Tu e quanti altri?»

«Una trentina direi, nelle domeniche buone, si arriverà a cinquanta per Natale.»

«E dimmi, a Tis si bestemmia volentieri?»

«Per Cristo se si bestemmia. Non si fanno pregar davvero a tirar moccoli.»

L'eremita lo guarda e scuote il capo:

«Ci credono pochetto dunque a Dio, si direbbe.»

«Pochetto?» insiste Defendente sogghignando dentro di sé. «Una manica di eretici sono...»

«E i tuoi figli? Li manderai bene in chiesa i tuoi figli...»

«Cristo se ce li mando! Battesimo, cresima, prima e seconda comunione!»

«Davvero? Anche la seconda?»

«Anche la seconda, si capisce. Il mio più piccolo l'ha...» ma qui si interrompe al vago dubbio di averla detta grossa.

«Sei dunque un ottimo padre» commenta grave l'eremita (ma perché sorride così?). «Torna a trovarmi, fratello. Ed ora va con Dio» e fa un piccolo gesto come per benedire.

Defendente è colto alla sprovvista, non sa cosa rispondere. Prima che se ne sia reso conto, ha abbassato lievemente il capo facendosi il segno della Croce. Per fortuna non c'è nessun testimone, eccezion fatta del cane.

VII

L'alleanza segreta con l'eremita era una bella cosa, ma solo fin tanto che il fornaio si perdeva nei sogni che lo portavano alla carica di sindaco. In realtà c'era da tenere gli occhi bene aperti. Già la distribuzione del pane ai poveri lo aveva screditato, sia pure senza sua colpa, agli occhi dei compaesani. Se ora fossero venuti a sapere che si era fatto il segno della Croce! Nessuno, grazie al cielo, pareva si fosse accorto della sua passeggiata, neppure i garzoni del forno. Ma ne era poi sicuro? E la faccenda del cane come sistemarla? La pagnotta quotidiana non si poteva più decentemente rifiutargliela. Non però sotto gli sguardi dei mendicanti che ne avrebbero fatto una favola.

Proprio per questo il giorno dopo, prima che spuntasse il sole, Defendente si appostò vicino a casa sulla strada che menava alle colline. E come Galeone comparve, lo richiamò con un fischio. Il cane, riconosciutolo, si avvicinò. Allora il fornaio, tenendo in mano la pagnotta, lo trasse a una baracchetta di legno, adiacente al forno, che serviva di deposito per la legna. Qui, sotto una panca, egli depose il pane, ad indicare che in avvenire la bestia doveva ritirare qui il suo cibo.

Venne infatti il cane Galeone, il giorno dopo, a prendere il pane sotto la panca convenuta. E Defendente neppure lo vide, né lo videro i pezzenti.

Il fornaio andava ogni giorno a deporre la pagnotta nella baracchetta di legno che il sole non si era ancora levato. Ugualmente il cane dell'eremita, ora che avanzava l'autunno e le giornate si accorciavano, si confondeva facilmente con le ombre del crepuscolo mattutino. Defendente Sapori viveva così abbastanza tranquillo e poteva dedicarsi al recupero del pane destinato ai poveri, attraverso lo sportellino segreto della cesta.

VIII

Passarono le settimane e i mesi finché arrivò l'inverno coi fiori di gelo alle finestre, i camini che fumavano tutto il giorno, la gente imbacuccata, qualche passeretto stecchito in sul far del mattino ai piedi della siepe e una cappa leggera di neve sulle colline.

Una notte di ghiaccio e di stelle, là verso nord, in direzione della antica cappella abbandonata, furono scorte grandi luci bianche come non erano state viste mai. Ci fu a Tis un certo allarme, gente che balzava dal letto, imposte che si aprivano, richiami da una casa all'altra e brusio nelle strade. Poi, quando si capì ch'era una delle solite luminarie di Silvestro, nient'altro che il lume di Dio venuto a salutare l'eremita, uomini e donne sprangarono le finestre e si rificcarono sotto le calde coperte, un po' delusi, imprecando al falso allarme.

Il giorno dopo, portata non si seppe da chi, si sparse pigramente la voce che durante la notte il vecchio Silvestro era morto assiderato.

IX

Siccome il seppellimento era obbligatorio per legge, il becchino, un muratore e due manovali andarono a sotterrare l'eremita, accompagnati da don Tabià, il prevosto, che aveva sempre preferito ignorare la presenza dell'anacoreta entro i confini della sua parrocchia. Su una carretta tirata da un asinello fu caricata la cassa da morto.

I cinque trovarono Silvestro disteso sulla neve, con le braccia in croce, le palpebre chiuse, proprio in atteggiamento da santo; e accanto a lui, seduto, il cane Galeone che piangeva.

Il corpo fu messo nella cassa, quindi, recitate le preghiere, lo seppellirono sul posto, sotto alla superstite volta della cappella. Sopra il tumulo, una croce di legno. Poi don Tabià e gli altri tornarono, lasciando il cane raggomitolato sopra la tomba. Al paese nessuno chiese loro spiegazioni.

Il cane non ricomparve. Al mattino dopo, quando andò a mettere la solita pagnotta sotto la panca, Defendente trovò ancora quella del giorno prima. Il dì successivo il pane era ancora là, un poco più secco, e le formiche avevano già cominciato a scavarvi cunicoli e gallerie. Passando invano i giorni, anche il Sapori finì per non pensarci più.

X

Ma due settimane più tardi, mentre al caffè del Cigno il Sapori gioca a terziglio col capomastro Lucioni e col cavalier Bernardis, un giovanotto, intento a guardare nella via, esclama: «To', quel cane!».

Defendente trasale e volge subito gli sguardi. Un cane, brutto e sparuto, avanza per la via, oscillando da una parte e dall'altra quasi avesse il capo storno. Sta morendo di fame. Il cane dell'eremita – quale il Sapori ricorda – è certo più grosso e vigoroso. Ma chissà come si può ridurre una bestia dopo due settimane di digiuno. Il fornaio ha l'impressione di riconoscerlo. Dopo essere rimasto lungamente a piangere sopra la tomba, la bestia forse ha ceduto alla fame e ha abbandonato il padrone per scendere a cercar cibo in paese.

«Tra poco quello tira le cuoia» fa Defendente, ridacchiando, per mostrare la sua indifferenza.

«Non vorrei fosse proprio lui» dice allora il Lucioni, con un sorriso ambiguo, chiudendo il ventaglio delle carte.

«Lui chi?»

«Non vorrei» dice il Lucioni «che fosse il cane dell'eremita.»

Il cavalier Bernardis, tardo di comprendonio, si anima stranamente:

«Ma io l'ho già vista questa bestia» dice. «L'ho proprio vista da queste parti. Mica sarà tua alle volte, Defendente?»

«Mia? E come potrebbe essere mia?»

«Non vorrei sbagliarmi» conferma il Bernardis «ma mi pare di averla vista dalle parti del tuo forno.»

Il Sapori si sente a disagio. «Mah» dice «ne girano tanti di cani, potrebbe anche darsi, io certo non ricordo.»

Il Lucioni assente col capo, gravemente, come parlando con se stesso. Poi:

«Sì, sì, deve essere il cane dell'eremita.»

«E perché poi» chiede il fornaio cercando di ridere «perché poi dovrebbe proprio essere quello dell'eremita?»

«Corrisponde, capisci? Corrisponde la magrezza. Fa un po' il conto. È stato diversi giorni sopra la tomba, i cani fanno sempre così... Poi gli è venuto appetito... ed eccolo qui in paese...»

Il fornaio tace. Intanto la bestia si guarda intorno e per un istante fissa, attraverso la vetrata del caffè, i tre uomini seduti. Il fornaio si soffia il naso.

«Sì» dice il cavalier Bernardis «giurerei che l'ho già visto. Più di una volta l'ho visto, proprio dalle tue parti» e guarda il Sapori.

«Sarà, sarà» fa il fornaio «io proprio non ricordo...»

Il Lucioni ha un sorrisetto astuto: «Io già un cane simile non me lo terrei per tutto l'oro del mondo».

«Rabbioso?» chiede il Bernardis allarmato. «Tu pensi che sia rabbioso?»

«Macché rabbioso! Ma a me non darebbe nessun affidamento un cane simile... un cane che ha visto Dio!»

«Come che ha visto Dio?»

«Non era il cane dell'eremita? Non era con lui quando venivano quelle luci? Lo sanno tutti, direi, che cos'erano quelle luci! E il cane non era con lui? Vuoi che non abbia visto? Vuoi che dormisse con uno spettacolo simile?» e ride di gusto.

«Balle!» replica il cavaliere. «Chissà che cos'erano quelle luci. Altro che Dio! Anche stanotte c'erano...»

«Stanotte dici?» fa Defendente con una vaga speranza.

«Coi miei occhi le ho viste. Mica forti come una volta, però un bel chiaro lo facevano.»

«Ma sei sicuro? Stanotte?»

«Stanotte, perdio. Le stesse identiche di prima... Che dio vuoi che ci fosse questa notte?»

Il Lucioni però ha una faccia oltremodo furba: «E chi ti dice, chi ti dice che i lumi di questa notte non fossero per lui?».

«Per lui chi?»

«Per il cane, sicuro. Magari stavolta invece di Dio in persona era l'eremita, venuto giù dal Paradiso. Lo vedeva là fermo sulla sua tomba, si sarà detto: ma guarda un po' il mio povero cane... E allora è sceso a dirgli di non pensarci più, che ormai aveva pianto abbastanza e che andasse a cercarsi una bistecca!»

«Ma se è un cane di qui» insiste il cavalier Bernardis. «Parola che l'ho visto gironzare intorno al forno.»

XI

Defendente rincasa con una grande confusione in testa. Che antipatica faccenda. Più cerca di persuadersi che non è possibile, più si va convincendo che è proprio la bestia dell'eremita. Niente di preoccupante, certo. Ma lui adesso dovrà continuare a dargli ogni giorno la pagnotta? Pensa: se io gli taglio i viveri, il cane tornerà a rubare il pane nel cortile; e allora io come mi regolo? cacciarlo via a pedate? un cane che, volere o no, ha visto Dio? E che ne so io di questi misteri?

Non sono cose semplici. Prima di tutto: lo spirito dell'eremita è apparso davvero a Galeone la notte prima? E che cosa può avergli detto? Che lo abbia in qualche modo stregato? Magari adesso il cane capisce il linguaggio degli uomini, chi lo sa, un giorno o l'altro potrebbe mettersi a parlare anche lui. C'è da aspettarsi di tutto quando c'è di mezzo Dio, se ne sentono raccontare tante. E lui, Defendente, si è già coperto abbastanza di ridicolo. Se in giro adesso sapessero che lui ha di queste paure!

Prima di rientrare in casa, il Sapori va a dare un'occhiata alla baracchetta della legna. Sotto la panca la pagnotta di quindici giorni prima non c'è più. Il cane dunque è venuto e se l'è portata via con formiche e tutto?

XII

Ma il giorno dopo il cane non venne a prendere il pane e neppure il terzo mattino. Era ciò che Defendente sperava. Morto Silvestro ogni illusione di poter sfruttare la sua amicizia era finita. In quanto al cane, meglio se ne stesse alla larga. Eppure quando il fornaio, nella baracchetta deserta, rivedeva la forma di pane che aspettava sola soletta, provava delusione.

Restò ancora peggio quando – erano passati altri tre giorni – egli rivide Galeone. Il cane se n'andava, apparentemente annoiato, nell'aria fredda della piazza e non pareva più quello che si era visto attraverso i vetri del caffè. Ora stava bello dritto sulle gambe, non ciondolava più ed era sì ancora magro ma col pelo già meno ispido, le orecchie erte, la coda ben sollevata. Chi lo aveva nutrito? Il Sapori si guardò intorno. La gente passava indifferente, come se la bestia non esistesse neanche. Prima di mezzodì il fornaio depose un nuovo pane fresco, con una fetta di formaggio, sotto la solita panca. Il cane non si fece vivo.

Di giorno in giorno Galeone era più florido; il suo pelo ricadeva liscio e compatto come ai cani dei signori. Qualcuno dunque si prendeva cura di lui; e forse parecchi contemporaneamente, ciascuno all'insaputa dell'altro, per scopi reconditi. Forse temevano la bestia che aveva visto troppe cose, forse speravano di comperare a buon mercato la grazia di Dio senza rischiare la baia dei compaesani. O addirittura l'intera Tis aveva il medesimo pensiero? E ciascuna casa, quando veniva la sera, tentava nel buio di attirare a sé l'animale per ingraziarselo con bocconi prelibati?

Forse per questo Galeone non era venuto più a prendere la pagnotta; oggi probabilmente aveva di meglio. Ma nessuno ne parlava mai, anche l'argomento dell'eremita, se per caso affiorava, veniva subito lasciato cadere. E quando il cane compariva per la strada, gli sguardi trascorrevano via, quasi fosse uno dei tanti cani randagi che infestano tutti i paesi del mondo. E in silenzio il Sapori si rodeva come chi, avuta per prima un'idea geniale, si accorge che altri, più audaci di lui, se ne sono clandestinamente impadroniti e si preparano a trarne indebiti vantaggi.

XIII

Avesse visto o no Dio, certo Galeone era un cane strano. Con compostezza pressoché umana girava di casa in casa, entrava nei cortili, nelle botteghe, nelle cucine, stava per interi minuti immobile osservando la gente. Poi se n'andava silenzioso.

Che cosa c'era nascosto dietro quei due occhi buoni e malinconici? L'immagine del Creatore con ogni probabilità vi era entrata. Lasciandovi che cosa? Mani tremebonde offrivano alla bestia fette di torta e cosce di pollo. Galeone, già sazio, fissava negli occhi l'uomo, quasi a indovinare il suo pensiero. Allora l'uomo usciva dalla stanza, incapace di resistere. Ai cani petulanti e randagi in Tis non venivano somministrati che bastonate e calci. Con questo non si osava.

A poco a poco si sentirono presi dentro a una specie di complotto ma non avevano il coraggio di parlarne. Vecchi amici si fissavano negli occhi, cercandovi invano una tacita confessione, ciascuno nella speranza di poter riconoscere un complice. Ma chi avrebbe parlato per primo? Soltanto il Lucioni, imperterrito, toccava senza ritegno l'argomento: «To' to'! ecco il nostro bravo cagnaccio che ha visto Dio!» annunciava sfrontatamente alla comparsa di Galeone. E ridacchiava fissando alternativamente le persone intorno con occhiate allusive. Gli altri per lo più si comportavano come se non avessero capito. Chiedevano distratte spiegazioni, scuotevano il capo con aria di compatimento, dicevano: «Che storie! ma è ridicolo! superstizioni da donnette». Tacere, o peggio unirsi alle risate del capomastro sarebbe stato compromettente. E liquidavano la cosa come uno stupido scherzo. Però, se c'era il cavalier Bernardis, la sua risposta era sempre quella: «Macché cane dell'eremita. Vi dico che è una bestia di qui. Sono anni che gira per Tis, lo vedevo tutti i santi giorni gironzare dalle parti del forno!».

XIV

Un giorno, sceso in cantina per la consueta operazione di recupero, Defendente, tolta la grata della finestrella, stava per aprire lo sportellino della cesta del pane. Fuori, nel cortile, si udivano le grida dei pezzenti in attesa, le voci della moglie e del garzone che cercavano di tenerli in riga. L'esperta mano del Sapori liberò la chiusura, lo sportellino si aprì, i pani cominciarono a scivolare rapidamente in un sacco. In quel mentre egli vide con la coda dell'occhio una cosa nera muoversi, nella penombra del sotterraneo. Si voltò di soprassalto. Era il cane.

Fermo sulla porta della cantina, Galeone osservava la scena con placida imperturbabilità. Ma nella poca luce gli occhi del cane erano fosforescenti. Il Sapori restò di pietra.

«Galeone, Galeone» cominciò a balbettare in tono carezzevole e manierato. «Su, buono, Galeone... qua, prendi!» E gli lanciò una pagnottella. Ma la bestia non la guardò neppure. Come se avesse visto abbastanza, si volse lentamente, avviandosi verso la scala.

Rimasto solo, il fornaio uscì in orrende imprecazioni.

XV

Un cane ha visto Dio, ne ha sentito l'odore. Chissà quali misteri ha imparato. E gli uomini si guardano l'un l'altro come cercando un appoggio ma nessuno parla. Uno sta finalmente per aprir bocca: "E se fosse una mia fissazione?" si domanda. "Se gli altri non ci pensassero neppure?" E allora fa finta di niente.

Galeone con straordinaria familiarità passa da un luogo a un altro, entra nelle osterie e nelle stalle. Quando meno ce se lo aspetta eccolo là in un angolo, immobile, che guarda fissamente e annusa. Anche di notte, quando tutti gli altri cani dormono, la sua sagoma appare all'improvviso contro il muro bianco, con quel suo caratteristico passo dinoccolato e in certo modo contadinesco. Non ha una casa? Non possiede una cuccia?

Gli uomini non si sentono più soli, neppure quando sono in casa con porte sprangate. Tendono di continuo le orecchie: un fruscio sull'erba, di fuori: un cauto e soffice zampettare sui sassi della via, un latrato lontano. *Buc buc buc*, fa Galeone, un suono caratteristico. Non è rabbioso, né aspro, eppure attraversa l'intero paese.

«Be', non fa niente, forse ho sbagliato io i conti» dice il sensale dopo avere litigato rabbiosamente con la moglie per due soldi. «Insomma, per questa volta te la voglio passar liscia. Alla prossima fili, però...» annuncia il Frigimelica, quello della fornace, rinunciando di colpo a licenziare il manovale. «Tutto sommato è una gran cara donna...» conclude inaspettatamente, in contrasto con quanto detto prima, la signora Biranze, in conversazione con la maestra, a proposito della moglie del sindaco. *Buc buc buc* fa il cane randagio, e può darsi che abbai a un altro cane, a un'ombra, a una farfalla, o alla luna, non è però escluso che abbai a ragion veduta, quasi che attraverso i muri, le strade, la campagna, gli sia giunta la cattiveria umana. Nell'udire il rauco richiamo, gli ubriachi espulsi dall'osteria rettificano la posizione.

Galeone compare inatteso nello sgabuzzino dove il ragionier Federici sta scrivendo una lettera anonima per avvertire il suo padrone, proprietario del pastificio, che il contabile Rossi ha rapporti con elementi sovversivi, "Ragioniere, che cosa stai scrivendo?" sembran dire i due occhi mansueti. Il Federici gli indica bonariamente la porta. «Su, bello, fuori, fuori!» e non osa profferire gli insulti che gli nascono nel cuore. Poi sta con l'orecchio all'uscio per assicurarsi che la bestia se ne sia andata. E poi, per maggiore prudenza, butta la lettera nel fuoco.

Compare, assolutamente per caso, ai piedi della scala di legno che porta all'appartamentino della bella sfrontata Flora. È già notte alta ma i gradini scricchiolano sotto i piedi di Guido, il giardiniere, padre di cinque figli. Due occhi dunque brillano nel buio. «Ma non è qui, accidenti!» esclama l'uomo a voce alta perché la bestia oda, quasi sinceramente irritato dal malinteso. «Col buio ci si sbaglia sempre... Non è questa la casa del notaio!» E ridiscende a precipizio.

Oppure si ode il suo sommesso abbaiare, un dolce brontolio, a guisa di rimprovero, mentre Pinin e il Gionfa, penetrati nottetempo nel ripostiglio del cantiere, hanno già messo mano su due biciclette. «Toni, c'è qualcuno che viene» sussurra Pinin in assoluta malafede. «Mi è parso anche a me» dice il Gionfa «meglio filare.» E scivolano via senza nulla di fatto.

Oppure manda un lungo mugolio, una specie di lamento, proprio sotto i muri del forno all'ora giusta, dopo che Defendente, chiuse questa volta a doppia mandata porte e cancelletti dietro di sé, è disceso in cantina per fregare il pane dei poveri dalla cesta durante la distribuzione mattutina. Il fornaio allora stringe i denti: come fa a saperlo, quel cagnaccio della malora? E tenta di alzare le spalle. Ma poi gli vengono i sospetti: se in qualche modo Galeone lo denunciasse, tutta l'eredità andrebbe in fumo. Col sacco vuoto piegato sotto il braccio, Defendente risale in bottega.

Quanto durerà la persecuzione? Il cane non se ne andrà mai più? E se resta in paese, quanti anni potrà ancora vivere? Oppure c'è il modo di toglierlo di mezzo?

XVI

Fatto è che, dopo secoli di negligenza, la chiesa parrocchiale ricominciò a popolarsi. La domenica, a messa, vecchie amiche si incontravano. Ciascuna aveva la sua scusa pronta: «Sa che cosa le dico? Che con questo freddo l'unico posto dove si sta ben riparati è la chiesa. Ha i muri grossi, ecco la questione... il caldo che hanno immagazzinato d'estate, lo buttano fuori adesso!». E un'altra: «Un benedetto uomo qui il prevosto, don Tabià... Mi ha promesso le sementi di tredescanzia giapponese, sa, quella bella gialla?... Ma non c'è verso... Se non mi faccio vedere un po' in chiesa, lui duro, fa finta di essersi dimenticato...». Un'altra ancora: «Capisce, signora Erminia? Voglio fare un *entredeux* di pizzo come quello là, dell'altare del Sacro Cuore. Portarmelo a casa da copiare non posso. Bisogna che venga qui a studiarmelo... Eh non è mica semplice!». Ascoltavano, sorridendo, le spiegazioni delle amiche, preoccupate soltanto che la propria sembrasse abbastanza plausibile. Poi «Don Tabià ci guarda!» sussurravano come scolarette, concentrandosi sul libro da messa.

Non una veniva senza scusa. La signora Ermelinda, per esempio, non aveva trovato altri, per fare insegnare il canto alla sua bambina, così appassionata di musica, che l'organista del duomo; e adesso veniva in chiesa per ascoltarla nel *Magnificat*. La stiratrice dava appuntamento in chiesa a sua mamma, che il marito non voleva vedere per casa. Perfino la moglie del dottore: proprio sulla piazza, pochi minuti prima, aveva messo un piede a terra malamente e si era fatta una storta; era dunque entrata per restare un poco seduta. In fondo alle navate laterali, presso i confessionali grigi di polvere, dove le ombre sono più fitte, stava qualche uomo impalato. Dal pulpito don Tabià si guardava intorno sbalordito, stentando a trovare le parole.

Sul sagrato intanto Galeone stava disteso al sole: sembrava si concedesse un meritato riposo. All'uscita dalla messa, senza muovere un pelo, sbirciava tutta quella gente: le donne sgusciavano dalla porta, allontanandosi chi da una parte chi dall'altra. Nessuna che lo degnasse di un'occhiata; ma finché non avevano svoltato l'angolo si sentivano i suoi sguardi nella schiena come due punte di ferro.

XVII

Anche l'ombra di un cane qualsiasi, basta che assomigli vagamente a Galeone, fa dare dei soprassalti. La vita è un'ansia. Là dove c'è un poco di gente, al mercato, al passeggio serale, mai il quadrupede manca; e pare si goda all'indifferenza assoluta di coloro che, quando son soli e in segreto, lo chiamano invece coi nomi più affettuosi, gli offrono tortelli e zabaglione. «Eh, i bei tempi di una volta!» usano adesso esclamare gli uomini, così, genericamente, senza specificare il perché; e nessuno che non capisca al volo. I bei tempi – intendono dire senza specificarlo – quando si poteva fare i propri porci comodi, e darsene quattro se occorreva e andar per contadine in campagna, e magari rubacchiare, e la domenica starsene in letto fino a mezzodì. I bottegai adesso adoperano carte sottili e misurano il peso giusto, la padrona non picchia più la serva, Carmine Esposito dell'agenzia di pegni ha imballato tutte le sue cose per traslocare in città, il brigadiere Venariello se ne sta allungato al sole sulla panca, dinanzi alla stazione dei carabinieri, morto di noia, domandandosi se i ladri sono tutti morti, e nessuno tira più le potenti bestemmie di prima, che davano così gusto, se non in aperta campagna e con le debite cautele, dopo attente ispezioni, che dietro alle siepi non si nasconda qualche cane.

Ma chi osa ribellarsi? Chi ha il coraggio di prendere a pedate Galeone o di somministrargli una cotoletta all'arsenico come è nei segreti desideri di tutti? Neanche nella provvidenza possono sperare: la santa provvidenza, a rigor di logica, si deve essere schierata dalla parte di Galeone. Bisogna fare assegnamento sul caso.

Sul caso di una notte tempestosa, con lampi e fulmini che pare finisca il mondo. Ma il fornaio Defendente Sapori ha un udito da lepre e lo strepito dei tuoni non gli impedisce di avvertire un tramestio insolito dabbasso in cortile. Devono essere i ladri.

Balza dal letto, afferra nel buio lo schioppo e guarda giù attraverso le stecche delle persiane. Ci sono due tipi, gli par di vedere, che stan dandosi d'attorno per aprire la porta del magazzino. E al bagliore di una saetta vede anche, in mezzo al cortile, imperturbabile sotto i tremendi scrosci, un grosso cane nerastro. Deve essere lui, il maledetto, venuto forse a dissuadere i due bricconi.

Bisbiglia dentro di sé una bestemmia spettacolosa, arma lo schioppo, dischiude lentamente le persiane, quel tanto da poter sporgere la canna. Aspetta un nuovo lampo e mira al cane.

Il primo sparo va completamente confuso con un tuono. «Al ladro! al ladro!» comincia a urlare il fornaio, ricarica lo schioppo, spara ancora all'impazzata nel buio, ode allontanarsi dei passi affannosi, poi per tutta la casa voci e sbattere di porte: moglie, bambini e garzoni accorrono spaventati. «Sor Defendente» una voce chiama dal cortile «guardi che ha ammazzato un cane!»

Galeone – sbagliarsi a questo mondo è possibile, specie in una notte come questa ma pare proprio lui tale e quale – giace stecchito in una pozza d'acqua: un pallottone gli ha attraversato la fronte. Morto secco. Non stira neppure le gambe. Ma Defendente non va neanche a vederlo. Lui scende a controllare che non abbiano scassinato la porta del magazzino, e, come ha constatato che no, dà a tutti la buona notte e si caccia sotto le coltri. "Finalmente" si dice, preparandosi a un sonno beato. Ma non gli riesce più di chiuder occhio.

XVIII

Al mattino ch'era ancora buio due garzoni portarono via il cane morto e lo andarono a seppellire in un campo. Defendente non osò ordinar loro di tacere: si sarebbero messi in sospetto. Ma cercò in modo che la cosa passasse via liscia senza tante chiacchiere.

Chi rivelò il fatto? La sera, il fornaio si accorse subito, al caffè, che tutti lo fissavano: ma subito ritiravano gli sguardi come per non metterlo in allarme.

«Abbiamo sparato eh, stanotte?» fece il cavalier Bernardis

all'improvviso, dopo i soliti saluti. «Battaglia grossa eh, stanotte, al forno?»

«Chissà chi erano» rispose Defendente senza dare importanza «volevano scassinare il magazzino, quei malnati. Ladruncoli da poco. Ho sparato due colpi alla cieca e quelli se la sono battuta.»

«Alla cieca?» chiese allora il Lucioni col suo tono insinuante. «E perché non gli hai sparato addosso già che c'eri?»

«Con quel buio! Che cosa vuoi che vedessi! Ho sentito grattare giù alla porta e ho sparato fuori a casaccio.»

«E così... e così hai spedito all'altro mondo una povera bestia che non aveva fatto niente di male.»

«Ah, già» disse il fornaio quasi soprappensiero. «Ho beccato un cane. Chissà come era entrato. Da me non ci stanno cani.»

Si fece un certo silenzio. Tutti lo guardavano. Il Trevaglia, cartolaio, mosse verso la porta per uscire. «Be', buonasera, signori» e poi, compitando intenzionalmente le sillabe. «Buonasera anche a lei, signor Sapori!»

«Onoratissimo» rispose il fornaio e gli voltò le spalle. Che cosa intendeva dire quell'imbecille? Gli facevano colpa alle volte, di aver ammazzato il cane dell'eremita? Invece di essergli riconoscenti. Li aveva liberati da un incubo e adesso storcevano il naso. Che cosa li prendeva? Fossero stati sinceri una buona volta.

Il Bernardis, singolarmente inopportuno, cercò di spiegare: «Vedi, Defendente?... qualcuno dice che avresti fatto meglio a non ammazzare quella bestia...»

«E perché? L'ho fatto forse apposta?»

«Apposta o no, vedi? era il cane dell'eremita, dicono, e adesso dicono che era meglio lasciarlo stare, dicono che ci menerà gramo... sai come sono le chiacchiere!»

«E che ne so io dei cani degli eremiti? Cristo d'un Cristo, vorrebbero farmi il processo, idioti che non sono altro?» e tentò una risata.

Parlò il Lucioni: «Calma, calma, ragazzi... Chi ha detto ch'era il cane dell'eremita? Chi ha diffuso questa balla?».

Defendente: «Mah, se non lo sanno loro!» e alzò le spalle.

Il cavaliere intervenne: «Lo dicono quelli che l'hanno visto questa mattina, mentre lo seppellivano... Dicono che sia proprio lui, con una macchiolina di pelo bianco in cima all'orecchio sinistro».

«Nero per il restante?»

«Sì, nero» rispose uno dei presenti.

«Piuttosto grosso? Con una coda a spazzola?»

«Precisamente.»

«Il cane dell'eremita, volete dire?»

«Già, dell'eremita.»

«E guardatelo là, allora il vostro cane!» esclamò il Lucioni, facendo segno alla via. «Se è più vivo e sano di prima!»

Defendente si fece pallido come una statua di gesso. Col suo passo dinoccolato Galeone avanzava per la via, si fermò un istante a guardare gli uomini attraverso la vetrata del caffè, poi proseguì tranquillo.

XIX

Perché i pezzenti, al mattino, hanno ora l'impressione di ricevere più pane del solito? Perché le cassette delle elemosine, rimaste per anni e anni senza un soldo, adesso tintinnano? Perché i bambini, finora recalcitranti, frequentano volentieri la scuola? Perché l'uva resta sulle piante fino alla vendemmia anziché essere depredata? Perché non tirano più sassi e zucche marce sulla gobba di Martino? Perché queste e tante altre cose? Nessuno lo confesserà, gli abitanti di Tis sono rustici ed emancipati, mai dalla loro bocca sentirete uscire la verità: che hanno paura di un cane, non di essere addentati, semplicemente hanno paura che il cane li giudichi male.

Defendente divorava veleno. Era una schiavitù. Neanche di notte si riusciva a respirare. Che peso, la presenza di Dio per chi non la desidera. E Dio non era qui una favola incerta, non se ne stava appartato in chiesa fra ceri e incenso, ma girava su e giù per le case, trasportato, per dir così, da un cane.

Un pezzettino piccolissimo di Creatore, un minimo fiato, era penetrato in Galeone e attraverso gli occhi di Galeone vedeva, giudicava, segnava in conto.

Quando il cane sarebbe invecchiato? Se almeno avesse perso le forze e fosse rimasto quieto in un angolo. Immobilizzato dagli anni, non avrebbe più potuto dare noia.

E gli anni infatti passarono, la chiesa era piena anche nei giorni feriali, le ragazze non andavano più lungo i portici, dopo mezzanotte, sghignazzando coi soldati. Defendente, sfasciatasi per l'uso la vecchia cesta, se ne procurò una nuova rinunciando ad aprirvi lo sportellino segreto (di sottrarre il pane dei poveri non avrebbe più avuto il coraggio, fin che Galeone era in giro). E il brigadiere Venariello ora si addormentava sulla soglia della stazione dei carabinieri, sprofondato in una poltrona di vimini.

Passarono gli anni e il cane Galeone invecchiò, marciava sempre più lento e con andatura esageratamente dinoccolata finché un giorno gli capitò una specie di paralisi agli arti posteriori e non poté più camminare.

Per sfortuna l'accidente lo colse in piazza, mentre dormicchiava sul muretto di fianco al Duomo, sotto al quale il terreno divallava ripido, tagliato da strade e stradette, fino al fiume. La posizione era privilegiata dal punto di vista igienico perché la bestia poteva sfogare i suoi bisogni corporali giù dal muro, verso lo scoscendimento erboso, senza imbrattare né il muro né la piazza. Era però una posizione scoperta, esposta ai venti e senza riparo dalla pioggia.

Anche stavolta naturalmente nessuno fece mostra di notare il cane che, tremando tutto, mandava dei lamenti. Il malore di un cane randagio non era uno spettacolo edificante. I presenti, indovinando dai suoi penosi sforzi che cosa gli fosse accaduto, si sentirono però un tuffo al cuore, rianimati da nuove speranze. Il cane prima di tutto non avrebbe più potuto ciondolare intorno, non si sarebbe mosso più neanche di un metro. Meglio: chi gli avrebbe dato da mangiare sotto gli occhi di tutti? Chi per primo avrebbe osato confessare un rapporto segreto con la bestia? Chi per primo si sarebbe esposto al ridicolo? Di qui la speranza che Galeone potesse morire affamato.

Prima di pranzo gli uomini passeggiarono al solito lungo il marciapiedi della piazza parlando di cose indifferenti come la nuova assistente del dentista, la caccia, il prezzo dei bossoli, l'ultimo film arrivato in paese. E sfioravano con le loro giacchette il muso del cane che, ansimando, pendeva un poco giù dal bordo del muro. Gli sguardi trascorrevano sopra la bestia inferma, rimirando meccanicamente il maestoso panorama del fiume, così bello al tramonto. Verso le otto, venuti alcuni nuvoloni da nord, cominciò a piovere e la piazza rimase deserta.

Ma nel pieno della notte, sotto la pioggia insistente, ecco ombre sguisciare lungo le case come per una congiura delittuosa. Curve e furtive esse si avviano a rapidi balzi verso la piazza e qui, confuse alle tenebre dei portici e degli androni, aspettano l'occasione propizia. I lampioni a quest'ora mandano poca luce, lasciando vaste zone di buio. Quante sono le ombre? Forse decine. Portano da mangiare al cane ma ciascuno farebbe qualsiasi cosa pur di non essere riconosciuto. Il cane non dorme: a filo del muretto, contro lo sfondo nero della valle, due punti verdi e fosforescenti; e di tanto in tanto un breve lamentoso ululato che riecheggia nella piazza.

È una lunga manovra. Il volto nascosto da una sciarpa, il berretto da ciclista ben calato sulla fronte, uno finalmente si arrischia a raggiungere il cane. Nessuno esce dalle tenebre per riconoscerlo; tutti temono già troppo per sé.

Uno dopo l'altro, a lunghi intervalli per evitare incontri, personaggi irriconoscibili depositano qualche cosa sul muretto del Duomo. E gli ululati cessano.

Al mattino si trovò Galeone addormentato sotto una coperta impermeabile. Sul muro, accanto, si ammucchiava ogni ben di Dio: pane, formaggio, trance di carne, perfino uno scodellone pieno di latte.

XX

Paralizzato il cane, il paese credette di poter respirare ma fu breve illusione. Dal ciglio del muretto gli occhi della bestia dominavano gran parte dell'abitato. Almeno una buona metà di Tis si trovava sotto il suo controllo. E chi poteva sapere quanto fossero acuti i suoi sguardi? Anche nelle case periferiche sottratte alla vigilanza di Galeone, arrivava del resto la sua voce. E poi come adesso riprendere le abitudini di un tempo? Equivaleva ad ammettere che si era cambiata vita a motivo del cane, a confessare sconciamente il segreto superstizioso custodito con tanta cura per anni. Lo stesso Defendente, il cui forno era escluso dalla visuale della bestia, non riprese le sue famose bestemmie né ritentava le operazioni di recupero dalla finestrella della cantina.

Galeone ora mangiava anche più di prima e, non facendo più moto, ingrassava come un porco. Chissà quanto sarebbe campato ancora. Coi primi freddi però rinacque la speranza che crepasse. Benché riparato dalla tela cerata, il cane era esposto ai venti e un cimurro poteva sempre prenderselo.

Ma anche stavolta il maligno Lucioni rovinò ogni illusione. Una sera, in trattoria, raccontando una storia di caccia, disse che molti anni prima, per aver passato una notte sotto la neve, il suo bracco era diventato idrofobo; e aveva dovuto ucciderlo con una schioppettata; gli piangeva ancora il cuore al ricordo.

«E quel cagnaccio» era sempre il cavalier Bernardis a toccare gli argomenti sgraditi «quel brutto cagnaccio con la paralisi, sul muretto del Duomo, che certi imbecilli continuano a rifornire, dico, non ci sarà mica il pericolo con questo cagnaccio?»

«Ma che diventi pur rabbioso!» fece Defendente. «Tanto, non è più capace di muoversi!»

«E chi te lo dice?» ribatté il Lucioni. «L'idrofobia moltiplica le forze. Non mi meraviglierei se cominciasse a saltare come un capriolo!»

Il Bernardis restò interdetto: «Be', e allora».

«Ah, io per me, io me ne frego. Io me lo porto sempre die-tro un amico sicuro» e il Lucioni trasse di tasca una pesante rivoltella.

«Tu! tu!» fece il Bernardis. «Tu che non hai figli! Se tu aves-si tre bambini come me, non te ne fregheresti, sta' sicuro.»

«Io ve l'ho detto. Pensateci voi adesso!» Il capomastro lu-cidava sulla manica la canna della pistola.

XXI

Quanti anni sono dunque passati dalla morte dell'eremita? Tre, quattro, cinque, chi se ne ricorda più? Ai primi di novem-bre il gabbiotto di legno per riparare il cane è quasi pronto. In termini molto spicci, trattandosi evidentemente di una faccenda di pochissimo conto, se ne è parlato anche in sede di consiglio comunale. E nessuno che abbia avanzato la pro-posta, molto più semplice, di ammazzare la bestia o traspor-tarla altrove. Il falegname Stefano è stato incaricato di co-struire la cuccia in modo che possa essere fissata sopra il muretto, verniciata in rosso affinché non stoni col colore del-la facciata del Duomo, tutta in mattoni vivi. «Che indecenza, che stupidità!» dicono tutti a dimostrare che l'idea è degli al-tri. La paura per il cane che ha visto Dio non è più dunque un segreto?

Ma il gabbiotto non sarà mai collocato in opera. Ai primi di novembre un garzone del fornaio che alle 4 del mattino per recarsi al lavoro passa sempre per la piazza avvista ai piedi del muretto una cosa immobile e nera. Si avvicina, toc-ca, vola di corsa fino al forno.

«E che succede adesso?» chiede Defendente, vedendolo entrare tutto affannato.

«È morto! è morto!» balbetta ansando il ragazzo.

«Chi è morto?»

«Quel cane della malora... l'ho trovato per terra, era duro come un sasso!»

XXII

Respirarono? Si diedero alla pazza gioia? Quell'incomodo pezzetto di Dio se n'era finalmente andato, è vero, ma troppo tempo c'era ormai di mezzo. Come tornare indietro? Come ricominciare da capo? In quegli anni i giovani avevano già preso abitudini diverse. La messa della domenica dopo tutto era uno svago. E anche le bestemmie, chissà come, davano adesso un suono esagerato e falso. Si era previsto insomma un gran sollievo e invece niente.

E poi: se si fossero riprese le libere costumanze di prima non era come confessare tutto quanto? Tanta fatica per tenerla nascosta, e adesso metter fuori la vergogna al sole? Un paese che aveva cambiato vita per rispetto di un cane! Ne avrebbero riso fin di là dei confini.

E intanto: dove seppellire la bestia? Nel giardino pubblico. No, no, mai nel cuore del paese, la gente ne aveva avuto abbastanza. Nella fogna? Gli uomini si guardarono l'un l'altro, nessuno osava pronunciarsi. «Il regolamento non lo contempla» notò alla fine il segretario comunale, togliendoli dall'imbarazzo. Cremarlo nella fornace? E se poi avesse provocato infezioni? Sotterrarlo allora in campagna, ecco la soluzione giusta. Ma in quale campagna? Chi avrebbe acconsentito? Già cominciavano a questionare, nessuno voleva il cane morto nei propri fondi.

E se lo si fosse sepolto vicino all'eremita?

Chiuso in una piccola cassettina, il cane che aveva visto Dio viene dunque caricato sopra una carretta e parte verso le colline. È una domenica e parecchi ne prendono pretesto per fare una gita. Sei, sette carrozze cariche di uomini e donne seguono la cassettina, e la gente si sforza di essere allegra. Certo, benché il sole splenda, i campi già infreddoliti e gli alberi senza foglie non fanno un gran bel vedere.

Arrivano alla collinetta, discendono di carrozza, si avviano a piedi verso i ruderi dell'antica cappella. I bambini corrono avanti.

«Mamma! mamma!» si ode gridare di lassù. «Presto! Venite a vedere!»

Affrettano il passo, raggiungono la tomba di Silvestro. Da quel giorno lontano dei funerali nessuno è mai tornato quassù. Ai piedi della croce di legno, proprio sopra il tumulo dell'eremita, giace un piccolo scheletro. Nevi, venti e piogge lo hanno tutto logorato, lo han fatto gracile e bianco come una filigrana. Lo scheletro di un cane.

21

Qualcosa era successo

Il treno aveva percorso solo pochi chilometri (e la strada era lunga, ci saremmo fermati soltanto alla lontanissima stazione d'arrivo, così correndo per dieci ore filate) quando a un passaggio a livello vidi dal finestrino una giovane donna. Fu un caso, potevo guardare tante altre cose invece lo sguardo cadde su di lei che non era bella né di sagoma piacente, non aveva proprio niente di straordinario, chissà perché mi capitava di guardarla. Si era evidentemente appoggiata alla sbarra per godersi la vista del nostro treno, superdirettissimo, espresso del nord, simbolo per quelle popolazioni incolte, di miliardi, vita facile, avventurieri, splendide valige di cuoio, celebrità, dive cinematografiche, una volta al giorno questo meraviglioso spettacolo, e assolutamente gratuito per giunta.

Ma come il treno le passò davanti lei non guardò dalla nostra parte (eppure era là ad aspettare forse da un'ora) bensì teneva la testa voltata indietro badando a un uomo che arrivava di corsa dal fondo della via e urlava qualcosa che noi naturalmente non potemmo udire: come se accorresse a precipizio per avvertire la donna di un pericolo. Ma fu un attimo: la scena volò via, ed ecco io mi chiedevo quale affanno potesse essere giunto, per mezzo di quell'uomo, alla ragazza venuta a contemplarci. E stavo per addormentarmi al ritmico dondolio della vettura quando per caso – certamente si trattava di una pura e semplice combinazione – notai un contadino in piedi su un muretto che chiamava chiamava verso la campagna facendosi delle mani portavoce. Fu anche questa volta un attimo perché il direttissimo filava eppure feci in tempo a vedere sei sette persone che accorrevano attraverso i prati, le coltivazioni, l'erba medica, non importa se la calpestavano, doveva essere una cosa assai importante. Venivano da diverse direzioni chi da una casa, chi dal buco di una siepe, chi da un filare di viti o che so io, diretti tutti al muricciolo con sopra il giovane chiamante. Correvano, accidenti se correvano, si sarebbero detti spaventati da qualche avvertimento repentino che li incuriosiva terribilmente, togliendo loro la pace della vita. Ma fu un attimo, ripeto, un baleno, non ci fu tempo per altre osservazioni.

Che strano, pensai, in pochi chilometri già due casi di gente che riceve una improvvisa notizia, così almeno presumevo. Ora, vagamente suggestionato, scrutavo la campagna, le strade, i paeselli, le fattorie, con presentimenti ed inquietudini.

Forse dipendeva da questo speciale stato d'animo, ma più osservavo la gente, contadini, carradori, eccetera, più mi sembrava che ci fosse dappertutto una inconsueta animazione. Ma sì, perché quell'andirivieni nei cortili, quelle donne affannate, quei carri, quel bestiame? Dovunque era lo stesso. A motivo della velocità era impossibile distinguere bene eppure avrei giurato che fosse la medesima causa dovunque. Forse che nella zona si celebravan sagre? Che gli uomini si disponessero a raggiungere il mercato? Ma il treno andava e le campagne erano tutte in fermento, a giudicare dalla confusione. E allora misi in rapporto la donna del passaggio a livello, il giovane sul muretto, il viavai dei contadini: qualche cosa era successo e noi sul treno non ne sapevamo niente.

Guardai i compagni di viaggio, quelli nello scompartimento, quelli in piedi nel corridoio. Essi non si erano accorti. Sembravano tranquilli e una signora di fronte a me sui sessant'anni stava per prender sonno. O invece sospettavano? Sì, sì, anche loro erano inquieti, uno per uno, e non osavano parlare. Più di una volta li sorpresi, volgendo gli occhi repentini, guatare fuori. Specialmente la signora sonnolenta, proprio lei, sbirciava tra le palpebre e poi subito mi controllava se mai l'avessi smascherata. Ma di che avevano paura?

Napoli. Qui di solito il treno si ferma. Non oggi il direttissimo. Sfilarono rasente a noi le vecchie case e nei cortili oscuri vedemmo finestre illuminate e in quelle stanze – fu un attimo – uomini e donne chini a fare involti e chiudere valige, così pareva. Oppure mi ingannavo ed erano tutte fantasie?

Si preparavano a partire. Per dove? Non una notizia fausta dunque elettrizzava città e campagne. Una minaccia, un pericolo, un avvertimento di malora. Poi mi dicevo: ma se ci fosse un grosso guaio, avrebbero pure fatto fermare il treno; e il treno invece trovava tutto in ordine, sempre segnali di via libera, scambi perfetti, come per un viaggio inaugurale.

Un giovane al mio fianco, con l'aria di sgranchirsi, si era alzato in piedi. In realtà voleva vedere meglio e si curvava sopra di me per essere più vicino al vetro. Fuori, le campagne, il sole, le strade bianche e sulle strade carriaggi, camion, gruppi di gente a piedi, lunghe carovane come quelle che traggono ai santuari nel giorno del patrono. Ma erano tanti, sempre più folti man mano che il treno si avvicinava al nord. E tutti avevano la stessa direzione, scendevano verso mezzogiorno, fuggivano il pericolo mentre noi gli si andava direttamente incontro, a velocità pazza ci precipitavamo verso la guerra, la rivoluzione, la pestilenza, il fuoco, che cosa poteva esserci mai? Non lo avremmo saputo che fra cinque ore, al momento dell'arrivo, e forse sarebbe stato troppo tardi.

Nessuno diceva niente. Nessuno voleva essere il primo a cedere. Ciascuno forse dubitava di sé, come facevo io, nell'incertezza se tutto quell'allarme fosse reale o semplicemente un'idea pazza, allucinazione, uno di quei pensieri assurdi che infatti nascono in treno quando si è un poco stanchi. La signora di fronte trasse un sospiro, simulando di essersi svegliata, e come chi uscendo dal sonno leva gli sguardi meccanicamente, così lei alzò le pupille fissandole, quasi per caso, alla maniglia del segnale d'allarme. E anche noi tutti guardammo l'ordigno, con l'identico pensiero. Ma nessuno parlò o ebbe l'audacia di rompere il silenzio o semplicemente osò chiedere agli altri se avessero notato, fuori, qualche cosa di allarmante.

Ora le strade formicolavano di veicoli e gente, tutti in cammino verso il sud. Rigurgitanti i treni che ci venivano incontro. Pieni di stupore gli sguardi di coloro che da terra ci vedevano passare, volando con tanta fretta al settentrione. E zeppe le stazioni. Qualcuno ci faceva cenno, altri ci urlavano delle frasi di cui si percepivano soltanto le vocali come echi di montagna.

La signora di fronte prese a fissarmi. Con le mani piene di gioielli cincischiava nervosamente un fazzoletto e intanto i suoi sguardi supplicavano: parlassi, finalmente, li sollevassi da quel silenzio, pronunciassi la domanda che tutti si aspettavano come una grazia e nessuno per primo osava fare.

Ecco un'altra città. Come il treno, entrando nella stazione, rallentò un poco, due tre si alzarono non resistendo alla speranza che il macchinista fermasse. Invece si passò, fragoroso turbine, lungo le banchine dove una folla inquieta si accalcava anelando a un convoglio che partisse, tra caotici mucchi di bagagli. Un ragazzino tentò di rincorrerci con un pacco di giornali e ne sventolava uno che aveva un grande titolo nero in prima pagina. Allora con un gesto repentino, la signora di fronte a me si sporse in fuori, riuscì ad abbrancare il foglio ma il vento della corsa glielo strappò via. Tra le dita restò un brandello. Mi accorsi che le sue mani tremavano nell'atto di spiegarlo. Era un pezzetto triangolare. Si leggeva la testata e del gran titolo solo quattro lettere. IONE, si leggeva. Nient'altro. Sul verso, indifferenti notizie di cronaca.

Senza parole, la signora alzò un poco il frammento affinché tutti lo potessero vedere. Ma tutti avevamo già guardato. E si finse di non farci caso. Crescendo la paura, più forte in ciascuno si faceva quel ritegno. Verso una cosa che finisce in IONE noi correvamo come pazzi, e doveva essere spaventosa se, alla notizia, popolazioni intere si erano date a immediata fuga. Un fatto nuovo e potentissimo aveva rotto la vita del Paese, uomini e donne pensavano solo a salvarsi, abbandonando case, lavoro, affari, tutto, ma il nostro treno, no, il maledetto treno marciava con la regolarità di un orologio, al modo del soldato onesto che risale le turbe dell'esercito in disfatta per raggiungere la sua trincea dove il nemico già sta bivaccando. E per decenza, per un rispetto umano miserabile, nessuno di noi aveva il coraggio di reagire. Oh i treni come assomigliano alla vita!

Mancavano due ore. Tra due ore, all'arrivo, avremmo saputo la comune sorte. Due ore, un'ora e mezzo, un'ora, già scendeva il buio. Vedemmo di lontano i lumi della sospirata nostra città e il loro immobile splendore riverberante un giallo alone in cielo ci ridiede un fiato di coraggio. La locomotiva emise un fischio, le ruote strepitarono sul labirinto degli scambi. La stazione, la curva nera delle tettoie, le lampade, i cartelli, tutto era a posto come il solito.

Ma, orrore!, il direttissimo ancora andava e vidi che la stazione era deserta, vuote e nude le banchine, non una figura umana per quanto si cercasse. Il treno si fermava finalmente. Corremmo giù per i marciapiedi, verso l'uscita, alla caccia di qualche nostro simile. Mi parve di intravedere, nell'angolo a destra in fondo, un po' in penombra, un ferroviere col suo berrettuccio che si eclissava da una porta, come terrorizzato. Che cosa era successo? In città non avremmo più trovato un'anima? Finché la voce di una donna, altissima e violenta come uno sparo, ci diede un brivido. «Aiuto! Aiuto!» urlava e il grido si ripercosse sotto le vitree volte con la vacua sonorità dei luoghi per sempre abbandonati.

22

I topi

Che ne è degli amici Corio? Che sta accadendo nella loro vecchia villa di campagna, detta la Doganella? Da tempo immemorabile ogni estate mi invitavano per qualche settimana. Quest'anno per la prima volta no. Giovanni mi ha scritto poche righe per scusarsi. Una lettera curiosa, che allude in forma vaga a difficoltà o a dispiaceri familiari; e che non spiega niente.

Quanti giorni lieti ho vissuto in casa loro, nella solitudine dei boschi. Dai vecchi ricordi oggi per la prima volta affiorano dei piccoli fatti che allora mi parvero banali o indifferenti. E all'improvviso si rivelano.

Per esempio, da un'estate lontanissima, parecchio prima della guerra – era la seconda volta che andavo ospite dei Corio – torna a me la seguente scena:

Mi ero già ritirato nella camera d'angolo al secondo piano, che dava sul giardino – anche gli anni successivi ho dormito sempre là – e stavo andando a letto. Quando udii un piccolo rumore, un grattamento alla base della porta. Andai ad aprire. Un minuscolo topo sgusciò tra le mie gambe, attraversò la camera e andò a nascondersi sotto il cassettone. Correva in modo goffo, avrei fatto in tempo benissimo a schiacciarlo. Ma era così grazioso e fragile.

Per caso, il mattino dopo, ne parlai a Giovanni. «Ah, sì» fece lui distratto «ogni tanto qualche topo gira per la casa.»

«Era un sorcio piccolissimo... non ho avuto neanche il coraggio di...» «Sì, me lo immagino. Ma non ci fare caso...» Cambiò argomento, pareva che il mio discorso gli spiacesse.

L'anno dopo. Una sera si giocava a carte, sarà stata mezzanotte e mezzo, dalla stanza vicina – il salotto dove a quell'ora le luci erano spente – giunse un clac, suono metallico come di una molla. «Cos'è?» domando io. «Non ho sentito niente» fa Giovanni evasivo. «Tu Elena hai sentito qualche cosa?» «Io no» gli risponde la moglie, facendosi un po' rossa. «Perché?» Io dico: «Mi sembrava che di là in salotto... un rumore metallico...». Notai un velo di imbarazzo. «Bene, tocca a me fare le carte?»

Neanche dieci minuti dopo, un altro clac, dal corridoio questa volta, e accompagnato da un sottile strido, come di bestia. «Dimmi, Giovanni» io chiedo «avete messo delle trappole per topi?» «Che io sappia, no. Vero, Elena? Sono state messe delle trappole?» Lei: «E che vi salta in mente? Per i pochi topi che ci sono!».

Passa un anno. Appena entro nella villa, noto due gatti magnifici, dotati di straordinaria animazione: razza soriana, muscolatura atletica, pelo di seta come hanno i gatti che si nutrono di topi. Dico a Giovanni: «Ah, dunque vi siete decisi finalmente. Chissà che spaventose scorpacciate fanno. Di topi qui non ci sarà penuria». «Anzi» fa lui «solo di quando in quando... Se dovessero vivere solo di topi...» «Però li vedo belli grassi, questi mici.» «Già, stanno bene, la faccia della salute non gli manca. Sai, in cucina trovano ogni ben di Dio.»

Passa un altro anno e come io arrivo in villa per le mie solite vacanze, ecco che ricompaiono i due gatti. Ma non sembrano più quelli: non vigorosi e alacri, bensì cascanti, smorti, magri. Non guizzano più da una stanza all'altra celermente. Al contrario, sempre tra i piedi dei padroni, sonnolenti, privi di qualsiasi iniziativa. Io chiedo: «Sono malati? Come mai così sparuti? Forse non hanno più topi da mangiare?». «L'hai detto» risponde Giovanni Corio vivamente. «Sono i più stupidi gatti che abbia visto. Hanno messo il muso da quando in casa non esistono più topi... Neanche il seme ci è rimasto!» E soddisfatto fa una gran risata.

Più tardi Giorgio, il figlio più grandicello, mi chiama in disparte con aria di complotto: «Sai il motivo qual è? Hanno paura!». «Chi ha paura?» E lui: «I gatti, hanno paura. Papà non vuole mai che se ne parli, è una cosa che gli dà fastidio. Ma è positivo che i gatti hanno paura». «Paura di chi?» «Bravo! Dei topi! In un anno, da dieci che erano, quelle bestiacce sono diventate cento... E altro che i sorcettini d'una volta! Sembrano delle tigri. Più grandi di una talpa, il pelo ispido e di colore nero. Insomma i gatti non osano attaccarli.» «E voi non fate niente?» «Mah, qualcosa si dovrà pur fare, ma il papà non si decide mai. Non capisco il perché, ma è un argomento che è meglio non toccare, lui diventa subito nervoso...»

E l'anno dopo, fin dalla prima notte, un grande strepito sopra la mia camera come di gente che corresse. Patatrùm, patatrùm. Eppure so benissimo che sopra non ci può essere nessuno, soltanto la inabitabile soffitta, piena di mobili vecchi, casse e simili. "Accidenti che cavalleria" mi dico "devono essere ben grossi questi topi." Un tal rumore che stento ad addormentarmi.

Il giorno dopo, a tavola, domando: «Ma non prendete nessun provvedimento contro i topi? In soffitta c'era la sarabanda, questa notte». Vedo Giovanni che si scurisce in volto: «I topi? Di che topi parli? In casa grazie a Dio non ce n'è più». Anche i suoi vecchi genitori insorgono: «Macché topi d'Egitto. Ti sarai sognato, caro mio». «Eppure» dico «vi garantisco che c'era il quarantotto, e non esagero. In certi momenti ho visto il soffitto che tremava.» Giovanni si è fatto pensieroso: «Sai che cosa può essere? Non te n'ho mai parlato perché c'è chi si impressiona, ma in questa casa ci sono degli spiriti. Anch'io li sento spesso... E certe notti hanno il demonio in corpo!». Io rido: «Non mi prenderai mica per un ragazzetto, spero! Altro che spiriti. Quelli erano topi, garantito, topacci, ratti, pantegane!... E a proposito, dove sono andati a finire i due famosi gatti?». «Li abbiamo dati via, se vuoi sapere... Ma coi topi hai la fissazione! Possibile che tu non parli d'altro!... Dopo tutto, questa è una casa di campagna, non puoi mica pretendere che...» Io lo guardo sbalordito: ma perché si arrabbia tanto? Lui, di solito così gentile e mite.

Più tardi è ancora Giorgio, il primogenito, a farmi il quadro della situazione. «Non credere a papà» mi dice. «Quelli che hai sentito erano proprio topi, alle volte anche noi non riusciamo a prender sonno. Tu li vedessi, sono dei mostri, sono; neri come il carbone, con delle setole che sembran degli stecchi... E i due gatti, se vuoi sapere, sono stati loro a farli fuori... È successo di notte. Si dormiva già da un paio d'ore e dei terribili miagolii ci hanno svegliato. In salotto c'era il putiferio. Allora siamo saltati giù dal letto, ma dei gatti non si è trovata traccia... Solo dei ciuffi di pelo... delle macchie di sangue qua e là.»

«Ma non provvedete? Trappole? Veleni? Non capisco come tuo papà non si preoccupi...»

«Come no? Il suo assillo, è diventato. Ma anche lui adesso ha paura, dice che è meglio non provocarli, che sarebbe peggio. Dice che, tanto, non servirebbe a niente, che ormai sono diventati troppi... Dice che l'unica sarebbe dar fuoco alla casa... E poi, poi sai cosa dice? È ridicolo a pensarci. Dice che non conviene mettersi decisamente contro.» «Contro chi?» «Contro di loro, i topi. Dice che un giorno, quando saranno ancora di più, potrebbero anche vendicarsi... Alle volte mi domando se papà non stia diventando un poco matto. Lo sai che una sera l'ho sorpreso mentre buttava una salsiccia giù in cantina? Il bocconcino per i cari animaletti! Li odia ma li teme. E li vuol tenere buoni.»

Così per anni. Finché l'estate scorsa aspettai invano che sopra la mia camera si scatenasse il solito tumulto. Silenzio, finalmente. Una gran pace. Solo la voce dei grilli dal giardino.

Al mattino, sulle scale incontro Giorgio: «Complimenti» gli dico «ma mi sai dire come siete riusciti a far piazza puli-

ta? Questa notte non c'era un topolino in tutta la soffitta».
Giorgio mi guarda con un sorriso incerto. Poi: «Vieni vieni»
risponde «vieni un po' a vedere».

Mi conduce in cantina, là dove c'è una botola chiusa da un
portello: «Sono laggiù adesso» mi sussurra. «Da qualche mese si sono tutti riuniti qui sotto, nella fogna. Per la casa non
ne girano che pochi. Sono qui sotto... ascolta...»

Tacque. E attraverso il pavimento giunse un suono difficilmente descrivibile: un brusìo, un cupo fremito, un rombo
sordo come di materia inquieta e viva che fermenti; e fram-
mezzo pure delle voci, piccole grida acute, fischi, sussurri.
«Ma quanti sono?» chiesi con un brivido.

«Chissà. Milioni forse... Adesso guarda, ma fa presto.» Accese un fiammifero e, sollevato il coperchio della botola, lo
lasciò cadere giù nel buco. Per un attimo io vidi: in una specie di caverna, un frenetico brulichio di forme nere, accaval-
lantisi in smaniosi vortici. E c'era in quel laido tumulto una
potenza, una vitalità infernale, che nessuno avrebbe più fermato. I topi! Vidi anche un luccicare di pupille, migliaia e
migliaia, rivolte in su, che mi fissavano cattive. Ma Giorgio
chiuse il coperchio con un tonfo.

E adesso? Perché Giovanni ha scritto di non potere più in-
vitarmi? Cosa è successo? Avrei la tentazione di fargli una visita, pochi minuti basterebbero, tanto per sapere. Ma confesso che non ne ho il coraggio. Da varie fonti mi sono giunte
strane voci. Talmente strane che la gente le ripete come favole, e ne ride. Ma io non rido.

Dicono per esempio che i due vecchi genitori Corio siano
morti. Dicono che nessuno esca più dalla villa e che i viveri
glieli porti un uomo del paese, lasciando il pacco al limite del
bosco. Dicono che nella villa nessuno possa entrare; che
enormi topi l'abbiano occupata: e che i Corio ne siano gli
schiavi.

Un contadino che si è avvicinato – ma non molto perché
sulla soglia della villa stava una dozzina di bestiacce in atteggiamento minaccioso – dice di aver intravisto la signora Ele-

na Corio, la moglie del mio amico, quella dolce e amabile creatura. Era in cucina, accanto al fuoco, vestita come una pezzente; e rimestava in un immenso calderone, mentre intorno grappoli fetidi di topi la incitavano, avidi di cibo. Sembrava stanchissima ed afflitta. Come scorse l'uomo che guardava, gli fece con le mani un gesto sconsolato, quasi volesse dire: «Non datevi pensiero. È troppo tardi. Per noi non ci sono più speranze».

23

Appuntamento con Einstein

In un tardo pomeriggio dell'ottobre scorso, Alberto Einstein, dopo una giornata di lavoro, passeggiava per i viali di Princeton, e quel giorno era solo, quando gli capitò una cosa straordinaria. A un tratto, e senza nessuna speciale ragione, il pensiero correndo qua e là come un cane liberato dal guinzaglio, egli concepì quello che per l'intera vita aveva sperato inutilmente. D'un subito Einstein vide intorno a sé lo spazio cosiddetto curvo, e lo poteva rimirare per diritto e per rovescio, come voi questo volume.

Dicono di solito che la nostra mente non riuscirà mai a concepire la curvatura dello spazio, lunghezza larghezza spessore e in più una quarta dimensione misteriosa di cui l'esistenza è dimostrata ma è proibita al genere umano; come una muraglia che ci chiude e l'uomo, dirittamente volando a cavallo della sua mente mai sazia, sale, sale e ci sbatte contro. Né Pitagora né Platone né Dante, se oggi fossero ancora al mondo, neppure loro riuscirebbero a passare, la verità essendo più grande di noi.

Altri invece dicono che sia possibile, dopo anni e anni di applicazione, con uno sforzo gigantesco del cervello. Qualche scienziato solitario – mentre intorno il mondo smaniava, mentre fumavano i treni e gli alti forni, o milioni crepavano in guerra o nel crepuscolo dei parchi cittadini gli innamorati si baciavano la bocca – qualche scienziato, con eroica prestazione mentale, tale almeno è la leggenda, arrivò a scorgere (magari per pochi istanti solo, come se si fosse sporto sopra un abisso e poi subito lo avessero tirato indietro a vedere e contemplare lo spazio curvo, sublimità ineffabile della creazione.

Ma il fenomeno avveniva nel silenzio e non ci furono feste al temerario. Non fanfare, interviste, medaglie di benemerenza perché era un trionfo assolutamente personale e lui poteva dire: ho concepito lo spazio curvo, però non aveva documenti, fotografie o altro per dimostrare che era vero.

Quando però questi momenti arrivano e quasi da una sottile feritoia il pensiero con una suprema rincorsa passa di là, nell'universo a noi proibito, e ciò che prima era formula inerte, nata e cresciuta al di fuori di noi, diventa la nostra stessa vita; oh, allora di colpo si sciolgono i nostri tridimensionali affanni e ci si sente – potenza dell'uomo! – immersi e sospesi in qualche cosa di molto simile all'eterno.

Tutto questo ebbe il professor Alberto Einstein, in una sera di ottobre bellissima, mentre il cielo pareva di cristallo, qua e là cominciavano a risplendere, gareggiando col pianeta Venere, i globi dell'illuminazione elettrica, e il cuore, questo strano muscolo, godeva della benevolenza di Dio! E benché egli fosse un uomo saggio, che non si preoccupava della gloria, tuttavia in quei momenti si considerò fuori del gregge come un miserabile tra i miserabili che si accorge di avere le tasche piene d'oro. Il sentimento dell'orgoglio si impadronì quindi di lui.

Ma proprio allora, quasi a punizione, con la stessa rapidità con cui era venuta, quella misteriosa verità disparve. Contemporaneamente Einstein si accorse di trovarsi in un posto mai prima veduto. Egli camminava cioè in un lungo viale costeggiato tutto da siepi, senza case né ville né baracche. C'era soltanto una colonnetta di benzina a strisce gialle e nere, sormontata dalla testa di vetro accesa. E vicino, su un panchetto di legno, un negro in attesa dei clienti. Costui portava un paio di calzoni-grembiule e in testa un berretto rosso da baseball.

Einstein lo aveva appena sorpassato, che il negro si alzò, fece alcuni passi verso di lui e: «Signore!» disse. Così in piedi, risultava altissimo, più bello che brutto, di fattezze africane, formidabile; e nella vastità azzurra del vespero il suo sorriso bianco risplendeva.

«Signore» disse il negro «avete fuoco?» e mostrava un mozzicone di sigaretta.

«Non fumo» rispose Einstein fermatosi più che altro per la meraviglia.

Il negro allora: «E non mi pagate da bere?». Era alto, giovane, selvaggio.

Einstein cercò invano nelle tasche: «Non so... con me non ho niente... non ho l'abitudine... spiacente proprio». E fece per andare.

«Grazie lo stesso» disse il negro «ma... scusate...»

«Che cosa vuoi ancora?» fece Einstein.

«Ho bisogno di voi. Sono qui apposta.»

«Bisogno di me? Ma che cosa...?»

Il negro disse: «Ho bisogno di voi per una cosa segreta. E non la dirò che nell'orecchio». I suoi denti biancheggiavano più che mai perché intanto si era fatto buio. Poi si chinò all'orecchio dell'altro: «Sono il diavolo Iblìs» mormorò «sono l'Angelo della Morte e devo prendere la tua anima».

Einstein arretrò di un passo. «Ho l'impressione» la voce si era fatta dura «ho l'impressione che tu abbia bevuto troppo.»

«Sono l'Angelo della Morte» ripeté il negro. «Guarda.»

Si avvicinò alla siepe, ne strappò un ramo e in pochi istanti le foglie cambiarono colore, si accartocciarono, poi divennero grigie. Il negro ci soffiò sopra. E tutto, foglie, rametti e gambo volò via in una polvere minuta.

Einstein chinò il capo: «Accidenti. Ci siamo allora... Ma proprio qui, stasera... sulla strada?».

«Questo è l'incarico che ho avuto.»

Einstein si guardò intorno, ma non c'era anima viva. Il viale, i lampioni accesi e laggiù in fondo, all'incrocio, luci di automobili. Guardò anche il cielo; il quale era limpido, con tutte le sue stelle a posto. Venere proprio allora tramontava.

Einstein disse: «Senti, dammi tempo un mese. Proprio adesso sei venuto che sto per terminare un mio lavoro. Non ti chiedo che un mese».

«Ciò che tu vuoi scoprire» fece il negro «lo saprai subito di là, basta che tu mi segua.»

«Non è lo stesso. Che conta ciò che sapremo di là senza fatica? È un lavoro di notevole interesse, il mio. Ci fatico da trent'anni. E ormai mi manca poco...»

Il negro sogghignò: «Un mese, hai detto?... Ma fra un mese non cercare di nasconderti. Anche se ti trasferissi nella miniera più profonda, là io ti saprò subito trovare».

Einstein voleva ancora fargli una domanda, ma l'altro si era dileguato.

Un mese è lungo se si aspetta la persona amata, è molto breve se chi deve giungere è il messaggero della morte; più corto di un respiro. Passò l'intero mese e di sera, riuscito a restar solo, Einstein si portò sul luogo convenuto. C'era la colonnetta di benzina e c'era la panca con il negro, solo che adesso sopra la tuta aveva un vecchio cappotto militare: faceva freddo, infatti.

«Sono qui» disse Einstein, toccandogli una spalla con la mano.

«E quel lavoro? Terminato?»

«Non è finito» disse lo scienziato mestamente. «Lasciami ancora un mese! Mi basta, giuro. Stavolta sono sicuro di riuscire. Credimi: ci ho dato dentro giorno e notte ma non ho fatto in tempo. Però mi manca poco.»

Il negro, senza voltarsi, alzò le spalle: «Tutti uguali voi uomini. Non siete mai contenti. Vi inginocchiate per avere una proroga. E poi c'è sempre qualche pretesto buono...».

«Ma è una cosa difficile, quella a cui lavoro. Mai nessuno...»

«Oh, conosco, conosco» fece l'Angelo della Morte. «Stai cercando la chiave dell'universo, vero?»

Tacquero. C'era nebbia, notte già da inverno, disagio, voglia di restare in casa.

«E allora?» chiese Einstein.

«Allora va... Ma un mese passa presto.»

Passò sveltissimo. Mai quattro settimane furono divorate con tanta avidità dal tempo. E soffiò un vento gelido quella sera di dicembre, facendo scricchiolare sull'asfalto le ultime raminghe foglie: all'aria tremolava, di sotto al basco, la bianca criniera del sapiente. C'era sempre la colonnetta di benzina, e accanto c'era il negro con un passamontagna in testa, accoccolato come se dormisse.

Einstein gli si fece vicino, timidamente gli toccò una spalla. «Eccomi qui.»

Il negro si stringeva nel cappotto, batteva i denti per il freddo.

«Sei tu?» «Sì, sono io.» «Finito, allora?» «Sì grazie a Dio, ho finito.» «Terminato il grande match? Hai trovato quello che cercavi? Hai schiodato l'universo?»

Einstein tossicchiò: «Sì» disse scherzosamente «in certo modo l'universo adesso è in ordine».

«Allora vieni? Sei ben disposto al viaggio?»

«Eh, certo. Questo era nei patti.»

D'un botto il negro balzò in piedi e fece una risata classica da negro. Poi diede, con l'indice teso della destra, un colpo sullo stomaco di Einstein, che quasi perse l'equilibrio.

«Va, va, vecchia canaglia... Torna a casa e corri, se non vuoi prenderti una congestione polmonare... Di te, per ora, non me ne importa niente.»

«Mi lasci?... E allora, perché tutte quelle storie?»

«Importava che tu finissi il tuo lavoro. Nient'altro. E ci sono riuscito... Dio sa, se non ti mettevo quella paura addosso, quanto l'avresti tirata ancora in lungo.»

«Il mio lavoro? E che te ne importava?»

Il negro rise: «A me niente... Ma sono i capi, laggiù, i demoni grossi. Dicono che già le tue prime scoperte gli erano state di estrema utilità... Tu non ne hai colpa, ma è così. Ti piaccia o no, caro professore, l'Inferno se ne è giovato molto... Ora fa assegnamento sulle nuove...».

«Sciocchezze!» disse irritato Einstein. «Che vuoi trovare al mondo di più innocente? Piccole formulette sono, pure astrazioni, inoffensive, disinteressate...»

«E bravo!» gridò Iblìs, dandogli un altro botto con il dito, nel mezzo dello stomaco. «E bravo! Così, mi avrebbero spedito per niente? Si sarebbero sbagliati, secondo te?... No, no, tu hai lavorato bene. I miei, laggiù, saranno soddisfatti... Oh se tu sapessi!»

«Se io sapessi cosa?»

Ma l'altro era svanito. Né si vedeva più la colonnetta di benzina. Neppure lo sgabello. Solo la notte, e il vento, e lontano, laggiù, un andirivieni di automobili. A Princeton, New Jersey.

24

Gli amici

Il liutaio Amedeo Torti e la moglie stavano prendendo il caffè. I bambini erano già andati a letto. I due tacevano, come succedeva spesso. A un tratto lei:

«Vuoi che ti dica una cosa...? È tutto il giorno che ho una sensazione strana... Come se questa sera dovesse venire a trovarci Appacher.»

«Ma non dirle neanche per scherzo queste cose!» fece il marito con un gesto di fastidio. Infatti Toni Appacher, violinista, suo vecchio intimo amico, era morto venti giorni prima.

«Lo so, lo so che è orribile» disse lei «ma è un'idea da cui non riesco a liberarmi.»

«Eh, magari...» mormorò il Torti con una vaga contrizione ma senza voler approfondire l'argomento. E scosse il capo.

Tacquero ancora. Erano le dieci meno un quarto. Poi suonò il campanello della porta. Piuttosto lungo, perentorio. Entrambi ebbero un sussulto.

«Chi sarà a quest'ora?» disse lei. Si udì in anticamera il passo strascicato della Ines, la porta che veniva aperta, poi un sommesso parlottare. La ragazza si affacciò in tinello, pallidissima.

«Ines, chi c'è?» domandò la signora.

La cameriera si rivolse al padrone, balbettando: «Signor Torti, venga lei, un momento, di là... Se sapesse!».

«Ma chi c'è? chi c'è?» chiese rabbiosa la padrona, pur sapendo già benissimo chi fosse.

La Ines si curvò come chi ha da dire cose segretissime. Le parole le uscirono in un soffio: «C'è... c'è... Signor Torti, venga lei,... È tornato il maestro Appacher!».

«Che storie!» disse il Torti, irritato da tutti quei misteri, e alla moglie: «Vado io... Tu resta qui».

Uscì nel corridoio buio, urtò nello spigolo di un mobile, d'impeto aprì la porta che dava in anticamera.

Qui, in piedi, con la sua aria un poco timida, c'era Appacher. Non proprio uguale al solito Appacher, bensì alquanto meno sostanzioso, per una specie di indecisione nei contorni. Era un fantasma? Forse non ancora. Forse non si era completamente liberato di ciò che gli uomini definiscono materia. Un fantasma, ma con una certa residua consistenza. Vestito come era sua abitudine di grigio, la camicia a righe azzurre, una cravatta rossa e blu e il cappello di feltro molto floscio ch'egli cincischiava nervosamente tra le mani. (Si intende: un fantasma di vestito, un fantasma di cravatta e così via.)

Il Torti non era un uomo impressionabile. Tutt'altro. Eppure restò lì senza fiato. Non è uno scherzo vedersi ricomparire in casa il più caro e vecchio amico da venti giorni accompagnato al cimitero.

«Amedeo!» fece il povero Appacher, come per tastare il terreno, sorridendo.

«Tu qui? tu qui?» inveì quasi il Torti perché dagli opposti e tumultuosi sentimenti nasceva in lui, chissà come, soltanto una carica di collera. Non doveva essere una consolazione immensa rivedere il perduto amico? Per realizzare un tale incontro Torti non avrebbe dato volentieri i suoi milioni? Sì, certo, lo avrebbe fatto senza pensarci su. Qualsiasi sacrificio. E allora perché adesso questa felicità non la provava? Perché anzi una sorda irritazione? Dopo tante angosce, tanti pianti, tante seccature imposte dalle cosiddette convenienze, bisognava ricominciar da capo? Nei giorni del distacco, la carica di affetto per l'amico era stata smaltita fino in fondo, e ora non ne restava più di disponibile.

«Eh sì, sono qui» rispose Appacher, cincischiando più che mai le falde del cappello. «Ma io... lo sai bene, tra di noi, non è il caso di fare complimenti... Forse disturbo...»

«Disturbo? E lo chiami disturbo?» incalzò il Torti, trasportato ormai dalla rabbia. «Torni non voglio sapere neanche da dove, e in queste condizioni... E poi parli di disturbo! Un bel coraggio, hai!» Quindi a se stesso, del tutto esasperato: «Che faccio io adesso?».

«Senti, Amedeo» disse Appacher «non arrabbiarti... Dopo tutto non è colpa mia... Anche di là (fece un gesto vago) c'è una certa confusione... Insomma dovrei starmene qui ancora circa un mese... Un mese, se non sarà di più... E tu sai che la mia casa è già stata smontata, ci sono dentro i nuovi inquilini...»

«E allora, tu vuoi dire, ti fermeresti qui da me a dormire?»

«Dormire? Ormai non dormo più... Non si tratta di dormire... Mi basterebbe un angolino... Non darò noia, io non mangio, non bevo e non... insomma il gabinetto non mi occorre... Sai? Solo per non dover girare tutta la notte, magari con la pioggia.»

«Ma la pioggia... ti bagna?»

«Bagnarmi no, naturalmente» e fece una sottile risatina «ma dà sempre un fastidio maledetto.» «E così passeresti qui le notti?» «Se tu me lo permetti...» «Se lo permetto!... Io non capisco... Una persona intelligente, un vecchio amico... uno che ha oramai tutta la vita dietro a sé... come fa a non rendersi conto? Già, tu non hai mai avuto una famiglia!»

L'altro, confuso, retrocedeva in direzione della porta. «Scusami sai, io credevo... Si tratta poi di un mese solo...»

«Ma non mi vuoi capire allora!» fece il Torti, quasi offeso. «Non è per me che mi preoccupo... I bambini!... I bambini!... Ti parrebbe niente a te farti vedere da due innocenti che non hanno ancora dieci anni. Dopo tutto, dovresti renderti conto dello stato in cui ti trovi. Perdonami la brutalità ma tu, tu sei uno spettro... e dove ci sono i miei bambini, io uno spettro non ce lo lascio, caro mio...»

«E allora niente?»

«E allora, caro mio, non so che cosa dir...» Restò là con la parola monca. Di colpo Appacher era svanito. Solo si udivano dei passi giù per la scala a precipizio.

Suonava mezzanotte e mezzo quando il maestro Mario Tamburlani, direttore del Conservatorio, dove aveva anche l'alloggio, tornò a casa da un concerto. Giunto alla porta del suo appartamento, aveva già fatto girare la chiave nella toppa quando sentì un bisbiglio dietro a sé: «Maestro, Maestro!». Voltatosi di scatto, scorse Appacher.

Tamburlani era famoso per la diplomazia, il *savoir faire*, l'avvedutezza, la capacità di destreggiarsi nella vita: doti, o difetti, che lo avevano portato molto più in su di quanto i suoi modesti meriti potessero. In un baleno egli valutò la situazione.

«O caro, caro» mormorò in tono affettuosissimo e patetico, e tendeva le mani al violinista fermandosi però a un metro buono di distanza. «O caro, caro... Se tu sapessi il vuoto che...»

«Come? Come?» fece l'altro ch'era alquanto sordo poiché nei fantasmi l'acutezza dei sensi è attenuata. «Abbi pazienza, adesso non ci sento più come una volta...»

«Oh, lo capisco, caro... Ma non posso mica urlare. C'è di là Ada che dorme e poi...»

«Scusa, non potresti per un momento farmi entrare? Sono parecchie ore che cammino...»

«No, no, per carità, guai se Blitz si accorgesse.» «Come? Come hai detto?» «Blitz, il mio cane lupo, lo conosci no?... farebbe un tale chiasso... Si sveglierebbe subito il custode... e poi chissà...» «E allora, non potrei per qualche giorno...» «Venire a stare qui da me? O caro Appacher, certo certo!... Figurati se per un amico come te... Però, scusami sai, ma come facciamo con il cane?»

L'obiezione lasciò Appacher interdetto. Tentò allora la mozione degli affetti: «Piangevi, maestro, piangevi un mese fa, al cimitero, quando hai tenuto il discorso, prima che mi coprissero di terra... ti ricordi? Io sentivo i tuoi singhiozzi, cosa credi?».

«O caro, caro, non dirmelo... mi viene un tale affanno qui (e si portò una mano al petto)... Dio mio, mi pare che Blitz...»

Infatti dall'interno dell'appartamento veniva un sordo brontolio premonitore.

«Aspetta caro, entro un momento a far star quieta quella bestia insopportabile... Caro, un momento solo.»

Lesto come un'anguilla sgusciò dentro e chiuse il battente dietro a sé, sprangandolo ben bene. Poi silenzio.

Appacher aspettò qualche minuto. Poi bisbigliò: «Tamburlani, Tamburlani». Dall'altra parte non ci fu risposta. Allora egli batté debolmente con le nocche. Ma il silenzio era assoluto.

La notte camminava. Appacher pensò di provare dalla Gianna, ragazza di facili costumi e di buon cuore, con cui era stato molte volte. Gianna abitava due stanzette in un vecchio casamento popolare fuori mano. Quando egli arrivò erano le tre passate. Per fortuna, come accadeva spesso in un simile alveare, il portello d'ingresso era socchiuso. Appacher giunse al quinto piano con fatica. Era ormai stanco di girare.

Sul ballatoio non stentò a trovare l'uscio benché fosse buio fitto. Bussò discretamente. Dovette insistere prima di udire sintomi di vita. Poi la voce di lei piena di sonno: «Chi è? Chi è a quest'ora?».

«Sei sola? Apri... sono io, Toni.»

«A quest'ora?» ripeté lei senza entusiasmo ma con la solita docile umiltà «aspetta... adesso vengo.» Uno svogliato ciabattare, lo scatto dell'interruttore della luce, la serratura che girava. «Come mai vieni a quest'ora?» E, aperto l'uscio, Gianna stava per correre al suo letto, lasciando all'uomo il disturbo di richiudere, quando lo strano aspetto di Appacher la colpì. Restò interdetta ad osservarlo e solo allora dalla nebbia della sonnolenza emerse un ricordo spaventoso. «Ma tu... ma tu... ma tu...» Voleva dire: ma tu sei morto, adesso mi ricordo. Tuttavia il coraggio le mancava. Retrocedette, le braccia tese a respingerlo se mai le si fosse avvicinato. «Ma tu... ma tu.» Poi emise una specie d'urlo. «Fuori... fuori per carità!» supplicava, gli occhi sbarrati dal terrore. E lui: «Ti prego Gianna... Volevo riposarmi solo per un poco». «No no, fuori! Come puoi pensare... mi vuoi fare impazzire tu. Fuori! Fuori! Vuoi far svegliare tutto il casamento?»

Siccome Appacher non accennava a muoversi, la ragazza, senza togliergli gli occhi di dosso, cercò dietro a sé alla cieca con le mani, annaspando sopra una credenza. Sotto le dita le capitò una forbice.

«Vado, vado» fece lui disorientato, ma la donna, col coraggio della disperazione, già gli premeva la ridicola arma contro il petto; e la doppia lama, non incontrando resistenza, sprofondò tutta dolcemente nel fantasma. «Oh Toni, perdona, non volevo» fece la ragazza spaventata, mentre lui: «No, no... ah, che solletico, ti prego... che solletico!» e scoppiò a ridere istericamente come un pazzo. Di fuori, nel cortile, una imposta venne sbattuta con fracasso. Quindi una voce furibonda: «Ma si può sapere che succede? Sono quasi le quattro!... È uno scandalo, perdio!». Appacher già fuggiva come il vento.

Da chi tentare ancora? Dal vice parroco di San Calisto, fuori porta? Dal bravo don Raimondo, suo antico compagno di ginnasio che sul letto di morte gli aveva somministrato gli ultimi conforti religiosi? «Indietro, indietro, parvenza demoniaca» fu l'accoglienza del degno sacerdote come il violinista gli comparve.

«Ma sono Appacher, non mi riconosci?... Don Raimondo, lascia che mi nasconda qui da te. Tra poco è l'alba. Non c'è un cane che mi voglia... Gli amici mi hanno rinnegato. Almeno tu...»

«Non so chi tu sia» rispose il prete con voce malinconica e solenne. «Potresti essere il demonio, o anche un'illusione dei miei sensi, io non so. Ma se tu sei Appacher veramente, ecco, entra pure, quello è il mio letto, distenditi e riposa...»

«Grazie, grazie, don Raimondo, lo sapevo...»

«Non preoccuparti» proseguì il prete soavemente «non preoccuparti se io sono già in sospetto presso il vescovo... Non preoccuparti, te ne supplico, se la tua presenza qui potrà far nascere delle complicazioni gravi... Insomma, di me non darti cura. Se tu sei stato mandato qui per la mia rovina, ebbene sia fatta la volontà di Dio!... Ma che fai adesso? Te ne vai?»

Ed è per questo che gli spiriti – se mai qualche anima infelice si trattiene con ostinazione sulla terra – non vogliono vivere con noi ma si ritirano nelle case abbandonate, tra i ruderi delle torri leggendarie, nelle cappelle sperdute tra le selve, sulle scogliere solitarie che il mare batte, batte, e lentamente si diroccano.

25

I reziarii

Monsignore era solo nella campagna. Si avvicinò a una siepe e con uno stecchetto tolse dalla tela un grosso ragno: era giovane, sodo, magnifico; squisiti disegni di colore delicatissimo istoriavano la cupola dell'addome. La bestiola fu tratta via per il suo stesso filo e così dondolava, appesa, senza sapere che cosa le accadesse.

Ma un altro ragno ancora più formidabile stava, in un vicino varco della siepe, al centro della sua tela. Assomigliava a Moloc, oppure anche al dragone, il serpente antico, che porta il nome di Satana. Nel grande splendore della vita esso regnava, sazio ed immobile, in quel pezzetto di mondo. Dentro alla sua rete, a scopo di esperimento, monsignore lanciò con mossa precisa il primo ragno; il quale vi restò attaccato, invischiandosi.

L'uomo non fece in tempo a vedere. Il grande ragno sembrava dormisse: invece cadde fulmineo sul forestiero. E già le sue zampe lo avvoltolavano nelle argentee garze di bava. Non ci fu lotta. In pochi istanti il ragno fu accartocciato in un pacchetto, non poteva più muoversi.

Era sera, quieta la campagna, il sole scendeva regolarmente verso le montagne, facendo rilucere la ragnatela nei minuti disegni. Tutto era tornato nella pace. Nel mezzo, come prima, il gigantesco ragno immobile, come in letargo. Più sotto quel cartoccetto sospeso, con dentro il nemico. Era morto?

Ogni tanto le due zampe anteriori avevano tremiti quasi im-
percettibili.

Senonché all'improvviso il prigioniero si sciolse. Non fece
visibili sforzi, non diede scosse. Meditando nel chiuso della
trappola, ne aveva decifrato il segreto? Si sfilò fuori, apparve
intatto, si incamminò senza fretta lungo uno dei fili radiali
che sorreggevano la rete. Fa presto, muoviti – pensò monsignore –; vuoi farti riprendere? Ma il ragno non aveva premura.

Moloc, irrigidito nel trono, non batté ciglio. C'era stato un
patto tra i due? Il più grande per esempio poteva aver detto
all'altro: se riesci a liberarti da solo ti farò grazia, o qualcosa
di simile. Restò infatti fermo come una statua, finse di non
sapere, rinunciando. E già il minore si inoltrava tra le foglie.

Monsignore però fu più lesto e riuscì nuovamente a staccare dalla pianta il ragno fuggiasco, senza danneggiarlo. Lo
fece oscillare due tre volte a pendolo, poi con delicatezza lo
gettò per la seconda volta nella rete.

E per la seconda volta il gigante scattò. In un baleno fu sopra l'altro e aprendo le zampe cercava di avvilupparlo. Ci fu
una breve lotta. Il minore era rimasto appiccicato malamente alla rete né poteva voltarsi per lottare faccia a faccia. In
qualche modo tuttavia si difendeva, torcendosi all'indietro.
In questa posizione sbilenca poco dopo restò inchiodato.

I legamenti erano tuttavia molto meno perfetti di prima.
Nello scontro iniziale il ragno maggiore aveva speso senza risparmio la sua bava e non gliene restava quasi più. Dovette
limitarsi a una fasciatura sommaria, larghi varchi restando
aperti tra benda e benda. Allora, alle spalle di monsignore,
una piccola cosa nera si mosse, forse un uccello, una foglia
cadente, una biscia. Lui si voltò di soprassalto; ma la campagna era perfettamente deserta. Il ragno che aveva vinto non
tornò subito al suo seggio. Stavolta lavorava con molto impegno intorno al corpo del prigioniero e gli mordeva lentamente la schiena, allo scopo di avvelenarlo. L'altro subiva,
rassegnato, e pareva non soffrisse.

Lo addentò a lungo, poi tornò al centro della rete, poi
sembrò pentirsi e ricominciò a morsicare. Così tre volte. Alla

terza, da un breve pertugio del sacchetto, il prigioniero spinse fuori le tenaglie e abbrancò al volo una zampa del boia.

Moloc fu preso dall'orgasmo, abbandonò la vittima, cercò di ritirarsi. Ma l'altro teneva con furore. La zampa era tesa allo spasimo, ancora un po' e si sarebbe spezzata. Finché al prigioniero vennero meno le forze e le sue tenaglie mollarono.

Col dubbio che uno lo stesse fissando alle spalle, monsignore si voltò di nuovo. Ma dietro a lui non c'era nulla: tranne la campagna, il tramonto e una nuvola gialla la quale protendeva una specie di braccio lunghissimo, simile a un avvertimento. Verso di lui forse?

Zoppicando, il ragno grande risalì al suo stallo, in una abbietta costernazione. Era la paura di essere stato avvelenato. Con amore tenerissimo cominciò ad accarezzarsi la zampa che l'avversario aveva stretto. La lisciava con le altre sette, se la portava alla bocca e pareva leccarla, poi la tendeva per collaudo, come facciamo noi dopo una storta alle articolazioni. Sembrava una mamma col bambino. Dopo alcuni minuti però il suo affanno andava placandosi: ora esperimentava la zampa, se facesse ancora buona presa, sui fili stessi della rete, quasi arpeggiando. Quindi, con disgustoso trasporto, ancora la accarezzava.

Del tutto infine consolato, tornò al feroce lavoro con accresciuto accanimento. La sua tenaglia affondava nell'addome del suppliziato schiantando lo spessore della corteccia alla guisa di un apriscatole. E dalle crepe cominciava a colare un liquido denso e bianchiccio.

A questo punto, morendo il sole, lo smisurato braccio della nube, sospeso sopra la valle, divenne vivo ed ardente, cosicché il suo riflesso si posava sul mondo. Anche la siepe, nel suo piccolo ne risplendeva. Eppure tutto era adesso tornato alla quiete anche più di prima, perché prima se non altro c'erano due ragni in agguato ed ora soltanto uno, immobile e assorto come se nulla fosse accaduto. L'altro aveva cessato di essere ragno, era un bozzolo inerte e floscio, anche lo scolo delle mucillagini viscerali si andava coagulando. La morte però non ancora: rattrappite come erano nel sacchetto, le due zampe anteriori si muovevano per decimi di millimetro.

Un calesse passò nella strada vicina, il cavallino trottava allegramente e dileguò verso nord. Poi monsignore udì, di là del fiume, una contadina cantare con abbandono conturbante. Egli era solo. Con la precisione di un chirurgo ruppe, per mezzo di uno stecco, i legamenti e liberò la bestiolina torturata. Poi la adagiò su una foglia.

Ivi la creatura restò, tutta storpia, così come era stata imprigionata, quasi uscisse da una ingessatura, a motivo della invadente paralisi. Tentò poi di camminare e si rovesciò su un fianco. Le otto zampine palpitavano a ritmo tutte insieme con dolcezza, come invocando: il derelitto, l'innocente, l'agnello del Signore.

In ginocchio sul prato, monsignore era chino sopra quel dolore irrimediabile. Dio, che cosa aveva fatto! Poco era bastato, un piccolo scherzo sperimentale, a rovinare una vita. Così egli stava pensando, quando notò che il ragno lo guardava: dai suoi occhietti inespressivi qualcosa di duro e cocente saliva fino a lui. Si accorse pure che il sole era disceso: alberi e siepi si facevano misteriosi fra lanugini di nebbia, aspettando. E adesso chi si muoveva alle sue spalle? Chi sussurrava piano piano il suo nome? No, pareva proprio che non ci fosse nessuno.

26

All'idrogeno

Fui svegliato dal telefono. Fosse per l'interruzione brusca del sonno, o per il silenzio plumbeo che regnava intorno, mi sembrò che il campanello avesse un suono più lungo del solito, malaugurante, astioso.

Accesi la luce, in pigiama andai a rispondere, faceva freddo, vidi che i mobili erano immersi profondamente nella notte (quel senso misterioso pieno di presagi!), svegliandomi lì avevo colti di sorpresa. Insomma capii subito che era una delle grandi notti, le quali vengono di raro, profondissime, e in queste notti all'insaputa del mondo il destino fa un passo.

«Pronto, pronto» c'era una voce nota, dall'altra parte, ma così insonnolito io non la riconoscevo. «Sei tu?... E allora... dimmi... Vorrei sapere...»

Era un amico, certo, però ancora non l'avevo identificato (quella odiosa mania di non dire subito il proprio nome).

Lo interruppi, senza aver neppure pesato le sue parole:

«Ma non potevi telefonarmi domani? Lo sai che ora è?»

«Sono le 57 e un quarto» rispose. E tacque lungamente come se avesse già detto troppo. In realtà mai io mi ero addentrato, da sveglio, in profondità così remote della notte; e provavo un certo orgasmo.

«Ma cosa c'è? Cos'è successo?»

«Niente, niente» rispose lui, sembrava imbarazzato «... si era sentito dire che... Ma non importa, non importa... Scusa...» E mise giù la cornetta.

Perché aveva telefonato a quell'ora? E poi, chi era? Un amico, un conoscente, certo, ma chi precisamente? Non riuscivo a localizzarlo.

Stavo per rientrare in letto, il telefono suonò per la seconda volta. Era un trillo ancora più aspro e perentorio. Un altro, non quello di prima, lo intuii subito.

«Pronto.» «Sei tu?... Ah, meno male.» Era una donna. E stavolta la riconobbi: Luisa, una brava ragazza, segretaria di un avvocato, che non vedevo più da anni. L'aver udito la mia voce era stato per lei, si capiva, un sollievo immenso. Ma perché? E, soprattutto, come mai si faceva viva dopo tanto tempo al colmo della notte, con una chiamata così nevrastenica?

«Ma cosa c'è» feci, impazientito «si può sapere?»

«Oh» rispose Luisa fievole. «Sia ringraziato Dio!... Avevo fatto un sogno, sai?, un sogno orrendo... Mi ero svegliata col batticuore... Non ho potuto fare a meno di...»

«Ma cosa? Sei la seconda, questa notte. Cosa c'è perdio?»

«Perdonami, perdonami... Lo sai come io sono apprensiva... Va a dormire, va, non voglio farti prendere altro freddo... Ciao.» La comunicazione fu interrotta.

Restai là, col microfono in mano, nel silenzio, e i mobili, benché la luce elettrica li illuminasse nel modo più normale, avevano un aspetto strano, come chi sta per dire una cosa ma si interrompe, e dentro a lui la cosa rimane chiusa, senza che noi si possa sapere. Probabilmente era questa una semplice conseguenza della notte: noi ne conosciamo in realtà una parte minima, il rimanente è immenso, inesplorato, e le rarissime volte che vi entriamo, tutto ci impaurisce.

Pace e silenzio, tuttavia, questo sì: era il sonno quasi sepolcrale delle case il quale è molto più profondo, e muto, che il silenzio della campagna. Ma quei due perché mi avevano telefonato? Qualche notizia che riguardava me era giunta fino a loro? Una notizia di disgrazia? Presentimenti, forse, sogni premonitori?

Sciocchezze. Mi infilai nel letto, ritrovando con gioia il posto caldo. Spensi la luce. Mi distesi a pancia in giù, nella mia solita maniera.

A questo punto suonò il campanello della porta. Lungo. Due volte. Il rumore mi entrò proprio nella schiena, su per la colonna vertebrale. Qualcosa era dunque successo, o stava per succedermi, e doveva essere un fatto infausto per compiersi a un'ora così estrema, un fatto doloroso o turpe, senza dubbio.

Il cuore mi rimbombava dentro. Riaccesi la luce della stanza, ma per prudenza non accesi in corridoio: chissà, da qualche minima fessura della porta d'ingresso potevano vedermi: «Chi è?» domandai cercando una intonazione energica; la voce invece tremò, afona, ridicola.

«Chi è?» chiamai una seconda volta. Nessuno rispondeva.

Con precauzione infinita, sempre al buio, mi avvicinai alla porta e, chinandomi, misi un occhio a un buchino quasi impercettibile da cui però si poteva guardar fuori. Il pianerottolo era vuoto, né si intravedevano ombre in movimento. C'era, sulle scale, la fioca, avara, disperata luce di sempre, per cui gli uomini, rincasando alla sera, sentono il peso della vita.

«Chi è?» domandai per la terza volta. Niente.

Allora si udì un rumore. Non veniva di là dalla porta, dal pianerottolo delle scale o dalle prossime rampe, bensì dal basso, probabilmente dalla cantina, e l'intero edificio ne vibrava. Era come se una cosa pesantissima fosse strascinata, per un passaggio angusto, con stento e travaglio grandi. Il rumore significava appunto un attrito, e c'era dentro pure – misericordia di Dio! – un lungo atrocissimo scricchiolio come quando un trave sta per crepare o la tenaglia procede a scardinare un dente.

Non potevo capire che fosse, seppi però immediatamente che quella era la cosa per cui poco prima mi avevano telefonato ed era suonato il campanello della porta: in una tale oscura e misteriosa cavità della notte!

Il rumore si ripeteva, a lunghi strappi dilaceranti, sempre più forte, come se salisse. Nello stesso tempo avvertii un fitto ma estremamente basso brusìo umano, che veniva dalle scale. Non potevo resistere. Piano piano feci scorrere il chiavistello e socchiusi il battente. Guardai fuori.

La scala (ne vedevo due rampe) era gremita. In vestaglie e pigiama, qualcuno anche a piedi nudi, gli inquilini erano usciti e appoggiati alla ringhiera guardavano giù con ansia. Notai il pallore mortale delle facce, l'immobilità delle membra, che sembravano paralizzate dal terrore.

«Pss, pss» feci, dallo spiraglio, non osando uscire in pigiama, com'ero. La signora Arunda, quella del quinto piano (aveva in testa ancora i diavoletti) volse il capo con espressione di rimprovero. «Cosa c'è?» sussurrai (ma perché non parlavo a voce alta se tutti erano svegli?).

«Sss» fece lei, sottovoce, e aveva un tono di totale desolazione, immaginate un malato a cui il medico abbia fatto diagnosi di cancro. «L'atomica!» e fece un segno con l'indice verso il pianterreno.

«Come, l'atomica?»

«È arrivata... Stanno portandola dentro... Per noi, per noi... Venga qui a vedere.»

Benché mi vergognassi, uscii sul pianerottolo e facendomi largo fra due tipi che non avevo mai visto, guardai in giù. Mi parve di scorgere una cosa nera, come un cassone immenso intorno al quale con leve e corde armeggiavano alcuni uomini in tuta blu.

«È quella?» domandai.

«Già, dove vuole che sia?» rispose un tanghero vicino a me e poi, quasi per rimediare alla scortesia: «È la drogena, sa?».

Si udì un risolino secco, privo di allegria. «Che drogena d'Egitto! All'idrogeno, all'idrogeno. Porci maledetti, l'ultimo tipo! Tra miliardi di uomini che esistono, proprio a noi ce l'hanno mandata, proprio a noi, via San Giuliano 8!»

Passato il primo gelido sbalordimento, il brusìo della gente si faceva intanto più mosso e nutrito. Distinguevo voci, repressi singhiozzi di donne, bestemmie, sospiri. Un uomo sui trent'anni piangeva senza ritegno battendo con forza il piede destro su un gradino. «È ingiusto» gemeva. «Io mi trovo qui per caso!... Io sono di passaggio!... Io non c'entro!... Domani io dovevo partire!...»

Quella sua lagna era insopportabile. «E io domani» gli dis-

se, rude, un signore sui cinquanta, credo fosse l'avvocato del-
l'ottavo piano «e io domani dovevo mangiare gli agnolotti,
ha capito? Gli agnolotti! E ne farò senza, ne farò!»

Una donna aveva perso la testa. Mi afferrò per un polso e
lo scuoteva. «Li guardi, li guardi» disse a voce bassa accennando ai due bambini che la seguivano «li guardi questi due
angioletti! Le sembra possibile? Non grida vendetta a Dio,
tutta questa storia?» Io non sapevo cosa dire. Avevo freddo.

Dal basso venne un fragore lugubre. Dovevano essere riusciti a smuovere il cassone di un buon tratto. Guardai ancora
in giù. L'odioso oggetto era entrato nell'alone di una lampadina. Era verniciato di azzurro scuro e c'era una quantità di
scritte e di etichette. Per vedere meglio, gli uomini si spenzo-
lavano dalla ringhiera, col rischio di precipitare. Voci confuse: «E scoppierà quando? Questa notte?... Mariooo! Mariooo!! L'hai svegliato Mario?... Gisa, hai tu la *boule* con
l'acqua calda?... Figli, figli miei!... Ma tu gli hai telefonato?
Sì, ti dico, telefona! Vedrai che lui può far qualcosa... È assurdo, caro signore, solo noi... E chi le dice solo noi? Come
fa a sapere?... Beppe, Beppe, stringimi, ti supplico, stringimi!...». Poi preghiere, ave, litanie. Una donnetta teneva in
mano un cero spento.

Ma a un tratto dal basso una notizia serpeggiò lungo la
scala. Lo si capì dal concitato scambio di voci che via via salivano. Una notizia buona, si doveva dedurre dal più vivace
tono che assunse subito l'aspetto della gente. «Che cosa c'è?
Che cosa c'è?» chiedevano, impazienti dall'alto.

Finalmente, a frammenti, qualche eco giunse fino a noi
del sesto piano. «C'è un indirizzo con il nome» dicevano.
«Come, il nome? Sì, il nome di chi deve ricevere l'atomica...
È personale, capisci? Non è per tutta la casa, non è per tutta
la casa, solo per uno... non è per tutta la casa!» Sembravano
impazziti, ridevano, si abbracciavano e baciavano.

Poi un dubbio, a gelare l'entusiasmo. Ciascuno pensò a sé,
dialoghi affannosi, le scale erano tutte un frenetico vocìo.
«Che nome è? Non sono riusciti a leggerlo... Sì, che si legge...
è un nome straniero (tutti pensammo al dottor Stratz, il den-

tista del piano rialzato). No, no... è italiano... Come? come? Comincia per T... No no... per B come Bergamo... E poi? e poi? La seconda lettera? U, hai detto? U come Udine?»

La gente mi fissava. Mai vidi volti umani stravolti da una felicità così selvaggia. Uno non seppe resistere e scoppiò in una risata che finì in una tosse cavernosa: era il vecchio Mercalli, quello dei tappeti all'asta. Capii. Il cassone con l'inferno dentro era per me, un esclusivo dono; per me solo. E gli altri erano salvi.

Che c'era più da fare? Mi ritrassi verso l'uscio. I coinquilini mi guardavano. Con che gioia mi guardavano. Giù in basso, i rantoli tetri del cassone, che adagio adagio stavano issando su per la scala, si mescolarono a una improvvisa fisarmonica. Era il motivo de *La vie en rose*.

27
L'uomo che volle guarire

Intorno al grande lebbrosario sulla collina, a un paio di chilometri dalla città, correva un alto muraglione e in cima al muraglione le sentinelle camminavano su e giù. Tra queste guardie ce n'erano di altezzose e intrattabili, altre invece avevano pietà. Perciò al crepuscolo i lebbrosi si raccoglievano ai piedi del bastione e interrogavano i soldati più alla mano. «Gaspare» per esempio dicevano «che cosa vedi questa sera? C'è qualcuno sulla strada? Una carrozza, dici? E com'è questa carrozza? E la reggia è illuminata? Hanno acceso le torce sulla torre? Che sia tornato il principe?» Continuavano per ore, non erano mai stanchi e, benché il regolamento lo vietasse, le sentinelle di buon cuore rispondevano, spesso inventando cose che non c'erano, passaggio di viandanti, luminarie, incendi, eruzioni perfino del vulcano Ermac, poiché sapevano che qualsiasi novità era una deliziosa distrazione per quegli uomini condannati a non uscire mai di là. Anche i malati gravi, i moribondi partecipavano al convegno portati in barella dai lebbrosi ancora validi.

Soltanto uno non veniva, un giovane entrato nel lazzaretto da due mesi. Era un nobile, un cavaliere, uomo già stato bellissimo, a quanto si poteva indovinare perché la lebbra lo aveva attaccato con una violenza rara, in poco tempo deturpandogli la faccia. Si chiamava Mseridon.

«Perché non vieni?» gli chiedevano passando dinanzi alla sua capanna «perché non vieni anche tu a sentire le notizie?

Ci devono essere questa sera i fuochi artificiali e Gaspare ha promesso che ce li descriverà. Sarà bellissimo, vedrai.»

«Amici» lui rispondeva dolcemente, affacciandosi alla soglia e si copriva la faccia leonina con un pannolino bianco «capisco che per voi le notizie che vi dà la sentinella siano una consolazione. Questo è l'unico legame che vi resta col mondo esterno, con la città dei vivi. È vero o no?»

«Sì certo, è vero.»

«Questo vuol dire che vi siete già rassegnati a non uscire mai di qui. Mentre io...»

«Tu che cosa?»

«Mentre io invece guarirò, io non mi sono rassegnato, io voglio, capite, voglio tornare come prima.»

Tra gli altri, dinanzi alla capanna di Mseridon, passava il saggio e vecchio Giacomo, patriarca della comunità. Aveva almeno centodieci anni ed era quasi un secolo che la lebbra lo smangiava. Non aveva più membra di sorta, non si distinguevano più la testa né le braccia né le gambe, il corpo si era trasformato in una specie di asta del diametro di tre quattro centimetri che si teneva chissà come in equilibrio, con in cima un ciuffo di capelli bianchi e assomigliava, in grande, a quegli scacciamosche che adoperano i nobili abissini. Come ci vedesse, parlasse, si nutrisse era un enigma perché la faccia era distrutta né si vedevano aperture nella crosta bianca che lo rivestiva, simile alla corteccia di betulla. Ma questi sono i misteri dei lebbrosi. In quanto al camminare, scomparse tutte le articolazioni, se la cavava saltellando sull'unico piede, tondo anch'esso come il puntale di un bastone. Anziché macabro, l'aspetto complessivo era grazioso. Praticamente, un uomo trasformato in vegetale. E siccome era molto buono e intelligente, tutti gli usavano riguardo.

All'udire le parole di Mseridon, il vecchio Giacomo si fermò e gli disse: «Mseridon, povero ragazzo, io sono qui da quasi cento anni e di quanti io trovai o entrarono dipoi nessuno è mai uscito. Tale è la nostra malattia. Ma anche qui, vedrai, possiamo vivere. C'è chi lavora, c'è chi ama, c'è chi scrive poesie, c'è il sarto, c'è il barbiere. Si può anche essere felici, per lo meno non si è molto più infelici degli uomini di fuori. Tutto sta nel rassegnarci. Ma guai, Mseridon, se l'animo si ribella e non si adatta e pretende una guarigione assurda, allora ci si riempie il cuore di veleno». E così dicendo il vecchio scuoteva il suo bel pennacchio bianco.

«Ma io» ribatté Mseridon «io ho bisogno di guarire, io sono ricco, se tu salissi sulle mura potresti vedere il mio palazzo, ha due cupole d'argento che scintillano. Laggiù ci sono i miei cavalli che mi aspettano, e i miei cani, e i miei cacciatori, e anche le tenere schiave adolescenti mi aspettano che torni. Capisci, saggio bastoncello, io ho bisogno di guarire.»

«Se per guarire bastasse averne bisogno, la cosa riuscirebbe molto semplice» fece Giacomo con una bonaria risatina. «Chi più chi meno, tutti sarebbero guariti.»

«Ma io» si ostinò il giovane «io per guarire ho il mezzo, che gli altri non conoscono.»

«Oh lo immagino» fece Giacomo «ci sono sempre dei bricconi che ai nuovi venuti offrono a caro prezzo unguenti segreti e prodigiosi per guarire. Anch'io ci cascai quando ero piccolo.»

«No, non uso unguenti io, io adopero semplicemente la preghiera.»

«Tu preghi Dio che ti guarisca? E sei perciò convinto di guarire? Ma tutti noi preghiamo, cosa credi? non passa sera che non si rivolga il pensiero a Dio. Eppure chi...»

«Tutti pregate, è vero, ma non come me. Voi alla sera andate ad ascoltare il notiziario della sentinella, io invece prego. Voi lavorate, studiate, giocate a carte, voi vivete come vivono pressapoco gli altri uomini, io invece prego, tranne il tempo strettamente indispensabile per mangiare, bere e dormire, io prego senza soluzione di continuità e del resto anche mentre mangio io prego e perfino mentre dormo; tanta è infatti la mia volontà che da qualche tempo sogno di essere inginocchiato e di pregare. La preghiera che fate voi è uno scherzo. L'autentica preghiera è una fatica immensa, io alla sera arrivo estenuato dallo sforzo. E come è duro all'alba, appena sveglio, riprendere subito a pregare, la morte talora mi sembra preferibile. Ma poi mi faccio forza e mi inginocchio. Tu, Giacomo, che sei vecchio e saggio, dovresti saperle queste cose.»

A questo punto Giacomo cominciò a dondolare come se stentasse a mantenere l'equilibrio e calde lacrime rigarono la sua scorza cinerina.

«È vero, è vero» singhiozzava il vecchio «anch'io quando avevo la tua età... anch'io mi gettai nella preghiera e tenni duro sette mesi e già le piaghe si chiudevano e la pelle tornava bella liscia... stavo guarendo... Ma a un tratto non ce la feci più e tutta la fatica andò perduta... lo vedi in che stato son ridotto...»

«E allora» disse Mseridon «tu non credi che io...»

«Dio ti assista, non posso dirti altro, che l'Onnipotente ti dia forza» mormorò il vecchio, e a piccoli saltelli si avviò alle mura, dove la folla era riunita.

Chiuso nella sua capanna, Mseridon continuò a pregare, insensibile ai richiami dei lebbrosi. A denti stretti, col pensiero fisso a Dio, tutto in sudore per lo sforzo, lottava contro il male e a poco a poco le immonde croste si accartocciavano al bordo e poi cadevano, lasciando che la carne sana rinascesse. Intanto la voce si era sparsa e attorno alla capanna stazionavano sempre gruppi di curiosi. Mseridon aveva ormai fama di santo.

Avrebbe vinto o tanto impegno non sarebbe servito a niente? Si erano formati due partiti, pro e contro il giovane ostinato. Finché, dopo quasi due anni di clausura, Mseridon un giorno uscì dalla capanna. Il sole finalmente gli illuminò la faccia, la quale non aveva più segni di lebbra, non assomigliava al muso di un leone, bensì risplendeva di bellezza.

«È guarito, è guarito!» gridò la gente incerta se mettersi a piangere di gioia o lasciarsi divorare dall'invidia. Era guarito infatti Mseridon ma per poter lasciare il lebbrosario doveva avere un documento.

Andò dal medico fiscale che faceva ogni settimana l'ispezione, si spogliò e si fece visitare.

«Giovanotto, puoi dirti fortunato» fu il responso «devo ammettere che sei quasi guarito.»

«Quasi? Perché?» chiese il giovane con amara delusione.

«Guarda, guarda qui la brutta crosticina» fece il medico additando con una bacchetta, per non toccarlo, un puntino colore della cenere non più grande di un pidocchio, sul mignolo di un piede «bisogna che tu elimini anche questa se vuoi che io ti lasci libero.»

Mseridon tornò alla sua capanna e mai seppe neppur lui come fece a superare lo sconforto. Credeva di essere ormai salvo, aveva allentato tutte le energie, già si apprestava al premio: e doveva invece riprendere il calvario.

«Coraggio» lo incitava il vecchio Giacomo «ancora un piccolo sforzo, il più l'hai fatto, sarebbe pazzesco rinunciare proprio adesso.»

Era una rugosità microscopica sul mignolo ma sembrava che non volesse arrendersi. Un mese e poi due mesi di ininterrotta potentissima preghiera. Niente. Un terzo, un quarto, un quinto mese.

Niente. Mseridon stava per mollare quando una notte, passandosi, come faceva ormai meccanicamente, una mano sul piede malato, non incontrò più la crosticina.

I lebbrosi lo portarono in trionfo. Era ormai libero. Dinanzi al corpo di guardia ci furono i commiati. Poi soltanto il vecchio Giacomo, saltellando, lo accompagnò alla porta esterna. Furono controllati i documenti, la chiave cigolò girando nella serratura, la sentinella spalancò la porta.

Apparve il mondo nel sole del primo mattino, così fresco e pieno di speranze. I boschi, le praterie verdi, gli uccellini che cantavano, e in fondo biancheggiava la città con le sue torri candide, le terrazze orlate di giardini, gli stendardi fluttuanti, gli altissimi aquiloni a forma di draghi e di serpenti; e sotto, che non si vedevano, miriadi di vite e di occasioni, le donne, le voluttà, i lussi, le avventure, la corte, gli intrighi, la potenza, le armi, il regno dell'uomo!

Il vecchio Giacomo osservava la faccia del giovane, curioso di vederla illuminata dalla gioia. Sorrise infatti Mseridon al panorama della libertà. Ma fu un istante. Subito il giovane cavaliere impallidì.

«Che hai?» gli chiese il vecchio supponendo che l'emozione gli avesse tolto il fiato. E la sentinella: «Su, su svelto, giovanotto, passa fuori che io devo subito richiudere, non ti farai pregare, spero!».

Invece Mseridon fece un passo indietro e si coprì gli occhi con le mani: «Oh è terribile!».

«Che hai?» ripeté Giacomo. «Stai male?»

«Non posso!» disse Mseridon. Dinanzi a lui, di colpo, la visione era cambiata. E al posto delle torri e delle cupole, giaceva adesso un sordido groviglio di catapecchie polverose, grondanti di sterco e di miseria, e invece degli stendardi, sopra i tetti, nugoli caliginosi di tafani come un infetto polverone.

Il vecchio domandò: «Che cosa vedi, Mseridon? Dimmi: vedi marcio e luridume dove prima tutto era glorioso? Al posto dei palazzi vedi ignobili capanne? È così, Mseridon?».

«Sì, sì, tutto è diventato orribile. Perché? Cosa è successo?»

«Io lo sapevo» fece il patriarca «lo sapevo ma non osavo dirtelo. Questo è il destino di noi uomini, tutto si paga a caro prezzo. Non ti sei mai chiesto chi ti dava la forza di pregare? Le tue preghiere erano di quelle a cui non resiste neanche la collera del cielo. Tu hai vinto, sei guarito. E adesso paghi.»

«Pago? E perché?»

«Perché era la grazia che ti sosteneva. E la grazia dell'Onnipotente non risparmia. Sei guarito ma non sei più lo stesso di una volta. Di giorno in giorno, mentre la grazia lavorava in te, senza saperlo tu perdevi il gusto della vita. Tu guarivi, ma le cose per cui smaniavi di guarire a poco a poco si staccavano, diventavano fantasmi, cimbe natanti sopra il mar degli anni! Io lo sapevo. Credevi di essere tu a vincere, e invece era Dio che ti vinceva. Così hai perso per sempre i desideri. Sei ricco ma adesso i soldi non ti importano, sei giovane ma non ti importano le donne. La città ti sembra un letamaio. Eri un gentiluomo, sei un santo, capisci come il conto torna? Sei nostro, finalmente, Mseridon! L'unica felicità che ti rimane è qui tra noi, lebbrosi, a consolarci... Su, sentinella, chiudi pure la porta, noi rientriamo.»

La sentinella tirò a sé il battente.

28

24 marzo 1958

In determinate condizioni di atmosfera, di ora e di luce possiamo vedere anche a occhio nudo i tre piccoli satelliti artificiali che l'uomo lanciò dalla Terra verso gli spazi interplanetari dal 1955 al 1958; e ivi sono rimasti appesi, presumibilmente per sempre, girando girando intorno a noi. In certi crepuscoli d'inverno quando l'aria è come cristallo, tre minuscoli punti brillano, di un fisso e corrucciato splendore; due vicini che quasi si toccano, uno più in là, solitario. Ma se prendiamo un buon binocolo, o un cannocchiale a forte ingrandimento, li possiamo osservare molto meglio, quasi come degli aeroplani che volino a discreta altezza. (Disteso sulla sedia a sdraio nell'atrio della sua casa di campagna, il vecchio Forrest, l'uomo che li ideò e li volle, ormai ottuagenario, consuma nella loro attesa le sue insonni notti di asma. E quando il primo dei tre sbuca dal ciglio nero del cornicione, egli si porta dinanzi all'occhio il piccolo telescopio sospeso a uno speciale supporto elastico, e guarda, guarda, per ore.)

Ecco il primo, denominato "Hope" per la speranza che in quel settembre memorabile riempì l'intero genere umano, facendogli dimenticare le malvagità di cui si consumavano i suoi giorni (eppure era uno scopo odioso, una inconfessata avidità di dominio che lo proiettò, con un lungo sibilo, a picco verso lo zenit, facendo voltare in su contemporaneamente le facce dei trecentomila uomini riuniti nelle White Sands, alle ore 4,53 del mattino). A vederlo così da lontano "Hope" ha la forma di una tozza matita, il suo colore è d'argento, che scintilla nella parte illuminata lasciando la restante nel buio. Se ne sta tutto sghembo, cosicché sembra proprio che sia rimasto là appeso; appeso, dimenticato e morto. Ma occorre sempre uno sforzo d'immaginazione per convincersi che nel suo interno stanno i corpi di William B. Burkington, Ernst Shapiro e Bernard Morgan, gli eroi vogliamo dire, i pionieri, i quali ininterrottamente girano, e sono già passati venti anni!

Vicinissimo è il satellite maggiore, secondo in ordine di tempo; grosso almeno quattro volte il primo; liscio, bellissimo, a forma di uovo, di un favoloso colore arancione. Verso la coda si intravedono come tante uniformi canne d'organo; i tubi per i razzi ho sentito dire. Esso è denominato "L.E." sigla che significa Lois Egg, in italiano l'uovo di Lois: ciò in onore di Mrs. Lois Berger, la moglie amata del costruttore, partita con lui, con lui rimasta lassù, a girare, girare eternamente; e non dovremmo qui dimenticare i loro sette compagni.

Poi spostiamo il cannocchiale di 24 gradi e incontriamo il terzo, "Faith", terzo anche in ordine di tempo. Fu battezzato così per significare la fede che sorreggeva gli uomini a ritentare ciò che agli altri non era riuscito. Esso ha una sagoma simile a quella di "Hope", solo che è alquanto più grande. Colorato a strisce gialle e nere che si distinguono benissimo anche oggi; e proprio quelle strisce più di ogni altra cosa ci persuadono che a costruirlo siamo stati noi, e non è l'errabondo frammento di qualche ignoto cataclisma siderale. "Faith" partì con cinque uomini: Palmer, Sough, Lasalle, Cosentino, Thompson i loro nomi. In cinque diversi cimiteri, sparsi sul nostro piccolo mondo, cinque tombe vuote aspettano; ma essi continuano a girare, probabilmente incorrotti; l'ultima umanità sarà estinta e loro gireranno ancora.

24 marzo 1958 è la terribile data di questa terza ascensione. Essa non è celebrata come festa nazionale e anche gli anniversari passano in sordina come se avessimo paura di sottolinearli. Pure nei libri di scuola se ne fa solo un fugace accenno. Eppure né Zama né Valmy, né Kulikovo né Waterloo, né la scoperta dell'America né la rivoluzione francese possono starle alla pari (se mai, si può forse confrontarla

con la nascita di Nostro Signore Gesù Cristo). Da allora – oh, anch'io mi ricordo come si viveva una volta – gli uomini sono cambiati: diversi i pensieri, il lavoro, i desideri, i costumi, i divertimenti, l'amore. Senza confessarlo a se stessa per una specie di vergogna, la gente ha preso un'altra strada. Meglio o peggio? Ma non c'è bisogno di chiederlo, basta guardarsi intorno, ascoltare i discorsi, osservare le azioni che si compiono in questo anno di grazia 1975. (Però il vecchio Forrest, inchiodato nel letto, non si stanca, se la notte è limpida, di contemplare i tre bizzarri veicoli, si direbbe lo roda una sorta di ribellione contro ciò che è avvenuto, una protesta contro la scoperta fatale che ha cambiato la nostra vita.)

Ricordate? "Hope" era provvisto di potenti apparecchi radio. Perfetta la partenza, perfetta la traiettoria, il viaggio fu controllato dal basso con assoluta precisione metrica. A un tratto fu visto inclinarsi, assumere quella buffa posa sghemba, rimase là come una candelina appesa male all'albero di Natale. Non un messaggio, non un segno di vita. Tutto fu suggellato dal silenzio.

"Faith" e "L.E." nacquero in gara, dissipato che fu il primo scoraggiamento. Tra i due fece più presto "L.E.". Il pensiero dei tre morti, sepolti nel vuoto interplanetario, accrebbe la solennità della cerimonia. Partì nel novembre 1957 e si calcolò la traiettoria in modo che passasse nelle vicinanze di "Hope", quell'inerte rudere dei cieli. La signora Lois Berger fu l'ultima a entrare nel proiettile razzo. E prima che il portello metallico si chiudesse definitivamente, ella sporse la testa graziosa salutando la folla in delirio. Seguì la vampa, il rigurgito atomico, quel lugubre rombo che non dimenticheremo. Già l'"Uovo" era una minuscola fiammella che si faceva più piccola a ogni istante. «Tutto bene» comunicò subito la radio di bordo «scossa minima, temperatura regolare... temperatura regolare» ripeté dopo un certo tempo. Quindi venne il misterioso messaggio: «*What a sound*, che rumore» segnalò la radio «*an odd*... uno strano...» e qui la trasmissione fu interrotta. Poi il silenzio. E il coraggioso uovo restò sospeso sull'abisso (e gira gira silenziosamente sopra la Terra ancora viva).

Non bastò questa mortale esperienza a impedire la terza spedizione. Occorre raccontare come "Faith" prese il volo quattro mesi dopo? E come anch'esso divorò gli spazi esattamente come era stato previsto? E come il Thompson, radio-operatore, comunicasse per telefonia le prime notizie, e come a un certo punto egli dicesse: «*Damm it, but here we have got in...!*» e poi basta? (Ci sono se li volete, in vendita, i dischi che riproducono tale e quale la famosa telefonata. La voce è limpida e tranquilla anche là dove esclama: «Accidenti, ma qui noi siamo capitati in...!». E poi si ode il fruscio della puntina, nient'altro che uno spaventoso silenzio.)

Adesso, dopo diciassette anni, solo pochi caparbi si ostinano a discutere sul significato di quei due messaggi di morte. Se il primo parve indecifrabile, a capire il secondo bastarono meno di 24 ore; e insieme fu svelato anche l'enigma che l'"Uovo" aveva lasciato dietro di sé. Cosicché nessuno più oggi dubita – tranne pochi irriducibili caparbi che vorrebbero tener alto l'orgoglio umano – nessuno più dubita che i tre proiettili siano stati investiti dal suono a cui la nostra povera anima non resiste. «*An odd music*, una strana musica» voleva dire il marconista del "L.E."; ma proprio allora il suo cuore si spaccò. «*But here we have got in Paradise*, ma qui noi siamo capitati nel Paradiso!» voleva dire il compianto Thompson, però anche a lui qualcosa di vitale restò frantumato.

Allora nel mondo ci fu per alcuni giorni smarrimento, quindi polemiche, una specie di ira insensata, un lungo e circostanziato messaggio del Presidente degli Stati Uniti, infine, come ci ebbero pensato su, un vero e proprio panico, quasi fosse stato annunciato l'arrivo del Messia. Che volgarità – dissero gli scienziati ribellandosi all'assurda ipotesi – non siamo più nel Medioevo! Vergogna! dissero i teologi offesi dalla temeraria idea che il regno dei cieli fosse così vicino, sospeso proprio sopra di noi, cosicché alzando la testa possiamo quasi urtarci dentro. Scienziati e teologi hanno però finito per tacere e da un pezzo non osano fare più fracasso.

Ma il male è questo; che gli uomini, anziché giubilare per la meravigliosa vicinanza di Dio, dell'Onnipotente e del suo

Regno, anziché fare feste e tripudi, hanno smarrito la gioia di vivere. Non si combattono nemmeno più, non si odiano neppure; e allora ci si domanda: dov'è il sale della vita? È stato detto dall'Eterno: di qua non passerete, questa è casa mia. E di conseguenza la Terra è diventata grande come una nocciola, una contristante prigione da cui non potremo più fuggire. L'uomo è triste. Mai come ora egli ha fissato gli sguardi nelle profondità delle valli dell'eternità, smarrendosi nel formicolio degli astri. Perfino la Luna, che un tempo pareva una cosa nostra, ha riacquistato la severa maestà delle montagne inaccessibili. Schiere trasparenti di Beati – finalmente lo sappiamo – fluttuano sopra di noi cantando (e credevamo che Dante Alighieri avesse inventato tutto di sana pianta!).

Dovremmo essere orgogliosi: la casa degli Angeli è stabilita alla nostra periferia, proprio alle porte del vecchio maligno pianeta Terra, pulce delle pulci disseminate nell'Universo. Non è forse una testimonianza che siamo i prediletti fra le creature? Ho invece l'impressione che in certo modo oscuro tutti noi siamo rimasti offesi: come il cagnolino randagio che si sente padrone della vita fin che non si vede vicino il formidabile danese di gran razza; oppure anche come il pitocco a cui la gioia del pasto vien meno se accanto a lui si siede il satrapo ingioiellato; oppure anche come il bifolco che un giorno si è accorto che subito dietro il boschetto, a cento passi dal suo tugurio, il re ha costruito il suo palazzo. Inoltre c'è il mortale pericolo di questa musica divina. Suonano e cantano, lassù. E non esiste involucro grosso abbastanza – fosse anche spesso come la muraglia cinese – che possa chiudere il varco a quelle note, più belle di quanto noi possiamo sopportare.

Di qui i rimpianti del vecchio Forrest nelle sue faticose notti di asma, sdraiato nella veranda all'aperto. Di qui pure la nostra afflizione. Perché quella è la Rocca del Cielo, il Regno del Trionfo Eterno, l'Empireo, il Divino Eliseo. Ma è anche l'ultima nostra frontiera, che ci sbarra la strada; e noi siamo uomini vivi! Diciamo, con sincerità: una cupola di ferro e macigno non potrebbe essere più pesante (più pesante del Paradiso). È bestemmiare questo?

29

Le tentazioni di Sant'Antonio

Se l'estate è prossima a morire e, partiti i signori villeggianti, i più bei posti restano deserti (ma nelle forre i cacciatori sparano e dai ventosi valichi della montagna, il cuculo mandando il suo richiamo, coi loro enigmatici sacchi sulle spalle i primi maghi d'autunno scendono già) allora le grandi nubi dei tramonti può darsi si riuniscano, verso le cinque e mezza le sei, per tentare i poveri preti di campagna.

Per l'appunto a quell'ora don Antonio, giovanissimo assistente alla parrocchia, insegna ai bambini il catechismo nell'oratorio che fu già palestra del dopolavoro. Qui è lui in piedi, là i banchi con sopra seduti i bambini e in fondo, che arriva fino al soffitto, la grande vetrata che dà verso levante; e attraverso si vede il placido e maestoso Col Giana illuminato dal sole che discende.

«*In nomine Patris et Filii et...*» fa don Antonio. «Ragazzi, oggi vi dirò qualcosa del peccato. C'è qualcuno che sa cosa sia il peccato? Tu, Vittorio, per esempio, che non capisco perché ti vai a mettere sempre così in fondo... Sai dirmi che cosa si intende per peccato?»

«Peccato... peccato... è quando uno fa delle brutte cose.»

«Sì, certo, pressapoco è così, infatti. Ma è più giusto dire che peccato è una offesa a Dio, fatta disobbedendo a una sua legge.»

Intanto le grandi nuvole si elevano al di sopra del Col Giana con molta intelligenza scenografica. Mentre parla, don

Antonio le può vedere benissimo attraverso la vetrata. E le vede anche un ragno appollaiato con la sua ragnatela in un angolo della vetrata stessa (dove il traffico dei moscerini è minimo); nonché una mosca, ferma sul vetro, appesantita dai reumi di stagione. Da principio queste nubi si presentano nella seguente formazione: c'è un lungo piatto basamento dal quale sgorgano varie protuberanze, simili a bambagie smisurate, e i molli contorni si sviluppano in una serie di viscosi vortici. Ma che intenzioni hanno?

«Se la mamma, mettiamo, vi dice di non fare una cosa e voi la fate, per la mamma è un dispiacere... Se Dio vi dice di non fare una cosa e voi la fate, per Dio è pure un dispiacere. Ma non vi dirà niente. Dio soltanto vede, perché lui vede tutto, compreso te Battista che invece di stare attento tagli il banco con un temperino. E allora Dio prende nota, possono passare cento anni e lui ancora ricorda tutto come se fosse successo appena un minuto prima...»

Alza per caso gli occhi e vede, inondata di sole, una nube a forma di letto, con sopra un baldacchino tutto a frange, volute e ghirigori. Un letto da odalisca. Fatto è che don Antonio ha sonno. Si è alzato alle quattro e mezza per dire messa in una chiesetta di montagna, e poi in giro tutto il giorno, i poveri, la campana nuova, due battesimi, un malato, l'orfanotrofio, i lavori al cimitero, il confessionale, eccetera, su e giù dalle cinque del mattino, e adesso quel letto tenerissimo che sembra aspettarlo, lui povero prete da strapazzo.

Non viene un po' da ridere? Non è una singolare coincidenza lui morto di stanchezza e quel letto allestito in mezzo al cielo? Come sarebbe bello distendersi là sopra e chiudere gli occhi, senza più pensare a niente.

Ma dinanzi a lui stanno le piccole teste irrequiete dei ragazzi, a due a due, schierate sopra i banchi. «Quando si è detto peccato» spiega «non si è detto ancora niente. C'è peccato e peccato. C'è per esempio un peccato specialissimo diverso da tutti gli altri, che si chiama peccato originale...»

Allora avanza una seconda nube, gigantesca, che ha preso la forma di un palazzo: coi colonnati, le cupole, le logge, le fontane e in cima le bandiere; dentro ci sono le delizie della vita, probabilmente, i banchetti, i servi, le musiche, i mucchi di marenghi, i profumi, le belle cameriere, i vasi di fiori, i pavoni, le trombe d'argento che lo chiamano, lui timido prete di campagna che non possiede neanche un soldo. (Eh, certo in quel castello non si deve poi stare da cani – pensa – a me non capiterà mai niente di simile.)

«Così è nato il peccato originale. Ma voi certo mi potete chiedere: che colpa ne abbiamo noi se Adamo si è comportato male? Cosa c'entriamo noi? Perché dobbiamo rimetterci per lui? Ma qui, vedete...»

C'era uno, nel secondo o terzo banco, che stava mangiando di nascosto: pane, si sarebbe detto, o qualche altra cosa di croccante. Se ne udiva il piccolo rumore, come di topo. Però stava molto attento: se il prete cessava di parlare, quello subito fermava le mandibole.

Bastò questo esile richiamo perché don Antonio fosse preso da una fame formidabile. E d'un subito egli vide una terza nube distendersi orizzontalmente, modellata a forma di tacchino. Era una bestia smisurata, un monumento, da sfamare una città come Milano; e girava su un immaginario spiedo, rosolata dal sole del tramonto. Poco più in là un'altra nube, a pinnacolo, paonazza, a classica forma di bottiglia.

«Come si fa peccato?» disse. «Oh, gli uomini quanti sistemi hanno inventato pur di dispiacere a Dio. Si pecca con le azioni, come se per esempio uno ruba, si pecca con le semplici parole se per esempio uno bestemmia, si pecca anche coi pensieri... Sì, basta un pensiero alle volte...»

Che razza di impertinenza, quelle nubi. Una delle più grosse, sviluppatasi in altezza, aveva assunto la foggia della mitria. Intendeva alludere all'orgoglio, all'ambizione di carriera? Rifinita nei suoi particolari, biancheggiava sullo sfondo azzurro e dai suoi fianchi autoritari colavano giù frange di seta e d'oro. Poi la mitria, gonfiandosi ancora di più, mise fuori tanti fiorellini. E si ebbe addirittura il triregno del Pontefice, con tutta la sua potenza misteriosa. Per un istante il povero prete di campagna lo fissò, invidiando suo malgrado.

Lo scherzo si era ora fatto più sottile, pieno di subdole lusinghe. Don Antonio si sentiva inquieto.

A questo punto Attilio, il figlio del fornaio, introdusse un chicco di granturco in una cannuccia di sambuco e la portò alle labbra progettando di bersagliare la nuca di un compagno. In quel mentre vide don Antonio, il cui volto si era fatto bianco. E ne restò tanto impressionato che subito mise via la cerbottana.

«... distinguere» diceva «il peccato veniale dal mortale... Mortale... Perché mortale? Forse si muore? Proprio così... Se non muore il corpo, l'anima...»

No, no – pensava – non può essere un caso, un capriccio ingannevole dei venti. Per lui, don Antonio, certamente, non si scomodavano le potenze degli abissi. Eppure quella faccenda del triregno puzzava straordinariamente di complotto. Non poteva esserci di mezzo il Gran Nemico, lo stesso che nel tempo dei tempi sbucava dalla sabbia e stuzzicava i piedi degli anacoreti?

In quell'arcipelago di nuvole, quasi nel centro, un grande blocco di vapori era rimasto finora inoperoso. Strano, si era anzi detto don Antonio, tutto il resto è in continuo movimento e quello invece no. In mezzo a tanto carnevale se ne era rimasto quieto, apatico, quasi aspettando. Con apprensione il prete adesso lo teneva d'occhio.

Il nuvolone infatti cominciava a muoversi; ricordando il risveglio di un pitone con quella sua sorniona e falsa svogliatezza carica di oscuri mali. Aveva il colore madreperla rosa di certi molluschi, rotonde e turgide le membra. Che cosa preparava? Che forme avrebbe scelto? Benché mancasse ogni elemento di giudizio, don Antonio, con quel fiuto degli uomini di Chiesa, sapeva ormai che cosa ne sarebbe uscito.

Si accorse di arrossire, abbassò gli sguardi al pavimento, dove c'erano pezzi di paglia, un mozzicone di sigaretta (chissà come), un chiodo arrugginito, un po' di terra. «Ma infinita, ragazzi miei» diceva «è la misericordia del Signore e la sua grazia...» Mentre parlava, calcolò pressappoco il tempo necessario perché la nube potesse essere completa. L'avrebbe poi guardata? «No, no, sta attento, don Antonio, non fidarti, non sai quel che potrà essere di te» gli mormorò la noiosa voce che nelle ore vili sorge nel profondo di noi, rimproverando. Però egli udì anche l'altra voce, quella indulgente, accomodante, amica, che dà ragione quando il coraggio ci abbandona. E diceva così: «Di che hai paura, reverendo? Di una innocente nuvoletta? Se tu non la guardassi, allora sì sarebbe per te un brutto segno, vorrebbe dire che sei sporco dentro. Una nuvola, pensa, come potrebbe essere colpevole? Guardala, reverendo, come è bella!».

Ebbe allora un attimo di dubbio. Tanto bastò perché le palpebre avessero un breve tremito, lasciassero un piccolo spiraglio. Vide o non vide? Qualcosa come una immagine perversa, laida e stupenda, gli era già entrata nel cervello. Ansimò, per la tenebrosa tentazione. Per lui dunque eran venuti quei fantasmi e dal cielo lo stavano sfidando con allusioni invereconde?

Era forse la grande prova destinata agli uomini di Dio? Ma perché tra i mille e mille preti disponibili era stato scelto proprio lui? Pensò alla Tebaide favolosa, intravide perfino dinanzi a sé un destino di santità e di gloria. Sentì il bisogno di restare solo. Fece un piccolo segno di croce ad indicare che la lezione era finita. Bisbigliando i ragazzi se n'andarono fin che tutto ritornò al silenzio.

Poteva sì fuggire, adesso, rinchiudersi per esempio in una stanza interna donde non si vedessero le nubi. Ma fuggire non serviva. Sarebbe stata una capitolazione. Cercò invece l'aiuto di Dio. Si mise a pregare a denti stretti, furioso, come in gara all'ultimo chilometro.

Chi avrebbe vinto? L'empia e dolce nube oppure lui con la purezza? Intanto pregava. Come gli parve di essere abbastanza irrobustito, concentrò le sue forze e levò gli occhi.

Ma in cielo, al di sopra del Col Giana, con una strana delusione, egli non vide che nubi indifferenti, dall'espressione idiota, vesciche di vapore, mucillagini di nebbia che si disperdevano in brandelli. Né queste nubi evidentemente potevano pensare, o essere cattive, o fare scherzi ai giovani preti di campagna. Né di sicuro si erano mai interessate di lui per tormentarlo. Nuvole e basta. La stazione meteorologica aveva infatti annunciato per quel giorno: «Cielo in preval. sereno, qualche formaz. cumuliforme al pomeriggio. Calma di vento. Temper. stazion.». Circa il Diavolo, neanche una parola.

30
Il bambino tiranno

Il bambino Giorgio, benché giudicato in famiglia un prodigio di bellezza fisica, bontà e intelligenza, era temuto. C'erano il padre, la madre, il nonno e la nonna paterni, le cameriere Anna e Ida, e tutti vivevano sotto l'incubo dei suoi capricci, ma nessuno avrebbe osato confessarlo, anzi era una continua gara a proclamare che un bambino caro, affettuoso, docile come lui non esisteva al mondo. Ciascuno voleva primeggiare in questa sfrenata adorazione. E tremava al pensiero di poter involontariamente provocare il pianto del bambino: non tanto per le lacrime, in fondo trascurabili, quanto per le riprovazioni degli adulti. Infatti, col pretesto dell'amore per il piccolo, essi sfogavano a vicenda i loro spiriti maligni controllandosi e facendosi la spia.

Ma paurose di per sé erano le ire di Giorgio. Con l'astuzia propria di questo tipo di bambini, egli misurava bene l'effetto delle varie rappresaglie. Perciò aveva graduato l'uso delle proprie armi nei seguenti termini: per le piccole contrarietà si metteva semplicemente a piangere, con dei singulti per la verità, che sembrava gli dovessero schiantare il petto. Nei casi più importanti, quando l'azione doveva prolungarsi fino all'esaudimento del desiderio contrastato, metteva il muso e allora non parlava, non giocava, si rifiutava di mangiare: ciò che in meno di una giornata portava la famiglia alla costernazione. Nelle circostanze ancor più gravi le tattiche erano due: o simulava di essere assalito da misteriosi dolori alle ossa, i dolori alla testa e al ventre non sembrandogli consigliabili per il pericolo di purghe (e già nella scelta del male si rivelava la sua forse inconsapevole perfidia perché, a torto o a ragione, si pensava subito a una paralisi infantile). Oppure, e forse era il peggio, si metteva a urlare; dalla sua gola usciva, ininterrotto e immobile di tono, un grido estremamente acuto, quale noi adulti non sapremmo riprodurre, e che perforava il cranio. In pratica non era possibile resistere. Giorgio aveva ben presto partita vinta, con la doppia voluttà di venire soddisfatto e di vedere i grandi litigare, l'uno rinfacciando all'altro di aver fatto esasperare l'innocente.

Per i giocattoli Giorgio non aveva mai avuto una sincera inclinazione. Solo per vanità ne voleva molti e di bellissimi. Il suo gusto era di portare a casa due tre amici e di sbalordirli. Da un piccolo armadio, che teneva chiuso a chiave, estraeva ad uno ad uno, e in progressione di magnificenza, i suoi tesori. I compagni spasimavano di invidia. E lui si divertiva ad umiliarli. «No, non toccare tu che hai le mani sporche... Ti piace eh? Dà qua, dà qua, se no finisci per guastarlo... E tu, dimmi, te ne hanno regalato uno anche a te?» (ben sapendo che così non era). Dallo spiraglio della porta, genitori e nonni lo covavano teneramente con gli sguardi: «Che caro» sussurravano. «È proprio un ometto, ormai... Sentitelo come si stima!... Eh, ci tiene lui ai suoi giocattoli, eh ci tiene all'orsacchiotto che gli ha regalato la sua nonna!» Quasi che l'essere geloso dei balocchi fosse per un bimbo una virtù straordinaria.

Basta. Un conoscente portò un giorno dall'America un giocattolo meraviglioso in dono a Giorgio. Era un «camion del latte», perfettissima riproduzione degli autofurgoni costruiti per quel servizio; verniciato di bianco e azzurro, coi due conducenti in uniforme che si potevano mettere e levare, le portiere anteriori che si aprivano, i pneumatici alle ruote; nell'interno, infilati uno sull'altro per mezzo di speciali guide, tanti canestrini di metallo, ciascuno contenente otto microscopiche bottiglie sigillate col tappo di stagnola. E sui fianchi due autentiche saracinesche a ghigliottina che, aprendosi, si arrotolavano proprio come quelle vere. Era senza dubbio il giocattolo più bello e singolare di quanti ne possedesse Giorgio, e probabilmente il più costoso.

Ebbene, un pomeriggio il nonno, colonnello in pensione, che in genere non sapeva che cosa fare dell'anima sua, passando dinanzi all'armadio dei giocattoli, tirò quasi per caso, come succede, la manopola dello sportello. Sentì che cedeva. Giorgio l'aveva chiuso a chiave come al solito, ma l'anta gemella, in cui il chiavistello si incastrava, per dimenticanza non era stata fissata coi catenacci in alto e in basso. E così entrambe si aprirono.

Disposti su quattro piani stavano qui in perfetto ordine i giocattoli, tutti ancora lucidi e belli perché Giorgio non li adoperava quasi mai. Giorgio era fuori con Ida, anche i genitori erano usciti, la nonna Elena lavorava a maglia nel salotto. Anna in cucina dormicchiava. La casa era quieta e silenziosa. Il colonnello si guardò alle spalle come un ladro. Poi, con un desiderio da lungo tempo vagheggiato, le sue mani si protesero al camion del latte che nella penombra risplendeva.

Il nonno lo collocò sul tavolo, si sedette e si accinse a esaminarlo. Ma c'è una legge arcana per cui se un bambino tocca di nascosto una cosa dei grandi, questa cosa subito si rompe e simmetricamente, toccato dai grandi, si rompe il giocattolo che pure il bambino aveva senza danni maneggiato per mesi con energia selvaggia. Non appena il nonno, con la delicatezza di un orologiaio, ebbe alzato una delle piccole saracinesche laterali, si udì un clic, un listello di latta verniciata schizzò fuori e il perno su cui la saracinesca si sarebbe dovuta avvolgere ciondolò senza più sostegno.

Col batticuore, il vecchio colonnello si affannò per rimettere le cose a posto. Ma le mani gli tremavano. E gli fu ben chiaro che con la sua nessuna abilità riparare il guasto era impossibile. Né si trattava di una avaria recondita, facile a venir dissimulata. Scardinato il perno, la saracinesca non chiudeva più, pendendo tutta sghemba.

Un disperato smarrimento prese colui che un giorno ai

piedi del Montello aveva condotto i suoi cavalleggeri a una disperata carica contro le mitragliatrici degli austriaci. E un brivido gli percorse le vertebre al suono di una voce che pareva quella del giudizio universale: «Gesummaria, Antonio, cos'hai fatto?».

Il colonnello si voltò. Sulla soglia, immobile, sua moglie, Elena, lo fissava con le pupille dilatate. «L'hai rotto, di', l'hai rotto?»

«Macché, non è... ti dic... non è niente» mugolò il vecchio militare, annaspando con le mani nell'assurdo tentativo di sistemare la rottura. «E adesso? E adesso cosa fai?» incalzò la donna con affanno. «E quando Giorgio se ne accorge? Adesso cosa fai?» «L'ho appena toccato, ti giuro... doveva essere già rotto... Non ho fatto niente, io» cercò miserabilmente di scusarsi il colonnello; e se mai si era illuso di trovare nella moglie una certa solidarietà morale, questa speranza venne meno tanta fu l'indignazione della vecchia: «Non ho fatto non ho fatto, mi sembri un pappagallo!... Si sarà rotto da solo, si capisce!... E fa qualcosa almeno, e muoviti, invece di stare là come uno stupido!... Giorgio può essere qui da un momento all'altro... E chi... (la voce le si ingorgava per la rabbia)... e chi ti ha detto di aprire l'armadio dei giocattoli?»

Non occorreva altro perché il colonnello perdesse la testa del tutto. Purtroppo era domenica, impossibile trovare un operaio capace di riparare il camioncino. Intanto la signora Elena, quasi per non restare implicata nel delitto, se n'era andata. Il colonnello si sentì solo, abbandonato, nella ingrata selva della vita. La luce declinava. Tra poco notte, e Giorgio di ritorno.

Con l'acqua alla gola, il nonno allora corse in cucina in cerca di uno spago. Con lo spago, sfilato il tetto del camion, riuscì a fissare le estremità della saracinesca, così che restasse chiusa, pressapoco. Evidentemente essa non si poteva aprire più ma almeno dall'esterno non si notava nulla di anormale. Rimise il giocattolo al suo posto, chiuse l'armadio. Si ritirò nel suo studiolo. Appena in tempo. Tre lunghe scampanellate prepotenti annunciavano il ritorno del tiranno.

Se almeno la nonna avesse tenuto la bocca chiusa. Figurarsi. A ora di pranzo, tranne il piccolo, tutti erano al corrente del disastro comprese le donne di servizio. E anche un bambino meno astuto di Giorgio si sarebbe accorto che nell'aria c'era qualcosa di insolito e sospetto. Due o tre volte il colonnello tentò di avviare una conversazione. Ma nessuno lo aiutava. «Cosa c'è?» domandò Giorgio con la sua naturale improntitudine. «Avete tutti la luna piena?» «Ah quest'è bella, abbiam la luna piena, abbiamo, ah ah!» fece il nonno, cercando eroicamente di voltare tutto in scherzo. Ma la sua risata si spense nel silenzio.

Il bambino non fece altre domande. Con sagacia addirittura demoniaca sembrò capire che il disagio generale si riferiva a lui; che l'intera famiglia, per qualche motivo ignoto, si sentiva in colpa: e che lui la teneva nelle mani.

Come fece a indovinare? Fu guidato dai trepidanti sguardi dei familiari che non lo lasciavano un istante? O ci fu qualche delazione? Fatto è che, terminato il pranzo, con un ambiguo sorrisetto Giorgio andò all'armadio dei giocattoli. Spalancò gli sportelli, restò un buon minuto in contemplazione quasi sapesse di prolungare così l'ansia del colpevole. Quindi, fatta la scelta, trasse dal mobile il camioncino e, tenendolo stretto sotto un braccio, andò a sedersi su un divano, donde fissava ad uno ad uno i grandi, sorridendo.

«Che cosa fai, Giorgino?» disse infine con voce spenta il nonno. «Non è ora di fare la nanna?» «La nanna?» fu la evasiva risposta del nipote che accentuò il ghigno beffardo. «E perché non giochi allora?» osò chiedere il vecchio, a quell'agonia sembrandogli preferibile una rapida catastrofe. «No» fece il bimbo dispettoso «di giocare non ho voglia.» Immobile, aspettò circa mezz'ora, quindi annunciò: «Io vado a letto». E uscì col camioncino sotto il braccio.

Divenne una mania. Per tutto il giorno dopo, e per l'altro successivo, Giorgio non si distaccò un istante dal veicolo. Perfino a tavola volle tenerselo accanto, come non aveva mai fatto prima per nessun balocco. Ma non giocava, non lo faceva andare, né mostrava alcuna voglia di guardare dentro.

Il nonno viveva sulle spine. «Giorgio» disse più di una volta «ma perché ti porti sempre dietro il camioncino se poi non giochi? Che fissazione è questa? Su, vieni qua, fammi vedere le belle bottigliette!» Insomma, non vedeva l'ora che il nipotino scoprisse il guasto, succedesse poi quello che doveva succedere (non osando tuttavia confessare spontaneamente l'accaduto). Tanto gli pesava il tormento dell'attesa. Ma Giorgio era irremovibile. «No, non ho voglia. È mio o non è mio il camion? E allora lasciami stare.»

La sera, dopo che Giorgio era andato a letto, i grandi discutevano. «E tu diglielo!» diceva il padre al nonno «piuttosto che continuare in questo modo! E tu diglielo! Non si vive più per questo maledetto camion!» «Maledetto?» protestava la nonna. «Non dirlo neanche per scherzo... il giocattolo che gli è più caro di tutti. Povero tesoro!» Il papà non le badava: «E tu diglielo!» ripeteva esasperato. «Avrai il coraggio, tu che hai fatto due guerre, avrai il coraggio, no?»

Non ce ne fu bisogno. Il terzo giorno, comparso Giorgio col suo camioncino, il nonno non seppe trattenersi: «Su, Giorgio, perché non lo fai andare un poco? Perché non giochi? Mi fai senso, sempre con quel coso sotto il braccio!». Allora il bambino si ingrugnò come al delinearsi di un capriccio (era sincero o faceva tutta una commedia?). Poi si mise a gridare, singhiozzando: «Io ne faccio quel che voglio del mio camion, io ne faccio! E finitela di tormentarmi. L'avete capito o no che basta?... Io lo fracasso se mi piace. Io ci pesto sopra i piedi... Là... là, guarda!». Con le due mani alzò il giocattolo e di tutta forza lo scaraventò per terra, poi coi calcagni gli saltò sopra, sfondandolo. Divelto il tetto, il camioncino si schiantò e le bottigliette si sparsero per terra.

Qui Giorgio all'improvviso si arrestò, cessò di urlare, si chinò a esaminare una delle due pareti interne del veicolo, afferrò un'estremità del clandestino spago messo dal nonno alla saracinesca. Inviperito, si guardò intorno, livido: «Chi?» balbettò. «Chi è stato? Chi ci ha messo le mani? Chi l'ha rotto?»

Si fece avanti il nonno, il vecchio combattente, un poco chino. «O Giorgino, anima mia» supplicò la mamma. «Sii buono. Il nonno non l'ha fatto apposta, credi. Perdonagli. Giorgino mio!»

Intervenne anche la nonna: «Ah, no, creatura, hai ragione tu... Fagli totò al brutto nonno che ti rompe tutti i giocattoli... Povero innocente. Gli rompono i giocattoli e poi ancora vogliono che sia buono, poverino. Fagli totò al brutto nonno!».

Di colpo Giorgio ritornò tranquillo. Guardò lentamente le facce ansiose che lo circondavano. Il sorriso gli ricomparve sulle labbra.

«L'ho detto io» fece la mamma; «l'ho sempre detto che è un angelo! Ecco che Giorgio ha perdonato al nonno! Guardatelo, che stella!»

Ma il bimbo li esaminò ancora ad uno ad uno; il padre, la mamma, il nonno, la nonna, le due cameriere. «E guardàtelo che stella... e guardàtelo che stella!...» cantarellò, facendo il verso. Diede un calcio alla carcassa del camioncino che andò a sbattere nel muro. Poi si mise freneticamente a ridere. Rideva da spaccarsi. «E guardàtelo che stella!» ripeté beffardo, uscendo dalla stanza. Terrificati, i grandi tacquero.

31

Rigoletto

Alla rivista militare per l'anniversario dell'indipendenza sfilò per la prima volta in pubblico un reparto dell'arma atomica.

Era un giorno chiaro ma grigio di febbraio ed una luce uniforme batteva sui polverosi palazzi del corso da cui sventolavano le bandiere. Dove io mi trovavo, il passaggio dei formidabili carri armati che aprivano il corteo rombando strepitosamente sul selciato di pietra non ebbe il solito effetto elettrizzante sulla folla. Pochi e svogliati gli applausi all'apparire delle magnifiche macchine irte di cannoni, dei bellissimi soldati che spuntavano dalla sommità delle torrette coi loro caschi di cuoio e di acciaio. Gli sguardi andavano tutti laggiù, verso la piazza del Parlamento, donde la colonna muoveva, in attesa della novità.

Circa tre quarti d'ora durò il passaggio dei carri, gli spettatori ne avevano la testa rintronata. Finalmente l'ultimo mastodonte si allontanò col suo orrendo frastuono e il corso rimase deserto. Ci fu silenzio, mentre dai balconi le bandiere dondolavano al vento.

Perché nessuno avanzava? Anche il rombo dei carri si era già perso nella lontananza tra vaghi echi di remote fanfare e la strada vuota attendeva ancora. Che fosse intervenuto un contrordine?

Ma ecco dal fondo, senza alcun rumore, venne avanti una cosa; e poi una seconda, una terza, e moltissime altre, in lunga fila. Avevano ciascuna quattro ruote gommate ma propriamente non erano né automobili, né camionette, né carri armati, né altre macchine conosciute. Piuttosto delle strane carrette erano, di aspetto inusitato e in certo modo meschine. Mi trovavo in una delle prime file e potei osservarle bene. Ce n'erano a forma di tubo, di marmitta, di cucina da campo, di bara, tanto per darne un'idea approssimativa. Non grandi, non espressive e neppure forti di quella compattezza esteriore che spesso nobilita le più squallide macchine. Gli involucri metallici che le rivestivano sembravano anzi quasi «arrangiati» e ricordo una specie di sportellino laterale un po' ammaccato che evidentemente non si riusciva a chiudere e sbatteva con rumore di latta. Il colore era giallino con bizzarri disegni verdi che ricordavano le felci, a scopo di mimetizzazione. Gli uomini, a due a due, stavano per lo più infossati nella parte posteriore dei veicoli e ne emergeva solo il busto. Del tutto consuete le uniformi, i caschi e le armi: moschetti automatici di modello regolamentare che i soldati portavano evidentemente a scopo decorativo così come non molti anni prima si vedevano ancora cavalieri armati di sciabola e di lancia.

Due cose fecero subito una grande impressione: l'assoluto silenzio con cui avanzavano gli strumenti, mossi evidentemente da una energia sconosciuta; e soprattutto l'aspetto fisico dei militari a bordo. Essi non erano vigorosi giovanotti sportivi come quelli dei carri, non erano abbronzati dal sole, non sorridevano di ingenua spavalderia e neppure sembravano chiusi in una ermetica rigidità militaresca. Magri erano nella maggioranza, strani tipi di studenti di filosofia, fronti spaziose e grandi nasi, tutti con cuffia da telegrafista, molti con occhiali a stanghetta. E pareva ignorassero di essere soldati, a giudicare dal contegno. Una specie di rassegnata preoccupazione si leggeva sulle loro facce. Chi non badava alla manovra delle macchine si guardava intorno con espressione incerta ed apatica. Solo i conducenti di certi piatti furgoni a scatola rispondevano un po' all'aspettativa: una sorta di schermo trasparente a forma di calice, svasato e aperto in alto, circondava la loro testa con un effetto sconcertante di mascherone.

Mi ricordo, sulla seconda o terza carretta, un gobbino, seduto un po' più in alto degli altri, probabilmente un ufficiale. Senza badare alla folla continuava a voltarsi indietro per controllare i veicoli seguenti quasi temesse che restassero per via. «Dài, Rigoletto!» gridò uno dall'alto di un balcone. Lui alzò gli sguardi e con un sorriso stentato agitò una mano salutando.

Fu proprio l'estrema povertà dell'apparato – mentre tutti sapevano quale infernale potenza di distruzione fosse contenuta in quei recipienti di lamiera – a mettere sgomento. Voglio dire che se i meccanismi fossero stati molto più grandiosi, probabilmente non se ne avrebbe avuto una impressione così torbida e potente. Questo spiega l'attenzione quasi ansiosa della folla. Non c'era un applauso né un evviva.

In tanto silenzio mi parve, come dire?, che un ritmico lieve cigolio uscisse dai misteriosi veicoli. Assomigliava a certi richiami di uccelli migratori, ma di uccello non era. Dapprima estremamente sottile, quindi via via più distinto, scandito però sempre col medesimo ritmo.

Guardavo l'ufficiale gobbino. Lo vidi togliersi la cuffia da telegrafista e confabulare animatamente col compagno seduto più sotto. Anche a bordo di altre carrette notai segni di nervosismo. Come se stesse accadendo alcunché di irregolare.

Fu allora che sei sette cani, dalle case intorno, cominciarono insieme ad abbaiare. Siccome i davanzali erano gremiti di spettatori e quasi tutte le finestre spalancate, gli animaleschi richiami echeggiarono largamente nella via. Che cosa avevano quelle bestiacce? Chi chiamavano in aiuto con tanto furore? Il gobbetto ebbe un gesto di impazienza.

In quel mentre – me ne accorsi con la coda dell'occhio – un oggetto scuro guizzò alle mie spalle. Voltandomi, feci in tempo a scorgere tre quattro topi che, sgusciati dal lucernario di una cantina a fior del terreno, fuggivano precipitosamente.

Un signore anziano al mio fianco alzò un braccio con l'indice teso verso il cielo. E allora vedemmo che al di sopra delle macchine atomiche, nel mezzo della via, si ergevano a picco strane colonne di polvere rossiccia, simili alle trombe d'aria dei *tornados* ma ferme, verticali, non vorticose. Nello spazio di pochi secondi assunsero una forma geometrica, prendendo maggiore consistenza. Descriverle è difficile: immaginate il fumo contenuto in un alto camino di fabbrica, ma senza il camino che lo racchiuda. Adesso le inquietanti torri di fitto pulviscolo, come fantasmi, si elevavano per una trentina di metri sopravanzando i tetti dei palazzi, e da una cima all'altra vedemmo altrettanti ponti della stessa nebulosa materia colore della fuliggine. Si formò così una intelaiatura di immense rigide ombre che si prolungava a perdita d'occhio in corrispondenza del corteo. E i cani chiusi nelle case continuavano a latrare.

Che accadeva? La sfilata si fermò, e il gobbino, sceso dal suo veicolo, risalì di corsa la colonna gridando complicati ordini che parevano in lingua straniera.

Con malcelata ansietà i militari armeggiarono intorno ai loro apparecchi.

Ormai i minareti di nebbia o pulviscolo – evidenti emanazioni dei carri atomici – incombevano altissimi sopra la folla, con rigore di linee quanto mai sinistro. Un'altra frotta di topi balzò fuori dal lucernario dandosi a pazza fuga. Come mai non oscillavano al vento, come le bandiere, questi pinnacoli di malaugurio?

Benché inquieta, la folla ancora taceva. Dinanzi a me, al terzo piano, si aprì di schianto una finestra e vi comparve una giovane donna scarmigliata. Rimase un istante, estatica, a fissare i picchi di inspiegabile nebbia e gli aerei ponti che li congiungevano. Portò le mani ai capelli in atto di spavento e un grido desolato uscì dalla gola: «Madonna! Oh, Madonna!».

Che voce! Cercando di dominarmi mi trassi indietro. In un ultimo sguardo vidi i militari febbrilmente agitarsi intorno agli apparecchi come se non riuscissero più a dominarli (più tardi compresi che, pur pallidi e brutti, erano anch'essi dei veri soldati). Avrei fatto in tempo? A veloci passi dapprima, attento a non farmi notare, svelto, sempre più svelto, finché mi gettai fuori della calca, infilando una strada laterale.

Udivo alle mie spalle il rombo della folla, finalmente inorridita, sotto l'urto del panico. A trecento metri circa ebbi la forza d'animo di voltarmi indietro a guardare: sopra il nero selvaggio tumulto della moltitudine in fuga, le torri di ombra rossiccia adesso dondolavano, i ponti fra l'una e l'altra contorcendosi lentamente: in uno sforzo supremo, si sarebbe detto. Il loro allucinante moto accelerava sempre più, diventando frenetico. Allora un urlo tenebroso ed atroce tuonò tra le case.

Poi accadde ciò che tutti sanno.

32

Il musicista invidioso

Il compositore Augusto Gorgia, uomo invidiosissimo, già al colmo della fama e dell'età, una sera, passeggiando da solo nel quartiere, udì un suono di pianoforte uscire da un grande casamento.

Augusto Gorgia si fermò. Era una musica moderna però diversa dal tipo che faceva lui o da quella che facevano i colleghi; di simile non ne aveva mai sentita. Non si poteva neppur dire, lì per lì, se fosse seria o musica leggera; pur ricordando certe canzoni popolari per una sua trivialità, conteneva un amaro sprezzo, e sembrava quasi che scherzasse benché nel fondo si avvertisse una convinzione appassionata. Ma soprattutto Gorgia fu colpito dal linguaggio, il quale era libero dalle vecchie leggi armoniche, spesso stridulo e arrogante, e nello stesso tempo riusciva a una massima evidenza. La caratterizzava inoltre un bello slancio, giovanile levità, senza alcuna traccia di fatica. Ma ben presto il piano tacque e inutilmente Gorgia continuò a passeggiare nella via aspettando che ricominciasse.

"Chissà, sarà roba americana" pensava "laggiù, in fatto di musica, combinano i più infernali intrugli." E si avviò per rincasare. Tuttavia gli rimase quella sera, e tutto il giorno dopo, un fastidio dell'animo; come quando, cacciando per il bosco, uno batte contro una roccia o un tronco e nella furia non ci bada ma poi, di notte, il punto duole e non si riesce a ricordare dove e come. Ci volle più di una settimana perché la cicatrice scomparisse.

Qualche tempo dopo, rincasato verso le sei del pomeriggio, aperta che ebbe la porta di casa, Gorgia udì la voce della radio accesa nel salotto: e d'un subito, con la prontezza dell'esperto, riconobbe il suono; questa volta era musica d'orchestra e non più di pianoforte solo, eppure identica al pezzo udito quella sera, lo stesso accento atletico e superbo, e sempre il bizzarro periodare, con l'autorità quasi oltraggiosa dell'idea che pareva il galoppo di un cavallo estremamente ansioso di arrivare.

Gorgia non fece in tempo a chiudere la porta che la musica cessò. E dal salotto, con precipitazione insolita, si avvicinarono i passi della moglie. «Ciao caro» disse «non sapevo che tu tornassi così presto.» Ma perché aveva quella faccia imbarazzata? Aveva qualcosa da nascondere?

«Che succede?» lui domandò, perplesso.

«Come che succede? E che cosa dovrebbe succedere?» Maria si era subito ripresa.

«Non so. Mi hai salutato in certo modo... Ma dimmi un po', che cosa stava trasmettendo la radio?»

«Ah, se credi che ci stessi attenta!»

«E allora perché l'hai spenta appena sono entrato?»

«Mi fai un'inchiesta?» fece lei ridendo. «Se vuoi proprio sapere, l'ho spenta mentre ti venivo incontro. Ero di là nella mia camera, e l'avevo dimenticata accesa.»

«Trasmettevano una musica» disse Gorgia pensieroso «una musica curiosa...» e si avviò verso il salotto.

«Benedetto uomo, non ne hai proprio mai abbastanza di musica... da mattina a sera musica... non sei mai sazio. E lasciala un po' stare quella radio!» disse vedendo che egli stava per riaccenderla.

Allora lui si volse ad osservarla: sembrava inquieta, quasi temesse qualche cosa. Con dispetto girò l'interruttore, il quadrante si illuminò, dall'apparecchio uscì il solito ronzio, poi una voce: «...mo trasmesso un programma di musica da camera. Col prossimo concerto offerto dalla ditta Tremel...».

«Contento adesso?» fece Maria che pareva sollevata.

La sera stessa, uscendo dopo pranzo con l'amico Giacomelli, Gorgia, comprato il giornale della radio, vi cercò il programma di quel giorno. «Ore 16,45, c'era scritto, concerto di musica da camera diretto dal maestro Sergio Anfossi; composizioni di Hindemith, Kunz, Meissen, Ribbenz, Rossi e Stravinski.» No, la musica ch'egli aveva udito di Stravinski non era di sicuro. I nomi, nel giornale erano in ordine alfabetico, evidentemente la successione dei pezzi era stata cambiata nel concerto. E neppure era musica di Hindemith, né di Meissen, Gorgia li conosceva troppo bene. Ribbenz, allora? No: Max Ribbenz, suo antico compagno di Conservatorio, si era cimentato, dieci anni prima, in una grande cantata polifonica, lavoro onesto ma scolastico; e poi aveva smesso di comporre; dopo tanto silenzio, solo recentemente si era rifatto vivo, piazzando una opera al Teatro di Stato; proprio in quei giorni doveva andare in scena; ma da quel lontano precedente si poteva prevedere cosa fosse. Dunque neppure Ribbenz. Restavano Kunz e Rossi. Ma chi erano? Gorgia non li aveva mai sentiti nominare.

«Che cosa cerchi?» domandò Giacomelli vedendolo così assorbito. «Niente. Oggi ho sentito per radio una musica. Mi piacerebbe sapere di chi è. Una musica curiosa. Ma qui non si capisce.» «Che specie di musica?» «Non saprei dire ecco, una musica maleducatissima, direi.» «Va là, va là non pensarci» scherzò Giacomelli che lo sapeva suscettibile «lo sai meglio di me, il musicista che ti spianterà non è ancor nato.»

«Anzi, anzi» disse Gorgia indovinando l'ironia «ne sarei felice. Io speravo che qualcuno, finalmente... (un pensiero fastidioso gli passò)... A proposito, è domani la prova dell'opera di Ribbenz?» Giacomelli non rispose subito. «No, no» disse, indifferente «devono averla rimandata...» «E tu ci vai?» «Eh, no, sai» fece Giacomelli «è una cosa superiore alle mie forze.» A questa frase, Gorgia tornò di buon umore: «Povero Ribbenz» esclamò «povero vecchio Ribbenz, sono proprio contento per lui. Almeno questa soddisfazione... E dài e dài...!».

La sera dopo, in casa, Gorgia tentava svogliatamente il piano, quando a un tratto gli parve di udire, di là dell'uscio chiuso, un parlottio. Insospettito si avvicinò a origliare.

Nel salotto adiacente, sua moglie e Giacomelli stavano confabulando a bassa voce. Lui diceva: «Ma lo verrà pure a conoscere, presto o tardi». «Quanto più tardi, sarà meglio» diceva Maria. «Lui ancora non deve sospettare niente.» «Meglio così... Ma i giornali? Non si può mica impedirgli di leggere i giornali.» Qui Gorgia aprì d'impeto la porta.

Come ladri presi in fallo, i due si levarono di scatto. Erano pallidi. «Be'» chiese Gorgia. «Chi è che non deve leggere i giornali?» «Ma, ma...» disse Giacomelli «raccontavo di un mio cugino arrestato per appropriazione indebita. Suo padre, che è mio zio, non ne sa niente.»

Gorgia diede un sospiro. Meno male. Ebbe anzi un senso di vergogna per quell'irruzione un po' indiscreta. A forza di sospetti finiva per avvelenarsi l'esistenza. Ma in seguito, mentre Giacomelli raccontava, il torbido malessere riprese: era poi vera la storia del cugino? Non poteva Giacomelli averla inventata lì per lì? Perché altrimenti quel parlottare sottovoce?

Stava all'erta, non diversamente dal malato a cui i medici e i parenti nascondono la sentenza irrevocabile; egli fiuta intorno la menzogna, ma gli altri sono assai più astuti, sviano le sue curiosità, e se non riescono a tranquillizzarlo, gli risparmiano almeno l'orrenda verità.

Anche fuori di casa egli credeva di sorprendere sintomi sospetti: per esempio certi sguardi ambigui di colleghi, o l'ammutolire che facevano al suo avvicinarsi, o l'imbarazzo nel discorrere con lui di persone abitualmente loquacissime. Gorgia si controllava tuttavia, domandandosi se questa diffidenza non fosse un segno di nevrastenia; invecchiando, certi uomini vedono nemici dappertutto. E che aveva da temere poi? Era famoso, rispettato, finanziariamente ben provvisto. Teatri e società di concerti si disputavano le sue composizioni. Di salute non poteva stare meglio. Non aveva mai fatto del male. E allora? Che pericolo poteva minacciarlo? Ma ragionare così non gli bastava.

L'orgasmo lo riassalì il giorno successivo, dopo pranzo. Erano già quasi le dieci. Nello scorrere il giornale, vide che la nuova opera di Ribbenz andava in scena quella sera. Ma come? Giacomelli non gli aveva detto che la prova era stata rimandata? E come mai nessuno lo aveva avvertito sollecitando il suo intervento? E perché la direzione del teatro non gli aveva mandato le poltrone come al solito?

«Maria Maria» chiamò col batticuore. «Tu sapevi che la prima di Ribbenz è stasera?»

Maria accorse con affanno. «Io, io? Sì, ma io credevo...»

«Cosa credevi?... E le poltrone? Possibile che non mi abbiano mandato le poltrone?»

«Sì, sì. Non l'hai vista la busta? Te l'avevo messa sul comò.»

«E non mi hai detto niente?»

«Credevo che non ti interessasse... Dicevi che non ci saresti mai andato... Non mi beccano, dicevi... E poi mi è passata di mente, ti confesso...»

Gorgia era fuori di sé. «Io non capisco... io non capisco» ripeteva «e sono già le dieci e cinque... ormai non si fa più in tempo... quell'idiota d'un Giacomelli... (il sospetto che da qualche tempo lo tormentava ora si era localizzato: nell'opera di Ribbenz, per un motivo che egli non riusciva a immaginare, doveva esserci qualcosa di nefasto. Guardò ancora il giornale, quasi non si capacitasse). Ah, ma la trasmettono per radio... voglio proprio cavarmi questo gusto.»

Maria fece una voce dolente: «Augusto, mi dispiace, ma la radio non funziona...».

«Non funziona? E da quando non funziona?»

«Da questo pomeriggio. Alle cinque ho fatto per accenderla, c'è stato dentro un *clic* e non si è sentito più niente, deve esserci una valvola bruciata.»

«Proprio stasera? Ma vi siete messi tutti d'accordo per...»

«Per che cosa messi d'accordo?» Maria quasi piangeva. «Che colpa ce ne ho io?»

«Bene, io esco. Una radio da qualche parte ci sarà...»

«No. Augusto... piove... e tu sei raffreddato... è già tardi... avrai tutto il tempo di sentirla quella maledetta opera.» Ma Gorgia, preso l'ombrello, era già fuori.

Andò vagando finché lo attrassero le luci bianche di un

caffè. Qui c'era poca gente. Un gruppetto si vedeva però raccolto in fondo, nella saletta per il tè. E di laggiù veniva musica. Strano, pensò Gorgia. Tanto interesse per la radio si notava solo la domenica, quando trasmettevano partite. Poi il dubbio: possibile che ascoltassero l'opera di Ribbenz? Ma era assurdo. Tra la gente che immobile ascoltava c'erano tipi al di là di ogni sospetto: due giovani in maglione, per esempio, una ragazza di facili costumi, un cameriere in giacchetta bianca.

Gorgia fu tratto da un richiamo oscuro, come se già da molti giorni, anzi da mesi ed anni egli già avesse saputo di dover trovarsi là, in quel locale e non un altro, a quell'ora destinata. E via via che la musica, lui avvicinandosi, si rivelava nel ritmo e nelle note, l'uomo provò una stretta al cuore.

Era musica nuovissima per lui, e nello stesso tempo scavata nel suo cervello come un'ulcera. Era la strana musica già udita per la via, e poi a casa quella sera. Ma adesso era ancora più libera e orgogliosa, e più potente di volgarità selvaggia. Non resistevano neanche gli uomini ignoranti, i meccanici, le donnette, i camerieri. Schiavi e sconfitti, restavano là a bocca spalancata. Il genio! E questo genio si chiamava Ribbenz; e gli amici e la moglie avevano tentato di tutto affinché Gorgia non ne sapesse niente, per la pietà che avevano di lui. Era il genio che l'umanità aspettava da almeno mezzo secolo, e che non era lui, Gorgia, bensì un altro della sua stessa età, finora ignoto e disprezzato. Come gli ripugnava quella musica, che bello sarebbe stato smascherarla, dimostrarla falsa, coprirla di risate e di vergogna. Essa invece fendeva i flutti del silenzio come una corazzata vittoriosa; e presto avrebbe conquistato il mondo.

Un cameriere lo prese per un braccio: «Signore, scusi, non si sente bene?». Gorgia infatti barcollava.

«No, no, grazie.» E senza bere nulla se ne uscì, sotto la pioggia, disperato. «Madonna Santa!» mormorava tra sé, ben sapendo che per lui ogni gioia era finita. Né poteva, come liberazione, offrire a Dio questo suo dolore; perché a questi dolori Dio si indigna.

33

Notte d'inverno a Filadelfia

Ai primi del luglio 1945 la guida alpina Gabriele Franceschini, salito da solo nell'alta Val Canali (Pale di San Martino di
Castrozza) per studiare una via nuova sulla parete della Cima del Coro, scorse, a oltre cento metri dalla base delle rocce, una cosa bianca appesa a una gobba strapiombante. Guardato bene, capì che era un paracadute e si ricordò come in
gennaio un quadrimotore americano di ritorno dall'Austria
fosse precipitato da quelle parti: sette otto degli aviatori erano calati incolumi presso Gosaldo. Altri due, portati via dal
vento, erano stati visti scendere dietro le creste nel gruppo
della Croda Grande e non se n'era più saputo nulla.

Sotto lo strapiombo si vedevano dei fili bianchi che dondolavano sostenendo una piccola cosa nera: una borsa per le
provviste d'emergenza? O il cadavere stesso dell'aviatore così
ridotto dal sole, dai corvi, dalle burrasche? La parete in quel
punto era ripidissima, però non molto difficile, circa di "terzo grado". In breve Franceschini raggiunse il posto, constatò
che la cosa nera era l'intrico delle cinghie che avevano soste-
nuto l'aviatore e che erano state tagliate nette con un coltello. Trasse giù il paracadute. In un terrazzino più sotto vide
un oggetto rosso vivo: era un giubbetto di gomma doppia
con due curiose leve metalliche; lui ne mosse una e con un
sibilo il giubbetto si gonfiò d'aria in un istante. Sopra c'era
scritto: Lt. F.P. Muller, Philadelphia (Pa). Più sotto ancora
Franceschini trovò un caricatore di pistola con le cartucce

tutte sparate, e in fondo, nel buco di fusione tra la roccia e la neve che riempiva il canalone, una sciarpa di flanella color verde militare. Inoltre: una piccola baionetta con l'estrema punta spezzata. Dell'uomo non una traccia.

(Per primo si era lanciato Franklin G. Gogger, lui immediatamente dopo. E gli altri? Già il suo ombrello bianco si era aperto e gli altri non si erano ancora gettati. Gogger sarà stato una cinquantina di metri più in basso. Il rombo dei motori si spegneva nelle orecchie, pareva di sprofondare nell'ovatta.

Si accorse che il vento li spingeva, man mano che scendevano, fuori dalla valle, verso le montagne cariche di neve. A vista d'occhio esse si raddrizzavano: irte di punte strane, spaccate da valloni in ombra, e in fondo l'azzurro della neve.

«Gogger, Gogger!» chiamò, ma all'improvviso tra lui e il compagno si levò una muraglia che gli veniva incontro. Era una parete a picco, gialla e grigia. A un tratto gli si avventò addosso. Lui tese le mani per smorzare l'urto.)

Sceso a valle, Franceschini avvertì il più vicino comando americano. Tornò lassù dodici giorni dopo; nel frattempo molta neve si era sciolta. Ma cercò a lungo inutilmente. Stava per ridiscendere quando sul lato destro del vallone vide il morto mezzo fuori della neve. Era pressoché intatto, solo i globi degli occhi erano spariti; e una tremenda ferita alla sommità della testa, una fossa rotonda e larga come una ciotola. Un giovane sui ventiquattro anni, bruno, alto di statura. Già qualche mosca girava intorno.

(Batté contro la roccia, fu un colpo meno tremendo del previsto. Non riuscì ad afferrarsi; si trovò, come di rimbalzo, sospeso ancora. Ma fermo. Il paracadute si era impigliato su una specie di minuscolo torrione sporgente in fuori. Lui pendeva così nel vuoto.

Intorno rupi assurde, frastagliate, vecchissime, non si capiva come potessero stare in equilibrio. Il sole le illuminava. Ma lui guardò il fondo del vallone (dall'alto sembrava quasi piatto) quella bianca pista liscia ed affettuosa. Gli venne in mente di essere ridicolo, così sospeso come un burattino. Una guglia sghemba assomigliante a un monaco, proprio di fronte, lo fissava; però senza partecipazione.

Troppo silenzio. Si tolse il casco, sperava di udire qualche suono umano, sia pur remoto. Niente. Non un grido, uno sparo, campana, rombo di autocarro. Urlò a tutta voce: «Gogger! Gogger!» – «Gogger, Goggergogger! Gog!... Gog!» ripeterono gli echi: freddi, matematici, e pareva volessero dire non ci siamo che noi, rocce, ed è inutile che tu chiami.)

Informato il comando americano, salirono col Franceschini una decina di uomini al comando di un tenente. Con grande fatica, nuovi alla montagna, giunsero sul posto. Guida e ufficiale si intendevano in un francese alquanto problematico. Il cadavere fu messo in un sacco e cominciarono a discendere il ripido canalone pieno di neve. A un certo punto però il vallone è interrotto da un salto di rocce. Qui il tenente ordinò l'alt e si fermarono. Franceschini ne approfittò per guardare la "sua" parete, esaminando un certo camino. Con la coda dell'occhio allora vide una cosa muoversi. Il sacco con la salma precipitava a balzi giù per le rocce. Franceschini guardò il tenente ma questi era impassibile.

(Un metro e mezzo sotto i suoi piedi correva una brevissima cornice, con sopra, a tratti, qualche cuscino di neve. L'unica, tentare. Tagliò le cinghie che lo trattenevano. Tenendosi sospeso con le mani alle funicelle si lasciò spenzolare fin che toccò coi piedi. Fu sulla cengia.

Ma, di sotto, la parete precipitava. Sporgendosi, egli non riusciva a vedere dove finisse. Le montagne! Mai le aveva viste da vicino; erano straniere, esageratamente belle, tutte sbagliate. Come le odiava. Pure, bisognava uscirne. Avesse potuto utilizzare le cordicelle del paracadute. Ma quelle ormai penzolavano sopra di lui; come arrampicare a prenderle?

Un abbassamento della luce perché il sole se ne stava andando gli diede la paura. Faceva freddo. «Aooh!» chiamò con una specie di furore. «Aooaaoooh!» ripeterono sette otto volte le montagne, anche dall'altra parte della valle. Allora gli venne una speranza. Trasse la rivoltella e tendendo il braccio in alto, quasi che lo potessero udir meglio, sparò, scanditi, tutti i colpi. Gli echi ripeterono. Silenzio.

Mai aveva visto cose tanto immobili come le montagne,

neanche le case erano capaci di stare così ferme. La tenuta di volo non bastava, il giovane sbatté le braccia per scaldarsi. Provò una sigaretta, non ebbe sollievo. Quando si sarebbero decisi ad arrivare, per farlo prigioniero, quei porci di Tedeschi?)

Ritrovarono il corpo alla base della paretina. Nella caduta esso era uscito fuori del sacco. Lo ricomposero alla meglio. Franceschini, con l'aiuto di due cinghie da calzoni lo trascinò fin dove la neve terminava. Qui, la salma fu messa su una barella. E si fermarono di nuovo.

(Solo quando anche l'estremo picco rimase senza sole e la notte si rovesciò a fiotti giù per i burroni, l'aviatore capì di essere solo. Gli uomini, i paesi, il fuoco, i caldi letti, le spiagge, le ragazze furono assurde storie di un altro mondo.

Mangiò quel poco che aveva con sé, a gran sorsate mandò giù il gin di una fiaschettina. Ma certo: domattina qualcuno sarebbe giunto. Si accoccolò sulla cornice. Provò a chiamare ancora ma gli echi, ora che non si vedeva quasi più niente, gli diedero fastidio. L'alcool, la stanchezza, la gioventù: poco dopo prese sonno.)

Il tenente pregò Franceschini di scendere fino alla Malga Canali; di là avrebbe potuto mandare un mulo. Loro, col morto, sarebbero intanto venuti giù adagio adagio. Si capiva che erano terribilmente stanchi. Franceschini andò ma dopo poco udì alle sue spalle alcune voci. Erano gli Americani che scendevano di corsa senza barella. E il morto? chiese Franceschini. L'abbiamo lasciato là, dietro a quella roccia. E quando venite a prenderlo? Il tenente rispose: Quando peserà meno.

(Si risvegliò e vide Filadelfia. La sua città, Dio santo! Cambiata in modo indefinibile da come la ricordava eppure sbagliarsi era impossibile. Vedeva, nella notte, le facciate dei grattacieli risplendere alla luna e dal lato opposto gli spigoli inabissarsi neri nelle vie, vedeva le strade bianche, perché mai così bianche? vedeva piazze e monumenti, e cupole e le bizzarre incastellature pubblicitarie in cima ai tetti, contro le stelle. Sì, laggiù, dietro il muro della Dutchin Inc., dopo quella selva di fumaioli, era la sua casa! Dormivano? Perché neanche una luce?

Perché neanche una luce, una finestra accesa, un minuscolo breve riverbero di lighter*? E le strade così deserte, senza una macchina che muova attraverso i candidi quadrivi. Scintillano qua e là, altissime, come azzurre lamine di quarzo, le vetrate sui giardini pensili dei miliardari, ma anche lassù tutto è sprofondato in un pauroso sonno.*

Filadelfia è morta. Un misterioso cataclisma l'ha lasciata così, con le turbine ferme, gli ascensori congelati a metà strada lungo le vertigini dei cementi armati, le caldaie spente, i vecchi quaccheri impietriti con in mano la cornetta muta del telefono. Il freddo entra a pungiglioni negli stivali foderati di pelliccia. Ma che cos'è questa voce che assomiglia a un respiro sommesso? E il vento, entra quasi con timidezza tra i colonnati, ne cava un querulo lamento. Oppure è voce umana? A momenti sembra di udire una specie di confusa musica, come di violini e di chitarre dalle recondite sale dei palazzi circostanti. Sulle cuspidi supreme c'è un polverio d'argento. Il freddo è una lama che lo taglia. E Dio, del quale egli ha sentito tanto parlare, dov'è Dio? Non è Filadelfia, maledizione, questa è l'ultima schifosa fossa della terra.)

Così il sottotenente Muller rimase solo, esposto al sole, in mezzo alle montagne che lo contemplavano. I pastori che d'estate salgono lassù con le pecore gli tolsero gli stivaletti di cuoio ancora in buone condizioni. Poi, non sopportando lo spaventoso odore, bruciarono la salma. Gli Americani tornarono tre mesi dopo a prendere le ossa.

(L'alba, ma a che serve? La notte gli è entrata così in fondo che mille estati non basterebbero a riscaldarlo, non c'è più niente del sottotenente Muller tranne che un automa sonnolento. Picchi, muraglie, pencolanti baldacchini, dormono ancora. Non verrà nessuno. Adesso egli misura l'abisso sotto di lui. Fa tutto come per un dovere, senza convinzione. Si toglie gli stivali di volo, sguaina la breve baionetta per infilarla tra roccia e roccia e così tenersi. Sceglie una larga fessura che sprofonda a imbuto. Forse, incastrandosi dentro. Con una mortale svogliatezza prova, tenendosi aggrappato con le mani. Ma le mani sembrano di un altro, tanto sono insensibili. Eccolo ficcato nel

camino. Centimetro a centimetro si lascia scivolare. Vede per un attimo il sole battere su una lamina di roccia sospesa a un'altezza immensa.

Quanto durerà l'abisso? Sotto il piede destro qualcosa a cui era appoggiato vola via. Ode lo scroscio dei sassi che precipitano. La punta della baionetta gratta con affanno senza trovare. Una forza lenta e persuasiva lo rovescia indietro. Ecco, la parete gli si abbassa dinanzi, quasi diventasse orizzontale. Libero! Una risata fugge su tre cinque dieci pareti allungandosi grottescamente, presto si spegne. Volando giù di roccia in roccia, la baionetta tintinna allegramente. Poi tutto fermo e muto come prima.)

Ora, sul posto, non è rimasto niente. Perché resti un ricordo, il custode del rifugio "Treviso", là dove il morto fu lasciato per tre mesi, ha segnato con vernice rossa, su alcune pietre in mezzo all'erba, il nome: F.P. Muller, e una croce. È sotto, in sbaglio: England. Forse perché dalle misteriose rupi della Val Canali America e Inghilterra sono ugualmente distanti, lontane miliardi di chilometri, ed è facile fare confusione.

34

La frana

Fu svegliato dal campanello del telefono. Era il direttore del giornale. «Parta subito in auto» gli disse. « È venuta giù una grande frana in Valle Ortica... Sì, in Valle Ortica, vicino al paese di Goro... Un villaggio è rimasto sotto, ci devono essere dei morti... Del resto vedrà lei. Non perda tempo. E mi raccomando!»

Era la prima volta che gli affidavano un servizio importante e la responsabilità lo preoccupava. Tuttavia, fatto il conto del tempo disponibile, si rassicurò. Dovevano esserci duecento chilometri di strada, in tre ore sarebbe arrivato. Gli restava tutto il pomeriggio disponibile per l'inchiesta e per scrivere il "pezzo". Un servizio comodo, pensò; senza difficoltà avrebbe potuto farsi onore.

Partì nella fredda mattina di febbraio. Le strade essendo quasi deserte, si poteva andare svelto. Prima quasi che se l'aspettasse, vide avvicinarsi i profili delle colline, poi gli apparve, fra veli di caligine, la neve delle vette.

Pensava intanto alla frana. Forse era una catastrofe, con centinaia di vittime; ci sarebbe stato da scrivere un paio di colonne per due o tre giorni di fila; né il dolore di tanta gente lo rattristava, benché egli non fosse d'animo cattivo. Gli venne poi il pensiero sgradevole dei concorrenti, dei colleghi degli altri giornali, li immaginava già sul posto a raccogliere preziose notizie, molto più svelti e furbi di lui. Cominciò a guardare con ansia tutte le automobili che procedevano nella stessa direzione. Senza dubbio andavano tutte a Goro, per la frana. Spesso, avvistata una macchina in fondo ai rettilinei, forzava l'andatura per raggiungerla e vedere chi ci fosse dentro; ogni volta era convinto di trovare un collega, invece erano sempre volti sconosciuti, per lo più uomini di campagna, tipi di fittavoli e mediatori, persino un prete. Avevano una espressione annoiata e sonnolenta, come se la terribile sciagura non avesse per loro la minima importanza.

A un certo punto lasciò il rettilineo di asfalto e piegò a sinistra, per la strada della Valle Ortica, una via stretta e polverosa. Sebbene fosse mattino avanzato, non si scorgevano sintomi anormali: né reparti di truppa, né autoambulanze, né camion coi soccorsi, come lui si era immaginato. Tutto ristagnava nel letargo invernale, solo qualche casa di contadini emetteva dal camino un filo di fumo.

Le pietre sui bordi della strada dicevano: a Goro km. 20, a Goro km. 19, a Goro km. 18, eppure non appariva fermento o allarme di sorta. Gli sguardi di Giovanni invano ispezionavano i precipitosi fianchi delle montagne, per scoprire la frattura, la bianca cicatrice della frana.

Arrivò a Goro verso mezzogiorno. Era uno di quegli strani paesi di certe valli abbandonate, che sembrano essere rimasti indietro di cent'anni; torvi e inospitali paesi, oppressi da squallide montagne, senza boschi d'estate o neve d'inverno, dove usano villeggiare tre o quattro famiglie disperate.

La piazzetta centrale era in quel momento vuota. Strano, si disse Giovanni, possibile che dopo una catastrofe simile tutti fossero fuggiti o chiusi in casa? A meno che, pensò, la frana non fosse caduta in un altro paese vicino, e tutti fossero sul posto. Un pallido sole illuminava la facciata di un albergo. Sceso di macchina, Giovanni aprì la porta a vetri e sentì un intenso vociare, come di gente allegra che fosse a tavola.

L'albergatore infatti stava facendo colazione con la numerosa famiglia. Clienti, di quella stagione, evidentemente non ce n'erano. Giovanni domandò permesso, si presentò come giornalista, chiese notizie della frana.

«La frana?» fece l'albergatore, omaccione volgare e cordialissimo. «Qui non ci sono frane... Ma forse lei desidera mangiare, si accomodi, si accomodi. Si sieda qui con noi, se si degna. Di là, nella sala, non è riscaldato.»

Insisteva perché Giovanni mangiasse con loro e intanto, senza badare al visitatore, due ragazzi sulla quindicina provocavano fra i commensali grandi risate per mezzo di allusioni familiari. L'albergatore desiderava proprio che Giovanni si sedesse, gli garantiva che non era facile trovare altrove, nella valle, di quella stagione, una colazione pronta; ma lui cominciava a sentirsi inquieto; avrebbe mangiato, si capisce, ma prima voleva vedere la frana, come mai a Goro non se ne sapeva nulla? Il direttore gli aveva dato ben chiare indicazioni.

Non mettendosi i due d'accordo, i ragazzi seduti a tavola cominciarono a farsi attenti. «La frana?» fece a un certo punto un ragazzetto di dodici anni circa, che aveva intuito la questione. «Ma sì, ma sì, è più su, a Sant'Elmo» così gridava, lieto di poter mostrarsi più informato del padre. «È successo a Sant'Elmo; lo diceva ieri il Longo!»

«Che cosa vuoi che sappia il Longo?» ribatté l'albergatore. «Sta' zitto tu. Che cosa vuoi che sappia il Longo? Di frane ce n'è stata una quando era ancora bambino, ma molto più in basso di Goro. Forse l'avrà vista signore, a un dieci chilometri di qui, dove la strada fa...»

«Ma sì, papà, ti dico!» insisteva il ragazzetto. «A Sant'Elmo è successo!»

Avrebbero continuato a disputare se Giovanni non li avesse interrotti: «Bene, io vado fino a Sant'Elmo a vedere». L'albergatore e i figlioli lo accompagnarono sulla piazza, interessandosi visibilmente dell'automobile, di recente modello, quale lassù mai si era vista.

Quattro chilometri soltanto separavano Goro da Sant'Elmo, ma parevano a Giovanni lunghissimi. La strada saliva con serpentine ripide e così strette da richiedere spesso retromarce. La valle si faceva sempre più scura e torva. Solo un lontano rintocco di campana diede a Giovanni sollievo.

Sant'Elmo era ancora più piccolo di Goro, più derelitto e

miserabile. Erano appena le una meno un quarto, eppure si sarebbe detto che la sera non fosse lontana; forse per l'ombra cupa delle montagne incombenti, forse per il disagio stesso provocato da tanto abbandono.

Ormai Giovanni si sentiva inquieto. Dove era caduta dunque la frana? Possibile che il direttore l'avesse spedito con tanta urgenza se non fosse stato sicuro della notizia? O che si fosse sbagliato nel dargli il nome del posto? Il tempo faceva presto a correre, lui rischiava di lasciar mancare il servizio al giornale.

Fermò la macchina, chiese indicazioni a un ragazzo il quale sembrò capire subito.

«La frana? È lassù» rispose e faceva segno verso l'alto. «In venti minuti ci si arriva.» Poi, accennando Giovanni a risalire in macchina, avvertì: «Non si può passare in auto, bisogna andare a piedi, c'è soltanto un sentiero». Acconsentì quindi a fare da guida.

Uscirono dal paese, inerpicandosi per una mulattiera fangosa, di traverso a un costone. Giovanni faticava a seguire il ragazzo né trovava il fiato per fare domande. Ma che importava? Fra poco avrebbe visto la frana, il servizio al giornale era assicurato e nessuno dei colleghi era giunto prima di lui. (Curioso però che non si vedesse persona in giro; bisognava dedurne che di vittime non ce n'erano state e che non erano stati chiesti soccorsi, tutt'al più era rimasta travolta qualche casa disabitata.)

«Ecco qui» disse finalmente il ragazzo, come raggiunsero una specie di contrafforte. E fece segno col dito. Dinanzi a loro, sul fianco opposto della valle, si scorgeva infatti una gigantesca frana di terra rossiccia. Dal culmine della rottura al fondo della valle, dove si erano accatastati i macigni più grossi, potevano esserci trecento metri. Ma non si capiva come in quel punto potesse essere mai esistito un villaggio o soltanto un gruppo di case. Parvero poi sospette alcune vegetazioni abbarbicate sui dirupi.

«Lo vede, signore, il ponte?» chiese il ragazzo, indicando un resto di costruzione diroccato proprio sul fondo della valle, nell'intrico dei macigni rossi.

«E non c'è nessuno?» domandò Giovanni stupefatto, non vedendo anima viva per quanto si guardasse attorno. Solamente brulli costoni vedeva, rocce affioranti, umidi colatoi di rigagnoli, muretti di pietre a sostegno di brevi coltivazioni, dovunque un desolato colore ferruginoso, mentre il cielo si era lentamente riempito di nubi.

Il ragazzo lo guardò senza capire. «Ma quand'è successo?» insistette Giovanni. «È già da qualche giorno?» «Chissà quando!» fece il ragazzo. «Certi dicono trecento anni, certi anche quattrocento. Ma ogni tanto viene giù ancora qualche pezzo.»

«Bestia!» urlò Giovanni fuori di sé. «Non lo potevi dire prima?» Una frana di trecento anni prima lo avevano portato a vedere, la curiosità geologica di Sant'Elmo, forse indicata dalle guide turistiche! E quegli avanzi di muratura in fondo al vallone erano magari resti di un ponte romano! Che stupido sbaglio, e intanto la sera si avvicinava. Ma dov'era, dov'era la frana?

Scese di corsa per la mulattiera, seguito dal ragazzo mezzo piangente per la paura di aver perso la mancia. L'affanno di questo ragazzo era incredibile: non riuscendo a capire perché Giovanni si fosse arrabbiato, gli correva dietro supplichevole, sperando di rabbonirlo.

«Il signore cerca la frana!» andava dicendo a quanti incontrava, facendo segno a Giovanni. «Io non so mica, io credevo che volesse vedere quella del ponte vecchio, ma non è quella che cerca. Lo sai dove è caduta la frana?» andava chiedendo a uomini e donne.

«Aspetta, aspetta!» rispose finalmente a quelle parole una vecchietta che trafficava sulla porta di una casa. «Aspetta che ti chiamo il mio uomo!»

Poco dopo, preceduto da un gran rumore di zoccoli, comparve sulla soglia un uomo sulla cinquantina, ma già rinsecchito, dall'espressione tetra. «Ah, sono venuti a vedere!» cominciò a vociare come scorse Giovanni. «Non basta che tutto vada a ramengo, adesso i signori vengono a vedere lo spettacolo! Ma sì, ma sì, venga a vedere!» Gridava rivolto al giornalista ma si capiva che lo sfogo era diretto al prossimo in genere, piuttosto che a lui personalmente.

Afferrò per un braccio Giovanni e se lo trasse dietro su per una mulattiera, simile a quella di prima, chiusa fra muretti di rozze pietre. Fu allora che, portando la mano sinistra al petto per chiudersi meglio il paltò (il freddo infatti si faceva sempre più intenso) Giovanni gettò per caso un'occhiata sull'orologio a polso. Erano già le cinque e un quarto, fra poco sarebbe giunta la notte e lui della frana non sapeva letteralmente nulla, neppure dove era caduta. Se almeno quell'odioso contadino lo avesse condotto sul posto!

«È contento? Eccola qui, se la guardi pure, la sua maledetta frana!» fece a un certo punto il contadino, fermandosi; e col mento in segno di odio e spregio, indicava la deprecata cosa. Giovanni si trovò sul margine di un campicello di poche centinaia di metri quadrati, un pezzo di terra assolutamente trascurabile se non fosse stato sul fianco della ripida montagna, un campicello artificiale, guadagnato palmo a palmo col lavoro e sorretto da un muro di pietre. Lo spiazzo era però invaso almeno per un terzo da uno smottamento di terra e sassi. Le piogge forse, o l'umidità della stagione, o chissà che altro, avevano fatto scivolar giù, sul campicello, un breve tratto di montagna.

«La guardi, è contento adesso?» imprecava il contadino, indignato non contro Giovanni di cui ignorava le intenzioni, ma contro quella malora che gli sarebbe costata mesi e mesi di fatiche. E Giovanni guardò sbalordito la frana, scalfittura del monte, quell'inezia, quel nulla miserabile. Non è neppur questa si disse sconsolato, deve esserci sotto qualche errore. Intanto il tempo correva e prima di notte bisognava telefonare al giornale.

Piantò in asso il contadino, corse indietro alla piazzetta dove aveva lasciato la macchina, interpellò ansiosamente tre bifolchi che stavano palpando i pneumatici: «Ma dov'è la frana?» urlava, come se fossero loro i responsabili. Le montagne si chiudevano nel buio.

Un tizio lungo e vestito passabilmente si alzò allora da un gradino della chiesa dove fino a quel momento era rimasto seduto a fumare, e si avanzò verso Giovanni: «Chi gliel'ha detto? Da chi ha avuto la notizia?» gli domandò senza preamboli. «Chi è che parla di frane?»

Chiedeva ciò in tono ambiguo, quasi di minaccia sottintesa, come se udir toccare l'argomento gli fosse sgradito. E d'improvviso attraversò la mente di Giovanni un consolante pensiero: ci doveva essere proprio qualche cosa di losco e delittuoso nella storia della frana. Ecco perché tutti si erano messi d'accordo per sviare le ricerche, ecco perché l'autorità non era stata avvertita e nessuno era accorso sul posto. Oh, se invece di una semplice cronaca di sciagura, coi suoi inevitabili luoghi comuni, gli fosse stata destinata la scoperta di un complotto romanzesco, tanto più straordinario lassù, in quel paese tagliato fuori del mondo!

«La frana!» disse ancora il tizio con accento di disprezzo, prima che Giovanni avesse avuto il tempo di rispondergli. «Non ho mai sentito una stupidaggine simile! E lei, che ci va a credere!» concluse, voltando le spalle e incamminandosi a lenti passi.

Per quanto eccitato, Giovanni non ebbe il coraggio di abbordarlo. «Che cosa aveva da dire quello lì?» domandò poi a uno dei tre bifolchi, quello dal volto meno ottuso.

«Ehi» fece ridendo il giovanotto «la vecchia storia! Eh, io non parlo! Io non voglio fastidi! Io non so niente di niente.»

«Hai paura di quello là?» gli rinfacciò uno dei due compagni. «Perché lui è un imbroglione, tu vuoi stare zitto? La frana? Si capisce che c'è la frana!»

A Giovanni, avido di sapere finalmente, il bifolco spiegò la faccenda. Quel tizio aveva due case da vendere, appena fuori di Sant'Elmo, ma da quelle parti il terreno non teneva, presto o tardi i muri sarebbero crollati, già si erano aperte alcune crepe, per rimetterli in sesto sarebbero occorsi lunghi lavori, una grande spesa. Pochi sapevano questo, ma la voce si era sparsa e nessuno voleva più comprare. Ecco perché il tizio ci teneva a smentire.

Tutto qui il mistero? Melanconica sera delle montagne, in mezzo a gente stupida e misteriosa. Si faceva buio, soffiava un vento gelido. Gli uomini, incerte ombre, dileguavano ad uno ad uno, le porte delle casupole si chiudevano cigolando, anche i tre bifolchi si erano stancati di esaminare la macchina e d'un tratto scomparvero.

Inutile chiedere ancora, si disse Giovanni. Ciascuno mi darebbe una risposta diversa, come è avvenuto finora, ciascuno mi condurrà a vedere posti differenti, senza il minimo costrutto per il giornale. (Ciascuno ha in verità la sua propria frana, a uno è crollato il terriccio sul campo, all'altro sta smottando la concimaia, un altro ancora conosce il lavorio dell'antico ghiaione, ciascuno ha la sua propria misera frana, ma non è mai quella che importa a Giovanni, la grande frana, su cui scrivere tre colonne di giornale, che sarebbe forse la sua fortuna.)

Nel silenzio grandissimo si udì ancora un suono remoto di campana, poi basta. Giovanni era risalito sull'automobile, ora accendeva il motore e i fari, sfiduciato si avviava al ritorno.

Che cosa triste, pensava, e chissà come successa. La notizia di un fatto da nulla, forse quella minuscola frana sul campo del contadino collerico, era stranamente scesa fino in città, per vie inesplicabili, e nel viaggio si era sempre più deformata fino a diventare una tragedia. Storie simili non erano rare, in fin dei conti ciò rientrava nella normalità della vita. Ma adesso toccava a Giovanni pagare. Lui non ne aveva proprio nessuna colpa, era vero, comunque tornava a mani vuote e avrebbe fatto una misera figura. «A meno che...» ma sorrise, misurando l'assurdità della cosa.

La macchina aveva ormai lasciato le case di Sant'Elmo, con ripide serpentine la strada sprofondava nelle concavità nere della valle, non un'anima viva. L'auto scendeva con lieve fruscìo di ghiaia, i due raggi dei fari perlustravano attorno, battendo ogni tanto sull'opposta parete del vallone, sulle basse nubi, su sinistri roccioni, alberi morti. Essa scendeva adagio, quasi attardata da una speranza estrema.

Fino a che il motore tacque o almeno così parve perché Giovanni udì alle sue spalle, allucinazione forse, ma poteva anche darsi di no; udì alle spalle il principio di uno scroscio immenso che sembrava scuotere la terra; e il suo cuore fu preso da un orgasmo inesprimibile, stranamente simile alla gioia.

35

Non aspettavano altro

Era caldo. Dopo il lungo viaggio sempre in piedi nel corridoio, Antonio e Anna giunsero stanchissimi alla grande città dove avrebbero dovuto passare la notte. Fino al mattino successivo non c'erano treni per proseguire.

Dalla stazione uscirono sul piazzale rovente. Con un braccio lui portava la valigetta comune, con l'altra sosteneva Anna la quale non ne poteva più, i piedi gonfi per la stanchezza. Era caldo. Adesso, trovare subito un albergo per riposare.

Di alberghi ce n'era una quantità, nei dintorni della stazione. E si sarebbero detti tutti vuoti, con le persiane chiuse, nessuna automobile ferma davanti, deserti gli anditi d'ingresso. Loro ne scelsero a occhio uno dall'apparenza modesta. Si chiamava "Hotel Strigoni".

Nel vestibolo non un'anima viva. Tutto assopito e immobile. Poi scorsero dietro il banco il portiere che dormiva, insaccato in una poltrona. «Scusi» disse Antonio senza alzare la voce. Lui aprì con fatica un occhio, lentamente si levò in piedi, divenne nero ed altissimo.

Prima che Antonio parlasse, il portiere scosse la testa; e fissava la coppia come si guardano i nemici. Indicando con l'indice la pianta dell'albergo sul piano del banco. «Siamo completi» annunciò «mi dispiace non c'è neanche un buco.» Pareva che pronunciasse con fastidio una formula ripetuta senza interruzione per anni e anni.

Neppure gli altri alberghi avevano posto. E pure gli atri di ingresso erano vuoti, nessuno entrava o usciva, né si udivano rumori umani dalla parte delle scale. I portieri per lo più dormicchiavano, erano sudaticci e tristi. Anche essi indicavano la pianta delle stanze a dimostrare che non restava libero neanche uno sgabuzzino. E ugualmente fissavano i due con sospetto.

Vagarono così per circa un'ora nelle strade torride, diventando sempre più stanchi.

Finalmente, al settimo o ottavo portiere che rispondeva di no, Antonio chiese se almeno avessero potuto fare un bagno. «Un bagno?» fece l'altro. «Loro cercano un bagno? Ma perché non vanno all'albergo diurno? È qui vicino, a due passi.» E spiegò la strada.

Andarono. Anna faceva ormai una faccia dura e non parlava, segno che era esasperata. Ecco il grande cartello policromo all'entrata del diurno, la scala che scendeva nel sotterraneo. Anche qui non c'era anima viva.

Ma, come furono discesi, lo scoraggiamento li prese. Dinanzi ai due sportelli con soprascritto "Bagni" c'erano lunghe code; e altra gente, che evidentemente aveva già acquistato lo scontrino, aspettava, seduta intorno, bisbigliando.

Uno sportello era per gli uomini, l'altro per le donne. «Dio mio, non ne posso più» disse Anna. E lui: «Coraggio, adesso ci rinfreschiamo un poco. E poi, se Dio vuole, troveremo un albergo». Così entrambi si misero in coda.

Pure laggiù, a motivo del vapore caldo che usciva dal corridoio dei bagni, l'aria era umida e opprimente. Intanto Antonio si accorse che la gente seduta lì esaminava, fissando specialmente Anna: gettavano un'occhiata e poi bisbigliavano tra loro; senza malizia, si sarebbe detto, perché nessuno sorrideva.

Anna fece più presto di lui. Dopo circa mezz'ora la vide, nella coda di fianco, sopravanzarlo e avvicinarsi allo sportello. Quando fu il suo turno, la ragazza porse un biglietto da cento lire.

A questo punto Antonio fu distratto da un sommesso bat-

tibecco tra colui che lo precedeva e l'impiegato allo sportello.
Il commesso non disponeva di spiccioli, l'altro non aveva che
biglietti da mille. «La prego, si tiri in disparte, lasci passare
gli altri...» Discutevano sottovoce, come temessero di farsi
udire. Infine l'uomo si trasse da un lato, brontolando, e fece
posto ad Antonio.

Solo allora egli si accorse che Anna a sua volta stava discutendo allo sportello accanto. Si era fatta rossa in volto e
affannata, cercava con ansia qualche cosa nella borsetta.
«Hai perso i soldi?» gli chiese lui. «No, ma qui vogliono i documenti. E non riesco più a trovare la tessera!»

«Su allora, signore» sussurrò l'impiegato, esortando Antonio. «Un bagno?... Ottanta...» «E occorre un documento?» Il
commesso ebbe un vago sorriso. «Spero bene...» rispose con
chissà quali sottintesi. Antonio trasse la carta di identità di
cui l'altro ricopiò i dati su un registro.

Nel frattempo, a causa di Anna, la coda delle donne si era
inceppata e ne usciva un brusio di protesta. Finché dallo
sportello venne una voce sgradevole di donna: «Signorina, se
non ha il documento, si levi per favore!...». «Ma io sto male,
ho bisogno...» insisteva Anna, sorridendo con fatica, per im-
pietosirla. «Qui c'è un signore che mi conosce e ha i documenti...» La commessa tagliò corto: «Non ho tempo da perdere... Mi faccia il piacere...». Antonio trasse via dolcemente
la ragazza per un braccio. Allora lei perse la calma: «Che modi!» gridò all'impiegata. «Neanche se si fosse dei delinquenti!» L'alta voce echeggiò nella quiete con scandalo. Tutti si
voltarono stupefatti e ripresero a bisbigliare con più foga.

«Anche questa doveva succedere!» diceva Antonio. «E
adesso come fai?» «Che ne so?» fece Anna sull'orlo del pianto. «Neanche un bagno si può fare in questa maledetta città... Tu almeno, l'hai preso, lo scontrino?»

«Io sì... Ora voglio provare: se potessi andare tu al mio posto...» Si avvicinarono infatti alla inserviente che riceveva gli
scontrini all'ingresso dei bagni, e chiamava, con voce opaca,
i numeri successivi, via via che il turno procedeva.

«La prego» disse Antonio supplichevole. «Io ho già preso

lo scontrino ma devo andare... Non potrebbe utilizzarlo la signorina?» «Sì certo» rispose la donna. «Non ha che da andare allo sportello dei reclami e far registrare il documento...» «Senta» intervenne Anna. «Sia buona... io l'ho smarrita la carta di identità... mi lasci fare il bagno lo stesso... non mi sento bene... guardi che caviglia...»

«Ma io non posso, figliola» fece la inserviente. «Se per caso se ne accorgono, i guai sono miei, stia pur sicura...»

«Andiamo» disse Antonio, esasperato anche lui. «È una caserma, questa.» Gli sguardi dei presenti erano più che mai concentrati sulla coppia e quando i due giovani si avviarono alla scala per risalire sulla via, il bisbiglio per un istante tacque.

«Oh, andiamo a sederci da qualche parte, te ne supplico» si lamentava Anna. «Non ce la faccio più a stare in piedi... Guarda un giardino!»

La strada sboccava infatti ai margini di un giardino pubblico che pareva da lontano pressocché deserto. In realtà le panchine completamente in ombra erano tutte occupate. Si dovettero accontentare di un sedile riparato a metà da un ramo. Seduta, per prima cosa Anna si slacciò le scarpette. Tutt'intorno crepitavano le cicale; e c'erano polvere e desolazione.

Poco più in là, dinanzi a loro, in uno spiazzo rotondo, essi videro una larga fontana circolare, con uno zampillo al centro. Di tutto il giardino questo era l'unico posto affollato, sebbene esposto al sole. Donne e anche uomini fatti sedevano sull'orlo, per lo più con le mani immerse nell'acqua a scopo di refrigerio; mentre nel mezzo della fontana una torma irrequieta e vociante di bambini seminudi giocava con le barchette. Sguazzavano felici, si schizzavano a vicenda, qualcuno si immergeva a pancia in giù, col vestito e tutto, senza badare ai richiami della mamma.

Per i flaccidi vapori ristagnanti sulla città – forse venuti dalle circostanti risaie in putrefazione – i raggi del sole si erano nel frattempo fatti smorti. Ma il caldo sembrava diventare ancora più pesante.

«Guarda... l'acqua!» fece improvvisamente Anna. «Aspettami un momento...» E lasciando le scarpette, prima che Antonio potesse trattenerla si affrettò sorridendo alla fontana, chiese "Permesso" a quelli che sedevano sul bordo, lo scavalcò agilmente ed entrò nell'acqua sollevando un poco le gonne. «Ah, che consolazione!» gridò ad Antonio che, con la valigetta e le scarpe di lei, si era subito avvicinato.

Dall'acqua, dove cercavano conforto, gli sguardi della gente si alzarono a quella bella ragazza, misurandola. Subito le teste, sonnolente e immote, si animarono, incrociandosi fitti dialoghi. Poi si alzò, precisa, una voce:

«Signorina, torni indietro, per favore, la fontana è riservata ai bambini!» Era una donna sui quarant'anni, un tipo di massaia, dal volto energico.

Ma l'Anna era così contenta di trovarsi nell'acqua. Tra quel vociare di bambini non udì il richiamo.

«Signorina» ripeté la donna più forte. «Guardi che non si può entrare nella fontana. È riservata ai bambini.» Altre donne l'approvarono con cenni.

Anna si voltò sorpresa, il volto ancora ridente. «Bambini o no» rispose «ho bisogno di rinfrescarmi un poco, se permette.» Il tono era cordiale, con un accento quasi di cerimonia che voleva riuscire scherzoso. Poi avanzò verso il centro della fontana, dove l'acqua diventava progressivamente più profonda.

Un'altra donna dall'espressione volpina agitò in alto le mani. «Questa fontana è dei bambini» gridò. «Ha capito? È dei bambini!»

Altre ancora fecero eco: «Fuori dalla fontana! Fuori! È riservata ai bambini!». Anche i piccoli, che da principio non vi avevano fatto caso, guardarono la ragazza entrata nell'acqua in mezzo a loro; e interruppero i giochi, come aspettando qualcosa.

«Torni indietro! È proibito! Fuori!» Anna era già quasi sotto lo zampillo, dove i bambini erano più fitti. L'acqua le arrivava alle ginocchia. A quelle grida si voltò nuovamente e, chissà come, non vide che cosa erano diventate in pochi istanti le facce delle donne intorno: sudaticce, rosse, tirate dall'ira, con una piega odiosa agli angoli delle labbra. Non vide, non ebbe paura. «Eh!» rispose, alzando una mano a esprimere impazienza e noia.

Dal bordo della fontana, in tono accomodante, Antonio cercò di evitare un litigio. «Anna, Anna, torna adesso. Ti sei rinfrescata abbastanza.»

Ma lei capì che Antonio si vergognava di lei e giustificava in certo modo le donne. In risposta scalpitò nell'acqua come una ragazzina. «Sì, sì, ancora un momento!» Non voleva darla vinta a quelle streghe.

Ciàc. Qualcosa di grigio volò sopra l'acqua e subito si vide una chiazza pesante di sudicio sulla schiena dell'Anna; e scolava giù per la stoffa azzurra a fiori. Chi era stato? All'improvviso una delle popolane, bella donna alta e robusta, aveva tuffato una mano nel fondo, raccogliendo un pugno di fango. Poi l'aveva lanciato.

Risate e grida si levarono. «Fuori! Fuori della fontana! Fuori!» Erano anche voci di uomini. La gente, poco prima intorpidita e molle, si era tutta eccitata. Gioia di umiliare quella ragazza spavalda che dalla faccia e dall'accento si capiva ch'era forestiera.

«Vigliacchi!» gridò Anna, voltandosi d'un balzo. E con un fazzolettino cercava di togliersi di dosso la fanghiglia. Ma lo scherzo era piaciuto. Un altro schizzo la raggiunse a una spalla, un terzo al collo, all'orlo dell'abito. Era diventata una gara.

«Fuori! Fuori!» gridavano, in una specie di giubilo. Una grande risata si allargò quando un bel blocco di fango si spiaccicò su un'orecchia di Anna, insozzandole la faccia; gli occhiali da sole volarono via, scomparendo sott'acqua. Sotto la tempesta, la ragazza cercava di ripararsi, ansimando, e gridava frasi incomprensibili.

Qui Antonio intervenne, facendosi largo. Ma come avviene nei momenti di eccessiva emozione, pronunciò parole sconnesse: «Per piacere, per piacere» cominciò «lasciate stare! Che cosa vi ha fatto di male, per piacere... Vi dico che... Sentite... Vi consiglio... Anna, Anna, vieni via subito!».

Antonio era forestiero e tutti, là, parlavano in dialetto. Le sue parole ebbero un suono curioso, quasi ridicolo.

Proprio al suo fianco uno si mise a ridere. «Per piacere eh? per piacere?» E gli faceva il verso. Era un giovane sui trent'anni, in canottiera, dal volto asciutto e furbesco da teppista.

Ad Antonio tremarono le labbra. «Cosa c'è? cosa c'è?» chiese. Nello stesso istante, con la coda dell'occhio, scorse una donna che alzava un braccio, nell'atto di lanciare ancora fango. Con un balzo lui la afferrò al polso, fermandola; la poltiglia sfuggì dalle dita.

«Con le donne eh? Te la prendi con le donne?» fece il giovanotto in canottiera. «Tu saresti l'amico?» E si fece sotto. «No, eh!» minacciò, passando una mano rasente alla faccia di Antonio, per provocarlo. Per respingerlo Antonio sferrò un pugno. Ma era un pugno maldestro, e colpì solo una spalla di striscio.

Il giovane non barcollò neppure. Rideva, sembrava divertirsi moltissimo; e cominciò a saltellare, tutto proteso in avanti, come fanno i *boxeurs*, molinando i pugni. «Ecco, per piacere!»

Il suo braccio sinistro si allungò. Lentamente, si sarebbe detto, senza alcun impeto. Eppure Antonio, chissà perché, non riuscì a evitarlo. Un colpettino dalla parte del fegato, un pugno dato per scherzo, pareva. Ma subito, tirando il fiato, egli sentì un atroce dolore propagarsi nelle viscere: profondo, cupo, maligno. Gli mancò il respiro.

«Per piacere! Per piacere!» ridacchiò l'altro, facendogli ancora il verso. E allungò l'altro braccio. Il pugno toccò appena, sembrava. Tuttavia, dopo un attimo, Antonio si piegò in due, gemendo. Poi dal fondo gli salì un senso orrendo di nausea. Non vide più che una confusione di ombre. Retrocedette fino all'albero più vicino, per appoggiarsi.

Come si riebbe – ed erano passati pochi secondi – alla fontana stava succedendo qualche cosa di nuovo.

Anna non si era ancora ritirata dal centro. Tutta imbrattata di fango, la faccia tesa a una smorfia di affanno, ora cercava di ripararsi con le mani, ora tentava di schizzare getti d'acqua contro chi la bersagliava. Ma si muoveva con fatica, come per una grande stanchezza che la avesse sorpresa. Si teneva adesso in mezzo ai bimbi calcolando che le mamme, per non rischiare di colpirli, avrebbero risparmiato anche lei. «Antonio, Antonio!» chiamava «guarda come mi han ridotto! Dio come mi han ridotto!» Ripeteva meccanicamente questo grido e pareva non sapesse dire altro.

«Fuori! Fuori! Via di qui! Tieni questa!... Fuori!... Sei sporca? di', sei sporca? Fuori! fuori!... E tu Nini vien via... Venite via, bambini!» Così le donne. Infatti i bimbi cominciarono a ritirarsi, lasciando l'Anna sempre più sola.

Ormai, anche se l'Anna si fosse decisa a uscire, non sarebbe stata più una cosa semplice. La avrebbero lasciata passare? Non si sarebbero accaniti ancora? Dagli alberi intorno all'improvviso le cicale fecero uno strepito rabbioso e acuto, molto più forte di prima; come se un terrore fosse passato tra le foglie. Quasi nello stesso istante un bambino di otto-nove anni, eccitato dalle grida, si avvicinò all'Anna alzando una sua rudimentale barchetta di legno. Fattosi dappresso, senza una parola, vibrò il giocattolo di forza contro uno stinco della ragazza. La chiglia, rinforzata da una striscia di latta, urtò nell'osso con un colpo secco.

Molte cose succedono in un minuto o due, molto riescono a fare gli uomini in così piccolo spazio di tempo, anche se è caldo e i marci vapori delle risaie imputridiscono sulla grande città, rendendo odiosa la vita. Un urlo volle uscire dalla gola della ragazza. Non ne venne fuori che il fiato senza suono, una specie di sibilo. Nello spasimo lei abbrancò fulmineamente il bimbetto, scaraventandolo lungo disteso nell'acqua. Per un istante la testa scomparve sotto la superficie.

Dal bordo della vasca, rispose un urlo bestiale, orribile a udirsi. «Ammazza il mio bambino! Ammazza il mio bambino! Aiuto! aiuto!»

Chi sentiva più il caldo? Il pretesto sembrava meraviglioso. Niente ormai tratteneva il buttare fuori il fondo dell'animo: il sozzo carico di male che si tiene dentro per anni e nessuno si accorge di avere. Un'agitazione frenetica prese le donne. Quella dal volto volpino cominciò a saltellare, girando su se stessa, e gridava: «Boia! Boia! Boia!» senza alcun senso.

Qualche decina di metri più in là, con quel dolore al fianco che stentava a spegnersi, Antonio ansimava ancora. Intravide soltanto la scena e non capiva. Ma ecco si accorse che la gente non parlava più come prima. Fino allora aveva udito intorno parlare il solito dialetto della città, per lui facilmente comprensibile. Adesso, inspiegabilmente, le bocche sembravano gonfiarsi, incespicando, e ne uscivano parole diverse, di suono rozzo ed informe. Come se dai remoti pozzi della città fosse venuta su un'eco turpe e nera. La scellerata voce dei bassifondi antichi all'improvviso riviveva, carica di delitti? Egli fu tra stranieri, in una terra lontana e inspiegabile, a lui feroce.

In quel mentre le grida s'accrebbero. E la gente scavalcò il bordo della fontana irrompendo nell'acqua. Ci fu un groviglio. Poi tutti uscirono dalla vasca e per prima apparve l'Anna brutalmente tenuta da due tre donne che la battevano. Era tutta lorda e scarmigliata, e il volto si era fatto terreo, con dentro un mortale affanno. Piangeva? singhiozzava? gridava? Le urla coprivano la sua voce, né si poteva capire. Ogni tanto, sotto i colpi, inciampava, ma le altre la trascinavano via, tenendole le braccia immobilizzate dietro la schiena. Dove la conducevano?

Antonio guardava sgomento. Intorno a lui solo volti imbestialiti, sguardi duri che lo fissavano. Battendogli il cuore, corse a cercare una guardia. Lo raggiunse, mentre si allontanava, una nuova esplosione di urla: «Alla gabbia!» gli parve che gridassero. Ma forse aveva capito male. Che cosa poteva voler dire?

Non aveva fatto duecento metri quando scorse due guardie municipali che si avvicinavano, attratte dal baccano; ma senza fretta. Lui disse, e faticava a parlare: «Presto, per carità, ammazzano una ragazza! L'hanno presa, la portano via!».

I due lo guardarono con stupore, quasi non avessero capito; né accelerarono minimamente il passo. La turba delle donne che trascinavano Anna veniva però incontro. La ragazza era ormai un cencio, sembrava inebetita. «Mamma! mamma!» ripeteva senza interruzione. E quelle la sospingevano come una bestia.

Ma subito dietro veniva un altro gruppo, in maggioranza di donne, portando in trionfo un bambino. Era il bambino che l'Anna aveva gettato nell'acqua. Sua mamma gli accarezzava le gambe. «Tonino, anima mia!» gridava. «Tesoro! Chelle cnn che lev mmmmmm!» Dopo le prime parole tutto si disfaceva in un mugolio incomprensibile. Le altre donne facevano di sì con la testa, approvando, battevano le mani, poi una correva avanti, come non ci fosse un istante da perdere, e pestava i pugni sull'Anna, cercando di farle più male possibile.

Che cosa aspettavano le guardie? A passi incerti si erano affiancate al corteo, facendo degli strani gesti con le mani. Un ometto gobbo si fece loro incontro. «L'abbiamo presa!» spiegò ansimando. «Voleva mmegh n bemb ghh mmmm mmmm!» Anche a lui le parole si intorbidivano in quel tenebroso mugolio. Le guardie impallidirono.

Uno dei sorveglianti guardò allora Antonio, come volesse scusarsi. Ma il volto costernato del giovane parve richiamarlo al dovere. Fece un segno al compagno per dirgli ch'era l'ora. Quindi afferrò per un braccio una delle donne. «Un momento! Un momento!» intimò con voce malferma.

La donna non si voltò nemmeno. Una forza cupa ed enorme la trascinava via con le altre. Indecifrabili commenti si intrecciavano. La guardia mollò la presa. I piedi sollevavano nembi di polvere misti a caldi fiati pestilenziali.

Spinsero Anna verso l'antico castello che sorgeva ai margini del giardino. Qui, appesa sopra il ponte levatoio e sostenuta da una specie di argano, c'era una piccola gabbia in ferro, usata anticamente per mettere i delinquenti alla gogna. Sembrava, contro il muro giallastro, un gigantesco pipistrello.

Ci fu là sotto un ingorgo, entro cui Anna sparve, poi si vide la gabbia oscillare, calando a sbalzi sulla folla. Le urla divennero trionfali. Pochi minuti, ed ecco tendersi le funi, e la gabbia risalire con dentro una creatura umana: era vestita d'azzurro, era inginocchiata, era scossa da singulti, le mani strette alle sbarre. E cento braccia erano tese verso di lei mentre incomprensibili oggetti volavano per colpirla.

Ma, come fu circa un metro sopra le teste, quella specie di antica gru scricchiolò e cedette, girando l'asta di legno. E la fune, non più trattenuta, cominciò a scorrere, calando la gabbia di là del ponte, entro il negro fossato del castello. Finché la macchina con un cigolio, ristette, e la gabbia sbatté, fermandosi, contro la muraglia esterna, quattro metri sotto il livello del terreno. Ululò la gente, con l'ansia di non restare defraudata. Lasciato il ponte, subito si addensava lungo la ringhiera di ferro, e tutti si protendevano, guardando giù a picco. Qualcuno si mise a sputare.

Dall'alto si vedevano le esili spalle di Anna sussultare, la testa abbandonata in giù; sui capelli sconvolti piovevano terra, ghiaia e sudicizia. «Guardala guardala» dicevano. «Non ha mica i cragghh craghh guaaaah!» E alzavano sopra le spalle Tonino, il quale non capiva e si guardava intorno spaventato.

Antonio finalmente riuscì a raggiungere il parapetto del ponte. Ora poteva vedere la gabbia. «Anna! Anna!» cominciò a chiamare in mezzo a quell'inferno. «Anna! Anna! Sono io!»

Provò tre volte, poi qualcuno lo toccò a una spalla. Era un signore sulla cinquantina dall'aria squallida e sconsolata; scuoteva il capo. «No, no» disse, ed Antonio ebbe un moto di gratitudine nell'udire che parlava civilmente. «Per carità, non lo faccia!»

Antonio non comprese. «Che cosa? che cosa?» balbettò.

L'altro scosse ancora la testa, portò l'indice alle labbra per raccomandare silenzio. «Non lo faccia, no... È meglio che lei se ne vada, fa caldo qui, molto caldo...»

«Io? Io?...» chiese, tremando, e vide intorno sei sette facce orrende protendersi per ascoltare. Allora si ritirò dal parapetto.

Già si avvicinava il tramonto, senza fresco né consolazione. Le grida a poco a poco calavano, restò un mormorio sordo e cupo, la folla lungo la ringhiera del fossato però non si muoveva. Poco discosto, coppie di guardie ciondolavano su e giù nervosamente. Aspettavano che la gente se ne andasse? Così forse era stato ordinato dalle autorità per evitare disordini.

«Dio mio, che disgrazia» mormorava Antonio, cercando di riguadagnare la balaustra. Ci riuscì dopo parecchi minuti. Ma lontano dalla gabbia. Tentò ugualmente di chiamare: «Anna! Anna!».

Lo riscosse un colpo alla nuca. Era ancora il giovane in canottiera. «Sei qui, sei qui tu?» fece con un sorriso velenoso. «Non ti bst bst cedìn ghaaaah!» E ruppe in un gorgoglio inarticolato.

«È il complice, arrestatelo! Face guisc guisc ellèh... mmm... mmmm!» gridarono.

«Anche lui!» propose uno. Risposero: «Anche lui». Antonio tentò di allontanarsi. Fu afferrato, lo tennero. Gli legarono i polsi, d'impeto fu rovesciato di là della balaustra, restò appeso nel fossato, trattenuto a una corda. Così venne strascinato lungo la muraglia, fin sopra la gabbia: qui mollarono. Cadde di schianto sul fondo, pestando un piede dell'Anna che non si mosse. Sopra di loro tuonò un muggito selvaggio. La luce del giorno diminuiva.

Slegatosi con fatica, Antonio cinse le spalle di lei, sentì sotto le dita il viscido che la imbrattava. Anna continuava a tenere giù la testa. «Mamma, mamma» andava ripetendo senza espressione. Poi prese a tossire e si scuoteva tutta. In alto ancora vociavano.

Ormai sazi o con un certo disgusto molti si allontanarono. I rondoni del crepuscolo stridevano intorno al castello. Da una lontana caserma si udì anche la tromba della ritirata. Sulla città pulverulenta era scesa infine la sera. Quand'ecco arrivare una vecchia con un grosso involto; e rideva felice. «Tonino! Tonino!» gridò facendo segno al pacco come se annunciasse una cosa bellissima. La calca si aprì, lasciandola passare.

Come fu presso la balaustra, la vecchia dischiuse il fagotto, mostrando un piccolo vaso; e l'abbassò affinché tutti potessero vedere dentro. «Tonino, Tonino» ripeteva, facendo cenno al contenuto.

Poi si sporse dalla ringhiera, tese un braccio col vaso sopra la gabbia, calcolò la mira. Disse: «Non se la meriterebbe neanche!».

La materia piombò, con flaccido scroscio, sulle spalle di Anna. Ma lei non si mosse, non protestò. Si udì soltanto la sua tosse, profonda e secca, che non riusciva a liberarsi.

Nella turba ci fu un attimo di indecisione. Poi, la vecchia sghignazzando, si allargò una risata.

Nel silenzio che seguì, dal muro del fossato a cui la gabbia appoggiava, proprio in corrispondenza, giunse il tremulo richiamo di un grillo. Cri-cri, pareva si avvicinasse.

Attraverso le sbarre, Anna tese adagio verso il grillo una piccola mano tremante, come chiedendo aiuto.

36

Il disco si posò

Era sera e la campagna già mezza addormentata, dalle vallet-te levandosi lanugini di nebbia e il richiamo della rana solita-ria che però subito taceva (l'ora che sconfigge anche i cuori di ghiaccio, col cielo limpido, l'inspiegabile serenità del mondo, l'odor di fumo, i pipistrelli e nelle antiche case i passi felpati degli spiriti), quand'ecco il disco volante si posò sul tetto del-la chiesa parrocchiale, la quale sorge al sommo del paese.

All'insaputa degli uomini che erano già rientrati nelle ca-se, l'ordigno si calò verticalmente giù dagli spazi, esitò qual-che istante, mandando una specie di ronzio, poi toccò il tetto senza strepito, come colomba. Era grande, lucido, compatto, simile a una lenticchia mastodontica; e da certi sfiatatoi con-tinuò a uscire zufolando un soffio. Poi tacque e restò fermo, come morto.

Lassù nella sua camera che dà sul tetto della chiesa, il par-roco, don Pietro, stava leggendo, col suo toscano in bocca. All'udire l'insolito ronzio, si alzò dalla poltrona e andò a af-facciarsi al davanzale. Vide allora quel coso straordinario, colore azzurro chiaro, diametro circa dieci metri.

Non gli venne paura, né gridò, neppure rimase sbalordito. Si è mai meravigliato di qualcosa il fragoroso e imperterrito don Pietro? Rimase là, col toscano, ad osservare. E quando vide aprirsi uno sportello, gli bastò allungare un braccio: là al muro c'era appesa la doppietta.

Ora sui connotati dei due strani esseri che uscirono dal disco non si ha nessun affidamento. È un tale confusionario, don Pietro. Nei successivi suoi racconti ha continuato a contraddirsi. Di sicuro si sa solo questo: ch'erano smilzi e di statura piccola, un metro un metro e dieci. Però lui dice anche che si allungavano e accorciavano come fossero di elastico. Circa la forma, non si è capito molto: «Sembravano due zampilli di fontana, più grossi in cima e stretti in basso» così don Pietro «sembravano due spiritelli, sembravano due insetti, sembravano scopette, sembravano due grandi fiammiferi». «E avevano due occhi come noi?» «Certo, uno per parte, però piccoli.» E la bocca? e le braccia? e le gambe? Don Pietro non sapeva decidersi: «In certi momenti vedevo due gambette e un secondo dopo non le vedevo più... Insomma, che ne so io? Lasciatemi una buona volta in pace!».

Zitto, il prete li lasciò armeggiare col disco. Parlottavano tra loro a bassa voce, un dialogo che assomigliava a un cigolio. Poi si arrampicarono sul tetto, che ha una moderatissima pendenza, e raggiunsero la croce, quella che è in cima alla facciata. Ci girarono intorno, la toccarono, sembrava prendessero misure. Per un pezzo don Pietro lasciò fare, sempre imbracciando la doppietta. Ma all'improvviso cambiò idea.

«Ehi!» gridò con la sua voce rimbombante. «Giù di là, giovanotti. Chi siete?»

I due si voltarono a guardarlo e sembravano poco emozionati. Però scesero subito, avvicinandosi alla finestra del prevosto. Poi il più alto cominciò a parlare.

Don Pietro – ce lo ha lui stesso confessato – rimase male: il marziano (perché fin dal primo istante, chissà perché, il prete si era convinto che il disco venisse da Marte; né pensò di chiedere conferma), il marziano parlava una lingua sconosciuta. Ma era poi una vera lingua? Dei suoni, erano, per la verità non sgradevoli, tutti attaccati senza mai una pausa. Eppure il parroco capì subito tutto, come se fosse stato il suo dialetto. Trasmissione del pensiero? Oppure una specie di lingua universale automaticamente comprensibile?

«Calmo, calmo» lo straniero disse «tra poco ce n'andiamo.

Sai? Da molto tempo noi vi giriamo intorno, e vi osserviamo, ascoltiamo le vostre radio, abbiamo imparato quasi tutto. Tu parli, per esempio, e io capisco. Solo una cosa non abbiamo decifrato. E proprio per questo siamo scesi. Che cosa sono queste antenne? (e faceva segno alla croce). Ne avete dappertutto, in cima alle torri e ai campanili, in vetta alle montagne, e poi ne tenete degli eserciti qua e là, chiusi da muri, come se fossero vivai. Puoi dirmi, uomo, a cosa servono?»

«Ma sono croci!» fece don Pietro. E allora si accorse che quei due portavano sulla testa un ciuffo, come una tenue spazzola, alta una ventina di centimetri. No, non erano capelli, piuttosto assomigliavano a sottili steli vegetali, tremuli, estremamente vivi, che continuavano a vibrare. O invece erano dei piccoli raggi, o una corona di emanazioni elettriche?

«Croci» ripeté, compitando il forestiero. «E a che cosa servono?»

Don Pietro posò il calcio della doppietta a terra, che gli restasse però sempre a portata di mano. Si drizzò quindi in tutta la statura, cercò di essere solenne:

«Servono alle nostre anime» rispose. «Sono il simbolo di Nostro Signore Gesù Cristo, figlio di Dio, che per noi è morto in croce.»

Sul capo dei marziani all'improvviso gli evanescenti ciuffi vibrarono. Era un segno di interesse o di emozione? O era quello il loro modo di ridere?

«E dove, dove questo sarebbe successo?» chiese sempre il più grandetto, con quel suo squittio che ricordava le trasmissioni Morse; e c'era dentro un vago accento di ironia.

«Qui, sulla Terra, in Palestina.»

«Dio, vuoi dire, sarebbe venuto qui, tra voi?»

Il tono incredulo irritò don Pietro.

«Sarebbe una storia lunga» disse «una storia forse troppo lunga per dei sapienti come voi.»

In capo allo straniero la leggiadra indefinibile corona oscillò due tre volte. Pareva che la muovesse il vento.

«Oh, dev'essere una storia magnifica» fece con condiscendenza. «Uomo, vorrei proprio sentirla.»

Balenò nel cuore di don Pietro la speranza di convertire l'abitatore di un altro pianeta? Sarebbe stato un fatto storico, lui ne avrebbe avuto gloria eterna.

«Se non vuoi altro» disse, rude. «Ma fatevi vicini, venite pure qui nella mia stanza.»

Fu certo una scena straordinaria, nella camera del parroco, lui seduto allo scrittoio alla luce di una vecchia lampada, con la Bibbia tra le mani, e i due marziani in piedi sul letto perché don Pietro li aveva invitati a accomodarsi, che si sedessero sul materasso, e insisteva, ma quelli a sedere non riuscivano, si vede che non ne erano capaci e tanto per non dir no alla fine vi erano saliti, standovi ritti, il ciuffo più che mai irto e ondeggiante.

«Ascoltate, spazzolini!» disse il prete, brusco, aprendo il libro, e lesse: "... *l'Eterno Iddio prese dunque l'uomo e lo pose nel giardino d'Eden... e diede questo comandamento: Mangia pure liberamente del frutto di ogni albero del giardino, ma del frutto dell'albero della conoscenza del bene e del male non ne mangiare: perché nel giorno che tu ne mangerai, per certo sarà la tua morte. Poi l'Eterno Iddio...*".

Levò gli sguardi dalla pagina e vide che i due ciuffi erano in estrema agitazione. «C'è qualcosa che non va?»

Chiese il marziano: «E, dimmi, l'avete mangiato, invece? Non avete saputo resistere? È andata così, vero?».

«Già. Ne mangiarono» ammise il prete, e la voce gli si riempì di collera. «Avrei voluto veder voi! È forse cresciuto in casa vostra l'albero del bene e del male?»

«Certo. È cresciuto anche da noi. Milioni e milioni di anni fa. Adesso è ancora verde...»

«E voi?... I frutti, dico, non li avete mai assaggiati?»

«Mai» disse lo straniero. «La legge lo proibisce.»

Don Pietro ansimò, umiliato. Allora quei due erano puri, simili agli angeli del cielo, non conoscevano peccato, non sapevano che cosa fosse cattiveria, odio, menzogna? Si guardò intorno come cercando aiuto, finché scorse nella penombra, sopra il letto, il crocefisso nero.

Si rianimò: «Sì, per quel frutto ci siamo rovinati... Ma il figlio di Dio» tuonò, e sentiva un groppo in gola «il figlio di Dio si è fatto uomo. Ed è sceso qui tra noi!».

L'altro stava impassibile. Solo il suo ciuffo dondolava da una parte e dall'altra, simile a una beffarda fiamma.

«È venuto qui in Terra, dici? E voi, che ne avete fatto? Lo avete proclamato vostro re?... Se non mi sbaglio, tu dicevi ch'era morto in croce... Lo avete ucciso, dunque?»

Don Pietro lottava fieramente: «Da allora sono passati quasi duemila anni! Proprio per noi è morto, per la nostra vita eterna!».

Tacque, non sapeva più che dire. E nell'angolo scuro le misteriose capigliature dei due ardevano, veramente ardevano di una straordinaria luce. Ci fu silenzio e allora di fuori si udì il canto dei grilli.

«E tutto questo» domandò ancora il marziano con la pazienza di un maestro «tutto questo è poi servito?»

Don Pietro non parlò. Si limitò a fare un gesto con la destra, sconsolato, come per dire: che vuoi? siamo fatti così, peccatori siamo, poveri vermi peccatori che hanno bisogno della pietà di Dio. E qui cadde in ginocchio, coprendosi la faccia con le mani.

Quanto tempo passò? Ore, minuti? Don Pietro fu riscosso dalla voce degli ospiti. Alzò gli occhi e li scorse già sul davanzale, in procinto, si sarebbe detto, di partire. Contro il cielo della notte i due ciuffi tremolavano con affascinante grazia.

«Uomo» domandò il solito dei due. «Che stai facendo?»

«Che sto facendo? Prego!... Voi no? Voi non pregate?»

«Pregare, noi? E perché pregare?»

«Neanche Dio non lo pregate mai?»

«Ma no!» disse la strana creatura e, chissà come, la sua corona vivida cessò all'improvviso di tremare, facendosi floscia e scolorita.

«Oh, poveretti» mormorò don Pietro, ma in maniera che i due non lo udissero come si fa con i malati gravi. Si levò in piedi, il sangue riprese a correre con forza su e giù per le sue vene. Si era sentito un bruco, poco fa. Adesso era felice. "Eh, eh" ridacchiava dentro di sé "voi non avete il peccato originale con tutte le sue complicazioni. Galantuomini, sapienti, incensurati. Il demonio non lo avete mai incontrato. Quando però scende la sera, vorrei sapere come vi sentite! Maledettamente soli, presumo, morti di inutilità e di tedio." (I due intanto si erano già infilati dentro allo sportello, lo avevan chiuso, e il motore già girava con un sordo e armoniosissimo ronzio. Piano piano, quasi per miracolo, il disco si staccò dal tetto, alzandosi come fosse un palloncino: poi prese a girare su se stesso, partì a velocità incredibile, su, su in direzione dei Gemelli.) "Oh" continuava a brontolare il prete "Dio preferisce noi di certo! Meglio dei porci come noi, dopo tutto, avidi, turpi, mentitori, piuttosto che quei primi della classe che mai gli rivolgon la parola. Che soddisfazione può avere Dio da gente simile? E che significa la vita se non c'è il male, e il rimorso, e il pianto?"

Per la gioia, imbracciò lo schioppo, mirò al disco volante che era ormai un puntolino pallido in mezzo al firmamento, lasciò partire un colpo. E dai remoti colli rispose l'ululio dei cani.

37

L'inaugurazione della strada

Per il **20 giugno 1845** era stata fissata, già da tempo, l'inaugurazione della nuova strada di 80 chilometri tra la capitale e San Piero, grosso paese, di 40.000 abitanti sito quasi ai confini del regno, in posizione isolata, tra spopolate lande. Il lavoro era stato iniziato dal vecchio governatore. Il nuovo, eletto da appena due mesi, non si era eccessivamente interessato dell'impresa e col pretesto di un'indisposizione si fece rappresentare alla cerimonia dal conte Carlo Mortimer, ministro degli Interni.

Il viaggio inaugurale avvenne sebbene la strada non fosse completamente pronta e negli ultimi venti chilometri, verso San Piero, consistesse ancora in una rudimentale massicciata; ma il direttore dei lavori garantì che le carrozze sarebbero potute arrivare fino in fondo. D'altra parte non sembrò opportuno rinviare una cerimonia tanto attesa. La popolazione di San Piero fremeva di entusiasmo e impazienza. Ai primi di giugno giunsero alla capitale una dozzina di colombi viaggiatori con messaggi di devozione al governatore e l'annunzio che a San Piero si erano preparate grandi feste.

Così il 19 giugno partì il corteo inaugurale. Era formato da un drappello di guardie a cavallo e da quattro carrozze.

Nella prima presero posto il conte Carlo Mortimer, il suo segretario Vasco Detui, l'ispettore ai Lavori pubblici Vincenzo Lagosi (padre di quel Lagosi che doveva poi cadere eroicamente alla battaglia di Riante) e il costruttore e appaltatore Franco Mazzaroli che aveva diretto la costruzione della strada.

Nella seconda c'erano il generale Antes-Lequoz con la moglie, bizzarra e coraggiosa dama, e due funzionari governativi.

Nella terza il capo cerimoniere don Diego Crampi con la consorte e il giovanissimo segretario, nonché il dottore Gerolamo Attesi, medico-chirurgo.

La quarta era per la servitù e le provviste, dato che durante il tragitto non era facile trovare da mangiare.

Fino a Passo Terne, piccolo paese, dove le autorità pernottarono, il viaggio andò a gonfie vele. Il giorno dopo non rimanevano da percorrere che una trentina di chilometri; venti di questi però, come si è detto, avrebbero costretto, per la incompleta sistemazione della strada, a un passo lento e malagevole.

I personaggi ripartirono da Passo Terne alle 6 del mattino, per godere delle ore più fresche. Tutti erano di umore lieto benché la zona ch'essi attraversavano fosse particolarmente squallida; una pianura riarsa dal sole e rotta qua e là da innumerevoli gobbe di terra rossa, con strane sagome, alte da 10 a 20 metri circa. Rari gli alberi e ancor più rare le case. Ogni tanto si incontravano piccole baracche che avevano già ospitato gli operai addetti ai lavori.

Un'ora circa di buon trotto portò i viaggiatori al punto dove la strada, incompiuta, si faceva irregolare, meno soda di fondo e più stretta. C'erano in attesa molti operai che avevano eretto con delle assi un rozzo arco trionfale ornato con frasche e lembi di stoffa rossa.

I cavalli furono costretti a un passo molto lento e le carrozze cominciarono a traballare scricchiolando nonostante la loro solida struttura. Faceva molto caldo e nell'atmosfera ristagnante erano sospesi umidi vapori. Il paesaggio si faceva sempre meno attraente, fino all'orizzonte, da tutte le parti, una distesa di terra rossiccia con poca e stenta vegetazione.

La conversazione nelle carrozze languiva per via di una invincibile sonnolenza. Soltanto il conte Mortimer pareva inquieto e guardava insistentemente, dinanzi a sé, la strada che diventava di metro in metro meno praticabile.

A un certo punto la terza carrozza si arrestò sbandandosi; una ruota si era affondata in una buca e finì per sfasciarsi, nei ripetuti sforzi fatti per liberarla. Il cerimoniere, sua moglie, il segretario e il medico dovettero trovar posto nelle altre carrozze.

Quello stentato procedere durava già da un paio d'ore (San Piero non doveva quindi distare più di dieci chilometri) quando anche la prima carrozza si fermò con una serie di tremendi scossoni. Il cocchiere, insonnolito, non si era accorto in tempo che la massicciata della strada cessava bruscamente, perdendosi in un terreno pietroso e sconvolto; un cavallo era stramazzato malamente e la vettura per poco non si era rovesciata.

Tutti scesero a terra e rimasero allibiti constatando che ogni segno di strada terminava in quel punto. Più avanti non c'era la minima traccia di lavori. Il conte Mortimer, con voce afona per la collera, chiamò a sé il Mazzaroli, responsabile dell'impresa. Ma il Mazzaroli non si fece vivo. Egli era inesplicabilmente scomparso.

Per qualche minuto tutti furono paralizzati da una misteriosa paura. Poi il Mortimer, visto che il Mazzaroli non si trovava e ch'era inutile stare a recriminare contro la sua spudoratezza, mandò una guardia a una casupola che si scorgeva a circa cento metri, quasi incastrata alla base di un grande roccione. Nella casupola abitava un vecchio che venne condotto alla presenza del Mortimer.

Il vecchio disse che, in quanto alla strada, non sapeva nulla e che San Piero, dove da oltre venti anni non era più andato, distava circa due ore di buon cammino, bisognava oltrepassare una specie di terrazza rocciosa poco rilevata, visibile laggiù in fondo e poi contornare una palude. Aggiunse che la zona era quasi del tutto disabitata e che quindi non c'erano neppure sentieri.

Era una tale enormità che tutti, compreso il Mortimer, rimasero annichiliti. Il fatto che i lavori della strada cessassero in tronco e più in là non fosse stata neppure smossa una pietra, non poteva trovare alcuna spiegazione plausibile, per quanto azzardata. Comunque, dopo un po' si prospettò la soluzione più logica: non rimaneva che tornare indietro, soffocare in quanto possibile l'inaudito scandalo e punire i responsabili.

Tuttavia, con sorpresa di tutti, il conte Mortimer annunciò ad alta voce la sua ferma intenzione di proseguire: a piedi, dato ch'egli non sapeva cavalcare. A San Piero la popolazione l'attendeva; gente povera si era sobbarcata a spese pazze per preparargli degne accoglienze. Gli altri tornassero pure indietro. In quanto a lui, c'era un preciso dovere da compiere.

Inutili furono gli sforzi per dissuaderlo. Era circa mezzogiorno quando le personalità, sentendosi moralmente obbligate a seguire il ministro, ripresero il viaggio a piedi, precedute dalle guardie a cavallo che recavano le provviste di cibi rimaste. Solo le due signore tornarono alla capitale in carrozza.

Sulla landa sgretolata dal sole e dai secoli, senza ombra né verde, c'era un caldo spaventoso. Il gruppetto procedeva con penosa lentezza; le scarpette da cerimonia non erano fatte per quel terreno irregolare e nessuno osava togliersi le opprimenti divise, imbottite e cariche di decorazioni, vedendo il Mortimer che avanzava impassibile senza dare il minimo segno di disagio.

La marcia procedeva da poco meno di mezz'ora quando il comandante delle guardie riferì al ministro che i cavalli della scorta, senza alcuna ragione apparente, si rifiutavano di proseguire; si lasciavano martirizzare dagli speroni piuttosto di fare anche un solo passo innanzi.

Questa volta il Mortimer andò su tutte le furie e per tagliar corto alle discussioni ordinò che le guardie tornassero indietro per loro conto, salvo quattro che avrebbero accompagnato il gruppo delle autorità.

Verso le due del pomeriggio essi arrivarono a una misera cascina. Un contadino, chissà come, era riuscito a rendere coltivabile un breve pezzo di terreno e allevare alcune capre il cui latte ristorò i viaggiatori affranti e assetati. Ma il sollievo fu di breve durata perché il bifolco garantì che un buon camminatore non poteva impiegare meno di quattro ore per raggiungere San Piero.

La strada inesplicabilmente interrotta, la mancanza di sentieri, la desolazione della zona, San Piero che sembrava andasse allontanandosi sempre più per quanto si camminasse; tutto questo gettò i compagni del Mortimer in uno stato di costernazione. Essi circondarono il ministro scongiurandolo di rinunciare al progetto. Era ora di uscire da quell'incubo. Troppo facile era smarrirsi in quel deserto; e chi sarebbe potuto accorrere in loro aiuto, una volta spersi nell'infernale territorio? Indubbiamente una specie di maledizione si accaniva contro di loro. Fuggire, dunque, fuggire, e senza perdere altro tempo.

Il conte Mortimer allora dichiarò che sarebbe proseguito solo. Nei suoi occhi scintillava la luce di una decisione senza ritorno. Fattosi preparare un pacco di cibi e una bottiglia piena d'acqua, egli uscì dalla cascina dirigendosi a grandi passi verso la terrazza rocciosa dalla quale, a detta del contadino, si dovevano scorgere distintamente le torri e i campanili di San Piero! Per qualche minuto gli altri non fiatarono; poi due soli si mossero, per accompagnare il ministro; il segretario Vasco Detui e il dottor Attesi. Prima di sera essi contavano di poter giungere alla meta.

I tre procedettero in silenzio, coi piedi doloranti, per la distesa di terre arse e pietrami, sotto a un implacabile sole. Procedettero per due ore fino a che furono giunti sulla sommità della terrazza rocciosa; ma non riuscirono a distinguere San Piero. Troppi vapori ristagnavano sulla terra.

Camminavano uno dietro l'altro, sulla scorta di una piccola bussola che il Mortimer portava appesa alla catena dell'orologio. Oltrepassarono la terrazza, trovarono ancora terre secche e banchi sassosi: il sole non dava tregua.

Invano essi attesero ansiosamente di vedere comparire tra le brume le sagome di qualche campanile. Evidentemente essi avevano fatto un giro vizioso oppure avevano calcolato la velocità della loro marcia con esagerato ottimismo; molto ad ogni modo non poteva mancare.

Già si avvicinava il tramonto quand'ecco venire incontro ai tre un vecchietto seduto sul dorso di un asinello. Veniva dalla sua cascina, situata nei pressi – spiegò – per andare a far compere a Passo Terne.

«È ancora molto lontano San Piero?» gli domandò il Mortimer.

«San Piero?» ribatté il vecchietto come se non avesse capito.

«San Piero, il paese, perdio, lo conoscerai bene, no?»

«San Piero?» ribatté il vecchietto quasi parlando a se stesso. «No, il nome non mi torna del tutto nuovo, signore. Sì, adesso mi sembra di ricordare (soggiunse dopo una pausa), sì, mio padre ogni tanto mi parlava di una città da quelle parti (e segnò con un dito l'orizzonte) una grande città che aveva un nome del genere. San Piero o San Dedro, forse. Ma, in fondo, io non ci ho mai creduto.»

Il vecchietto con l'asinello si allontanò alle loro spalle. I tre si sedettero su delle pietre. Nessuno osava parlare per primo. Così lasciarono arrivare la notte.

Il Mortimer, finalmente, parlò nel buio:

«Bene, amici miei, vi siete sacrificati fin troppo per me. Appena si farà chiaro, voi due prenderete la via del ritorno. Io andrò avanti ancora. Ormai arriverò in ritardo, lo so, ma non voglio che quelli laggiù, di San Piero, mi abbiano aspettato per niente. Hanno fatto tante spese per farmi festa, poveri figlioli.»

Il Detui e l'Attesi poi raccontarono che al mattino un vento improvviso portò via tutte le brume della pianura, senza che però apparissero le case di San Piero. Sordo alle loro suppliche, il Mortimer volle proseguire da solo il viaggio inaugurale verso il desolato orizzonte, per il glabro deserto che sembrava dovesse continuare in eterno.

Essi lo videro avanzare a passi lenti ma decisi in mezzo alle aride pietre, fino a che scomparve ai loro sguardi. Due o tre volte ancora però parve loro di scorgere un breve scintillio: lo scintillio del sole sui bottoni della sua alta uniforme.

38
L'incantesimo della natura

Dal letto dove era coricato, Adolfo Lo Ritto, pittore decoratore di 52 anni, udì la chiave girare nella serratura della porta. Guardò l'ora. L'una e un quarto. Era la moglie Renata che rientrava.

Lei si fermò sulla soglia della camera togliendosi il cappellino di piume d'uccello, sulle labbra un sorriso che voleva sembrare disinvolto. A 38, magra, la vita sottilissima, le labbra piegate di natura in una bambinesca smorfia di corruccio, aveva qualcosa di laido e sfrontato.

Senza alzare la testa dal guanciale, lui gemette in tono di rimprovero: «Io sono stato male».

«Sei stato male?» fece lei placida avvicinandosi all'armadio.

«Una delle mie tremende coliche... Non ne potevo più.»

«E ti è passata?» chiese la moglie senza cambiare tono.

«Adesso un poco mi è passata, ma ho ancora male» qui la voce si trasformò di colpo, divenne acre e violenta. «E tu dove sei stata? si può sapere dove sei stata, lo sai che è quasi l'una e mezzo?»

«Eh, non c'è bisogno che tu alzi tanto la voce. Dove son stata? Al cinema sono stata, con la Franca.»

«A che cinema?»

«Al Maximum.»

«E che cosa davano?»

«Oh, insomma, si può sapere che cosa hai stasera? Che cos'è questa inchiesta, dove son stata, e che cinema, e che film davano, vuoi anche sapere il tram che ho preso? Te l'ho detto che sono stata con la Franca!»

«E che film avete visto?» Così dicendo egli si spostò sul letto, senza lasciare l'espressione sofferente, così da poter prendere, sul tavolino, un pacco di giornali.

«Vuoi controllare, vuoi? Non mi credi? Fai le domande a inghippo eh? Bene, e io non ti dico un bel niente, così impari.»

«Sai cosa sei? Vuoi che ti dica cosa sei?» per la pietà che provava di se stesso il Lo Ritto stava quasi per scoppiare in pianto. «Vuoi che ti dica cosa sei? Vuoi che te lo dica?» E continuava, per l'impeto dell'ira che gli si ingorgava dentro, a ripetere la stessa stupida domanda.

«E dillo, dillo se ci tieni tanto!»

«Sei una... sei una... sei una...» lo ripeté almeno dieci volte, meccanicamente, provando una tenebrosa voluttà a rimestare così nella piaga che sentiva nel petto, internamente. «Io sono qui che a momenti crepo e tu vai in giro chissà con chi, altro che Maximum! Io son malato e tu vai a spasso coi giovanotti, peggio di quelle là.» A questo punto, per accrescere l'effetto, simulò un accesso di singhiozzi e prese a balbettare: «Mi, mi hai, mi hai rovi... mi hai rovinato, lo scandalo della casa sei, io sono qui in letto malato e tu te ne stai fuori tutta notte!».

«Ih che barba, che barba» fece finalmente lei che intanto aveva sistemato cappellino e tailleur nell'armadio, e si voltò a guardarlo, pallida, la faccia tirata dalla cattiveria. «Ora è meglio che tu la pianti, vero?»

«Ah dovrei anche piantarla? Hai questo coraggio anche? Tacere dovrei, no? Far finta di niente eh? E tu a spasso fino all'una di notte a fare i tuoi porci comodi? Dovrei tacere anche?»

Lei parlò a bassavoce, adagio, facendo sibilare le esse: «Se tu sapessi quanto schifo mi fai, se tu sapessi come sei brutto e vecchio. Guardalo là il pittore Lo Ritto, l'imbrattatele!». Godeva che ogni parola sprofondasse come un trapano nei punti di lui più sensibili e dolenti. «Ma guardati, guardati nello specchio, un uomo finito sei, un rudere, brutto, senza denti, con quella pidocchiera lurida!... L'artista eh?... E puzzi anche. Non senti che tanfo c'è in questa camera?» Con un ghigno di nausea spalancò la finestra e si protese sul davanzale come per respirare aria pulita.

Dal letto venne una specie di lamento: «Io mi ammazzo, giuro che mi ammazzo, io non ne posso più...».

La donna tacque, stava immobile, guardando fuori, nella fredda notte di dicembre.

Dopo un poco ancora lui, non più querulo, in uno strappo di risorgente collera: «E chiudi, chiudi quella finestra maledetta, vuoi farmi venire un accidente?».

Ma la moglie non si mosse. Di sbieco egli ne scorgeva il volto; il quale non era più teso e malvagio come prima ma si era come vuotato di vita all'improvviso; vi era impresso un sentimento nuovo che l'aveva stranamente trasformato. E una luce, che non si capiva donde provenisse, lo illuminava.

"A che cosa pensa" si chiese lui. "Che la minaccia di ammazzarmi l'abbia spaventata?" Poi capì che non poteva essere questo. Sebbene si potesse forse ancora illudere sull'attaccamento della moglie, era evidente che si trattava di altro. Qualcosa di ben più terribile e potente. Ma cosa?

In quel mentre lei, senza muoversi, chiamò il marito. «Adolfo» disse, ed era la voce tenera e sbigottita di una bambina. «Adolfo, guarda» mormorò ancora in una costernazione inesprimibile, quasi esalasse l'ultimo respiro.

Senza pensare al freddo, tanta era la curiosità, il Lo Ritto balzò fuori del letto e raggiunse la moglie al davanzale, dove pure egli ristette, impietrito.

Dal nero crinale dei tetti, oltre il cortile, una cosa immensa e luminosa si alzava nel cielo lentamente. A poco a poco il suo profilo curvo e regolarissimo si delineava, finché la forma si rivelò: era un disco lucente di inaudite dimensioni.

«Dio mio, la luna!» pronunciò l'uomo, sgomento.

Era la luna, ma non la placida abitatrice delle nostre notti, propizia agli incantesimi d'amore, discreta amica al cui lume favoloso le catapecchie diventavano castelli. Bensì uno smisurato mostro butterato di voragini. Per un ignoto cataclisma siderale essa era paurosamente ingigantita ed ora, silente, incombeva sul mondo, spandendovi una immota e allucinante luce, simile a quella dei bengala. Tale riverbero faceva risaltare i più minuti particolari delle cose, gli spigoli, le rugosità dei muri, le cornici, i sassi, i peli e le rughe della gente. Ma nessuno si guardava intorno. Gli occhi erano tutti rivolti al cielo, non riuscivano a staccarsi da quella terrificante apparizione.

Dunque le leggi eterne si erano spezzate, un guasto orrendo era successo nelle regole del cosmo, e forse quella era la fine, forse il satellite con velocità crescente sta ancora avvicinandosi, tra qualche ora il globo funesto si allargherà a riempire interamente il cielo, poi la sua luce si spegnerà entro il cono d'ombra della terra, né si vedrà più nulla finché, per una infinitesima frazione di secondo, ai fievoli riverberi della città notturna, si indovinerà un soffitto scabro e sterminato di pietra precipitante su di noi, e non ci sarà neppure il tempo di vedere; tutto sprofonderà nel nulla prima ancora che le orecchie percepiscano il primo tuono dello schianto.

Nel cortile è uno sbattere di finestre e imposte che si aprono, richiami, urla d'orrore, sui davanzali gruppi di figure umane, spettrali a quella luce. Il Lo Ritto sente una mano della moglie, stringergli la destra tanto da fargli male. «Adolfo» lei sussurra in un soffio. «Adolfo, oh, perdonami Adolfo, abbi pietà di me, perdonami!»

Tra i singhiozzi gli si stringe contro, scossa da un tremito violento. Gli sguardi fissi alla mostruosa luna, lui tiene la moglie fra le braccia, mentre un boato che sembra uscire dalle viscere del mondo – sono gli uomini, milioni di gridi e di lamenti in coro – si alza intorno dalla città atterrita.

39

Le mura di Anagoor

Nell'interno del Tibesti una guida indigena mi domandò se per caso volevo vedere le mura della città di Anagoor, lui mi avrebbe accompagnato. Guardai la carta ma la città di Anagoor non c'era. Neppure sulle guide turistiche, che sono così ricche di particolari, vi si faceva cenno. Io dissi: «Che città è questa che sulle carte geografiche non è segnata?». Egli rispose: «È una città grande, ricchissima e potente ma sulle carte geografiche non è segnata perché il nostro Governo la ignora, o finge di ignorarla. Essa fa da sé e non obbedisce. Essa vive per conto suo e neppure i ministri del re possono entrarvi. Essa non ha commercio alcuno con altri paesi, prossimi o lontani. Essa è chiusa. Essa vive da secoli entro la cerchia delle sue solide mura. E il fatto che nessuno ne sia mai uscito non significa forse che vi si vive felici?».

«Le carte» io insistetti «non registrano nessuna città di nome Anagoor, ciò fa supporre che sia una delle tante leggende di questo paese; tutto dipende probabilmente dai miraggi che il riverbero del deserto crea, nulla di più.»

«Ci conviene partire due ore prima dell'alba» disse la guida indigena che si chiamava Magalon, come se non avesse udito. «Con la tua macchina, signore, arriveremo in vista di Anagoor verso mezzodì. Verrò a prenderti alle tre del mattino, mio signore.»

«Una città come quella che tu dici sarebbe registrata sulle

carte con un doppio cerchio e il nome in tutto stampatello. Invece non trovo alcun riferimento a una città di nome Anagoor, la quale evidentemente non esiste. Alle tre sarò pronto, Magalon.»

Coi fari accesi alle tre del mattino si partì in direzione pressappoco sud sulle piste del deserto e mentre fumavo una sigaretta dopo l'altra con la speranza di scaldarmi vidi alla mia sinistra illuminarsi l'orizzonte e subito venne fuori il sole che si mise a battere il deserto finché fu tutto caldo e tremolante, tanto che si vedevano laghi e paludi intorno, in cui si riflettevano le rocce con precisione di contorni, ma di acqua non c'era in verità neanche un secchiello, soltanto sabbia e sassi incandescenti.

Ma la macchina con estrema buona volontà correva e alle 11,37 in punto Magalon che mi sedeva al fianco disse: «Ecco, signore» e infatti vidi le mura della città che si estendevano per chilometri e chilometri, alte dai venti ai trenta metri, di colore giallastro, ininterrotte, qua e là sovrastate da torrette.

Avvicinandomi, notai che in vari punti, proprio a ridosso delle mura, c'erano degli accampamenti: tende miserabili, tende medie, tende da ricchi signori a forma di padiglione, sormontate da bandiere.

«Chi sono?» io chiesi. E Magalon spiegò: «Sono coloro che sperano di entrare e bivaccano dinanzi alle porte».

«Ah, ci sono delle porte?»

«Ce ne sono moltissime, di grandi e di piccole, forse più di cento, ma è tanto vasto il perimetro della città che tra l'una e l'altra corre una notevole distanza.»

«E queste porte, quando le aprono?»

«Le porte non vengono aperte quasi mai. Però si dice che alcune si apriranno. Stasera, o domani, o fra tre mesi, o fra cinquant'anni, non si sa, è appunto qui il grande segreto della città di Anagoor.»

Eravamo arrivati. Ci fermammo dinanzi a una porta che sembrava di ferro massiccio. Molta gente era là in attesa. Beduini sparuti, mendicanti, donne velate, monaci, guerrieri armati fino ai denti, perfino un principe con la sua piccola corte personale. Ogni tanto qualcuno con una mazza batteva sulla porta, che rintronava.

«Battono» disse la guida «affinché quelli di Anagoor, udendo i colpi, vengano ad aprire. È infatti generale persuasione che se non si bussa nessuno mai aprirà.»

Mi venne un dubbio: «Ma è poi sicuro che di là dalle mura ci sia qualcuno? La città non potrebbe essere ormai estinta?».

Magalon sorrise: «Tutti, la prima volta che vengono qui hanno il medesimo pensiero. Io stesso sospettavo, un tempo, che dentro le mura non vivesse più nessuno. Ma c'è la prova del contrario. Certe sere, in condizioni favorevoli di luce, si possono scorgere i fumi della città che salgono diritti al cielo, come tanti incensieri. Segno che uomini vivono là dentro, e accendon fuochi, e fanno da mangiare. E poi c'è un fatto anche più dimostrativo: tempo fa una delle porte è stata aperta».

«Quando?»

«La data, per essere sinceri, è incerta. Alcuni dicono un mese, un mese e mezzo fa, altri però ritengono il fatto molto più lontano, vecchio di due, tre, perfino quattro anni, qualcuno addirittura lo attribuisce al tempo che regnava il sultano Ahm-er-Ehrgun.»

«E quando regnò Ahm-er-Ehrgun?»

«Circa tre secoli fa... Ma tu sei molto fortunato, mio signore... Guarda. Benché sia mezzodì e l'aria bruci, ecco là dei fumi.»

Una improvvisa eccitazione, nonostante il caldo, si era propagata nell'eterogeneo accampamento. Tutti erano usciti dalle tende ed additavano due tremule spire di grigio fumo elevantisi nell'aria immota di là dal ciglio delle mura. Non capivo una parola delle concitate voci che si accavallavano. Però era evidente l'entusiasmo. Come se quei due poveri fumi fossero la cosa più meravigliosa del creato e promettessero ai riguardanti una prossima felicità. Il che mi sembrava esagerato per le seguenti ragioni:

Prima di tutto l'apparizione dei fumi non significava affatto una maggiore probabilità che quella porta si dovesse aprire e perciò non vi era motivo sensato di tripudio.

Secondo: tanto schiamazzo, se udito dall'interno delle mura, come era probabile, avrebbe, se mai, dissuaso quelli dell'aprire, anziché incoraggiarli.

Terzo: quei fumi, di per sé, non dimostravano neppure che Anagoor fosse abitata. Infatti non poteva trattarsi di un casuale incendio dovuto al sole torrido? Oppure, ipotesi assai più probabile, erano i fuochi accesi da predoni entrati per qualche pertugio segreto delle mura a saccheggiare la città morta e disabitata. "Era molto strano" io pensavo "che, oltre ai fumi, nessun altro sintomo di vita fosse stato notato in Anagoor: né voci, né musiche, né ululati di cani, né sentinelle o curiosi sul ciglio delle mura, mai. Stranissimo."

Allora io dissi: «Dimmi, Magalon: quando è stata aperta la porta che tu dici, quanta gente è riuscita a entrare?».

«Un uomo solo» disse Magalon.

«E gli altri? Cacciati indietro?»

«Altri non c'erano. Si trattava di una delle porte più piccole e trascurate dai pellegrini. Quel giorno non c'era nessuno ad aspettare. Verso sera giunse un viandante che bussò. Egli non sapeva che fosse la città di Anagoor, non si aspettava, entrando, niente di speciale, chiedeva solo un rifugio per la notte. Non sapeva niente di niente, era là per puro caso. Forse solo per questo gli hanno aperto.»

In quanto a me, io ho aspettato quasi ventiquattro anni, accampato fuori delle mura. Ma la porta non si è aperta. E adesso me ne torno al mio paese. I pellegrini dell'attendamento, vedendo i miei preparativi, scuotono il capo: «Eh, amico, quanta furia!» dicono. «Un minimo di pazienza, diamine! Tu pretendi troppo dalla vita.»

40

Direttissimo

«Quel treno, prendi?» «Quello.» La locomotiva era terribile sotto la tettoia fumigosa, sembrava un toro inferocito che scalpitasse per la smania di partire.

«Con questo treno viaggi?» mi chiedevano. Incuteva infatti paura, tanto frenetica era la tensione del vapore acqueo che filtrava dalle fessure sibilando. «Con questo» io risposi.

«E per dove?» Io dissi il nome. Non l'avevo pronunciato mai, neppure parlando con gli amici, per una specie di pudore. Il grande nome, il massimo, la destinazione favolosa. Di scriverlo qui non ho il coraggio.

Allora mi guardarono chi in un modo chi in un altro: con ira per la mia improntitudine, con scherno per la mia pazzia, con pietà per le mie illusioni. Qualcuno rise. D'un balzo fui nella vettura. Spalancai un finestrino, cercai nella folla volti amici. Non un cane.

E dài allora, o treno, non perdiamo un minuto, corri, galoppa. Signor macchinista per piacere non essere avaro di carbone, dà fiato al leviatano. Si udirono dei soffi emessi con precipitazione, i vagoni ebbero un fremito, i pilastri della pensilina si mossero, dapprima lentamente, ad uno ad uno mi sfilarono dinanzi. Poi case case stabilimenti gasometri tettoie case case ciminiere androni case case alberi orticelli case tran-tran tran-tran i prati la campagna, le nuvole viaggianti nell'aperto cielo! Dài, macchinista, con l'intera potenza del vapore.

Dio, come si correva. A questa andatura ci voleva poco, io

pensavo, a raggiungere la stazione 1 e poi la 2, la 3, la 4 e poi la 5 che era l'ultima, e sarebbe stata la vittoria. Attraverso i vetri io compiaciuto guardavo i fili elettrici che si abbassavano abbassavano finché facevano uno scarto, tac, risalendo alla primitiva posizione, questo a causa del palo successivo: e il ritmo accelerava sempre più. Ma dinanzi a me sul divano di velluto rosso sedevano due signori con la faccia di coloro che se ne intendono di treni, i quali consultavano continuamente l'orologio e scuotevano il capo brontolando.

Allora io che sono un tipo un po' apprensivo presi il coraggio a due mani e domandai: «Se non sono indiscreto, signori, perché scuotete così il capo?».

«Scuotiamo il capo» mi rispose il più anziano dei due «perché questo maledetto treno non marcia come sarebbe il suo dovere; di questo passo arriveremo con un ritardo spaventoso.»

Io non dissi niente ma pensavo: "Mai contenti, gli uomini; questo treno è addirittura entusiasmante per vigore e buona volontà, sembra una tigre, questo treno corre come probabilmente nessun treno è mai riuscito a correre, eppure eccoli qua, gli eterni viaggiatori che si lagnano". Intanto le campagne da una parte e dall'altra fuggivano con meraviglioso slancio e la lontananza alle nostre spalle ingigantiva.

Difatti la stazione numero 1 si presentò prima che me lo aspettassi. Controllai l'orologio. Eravamo in perfetto orario. Qui, secondo il programma, io dovevo incontrare l'ingegnere Moffin per un affare importantissimo. Scesi di corsa, mi affrettai, come previsto, al ristorante della prima classe; dove infatti c'era il Moffin che aveva appena finito di mangiare.

Lo salutai, mi sedetti, ma lui non accennava menomamente al nostro affare, parlava del tempo e di altre cose indifferenti come se avesse dinanzi a sé un immenso spazio disponibile. Ci vollero buoni dieci minuti (e ne mancavano appena 7 alla partenza) perché si decidesse a tirar fuori dalla busta di pelle gli incartamenti necessari. Ma si accorse che io guardavo l'orologio.

«Ha fretta, per caso, giovanotto?» mi chiese non senza ironia. «A me, per essere sincero, non piace trattar gli affari con l'acqua alla gola...»

«Giustissimo, ingegnere illustre» osai «ma il mio treno fra poco riparte e...»

«Quando è così» fece lui raccogliendo i fogli con un energico gesto delle mani «quando è così, sono dolente, dolentissimo, ma ne riparleremo, se mai, quando lei, caro signore, sarà un poco più comodo.» E si alzò.

«Mi scusi» balbettai «la colpa però non è mia. Sa, il treno...»

«Non importa, non importa» disse, sorridendo con superiorità.

Feci appena in tempo a raggiungere il mio treno che si rimetteva lentamente in moto. "E pazienza" io pensavo "sarà per un'altra volta, quello che conta è di non perdere la corsa."

Volammo attraverso le campagne e i fili telegrafici danzavano su e giù con quei loro soprassalti da epilettico, si vedevano praterie sconfinate e sempre meno case sempre meno perché ci inoltravamo nelle terre del nord le quali si aprono a ventaglio verso la solitudine e il mistero.

I due signori di prima non c'erano più. Nel mio scompartimento sedeva un pastore protestante dall'aspetto mite, che tossiva. E prati e boschi e acquitrini, mentre dietro di noi la lontananza si gonfiava con la potenza di un rimorso.

A un tratto, non sapendo cosa fare, guardai l'orologio e subito anche il pastore protestante, fra un colpo di tosse e l'altro, fece lo stesso; e scosse il capo. Ma questa volta non domandai il perché, purtroppo il perché io lo sapevo. Erano le 16.35 e già da un quarto d'ora saremmo dovuti essere arrivati alla stazione 2 la quale neppure si intravedeva all'orizzonte.

Alla stazione 2 doveva aspettarmi la Rosanna. Quando il treno arrivò, sulla banchina c'era molta gente. Ma Rosanna non c'era. Avevamo un ritardo di mezz'ora. Saltai a terra, attraversai la stazione, affacciandomi al piazzale. E allora in fondo al viale, lontanissima, avvistai la Rosanna che se ne andava un poco curva.

«Rosanna, Rosanna!» chiamai a tutta voce. Ma il mio amore era oramai distante. Non si voltò neanche una volta, e io vorrei sapere: umanamente parlando, potevo io correrle dietro, potevo abbandonare il treno e tutto quanto?

Rosanna scomparve in fondo al viale, con una rinuncia in più io risalii sul direttissimo e via, attraverso le pianure boreali, verso ciò che gli uomini chiamano il destino. Che importava l'amore, dopo tutto?

Camminammo ancora giorni e giorni, i fili elettrici di fianco alle rotaie facevano la loro danza nevrastenica, ma perché il rombo delle ruote non aveva più il bell'impeto di prima? Perché all'orizzonte gli alberi si attardavano svogliati invece di scattare via come lepri colte di sorpresa?

Alla stazione numero 3 ci sarà stata appena una ventina di persone. Non vidi il Comitato che doveva venire a festeggiarmi.

Sulla banchina chiesi informazioni. «Non è venuto per caso un Comitato così e così» domandai «uomini e donne con la banda e le bandiere?»

«Sì, sì, è venuto. Ha aspettato un bel pezzo, anche. Poi ne ha avuto abbastanza e se ne è andato.»

«Quando?»

«Saranno tre quattro mesi fa» mi fu risposto. In quel mentre si udì un lungo fischio perché il treno ripartiva.

Coraggio, allora, in marcia. Il direttissimo arrancava con tutte le forze disponibili, certo non era più la travolgente galoppata di una volta. Il carbone difettoso? L'aria diversa? Il freddo? Il macchinista stanco? E la lontananza dietro di noi era una specie di abisso che a guardarlo veniva la vertigine.

Alla stazione numero 4, lo sapevo, doveva esserci la mamma. Ma quando il treno si fermò le banchine erano vuote. E nevicava.

Mi sporsi a lungo dal finestrino, guardai intorno e stavo per richiudere deluso, quando riuscii a vederla: nella sala d'aspetto, rincantucciata su una panca, tutta avvolta in uno scialle, che dormiva. Misericordia, come era diventata piccola.

Saltai dal treno e corsi ad abbracciarla. Stringendola, mi

accorsi che non pesava quasi più: un mucchietto fragile di ossa. E la sentivo tremare per il freddo.

«Dimmi, è un pezzo che mi aspetti?»

«No, no, figlio mio» e rideva felice «non sono neanche quattro anni.»

Così dicendo non guardava me, bensì fissava il pavimento intorno, quasi cercasse qualche cosa.

«Mamma, cosa cerchi?»

«Niente... Ma le tue valige? Le hai lasciate sulla banchina, fuori?»

«Sono sul treno» dissi.

«Sul treno?» e un'ombra di desolazione le calò come un velo sulla fronte. «Non le hai ancora scaricate?»

«Ma io...» non sapevo proprio come dirglielo.

«Vorresti dire che riparti subito? Che non ti fermi neanche un giorno?»

Tacque, sgomenta, e mi guardava.

Io sospirai. «E va bene! Lascerò che il treno se ne vada. Adesso corro a prender le valige. Ho deciso. Rimango qui con te. Dopo tutto, mi hai aspettato quattro anni.»

Di nuovo, a queste mie parole, la faccia della mamma si cambiò. Tornarono l'allegrezza ed il sorriso (il quale però non emanava più luce come prima).

«No, no, non andare a prendere i bagagli, mi sono espressa male» supplicò. «Io scherzavo, sai. Io ti capisco. Non puoi fermarti in questo povero paese. Per me non val la pena. Per me non devi perdere neanche un'ora. È molto meglio che tu riparta subito. Assolutamente. È il tuo dovere... Desideravo una sola cosa: rivederti. Ti ho rivisto, adesso son contenta...»

Chiamai: «Facchino, facchino! (un facchino spuntò immediatamente) Ci sono da scaricare tre valige!».

«Macché valige» ripeté la mamma. «Un'occasione come questa non tornerà mai più. Tu sei giovane, hai da fare la tua strada. Presto, sali in vettura. Va, va» e sorridendo con fatica immensa mi spingeva debolmente verso il treno. «Per carità fa presto, stanno chiudendo gli sportelli.»

Non so come, con tutto il mio egoismo mi ritrovai nello

scompartimento e mi sporgevo dal finestrino aperto, gesticolando per gli ultimi saluti.

Fuggendo il treno, lei ben presto divenne ancora più piccola di quello che effettivamente era, una figurina afflitta e immobile sul deserto marciapiedi, sotto la neve che cadeva. Poi divenne un punto nero senza volto, una minuscola formica nella vastità dell'universo; e subito svanì nel nulla. Addio.

Con un ritardo di anni e anni accumulati, siamo così di nuovo in viaggio. Ma per dove? Cala la sera, i vagoni sono gelidi, non c'è rimasto quasi più nessuno. Qua e là, negli angoli degli scompartimenti bui, siedono degli sconosciuti dalle facce pallide e dure che hanno freddo e non lo dicono.

Per dove? Quanto è lontana l'ultima stazione? Ci arriveremo mai? Valeva la pena di fuggire con tanta furia dai luoghi e dalle persone amate? Dove, dove ho messo le sigarette? ah, qui nella tasca della giacca. Certo, tornare indietro non si può.

Forza, dunque, signor macchinista. Che faccia hai, come ti chiami? Non ti conosco né ti ho mai visto. Guai se tu non mi aiuti. Sta saldo, bel macchinista, butta nel fuoco l'ultimo carbone, falla volare questa vecchia baracca cigolante, ti prego, lanciala a rotta di collo, che assomigli almeno un poco alla locomotiva di una volta, ti ricordi? via nella notte a precipizio. Ma in nome di Dio non mollare, non lasciarti prendere dal sonno. Domani forse arriveremo.

41

La città personale

Da questa città che nessuno di voi conosce, mando notizie, ma non bastano mai. Ciascuno di voi forse conosce o frequenta altri paesi; eppure in questo che dico nessuno mai potrà abitare tranne io. Di qui appunto l'unico ma indiscutibile interesse delle informazioni; perché questa città esiste e che possa darne precise notizie c'è uno solo. Né alcuno può dire onestamente: che mi importa? Basta che una cosa esista, anche se piccola, perché il mondo sia costretto a tenerne conto. Figurarsi poi una città intera, grande, grandissima, con quartieri vecchi e nuovi, labirinti interminabili di strade, monumenti e ruderi che si perdono nelle notti dei millenni, cattedrali traforate a filigrana, parchi (e al vespero i picchi che intorno giganteggiano stendono l'ombra loro sulle piazze dove giocarono i bambini), dove ogni pietra, ogni finestra, ogni bottega significano un ricordo, un sentimento, un'ora potente della vita!

Tutto sta, si capisce, nel saper descrivere. Perché di città sul tipo della mia ce ne sono al mondo migliaia, centinaia di migliaia; e spesso, posso ammetterlo, in questi agglomerati urbani abita uno solo, come appunto nel caso che personalmente mi riguarda. Ma in genere è come se queste città non esistessero. Quanti sanno darci soddisfacenti informazioni? Pochi. La maggioranza non sospettano neppure l'importanza dei segreti di cui sono partecipi, né si sognano di comunicarli, oppure mandano lunghe lettere zeppe di aggettivi ma quando si è finito di leggerle per lo più ne sappiamo come prima.

Io invece sì. E perdonate se può sembrare una vanteria ridicola. Poco, pochissimo, ma ogni tanto mi riesce, con grandi sforzi lo confesso, a trasmettere una idea sia pure incerta e vaga della città a cui la sorte mi ha assegnato. Di quando in quando, fra tanti miei messaggi che non vengono neppure letti fino in fondo, uno si fa ascoltare. Tanto è vero che, mosse da curiosità, piccole comitive di turisti arrivano alle porte e mi chiamano affinché io li meni in giro e faccia le adeguate spiegazioni.

Ma come è raro accontentarli. Loro parlano una lingua e io un'altra. Si finisce per intenderci per mezzo di segni e di sorrisi. Inoltre nei quartieri più interni che interessano di più io condurli non posso: assolutamente. Io stesso non ho il coraggio di esplorare quei meandri di palazzi, di case e di tuguri (dove stazionano gli angeli o i demoni?).

Perciò questi gentili visitatori generalmente li conduco a vedere le cose più consuete, il Municipio, il Duomo, il Museo Croppi (si chiama così) eccetera; che per la verità non hanno niente di speciale. Di qui la loro delusione.

Non manca quasi mai, in queste volonterose comitive, un burocrate, un uomo d'ordine, sovrintendente, ispettore, economo, commissario o simile, come minimo vice-commissario. Il quale per esempio mi domanda: «Potrebbe, signore, darmi qualche ragguaglio circa la rete delle fognature?». «Perché?» io chiedo imbarazzato «si sente forse qualche odore?» «No, anzi, non è per questo; ma questi problemi mi interessano.» E io: «Capisco, tuttavia temo di non potere soddisfarla. Suppongo che un sistema di fognature esista, ma non mi sono mai curato di studiarlo». Il signor vice-commissario scuote il capo: «Male, male» mormora con superiorità «bisognerebbe approfondire queste cose... E mi dica: l'erogazione del gas a quanto ammonta *pro capite* annualmente?». «Niente erogazione» faccio io a casaccio rovinandomi definitivamente ai suoi occhi. «Come sarebbe a dire?» «Niente erogazione, niente gas. Qui non si usa.» «Ah» commenta quello, gelido, e rinuncia a fare altre domande.

Poi, di solito, c'è la signora intellettuale, già avanti con l'età, ansiosa di esibire la sua erudizione storica. «La fondazione, scusi, risale al tardo impero?... Interessante quel gioco di lesene... lo si riscontra tale e quale nei propilei di Trebisonda... Lei lo sapeva no?» «Ma... sa... io... vede... per essere sincero...» Subito lei volge gli occhi a un vecchio muro con tracce di archi ormai otturati. «Ah» esclama «delizioso! Davvero di interesse estremo. Rarissimo, vero, trovare così nettamente delineato l'innesto svevo su di un fondo di così pretta marca carolingia. E mi dica, signore: esattamente a che anno risale questo singolare monumento?» «Già» io rispondo vacillando nella mia ignoranza «che mi risulti è un muro vecchio. Esisteva fin dai tempi di mio nonno, questo è sicuro. Ma di preciso non saprei...»

Poi, più pericolosa ancora, c'è la ragazza assetata di esperienze. Si guarda intorno, subito avvista, con fulminea prontezza, le cose imbarazzanti. «E quella strada» chiede facendo segno a un sinistro spacco fra case altissime, nere di sozzi stillicidi, dove è probabile si annidino i delitti «quella strada così pittoresca dove porta? Mi ci vuole condurre, signore, vorrei fare delle foto.»

Però condurcela non posso. Nel bieco vicolo che sprofonda con precipitose scalinate verso il fiume, neppure io mi sono mai inoltrato e penso che mai ci proverò. Paura? voi direte. Forse.

Ma intanto mi accorgo che il sole, fino a poco fa addirittura soffocante da tanto risplendeva, è sparito dietro le selvagge creste che sovrastano a breve distanza la città. Cala la sera, miei signori, con tutte le relative conseguenze, e strascichi di ombre salgono dal fiume dove già qualche fanale al vento dondola. Manca poco alla notte.

A questo punto i turisti sono presi da una oscura agitazione. Consultano furtivamente gli orologi, confabulano fra loro, insomma è chiaro che hanno fretta di partire. La mia città, purtroppo, non è precisamente allegra quando le ombre scendono. E gli estranei si sentono a disagio. Ma anch'io perdo la mia bella sicurezza, anch'io sento il buio prossimo incombere dal groviglio di vecchi quartieri portando non so che amaro peso, anch'io vorrei partire.

«È tardi, dobbiamo andare, che peccato» dicono i turisti. «Grazie di tutto. È stato estremamente interessante.» Non vedono l'ora di sloggiare.

«Scusate, non potrei venire anch'io?»

Il vice-commissario finge di conteggiare le disponibilità delle vetture, poi fa una faccia desolata: «Eh no, purtroppo, sono veramente desolato, non c'è più posto in macchina, siamo già come sardine, davvero davvero spiacentissimo».

«Oh aspettate, amici cari» dico io, sperando di non restare solo, infatti non è facile, credetemi, passare una notte intera (lunga è la notte) senza la minima compagnia nel mezzo di una grande città anche se è la città propria, costruita con la propria carne ed anima, anima e carne «oh aspettate, non abbiate fretta, di notte qui le strade sono più sicure, e l'aria è fresca, piena di profumi, ancora non avete potuto vedere niente, pazientate, miei cari. Per apprezzare debitamente questo posto, per vederlo nel suo splendore massimo conviene assistere al crepuscolo. Al crepuscolo, signori, il riverbero della nuvola di turno che il sole ostinatamente illumina si espande sui tetti, le terrazze, le cupole, i lucernari, le guglie delle antiche basiliche (dove furono incoronati i cesari), le vetrate delle gigantesche fabbriche, sui pulvinari, sulle cime delle querce le quali fecero ombra ai sonni di Clorinda. A questo punto fumi e remote voci si levano dalla profondità dei trivii e il cadente rombo dei macchinari (mentre la immobile luce della luna rende il cortile del carcere simile a un racconto delle fate) il cadente rombo forma un coro immenso ed armonioso, confondendosi con i sogni, con le speranze nostre. Oh, aspettate.»

Ma non è vero, in tutta confidenza, quando la notte è scesa trovarsi solo nel mezzo di questi spaventosi casamenti non è raccomandabile. Quando si è fatto buio, nonostante la vivida luce dei lampioni, escono dalle porte coloro che non incontrare è meglio: personaggi lontani, cari amici con i quali si viveva dall'alba al tramonto ininterrottamente conoscendo l'uno dell'altro i minimi pensieri, o ragazzette minori dei vent'anni, quelle che arrivavano raggianti all'appuntamento della sera. Ma che hanno? Perché non salutano, non mi gettano le braccia al collo? E invece passano accanto con un impercettibile sorriso? Sono offesi? Di che cosa? Hanno dimenticato tutto?

No. Semplicemente gli anni! Semplicemente non sono più gli stessi. Col tempo – quanto! – anch'essi, senza sospettarlo, si sono trasformati fin nelle più riposte viscere, nei reconditi lobi del cervello. Di allora non è rimasto che un simulacro, il nome, ecco, e il cognome. Mi passano accanto, silenziosi, come larve. «Ciao Antonio» io dico «ciao Rita, ciao Guidobaldo, come state?» Non sentono, non voltano neanche la faccia, il ticchettio dei tacchi si allontana.

«Un momento ancora, vi prego, amici, egregi signori, illustrissimi, eccellenze. Perché scappate subito? Non avete visto ancora niente. Fra poco si accenderanno i lumi e le strade assomiglieranno a certe pagine di romanzi di cui non ricordo il nome. Nel giardino dell'Ammiragliato, alle ore 21 tutte le sere un usignolo con diploma canta. Donne pallide e bellissime si appoggeranno con i gomiti alle balaustre del lungofiume e aspetteranno: probabilmente voi. Nella reggia secentesca, alla luce dei candelabri, in onore vostro il principe darà una festa, non udite i violini che cominciano?»

Ma non è vero. Nella immensa città che nessuno di voi conosce né mai conoscerà, nella città fatta dalla mia stessa vita (parchi palazzi addii gasometri ospedali primavere caserme portici Natali stazioni ferroviarie statue amori) Dio, come sono solo. I passi riecheggiano misteriosi da una casa all'altra dicendo: Che fai? Che vuoi? Non ti accorgi come tutto è inutile?

Sono partiti. I bagliori dei fari si sono dissolti nella notte in direzione del deserto. Non c'è più nessuno? Ahimè, le uniche parvenze umane che si aggirino, l'avete constatato spero, non sono che fantasmi e laggiù, nei meandri dei quartieri bassi, montagne di orribili tenebre si accumulano. Un orologio chissà da quale torre batte le ore ventitré.

No. Per grazia di Dio, non completamente solo. C'è una creatura che mi cerca. In carne ed ossa. Dal fondo del corso 18 Maggio, sotto i raggi verdastri dei lampioni, troc troc, ecco si avanza.

Un cane. Ha il pelo lungo. È nero. Ha un aspetto mite e pensieroso. Assomiglia stranamente a Spartaco, il barbone che avevo una quindicina d'anni fa. La stessa sagoma, la medesima andatura, l'identico volto rassegnato.

Assomiglia? Altro che assomigliare. È lui in persona, Spartaco, vivo simbolo di stagioni lontane che adesso sembrano felici.

Mi viene proprio incontro, mi fissa con il profondo pesante sguardo che hanno i cani, pieno di ansie e di rimproveri. Fra poco, già lo immagino, mi salterà addosso con mugolii di gioia.

Invece, quando è a due metri e io allungo la mano per accarezzarlo, lui scivola via, estraneo, e si allontana.

«Spartaco!» grido «Spartaco!»

Ma il cane non risponde, non si ferma, non volta neanche il muso.

Lo vedo, pecorella nera, rimpicciolire, dietro e fuori i successivi aloni dei fanali. «Spartaco!» chiamo ancora. Niente. Troc troc. Adesso non lo si vede più.

42

Sciopero dei telefoni

Il giorno che ci fu lo sciopero, si lamentarono nel servizio dei telefoni irregolarità e stranezze. Fra l'altro, le singole comunicazioni non erano isolate e spesso si intrecciavano, cosicché si udivano i dialoghi degli altri e vi si poteva intervenire.

Alla sera, verso le dieci meno un quarto, cercai di telefonare a un amico. Ma prima ancora che facessi in tempo a far girare l'ultima cifra del quadrante, il mio apparecchio restò inserito nel giro di una conversazione estranea, a cui poi se ne aggiunse una quantità d'altre, in una ridda sorprendente. Ben presto fu un piccolo comizio al buio, dove la gente entrava e usciva in modo inopinato e non si sapeva chi vi intervenisse né gli altri potevano sapere chi fossimo noi, e tutti parlavano quindi senza le solite ipocrisie e ritegni, e ben presto si determinò una straordinaria allegria e collettiva leggerezza d'animo, come è pensabile avvenisse negli stupendi e pazzi carnevali dei tempi andati, di cui un'eco ci tramandano le favole.

Da principio udii due donne che parlavano, caso strano, di vestiti.

«Niente affatto io dico i patti erano chiari lei la gonna me la doveva consegnare giovedì e adesso siamo a lunedì sera io dico e la gonna non è ancora pronta e io sa che cosa faccio, cara la mia signora Broggi io la gonna gliela lascio e se la metta lei se le accomoda!» Era una vocetta acuta e petulante che parlava velocissima senza interpunzioni.

«Brava!» le rispose una voce, giovane, cordiale e sorridente, un poco strascicata, con accento emiliano. «E così che cosa ci hai guadagnato? Puoi aspettare, sai, che quella lì ti rifonda della stoffa.»

«Voglio vedere voglio con la rabbia che mi ha fatto inghiottire una rabbia che non ti dico per giunta dovrei perderci dovrei tu Clara la prima volta che ci vai mi fai il santo piacere di dirle il fatto suo che non è il modo di trattare mi fai proprio il piacere anche la Comencini del resto mi ha detto che non si serve più da lei che le ha sbagliato completamente quel tre quarti rosso che la fa sembrare una sercantina è inutile da quando le è venuta la clientela fa i comodacci suoi te la ricordi due anni fa quando cominciava e signora qua e signora là non la finiva mai coi complimenti è un piacere diceva vestire un personale come lei dà soddisfazione e tante storie e adesso guardatemi e non toccatemi ha perfino cambiato il modo di parlare vero Clara? anche tu ti sei accorta, no?, che ha cambiato il modo di parlare? E intanto domani che si deve andare dalla Giulietta per il tè non ho neanche da mettermi uno straccio tu cosa dici che mi metta?»

«Ma se tu Franchina» le rispose Clara, placida «non sai neanche più dove mettere i vestiti da tanti che ne hai.»

«Oh, questo non lo devi dire è tutta roba vecchia il più fresco è dell'autunno scorso quel tailleurino sai noisette te lo ricordi no? e dopo tutto io non...»

«Io piuttosto. Tu cosa dici? Io quasi quasi mi metterei la gonna verde, quella bella larga con il pullover nero, il nero fa sempre elegante... Oppure dici che metta quello nuovo, quello grigio di maglia? Forse fa un po' più *après-midi*, tu cosa dici?»

A questo punto entrò, chissà da dove, un uomo dall'accento grossolano:

«E che la mi dica ben so, signora. E perché non si mette quello giallo limone, con un bel cavolo in testa?»

Silenzio. Le due donne tacquero.

«E che la mi dica ben so, signora» insisté l'uomo contraffacendo la cadenza romagnola. «L'ha notizie fresche da Ferrara? E lei, signora Franchina, che la mi dica, per caso non ci sarà mica cascata a terra la lingua tutta d'un pezzo? La sarebbe una bella disgrazia, no?»

Da varie parti risposero risate. Altri, evidentemente inseriti nel giro, avevano ascoltato in silenzio, come me.

Replicò, petulante, la Franchina: «Lei, signore, che non so chi sia lei comunque è un bel villano anzi villanzone due volte prima perché non si sta a ascoltare le conversazioni altrui che questa è elementare educazione secondo perché...».

«Ih, che lezione, su su, signora, o signorina, non se la prenda... Sarà lecito scherzare, spero... Mi scusi! Se mi conoscesse di persona forse non sarebbe così cattiva!...»

«E lascialo perdere!» disse la Clara all'amica. «Perché vuoi stare a discutere con dei maleducati? Metti giù la cornetta che dopo ti richiamo.»

«No, no, aspetti un momentino» era un altro uomo che parlava, più garbato e insinuante, si sarebbe detto più maturo. «Signorina Clara, un momento, dopo magari non ci si incontra più!»

«Be', non sarebbe poi questa gran disgrazia.»

Ci fu allora un'irruzione di voci nuove in un garbuglio inestricabile; pressapoco così:

«E smettetela, pettegole!» (era una donna). «Pettegola sarà lei, se mai, che ficca il naso in casa d'altri!» «Io ficco il naso? Si vergogni! Io non...» «Signorina Clara, signorina Clara, mi dica» (era la voce di un uomo) «che numero di telefono ha? Non me lo vuol dire? Io, sa, per le romagnole ci ho un debole, confesso, una vera propensione.» «Glielo do io il numero fra poco!» (era una donna, forse la Franchina). «E lei si può sapere chi è?» «Io sono Marlon Brando.» «Ah, ah» (risate collettive). «Dio mio, come è *spirituoso*.» «Avvocato, avvocato Bartesaghi! Pronto, pronto! È lei?» (parlava un'altra donna finora non udita). «Sì, sono proprio io, e come fa a saperlo lei?» «Ma io sono la Norina, non mi riconosce? le telefonavo perché stasera prima di uscire dall'ufficio mi sono dimenticata di avvertirla che da Torino...» Il Bartesaghi, con evidentissimo imbarazzo: «Be'!, signorina, mi telefoni più tardi, qui non mi sembra il caso di far sapere le nostre private faccende a tutta la città!». «Ehi, avvocato» (era un altro uomo) «però era il caso di chiedere appuntamenti alle ragazze no? Il signor avvocato Marlon Brando ha un debole per le romagnole, ah, ah!» «E smettetela, vi prego, c'è chi non ha tempo da perdere in chiacchiere, c'è chi ha urgenza di telefonare!» (era una donna, doveva essere sui sessanta). «Ehi, sentila questa qui» (si riconobbe la voce della Franchina) «non sarà mica la regina dei telefoni lei?» «E metta giù il microfono, non è ancora stanca di parlare? Io per sua regola aspetto una chiamata interurbana e finché lei...» «Ah, dunque mi è stata ad ascoltare eh? quella che non è pettegola!» «Chiudi il becco, papera!»

Breve sospensione di silenzio. Era stato un colpo forte. Sul momento, la Franchina non trovava una replica degna. Poi, trionfante: «Ihiii! Sentila, sentila, la paperona!».

Seguì un lungo scroscio di risate. Saranno state almeno dodici persone. Quindi di nuovo una pausa. Si erano tutti ritirati insieme? O aspettavano l'iniziativa altrui? Ascoltando bene, sul fondo del silenzio, si percepivano fruscii, palpiti, respiri.

Finalmente, col suo bell'accento spensierato, entrò la Clara: «Be', siamo sole?... E allora, Franchina, cosa dici che mi metta domani?».

Si udì a questo punto una voce d'uomo, nuova, bellissima, giovanilmente aperta e autoritaria, che stupiva per la eccezionale carica di vita:

«Clara, se mi permette glielo dico io, lei domani si metta la gonna blu dell'anno scorso con il golf viola che ha appena dato da smacchiare... E il cappellino nero a *cloche*, intesi?»

«Ma lei, chi è?» La voce della Clara era cambiata, adesso aveva un'incrinatura di spavento. «Mi vuol dire chi è?»

L'altro tacque.

Allora la Franchina: «Clara, Clara, ma come fa questo qui a sapere?...».

L'uomo rispose molto serio: «Io parecchie cose so».

La Clara: «Storie! Lei ha tirato a indovinare!».

Lui: «Ho tirato a indovinare? Vuole che le dia un'altra prova?».

La Clara, titubante: «Su, su coraggio».

Lui: «Bene. Lei, signorina, mi stia bene a sentire, lei signorina ha una lenticchia, una piccola lenticchia... ehm, ehm... non posso dirle dove...».

La Clara, vivamente: «Lei non può saperlo!».

Lui: «È vero o non è vero?». «Lei non può saperlo!» «È vero o non è vero?» «Giuro che nessuno l'ha vista mai, giuro, tranne la mamma!» «Vede che ho detto giusto?»

La Clara quasi si metteva a piangere: «Nessuno l'ha mai vista, questi sono scherzi odiosi!». Allora lui rasserenante: «Ma io non dico mica di averla vista, la sua piccola lenticchia, io ho detto soltanto che lei ce l'ha!».

Un'altra voce d'uomo: «E piantala, buffone!».

L'altro, pronto: «Adagio lei, Giorgio Marcozzi fu Enrico, di anni 32, abitante in passaggio Chiabrera 7, altezza uno e 70, ammogliato, da due giorni ha mal di gola, ciononostante sta fumando una nazionale esportazione. Le basta?... È tutto esatto?».

Il Marcozzi, intimidito: «Ma lei chi è? Come si permette?... Io... io...».

L'uomo: «Non se la prenda. Piuttosto, cerchiamo di stare un poco allegri, anche lei Clara... È così raro trovarci in una così bella e cara compagnia».

Nessuno osò più contraddirlo o sbeffeggiarlo. Un timore oscuro, la sensazione di una presenza misteriosa era entrata nei fili del telefono. Chi era? Un mago? Un essere soprannaturale che manovrava i centralini al posto degli scioperanti? Un diavolo? Una specie di folletto? Ma la voce non era demoniaca, anzi, se ne sprigionava un fascino incantevole.

«Su, su, ragazzi, di che avete paura adesso? Volete che vi faccia una bella cantatina?»

Voci: «Sì, sì». Lui: «Che cosa canto?». Voci: «*Scalinatella*... no, no, una samba... no, *Moulin Rouge*... *Aggio perduto 'o*

suonno... Aveva un bavero... El baion, el baion!». Lui: «Eh, se
non vi decidete... Lei, Clara, che cosa preferisce?».

«Oh, a me piace *Ufemia*.»

Cantò. Sarà stata suggestione o altro, mai avevo udito in
vita mia una voce simile. Un brivido saliva su per la schiena,
da tanto era splendente, fresca, umile e pura. Mentre cantava, nessuno osò fiatare. Poi fu un'esplosione di evviva, bravo,
bis. «Ma sa che lei è un cannone! Ma sa che lei è un artista!...
Lei deve andare alla radio, farà milioni glielo dico io. Natali-
no Otto può andare a nascondersi! Su, su ci canti qualche
cosa ancora!»

«A un patto: che anche tutti voi cantiate insieme.»

Fu una curiosa festa, di gente col microfono all'orecchio,
sparsa in case lontanissime dei più opposti quartieri, chi in
piedi in anticamera, chi seduto, chi sdraiato sul letto, legati
l'uno all'altro da esilissimi chilometri di filo. Non c'era più,
come al principio, il gusto del dispetto e della burla, la volgarità e la stupidaggine. Per merito di quel problematico individuo che non volle dirci il nome, né l'età, né tanto meno l'indirizzo, una quindicina di persone che non si erano viste mai
e probabilmente non si sarebbero nemmeno mai vedute per
l'eternità dei secoli, si sentivano fratelli. E ciascuno credette
di parlare con donne giovani e bellissime, ciascuna si illude-
va che dall'altra parte dei fili ci fossero uomini di magnifico
aspetto, ricchi, interessanti, dal passato avventuroso; e, in
mezzo, quel meraviglioso direttore d'orchestra che li faceva
volare in alto sopra i tetti neri della città, portati via da un
fanciullesco incanto.

Fu lui – era quasi mezzanotte – a dare il segnale della fine.

«Bene, ragazzi, adesso basta. È tardi. Domattina devo le-
varmi presto... E grazie per la bella compagnia.»

Un coro di proteste: «No, no, non ci faccia questo tradimento!... Ancora un poco, ancora una canzone, per piacere!».

«Sul serio, devo andare... Perdonatemi... Signore e signori, cari amici, buonanotte.»

Tutti restarono con l'amaro in bocca. Flaccidi e tristi, furono scambiati gli ultimi saluti: «Beh quand'è così, allora buonanotte a tutti, buonanotte... chissà chi era quello lì... mah, chissà... buonanotte... buonanotte».

Se ne andarono chi da una parte chi dall'altra. La solitudine della notte discese di colpo sulle case.

Ma io stavo ancora in ascolto.

Difatti, dopo un paio di minuti, lui, l'enigma, ricominciò a parlare sottovoce:

«Sono io, sono ancora io... Clara, mi senti, Clara?»

«Sì» fece lei con un tenero bisbiglio «ti sento... Ma sei sicuro che gli altri se ne siano tutti andati?»

«Tutti meno uno» rispose lui bonario «meno uno che finora è stato tutto il tempo ad ascoltare ma non ha mai aperto bocca.»

Ero io. Col batticuore, misi giù immediatamente la cornetta.

Chi era? Un angelo? Un veggente? Mefistofele? O lo spirito eterno dell'avventura? L'incarnazione dell'ignoto che ci aspetta all'angolo? O semplicemente la speranza? L'antica, indomita speranza la quale si va annidando nei posti più assurdi e improbabili, perfino nei labirinti del telefono quando c'è lo sciopero, per riscattare la meschinità dell'uomo?

43
La corsa dietro il vento

Il trasporto del fu Isidoro Mezzaroba, professore di lettere al liceo (e già autore sotto lo pseudonimo di Doris Mezzabà, di alcune commedie dialettali recitate da filodrammatiche del luogo con successo lusinghiero) il trasporto dunque stava muovendo dal numero 71 di via Newton in direzione della parrocchiale – colleghi, il preside, il provveditore, studenti, la rappresentanza del collegio «Gian Battista Vico» con bandiera – quand'ecco comparve Federico Pagni, il celebre scrittore. Fu un colpo di scena. Due tre signori in nero gli si fecero incontro. «Grazie grazie, maestro... Oh sarebbe così felice di saperlo, il povero Doro... Maestro, prego, non vorrebbe...?» E un intimo, strappato uno dei cordoni del feretro di mano a un parente povero, lo porse cerimoniosamente, quasi fosse un pasticcino, al romanziere. Allora il Pagni, atteggiato il volto a una espressione di nobile sconforto, chiuse sul cordone la mano sinistra inguantata di cinghiale e si avviò. La destra, abbandonata lungo il fianco, teneva per la falda l'Homburg nero, di fattura inglese. "Meno male" pensò "almeno non avrò da parlare con questa branca di cretini." Intorno, la piccola folla di dolenti non si era ancora incolonnata. Gli sguardi si concentravano tutti su di lui. Lentamente, Pagni girò le meste pupille intorno, assaporando il piccolo trionfo. Nel riconoscere qualcuno, lasciava affiorare all'angolo delle labbra un'ombra di sorriso estremamente discreto e malinconico. Col paltò blu scuro, la sciarpa grigia di cashemir, i capelli ancora folti e alle tempie brizzolati, alto ed eretto, soltanto la testa appena appena reclinata per la luttuosa circostanza, egli si sentì un bell'uomo, nel fiore degli anni, stillante di energie. Proprio di fianco a lui si trovò un gruppo di quattro studentesse che lo contemplavano rapite. Una, bellissima, in pelliccia d'agnellone, addirittura lo divorava con gli sguardi. Con gli occhi lui rispose, intensamente. La vide farsi rossa. Giubilò in cuor suo. "Mi mangio un mulo vivo" pensò "se domani questa qui non mi telefona."

«No, senti Gippi» disse alla figlia donna Laetitia Zaghetti Brin «ma al ballo del Sociale non ci vai, mi dispiace ma tu Gippi non ci vai.» «Ho già combinato tutto, mamy! Viene arche la Gabriella, la Andreina, la Lu, anche la Fabrizia viene e sì che i suoi sono così difficili.» «Le altre ci andranno, tu quella sera resti a casa. Ciascuno si regola come meglio crede... Figurati, quest'anno ci sarà un ambiente terribilmente misto. Sai perfino chi ci va? La Buracchi, con la figlia, quella qui sotto, della drogheria.» «Uffa, non sono più tempi da avere queste fisime. E poi è un ballo benefico, per i bambini non so più che cosa...» «Fisime o no, tu sei mia figlia e alla festa non ci vai. Se lo scopo è benefico, un'offerta possiamo sempre farla, ma alla festa non ci vai. Diamine, c'è un motivo elementare di decoro, mi meraviglio che tu non lo capisca. Quando si porta un nome come il nostro, sarà magari scomodo ma si hanno dei doveri... Le tradizioni, cara mia, il prestigio della casa... Ah lo so che per te sono idiozie, lo so che se dipendesse da te ci ridurremmo al livello dei barboni... Esistenzialismo! Altro che esistenzialismo!... Osserva piuttosto il tuo trisavolo, là appeso al muro! Che faccia, che stile, quella sì era gente!... Oh insomma al ballo non ci vai.»

L'avvocato Sergio Predicanti, 55 anni (specialità cause di annullamento matrimoni) va dal sarto. È la seconda prova di un completo blu scuro con una riga rossa sottilissima, che quasi non si vede. L'avvocato ha perso la pazienza, è acceso in volto: «Il solito, il solito, già me la sentivo... caro il mio Marzoni, glielo ho raccomandato cento volte! Le spalle le spalle le spalle... ma non vede come qui dietro mi monta? ma non vede che gobba? non vede che orrore?», «Avvocato, non si agiti... rimediamo subito, è una inezia» (facendo segni col gessetto) «ecco... là... là... una bella scalfatina... una bella scalfatina e la gobba sparirà.» «Scalfatina scalfatina! Lei, caro Marzoni, dice sempre così e poi... Oh a proposito, si ricordi, alle maniche quattro bottoni, quattro mi raccomando, sarà meglio che lei prenda nota... e non asole finte... che si possano sbottonare tutti e quattro, siamo intesi? Mica come l'ultima volta che...»

Piero Scarabatti, contadino, verso sera, sull'orlo della concimaia, scarica strame da un carretto per mezzo di un forcone. Si ferma ad osservarlo don Anselmo, il prevosto, che fa la sua passeggiata. Osserva sorridendo e dice: «Ma bravo Piero, ci dai dentro eh? Che razza di muscoli che hai!». Piero si ferma, ride: «Ah sì, non faccio per vantarmi! Ma lei non mi aveva mai visto, don Anselmo? Sono famoso, sa?». «Famoso per che cosa?» «Per questo che sto facendo adesso... Guardi, guardi, mezzo quintale ne tiro su con una forchettata sola... Guardi... come se fossero spaghetti... Op... op... là!... Ha visto? Almeno sessanta chili di letame con un colpo... mica male eh... Ah lei non lo sapeva don Anselmo?... Non c'è mica nessuno, sa, nel giro di chilometri, non c'è mica nessuno, neanche dei vecchi, che ci sappia fare come me...»

Il professore Guglielmo Cacòpardo, ordinario di diritto amministrativo all'università, esamina, con un collega, le bozze di stampa della nuova rivista «Quaderni di diritto pubblico». «No, no, per carità... mio caro Giarratana, dammi anche tu un parere spassionato... Io trovo che è semplicemente indegno... Guarda, guarda, la lista del comitato di redazione coi nostri due nomi mescolati insieme a degli sbarbatelli che hanno preso la libera docenza l'altro ieri... In ordine alfabetico! In ordine alfabetico!... Noi che abbiamo trent'anni di in-

segnamento sulle spalle... Ti par possibile? E avessero almeno stampato i nostri nomi in caratteri più grandi, o che so io,
pazienza... Ma così... Giuro che l'hanno fatto apposta, una
mascalzonata bella e buona, li conosco quei tipi di arrivisti...
Oh non lo dico per me, tu mi conosci Giarratana, dimmi tu
se sono mai stato attaccato a queste piccolezze... Ma è per un
senso di giustizia, nient'altro che un senso di giustizia... Stasera stessa gli scrivo a quei bru bru ritirando l'adesione... E
poi, per il decoro dell'università, direi, per il decoro dell'ateneo, non sei del mio parere Giarratana?»

Nessie Smiderle, 59 anni (Smiderle & Kunz S.A. metalli
ferrosi) si è fatta decolorare un po' i capelli. Ansiosa, si guarda nello specchio mentre il parrucchiere dà gli ultimi tocchi.
«Creda a me, signora, lei ha un capello eccezionale, un capello che si lavora così bene!» «Ma senta, Flavio, non le pare
che siano un po' troppo chiari? Per essere sincera, a me il
platinato non mi sfagiola proprio niente.» «Che dice, signora? Platinati? Vorrà scherzare spero. Ma questo è il biondo
Arcadia, la parola d'ordine nella Cafè Society. La *nuance* assolutamente d'obbligo per una bella testolina alla Marlon
Brando come la sua, signora Smiderle.» «Ma lei non pensa,
Flavio, non pensa che un bel *rouge*... un rosso come dire...
ecco un bel *rouge* mattone caldo, non pensa caro Flavio che
farebbe più giovanile?» «Il *rouge briquetage* lei dice? Oh no...
positivamente no... Per una *coiffure* à la Jeanne d'Arc se mai,
dico se mai... ma per lei no. Si osservi, si osservi, signora
Smiderle! Un giovanottino sembra, un pericoloso giovanottino di Saint-Germain-des-Prés.» «Dice sul serio, Flavio?» «Oh
signora!»

Nel caffè degli sportivi, era una sera di domenica, si fece
per un attimo silenzio. Un omettino sbilenco e secco avanzò
nella ressa che si aprì rispettosamente al suo passaggio. Fu il
centro dell'attenzione generale. «Ma chi è quel gobbettino?»
«Come? Non sai? Beppino Strazzi, l'amico di Attavanti.» Per
essere intimo di Mauro Attavanti, il famoso centro-attacco, lo

Strazzi godeva in quegli ambienti di considerazione somma. Il "suo" tavolo era occupato da quattro pezzi d'uomini dall'aspetto facinoroso e benestante (tre indossavano paltò chiari di cammello). Tutti e quattro, alla vista dello Strazzi, si alzarono di colpo sorridendo. L'omettino, senza neanche ringraziare, si sedette. Era livido di collera. Una ventina di persone gli si strinsero intorno, ansiose di notizie. In mezzo a un coro di esclamazioni e di domande, spiccava la vocetta rauca dello Strazzi. «Ah, ma non la finisce mica così! Ci mancherebbe altro!» (tre ore prima, durante una partita decisiva, Attavanti era stato squalificato per vie di fatto contro l'arbitro) «Come? Ma se non l'ha neanche sfiorato! Ma se l'hanno visto tutti... Oh ma qui non si respira, fate largo brava gente... Che ha detto Mauro?... Piangeva povero ragazzo!» L'omettino si infervorava a freddo, inebriato di popolarità. Un cameriere cercò un varco, sollevando il vassoio sopra le concitate teste: «Permesso? Permesso? Il ponce per il cavaliere Strazzi!». Nella calca si aprì subito un pertugio. «Oh bravo il mio Giacomo» fece lo Strazzi portando la commedia al limite «c'è almeno qualcuno che si ricorda del povero Beppino!» Qualcuno rise: «Però, che simpatico!». Poi si udì la vocetta chioccia: «Mauro mi ha detto... Mauro sa quello che... Se Mauro mi dava ascolto... Mauro mi ha giurato che...».

«E sai, Josepha, chi ho conosciuto a Procida? La contessa Lisa Squarcia. È tua cugina no?» La bella Josepha Squarcia sembrò un serpente a cui schiacciassero la coda. «Lisa Squarcia mia cugina?» «La conosci vero?» «Forse... una volta... ma abbiamo sempre preferito stare alla larga da quei morti di fame.» «Ma è tua cugina o no?» «Nemmeno per idea. Deve essere di un ramo molto ma molto laterale... E contessa poi non è mai stata.» «Però tutti la chiamavano contessa. E suo marito porta la corona ricamata sulla...» «Fammi il santo piacere! Il titolo spetta a noi soltanto... Massimo la conosce sai la genealogia della famiglia.» «Eppure, cara Josepha, ti assicuro che...» «Basta così, ti prego, Laura, perdona la schiettezza, ma non posso ammettere che dei cafoni, sì dei cafoni sfruttino l'omonimia per... Lisa Squarcia contessa! Ah! ah!» E scoppiò in una risata isterica. «Scusami, cara, io non pensavo...» «Scusami tu piuttosto, se mi sono lasciata un poco trasportare, ma è un argomento questo che mi suscita...»

Il sindaco andò a visitare le nuove attrezzature dell'Anagrafe. Il caporeparto ragionier Claudio Vicedomini, in camice bianco, spiegava le meraviglie del casellario elettronico di recente installazione. Erano davanti a un grande quadro pieno di leve e di bottoni. «Questa macchina» disse Vicedomini «esegue in tre secondi il lavoro che una volta espletavano dieci undici impiegati nello spazio di sei ore. Ecco qua, per esempio, signor sindaco: provi a scegliere un giorno qualsiasi, di un qualsiasi anno.» «Ma, non saprei... il 16 giugno... il 16 giugno 1957.» «Benissimo, io non ho che da schiacciare dei bottoni. E adesso... uno... due... tre...» Si udì un ronzio, qualcosa scattò nelle misteriose viscere della macchina poi con un soffio, una grande scheda di cartone planò dolcemente in un cestino. «*Voilà*» fece trionfante il Vicedomini «ecco i dati dello stato civile di quel giorno. Da una parte le nascite, ora per ora, e dall'altra i decessi.» Il sindaco per cortesia prese in mano il cartoncino. Distrattamente, attraverso le lenti degli occhiali, gli sguardi scivolarono lungo i morti: Cozzi Laetitia in Zaghetti Brin, Predicanti Sergio, Scarabatti Pietro, Cacòpardo Guglielmo, Alfonsi Ernesta in Smiderle, Strazzi Giuseppe, Pagni Federico, Passalacqua Elisa in Squarcia... «Pagni, Pagni» mormorò il sindaco come cercando nei ricordi qualche cosa. «Pagni Federico... Non mi torna nuovo questo nome... mah.»

«Meraviglioso no?» chiese il Vicedomini. «Meraviglioso certo» assentì il sindaco. «E adesso di qua, prego, signor sindaco. Andiamo a visitare gli schedari... Se permette faccio strada» si volse sorridendo a una impiegata. «Signorina Elide, poi si ricordi di spegnere la luce.»

44

Due pesi due misure

Beniamino Farren, giornalista, sedette sul divano, si mise sulle ginocchia la macchina per scrivere portatile, infilò nel rullo un foglio bianco, accese la pipa e sorridendo scrisse:

Al Direttore del «New Globe»

Illustre Signore,
   sia permesso a un vecchio e affezionato lettore del quotidiano ch'Ella dirige con polso fermo e così illuminata sensibilità, di esprimere la sua modesta opinione, a ciò indotto unicamente dal desiderio di portare un sia pur minimo contributo all'opera da Lei con tanta fede intrapresa. Da qualche tempo sul «New Globe» compaiono articoli di vario argomento a firma di tale George Mac Namara. Non so chi sia costui né quali titoli vanti per poter collaborare a quello che a buon diritto è ritenuto il più serio e autorevole foglio del nostro Paese. Ebbene, non sono io il solo a giudicare – poiché molte persone, anche di posizione elevata e vasta cultura si sono manifestate con me del medesimo parere – che tali scritti mal si accordino col livello di dignità giornalistica e letteraria che del «New Globe» è la più nobile e apprezzata caratteristica. La banalità, l'infelice continuo sforzo di umorismo, le lungaggini, le inesattezze... ecc. ecc.

Scrisse un paio di facciate: arrivato in fondo firmò: "Un devoto amico". Piegò il foglio, lo mise in una busta, scrisse l'indirizzo, attaccò il francobollo, prese cappello e ombrello, uscì di casa, imbucò la lettera.

Poi lentamente assaporando il mite crepuscolo d'estate, raggiunse la sede del «New Globe».

«Buonasera, signor Farren» salutò il portiere con rispetto. «Buonasera, Gerolamo» rispose bonariamente Farren.

Al primo piano, incontrò nel corridoio Mac Namara. «Ciao, vecchio pirata!» gli disse battendogli una mano su una spalla. «Mica male sai quel tuo pezzo di ieri! Proprio in gamba.» Il giovane Mac Namara balbettò un grazie, arrossendo.

«Che c'è di nuovo questa sera?» domandò Farren appena entrato nella sala della cronaca. «Niente di speciale» disse il suo vice «l'inaugurazione della mostra tessile, una piccola rapina, un sequestro di stupefacenti.» «Ancora marijuana?» «No, stavolta coca.» «Arresti?» «No, l'hanno fatta franca.» «Beh, due righette *comme-il-faut* non guasteranno! Una gentile strigliata al signor capo della polizia, a scopo revulsivo!»

Si fece portare la notizia, sogghignò, si tolse la giacca, sedette alla macchina per scrivere, riaccese la pipa, cominciò:

Non poche deficienze, è vero, si lamentano quasi quotidianamente a proposito dei servizi pubblici – e qui Farren ridacchiò assaporando il proprio sarcasmo – *ma sarebbe veramente ingiusto chi deplorasse negligenze nella fornitura di stupefacenti. No, signori. La nostra città potrebbe vantare, ammesso che sia pensabile un vanto di tal genere, un primato nazionale nel commercio delle turpi droghe! È mortificante constatarlo: mentre il probo cittadino dopo una giornata di onesto e proficuo lavoro dorme il sonno del giusto, c'è chi, uscito dai sinistri covi del vizio, diffonde veleno e corruzione. Non è questa la più spregevole forma di delinquenza? Non è un tradimento alla comunità degli uomini per bene? Non equivale a una pugnalata nella schiena? Non è legittimo quindi da parte nostra invocare dalle autorità un controllo più efficiente e sanzioni più energiche? ecc. ecc.*

«Ferma! Ferma!» gridò all'autista la signora Franca Amabili (cascami di seta). La stupenda Bentley grigia fu bloccata con molli dondolii. La signora giovanilmente scese e affrontò il carrettiere fermo sul ciglio della strada.

«Non ti vergogni? È questo il modo di bastonare una povera bestia che non si regge neanche in piedi? Mascalzone!»

«Ma non si vuol muovere» rispose il carrettiere dando col manico della frusta un colpo supplementare nelle costole del mulo.

«Ah, non si vuol muovere?» fece la donna. «Io sono della Zoofila. Ti muoverai ben tu, adesso!»

«Ma non vede come sta là duro?» protestò l'uomo, per giustificarsi, quell'intervento inaspettato e incomprensibile non lasciandogli presagire nulla di buono.

«Su, come ti chiami?». E Franca Amabili trasse dalla borsetta il taccuino. Glielo avrebbe fatto insegnare lei, a quel tanghero, come si trattano le bestie!

Un'ora dopo, col marito e un'amica, sedeva a un ristorante.

«Due *crevettes* per cominciare?» suggerì il *maître*, insinuante. «O una fettina di salmone affumicato?»

«Una buona idea, sì. Per me salmone» approvò la signora Franca. (*Tratto di schianto fuori dall'acqua gelida dove rincorreva felice i suoi compagni, il salmone si guardò intorno con candida stupefazione, boccheggiando. «Perdio, questo passa il mezzo quintale» giubilò il pescatore. «Tu, Ernest, aiutami, da solo non ce la faccio proprio.» Berciando, scaraventarono la preda nella barca; dove a lungo il pesce si dibatté nell'angoscia dell'asfissia, i suoi occhi mandando una preghiera estrema; e l'esiguo pensiero del salmone volò fino a un lago rupestre, chissà dove, sotto i candidi colonnati dei ghiacciai.*)

«E per dopo?» chiese il *maître* con accentuata unzione, sollevando la matita dal *carnet*.

«Io non ho gran fame» disse Franca Amabili. «Mi porti un *consommé*, poi una semplice *paillarde*, tenera mi raccomando.» (*Il vitellino, ormai terrorizzato, volse la testa indietro cercando una figura amica ma intorno non c'erano che altre bestie come lui impazzite in un caotico coro di muggiti, di sordi colpi e rauche voci umane. Un ferro gli pestò selvaggiamente il muso, rivoltandogli la testa. Cercò di fuggire, qualcosa lo attanagliò e lo tenne fermo. Un'ombra nera avvicinantesi. Odor di sangue. Belò. Con violenza demonìaca una colonna di fuoco gli trapassò il cervello.*) «Adesso voglio farvi ridere» disse ancora donna Franca. «Stamattina me n'è toccata una! Sai, Giulio, dove c'è quel bivio prima del passaggio a livello? C'era un carrettiere, un bruto...»

Sei sette uomini, scavando con vanghe e picconi, riuscirono finalmente a trovare nottetempo il cunicolo sotterraneo che menava alla tomba del re; nella quale penetrarono, trovandovi i tesori.

Mentre stavano saccheggiando, fu dato l'allarme. E allorché, carichi di arredi d'oro massiccio, uscirono all'aperto, c'era ad attenderli una compatta schiera.

Venne il boia. E i primi raggi del sole illuminarono, sulle rosate sabbie, sei sette teste sparse qua e là nel sangue.

Dio Onnipotente dalla suprema vetta dei Cieli guardò in giù. Vide. Chiuse le palpebre per un breve istante.

Come Egli riaprì gli occhi – quanto tempo era passato? l'istante, il battito di palpebre del Sommo Iddio a quanti anni corrisponde, secoli, millenni? – un altro drappello, pure armato di picconi e vanghe, si affannava ad aprire l'ingresso del cunicolo segreto. Era profonda notte, la divina luna illuminava dolcemente le pietre immote del deserto.

Penetrarono, raggiunsero la tomba del monarca. Ivi c'erano l'oro, le pietre preziose, il tesoro immenso delle favole!

Come riuscirono all'aperto col bottino leggendario – e ancora la luna risplendeva illuminando la morta valle, benché triste perché ormai declinante alle rupi taciturne da cui era formato l'orizzonte – c'era una fitta ansiosa schiera ad aspettarli.

Nel silenzio della notte crepitarono gli applausi. Alcuni giovanotti si avanzarono verso il capo degli escavatori, facendogli domande. Balenarono i *flashes*. Nella folla un intenso mormorio. «No comment» rispose con alterigia il capo dei sacrileghi. «A suo tempo riferirò alla Royal Archaeological Society.»

Illuminati dalla morente luna, i cronisti corsero alle macchine e via, per il deserto, verso la città, donde telefonare alle grandi capitali la memorabile notizia.

Un indigeno dal solenne incesso si avvicinò al capo dei saccheggiatori e inchinandosi gli porse un plico. Poi un secondo, un terzo, anch'essi con fogli di telegrammi giunti da lontano. Erano le congratulazioni dei Governi all'archeologo. La gloria.

Sotto i portici c'era un uomo male in arnese ma dal fare spavaldo che teneva con la destra il capo di uno spago. L'altro capo finiva, attraverso un buco rotondo, nell'interno di una scatola da scarpe deposta per terra. Sopra il coperchio, quasi a impedire che qualcuno da sotto lo potesse alzare, un sasso di almeno quattro chili.

«Su, su, Pirolino» diceva l'uomo alla scatola facendo atto di tirare un po' lo spago «su, fatti vedere dai signori, non aver paura! Cosa volete?» e si volse, come chiedendo scusa, ai passanti che si erano fermati «oggi è in vena di capricci! È offeso. E pensare che ieri ha fatto anche il salto mortale.» Poi di nuovo alla scatola: «Andiamo, Pirolino, vuoi fare aspettare per niente questi gentili spettatori? Ci sono anche due belle signorine, non vuoi darci un'occhiata, Pirolino?». Fece un salto: «Signori, signori, avete visto che ha messo fuori il musetto per un attimo? L'avete visto no? Dica lei, signorina, lei l'ha visto?».

«Mah, non so» rispose ridendo la ragazza. «Forse. Ma non ho visto bene.»

«Nene, basta, andiamo» le disse la compagna dandole di gomito. «Cosa stiamo qui a perdere tempo?»

«Perché?» fece la Nene. «Tu, Minnie, dici che non venga fuori?»

«Che cosa?» «Ma la bestiolina!» La Minnie scoppiò a ridere. «Ah, sei impagabile. Non hai ancora capito che nella scatola non c'è dentro niente? È un ciarlatano. Con questo trucco fa fermar la gente e poi al momento buono tirerà fuori, da vendere, i biglietti di qualche lotteria.»

Divertite, le due belle ragazze proseguirono fino a una galleria d'arte. Qui entrarono. C'era il *vernissage* di José Urrubia, pittore messicano. Ai muri, una ventina di grandi quadri con intricate macchie di colori per lo più sul giallo e sul marrone. Contornato da un gruppo di signore, un uomo dal naso sensibile e dai capelli bianchi in giacca di velluto teneva cattedra. «Ecco» spiegò additando una tela piena di tante piccole losanghe sbavanti l'una nell'altra «quest'opera si può considerare tipica del secondo Urrubia. Appartiene al Museo di Buffalo. L'istanza tonale, come vedete, si impone qui come esigenza soverchiante sulla ricerca ritmica che è pur sempre presente in tutta la parabola urrubiana. Sì, voi direte, l'intensità dei moduli poetici è meno, ehm, ehm, risentita, meno pregnante, vero, che nelle esperienze originarie. In compenso, quale libertà! E, con la libertà, quale rigorosa, inesorabile direi, dialettica cromatica! Ma ora care amiche, passiamo a un documento emozionante: il *Dialogo 5*... Sapete come l'ha definito Albert Pitchell? Manicheismo, manicheismo, *tout court*! Manicheismo, capite? per la dualità dei contrapposti impulsi che drammatizzano la fondamentale unità del quadro, uscita di getto, è chiaro, da... da... eh sì, da un *raptus* orfico che solo Urrubia avrebbe potuto, come ha fatto, signoreggiare, imponendovi una geometrica scansione. Naturalmente, a questo punto, siamo tentati di identificare, vero, il pretesto lirico determinante in una, come dire?, in una sorta di metafisica contingenza grafica...»

Rapita quasi in estasi, Minnie beveva le parole ad una ad una.

«Adesso, basta, andiamo!» mormorò Nene all'amica dandole di gomito. «In questi quadri non ci capisco proprio niente.»

«Oh tu» replicò la compagna «tu, scusami la sincerità, ma sei piuttosto indietro, tu. Io li trovo una tale cannonata!»

45

Le precauzioni inutili

CONTRO LE FRODI

Leo Bussi, piazzista d'anni 30, entrò nella succursale n. 7 del Credito Nazionale per riscuotere un assegno circolare di 4000 lire (quattromila).

Non c'erano sportelli ma un lungo banco dietro al quale gli impiegati lavoravano.

«Desidera?» domandò uno di questi gentilmente.

«Ho un assegno da riscuotere.»

«Prego» disse l'impiegato e, preso il foglietto in mano, lo esaminò per diritto e per rovescio. Poi: «Si accomodi più in là, dal mio collega».

Il collega era un uomo sui cinquanta. Contemplò l'assegno a lungo (rigirandolo da una parte e dall'altra), tossicchiò, alzò gli sguardi al di sopra degli occhiali esaminando la faccia del cliente, guardò ancora l'assegno, guardò di nuovo il Bussi, quasi cercando una corrispondenza, infine chiese: «Lei ha qui un conto corrente?».

«No» lui rispose.

«Documenti di riconoscimento?»

Il Bussi diede il passaporto. L'impiegato lo prese, lo portò al suo tavolo, sedette, sfogliò il libretto controllandolo, cominciò a prendere nota, registrando su un modulo nome, numero, data di rilascio, eccetera. Ma a un certo punto si fermò, aggiustandosi gli occhiali, e brontolò qualche parola.

«C'è qualcosa che non va?» disse il Bussi con la vaga sensazione di essere scambiato per un *gangster*.

«Niente, niente» fece quello con un sorrisetto ambiguo. Così dicendo, col passaporto in mano, andò a consultare il direttore, che stava in fondo, a un tavolo più grande.

I due confabularono, alzando ogni tanto gli occhi a esaminare la faccia del piazzista. Finalmente, l'impiegato ritornò.

«È la prima volta» chiese «che lei viene a questa banca?»

«Sì, la prima volta. Ma forse c'è qualche difficoltà?»

«Niente, niente» ripeté l'impiegato rinnovando il sorrisetto. Quindi riempì il modulo per la riscossione, lo diede da firmare, riprese il modulo, aprì di nuovo il passaporto, controllò l'uguaglianza delle firme. A questo punto, evidentemente, lo prese un nuovo dubbio. Per la seconda volta andò a consultare il direttore. Dal banco, il Bussi non poteva afferrare le parole. ("Per 4000 lire quante storie!" pensava intanto. "E se fossero state centomila?")

Quando Dio volle, l'impiegato tornò al banco, deluso si sarebbe detto di non trovare altri motivi per ampliare le sue investigazioni. «Ecco fatto, si accomodi alla cassa.» E, col passaporto, gli diede un tagliando numerato.

Alla cassa, quando fu il suo turno, il Bussi consegnò il tagliando. Il cassiere, uomo grasso e autorevole, palpeggiò l'assegno attentamente, riscontrò la bolletta relativa, guardò il Bussi e poi l'assegno ancora, pure lui cercando forse una misteriosa somiglianza fra la tratta bancaria e l'uomo, infine, perforò il foglietto con uno speciale timbro a spilli, lo rimirò di nuovo, lo depose di fianco a sé in una cassetta. Dopodiché, con solennità sacerdotale, trasse le banconote, facendole schioccare tra le dita con un colpetto caratteristico: uno, due, tre, quattro fogli da 10.000 (diecimila) lire. E li passò al cliente.

CONTRO LE SPIE

Antonio Lancellotti, alto funzionario dello Stato e uomo prudentissimo, incontra al Ministero il viceispettore Modica, suo sottoposto, ma uomo da tenere in conto perché in fama di spione. «Caro Modica» chiede stupidamente, a puro titolo di cordialità «che si dice, che si dice?» «Eh» fa il Modica scuotendo il capo «meglio non avere orecchie, creda. Qui al Ministero il gran lavoro che si fa è di tagliare i panni addosso!» «Addosso a chi?» e Lancellotti ride divertito. «Ma a tutti, eccellenza illustre, a tutti, anche alle persone più oneste e intemerate.» «Anche a lei, mio vecchio Modica?» «Ma certo, certo! E pazienza se sparlano di me, che sono l'ultima ruota del carro. Anche di lei, se proprio devo essere sincero!» «Anche di me?» fa Lancellotti ansioso. «E che dicono di me?» «Ma non ci badi, per carità, sono tutte miserabili calunnie.» «Calunnie? E perché mai?» «Vuol proprio saper le cose fino in fondo?... No, no, è meglio non guastarsi il sangue!» Sua eccellenza Lancellotti è sulle spine: «Suvvia, caro Modica, ho pur diritto di sapere!».

Modica, dopo molte insistenze, si decide: «Sa cosa hanno il coraggio di insinuare? Sa che cosa? Che lei è un mormoratore, che lei sparla sistematicamente del nostro grande capo, il Maresciallo Baltazano, che lei...». «Io? io? Io che per Baltazano darei la vita! Io che tutte le sere, prima di addormentarmi, leggo qualche brano dei suoi scritti!» Modica lo guarda. «Be', sa cosa le dico? Anche se fosse!...» «Anche se fosse cosa?» «Anche se fosse vero che lei dà del cretino a Baltazano... Su, su, siamo sinceri, eccellenza illustre, diciamolo *inter nos*: da qualche tempo in qua lei non ha l'impressione che il nostro Maresciallo sia... be', come dire?... insomma che non sia più lui, non proprio rimbambito ma...» «Oh no, assolutamente!» reagisce Lancellotti e pensa: "ecco che l'agente provocatore salta fuori". «Anzi! I suoi ultimi discorsi mi son sembrati, se possibile, più belli dei precedenti, più forti, eloquenti, illuminati.» «Ma quella sua presa di posizione sfavorevole, diciamo pure, ai piani di bonifica progettati dal ministro Imenez eh eh?, lei la condivide?» «Altro che se la condivido! In questo, il Maresciallo» e alza la voce per farsi udire da tre impiegati che stanno passando «il Maresciallo dimostra una geniale visione dei veri interessi del Paese! Il nostro grande Baltazano è un'aquila, caro il mio Modica, e al paragone Imenez, be' non dico un passerotto, ma poco ci manca! Il Maresciallo, caro lei, è la mente politica più possente che abbia visto questo secolo.» I tre impiegati si sono fatti sotto e ascoltano, estremamente interessati. Poi uno si avvicina al Modica e gli passa un giornale. Con la coda dell'occhio, Lancellotti intravede un grande titolo. «Che cosa c'è?» domanda insospettito. «Niente, niente.» «No, faccia vedere.»

Su tutta la prima pagina c'è scritto: "Una risoluzione della Giunta Nazionale". E sotto: "Baltazano lascia il potere per incompatibilità dottrinaria – Il suo arresto sventa un tentativo di fuga all'estero – Un proclama di Imenez nuovo presidente del Consiglio".

Lancellotti si sente sprofondare, barcolla, trova appena il fiato per chiedere: «Ma lei, lei, Modica, sapeva?».

«Io?» fa l'altro con un satanico sorriso. «Io? Ma io, le giuro, casco dalle nuvole!»

CONTRO I LADRI

Da quando nella zona sono accadute tre rapine, Fritz Martella, possidente, è ossessionato dal terrore dei banditi. Non si fida più di nessuno, né dei familiari, né dei servi, né dei cani che pure fanno buona guardia. Dove nascondere i marenghi e i gioielli di famiglia? La casa non è luogo sicuro. Il cassettone, servito finora da forziere, è una garanzia ridicola. Dopo lunghi pensamenti, una notte, senza dir niente a nessuno, egli esce di casa con lo scrigno del tesoro ed una vanga, va nel bosco in riva al fiume, dove scava una profonda buca. E vi seppellisce la cassetta.

Ma, tornato a casa, medita: "Che imbecille. Come ho fatto a non pensare che la terra smossa può destar sospetti? Di là non passa quasi mai nessuno, è vero, ma chissà, se viene qualche cacciatore e nota i segni dello scavo? e se si incuriosisce? e se prova a scavare pure lui?".

Così rimuginando, si volta e si rivolta fra le coltri, senza riuscire a prender sonno. Intanto, sul far dell'alba, tre assassini, cercando un posto adatto per seppellire il cadavere dell'orefice aggredito e trucidato per la via, vanno al bosco in riva al fiume e non gli par neppure vero di trovare un lembo di terreno dove, chissà da chi e per cosa, le zolle sono già state smosse di recente. Qui in tutta fretta sotterrano la salma.

La notte successiva, morso dall'inquietudine, il possidente, con la vanga in spalla, torna al bosco per riprendere lo scrigno: troverà bene poi un nascondiglio più sicuro.

Mentre scava, ode un trapestìo, si volta, una dozzina di armigeri si avanza al lume di lanterne. «Alto là!» gli intimano.

Il Martella resta impietrito con la vanga in mano.

«Che cosa fai tu a quest'ora?» chiede il capo delle guardie.

«Io? Io niente... io sono il proprietario... io scavo... io ho sepolto qui una mia cassetta...»

«Ah sì?» fa l'altro sogghignando. «E noi invece siamo in cerca di un morto, di un morto ammazzato! E poi cerchiamo gli assassini.»

«Che ne so io del morto? Io sono venuto qui, ripeto, a riprendere una cosa mia...»

«Bene, benissimo!» il capo del drappello esclama. «Coraggio, allora, brav'uomo, scava, scava. Vediamo un po' quel che tiri fuori!»

CONTRO L'AMORE

Ora che lui è partito, e non si farà vivo più, scomparso, cancellato via dal quadrante della vita esattamente come se fosse morto, a lei, Irene, non resta che armarsi di tutto il coraggio che una donna può chiedere a Dio e sradicare tutti i rami per cui quello sfortunato amore si è attaccato alle sue viscere. È sempre stata una ragazza forte, Irene, questa volta non sarà da meno.

È fatto! Meno tremendo di quanto lei pensasse; e meno lungo. Non sono passati neanche quattro mesi, ed eccola completamente liberata. Un poco più magra, più pallida, più diafana, però leggera, col languore soave della convalescenza, dentro cui già palpitano vaghe illusioni nuove. Oh è stata brava, eroica è stata, ha saputo essere crudele con se stessa, ha respinto con accanimento tutte le lusinghe dei ricordi, ai quali sarebbe stato pur dolce abbandonarsi. Distruggere tutto ciò che di lui restava nelle sue mani, fosse pure uno spillo, bruciare le lettere e le foto, buttare via i vestiti indossati quando c'era lui, sui quali forse gli sguardi suoi avevano lasciato una traccia impalpabile, sbarazzarsi dei libri che anch'egli aveva letto e la cui comune conoscenza stabiliva una complicità segreta, vendere il cane che ormai aveva imparato a riconoscerlo e gli correva incontro al cancello del giardino, abbandonare le amicizie che erano appartenute a entrambi, cambiare perfino casa perché al bordo di quel camino lui una sera si era appoggiato con un gomito, perché un mattino quella porta si era aperta, e dietro era apparso lui, perché il campanello della porta continuava a dare lo stesso suono di quando lui veniva, e in ogni stanza le sembrava così di riconoscere una sua misteriosa impronta. Ancora: abituarsi a pensare ad altre cose, gettarsi in un lavoro massacrante per cui di sera, quando il pericolo si ridestava più insidioso, un sonno di pietra la atterrasse, conoscere nuove persone, frequentare nuovi ambienti, cambiare anche il colore dei capelli.

Tutto questo lei è riuscita a fare, con impegno disperato, non lasciando sguarnito un angolo, una fessura, da cui il ricordo potesse farsi strada. L'ha fatto. Ed è guarita. Ora è mattino, con un bel vestito azzurro che la sarta le ha appena mandato, Irene sta per uscire di casa. Fuori c'è il sole. Lei si sente sana, giovane, tutta lavata dentro, fresca come quando aveva sedici anni. Felice addirittura? Quasi.

Ma da una vicina casa viene una breve onda di suono. Qualcuno ha la radio accesa o fa andare il grammofono, e una finestra è stata aperta. Aperta e poi subito chiusa.

È bastato. Sei sette note, non di più, la sigla di un vecchio motivo, la *sua* canzone. Su, coraggiosa Irene, non perderti per così poco, corri al lavoro, non fermarti, ridi! Ma un vuoto orrendo le si è già formato entro nel petto, ha già scavato una voragine. Per mesi e mesi l'amore, questa strana condanna, aveva finto di dormire, lasciando che Irene s'illudesse. Ora una inezia è stata sufficiente a scatenarlo. Fuori passano le macchine, la gente vive, nessuno sa di una donna che, abbandonata sul pavimento a ridosso della porta di casa come una bambina castigata, sciupandosi il bel vestito nuovo, perdutamente piange. Lui è lontano, non tornerà mai più, e tutto è stato inutile.

46

Il tiranno malato

All'ora solita cioè alle 19 meno un quarto nell'area cosidetta fabbricabile fra via Marocco e via Casserdoni, il volpino Leo vide avanzare il mastino Tronk tenuto per la catena dal professore suo padrone.

Il bestione aveva le orecchie dritte come sempre e scrutava il ristrettissimo orizzonte di quel sudicio prato fra le case. Egli era l'imperatore del luogo, il tiranno. Eppure il vecchio volpino pieno di risentimenti subito notò che non era il Tronk di un tempo, neppure quello di un mese prima, neppure il formidabile cagnaccio che aveva visto tre o quattro giorni fa.

Era un niente, il modo forse di appoggiar le zampe, o una specie di appannamento dello sguardo, o una incurvatura della schiena, o l'opacità del pelo o più probabilmente un'ombra – l'ombra grigia che è il segno terribile! – la quale gli colava giù dagli occhi fino al bordo cadente delle labbra.

Nessuno certo, neppure il professore, si era accorto di questi segni piccolissimi. Piccolissimi? Il vecchio volpino che oramai ne aveva viste a questo mondo, capì, e ne ebbe un palpito di perfida gioia. "Ah ci sei finalmente" pensò. "Ci sei?" Il mastino non gli faceva più paura.

Si trovavano in uno di quegli spazi vuoti aperti dai bombardamenti aerei della guerra decorsa, verso la periferia, fra stabilimenti, depositi, baracche, magazzini. (Ma a breve distanza si ergevano i superbi palazzi delle grandi società immobiliari, a settanta-ottanta metri sopra il livello dell'operaio del gas intento a sistemare la tubazione in avaria, e del violinista stanco in azione fra i tavolini del Caffè Birreria Esperia là sotto i portici, all'angolo.) Demoliti i moncherini superstiti dei muri, a ricordare le case già esistite non restavano qua e là che dei tratti di terreno coperti di piastrelle, il segno della portineria forse, o cucina a pianterreno o forse anche camera da letto di casa popolare (dove un tempo di notte palpitarono speranze e sogni e forse un bambino nacque e nelle mattine d'aprile, nonostante l'ombra tetra del cortile, di là usciva un canto ingenuo e appassionato di giovanetta; e alla sera, sotto una lampadina rossastra, gente si odiò o si volle bene). Per il resto, lo spazio era rimasto sgombro e sùbito, per la commovente bontà della natura così pronta a sorridere se appena le lasciamo un po' di spazio, si era andato ricoprendo di verde, erba, piantine selvatiche, cespugli, a similitudine delle beate valli lontane di cui si favoleggia. Tratti di prato vero, coi loro fiorellini, avevano perfino tentato di formarsi, dove stanchi noi distenderci, le braccia incrociate dietro il capo, a guardare le nuvole che passano, così libere e bianche, sopra le soperchierie degli uomini.

Ma nulla la città odia quanto il verde, le piante, il respiro degli alberi e dei fiori. Con bestiale accanimento quindi erano stati scaricati là mucchi di calcinacci, immondizie, residuati osceni, fetide putrefazioni organiche, scoli di morchia. E il lembo di campagna ben presto era ingiallito trasformandosi in uno sconvolto letamaio; dove tuttavia le pianticine e le erbe ancora lottavano, sollevando verticalmente gli steli fra la sozzura, in direzione del sole e della vita.

Il mastino avvistò immediatamente l'altro cane e si fermò a osservarlo. E subito si accorse che qualcosa era cambiato. Il volpino oggi aveva un nuovo modo di fissarlo, non timido, non rispettoso, non timorato come al solito. Con un lucchio beffardo nelle pupille, anzi.

Calda sera d'estate. Una floscia caligine giaceva ancora sulla città fra le torri di calcestruzzo e di cristallo abitate dall'uomo, che il sole calante illuminava. Tutto sembrava stanco e svogliato, anche le inverecondeautomobili americane color ramarro, anche le vetrine degli elettrodomestici, di solito così ottimiste, anche la energetica bionda sorridente dal cartellone pubblicitario del dentifricio Klamm (che, se usato giornalmente, trasformerebbe la nostra esistenza in paradiso, vero Mr. MacIntosh, direttore generale del reparto pubblicità e *public relations*?).

Il professore immediatamente vide sul dorso del suo cane formarsi una macchia oblunga e scura, segno che la bestia stava alterandosi e rizzava il pelo.

Nello stesso istante, senza essere stato in alcun modo provocato, il volpino si avventò silenzioso alla vendetta e addentò rapidissimo il mastino alla gamba posteriore destra.

Tronk ebbe uno scarto a motivo del dolore ma per qualche frazione di secondo restò come incerto, solo cercava di scuotere via il nemico, agitando la gamba. Poi, inopinatamente ritrovò l'antico impeto selvaggio. La catena sfuggì di mano al professore.

Dietro al cane Leo, un altro piccolo bastardo, suo compagno, vagamente simile a un segugio, di solito timido e spaurito, balzò a mordere il mastino. E per una frazione di secondo lo si vide che affondava i denti in un fianco del tetrarca. Quindi ci fu un groviglio mugolante che si dibatteva nella polvere.

«Tronk, qua, Tronk!» chiamò smarrito il professore annaspando con la destra sopra quel frenetico subisso; e cercava di afferrare la catena del suo cane. Ma senza la decisione necessaria, spaventato dal furore della lotta.

Fu breve. Si sciolsero da soli. Leo, mugolando, balzò via e pure il suo compagno si distaccò da Tronk, arretrando, con il collo insanguinato. Il mastino sedette, e ansimava con ritmo impressionante, la lingua pendula, sopraffatto dallo sfinimento fisico.

«Tronk, Tronk» supplicò il professore. E cercò di prenderlo per il collare.

Ma, non visto da alcuno, avanzava alle spalle, libero e solo, Panzer, il cane lupo del garage vicino, il fuorilegge, che
Tronk aveva fino a quella sera tenuto a bada col suo solo
aspetto. Anche lui veniva in certo modo a vendicarsi. Perché
mai Tronk lo aveva provocato né gli aveva fatto male, eppure
la sua semplice presenza era stata un oltraggio quotidiano,
difficile da mandare giù. Troppe volte lo aveva visto passare,
dinoccolato, davanti all'ingresso del garage, e guardare dentro con proterva grinta come per dire: "C'è mica nessuno qui,
alle volte, che abbia voglia di attaccare lite?".

Il professore se ne accorse tardi. «Ehi» gridò «chiamate
questo lupo! Ehi, del garage!» Il pelo nero e irto, il lupo aveva un aspetto orribile. E chissà come, questa volta il mastino
al suo confronto sembrava rattrappito.

Tronk fece appena in tempo ad avvistarlo con la coda del-
l'occhio. Il lupo eseguì un balzo rettilineo, protendendo i
denti, e d'un subito il mastino rotolò fra i calcinacci e le sco-
rie con quell'altro attaccato selvaggiamente alla sua nuca.

Sapeva il professore che è quasi impossibile dividere due
cani di quella fatta che si impegnano per la vita e per la morte. E non fidando nelle proprie forze si mise a correre per avvertire e chiedere soccorso.

Nel frattempo anche il volpino e il seguio ripresero coraggio, si lanciarono alla macellazione del tiranno che stava
per essere sconfitto.

Ebbe Tronk un'ultima riscossa. E con divincolamento furioso riuscì a prendere coi denti il naso del lupo. Ma subito
cedette. L'altro, arretrando a scatti, si liberò e prese a trasci-
narlo riverso tenendolo sempre per la nuca.

A quei mugolamenti spaventosi gente intanto si affacciava
alle finestre. E dalla parte del garage si udivano le grida del
professore soverchiato dagli avvenimenti.

Poi, di colpo, il silenzio. Da una parte il mastino che si ri-
sollevava con fatica, la lingua tutta fuori, negli occhi l'umiliazione sbalordita dell'imperatore di colpo tratto giù dal tro-

no e calpestato nella melma. Dall'altra, il lupo, il volpino e il falso segugio che retrocedevano con segni di sbigottimento.

Che cosa li aveva sbaragliati quando già stavano assaporando il sangue e la vittoria? Perché si ritiravano? Il mastino tornava a far loro paura?

Non il mastino Tronk. Bensì una cosa informe e nuova che dentro di lui si era formata e lentamente da lui stava espandendosi come un alone infetto.

I tre avevano intuito che a Tronk doveva essere successo qualche cosa e non c'era più motivo di temerlo. Ma credevano di addentare un cane vivo. E invece l'odore insolito del pelo, forse, o del fiato, e il sangue dal sapore repellente, li aveva ributtati indietro. Perché le bestie più ancora che i luminari delle cliniche percepiscono al più lieve segno l'avvicinarsi della presenza maledetta, del contagio che non ha rimedio. E il lottatore era segnato, non apparteneva più alla vita, da qualche profondità recondita del corpo già si propagava la dissoluzione delle cellule.

I nemici si sono dileguati. È solo, adesso. Limpidi e puri nella maestà del vespero si sollevano intanto dalla terra, paragonabili a fanfare, i muraglioni vitrei dei nuovi palazzi e il sole che tramonta li fa risplendere e vibrare come sfida, sullo sfondo violetto della notte che dalla opposta parte irrompe. Essi proclamano le caparbie speranze di coloro che, pur distrutti dalla fatica e dalla polvere, dicono "Sì, domani, domani", di coloro che sono il galoppo di questo mondo contristato, le bandiere!

Ma per il satrapo, il sire, il titano, il corazziere, il re, il mastodonte, il ciclope, il Sansone non esistono più le torri di alluminio e malachite, né il quadrimotore in partenza per Aiderabad che sorvola rombando il centro urbano, né esiste la musica trionfale del crepuscolo che si espande pur nei tetri cortili, nelle fosse ignominiose delle carceri, nei soffocanti cessi incrostati d'ammoniaca.

Egli è intensamente fisso a quell'oasi stenta e con gli sguardi la divora. Il sangue che aveva cominciato a gocciolare da una lacerazione al collo si è fermato coagulandosi. Però fa freddo, un freddo atroce. Per di più è venuta la nebbia, lui non riesce più a vedere bene. Strano, la nebbia in piena estate. Vedere. Vedere almeno un pezzo della cosa che gli uomini usano chiamare verde: il verde del suo regno, le erbe, le canne, i miseri cespugli (i boschi, le selve immense, le foreste di querce e antichi abeti).

Il professore è di ritorno e si consola vedendo il lupo e gli altri due barabba che si allontanano spauriti. "Eh il mio Tronk" pensa orgoglioso. "Eh, ci vuol altro!" Poi lo vede laggiù seduto, apparentemente quieto e buono.

Un cuccioletto era, quattro anni fa soltanto, che si guardava gentilmente intorno, tutto doveva ancora cominciare, certo avrebbe conquistato il mondo.

L'ha conquistato. Guardatelo ora, grande e grosso, il cagnazzo, petto da toro, bocca da barbaro dio azteco, guardatelo l'ispettore generale, il colonnello dei corazzieri, sua maestà! Ha freddo e trema.

«Tronk! Tronk!» lo chiama il professore. Per la prima volta il cane non risponde. Nei sussulti del cuore che rimbomba, pallido del terribile pallore che prende i cani i quali erroneamente si pensa che pallidi non possano diventare mai, egli guarda laggiù, in direzione della foresta vergine, donde avanzano contro di lui, funerei, i rinoceronti della notte.

47
Il problema dei posteggi

Possedere un'automobile è una bella comodità, certo. Non è però una vita facile.

Nella città dove vivo, raccontano che una volta adoperare un'automobile fosse una cosa semplice. I passanti si scansavano, le biciclette procedevano ai lati, le strade erano pressoché deserte, soltanto qua e là i mucchietti verdi lasciati dai cavalli; e ci si poteva fermare a volontà, anche nel mezzo delle piazze, non c'era che l'imbarazzo della scelta. Così dicono i vecchi, con un malinconico sorriso, carico di reminiscenze.

Sarà vero? O non sono che leggende, le fantastiche fole che l'uomo costruisce quando sulla casa sua la mestizia scende ed è bello immaginare che non sempre la vita sia stata spinosa come oggi, ma ci fosse requie e sere limpide? (Le braccia appoggiate al davanzale, l'animo quieto, rimirando il mondo là sotto che si addormentava dopo la giornata di lavoro, e intanto vaghe canzoni si perdevano nella lontananza, vero?, e la graziosa testa di lei che pesava dolcemente sulla spalla, socchiuse le labbra nel rapimento del vespero, e le stelle sopra di noi, le stelle!) Ciò affinché sia possibile sperare che qualcosa dei lontani tempi ritorni e come allora il raggio del sole mattutino ci risvegli battendo sull'orlo del ricamo?

Oggi invece, o amici, è una battaglia. La città è fatta di cemento e di ferro, tutta a spigoli duri che si innalzano a picco e dicono: qui no, qui no. Di ferro bisogna essere anche noi, per viverci, e nell'interno del corpo non avere viscere tènere e calde, bensì blocchi di calcestruzzo, una pietra scabra del peso di un chilogrammo virgola due al posto del cosiddetto cuore, ridicolo *strumento démodé*.

Quando venivo in ufficio a piedi o con il tram, me la potevo prendere comoda, relativamente. Oggi no, che vengo in automobile. Perché l'automobile bisogna pur lasciarla in qualche sito e alle ore otto del mattino trovare un posto libero lungo i marciapiedi è quasi un'utopia.

Perciò mi sveglio alle sei e mezzo, alle sette al più tardi: lavarsi, farsi la barba, la doccia, una tazza di tè bevuta a strangolone, poi via di gran carriera, pregando Iddio che i semafori siano tutti verdi.

Eccoci. Con la miserabile ansia degli schiavi, il mio prossimo, uomini e donne, formicola già per le strade del centro, anelando a entrare il più presto possibile nella sua prigione quotidiana. (Seduti ai tavoli e ai deschetti dattilografici, un poco curvi, ahimè, guardateli fra poco, migliaia e migliaia, costernante uniformità di vite che dovevano essere romanzo, azzardo, avventura, sogno, ricordate i discorsi fatti da ragazzi al parapetto dei fiumi che di sotto andavano verso gli oceani?) E le vie lunghissime e diritte hanno già da una parte e dall'altra una ininterrotta fila di automobili ferme e vuote, a perdita d'occhio.

Dove troverò un posto per mettere la mia? La macchina, comperata d'occasione, ce l'ho da pochi mesi, non sono ancora pratico abbastanza, e di posteggi esistono almeno seicentotrentaquattro categorie diverse, un labirinto dove anche i vecchi lupi del volante si perdono. Ciascun muro ha i suoi cartelli indicatori, è vero, ma sono stati fatti di dimensioni piccole per non turbare la monumentalità, come si dice, delle antiche strade. E poi chi sa decifrare le minime variazioni nel colore e nel disegno?

Io giro, cercando, nelle straduzze laterali col mio macinino sul quale incalzano da dietro cateratte di camion e furgoni chiedendo via libera con barriti orrendi. Dove c'è un posto?

Laggiù, come miraggio di laghi e fontane al beduino del Sahara, un intero lunghissimo fianco di un maestoso viale si offre, completamente libero. Illusione. Proprio i lunghi tratti sgombri che dovrebbero rallegrarci l'animo sono i più infidi. Troppa grazia. Si può giurare che c'è sotto qualche insidia. Quello difatti è spazio tabù perché ivi sorge il babelico palazzo del Ministero delle Tasse. Lasciare là la propria macchina procurerebbe denunce, sequestri, processi dispendiosi e complicati, in certi casi perfino condanne a pene detentive. Di tanto in tanto però se ne vedono, di automobili lasciate là senza custodia, poche, ma se ne vedono: in genere carrozzerie fuori serie, brani superstiti di equivoche ricchezze, stranamente oblunghe e dal muso scellerato. Chi ne sono i proprietari, o i ladri? Sono i naufraghi della vita che non hanno più niente da perdere, i disperati che sfidano la legge e ormai tentano il tutto per il tutto.

Coraggio: non lontano dal mio ufficio, in una via secondaria, avvisto, ecco, un breve varco dove forse la mia utilitaria può annidarsi. Delicata manovra di retromarce lungo la murata di una gigantesca vettura americana bianca e rossa, vero oltraggio alla miseria; al volante, un atletico autista padronale sembra addormentato ma mi accorgo che fra gl'interstizi delle palpebre i suoi sguardi ostili mi controllano, se mai mi accadesse di toccare, di sfiorare, con il mio povero paraurti arrugginito, il suo, blindato, scudo possente di cromo, carico di specchianti globi, contrafforti e barbacani, che da solo basterebbe, io penso, a sfamare per dieci anni una famiglia.

A onor del vero, la macchina mi offre tutta la collaborazione immaginabile, si fa ancora più piccola, si assottiglia, si contorce, tiene il fiato, si sposta sulla punta delle gomme. Dopo sette tentativi, tutto sudato per lo sforzo dei nervi, riesco finalmente a insinuare la mia trappola nel brevissimo intervallo. Non faccio per dire, un egregio lavoretto di precisione. Allora scendo, chiudo trionfalmente lo sportello. Un inserviente in uniforme si avvicina: «Scusi, lei?». «Io cosa?» Lui fa segno a un microscopico cartello: «Sa leggere? Posteggio riservato. Solo per i funzionari della Oldrek». A pochi metri infatti la sede della grande società spalanca il suo maestoso androne.

Livido, risalgo in macchina, e con estenuanti precauzioni riesco a sfilarmi fuori senza contaminare col mio contatto impuro la regalità della portaerei americana. Fra gli interstizi delle palpebre, gli sguardi dell'autista mi trafiggono con aghi di disprezzo.

È tardi. Da un pezzo sarei dovuto essere in ufficio. Ansiosamente esploro una via dopo l'altra, in cerca di un rifugio. Meno male: là c'è una signora che sembra stia per risalire in macchina. Rallento, aspettando che lei salpi per ereditare il posto. Un coro frenetico di clackson immediatamente si scatena alle mie spalle. Intravvedo, voltandomi, la faccia congestionata di un camionista che si sporge in fuori, mi urla ingiuriosi epiteti e con il pugno pesta sullo sportello, per dar rumore alla sua collera: Dio, come mi odia.

Sono costretto a proseguire. E quando, fatto l'intero giro dell'isolato, torno sul posto, la signora se ne è andata, è vero, ma già nello spazio rimasto libero qualcun altro sta incuneando la sua auto.

Avanti. Qui la sosta è permessa solo per mezz'ora, là soltanto nei giorni dispari (e oggi è il 2 novembre), là soltanto ai soci del Motormatic Club, là ancora il parcheggio è limitato alle macchine provviste della licenza "Z" (enti pubblici e parastatali). E se io tento di fare l'indiano, fulmineamente sbuca un uomo con un berretto di tipo militare che mi espelle dal suo dominio. Sono i guardiani dei posteggi: uomini membruti, alti, con baffi, stranamente incorruttibili, le mance non fanno su di essi alcuna presa.

Pazienza. Ora bisogna che almeno passi dall'ufficio ad avvertire. L'usciere sta sempre sulla soglia, mi fermerò un attimo, gli spiegherò la cosa. Ma proprio mentre sto frenando in corrispondenza del portone, gli occhi mi cadono su di un posto libero lungo l'opposto marciapiede. Col cuore in gola io sterzo, rischiando di farmi triturare dalle valanghe di veicoli, attraverso la strada, velocemente plano a sistemarmi. Un miracolo.

La pace scende in me. Fino a stasera mi è concesso di vivere tranquillo, dalla finestra dell'ufficio posso anzi vederla e controllarla, la mia macchinetta utilitaria. Sembra perfin graziosa adesso, ha un'espressione sorridente, evidentemente gode di avere anche lei il suo posto al mondo. Certo, è stata una combinazione straordinaria: proprio dirimpetto al palazzo in cui lavoro, in pieno centro! Non bisogna mai disperare nella vita.

Passa un paio d'ore, sopra il rombo ininterrotto dei veicoli mi pare di distinguere un vocìo concitato che viene dalla strada. Con un triste presentimento mi affaccio alla finestra. Oh lo sapevo: doveva esserci sotto un tradimento, troppo facile era stato. Non mi ero accorto infatti che là dove ho lasciato la mia macchina, a filo della parete della casa, c'era una saracinesca; la quale è stata aperta e ne sta uscendo un camioncino. Con imprecazioni gutturali, tre uomini in tuta stanno perciò spostando di peso la mia auto, a gran strattoni. Con le sole braccia la sradicano dal comodo buco, tanto è leggera, e la sospingono più in là, che il camioncino possa uscire. Poi se ne vanno.

La mia macchina resta quindi abbandonata di traverso alla via, così da bloccare il traffico. Già un ingorgo si è formato e due *policemen* sono accorsi, vedo che scrivono sui loro taccuini.

Mi precipito da basso, tolgo di mezzo l'auto, non so neppure come, riesco a spiegare l'equivoco ai due agenti e ad evitar la multa. Ma restare là non posso. Eccomi di nuovo risucchiato nel vortice che gira, gira e non si può fermare mai perché non c'è posto da fermarsi.

È vita, questa? Via, dunque, in direzione della periferia dove la lotta è meno feroce, più benigno lo spazio. Laggiù ci sono strade e viali quasi deserti, così come lo erano le vie del centro nei tempi andati, se è vero ciò che i vecchi narrano. Ma sono posti lontani e poverelli. A che serve la macchina se bisogna lasciarla in quell'esilio? E poi, che fare questa sera? Stasera verrà il buio e anche le automobili saranno stanche come noi, sentiranno il bisogno di una casa.

Ma le autorimesse sono piene. I proprietari, fino a qualche

anno fa persone umili e gentili, che noi potevamo considerare nostri simili, sono diventati personaggi potentissimi che non si riesce a avvicinare. È tanto se si può parlare coi loro ragionieri, o segretari, o altri tirapiedi, ma anche questi non sono più i giovanotti servizievoli di un tempo. Non sorridono più, ascoltano con sussiego le nostre lamentose suppliche. «Ma lo sa» rispondono «che abbiamo già una ventina di prenotazioni? Prima di lei, comunque, c'è l'ingegnere Zolito, il presidente della FLAM, c'è il professore Syphoneta, c'è il conte El Motero, c'è la baronessa Spicchi.» Sono tutti nomi grossi, di miliardari e potentati, chirurghi celebri, latifondisti, grandi cantanti, citati per intimidirmi. Inoltre, anche se non me lo dicono, le macchinette vecchie e *delabrées* come la mia non sono ospiti graditi: il prestigio della "casa" ne risente. Non avete mai notato le nauseate smorfie dei portieri quando un tipo scalcinato si presenta ai Grand Hotel?

Via via, dunque, oltre i sobborghi, attraverso le campagne e le brughiere, più lontano ancora, con rabbia tengo premuto l'acceleratore fino in fondo. Gli spazi si fanno sempre più vasti e solenni. Ecco le stoppie, ecco il principio della savana, poi il deserto, dove la strada si perde nell'infinità uniforme delle sabbie.

Alt, finalmente. Mi guardo intorno, non si scorge né un uomo né una casa né alcun segno di vita. Solo, alfine. Ed il silenzio.

Spengo il motore, scendo, chiudo lo sportello. «Addio» le dico «sei stata una brava macchinetta, è vero, in fondo ti volevo bene. Perdonami se ti abbandono qui, ma se ti lasciassi in una via abitata, presto o tardi verrebbero a cercarmi con pile di contravvenzioni. E tu sei vecchia, e brutta, scusa la sincerità, ormai nessuno ti vorrebbe.»

Lei non risponde. Io a piedi mi incammino e penso: "Che farà questa notte? Verranno le iene? La divoreranno?".

È quasi sera. Io ho perso una giornata di lavoro. Forse mi aspetta il licenziamento, non ne posso più dalla stanchezza. Eppure sono libero, libero finalmente!

Saltello, una strana leggerezza è nelle membra, accenno a passi di danza. Evviva! Mi volto indietro, l'utilitaria è in fondo, piccolissima, uno scarafaggetto addormentato nel grembo nudo del deserto.

Ma c'è un uomo laggiù! È un uomo alto, coi baffi, se non prendo abbaglio, ha un berretto di tipo militare. E mi fa cenno in segno di protesta, e urla, urla.

Ah, no, basta. Io saltello, io corro, io galoppo sulle mie anziane gambe, scalpito, mi sento una piuma. Le grida del guardiano maledetto si perdono a poco a poco alle mie spalle.

48

Era proibito

Da quando è proibita la poesia, certamente la vita è assai più semplice da noi. Non più quella rilassatezza d'animo, né quelle morbose eccitazioni, né l'indulgenza ai ricordi, così insidiosi per l'interesse collettivo. La produttività, ecco la sola cosa che veramente conti, e davvero non si riesce a concepire come per millenni l'umanità abbia ignorato questa verità fondamentale.

Entro i limiti consentiti restano, come si sa, alcuni inni incitanti per l'appunto alle grandi opere di profitto nazionale, inni passati al vaglio della nostra benemerita censura. Ma si possono dire poesia? No, per fortuna. Essi fortificano l'animo del lavoratore senza aprire il varco alle peccaminose intemperanze della fantasia. Possono esservi da noi, per fare un tipico esempio, dei cuori afflitti dalle cosiddette pene d'amore? Si può ammettere che nel nostro mondo, consacrato alle opere concrete, lo spirito si perda in esaltazioni prive, come ognuno deve riconoscere, di qualsiasi utilità pratica?

Certo, senza un governo forte non si sarebbe potuta statuire una bonifica di così vasta portata. E tale è appunto il governo presieduto dall'onorevole Nizzardi. Forte, e democratico, si intende. La democrazia non impedisce di usare, qualora sia necessario, pugno di ferro, ci mancherebbe altro. In particolare, il più acceso propugnatore della legge che ha tolto di mezzo la poesia, è stato l'onorevole Walter Montichiari, ministro del Progresso. Egli in realtà si è limitato a farsi interprete della stessa volontà del Paese, ha agito appunto su una linea squisitamente, se è consentita l'espressione, democratica. L'insofferenza della popolazione nei riguardi di quel pernicioso atteggiamento della psiche era da anni fin troppo manifesta. Non restava che codificarla con precise norme restrittive, il tutto a beneficio della collettività.

Poche leggi del resto portarono così insensibile disturbo alla vita del cittadino singolo. Chi leggeva più poesie? Chi ne scriveva più? L'obliterazione nelle biblioteche, pubbliche e private, dei volumi incriminabili, si è compiuta senza difficoltà di sorta, anzi: l'operazione è stata realizzata in un'aria di soddisfatta eccitazione, quasi ci si fosse liberati di una sgradevole zavorra, finalmente. Produrre, costruire, spingere sempre più in su le curve dei diagrammi, potenziare industrie, commerci, sviluppare le indagini scientifiche rivolte all'incremento della efficienza nazionale, convogliare (che bella parola) sempre maggiori energie nella progressiva espansione dei traffici, questa se mai, o concittadini, può essere poesia. Tecnica, calcolo, concretezza merceologica, tonnellate, metri, mercuriali, valori del mercato, sano realismo delle cosiddette manifestazioni artistiche (qualora siano ritenute indispensabili), evviva.

L'onorevole Walter Montichiari ha 46 anni, è abbastanza alto, bell'uomo nel complesso, lo sentite nella stanza accanto come ride? (Gli stanno raccontando come i paesani hanno dato la baia al vecchio poeta Osvaldo Cahn. «Ma io non ne scrivo più» gridava lo sciagurato; «giuro che da quindici anni non ne scrivo più. Io commercio in granaglie e basta.» «Però le hai scritte ai tuoi bei tempi, porco» gli hanno risposto scaraventandolo, vestito di tutto punto, con cappello e bastone, nella vasca di un letamaio.) Lo sentite come ride l'onorevole? Ah, un uomo sicuro di sé, coi piedi piantati sulla terra, di questo potete essere sicuri. Fa più un tipo come lui che cento cascherini vecchio stampo, che appoggiati mollemente alle balaustre, fissando il cielo del tramonto, declamavano versi alla bella.

Tutto, del resto, è concreto e positivo intorno all'onorevole. E mica che sia un bruto. Alle pareti del suo studio pendono quadri di celebrati artisti: composizioni astratte per lo più, che ritemprano l'occhio dell'uomo senza coinvolgere l'animo. Scelta è anche la sua discoteca che testimonia un gusto incorruttibile, teso ai puri valori, certo non vi aspetterete di trovarci smancerie tipo Chopin, ma Hindemith c'è tutto. In quanto alla biblioteca, fatta astrazione dai testi scientifici e documentari, non mancano diversivi per le ore di rilassamento: ma sono, naturalmente, autori dediti alla riproduzione narrativa della vita qual è, senza aggiunte o infingimenti; leggendo i quali non c'è pericolo, grazie a Dio, di sentirsi toccare nella intimità dell'animo, cosa questa inverecanda che un tempo era ammessa, e desiderata perfino, benché si stenti a crederlo.

Ha una bella risata l'onorevole, fa piacere ascoltarla. Essa implica completa padronanza della situazione, ottimismo, fiducia nei piani costruttivi. Ma è tranquillo come mostra di esserlo? È sicuro veramente che il deprecato fenomeno sia estinto?

Una sera dopo pranzo egli a casa sta studiando un memoriale, quando entra la moglie.

«Walter, sai dove sia Giorgina?»

«No, perché?»

«Mi aveva detto che andava a fare i compiti. Ma in camera sua non c'è. La chiamo, non risponde. La cerco dappertutto e non la trovo.»

«Sarà in giardino.»

«In giardino non c'è.»

«Sarà uscita con qualche sua compagna.»

«A quest'ora? E poi no. Il suo cappotto è appeso in anticamera.»

Inquieti, i genitori perlustrano la casa. Ma lei non c'è. Montichiari, per un ultimo scrupolo, sale alla soffitta.

Qui, sotto agli sghembi travi, un riflesso quieto e misterioso posa sull'abbandonata confusione delle vecchie cose disusate e rotte. Esso proviene da un finestrino a mezzaluna che dà sul tetto. Il finestrino è aperto. Nonostante il freddo, con le mani aggrappate al davanzale, immobile la fanciulla sta, come rapita.

Che sta facendo lassù, sola? Un vago odioso sospetto, che egli inutilmente tenta di respingere, si prospetta all'onorevole. Non visto, sta ad osservare la figliola, ma lei non si muove di un millimetro: assorta, guarda fuori, gli occhi dilatati, come se assistesse ad un miracolo.

«Giorgina!» La bambina ha un sussulto, si gira di scatto, il suo viso è bianco. «Cosa fai qui?» Lei tace. «Cosa fai qui? Parla!»

«Niente, ascoltavo.» «Ascoltavi? Che cosa ascoltavi?» Giorgina non risponde, fugge, i suoi singhiozzi si perdono giù per la scala.

L'onorevole chiude il finestrino ma, prima d'andarsene, dà un'occhiata fuori, risorgendo quel sospetto. Cosa stava contemplando la Giorgina? Cosa stava mai ascoltando?

Ebbene. Nulla si vede tranne il banale panorama dei tetti deserti, degli alberi spogli, dei capannoni industriali di là del viale, tranne l'insignificante spettacolo della luna al secondo quarto avanzato, che illumina la città producendo i noti effetti luminosi, le cupe ombre, gli effetti di trasparenza nelle nuvole, eccetera. E nulla si ode, tranne gli scricchiolii dei vecchi legni nella soffitta e l'appena avvertibile suono, come un respiro, lievitante dalla città che si assopisce a poco a poco, conforme al rallentamento dell'attività produttiva dovuta appunto all'ora. Fenomeni usualissimi, privi di qualsiasi immaginabile interesse. Oppure? (Fa freddo, nel solaio, soffi d'aria gelida si insinuano fra le connessure delle tegole.) Oppure proprio lassù, sui tetti trasfigurati in certo modo dalla luna (neppure lui potrebbe negarlo onestamente) sta in agguato ancora la poesia, questa depravazione antica? E, benché innocenti, anche i bambini ne restano tentati, senza che alcuno gliene abbia mai fatto cenno? E dovunque nella città è lo stesso, come per una congiura che fermenti? Non bastano le leggi, dunque, né i castighi, né l'irrisione universale, a sopprimere la maledetta? Allora tutto quello che si è ottenuto è semplicemente una menzogna, una ipocrita ostentazione di rudezza, un simulato conformismo? E lui, Montichiari? Perfino dentro di lui quel sentimento occulto sta forse covando?

Poco dopo, in salotto, la signora Montichiari dice: «Walter, non ti senti bene stasera? Sei pallido, sei».

«Tutt'altro. Sto benissimo. Adesso, anzi, devo passare un momento al Ministero.»

«Così presto? Col boccone in gola?»

Non è tranquillo. Esce solo, ma prima di salire in macchina, per un istante considera la intensità rara della luna, valutandone tutte le ripercussioni eventuali. Sono le dieci e un quarto, la città oramai si è quietata, dopo tanto lavoro. Eppure gli sembra che ci sia stasera nell'aria qualcosa di anormale, una specie di minuta palpitazione di occulte presenze annidate negli angoli d'ombra, così neri; un occhieggiare di sentinelle nascoste dietro i camini delle case, i tronchi d'albero, le spente colonnette di benzina; una improvvisa liberazione, col favor della notte, di desideri sediziosi.

Egli stesso, Montichiari, non si nasconde di provare una ingrata sensazione. Pure su di lui piovono silenziosamente dalla volta siderale cateratte di quella luce, così contraria alle direttive del governo. E gli viene fatto di spazzolarsi il cappotto con le mani per ripulirlo, tirar via la impalpabile ragnatela di argento che sembra depositarsi a strati.

Si riscosse, salì in macchina, raggiunse con sollievo il centro dove le intense luci elettriche cancellavano – per lo meno sembrava – lo splendore della luna. Entrò nel Ministero, salì lo scalone, attraversando lunghi corridoi pieni di silenzio si avviò verso il proprio studio. Tutto era spento, però dalle finestre i nefasti raggi entravano. Solo da una porta filtrava luce elettrica. Il ministro si fermò. Era la stanza del probo ed esatto professor Carones, l'uomo-cifra, capo dell'ufficio studi. Strano. L'onorevole aprì il battente adagio adagio.

Volgendogli le spalle, Carones sedeva allo scrittoio, su cui una piccola lampada concentrava i raggi, e scriveva con lunghe pensose interruzioni. Portava allora meditativamente alle labbra l'estremità della penna stilografica e intanto si voltava, quasi a ispirarsi, verso la vetrata che dava su una grande terrazza la quale, come inevitabile, era battuta dalla luna.

Per la seconda volta, quella sera, Montichiari si trovava a sorprendere qualcuno intento a fare cose insolite, e forse illecite. Infatti mai Carones si fermava così tardi a lavorare.

Sullo stesso tappeto, senza rumore, l'onorevole si avvicinò a Carones, gli fu a ridosso, sbirciò, sporgendosi sopra le sue spalle, quale rapporto o promemoria tecnico stesse mai scrivendo. Lesse:

O muto lume, tu dolcezza,
dal sipario buio
dei capannoni metalmeccanici ti levi,
lanterna delle fate, di pietra immoto
specchio. Per ritrovarti, che lungo viaggio:
la vita! E qui ora stanco
guardo le miserie nostre per te
risplendere, arcana e pura pace di
plenilunio, come reggia
di spiriti sovrani...

Strumento della nemesi, la mano del ministro calò su una spalla di Carones: «Lei queste cose, professore?».

L'altro, paralizzato dal terribile spavento, emise un mugolio.

«Lei queste cose, professore?» Ma in quel mentre il telefono cominciò a suonare nell'ufficio accanto, poi un altro più lontano in fondo al corridoio, un terzo, un quarto. Quindi nel palazzo addormentato ci fu un risveglio misterioso di vita, come se centinaia di persone fossero rimaste nascoste negli armadi o dietro i tendaggi polverosi aspettando il segnale, un furtivo strisciar di passi, un diffuso brusio che si propagava intorno. Poi voci distinte, richiami, ordini secchi, sbattere di porte, risucchi, passi in corsa precipitosa, tonfi lontani.

Montichiari, aperta la vetrata, si affacciò sulla terrazza. Nel giardino che circondava il Ministero le lampade elettriche, chissà come, erano spente. Tanto più fissa e conturbante risultava perciò la luce della luna. Sui viali bianchi due tre uomini passarono di corsa tenendo in mano torce accese. Poi un giovane a cavallo con un gran mantello rosso. Ora sul balcone centrale del palazzo due militari in alta uniforme si disponevano uno per parte, impugnando delle lucenti spade. Alzarono le spade al cielo. Non erano spade, erano trombe. Ne uscì un lungo squillo d'argento, meraviglioso, che disegnò un arco altissimo sopra le masse umane.

Montichiari non ebbe bisogno che gli comunicassero esplicitamente la notizia, per capire: la rivoluzione, era caduto il ministero.

L'invincibile

Un pomeriggio di luglio, il professore Ernesto Manarini di 42 anni, insegnante di fisica al liceo, in vacanza, con la moglie e due figlie, nella sua casa di campagna in Val Caliga, fece una grande scoperta. Nel vasto solaio egli aveva attrezzato un laboratorio dove passava tutte le giornate e spesso anche le notti, facendo esperimenti. Era una sua mania innocente quella di avere la "bosse" dell'inventore; vecchio motivo di scherzi familiari e di immancabili ironie da parte dei colleghi che non lo prendevano sul serio.

Quel giorno – c'era un caldo opprimente, la casa silenziosa, la moglie e le ragazze in gita con amici – egli stava armeggiando con un nuovo apparecchio di sua invenzione, uno dei tanti che in tanti anni aveva costruito senza concludere mai niente, quando al pianterreno ci fu un tremendo schianto, come per un'esplosione.

Impressionato, il professore tolse a ogni buon conto la corrente dal circuito che stava provando e si precipitò dabbasso. Pensava che fosse esplosa la bombola di gas che serviva a fare da mangiare. Ma la bombola era intatta, lo constatò subito attraverso il denso fumo che riempiva la cucina. Il guaio era successo in un lungo e stretto armadio a muro, dove il Manarini teneva, per non adoperarlo quasi mai, il fucile da caccia con relative munizioni. Lo sportello era volato in pezzi, del calcio dello schioppo restava un moncherino, anche gli spigoli del muro erano rotti. Non c'era dubbio: per ragioni inesplicabili erano scoppiate le cartucce.

Il Manarini restò qualche istante attonito. Poi cacciò un urlo: «Ci sono! Ci sono! Vittoria!». E si mise a saltare fra le schegge e i calcinacci come un pazzo.

Evelina, sua moglie, rientrata poco dopo, lo trovò ancora in cucina che camminava su e giù in preda a straordinaria eccitazione. E, al cospetto del disastro, stava cominciando una predica solenne, quando lui, gli occhi stralunati, le fece segno di tacere e con aria misteriosa la trasse di là, che le figlie non udissero. «Ascoltami, Evelina» le disse «ti devo confidare un segreto, un segreto così terribile che io non ho forza abbastanza per sostenere da solo. E non c'è bisogno che tu mi prometta di non parlarne con anima viva. Quando te l'avrò detto, capirai da sola che è una questione di vita o di morte.» «Ernesto, tu mi spaventi» fece lei, impressionata dalla faccia del marito, e dal tono. «No, non c'è da spaventarsi, cara. Il fatto è questo: ho fatto una scoperta formidabile. Un apparecchio che concentra in una specie di raggio il campo elettrico, e questo raggio fa scoppiare a distanza gli esplosivi, probabilmente può anche provocare incendi ma questo ancora non posso dirlo con certezza. Ci lavoravo da più di dieci anni, e non ti ho mai detto niente. Finalmente Dio mi ha voluto premiare. Ma perché mi guardi in questo modo? Evelina? Evelina! Non capisci? Io da stasera posso essere il padrone del mondo!»

«Dio mio, e che cosa vorresti fare, adesso?» disse lei, questa volta spaventata seriamente.

«Ma non guardarmi così» gridò il Manarini. «Tu non mi credi, tu pensi che io sia matto. Vuoi che ti dia una prova? Aspetta.» Corse di sopra in camera da letto e poco dopo era di ritorno con in mano tre cartucce da pistola. «Su, se non ci credi, valle a mettere in fondo al giardino, ai piedi dell'abete, poi allontanati un poco e sta a vedere.»

Evelina obbedì. All'insaputa delle figlie attraversò il prato e gettò le cartucce ai piedi dell'abete. Alzando gli occhi, vide il marito affacciato all'abbaino che con gran gesti le faceva segno di trarsi in disparte. Rientrò allora in casa e, affacciata a una finestra del pianterreno, stette a vedere. "Un tesoro d'uomo, Ernesto" pensava intanto "ma qualche volta sfiora l'imbecillità. Possibile non gli sia venuto neanche il sospetto che a provocare l'esplosione in cucina sia stato semplicemente il caldo?"

Pac, papac! Tre secche botte, di cui le ultime due quasi contemporanee. Un piccolo fumacchio sotto l'abete, un ramo secco che cadeva, una inquietudine che di colpo cominciò a gonfiarle il petto in un furioso batticuore, un tumulto di pensieri preoccupanti che si accavallavano in un crescendo senza fine. "E adesso?" si chiedeva la donna col presentimento che la serenità della loro esistenza familiare era finita per sempre. "E adesso? Che cosa farà Ernesto? Rivelerà il segreto? E a chi? All'esercito? Non sarebbe una imprudenza? Se lo arrestassero per toglierlo dalla circolazione e impedirgli di parlarne ad altri? Se lo facessero sparire?" «Mamma, mamma!» Era la voce della Paola dal salotto. «Cosa è stato? Non hai sentito come degli spari?» Riuscì a dominarsi, rispose con voce indifferente: «Niente. Sarà stato un cacciatore. La domenica c'è sempre una sparatoria, qua in giro...».

«Ancora il professore Manarini?» imprecò il capo di Stato Maggiore generale, investendo l'aiutante di campo. «Ma si può sapere che cosa vuole questo rompiscatole? Abbiamo ben altre gatte da pelare! Gliel'ho già detto dieci volte: lo riceva lei, gli parli lei, pensi lei a toglierlo dai piedi. E si può sapere come ha fatto a entrare?»

«Ecco qui, Eccellenza. Un biglietto di presentazione del sottosegretario Fanton.»

«Fanton? E chi è questo Fanton?»

«Sottosegretario all'Istruzione.»

«E alla vigilia della guerra, con l'Europa in fiamme, col nemico alle porte, col Paese sconvolto dal panico, con la catastrofe imminente, dovremmo occuparci dei casi personali del professore Manarini? Un figlio da imboscare, giurerei.»

«Dice che è per una questione di supremo interesse nazionale, testuali parole, dice che non parlerà se non con lei personalmente e senza testimoni, dice che non se ne andrà finché non sarà ricevuto, dice che non c'è un minuto da perdere...»

«Non c'è un minuto da perdere» sogghignò il capo di Stato Maggiore sferrando un pugno sulla scrivania. «Lo faccia entrare, su, lo faccia entrare, che lo sistemo subito io!»

Il Manarini entrò. Il generale non alzò neppure gli occhi dalle carte: «Dunque lei sarebbe il professore Manarini?». «Sissignore.» «E che desidera?»

Il professore si schiarì la voce, era emozionato. «Eccellenza, nell'eventualità di un'invasione, con la piena consapevolezza della gravità del mio gesto, io sono venuto a offrire...»

«Volontario? Vuole arruolarsi volontario? E viene a raccontarlo proprio a me?»

Manarini fece due passi avanti. Chi gli dava tanto coraggio? Alzò la voce: «Eccellenza, mi lasci parlare! Io sono venuto a offrire un mezzo per sconfiggere il nemico».

«Lei... che cosa?»

«Prima di entrare in merito, mi permetto di chiedere non solo una assoluta garanzia di segretezza, ma anche la salvaguardia della mia incolumità personale, mia e della mia famiglia. Per contropartita, la invito, anche subito, ad assistere a un esperimento.»

«Dove?»

«Non qui, certo. Meglio in aperta campagna. Lei sa guidare l'automobile?»

«Perché?»

«Perché io non so guidarla. E l'autista non può accompagnarci. Lei ed io soli, questa è la condizione *sine qua non*. Qualsiasi altro testimone escluso. Ne va della mia vita. E ormai anche della sua. Eccellenza.»

Da quota 9000, alle prime luci della mattina limpidissima, la squadriglia di ricognizione veloce avvistò il nemico. Per chilometri e chilometri a perdita d'occhio, sul nastro diritto della strada una colonna interminabile di macchine avanzava lentamente; in testa, a due a due, i formidabili carri armati di rottura. E al di sopra dell'armata, controluce, si vedevano roteare i caccia; erano una trentina.

L'avvicinarsi dei tre ricognitori fu immediatamente avvertito dal nemico. Dall'ombrello di protezione, una decina di apparecchi si staccarono fulminei, si divisero in due gruppi e manovrarono per chiudere i nostri a tenaglia.

A bordo del ricognitore capo squadriglia, seduto accanto al pilota, il professore Manarini schiacciò un tasto. Uno schermo oblungo si accese. Allora egli afferrò per una manopola l'estremità di una specie di tubo mobile su un perno e lo fece brandeggiare lentamente. Delle piccole vampe bluastre balenarono nel cielo là dove fino a un istante prima erano i caccia nemici che muovevano all'attacco, quindi una pioggia di fumate nere precipitò a picco verso la terra lontana.

Pochi secondi, ed ecco un altro più numeroso barbaglio nel cielo; da cui colarono giù come tizzoni gli altri aerei squarciati e fumiganti. Nell'aria restò una cancellata altissima di nere colonne che il vento disperdeva.

Dopodiché, senza cambiare rotta, i tre ricognitori assunsero la formazione in linea di fila e si tuffarono in direzione della colonna corazzata.

Minuscoli lampi in corrispondenza dei primi carri fecero capire che il nemico apriva il fuoco contraereo. Ma quasi nello stesso istante i dispositivi Manarini installati sui ricognitori entravano in azione di conserva.

Fu una scena mai vista. Da lontano era come se una gigantesca miccia distesa lungo la strada fosse stata accesa a un capo e il fuoco la risalisse a velocità vertiginosa, divorandola. Un'eruzione di vampe, saette, fuochi artificiali, fontane incandescenti, nembi purpurei, guizzi e ardenti globi volò su per le schiere trasformandosi in un tetro oblungo nuvolone che, internamente illuminato dalla benzina in fiamme, si avvoltolava in vortici convulsi. In poco più di un secondo, di tre intere divisioni corazzate non restava che una striscia di immota cenere.

Dal bollettino n. 14 del Gran Quartiere Generale:

"... Tre formazioni nemiche di super-bombardieri pesanti provenienti da nord-est, la prima di circa 850 apparecchi, la seconda di circa 200 e la terza di oltre 1100 sono state totalmente distrutte dai nostri mezzi speciali d'intercettazione non appena hanno varcato la linea di confine...

"Nel Mare Jonio, una squadra navale nemica composta di due portaerei, una corazzata, 3 portaerei ausiliarie e 13 siluranti di scorta, che stava avvicinandosi alle nostre coste, è stata fatta saltare in aria dai nostri mezzi antinavali: una nostra nave ospedale ha tratto in salvo oltre 2200 naufraghi..."

Dai titoli dei giornali:

ALTRE SETTE DIVISIONI NEMICHE ANNIENTATE

I REPARTI SUPERSTITI DELL'ESERCITO INVASORE
RIPIEGANO IN DISORDINATA FUGA

OLTRE 8000 APPARECCHI AVVERSARI E NUMEROSI MISSILI ATOMICI
POLVERIZZATI IN CIELO

UN MESSAGGIO DEL CAPO DELLE FORZE ARMATE AL
PROFESSOR MANARINI
IL NEMICO CHIEDE L'ARMISTIZIO

COME IL GENIO DI UNA NAZIONE POVERA HA
SBARAGLIATO L'ESERCITO PIÙ POTENTE DEL MONDO

MANARINI PORTATO IN TRIONFO DAL POPOLO DI ROMA

LA GRANDIOSA CELEBRAZIONE DELLA VITTORIA:
IL DISCORSO DI MANARINI IN CAMPIDOGLIO

IL PREMIO NOBEL PER LA PACE A ERNESTO MANARINI

MANARINI CHIAMATO ALLA SUPREMA CARICA CON
VOTAZIONE PLEBISCITARIA

IL PRESIDENTE MANARINI INAUGURA LA XLIV FIERA
DI MILANO

50
Una lettera d'amore

Enrico Rocco, di 31 anni, gerente di una azienda commerciale, innamorato, si chiude nel suo ufficio; il pensiero di lei era diventato così potente e tormentoso ch'egli trovò la forza. Le avrebbe scritto, di là di ogni orgoglio e ogni pudore.

"Egregia signorina" cominciò, e al solo pensiero che quei segni lasciati dalla penna sulla carta sarebbero stati visti da lei, il cuore cominciò a battere, impazzito. "Gentile Ornella, mia Diletta, Anima cara, Luce, Fuoco che mi bruci, Ossessione delle notti, Sorriso, Fiorellino, Amore..."

Entrò il fattorino Ermete: «Scusi, signor Rocco, c'è di là un signore che è venuto per lei. Ecco (guardò un biglietto) si chiama Manfredini».

«Manfredini? Come? Mai sentito nominare. Poi io adesso non ho tempo, ho un lavoro urgentissimo. Torni domani o dopo.»

«Credo, signor Rocco, credo che sia il sarto, deve essere venuto per la prova...»

«Ah... Manfredini! Be', digli che torni domani.»

«Sissignore, ma ha detto che è stato lei a chiamarlo.»

«È vero, è vero... (sospirò)... su fallo venire, digli però che si sbrighi, due secondi.»

Entrò il sarto Manfredini col vestito. Una prova per modo di dire; indossata per pochi istanti la giacca e poi levata, appena il tempo di fare due tre segni col gessetto. «Mi scusi, sa, ma ho per le mani un lavoro molto urgente. Arrivederla, Manfredini.»

Avidamente ritornò alla scrivania, riprese a scrivere: "Anima Santa, Creatura, dove sei in questo istante? cosa fai? ti penso con una tale forza che è impossibile il mio amore non ti arrivi anche se tu sei così lontana, addirittura dalla parte opposta della città, che mi sembra un'isola sperduta di là dei mari...". (Che strano, pensava intanto, come si spiega che un uomo positivo come me, un organizzatore commerciale, tutto a un tratto si mette a scrivere cose di questo genere? Forse è una specie di follia?)

In quel mentre il telefono al suo fianco cominciò a suonare. Fu come se una sega di ferro gelido gli fosse stata passata di strappo sulla schiena. Boccheggiò:

«Pronto?»

«Ciaoooo» fece una donna con neghittoso miagolìo «Che vocione... dimmi, sono capitata male, a quanto sembra.» «Chi parla?» chiese lui. «Oh ma sei impossibile oggi, guarda che...» «Chi parla?» «Ma aspetta almeno che ti...» Mise giù la cornetta, riafferrò la penna in mano.

"Senti, Amor mio" scrisse "fuori c'è la nebbia, umida, fredda, carica di nafta e di miasmi, ma lo sai che io la invidio? Lo sai che farei subito camb..."

Drèn, il telefono. Ebbe un sussulto come per una scarica di duecentomila volt. «Pronto?» «Ma Enrico!» era la voce di poco fa «sono venuta apposta in città per salutarti e tu...»

Vacillò, accusando il colpo. Era la Franca, sua cugina, brava ragazza, graziosa anche, che da qualche mese gli faceva un po' la corte, chissà cosa si era messa in mente. Le donne sono famose per costruir romanzi inverosimili. Certo, non si poteva decentemente mandarla a quel paese.

Ma tenne duro. Qualsiasi cosa pur di finire quella lettera. Era l'unico mezzo per calmare il fuoco che gli bruciava dentro, scrivendo a Ornella gli sembrava di entrare in qualche modo nella vita sua, forse lei avrebbe letto fino in fondo, forse avrebbe sorriso, forse avrebbe chiuso la lettera in borsetta, il foglio ch'egli stava ricoprendo di insensate frasi forse fra poche ore sarebbe stato a contatto con le piccole graziose profumate cose meravigliosamente sue, con la matita per le labbra, col fazzoletto ricamato, con gli enigmatici gingilli carichi di conturbanti intimità. E adesso ecco la Franca, a frastornarlo.

«Senti, Enrico» chiese la voce strascicata «vuoi che venga a prenderti in ufficio?» «No, no perdonami, adesso ho un mucchio da fare.» «Oh non fare complimenti, se ti do noia, sia come non detto. Arrivederci.» «Dio, come la prendi. Ho da fare, ti dico. Ecco, vieni più tardi.» «Più tardi quando?» «Vieni... vieni fra due ore.»

Sbatté sul trespolo la cornetta del telefono, gli pareva di aver perso un tempo irrimediabile, la lettera doveva essere imbucata per l'una, altrimenti sarebbe giunta a destinazione il giorno dopo. No, no l'avrebbe spedita per espresso.

"... farei subito cambio" scriveva "quando penso che la nebbia circonda la tua casa e ondeggia dinanzi alla tua camera e se avesse occhi – chissà, forse anche la nebbia vede – potrebbe contemplarti attraverso la finestra. E vuoi che non ci sia una fessura, un sottilissimo interstizio da cui entrare? un minuscolo soffio, niente di più, un esile fiato di bambagia impalpabile che ti accarezzi? basta così poco alla nebbia, basta così poco all'am..."

Il fattorino Ermete sulla porta. «Perdoni...» «Te l'ho già detto, ho un lavoro urgente, io non ci sono per nessuno, di' che ritornino stasera.»

«Ma...» «Ma cosa?» «C'è da basso il commendatore Invernizzi che l'aspetta in macchina.»

Maledizione, l'Invernizzi, il sopralluogo al magazzino dove c'era stato un principio d'incendio, l'incontro coi periti, maledizione non ci pensava più, se n'era completamente dimenticato. E non c'erano santi.

Quel tormento che gli bruciava dentro, proprio in corrispondenza dello sterno, raggiunse un grado intollerabile. Darsi malato? Impossibile. Terminare la lettera così come stava? Ma aveva ancora da dirle tante cose, tante cose importantissime. Scoraggiato, chiuse il foglio in un cassetto. Prese il cappotto e via, l'unica era tentar di fare presto. In mezz'ora, con l'aiuto di Dio, sarebbe stato forse di ritorno.

Tornò che era l'una meno venti. Intravide tre quattro uomini che attendevano, seduti in sala d'aspetto. Ansimando, si sprangò in ufficio, sedette allo scrittoio, aprì il cassetto, la lettera non c'era più.

Il tumulto del cuore gli tolse quasi il fiato. Chi poteva aver frugato nella scrivania? O che si fosse sbagliato? Aprì d'impeto gli altri cassetti, uno ad uno.

Meno male. Si era confuso, la lettera era là. Ma impostarla prima dell'una era impossibile. Poco male – e i ragionamenti (per una faccenda così semplice e banale) si accavallavano nella sua testa tumultuando, con alternative spossanti d'ansia e di speranze – poco male, se la spediva espresso faceva in tempo a prendere l'ultima distribuzione della sera, oppure... meglio ancora, l'avrebbe data a Ermete da portare, no no, meglio non immischiare il fattorino in una faccenda delicata, l'avrebbe portata lui personalmente.

"... basta così poco all'amore" scrisse "per vincere lo spazio e oltrepass..."

Drèn, il telefono, rabbioso. Senza lasciare la penna, afferrò con la sinistra la cornetta.

«Pronto?» «Pronto, qui la segretaria di sua eccellenza Tracchi.»

«Dica, dica.» «Per quella licenza d'importazione riguardante la fornitura di cavi a...»

Inchiodato. Era un affare enorme, ne dipendeva il suo avvenire. La discussione durò venti minuti.

"... oltrepassare" scrisse "le muraglie della Cina. Oh, cara Orn..."

Il fattorino ancora sulla porta. Lui lo investì selvaggiamente. «L'hai capita o no che non posso ricevere nessuno?» «Ma c'è l'is...» «Nessuno, nessunoooo!» urlò imbestialito. «L'ispettore della Finanza che dice di avere appuntamento.»

Sentì le forze abbandonarlo. Mandare indietro l'ispettore sarebbe stata una pazzia, una specie di suicidio, la rovina. Ricevette l'ispettore.

Sono le una e 35. Di là c'è la cugina Franca che aspetta da tre quarti d'ora. E poi l'ingegnere Stolz, venuto appositamente da Ginevra. E l'avvocato Messumeci, per la causa degli scaricatori. E l'infermiera che viene ogni giorno a fargli le iniezioni.

"Oh cara Ornella" scrive con il furore del naufrago su cui si abbattono i cavalloni sempre più alti e massacranti.

Il telefono. «Qui il commendator Stazi del Ministero dei commerci.» Il telefono. «Qui il segretario della Confederazione dei consorzi...»

"Oh mia deliziosa Ornella" scrive "vorrei che tu sap..."

Il fattorino Ermete sulla porta che annuncia il dottor Bi. vice-prefetto.

"... che tu sapessi" scrive "qu..."

Il telefono: «Qui, il capo di Stato maggiore generale». Il telefono: «Qui il segretario particolare di Sua Eminenza l'arcivescovo...».

"... quando io ti v..." scrive febbricitante con l'ultimo fiato.

Drèn, drèn, il telefono: «Qui il primo presidente della Corte d'appello». Pronto, pronto! «Qui il Consiglio Supremo, personalmente il senatore Cormorano.» Pronto, pronto! «Qui il primo aiutante di campo di Sua Maestà l'Imperatore...»

Travolto, trascinato via dai flutti.

«Pronto, pronto! Sì son io, grazie, eccellenza, estremamente obbligato!... Ma subito, subitissimo, sì signor generale, provvederò senz'altro, e grazie infinite... Pronto, pronto! Certamente Maestà, senz'altro, con infinita devozione (la penna, abbandonata, rotolò lentamente fino all'orlo, si fermò un istante in bilico, cadde a piombo stortandosi il pennino, ed ivi giacque)... Prego s'accomodi, perbacco, avanti avanti, no, se mi permette, forse è meglio si accomodi nella poltrona che è più comoda, ma quale onore inaspettato, assolutamente, per l'appunto, oh grazie, un caffè, una sigaretta?...»

Quanto durò il turbine? Ore, giorni, mesi, millenni? Al calar della notte si ritrovò solo, finalmente.

Ma prima di lasciar lo studio, cercò di mettere un po' d'ordine nella montagna di scartafacci, pratiche, progetti, protocolli, accumulatasi sulla scrivania. Sotto all'immensa pila trovò un foglio di carta da lettere senza intestazione scritto a mano. Riconobbe i propri segni.

Incuriosito, lesse: "Che baggianate, che ridicole idiozie. Chissà quando mai le ho scritte?" si chiese, cercando invano nei ricordi, con un senso di fastidio e di smarrimento mai provato, e si passò una mano sui capelli oramai grigi. "Quando ho potuto scrivere delle sciocchezze simili? E chi era questa Ornella?"

51

Battaglia notturna
alla Biennale di Venezia

Stabilitosi per l'eternità nei campi elisi, il vecchio pittore Ardente Prestinari manifestò un giorno agli amici l'intenzione di scendere sulla Terra per visitare la Biennale di Venezia dove, a due anni dalla morte, gli era stata dedicata una sala.

Gli amici tentarono di dissuaderlo: «Lascia perdere, Arduccio» (era il vezzeggiativo che aveva sempre portato in vita). «Tutte le volte che uno di noi scende laggiù, sono amarezze. Non pensarci, rimani qui con noi, i tuoi quadri li conosci e sta pur certo avranno scelto i peggio come al solito. E poi, se parti, chi farà stasera il quarto allo scopone?»

«Vado e torno» ribadì il pittore e si precipitò al piano di sotto dove vivono gli uomini vivi e si fanno esposizioni di arti belle.

Arrivare sul posto e scovare fra le centinaia di sale quella dedicata a lui fu questione di secondi.

Ciò che vide lo lasciò soddisfatto: la sala era spaziosa e situata lungo il percorso obbligato, su una parete il suo nome campeggiava con le due date, di nascita e di morte, e i quadri per la verità erano stati scelti con più discernimento di quanto avesse sperato. Certo, ora che li esaminava con la mentalità di defunto, per così dire *sub specie aeternitatis*, gli saltavano agli occhi una quantità di difetti e di errori che da vivo non aveva mai notato. Avrebbe avuto l'impulso di correre a prendere i colori e di rimediare sul posto in fretta e furia, ma come fare? I suoi arnesi da pittore, ammesso che esistessero ancora, chissà dove erano andati a finire. E poi non sarebbe successo uno scandalo?

Era un giorno feriale, tardo pomeriggio, visitatori pochi. Entrò un giovanotto biondo, straniero senza dubbio, probabilmente americano. Diede un'occhiata circolare e con un'indifferenza più oltraggiosa di qualsiasi insulto, passò oltre.

"Il bifolco!" pensò Prestinari. "Va a cavalcare vacche nelle tue praterie invece di visitare mostre d'arte!"

Ecco una giovane coppia, presumibili sposi in viaggio di nozze. Mentre lei si aggira con la caratteristica espressione atona e spenta dei turisti, lui si ferma, interessato, dinanzi a una piccola opera giovanile del maestro: una viuzza di Montmartre con il fatidico sfondo del Sacré-Coeur.

"Dev'essere di modesta levatura, il giovanotto" Prestinari si dice "eppure la sensibilità non gli manca. Anche se di modeste dimensioni, questo è proprio uno dei pezzi più notevoli. Si vede che la straordinaria delicatezza dei toni lo ha colpito."

Altro che delicatezza di toni. «Vieni qui tesoro» dice il giovane alla sposa. «Guarda un po'... Manco a farlo apposta...»

«Che cosa?»

«Ma non ti ricordi? Tre giorni fa, a Montmartre. Quel ristorante dove abbiamo mangiato le lumache. Guardalo qui. Proprio su quest'angolo» e fa segno al quadro.

«È vero, è vero» esclama lei, rianimata. «Però ti confesso che a me sono rimaste sullo stomaco.»

Ridendo stupidamente, se ne vanno.

È la volta di due signore cinquantenni accompagnate da un bambino. «Prestinari» dice una leggendo ad alta voce il nome. «Che sia parente dei Prestinari che abitano sotto di noi?... Sta fermo Giandomenico, non toccare con le mani!» Esasperato dalla stanchezza e dalla noia, il bambino infatti sta cercando di staccare con le unghie un groppo di colore che sporge da un *Tempo di mietitura*.

In quel mentre Prestinari ha un tuffo al cuore vedendo entrare l'avvocato Matteo Dolabella, suo vecchio e caro amico, assiduo frequentatore della trattoria artistica di cui egli era stato uno dei personaggi più brillanti. Lo accompagna un signore sconosciuto.

«Oh, Prestinari!» esclama compiaciuto Dolabella. «Gli hanno dedicato una sala, meno male. Povero Arduccio, sarebbe felice se potesse essere qui; una intera sala solo per lui, finalmente, lui che da vivo non era mai riuscito ad ottenerla... E come ci soffriva! Lo conoscevi tu?»

«Personalmente no» risponde il signore sconosciuto «devo averlo visto una volta... Era un tipo simpatico, vero?»

«Simpatico? Più che simpatico. Un *causeur* affascinante, una delle persone più intelligenti e spiritose che abbia mai conosciute... Le sue frecciate, i suoi paradossi... Delle serate indimenticabili si passavano con lui... Il meglio del suo ingegno si può dire lo spendesse con gli amici, chiacchierando... Sì, certo, come vedi, anche i suoi quadri hanno del buono, o meglio avevano, è un vecchiume ormai questa pittura... Dio mio, quei verdi, quei viola, fanno legare i denti, verdi e viola erano la sua manìa, non gli pareva di scaricarne mai abbastanza sulla tela, povero Arduccio... coi risultati che tu vedi.» Sospirò, scuotendo il capo e cercò nel catalogo.

Fattosi da presso, Prestinari allungò l'invisibile collo per vedere cosa c'era scritto. Vide una mezza pagina di presentazione firmata Claudio Lonio, altro suo intimo amico. Con altrettante strette al cuore, lesse alcune frasi di sfuggita: "... rilevata personalità... ardenti anni giovanili della Parigi della tramontante Belle Époque... che gli valse i più aperti riconoscimenti della... non dimenticabile apporto a quel moto di nuove idee e di audaci tentativi che... un posto e non degli ultimi nella storia del...".

Ma Dolabella, chiuso il libro, già si avviava nella sala successiva. «Che caro uomo!» fu il suo ultimo commento.

Lungamente – i custodi andati, sempre più buio, tutto deserto e stranamente inutile – Prestinari restò a contemplare quella sua estrema gloria, dopo la quale mai e poi mai – lo capiva benissimo – ci sarebbe più stata una sua mostra personale. Fallito! Avevano ragione i suoi amici lassù dei campi elisi: era stato uno sbaglio ritornare. Non si era sentito mai tanto infelice. Con che superbia, sicurezza di se stesso, una volta resisteva impavido all'incomprensione della gente, con che risate rispondeva alle più maligne critiche. Ma allora aveva dinanzi a sé un futuro, una indefinita serie di anni disponibili, una prospettiva di capolavori uno più bello dell'altro che avrebbero sbalordito il mondo. Mentre adesso! La storia era finita, né gli sarebbe stato mai concesso più di aggiungere sia pure un solo colpo di pennello, e ogni giudizio sfavorevole gli doleva con l'acerba pena della condanna che non ha rimedio.

In tanto sconforto, si riscosse d'impeto il suo temperamento battagliero. "I verdi e i viola? E io starei qui a mangiarmi l'animo per le asinerie di Dolabella? Quell'idiota, quel cafone, che di pittura non ha mai capito un'acca? Lo so ben io chi gli ha stravolto il cranio. Gli antifigurativi, gli astrattisti, gli apostoli del verbo nuovo! Anche lui si è accodato alla masnada e si lascia menare per il naso."

La collera, che già da vivo lo prendeva alla vista di certe pitture d'avanguardia, si rinnovò, riempiendogli l'animo di fiele.

Per colpa di questi scalzacani – egli era convinto – l'arte vera, quella ancorata alle gloriose tradizioni, oggi veniva disprezzata. La malafede e lo snobismo, come succede spesso, avevano vinto la partita, sconfiggendo gli onesti.

"Pagliacci, istrioni, venditori di fumo, opportunisti!" dentro di sé imprecava. "Qual è il vostro lurido segreto per darla a bere a tanta gente e ottenere nelle grandi mostre la parte del leone? Garantito che anche quest'anno, qui a Venezia, siete riusciti ad avere il meglio e il buono. Voglio cavarmi il gusto di vedere..."

Così brontolando lasciò la sua sala scivolando verso gli ultimi reparti. Era ormai notte, ma il plenilunio batteva sui vasti lucernari diffondendo una fosforescenza quasi magica. Via via che Prestinari procedeva, nei quadri appesi alle pareti avveniva un progressivo mutamento: le classiche immagini – i paesaggi, le nature morte, i ritratti, i nudi – sempre più si deformavano gonfiandosi, allungandosi, torcendosi, dimen-

ticando l'antico decoro finché a poco a poco si rompevano
perdendo completamente ogni traccia della primiera forma.

Ecco le ultime generazioni: sulle tele, per lo più immense,
non si scorgevano che confusi grovigli di macchie, spruzzi,
ghirigori, veli, vortici, bubboni, buchi, parallelogrammi e
ammassi viscerali. Qui trionfavano le scuole nuove, i giovani
e rapacissimi pirati della dabbenaggine umana.

«Ps, ps, maestro» bisbigliò qualcuno nella arcana penombra.

Prestinari si fermò di scatto, come al solito pronto alla discussione o alla battaglia. «Chi c'è?, chi c'è?»

All'unisono, da tre quattro parti gli risposero, crepitando,
triviali versi di dileggio. Seguirono rotte risate e un'eco di fi-
schiolini che si persero in fondo all'allineamento delle sale.

«Ecco quello che siete» tuonò Prestinari, a gambe larghe,
gonfiando il petto come per resistere a un assalto «dei teppi-
sti da trivio! Impotenti, rifiuti dell'Accademia, imbrattatele
da casa di salute, fatevi avanti se ne avete il fegato.»

Ci fu una lieve sghignazzata e, accettando la sfida, giù
dalle tele scesero affollandosi intorno a Prestinari, le più
enigmatiche parvenze: coni, globi, matasse, tubi, vesciche,
schegge, cosce, ventri, glutei, dotati di particolare autono-
mia, pidocchi e vermi giganteschi. E fluttuavano in danza
beffarda sotto il naso del maestro.

«Indietro, pallonari, adesso ve le suono io!» Con l'energia
strapotente dei vent'anni, chissà come ritrovata, Prestinari si
avventò contro la folla, menando botte da orbi. «Là, tieni
questa, e questa!... Carogna, vescicone, maledetto.» I pugni
affondavano nell'eterogenea massa e con giubilo il maestro
constatò che sgominarla sarebbe stato facile. Le astratte parvenze, sotto i colpi si sbriciolavano o crepavano dissolvendo-
si in una specie di pantano.

Fu una strage. In mezzo ai detriti, finalmente Prestinari si
fermò, ansimando. Un superstite frammento come una clava
gli sbatté sul viso. Lo ghermì al volo, con le potenti mani, lo
scaraventò in un angolo, ridotto a un cencio inerte.

Vittoria! Ma proprio dinanzi a lui quattro informi spettri

stavano ancora ritti con una sorta di severa dignità. Una debole luce ne emanava e al maestro parve di riconoscervi qualcosa di caro e familiare, riecheggiante da anni remotissimi.

Finché comprese. In quei grotteschi simulacri, così dissimili da ciò ch'egli aveva dipinto nel corso della vita, palpitava tuttavia il divino sogno d'arte, lo stesso ineffabile miraggio ch'egli aveva inseguito con testarda speranza fino all'ultima sua ora.

C'era dunque qualcosa di comune fra lui e quelle infrequentabili creature? In mezzo a furbacchioni in malafede esisteva dunque qualche artista onesto e puro? O addirittura non potevano essere costoro i geni, i titani, i beniamini della sorte? E un giorno, per mano loro, ciò che oggi non era che follia, si sarebbe trasformato in bellezza universale?

Da quel galantuomo ch'era sempre stato, Prestinari li osservò interdetto con una improvvisa commozione.

«Ehi, voi» disse in tono paterno «su da bravi, tornate dentro ai quadri, che non vi veda più. Avete anche ottime intenzioni, non dico di no, ma siete su una cattiva strada, figli miei, una pessima strada. Siate umani, cercate di prendere una forma comprensibile!»

«Impossibile. Ciascuno ha il suo destino» sussurrò con rispetto il più grosso dei quattro fantasmi, fatto di una intricata filigrana.

«Ma cosa potete pretendere combinati come siete oggi? Chi vi può capire? Belle teorie, fumo, difficili parole, che sbalordiscono gli ingenui, questo sì. Ma in quanto ai risultati, ammetterete che finora...»

«Finora, forse» rispose la filigrana «ma domani...» E c'era in quel "domani" una tale fede, una potenza così grande e misteriosa, che rintronò nel cuore del maestro.

«Be', che Dio vi benedica» mormorò. «Domani... domani... Chissà. In un modo o in un altro ci arriverete per davvero...»

"Però che bella parola 'domani'" pensò Prestinari, che non poteva pronunciarla più. E per non lasciar vedere che piangeva, corse fuori, anima in pena, galoppando via sulla laguna.

52

Occhio per occhio

I Martorani, ch'erano andati al cinematografo nella vicina città, tornarono molto tardi alla loro vecchia e grande casa di campagna.

Erano il padre, Claudio Martorani, possidente terriero, sua moglie Erminia, la figlia Victoria col marito Giorgio Mirolo, agente di assicurazioni, il figlio Giandomenico, studente, e la vecchia zia Matelda, un po' svanita.

Nel breve viaggio di ritorno avevano discusso il film: *Il sigillo di porpora*, un western di Georg Friedder con Lan Bunterton, Clarissa Haven e il famoso caratterista Mike Mustiffa. E ancora ne parlavano, dopo aver lasciato l'automobile in garage, mentre attraversavano il giardino.

Giandomenico: «Ma fatemi il piacere, uno che per tutta la vita non fa altro che pensare a una vendetta, per me è un verme, un essere inferiore. Io non capisco...».

Claudio: «Tu non capisci molte cose... Da che mondo è mondo, per un gentiluomo toccato nell'onore, la vendetta è un dovere elementare».

Giandomenico: «L'onore! E che cos'è questo famoso onore?».

Victoria: «Io la trovo una cosa sacrosanta, la vendetta. A me, per esempio, quando uno è potente, e ne approfitta, e fa delle ingiustizie, e schiaccia chi è più debole di lui, a me viene una rabbia, ma una rabbia...».

Zia Matelda: «Il sangue... come si dice?... ah sì: il sangue chiama sangue. Io mi ricordo ancora, a quei tempi ero bambina, del famoso processo Serralotto... Dunque questo Serralotto ch'era un armatore di Livorno, no aspetta, mi confondo... di Livorno era il cugino, quello che l'ha ucciso... Lui era di... di Oneglia, ecco. Si diceva che...».

Erminia: «Basta, adesso. Non vorrete mica stare qui in giardino a fare l'alba, con questo freddo cane. È quasi l'una. Fa presto, Claudio, apri la porta».

Aprirono la porta, accesero la luce, entrarono nel grande vestibolo d'ingresso da cui una scala solenne, vigilata da statue e armature, conduceva al piano superiore.

Stavano per salire, quando Victoria, rimasta in coda al gruppo, mandò un grido:

«Che schifo! Guarda quanti scarafaggi.»

In un angolo, sul pavimento di mosaico, c'era una sottile striscia nera brulicante. Sbucando di sotto a un cassettone, decine e decine di insetti, in regolare fila indiana, marciavano verso un minuscolo buco all'interstizio fra pavimento e muro. Era evidente, nelle bestiole, una nervosa precipitazione. Sorpresa dalla luce e dal ritorno dei padroni, la processione stava affrettando i tempi.

Tutti e sei si avvicinarono.

«Non ci mancavano che gli scarafaggi» protestò Victoria «in questa decrepita bicocca!»

«In casa nostra non ci sono mai stati scarafaggi» rettificò la mamma, perentoria.

«E questi, cosa sono? Farfallette?»

«Saranno entrati dal giardino.»

Insensibile a questi commenti, il corteo degli insetti proseguiva, senza rompersi o sbandare, inconsapevole dell'incombente sorte.

«Giandomenico» disse il padre «fa una corsa in rimessa, ci deve essere lo spruzzatore dell'insetticida.»

«Non mi sembrano scarafaggi, questi» disse il ragazzo. «Gli scarafaggi vanno in ordine sparso.»

«È vero... E poi queste striature colorate sulla schiena... e poi questi nasi... Mai visti scarafaggi con un nasone simile.»

Victoria: «Be', fate qualcosa. Non vorrete che invadano la casa!».

Zia Matelda: «Se poi salgono di sopra e si arrampicano sulla culla di Ciccino... Le bocche dei bambini sanno di latte e per il latte gli scarafaggi vanno pazzi... a meno che io non confonda con i topi...».

Erminia: «Per carità, non dirlo neanche... Sulla boccuccia di quel povero tesoro che sta dormendo come un angioletto!... Claudio, Giorgio, Giandomenico, cosa aspettate ancora ad ammazzarli?».

Claudio: «Ho capito. Sai cosa sono? Sono rincoti».

Victoria: «Cosa?».

Claudio: «Rincoti, dal greco ris, rinòs, insetti con il naso».

Erminia: «Col naso o no, in casa non ne voglio».

Zia Matelda: «State attenti però: porta disgrazia».

Erminia: «Che cosa?».

Zia Matelda: «Uccidere bestie dopo mezzanotte».

Erminia: «Ma lo sai, zia, che sei una bella menagramo?».

Claudio: «Coraggio, Giandomenico, va a prendere l'insetticida».

Giandomenico: «Io, per me, li lascerei in pace».

Erminia: «Sempre bastian contrario, tu!».

Giandomenico: «Arrangiatevi, io vado a letto».

Victoria: «Voi uomini, sempre gli stessi vigliacchi. Guardate un po' come si fa».

Si tolse una scarpetta e, chinatasi, vibrò un colpo di traverso al corteo delle bestiole. Si udì un cec come di vescichette. E di tre quattro insetti non rimasero che delle macchioline scure e immobili.

Il suo esempio fu decisivo. Eccezion fatta per Giandomenico salito in camera e zia Matelda che scuoteva il capo, anche gli altri si diedero alla caccia, Claudio con le suole delle scarpe, Erminia con uno scacciamosche, Giorgio Mirolo con un attizzatoio.

Ma la più eccitata era Victoria: «Guardali adesso, questi schifosi, come scappano... Ve la do io la marcia di trasferimento!... Giorgio, sposta il cassettone, che là sotto ci deve essere l'adunata generale... Ciac! ciac! prendi questa! Ci sei rimasto secco, eh?... E guardalo quest'altro, voleva nascondersi sotto una gamba del tavolo, il furbetto voleva fare! Fuori di là, fuori di là, ciac, anche tu sei sistemato! E questo piccolino... alza le zampette lui, vorrebbe ribellarsi...».

Uno degli insetti più piccoli, un neonato si sarebbe detto, invece di fuggire come gli altri, correva infatti animosamente verso la giovane signora, sfidando i suoi colpi mortali. Non solo: fattosi sotto, si era, chissà come, eretto in gesto temerario, protendendo le zampe anteriori. E dal nasetto a becco venne un cigolio minuscolo ma non perciò meno indignato.

«Va' che carogna questo qui. Strilla anche... Ti piacerebbe mordermi eh, piccolo bastardo? Ciac... Ti è piaciuta? Ah, tieni duro? Cammini ancora, anche se hai le budella fuori... E allora prendi! Ciac, ciac!» e lo incollò sul pavimento.

In quel mentre zia Matelda chiese:« Chi c'è di sopra?».

«Come sarebbe a dire?»

«Stanno parlando. Non sentite?»

«Chi vuoi che parli? Di sopra non c'è che Giandomenico e il bambino.»

«Eppure queste sono voci» insisteva zia Matelda.

Tutti ristettero, ascoltando, mentre i pochi insetti superstiti arrancavano verso i più vicini nascondigli.

Qualcuno stava effettivamente parlando, alla sommità dello scalone. Una voce profonda, grassa, baritonale. Non era di certo Giandomenico, né il pianto del bambino.

«Madonna, i ladri!» gemette la signora Erminia.

Il Mirolo domandò al suocero: «Hai una rivoltella?».

«Là, là, nel primo cassetto...»

Insieme alla voce baritonale adesso se ne udiva una seconda: sottile, stridula, che gli rispondeva.

Senza fiatare, i Martorani guardavano alla sommità dello scalone, dove le luci del vestibolo non potevano arrivare.

«C'è qualcosa che si muove» mormorò la signora Erminia.

«Chi va là?» tentò di gridare Claudio, facendosi coraggio, ma gli uscì un rantolo grottesco.

«Su, va a accendere la luce sulla scala» gli disse la moglie. «Vacci tu.»

Una, anzi due, anzi tre ombre nere cominciarono a scendere la scala. Non si capiva cosa fossero, sembravano dei sacchi neri, oblunghi e vacillanti che parlavano fra loro. E adesso le parole si capirono.

«Dimmi ben su, cara» diceva la voce baritonale, ilare, con un inconfondibile accento bolognese. «Secondo te, queste sarebbero scimmiette?»

«Picole, brute schifose maledete simie» confermò in tono saccente l'interlocutrice, che tradiva alla pronuncia la sua origine straniera.

«Con quelle nappe?» fece l'altro, ridacchiando piuttosto volgarmente. «Si son mai viste scimmie con dei nasi simili?»

«Su, svelto» incitò la voce femminile. «Se no queste bestiaze scapano...»

«Non scappano no, tesoro mio. Nelle altre stanze ci sono i miei fratelli. E c'è chi fa la guardia anche in giardino!»

Tac tac, come un rumore di stampelle sui gradini della scala. Finché qualcosa sbucò dall'ombra, risultando illuminato dalle luci del vestibolo. Una specie di rigida proboscide lunga almeno un metro e mezzo, laccata di vernice nera, e intorno delle lunghe aste brancolanti, poi il corpo liscio e compatto, della dimensione di un baule, che dondolava sui tubi articolati delle zampe. Al suo fianco un secondo mostro, più smilzo. E alle spalle altri incalzavano, in un accavallamento di lucide corazze. Erano gli insetti – scarafaggi, o rincoti, o altra ignota specie – di poco fa, che i Martorani avevano schiacciati. Ma spaventosamente ingigantiti, carichi di una forza demoniaca.

Inorriditi, i Martorani cominciarono a arretrare. Ma un sinistro tramestio di stampelle giungeva pure dalle stanze intorno, e dalla ghiaia del giardino.

Il Mirolo alzò il braccio, tremante, puntando la pistola.

«Sp... sp...» sibilò il suocero. Voleva dire "spara, spara" ma la lingua gli si era attorcigliata.

Partì un colpo.

«Dimmi ben su, amore» commentò il primo mostro, dall'accento bolognese «non sono ridicoli abbastanza?»

Con un balzo la sua compagna dalla pronuncia straniera gli sgusciò al fianco, avventandosi in direzione di Victoria.

«E questa squinzia» stridette, facendole il verso «vuol nascondersi sotto il tavolo, la furbetta!... Ti divertivi con la scarpetta poco fa? Ti piaceva vederci spiazicati? E le ingiustizie, vero, ti fazevano una rabia, ma una rabia!... Fuori di là, fuori di là, caronia sudiza, che adesso ti zistemo io!»

Afferrò la giovane donna per un piede, la trascinò fuori del nascondiglio, le calò addosso di tutta forza il rostro. Pesava almeno un paio di quintali.

53

Grandezza dell'uomo

Si era fatto già buio quando la porta della buia prigione fu aperta e le guardie scaraventarono dentro un vecchiettino minuscolo e barbuto.

La barba di questo vecchietto era bianca e quasi più grande di lui. E nella greve penombra del carcere emanava una debole luce, ciò che fece, ai manigoldi chiusi là dentro, una certa impressione.

Ma per via della tenebra il vecchietto sulle prime non si era accorto che in quella specie di spelonca ci fosse altra gente e domandò:

«C'è qualcuno?»

Gli risposero vari sogghigni e mugolii. Quindi ci furono, secondo l'etichetta locale, le presentazioni.

«Riccardòn Marcello» fece una voce roca «furto aggravato.»

Una seconda voce, pure discretamente cavernosa:

«Bezzedà Carmelo, recidivo in truffa.»

E poi:

«Marfi Luciano, violenza carnale.»

«Lavataro Max, innocente.»

Scrosciò una salva di grosse risate. La facezia infatti era piaciuta moltissimo dato che tutti conoscevano Lavataro come uno dei banditi più famosi e carichi di sangue. Quindi ancora:

«Esposito Enea, omicidio» e palpitò nella voce un fremito d'orgoglio.

«Muttironi Vincenzo» il tono era di trionfo «parricidio... E tu, vecchia pulce?»

«Io...» rispose il nuovo venuto «precisamente non so. Mi hanno fermato, mi hanno chiesto i documenti, io i documenti non li ho mai avuti.»

«Vagabondaggio, allora, puah!» disse uno con disprezzo. «E il tuo nome?»

«Io... io sono Morro, ehm ehm... detto comunemente il Grande.»

«Morro il Grande, questa è mica male» commentò uno, invisibile, dal fondo. «Ti va un po' largo, un nome simile. Ci stai dentro dieci volte.»

«Proprio così» disse il vecchietto con grande mansuetudine. «Ma la colpa non è mia. Me l'hanno cacciato addosso a scopo di dileggio, questo nome, io non ci posso fare niente. E mi procura delle noie, anche. Per esempio, una volta... ma è una storia troppo lunga...»

«Dài, dài, sputa fuori» incitò duramente uno di quei malnati «il tempo non ci manca.»

Tutti approvarono. Nella tetra noia del carcere qualsiasi diversivo era una festa.

«Bene» il vecchietto raccontò «un giorno che giravo per una città che forse è meglio tacere, vedo un grande palazzo con servitori che vanno e vengono dalla porta carichi di ogni ben di Dio. Qui si dà una festa, io penso, e mi avvicino per domandare l'elemosina. Non faccio in tempo che un marcantonio alto due metri mi abbranca per il collo. "Eccolo qui, il ladro" si mette a urlare "il ladro che ieri ha rubato la gualdrappa del nostro padrone. E ha il coraggio anche di tornare. Adesso ti conteremo noi le ossa!" "Io?" rispondo. "Ma se ieri ero almeno a trenta miglia da qui. Come è possibile?" "Ti ho visto con queste mie pupille, ti ho visto che te la filavi con la gualdrappa sulle spalle" e mi trascina nel cortile del palazzo. Io mi butto in ginocchio: "Ieri ero a trenta miglia almeno da qui. In questa città non sono mai stato, parola di Morro il Grande". "Cosa?" fa l'energumeno guardandomi con tanto d'occhi. "Parola di Morro il Grande" io ripeto.

Quello, da imbufalito che era, improvvisamente scoppia a ridere. "Morro il Grande?" dice. "Venite, venite a vedere questo pidocchio che dice di chiamarsi Morro il Grande" e a me: "Ma lo sai chi è Morro il Grande?". "Oltre a me" rispondo "non conosco nessun altro." "Morro il Grande" dice il sacripante "è nientemeno che il nostro eccellentissimo padrone. E tu, pezzente, osi usurparne il nome! Ora stai fresco. Ma eccolo qua che viene."

«Proprio così. Richiamato dalle grida, il padrone del palazzo era sceso personalmente nel cortile. Un mercante ricchissimo, l'uomo più ricco di tutta la città, forse del mondo. Si avvicina, domanda, guarda, ride, l'idea che un poveraccio come me porti il suo stesso nome, lo esilara. Ordina al servo di lasciarmi, mi invita a entrare, mi fa vedere tutte le sale piene zeppe di tesori, mi conduce perfino in una stanza corazzata dove ci erano mucchi così d'oro e di gemme, mi fa dar da mangiare e poi mi dice:

«"Questo caso, o vecchio mendico che porti un nome uguale al mio, è tanto più straordinario perché anche a me, durante un viaggio in India, è capitata la stessa identica cosa. Ero andato al mercato per vendere e subito, vedendo le preziose cose che portavo, si erano fatti intorno in molti a chiedermi chi ero e da dove venivo. 'Mi chiamo Morro il Grande' io rispondo. E quelli, con la faccia scura: 'Morro il Grande? Che grandezza può essere mai la tua, volgarissimo mercante? La grandezza dell'uomo sta nell'intelletto. Di Morro il Grande ce ne è uno solo, e vive in questa città. Egli è l'orgoglio del nostro Paese e tu, briccone, ora gli renderai conto della tua millanteria'. Mi prendono, mi legano e mi conducono da questo Morro di cui ignoravo l'esistenza. Era un famosissimo scienziato, filosofo, matematico, astronomo ed astrologo, venerato quasi come un dio. Per fortuna lui ha capito subito l'equivoco, si è messo a ridere, mi ha fatto liberare, poi mi ha condotto a visitare il suo laboratorio, la sua specola, i suoi meravigliosi strumenti tutti costruiti da lui. E infine ha detto:

«"Questo caso, o nobile mercante straniero, è tanto più

straordinario perché anche a me, durante un viaggio nelle Isole del Levante, è capitata la stessa identica cosa. Mi ero colà incamminato verso la cima di un vulcano che intendevo studiare, quando un gruppo di armigeri, insospettiti dai miei abiti stranieri, mi fermarono per sapere chi fossi. E avevo appena fatto in tempo a pronunciare il mio nome che mi caricarono di catene, trascinandomi verso la città. 'Morro il Grande?' mi dicevano 'che grandezza mai può essere la tua, miserabile maestrucolo? La grandezza dell'uomo sta nelle gesta eroiche. Di Morro il Grande ne esiste uno solo. È il signore di questa isola, il più valoroso guerriero che abbia mai fatto balenare la sua spada al sole. E ora ti farà decapitare.' Mi condussero infatti alla presenza del loro monarca che era un uomo dall'aspetto terribile. Per fortuna riuscii a spiegarmi e lo spaventoso guerriero si mise a ridere per la singolare combinazione, mi fece togliere le catene, mi donò ricche vesti, mi invitò a entrare nella reggia e ad ammirare le splendide testimonianze delle sue vittorie su tutti i popoli delle isole vicine e lontane. Infine mi disse:

«"Questo caso, o illustre scienziato che porti il medesimo mio nome, è tanto più straordinario perché anche a me, quando ero a combattere nella lontanissima terra denominata Europa, capitò la stessa identica cosa. Avanzavo infatti con i miei armati per una foresta quando mi si fecero incontro dei rozzi montanari che mi chiesero: 'Chi sei tu che porti tanto fragore d'armi nel silenzio delle nostre selve?'. E io dissi: 'Sono Morro il Grande' e pensavo che al solo nome sbigottissero. Invece quelli ebbero un sorriso di commiserazione, dicendo: 'Morro il Grande? Tu vuoi scherzare. Che grandezza mai può essere la tua, vanaglorioso armigero? La grandezza dell'uomo sta nell'umiltà della carne e nell'elevazione dello spirito. Di Morro il Grande ce n'è al mondo uno solo e adesso ti condurremo da lui affinché tu veda la vera gloria dell'uomo'. Infatti mi guidarono in una solitaria valletta e qui in una misera capanna stava, vestito di cenci, un vecchietto dalla barba candida, che passava il tempo, mi dissero, contemplando la natura e adorando Dio; e onestamente devo ammettere che non avevo mai visto un essere umano più sereno, contento e probabilmente felice, ma per me in verità era ormai troppo tardi per cambiare strada."

«Questo aveva raccontato il potente re dell'isola al sapiente scienziato e lo scienziato poi lo aveva narrato al ricchissimo mercante e il mercante l'aveva detto al povero vecchietto presentatosi al suo palazzo per chiedere la carità. E tutti si chiamavano Morro e tutti, chi per una ragione o per l'altra, erano stati denominati grandi.»

Ora, nel tenebroso carcere, avendo il vecchietto finito la sua storia, uno di quei furfanti domandò:

«E così, se il mio cranio non è pieno di stoppa, quel dannato vecchietto della capanna, il più grande di tutti, non saresti altro che tu?»

«Eh, cari figlioli» mormorò il barba senza rispondere né sì né no «è una cosa ben buffa la vita!»

Allora per qualche istante i manigoldi che lo avevano ascoltato, tacquero, perché anche agli uomini più sciagurati certe cose danno parecchio a pensare.

54

La parola proibita

Da velati accenni, scherzi allusivi, prudenti circonlocuzioni, vaghi sussurri, mi sono fatto finalmente l'idea che in questa città, dove mi sono trasferito da tre mesi, ci sia il divieto di usare una parola. Quale? Non so. Potrebbe essere una parola strana, inconsueta, ma potrebbe trattarsi anche di un vocabolo comune, nel qual caso, per uno che fa il mio mestiere, potrebbe nascere qualche inconveniente.

Più che allarmato, incuriosito, vado dunque a interpellare Geronimo, mio amico, saggio fra quanti io conosco, che vivendo in questa città da una ventina d'anni, ne conosce vita e miracoli.

«È vero» egli mi risponde subito. «È vero. C'è da noi una parola proibita, da cui tutti girano alla larga.»

«E che parola è?»

«Vedi?» mi dice. «Io so che sei una persona onesta, di te posso fidarmi. Inoltre ti sono sinceramente amico. Con tutto questo, credimi, meglio che non te la dica. Ascolta: io vivo in questa città da oltre vent'anni, essa mi ha accolto, mi ha dato lavoro, mi permette una vita decorosa, non dimentichiamolo. E io? Da parte mia ne ho accettate le leggi lealmente, belle o brutte che siano. Chi mi impediva di andarmene? Tuttavia sono rimasto. Non voglio darmi le arie di filosofo, non voglio certo scimmiottare Socrate quando gli proposero la fuga di prigione, ma veramente mi ripugna contravvenire alla norma della città che mi considera suo figlio... sia pure in una minuzia simile. Dio sa, poi, se è davvero una minuzia...»

«Ma qui parliamo in tutta   . Qui non ci sente nessuno. Geronimo, suvvia, potresti dirmela, questa parola benedetta. Chi ti potrebbe denunciare? Io?»

«Constato» osservò Geronimo con un ironico sorriso «constato che tu vedi le cose con la mentalità dei nostri nonni. La punizione? Sì, una volta si credeva che senza punizione la legge non potesse aver efficacia coercitiva. Ed era vero, forse. Ma questa è una concezione rozza, primordiale. Anche se non è accompagnato da sanzione, il precetto può assurgere a tutto il suo massimo valore; siamo evoluti, noi.»

«Che cosa ti trattiene allora? la coscienza? il presentimento del rimorso?»

«Oh la coscienza! Povero ferravecchio. Sì, la coscienza, per tanti secoli ha reso, agli uomini, inestimabili servigi, anche lei tuttavia ha dovuto adeguarsi ai tempi, adesso è trasformata in un qualcosa che le assomiglia solo vagamente, qualcosa di più semplice, più standard, più tranquillo, direi, di gran lunga meno impegnativo e tragico.»

«Se non ti spieghi meglio...»

«Una definizione scientifica ci manca. Volgarmente lo si chiama conformismo. È la pace di colui che si sente in armonia con la massa che lo attornia. Oppure è l'inquietudine, il disagio, lo smarrimento di chi si allontana dalla norma.»

«E questo basta?»

«Altro, se basta! È una forza tremenda, più potente dell'atomica. Naturalmente non è dovunque uguale. Esiste una geografia del conformismo. Nei paesi arretrati è ancora in fasce, in embrione, o si esplica disordinatamente, a suo capriccio, senza direttive. La moda ne è un tipico esempio. Nei paesi più moderni, invece, questa forza si è ormai estesa a tutti i campi della vita, si è completamente rassodata, è sospesa si può dire nell'atmosfera stessa: ed è nelle mani del potere.»

«E qui da noi?»

«Non c'è male, non c'è male. La proibizione della parola, per esempio, è stata una sagace iniziativa dell'autorità appunto per saggiare la maturità conformistica del popolo. Così è. Una specie di *test*. E il risultato è stato molto, ma molto superiore alle previsioni. Quella parola è tabù, oramai. Per quanto tu possa andarne in cerca col lumino, garantito che, qui da noi, non la incontri assolutamente più, neanche nei sottoscala. La gente si è adeguata in men che non si dica. Senza bisogno che si minacciassero denunce, multe, o carcere.»

«Se fosse vero quanto dici, allora sarebbe facilissimo far diventare tutti onesti.»

«Si capisce. Però ci vorranno molti anni, decenni, forse secoli. Perbacco, proibire una parola è facile, rinunciare a una parola non costa gran fatica. Ma gli imbrogli, le maldicenze, i vizi, la slealtà, le lettere anonime, sono cose grosse... la gente ci si è affezionata, prova a dirle un po' che ci rinunzi. Questi sì sono sacrifici. Inoltre la spontanea ondata conformista, da principio, abbandonata a se stessa, si è diretta verso il male, i porci comodi, i compromessi, la viltà. Bisogna farle invertire rotta, e non è facile. Certo, col tempo ci si riuscirà, puoi star certo che ci si riuscirà.»

«E tu trovi bello questo? Non ne deriva un appiattimento, una uniformità spaventosa?»

«Bello? Non si può dire bello. In compenso è utile, estremamente utile. La collettività ne gode. In fondo – ci hai mai pensato? – i caratteri, i "tipi", le personalità spiccate, fino a ieri così amate e affascinanti, non erano in fondo che il primo germe dell'illegalità, dell'anarchia. Non rappresentavano una debolezza nella compagine sociale? E, in senso opposto, non hai mai notato che nei popoli più forti c'è una straordinaria, quasi affliggente, uniformità di tipi umani?»

«Insomma, questa parola, hai deciso di non dirmela?»

«Figliolo mio, non devi prendertela. Renditi conto: non è per diffidenza. Se te la dicessi, mi sentirei a disagio.»

«Anche tu? Anche tu, uomo superiore, livellato alla quota della massa?»

«Così è, mio caro» e scosse melanconicamente il capo. «Bisognerebbe essere titani per resistere alla pressione dell'ambiente.»

«E la   ? Il supremo bene! Una volta l'amavi. Pur di non perderla, qualsiasi cosa avresti dato. E adesso?»

«Qualsiasi cosa, qualsiasi cosa... gli eroi di Plutarco... Ci vuol altro... Anche il più nobile sentimento si atrofizza e si dissolve a poco a poco, se nessuno intorno ne fa più caso. È triste dirlo, ma a desiderare il Paradiso non si può essere soli.»

«Dunque: non me la vuoi dire? È una parola sporca? O ha un significato delittuoso?»

«Tutt'altro. È una parola pulita, onesta e tranquillissima. E proprio qui s'è dimostrata la finezza del legislatore. Per le parole turpi o indecenti, c'era già un tacito divieto, anche se blando,... la prudenza, la buona educazione. L'esperimento non avrebbe avuto gran valore.»

«Dimmi almeno: è un sostantivo? un aggettivo? un verbo? un avverbio?»

«Ma perché insisti? Se rimani qui tra noi, un bel giorno la identificherai anche tu, la parola proibita, all'improvviso, quasi senza accorgertene. Così è, figliolo mio. La assorbirai dall'aria.»

«Bene, vecchio Geronimo, sei proprio un testone. Pazienza. Vuol dire che per cavarmi la curiosità dovrò andare in biblioteca, a consultare i Testi Unici. Ci sarà al proposito una legge, no? E sarà stampata questa legge! E dirà bene che cos'è proibito!»

«Ahi, ahi, sei rimasto in arretrato, ragioni ancora con i vecchi schemi. Non solo: ingenuo, sei. Una legge che, per proibire l'uso di una parola, la nominasse, contravverrebbe automaticamente a se stessa, sarebbe una mostruosità giuridica. È inutile che tu vada in biblioteca.»

«Vai, Geronimo, ti prendi gioco di me! Ci sarà ben stato qualcuno che ha avvertito: da oggi la parola X è proibita. E l'avrà pur nominata, no? Altrimenti la gente come avrebbe fatto a sapere?»

«Questo, effettivamente, è l'aspetto forse un poco problematico del caso. Ci sono tre teorie: c'è chi dice che la proibizione è stata diffusa a voce da agenti della municipalità travestiti. C'è chi garantisce di aver trovato a casa sua, in busta chiusa, il decreto del divieto con l'ordine di bruciarlo appena letto. Ci sono poi gli integralisti – pessimisti li chiameresti tu – che sostengono addirittura non esserci stato bisogno di un ordine espresso, a tal punto i cittadini sono pecore; è bastato che l'autorità volesse, tutti l'hanno subito saputo, per una specie di telepatia.»

«Ma non saranno mica diventati tutti vermi. Per quanto pochi, esisteranno ancora qui in città dei tipi indipendenti che pensano con la propria testa. Degli oppositori, eterodossi, ribelli, fuorilegge, chiamali pure come vuoi. Capiterà, no, che qualcuno di costoro, a titolo di sfida, pronunci o scriva la parola incriminata? Cosa succede allora?»

«Niente, assolutamente niente. Proprio qui sta lo straordinario successo dell'esperimento. Il divieto è così entrato nella profondità degli animi da condizionare la percezione sensoriale.»

«Come sarebbe a dire?»

«Che, per un veto dell'inconscio, sempre pronto a intervenire, in caso di pericolo, se uno pronuncia la nefanda parola, la gente *non la sente* più nemmeno, e se la trova scritta *non la vede*...»

«E, al posto della parola, cosa vede?»

«Niente, il muro nudo se è scritta sul muro, uno spazio bianco sulla carta, se è scritta su di un foglio.»

Io tento l'ultimo assalto: «Geronimo, ti prego: tanto per curiosità, oggi, qui, parlando con te, l'ho mai adoperata questa parola misteriosa? almeno questo me lo potrai dire, non ci rimetti proprio niente.»

Il vecchio Geronimo sorride e strizza un occhio.

«L'ho adoperata, allora?»

Lui strizza ancora l'occhio.

Ma una sovrana mestizia improvvisamente illumina il suo volto.

«Quante volte? Non fare il prezioso, su, dimmi, quante volte?»

«Quante volte non so, guarda, parola mia d'onore. Anche se l'hai pronunciata, io udirla non potevo. Però mi è parso, ecco, che a un certo punto, ma ti giuro non mi ricordo dove, ci sia stata una pausa, un brevissimo spazio vuoto, come se tu avessi pronunciato una parola e il suono non me ne fosse giunto. Può anche darsi però che si trattasse di una involontaria sospensione, come succede sempre nei discorsi.»

«Una volta sola?»

«Oh basta. Non insistere.»

«Sai cosa faccio allora? Questo colloquio, appena ritorno a casa, io lo trascrivo, parola per parola. E poi lo do alle stampe.»

«A che scopo?»

«Se è vero quello che hai detto, il tipografo, che possiamo presumere sia un buon cittadino, non vedrà la parola incriminata. Dunque le possibilità sono due: o egli lascia uno spazio vuoto nella riga di piombo e questo mi spiegherà tutto; o invece tira diritto senza spazi vuoti e in questo caso non avrò che da confrontare lo stampato con l'originale di cui naturalmente io tengo copia; e così saprò qual è la parola.»

Rise Geronimo, bonario.

«Non caverai un ragno dal buco, amico mio. A qualsiasi tipografia tu ti rivolga, il conformismo è tale che il tipografo automaticamente saprà come comportarsi per eludere la tua piccola manovra. Egli cioè, una volta tanto, *vedrà* la parola scritta da te – ammesso che tu la scriva – e non la salterà nella composizione. Sta pur tranquillo, sono bene addestrati i tipografi, da noi, e informatissimi.»

«Ma scusa, che scopo c'è in tutto questo? Non sarebbe un vantaggio per la città se io apprendessi qual è la parola proibita, senza che nessuno la nomini o la scriva?»

«Per adesso probabilmente no. Dai discorsi che mi hai fatto è chiaro che non sei maturo. C'è bisogno di una iniziazione. Insomma, non ti sei ancora conformato. Non sei ancora degno – secondo l'ortodossia vigente – di rispettare la legge.»

«E il pubblico, leggendo questo dialogo, non si accorgerà di niente?»

«Semplicemente vedrà uno spazio vuoto. E, semplicemente penserà: che disattenti, hanno saltato una parola.»

55

I Santi

I Santi hanno ciascuno una casetta lungo la riva con un balcone che guarda l'oceano, e quell'oceano è Dio.

D'estate, quando fa caldo, per refrigerio essi si tuffano nelle fresche acque, e quelle acque sono Dio.

Alla notizia che sta per arrivare un santo nuovo, subito viene intrapresa la costruzione di una casetta di fianco alle altre. Esse formano così una lunghissima fila lungo la riva del mare. Lo spazio non manca di sicuro.

Anche San Gancillo, come giunse sul posto dopo la nomina, trovò la sua casetta pronta uguale alle altre, con mobili, biancheria, stoviglie, qualche buon libro e tutto quanto. C'era anche, appeso al muro, un grazioso scacciamosche perché nella zona vivevano abbastanza mosche, però non fastidiose.

Gancillo non era un santo clamoroso, aveva vissuto umilmente facendo il contadino e solo dopo la sua morte, qualcuno, pensandoci su, si era reso conto della grazia che riempiva quell'uomo, irraggiando intorno per almeno tre quattro metri. E il prevosto, senza troppa fiducia in verità, aveva fatto i primi passi per il processo di beatificazione. Da allora erano passati quasi duecento anni.

Ma nel profondo grembo della Chiesa, passettino passettino, senza fretta, il processo era andato avanti. Vescovi e Papi morivano uno dopo l'altro e se ne facevano di nuovi, tuttavia l'incartamento di Gancillo quasi da solo passava da un ufficio all'altro, sempre più su, più su. Un soffio di grazia era rimasto attaccato misteriosamente a quelle scartoffie ormai scolorite e non c'era prelato che, maneggiandole, non se ne accorgesse. Questo spiega come la faccenda non venisse lasciata cadere. Finché un mattino l'immagine del contadino con una cornice di raggi d'oro fu issata in San Pietro a grande altezza e, di sotto, il Santo Padre personalmente intonò il salmo di gloria, elevando Gancillo alla maestà degli altari.

Al suo paese si fecero grandi feste e uno studioso della storia locale credette di identificare la casa dove Gancillo era nato, vissuto e morto, casa che fu trasformata in una specie di rustico museo. Ma siccome nessuno si ricordava più di lui e tutti i parenti erano scomparsi, la popolarità del nuovo santo durò ben pochi giorni. Da immemorabile tempo in quel paese era venerato come patrono un altro santo, Marcolino, per baciare la cui statua, in fama taumaturgica, venivano pellegrini anche da lontane contrade. Proprio accanto alla sontuosa cappella di San Marcolino, brulicante di *ex voto* e di lumini, fu costruito il nuovo altare di Gancillo. Ma chi gli badava? Chi si inginocchiava a pregare? Era una figura così sbiadita, dopo duecento anni. Non aveva niente che colpisse l'immaginazione.

Comunque, Gancillo, che mai si sarebbe immaginato tanto onore, si insediò nella sua casetta e, seduto al sole sul balcone, contemplò con beatitudine l'oceano che respirava placido e possente.

Senonché il mattino dopo, alzatosi di buon'ora, vide un fattorino in divisa, arrivato in bicicletta, entrare nella casetta vicina portando un grosso pacco; e poi passare alla casetta accanto per lasciarvi un altro pacco; e così a tutte quante le casette, finché Gancillo lo perse di vista; ma a lui, niente.

Il fatto essendosi ripetuto anche nei giorni successivi, Gancillo, incuriosito, fece cenno al fattorino di avvicinarsi e gli domandò: «Scusa, che cosa porti ogni mattina a tutti i miei compagni, ma a me non porti mai?». «È la posta» rispose il fattorino togliendosi rispettosamente il berretto «e io sono il postino.»

«Che posta? Chi la manda?» Al che il postino sorrise e fece

un gesto come per indicare quelli dell'altra parte, quelli di là, la gente laggiù del vecchio mondo.

«Petizioni?» domandò San Gancillo che cominciava a capire. «Petizioni, sì, preghiere, richieste d'ogni genere» disse il fattorino in tono indifferente, come se fossero inezie, per non mortificare il nuovo santo.

«E ogni giorno ne arrivano tante?»

Il postino avrebbe voluto dire che quella era anzi una stagione morta e che nei giorni di punta si arrivava a dieci, venti volte tanto. Ma pensando che Gancillo sarebbe rimasto male se la cavò con un: «Be', secondo, dipende». E poi trovò un pretesto per squagliarsela.

Il fatto è che a San Gancillo nessuno si rivolgeva mai. Come neanche esistesse. Né una lettera, né un biglietto, neppure una cartolina postale. E lui, vedendo ogni mattino tutti quei plichi diretti ai colleghi, non che fosse invidioso perché di brutti sentimenti era incapace, ma certo rimaneva male quasi per il rimorso di restarsene là senza far niente mentre gli altri sbrigavano una quantità di pratiche; insomma aveva quasi la sensazione di mangiare il pane dei santi a tradimento (era un pane speciale, un po' più buono che quello dei comuni beati).

Questo cruccio lo portò un giorno a curiosare nei pressi di una delle casette più vicine, donde veniva un curioso ticchettìo.

«Ma prego, caro, entra, quella poltrona è abbastanza comoda. Scusa se finisco di sistemare un lavoretto, poi sono subito da te» gli disse il collega cordialmente. Passò quindi nella stanza accanto dove con velocità stupefacente dettò a uno stenografo una dozzina di lettere e vari ordini di servizio; che il segretario si affrettò a battere a macchina. Dopodiché tornò da Gancillo: «Eh, caro mio, senza un minimo d'organizzazione sarebbe un affare serio, con tutta la posta che arriva. Se adesso vieni di là, ti faccio vedere il mio nuovo schedario elettronico, a schede perforate». Insomma fu molto gentile.

Di schede perforate non aveva certo bisogno Gancillo che se ne tornò alla sua casetta piuttosto mogio. E pensava: "possibile che nessuno abbia bisogno di me? E sì che potrei rendermi utile. Se per esempio facessi un piccolo miracolo per attirare l'attenzione?".

Detto fatto, gli venne in mente di far muovere gli occhi al suo ritratto, nella chiesa del paese. Dinanzi all'altare di San Gancillo non c'era mai nessuno, ma per caso si trovò a passare Memo Tancia, lo scemo del paese, il quale vide il ritratto che roteava gli occhi e si mise a gridare al miracolo.

Contemporaneamente, con la fulminea velocità loro consentita dalla posizione sociale, due tre santi si presentarono a Gancillo e con molta bonarietà gli fecero intendere ch'era meglio lui smettesse: non che ci fosse niente di male, ma quei tipi di miracolo, per una certa loro frivolezza, non erano molto graditi in *alto loco*. Lo dicevano senza ombra di malizia, ma è possibile gli facesse specie quell'ultimo venuto il quale eseguiva lì per lì, con somma disinvoltura, miracoli che a loro invece costavano una fatica maledetta.

San Gancillo naturalmente smise e giù al paese la gente accorsa alle grida dello scemo esaminò a lungo il ritratto senza rilevarvi nulla di anormale. Per cui se ne andarono delusi e poco mancò che Memo Tancia si prendesse un sacco di legnate.

Allora Gancillo pensò di richiamare su di sé l'attenzione degli uomini con un miracolo più piccolo e poetico. E fece sbocciare una bellissima rosa dalla pietra della sua vecchia tomba ch'era stata riattata per la beatificazione ma adesso era di nuovo in completo abbandono. Ma era destino che egli non riuscisse a farsi capire. Il cappellano del cimitero, avendo visto, si affrettò dal becchino e lo sollevò di peso. «Almeno alla tomba di San Gancillo potresti badarci, no? È una vergogna, pelandrone che non sei altro. Ci son passato adesso e l'ho vista tutta piena di erbacce.» E il becchino si affrettò a strappare via la pianticella di rosa.

Per tenersi sul sicuro, Gancillo quindi ricorse al più tradizionale dei miracoli. E al primo cieco che passò davanti al suo altare, gli ridonò senz'altro la vista.

Neppure questa volta gli andò bene. Perché a nessuno

venne il sospetto che il prodigio fosse opera di Gancillo, ma tutti lo attribuirono a San Marcolino che aveva l'altare proprio accanto. Tale fu anzi l'entusiasmo, che presero in spalla la statua di Marcolino, la quale pesava un paio di quintali, e la portarono in processione per le strade del paese al suono delle campane. E l'altare di San Gancillo rimase più che mai dimenticato e deserto.

Gancillo a questo punto si disse: meglio rassegnarsi, si vede proprio che nessuno vuole ricordarsi di me. E si sedette sul balcone a rimirare l'oceano, che era in fondo un grande sollievo.

Era lì che contemplava le onde, quando si udì battere alla porta. Toc toc. Andò ad aprire. Era nientemeno che Marcolino in persona il quale voleva giustificarsi.

Marcolino era un magnifico pezzo d'uomo, esuberante e pieno di allegria: «Che vuoi farci, caro il mio Gancillo? Io proprio non ne ho colpa. Sono venuto, sai, perché non vorrei alle volte tu pensassi...».

«Ma ti pare» fece Gancillo, molto consolato da quella visita, ridendo anche lui.

«Vedi?» disse ancora Marcolino. «Io sono un tipaccio, eppure mi assediano dalla mattina alla sera. Tu sei molto più santo di me, eppure tutti ti trascurano. Bisogna aver pazienza, fratello mio, con questo mondaccio cane» e dava a Gancillo delle affettuose manate sulla schiena.

«Ma perché non entri? Fra poco è buio e comincia a rinfrescare, potremmo accendere il fuoco e tu fermarti a cena.»

«Con piacere, proprio col massimo piacere» rispose Marcolino.

Entrarono, tagliarono un po' di legna e accesero il fuoco, con una certa fatica veramente, perché la legna era ancora umida. Ma soffia soffia, alla fine si alzò una bella fiammata. Allora sopra il fuoco Gancillo mise la pentola piena d'acqua per la zuppa e, in attesa che bollisse, entrambi sedettero sulla panca scaldandosi le ginocchia e chiacchierando amabilmente. Dal camino cominciò a uscire una sottile colonna di fumo, e anche quel fumo era Dio.

56

Il critico d'arte

Nella DCXXII sala della Biennale il noto critico Paolo Malusardi sostò perplesso. Era una personale di Leo Squittinna, una trentina di quadri apparentemente tutti uguali, formati da un reticolo di linee perpendicolari tipo Mondrian, solo che in questo caso il fondo aveva colori accesi e nell'inferriata, per così dire, i tratti orizzontali, molto più grossi di quelli verticali, qua e là diventavano più fitti, il che dava un senso di pulsazione, di stretta, di crampo, come quando nelle digestioni difficili qualcosa si ingorga nello stomaco e duole, per poi sciogliersi nel giusto andamento viscerale.

Con le code degli occhi, il critico si accertò di non avere testimoni. Completamente solo. Nel pomeriggio torrido i visitatori erano stati pochi e quei pochi già sfollavano. Tra breve si sarebbe chiuso.

Squittinna? Il critico cercò nella memoria. Una personale a Roma, tre anni prima, se non si sbagliava. Ma a quel tempo il pittore dipingeva ancora cose: figure umane, paesaggi, vasi e pere, secondo la putrefatta tradizione. Di più non ricordava.

Cercò nel catalogo. La lista dei quadri esposti era preceduta da una breve introduzione di un ignoto Ermanno Lais. Diede una occhiata: le solite parole. Squittinna, Squittinna, ripeté sommessamente. Il nome gli richiamava qualche cosa di recente. Ma il ricordo al momento gli sfuggiva. Ah sì. Due giorni prima, gliene aveva parlato il Tamburini, un gobbetto immancabile in tutte le grandi mostre d'arte, un manìaco che sfogava all'ombra dei pittori le sue fallite aspirazioni, un rompiscatole, attaccabottoni temutissimo. Tuttavia infallibile, data la lunga e disinteressata pratica, nel percepire, anzi nel presentire il fenomeno di cui i giornali a rotocalco, due anni dopo, avrebbero dedicato, con l'avallo della critica ufficiale, intere pagine a colori. Ebbene, questo Tamburini, vero furetto delle arti belle, due sere prima, a un tavolino del Florian, aveva lungamente perorato, senza che i presenti gli badassero, a favore appunto dello Squittinna, l'unica grande rivelazione, sosteneva, della Biennale veneziana, la sola personalità che "emergesse dalla palude (testuali parole) del conformismo non figurativo".

Squittinna, Squittinna, strano nome. Il critico passò in rassegna mentalmente i cento e più articoli dei colleghi pubblicati fino allora sulla mostra. Nessuno aveva dedicato allo Squittinna più di due o tre righe. Squittinna era passato inosservato. Terreno dunque vergine. Per lui, critico ormai di prima linea, poteva essere un'ottima occasione.

Guardò più attentamente. Certo, quelle nude geometrie, per commuoverlo, non lo commuovevan di sicuro. Diciamo pure, non gliene importava un fico secco. Eppure poteva esserci uno spunto. Chissà, il destino riservava a lui l'invidiabile compito di rivelare un nuovo grande artista.

Guardò di nuovo i quadri. Sbilanciarsi in favore di Squittinna – si domandò – sarebbe stato un rischio? Qualche collega gli avrebbe potuto rinfacciare d'aver commesso una scandalosa gaffe? Assolutamente no. Erano così essenziali, quelle tele, così nude, così lontane da qualsiasi possibile diletto dei volgari sensi, che un critico, lodandole, si sarebbe trovato in una botte di ferro. Senza contare l'ipotesi – perché escluderlo a priori? – che là dentro ci fosse veramente un genio destinato a far parlare di sé per lunghi anni e a riempire di quadricromie parecchi volumi di Skira.

Così rincuorato, con la prospettiva di scrivere un articolo che avrebbe fatto spasimare d'invidia i suoi colleghi per la rabbia di essersi lasciata fuggire una preda così ghiotta, egli fece un lieve esame di coscienza. Che cosa si poteva dire di Squittinna? In determinate, e rare, condizioni favorevoli, il critico riusciva almeno a essere sincero con se stesso. E si rispose. "Potrei dire che Squittinna è un astrattista. Che i suoi quadri non vogliono rappresentare niente. Che il suo linguaggio è un puro gioco geometrico di spazi quadrilateri e di linee che li chiudono. Ma spera di farsi perdonare il manifesto plagio di Mondrian con una innovazione spiritosa: fare grosse le linee orizzontali e sottili quelle verticali, e variare tale ispessimento così da ottenere un curioso effetto: come se la superficie del quadro non fosse piana bensì a onde rilevate. Un *trompe l'oeil* astrattista insomma..."

"Perbacco, è una magnifica trovata" disse a se stesso il critico "va là che non sei del tutto idiota." A questo punto fu colto da un brivido, come chi passeggiando spensieratamente d'un sùbito si avvede di procedere sull'orlo di un abisso. Se avesse manifestato sulla carta quelle idee, semplicemente, tali e quali, come gli erano venute in mente, che cosa mai si sarebbe detto di lui in giro, ai tavolini del Florian, in via Margutta, alla Sovrintendenza, nei caffè di via Brera? Al pensiero, sorrise. No, no, grazie a Dio il mestiere lo conosceva a fondo. Per ogni cosa c'è il linguaggio adatto e nel linguaggio che si addice alla pittura lui era ferratissimo. Sì e no, c'era solo il Poltergeister che potesse stargli alla pari. Sugli spalti dell'avanguardismo critico lui, Malusardi, era forse il più in vista di tutti, il più temuto.

Un'ora dopo, nella camera d'albergo, con dinanzi il catalogo della Biennale aperto alla sala di Squittinna, e una bottiglia d'acqua minerale, fumando una sigaretta dopo l'altra, scriveva:

"... al quale (Squittinna) sarebbe oltremodo faticoso disconoscere, pur sotto il voluto peso di inevitabili e fin troppo ovvii apparentamenti stilistici, un irrigidimento, per non dire infrenabile vocazione, verso ascetismi formali che, senza rifiutare le suggestioni della casualità dialettica, amano ribadire una stretta misura dell'atto rappresentativo, o meglio evocativo, quale perentoria imposizione ritmica secondo uno schedario di filtratissime prefigurazioni..."

E come esprimere con un minimo di decenza esoterica il banale concetto di *trompe l'oeil*? Ecco, per esempio:

"Ma qui appunto si precisa come la meccanica mondria;niana a lui si presti solo nel limite di un termine di trapasso da nozione a coscienza della realtà, dove questa sarà sì rappresentata nella sua prontezza fenomenica più esigente, ma, grazie a un puntuale astrarsi, si amplierà in una surrogazione operazionale di più vasta e impervia portata..."

Rilesse due volte, scosse il capo, cancellò "infrenabile vocazione", inserì, dopo "ribadire", la precisazione "con inusitata pregnanza", rilesse altre due volte, scosse di nuovo il capo, sollevò la cornetta del telefono, chiese la comunicazione con il bar, ordinò un doppio whisky, giacque sulla poltrona assorto in pensieri tortuosi. Non era soddisfatto. Chissà, forse il whisky gli avrebbe dato la vagheggiata ispirazione.

Gliela diede. In un baleno. Ma se – fu la domanda che egli rivolse a se stesso d'improvviso – se dalla poesia ermetica è germinata quasi per necessità una critica ermetica, non era giusto che dall'astrattismo nascesse una critica astrattista? Rabbrividì quasi, misurando confusamente gli sviluppi di una così audace concezione. Un vero colpo d'ala. Semplicissimo, eppur difficile come tutte le cose semplici. Tanto è vero che nessuno ci aveva mai pensato. E lui sarebbe stato il caposcuola. In pratica non restava che da trasferire sulla pagina la tecnica finora adottata sulle tele. Con una certa titubanza sulle prime, come chi prova un meccanismo ignoto, quindi rinfrancandosi, via via che le parole si accavallavano l'una sull'altra, infine con incalzante orgoglio, scrisse:

"... al quale (Squittinna) sul mentre perciocché nel contrappunto di una strategia testimoniale, si reperisce il nesso di riscatto dal consumo pedissequo relazionamento realtà – realtà fra i postulati additivi. Sintomo esplicito di un farsi. E l'inquieto immergersi in un momento fatale dunque, da cui i moduli consumerebbero l'apparenza di una sostanza efficiente, così avvertita e sensibile da consumare i termini in sopravvivenza peculiare di poesia."

Si arrestò, ansando. Febbricitava. Rilesse ansiosamente.

No, non c'era ancora. La forza d'inerzia delle vecchie abitudini tendeva a riportarlo indietro, a un linguaggio ormai troppo risaputo. Anche le ultime catene bisognava infrangere, per conquistare una sostanziale libertà. Si gettò a capofitto.

"Il pittore" scrisse, padroneggiato da un incalzante *raptus* "di del dal col affioriccio ganolsi coscienziamo la simileguarsi. Recusia estemesica! Altrinon si memocherebbe il persuo stisse in corisadicone elibuttorro. Ziano che dimannuce lo qualitare rumelettico di sabirespo padronò. E sonfio tezio e stampo egualiterebbero nello Squittinna il trilismo scernosti d'ancomacona percussi. Tambron tambron, quilera dovressimo, ghiendola namicadi coi tuffro fulcrosi, quantano, sul gicla d'nogiche i metazioni, gosibarre, che piò levapo si su predomioranzabelusmetico, rifè comerizzando per rerare la biffetta posca o pisca. Verè chi..."

Era già buio quando prese fiato. Si sentiva sfinito e rotto, quasi avesse preso un sacco di legnate. Ma felice. Quindici fogli di fitta scrittura giacevano sparpagliati attorno. Li raccolse. Li rilesse centellinando l'ultimo whisky del fondo del bicchiere. Alla fine improvvisò una danza di vittoria. Per il demonio, questo sì, era genio.

Sdraiata mollemente sul divano, Fabrizia Smith-Lombrassa, ragazza aggiornatissima o per dirla più elegantemente "assai avvertita", leggeva avidamente il saggio critico. A un tratto scoppiò in una risata. «Senti, senti, Diomeda, che tesoro» disse volgendosi all'amica «senti come gliele canta, il Malusardi, a quei poveri figurativi... *Rifè comerizzando per rerare la biffetta posca o pisca!*»

Risero di gusto entrambe.

«Spiritoso, niente da dire» approvò Diomeda. «Ah, io l'adoro, il Malusardi. È un formidabile!»

57

Una pallottola di carta

Erano le due di notte quando Francesco e io, per caso – ma era davvero un caso? – passammo dinanzi al numero 37 di viale Calzavara, dove abita il poeta.

Come è giusto e simbolico, il celebre poeta abita all'ultimo piano della grande casa, alquanto squallida. Quando ci fummo sotto, entrambi, senza dire una parola, guardammo in su, sperando. Ed ecco, la facciata del tetro falansterio era completamente buia, ma in alto, là dove l'ultima cornice sfumava nel cielo delle nebbie, una finestra, sola, appariva illuminata da un fioco lume. Al paragone del resto, al paragone dell'umanità che dormiva bestialmente, in contrasto con il nero schieramento di finestre sprangate, avare e cieche, come trionfalmente risplendeva!

Sarà logora romanticheria, ma ci consolò il sapere che mentre gli altri erano sprofondati nel tetro sonno, lassù, alla luce di una solitaria lampada, lui stesse poetando. Questa era infatti l'ora remota e massima, il profondo recesso della notte dove nascono i sogni, e l'anima, se può, si libera dei dolori accumulati, spaziando sopra i tetti e le caligini del mondo, cercando le parole misteriose che domani soccorrendo la grazia, trapaneranno i cuori della gente, inducendola a pensare cose grandi. Sarebbe infatti mai possibile che i poeti lavorassero, poniamo, alle dieci del mattino, con la barba appena fatta, dopo un'abbondante colazione?

Mentre stavamo intenti con la faccia volta in su, e confusi pensieri ci attraversavano la mente, qualcosa, come un'ombra, si agitò all'improvviso nel riquadro della finestra illuminata e un oggetto piovve, con molle volo, su di noi. Prima che toccasse terra, al riverbero del prossimo lampione, si rivelò per una pallottola di carta. Rimbalzò sul marciapiede.

Era un messaggio diretto a noi o quanto meno un appello al passante sconosciuto che per primo lo trovasse, come quelli che i naufraghi delle isole deserte chiudono in bottiglia e affidano alle onde dell'oceano?

Questo il primo pensiero che ci venne. O per caso il poeta si sentiva male e, non essendoci nessuno in casa, chiamava aiuto? O addirittura dei banditi erano penetrati nella sua stanza, e quella era una suprema invocazione?

Insieme ci chinammo per raccogliere la carta. Io fui più lesto. «Cos'è?» chiese il mio amico. Sotto al lampione, stavo già spiegando il foglio.

Non era un foglio accartocciato. Non era un'invocazione di soccorso. La realtà era più semplice e banale. O forse più enigmatica. Fra le mani mi trovai un involto di pezzetti di carta, su cui notai brandelli di parole. Evidentemente il poeta, dopo avere scritto, era stato preso dalla delusione, o dalla rabbia, aveva stracciato il foglio in cento pezzi, ne aveva fatto una pallottola e l'aveva scaraventata nella via.

«Non buttare» disse subito Francesco «forse è una bellissima poesia. Con un po' di pazienza possiamo rimettere insieme i pezzi.»

«Se fosse bellissima non l'avrebbe buttata, sta' pur sicuro. Se l'ha buttata vuol dire che si è pentito, che non gli piace, che non la riconosce come sua.»

«Si vede che tu non lo conosci. I suoi versi più famosi sono stati salvati dagli amici che gli stavano alle costole. Lui voleva distruggerli. È incontentabile.»

«E poi» io dico «è vecchio, sono anni che non fa più poesie.»

«Sì che ne fa, soltanto non le pubblica, perché non è mai contento.»

«Bene. E se invece di una poesia» io dissi «fosse semplicemente un appunto, una lettera a un amico, o addirittura una
nota delle spese?»

«A quest'ora?»

«Certo. A quest'ora. I poeti, immagino, fanno anche i conti alle due di notte.»

Ma io intanto serrai le mani, premendo di nuovo i brandelli di carta insieme, e me li misi in una tasca della giacca.

Nonostante le proteste di Francesco, non ho più separato
quei frammenti, non li ho distesi su di un tavolo, non ho tentato di ricomporre il foglio e di leggere ciò che c'era scritto.
La pallottola di carta, pressappoco nelle condizioni in cui
l'ho tratta da terra, è chiusa in un cassetto, e vi rimane.

Non è da escludere che il mio amico abbia ragione e che il
grande poeta sia solito pentirsi di ciò che ha appena fatto e
per questa sua smania di perfezione distrugga anche versi
che altrimenti diventerebbero immortali. Può darsi che le
parole da lui scritte quella notte formino un'armonia divina,
che siano la cosa più potente e pura che sia mai stata fatta al
mondo.

Ma bisogna anche tener conto di altre ipotesi: che si tratti
di una carta insignificante; che sia, come dicevo sopra, un
volgarissimo appunto di fatti domestici: che a scrivere sul foglio, e a lacerarlo, non sia stato il poeta, ma un familiare o
una persona di servizio (quel poco che ho visto della calligra-
fia non mi consente una identificazione); oppure che sia veramente una poesia, ma brutta; o addirittura, non possiamo
escluderlo, che noi ci siamo sbagliati e che la finestra accesa
non fosse quella del poeta bensì di un altro appartamento,
nel quale caso il lacerato manoscritto sarebbe niente più che
carta straccia.

Non sono tuttavia queste supposizioni negative a disto-
gliermi dal ricostruire il foglio. Anzi. Le circostanze notturne
del ritrovamento, la persuasione, forse gratuita, che un arcano disegno disponga, più spesso di quanto noi pensiamo, i
fatti della vita che in apparenza sembrano dipendere da un

cieco caso, l'idea quindi che sia stata una sorta di provvidenza, di sapiente destino a farci capitare là, Francesco ed io,
proprio quella notte, proprio in quell'ora, affinché potessimo
raccogliere un tesoro che altrimenti sarebbe andato perso;
tutto questo, con la potente suggestione degli argomenti ba-
sati sull'irrazionale, mi ha convinto che nella raminga pallottola di carta sia contenuto un segreto enorme: versi di una
bellezza sovrumana, intendo, che il poeta fu indotto a distruggere dall'amara certezza di non poter mai più salire
tanto in alto, (infatti l'artista il quale, toccato il culmine della
sua parabola, fatalmente discende, è tratto a odiare tutto ciò
che ha fatto prima e che gli parla di una felicità persa per
sempre).

Con tale certezza, io preferisco mantenere intatta la preziosa sorpresa chiusa nell'involto, tenerla in serbo per un vago futuro. E come nella vita l'attesa di un bene certo ci dà
più gioia che il raggiungerlo (ed è saggio non approfittarne
subito, ma conviene assaporare quella meravigliosa specie di
desiderio che è il desiderio sicuro di essere appagato ma non
ancora praticamente soddisfatto, l'attesa insomma che non
ha più timori e dubbi e che rappresenta probabilmente l'unica forma di felicità concessa all'uomo), come la primavera,
che è una promessa, rallegra gli uomini più dell'estate che ne
è il compimento sospirato, così il pregustare con la fantasia
lo splendore del poema ignoto, equivale, anzi supera il godi-
mento artistico della diretta e profonda conoscenza. Si dirà
che questo è un gioco della immaginazione un po' troppo
disinvolto, che così si apre la porta alle mistificazioni e ai
bluffs. Eppure, se ci si guarda indietro, constatiamo che le
più dolci e acute gioie non hanno mai avuto un più solido
costrutto.

Del resto, che stia qui il mistero della poesia, espresso in
uno dei suoi esempi estremi? Può darsi infatti ch'essa non
abbia bisogno di tenere un linguaggio aperto e universal-
mente comprensibile, né di avere un senso logico, né che le
sue parole formino delle frasi articolate, o esprimano dei ra-

gionevoli concetti. Ancora: le parole, come nel nostro caso, possono essere divise in brani e confusamente mescolate in un intrico di sillabe. Di più: per goderne l'incanto, percepirne la potenza, è persino superfluo leggerle. Basta dunque guardarle, basta il contatto, la vicinanza fisica? Forse è così. L'importante, soprattutto, è credere che in quel libretto, in quella pagina, in quei versi, in quei segni, ci sia un capolavoro (vedi Leopardi, *Zibaldone*: "Il bello in grandissima parte non è tale, se non perché tale si stima"). Io, per esempio, quando apro il cassetto e stringo in mano la descritta pallottola di carta dove si presume sia celato, in un groviglio di lacerti, un abbozzo di poesia, sarà la forza della suggestione, ma d'incanto mi sento più contento, più vivo, più leggero, intravedo una luce di magnificenza spirituale, e dall'estremo orizzonte lentamente cominciano ad avanzare verso di me le montagne, le solitarie montagne! (E magari, là dentro, non c'è che la minuta di una lettera anonima per la rovina di un collega.)

58

La peste motoria

Un mattino di settembre, nel garage Iride di via Mendoza – per caso ero presente – entrò un'auto grigia di marca esotica e di forma inusitata, con una targa straniera che non si era vista mai.

Il padrone, io, il vecchio capo meccanico Celada, mio ottimo amico, e gli altri operai, eravamo tutti di là nell'officina. Ma attraverso una vetrata il grande salone dei posteggi era visibile.

Dall'auto scese un signore sui 40, alto, biondo, elegantissimo, un po' curvo, che si guardò intorno preoccupato. Il motore non era stato spento e andava al minimo. Ciononostante, ne veniva un rumore strano, mai udito, un arido stridio, quasi i cilindri macinassero dei sassi.

Subito vidi come Celada si sbiancasse in volto. «Madonna santa» mormorò. «Questa è la peste. Come nel Messico. Me la ricordo bene.» Poi corse incontro allo sconosciuto, che era straniero e non capiva una parola d'italiano. Ma al meccanico bastarono le gesticolazioni per spiegarsi, tanto era ansioso che quello se n'andasse. E il forestiero se n'andò, sempre con quel rumore orrendo.

«Hai delle gran balle tu» disse il padrone del garage al capomeccanico, come fu rientrato in officina. Li conoscevamo fin troppo bene, per averli uditi cento volte, gli inverosimili racconti di Celada, che da giovane era stato nelle Americhe.

L'altro non se la prese. «Vedrete, vedrete» disse. «Per noi tutti sarà un affare serio.»

Questa, che io sappia, fu la prima avvisaglia del flagello, il timido rintocco che prelude al dispiegato scampanìo di morte.

Passarono però tre settimane prima che un altro sintomo affiorasse. Era un ambiguo comunicato del Comune: a evitare "abusi e irregolarità", speciali squadre erano state istituite, a cura della polizia stradale e della vigilanza urbana – era scritto – per controllare, anche a domicilio e nelle rimesse, l'efficienza degli automezzi pubblici e privati e, nel caso, ordinare il "ricovero conservativo", anche immediato. Era impossibile indovinare, sotto così vaghi termini, il vero scopo; e la gente non ci fece caso. Chi sospettò che quei "controllori" non fossero altro che monatti?

Ci vollero altri due giorni prima che l'allarme si spargesse. Poi, con rapidità fulminea, la voce, per quanto inverosimile, si diffuse da un capo all'altro della città: era arrivata la peste delle macchine.

Sui prodromi e manifestazioni del misterioso male se ne sentì di ogni colore. Dicevano che l'infezione si rivelasse con una cavernosa risonanza del motore, come per un intoppo di catarro. Poi i giunti si gonfiavano in gibbosità mostruose, le superfici si ricoprivano di incrostazioni gialle e fetide, infine il blocco motore si disfaceva in un intrico sconvolto di assi, bielle ed ingranaggi infranti.

In quanto al contagio, si pretendeva che avvenisse attraverso i gas di scarico, perciò gli automobilisti evitavano le strade frequentate, il centro divenne pressoché deserto e il silenzio, già tanto invocato, vi si stabilì sovrano come un incubo. Oh, festosi clacson, oh tonanti scappamenti dei bei giorni.

Anche i garages, per la promiscuità che implicavano, furono nella maggioranza abbandonati. Chi non disponeva di un ricovero privato, preferiva lasciare l'auto nelle località meno battute come i prati della periferia. E al di là dell'ippodromo il cielo rosseggiò dei roghi delle macchine uccise dalla peste e ammucchiate a bruciare in un vasto recinto che il popolo chiamava lazzaretto.

Come era fatale, si scatenarono i peggiori eccessi: furti e saccheggi di vetture incustodite; denunce anonime di auto che in realtà erano sane ma ad ogni buon conto, nel dubbio, venivano prelevate e date al fuoco; abusi dei monatti incaricati del controllo e dei sequestri; incoscienza delittuosa di chi, pur sapendo la propria macchina impestata, circolava tuttavia, seminando il contagio; auto sospette bruciate ancora vive (se ne udivano, a distanza, le urla atroci).

Da principio, per la verità, il panico fu maggiore del danno. Si calcola che nel primo mese non più di 5000 automobili, sulle 200.000 della nostra provincia, soccombessero alla peste. Parve quindi subentrare una tregua; il che fu male perché, con l'illusione che il flagello fosse praticamente terminato, una quantità di macchine tornò in circolazione, moltiplicando così le occasioni di contagio.

Ed ecco il morbo ridestarsi con esacerbata furia. Lo spettacolo di vetture fulminate dalla peste per la via divenne la cosa più normale. Il soffice rombo del motore all'improvviso si increspava e screpolava, frantumandosi in un rovinìo frenetico di ferro. Qualche sussulto ancora, poi il mezzo si fermava, maceria fumigante e maledetta. Ma più orribile ancora era l'agonia dei camion, le cui possenti viscere impegnavano una disperata resistenza. Lugubri tonfi e scrosci uscivano allora da quei mostri, finché una sorta di ululato sibilante annunciava l'obbrobriosa fine.

Ero in quel tempo autista di una ricca vedova, la marchesa Rosanna Finamore, che viveva in compagnia di una nipote nell'antico palazzo di famiglia. Io mi ci trovavo molto bene. La paga non si poteva dire principesca, ma in compenso il servizio era pressoché una sinecura: poche uscite di giorno, rarissime alla sera, e la manutenzione della macchina. Si trattava di una grossa Roll-Royce nera, già veterana, ma di aspetto superlativamente aristocratico. Ne ero orgoglioso. Per la via, anche le più potenti supersport smarrivano l'abituale tracotanza alla comparsa di quel superatissimo sarcofago trasudante sangue blu. Il motore poi, nonostante l'età, era un miracolo. Insomma, io le volevo bene più che se fosse mia.

L'epidemia quindi tolse anche a me la pace. Si diceva, è vero, che le maggiori cilindrate fossero praticamente immuni. Ma come esserne sicuri? Anche per mio consiglio, la marchesa rinunciò a uscire di giorno, quando era più facile il contagio; e limitò l'uso della macchina a rare sortite dopo cena, in occasione di concerti, conferenze o visite.

Una notte verso la fine d'ottobre, proprio nel colmo della peste, tornavamo a casa, con la solita Roll-Royce; tornavamo da un ridotto di dame solite a scambiare quattro chiacchiere per passare la malinconia di quel tempo. Quand'ecco, proprio mentre si imboccava piazza Bismarck, percepii, nell'armonioso fruscìo del motore, una breve incrinatura, un aspro grattamento che durò una frazione di secondo. Ne chiesi alla marchesa.

«Non ho sentito niente, io» mi disse. «Sta' su di giri, Giovanni, non pensarci, questo vecchio catenaccio non ha paura di nessuno.»

Tuttavia, prima di arrivare a casa, altre due volte quel sinistro cigolìo, o ingorgo, o sfregamento, non saprei proprio come dire, si ripeté, riempiendomi l'animo di orgasmo. Rientrato, a lungo rimasi nel piccolo garage a contemplare la nobile macchina, apparentemente addormentata. Finché, per certi indicibili gemiti provenienti a tratti dal cofano, benché il motore fosse spento, fui certo del peggio.

Che fare? Per avere un consiglio pensai di rivolgermi al vecchio meccanico Celada, che, oltre all'esperienza messicana, pretendeva di conoscere una speciale mistura d'oli minerali capace di prodigiose guarigioni. Benché fosse passata mezzanotte, telefonai al caffè dove egli usava fare quasi ogni sera la partita. C'era.

«Celada» gli dissi «tu sei sempre stato mio amico.»

«Eh, spero bene.»

«Siamo sempre andati d'accordo.»

«Per grazia di Dio.»

«Di te mi posso fidare...?»

«Diavolo!»

«Vieni, allora. Vorrei che tu vedessi la Roll-Royce.»

«Vengo subito.» E mi parve, prima che quello mettesse giù la cornetta, di udire un lieve risolino.

Restai, seduto su una panca, ad aspettare, mentre dalle profondità del motore uscivano sempre più frequenti rantoli. Con l'immaginazione contavo i passi del Celada, calcolavo il tempo; fra poco sarebbe stato lì. E, standomene in orecchi, per sentire se il meccanico arrivava, tutt'a un tratto udii nel cortile uno stropiccìo di piedi, ma non di un uomo solo. Un orrendo sospetto mi passò per la mente.

Ed ecco aprirsi l'uscio del garage, presentarsi e venire avanti due sudice tute marrone, due facce scomunicate, due monatti, in una parola: vidi mezza la faccia del Celada che, nascosto dietro un battente, rimaneva lì a spiare.

«Ah, lurida carogna... Via maledetti!» E cercavo affannosamente un'arma, una chiave inglese, una barra metallica, un bastone. Ma quelli mi erano addosso, fra quelle braccia forzute fui ben presto prigioniero.

«Tu, mascalzone» gridavano, con versacci di rabbia insieme e di scherno «rivoltarsi contro i controllori del Comune, contro i pubblici funzionari! contro quelli che lavorano per il bene della città!» E mi legarono alla panca, dopo avermi infilato in una tasca, suprema irrisione, il modulo regolamentare per il "ricovero conservativo". Infine misero in moto la Roll-Royce che si allontanò con un mugolìo doloroso ma pieno di sovrana dignità. Sembrava volesse dirmi addio.

Allorché, dopo mezz'ora di tremendi sforzi, fui riuscito a liberarmi, senza neppure avvertire dell'accaduto la padrona, mi lanciai nella notte, correndo come un pazzo al lazzaretto, di là dall'ippodromo, sperando di giungere in tempo.

Ma proprio mentre io arrivavo, il Celada coi due monatti stava uscendo dal recinto, e filò via come se non mi avesse visto mai, dileguando nel buio.

Non riuscii a raggiungerlo, non riuscii a entrare nel campo, non riuscii a ottenere che sospendessero la distruzione della Roll-Royce. A lungo restai con un occhio incollato a una fessura della palizzata, vedevo il rogo delle sventurate macchine, sagome scure si contorcevano spasimando tra le vampe. Dov'era la mia? In quell'inferno era impossibile distinguere. Solo per un istante, sopra il muggito selvaggio delle fiamme, credetti di riconoscere la sua cara voce; un urlo altissimo, straziante, che svanì presto nel nulla.

59

La notizia

Il maestro Arturo Saracino, di 37 anni, già nel fulgore della fama, stava dirigendo al teatro Argentina la ottava Sinfonia di Brahms in la maggiore, op. 137, e aveva appena attaccato l'ultimo tempo, il glorioso "allegro appassionato". Egli dunque filava via sull'iniziale esposizione del tema, quella specie di monologo liscio, ostinato e in verità un po' lungo, col quale tuttavia si concentra a poco a poco la carica potente di ispirazione che esploderà verso la fine, e chi ascolta non lo sa ma lui, Saracino, e tutti quelli dell'orchestra lo sapevano e perciò stavano godendo, cullati sull'onda dei violini, quella lieta e ingannevole vigilia del prodigio che fra poco avrebbe trascinato loro, esecutori, e l'intero teatro, in un meraviglioso vortice di gioia.

Quand'ecco egli si accorse che il pubblico lo stava abbandonando.

È questa, per un direttore d'orchestra, l'esperienza più angosciosa. La partecipazione di chi sta ascoltando per inesplicabili ragioni viene meno. Misteriosamente, egli se ne accorge subito. Allora l'aria stessa sembra diventare vuota, quei mille, duemila, tremila arcani fili, tesi fra gli spettatori e lui, da cui gli vengono la vita, la forza, l'alimento, si afflosciano o dissolvono. Finché il maestro resta solo e nudo su un deserto gelido, a trascinare faticosamente un'armata che non gli crede più.

Ma erano almeno dieci anni che aveva smesso quella terribile esperienza. Ne aveva perso anche il ricordo e perciò adesso il colpo era più duro. Stavolta poi il tradimento del pubblico era stato così repentino e perentorio da lasciarlo senza fiato.

"Impossibile" pensò "non c'è motivo che sia colpa mia. Io stasera mi sento perfettamente in forma, e l'orchestra sembra un giovanotto di venti anni. Dev'esserci un'altra spiegazione."

Difatti, tendendo allo spasimo le orecchie, gli parve di percepire nel pubblico, alle sue spalle, e intorno, e sopra, serpeggiare un sommesso brusìo. Da un palco proprio alla sua destra giunse un esile stridore. Con l'estrema coda dell'occhio intravide due tre ombre che in platea sgusciavano verso un'uscita laterale.

Dal loggione qualcuno zittì imperiosamente, imponendo il silenzio. Ma la tregua fu breve. Ben presto, come per una fermentazione incoercibile, il sussurro riprese, accompagnato da fruscii, sussurri, passi furtivi, stropiccii clandestini, spostamenti di sgabelli, porticine aperte e chiuse.

Che stava succedendo? All'improvviso, come se in quell'istante lo avesse letto su una pagina stampata, il maestro Saracino seppe. Trasmessa probabilmente dalla radio poco prima e portata in teatro da un ritardatario, era giunta una notizia. Qualcosa di spaventoso doveva essere accaduto in qualche parte della terra, e ora stava precipitando su di Roma. La guerra? L'invasione? Il preannuncio di un attacco atomico? In quei giorni, erano lecite le più rovinose ipotesi. E sgusciando fra le note di Brahms, mille pensieri angosciosi e meschini lo assalirono.

Se scoppiava la guerra, dove avrebbe mandato i suoi? Fuggire all'estero? Ma la villa appena costruita, in cui aveva speso tutti i suoi risparmi, che fine avrebbe fatto? Sì, come mestiere, lui Saracino era fortunato. In qualsiasi parte del mondo, con la sua celebrità, di fame non sarebbe sicuramente morto. E poi i russi, per gli artisti hanno notoriamente un debole. Ma a questo punto, con orrore, si ricordò che due anni prima egli si era alquanto compromesso firmando, con tanti altri intellettuali, un manifesto antisovietico. Figurarsi se i colleghi non l'avrebbero fatto sapere alle autorità d'occupazione. No, no, meglio fuggire. E sua mamma, oramai vecchia? E sua sorella minore? E i cani? Precipitava in un pozzo di sgomento.

Del resto, che fosse giunta una informazione di catastrofe fulminea, non c'era ormai più ombra di dubbio. Con la minima decenza imposta dalla tradizione del teatro, il pubblico stava scandalosamente disertando. Saracino, alzando gli occhi verso i palchi, notava sempre più numerosi vuoti. A uno a uno, se ne andavano. La pelle, i soldi, le provviste, lo sfollamento, non c'era da perdere un minuto. Altro che Brahms. "Che vigliacchi" pensò Saracino, che aveva dinanzi a sé ancora dieci minuti buoni di sinfonia, prima di potersi muovere. "Che vigliacco" si disse però subito dopo, misurando l'abbietto panico, da cui si era lasciato impossessare.

Tutto infatti andava disfacendosi, dentro e dinanzi a lui. I cenni, ormai puramente meccanici, della bacchetta, non trasmettevano più nulla all'orchestra la quale inevitabilmente si era a sua volta resa conto della dissoluzione generale. E fra poco si sarebbe giunti al punto decisivo della sinfonia, alla liberazione, al grande colpo d'ala. "Che vigliacco" si ripeté Saracino, nauseato. La gente se ne andava? La gente stava fregandosene di lui, della musica, di Brahms per correre a salvare le loro esistenze miserabili? E con questo?

Improvvisamente capì che la salvezza, l'unica via di scampo, la sola utile e degna fuga era, per lui, come per tutti gli altri, stare fermo, non lasciarsi trascinare via, continuare il proprio lavoro fino in fondo. Una rabbia lo prese al pensiero di ciò che accadeva nella penombra alle sue spalle, che stava per accadere pure a lui.

Si riscosse, alzò la bacchetta gettando a quelli dell'orchestra una spavalda e allegra occhiata, d'incanto ristabilì il flusso vitale.

Un tipico arpeggio discendente di clarino lo avvertì che erano ormai vicini: stava per cominciare lo stacco, la selvag-

gia impennata con cui la ottava Sinfonia, dalla pianura della
mediocrità scatta verso l'alto e con gli accavallamenti tipici
di Brahms, a potenti folate, si leva verticalmente, fino a tor-
reggiare vittoriosa in una suprema luce, come nuvola.

Vi si buttò dentro con l'impeto moltiplicato dalla collera.
Scossa da un brivido, anche l'orchestra si impennò, oscillando paurosamente per una frazione di secondo, quindi partì
al galoppo, irresistibile.

E allora il brusìo, i sussurri, i colpi, i tramestii, i passi, il
viavai tacquero, nessuno si mosse né fiatava più, inchiodati
tutti restarono, non più paura ma vergogna, mentre dalle argentee antenne delle trombe, lassù, le bandiere sventolavano.

60
La corazzata *Tod*

Hugo Regulus, già capitano di corvetta tedesco nell'ultima guerra, pubblicherà nel mese prossimo un libro straordinario (*Das Ende des Schlachtschiffes König Friedrich II*, Gotta Verlag, Amburgo). I pochi che hanno letto il manoscritto, da principio sono rimasti forse un po' perplessi, tanto i fatti riferiti confinano col regno dell'inverosimile se non addirittura della pura pazzia. Senonché, procedendo, si deve riconoscere che la documentazione dell'autore appare indiscutibilmente seria e persuasiva. Tra l'altro è impressionante la fotografia – l'unica a dir la verità ma tale da non poter essere facile frutto di mistificazione – dell'inaudito mostro, creato si direbbe in un delirio di grandezza, dannato dalla fatalità all'avvilimento di un inglorioso e imbelle esilio, finalmente tratto – quando tutto sembrava già dissolversi in degradazione obbrobriosa – alla magnificenza tragica di un destino tanto più eroico ed ambizioso perché nessuno al mondo ne avrebbe dovuto mai sapere nulla.

Se è vero quanto narra il Regulus, questa è la rivelazione del segreto più stupefacente e tenebroso dell'ultimo conflitto. Stupefacente per la vicenda in se stessa, che a prima vista ha dell'incredibile e si distacca stranamente da qualsiasi altro episodio della guerra. Stupefacente forse ancor più per la congiura del silenzio con cui migliaia e migliaia di uomini hanno protetto e proteggono tuttora il segreto; quasi che l'esserne a parte, con la coscienza che nessun altro sa, dia loro una gioia senza prezzo. E sulla necessità, o convenienza, di tacere, sono stati e sono d'accordo uomini ricchi e poveri, potenti e umili, colti e ignoranti, alti ufficiali e oscuri manovali di cantiere, tutti fedeli al patto anche quando la catastrofe li ebbe sciolti da ogni vincolo di disciplina militare. Costoro – dichiara il Regulus, e qui per la verità sorge qualche dubbio – continueranno a tacere anche domani, dopo che il libro sarà stato pubblicato: e se qualcuno li identificherà, negheranno; e se qualcuno li interrogherà, diranno di non sapere niente. Tutti, meno uno.

Tre parti ha il libro. Nella prima il Regulus narra in prima persona come venne a sapere la misteriosa storia. È una specie di meticoloso memoriale che descrive le varie fasi della inchiesta: i primi vaghi sospetti germogliati per cui egli riuscì a collegare vari indizi che apparivano lontanissimi tra loro; le ricerche lungamente infruttuose fino a che il caso lo condusse sul luogo stesso dove la vicenda ebbe la sua origine e dove sconvolte tracce di macerie parlavano ancora di insensati sogni; le testimonianze, se si possono chiamare tali le induzioni tratte da frasi udite nelle nere taverne dei porti quando la notte e la stanchezza smorzano la ostinazione dell'uomo; e poi l'incontro col superstite che nel vaneggiamento dell'agonia parla e parla, buttando fuori il terribile segreto, finalmente!

La seconda parte consiste nel resoconto, purtroppo molto lacunoso, di ciò che avvenne a bordo della nave dal giorno che salpò per la sua prima missione fino al mattino della tragedia sui confini estremi dell'oceano.

Nella terza parte, che ha carattere di appendice, il Regulus risponde a quelli che prevede possano essere i dubbi, le obiezioni, le critiche del pubblico. Cercando soprattutto di spiegare come un fatto di tali proporzioni, che coinvolse le sorti di migliaia, sia potuto rimanere chiuso per tanto tempo sotto una cappa di silenzio. Citando nei minuti particolari, con una insistenza fin sospetta, i "documenti". E per ultimo tentando di interpretare l'estremo atto del dramma che, nonostante ogni suo sforzo, resta sospeso in una aura sovrumana e chiede a noi un vero atto di fede. Ma, sebbene si stenti a credere, un'avventura tanto disperata poteva forse avere una conclusione meno assurda? Che meraviglia se, affascinate da così pura follia, le potenze delle tenebre, di cui talora si udì narrare nei passati tempi, sono uscite dagli abissi australi per rispondere alla sfida degnamente?

Hugo Regulus, figlio di un armatore di Lubecca, aveva 35 anni allo scoppio della guerra. Ufficiale di marina, aveva lasciato il servizio nel 1936, col grado di capitano di corvetta, per ragioni di salute e per poter aiutare il padre, ormai vecchio, nell'azienda. Richiamato all'inizio delle ostilità, avrebbe potuto essere esonerato date le sue condizioni fisiche. Per patriottismo volle invece prendere servizio e fu assegnato al Ministero della Marina da guerra, reparto "Personale", dove rimase fino in ultimo.

Non ebbe mai compiti difficili o di responsabilità. Sovrintendeva allo schedario dei sottufficiali e ne seguiva le promozioni, i trasferimenti, le licenze, le mancanze disciplinari e così via. Indirettamente egli aveva così sempre sotto gli occhi un quadro completo ed aggiornato rispecchiante le vicende della Kriegsmarine.

Ebbene – è lui che lo racconta – a partire dall'estate 1942 cominciarono ad arrivare nel suo ufficio degli ordini di trasferimento di nuovo genere. Vi si indicavano il luogo o l'unità di provenienza ma per destinazione si dava una formula segreta: "Eventualità 9000 – Missione speciale – Presentarsi all'Ufficio operativo 27".

Ordini di questo tipo, con la sigla "missione speciale", arrivavano di quando in quando e sarebbe stato indiscreto, oltre che sospetto, se gli addetti al reparto "Personale" avessero indagato cercando di sapere di quale impresa si trattasse. Ma fino allora capitavano di raro, a gruppetti di sette otto al massimo. Ed era facile supporre ciò che il segreto nascondesse: o incarichi riservati per conto del Servizio informazioni e controspionaggio, o missioni in territorio nemico, o crociere di sommergibili specialmente delicate per cui si riteneva necessario aggiungere una supplementare garanzia di segretezza a quelle usate come regola per tutte le operazioni belliche.

Questa volta però i destinati alla "missione speciale" non erano sette o otto e neppure una decina. Nel giro di poche settimane i soli sottufficiali trasferiti alla ignota sede assommavano già a quasi 200. Il ritmo di questi strani trasferimenti poi rallentò, prolungandosi tuttavia per mesi e mesi.

Coi colleghi, il Regulus ne parlava poche volte. Talora ebbe la impressione che qualcuno, nel suo stesso ufficio, ne sapesse più di lui; ma che preferisse evitare l'argomento. Quasi fosse uno di quei segreti che è una fortuna non conoscere; perché la paura di lasciarsi sfuggire una parola, di commettere una indiscrezione sia pur minima diventa, per gli iniziati, un incubo, tanto grave è la posta in gioco. E allora uno evita perfino gli amici e non si rilascia mai e, se vive in famiglia, si sveglia di soprassalto in piena notte col terrore di aver parlato in sonno e che la moglie abbia sentito.

Divenne, l'"Eventualità 9000", come una porta misteriosa che inghiottiva a centinaia gli uomini; e di là c'era il buio pesto. Una base per nuove armi segrete? Un corso di addestramento in vista di qualche progetto temerario? Un corpo di spedizione per sbarcare in Inghilterra? Finché, nel febbraio 1943, l'enigmatica chiamata portò via anche il capo di prima Willy Untermeyer, ch'era il braccio destro di Regulus.

Questo Untermeyer era uomo zelantissimo e devoto ma tutt'altro che tempra di guerriero. La sua paura, non del tutto dissimulata, era di dover lasciare il Ministero, dove lavorava da sei anni, per fare il suo turno di imbarco. La stessa sua bravura, la simpatia dei superiori lo avevano finora risparmiato. Ma ecco le sue speranze disilluse e nella forma più temibile. A quelli del reparto "Personale", che ignoravano ciò che c'era sotto, l'"Eventualità 9000" era infatti sinonimo di massimo pericolo, di separazione dal consorzio umano, di partenza senza prospettive di ritorno.

Di solito taciturno e timido, capo Untermeyer, alla vigilia del commiato, non riusciva a dominarsi e interrogava ansiosamente i superiori chiedendo una sia pur vaga spiegazione. Ma da ogni parte trovava un muro impenetrabile.

Il capitano di corvetta Regulus lo vide partire con dolore. E l'enigma dell'"Eventualità 9000", fino allora a lui estraneo, entrò, per dire così, nella sua vita. La curiosità, il desiderio di sapere ciò che sapere non si deve, questo sentimento così poco militare, divenne un quotidiano assillo. E bastava che un piantone gli consegnasse una busta indirizzata a lui con l'annotazione "riservata" – ciò avveniva parecchie volte al giorno – perché gli venisse il batticuore: l'"Eventualità 9000" non poteva forse aver bisogno anche di lui?

Ma la chiamata per il capitano di corvetta Regulus non arrivò, e i mesi passarono, e decine e decine di altri sottufficiali partirono per la destinazione sconosciuta e per quanto stesse sempre con le orecchie tese e gli occhi aperti, egli non riuscì a raccogliere il più piccolo indizio, né una parola, né un'allusione, né un gesto, né una occhiata, nulla che si potesse in qualche modo riferire al preoccupante enigma. E vennero i bombardamenti, il suo ufficio si trasferì alla periferia di Berlino in sede protetta, poi ci fu la fine della guerra e Regulus riuscì, anche per le sue condizioni di salute, a evitare internamento e prigionia. Ma neppure allora, sfaldatasi ormai l'impalcatura militare e divenuti di dominio pubblico i segreti più gelosi, poté sapere qualche cosa dell'"Eventualità 9000". Eppure centinaia di sottufficiali, probabilmente migliaia di marinai, vi erano rimasti coinvolti. Dove erano dunque finiti? Quale che fosse il retroscena del segreto, molti di loro dovevano essere tornati. Come mai nessuno parlava? E perché capo Untermeyer che dal giorno della partenza gli aveva mandato ogni mese, regolarmente, una cartolina in franchigia coi saluti (ma né il testo né il timbro rivelavano la reale provenienza) perché capo Untermeyer non si faceva vivo?

Nacque così nell'ex-capitano di corvetta Regulus la determinazione di risolvere il mistero. Nella conoscenza dei fatti bellici, il segreto militare o l'invalicabile barriera del fronte avevano per anni determinàto delle vaste lacune che però adesso le rivelazioni dei protagonisti, da entrambe le parti, andavano via via colmando. Le intimità più recondite dei governi e degli alti comandi venivano giornalmente messe in piazza, quasi con una smania invereconda. Così il panorama del conflitto si completava a poco a poco degli episodi rimasti fino allora sconosciuti. Vita del Führer, armi segrete, congiure di generali, sondaggi per armistizi separati, eccetera, tutto veniva a galla. Tutto, tranne l'"Eventualità 9000". Questo l'unico vuoto che continuasse a rimanere tale, e non era un vuoto trascurabile se vi era sparita tanta gente. Nel gigantesco gioco d'incastri che ricostruiva la storia di quegli anni, mancava ancora un pezzo e per riempire il buco non c'era che quella formula convenzionale e senza senso; dietro la quale non si scorgeva niente, neppure l'ombra confusa di un fantasma.

Certo, tale lacuna era nota a pochi; solo a coloro che, come il Regulus, ne avevano avuto sentore per motivi di servizio. Il mondo esterno non ne sapeva nulla. Anche inglesi, americani e russi pareva che non fossero al corrente. Perfino i pochi colleghi che il Regulus aveva occasione di incontrare sembrava se ne fossero dimenticati: «L'Eventualità 9000?» rispondevano. «Ah sì, adesso mi ricordo... Una missione speciale, vero?... Mah, chissà cos'era... Non ne ho mai saputo niente.» E avevano l'aria di essere sinceri.

Ma il Regulus non disarmò (così almeno egli racconta). Passando il tempo anzi l'"Eventualità 9000" diventò per lui una specie di mania. Sebbene la sua famiglia fosse stata impoverita dalla guerra, egli non si trovò mai in ristrettezze, avendo trovato un posto decoroso in una impresa commerciale di Lubecca. Né il suo lavoro era assillante. Cosicché alle indagini poté dedicare un certo tempo.

Cominciò, nel novembre 1945, a cercare la famiglia dell'Untermeyer, di cui aveva conservato l'indirizzo. Andò apposta a Kiel. Trovò il padre e la moglie del sottufficiale che, dopo l'aprile 1945, non aveva più dato notizie. No, non avevano mai saputo la sua reale destinazione. No, dopo la sua partenza per la "missione speciale" non era mai tornato a casa in licenza. No, non avevano la più lontana idea della sua sorte. Però speravano di rivederlo comparire da un momento all'altro. No, non avevano neppure mai udito notizie o ipotesi o dicerie circa l'"Eventualità 9000". Fu un sopralluogo completamente negativo.

Hugo Regulus confessa che a questo punto si sentì alquanto scoraggiato. Non già veniva meno in lui la convinzione che sotto ci dovesse essere un mistero – e un mistero di carattere mostruoso – ma dubitava di venirne mai a capo. Mancava anche il più sottile appiglio a cui afferrarsi; era impossibile formulare anche una semplice ipotesi; dovunque si volgesse, annaspava nel vuoto inutilmente.

Stava domandandosi se non fosse quasi meglio rinunciare quando fece la sua prima "scoperta". In realtà era soltanto la interpretazione molto fantastica di una notizia comparsa nel dicembre 1945 sugli «Stars and Stripes», il giornaletto pubblicato dai Comandi di occupazione americani. Ma fu un barlume.

La notizia era la seguente:

"L'equipaggio di un piccolo piroscafo da carico argentino, il *Maria Dolores III*, giunto a Bahia Blanca proveniente dalle isole Malvine, raccontava di aver avvistato un serpente di mare 'grande come una collina'. Lo avevano incontrato poco prima del tramonto. Il gigante flottava immobile, controluce, apparentemente addormentato. Concordi, i marinai del mercantile lo descrivevano munito di 'almeno tre o quattro teste e di numerosi tentacoli, o antenne, simili a quelle degli insetti ma di lunghezza spaventevole che si protendevano verso il cielo ruotando lentamente come se cercassero qualcosa'. L'apparizione fu così paurosa che il *Maria Dolores III* accostò subito in fuori, allontanandosi a tutta forza. Poco dopo le tenebre della notte avvolsero il mostro, ormai lontano sull'orizzonte e sempre immobile."

Poi ci fu, pochi giorni dopo, un'altra notizia interessante.

Il pilota di un aereo proveniente dal Sud Africa e diretto a Buenos Aires riferiva di avere visto in pieno oceano – e ne dava la posizione esatta – una isoletta vulcanica di recente formazione. Al passaggio dell'apparecchio l'eruzione era ancora in pieno sviluppo. Infatti il nuovo scoglio era semicoperto da una coltre di vapori innalzatisi per alcune centinaia di metri. E in quel tratto di mare, che si sapesse, non erano mai esistite isole.

Fu per Regulus la luce. La cosa apparsa al *Maria Dolores III* – egli pensò – poteva essere tutto tranne che un serpente di mare, simili mostri non essendo mai esistiti. Non solo: per una specie di chiaroveggenza, mise in rapporto le due notizie diversissime e si chiese: non potrebbero essere due interpretazioni, entrambe assurde, del medesimo fenomeno? Perché escludere che sia il serpente di mare e sia l'isola vulcanica fossero un bastimento gigantesco?

Era ben poco, nulla si può dire. Gratuite fantasticherie su due notizie forse nate da allucinazioni, ingrandite dai corrispondenti dei giornali e poteva anche darsi inventate di sana pianta.

Eppure il Regulus non riusciva a staccarsi da quella idea esageratamente romanzesca: che insomma l'"Eventualità 9000" fosse una nave da guerra di proporzioni eccezionali, progettata in segreto, costruita in un cantiere segreto, di nascosto varata, armata e messa a punto affinché all'improvviso comparisse sul mare a sterminare con pochi colpi le flotte dei nemici. E forse quelle antenne avvistate dai marinai della *Maria Dolores III* erano dei cannoni di statura mai vista, ciascuno grande come la ciminiera delle Lederer Stahlwerke che sorgono alla periferia di Lubecca. Ma potevano essere anche armi nuove e tremende, questo anzi avrebbe spiegato meglio tutta quella segretezza, da cui si dipartivano proiettili o raggi di sterminio, così come è nei sogni dei giovanissimi cadetti, quando si addormentano alla sera nel freddo e duro lettino dopo una pesante giornata di studio e di esercizi.

Solo che la nave invincibile non aveva fatto in tempo – tale la supposizione del Regulus – e quando si era trovata pronta alla battaglia, proprio allora su tutti i fronti della terra e del mare si era cessato di combattere, per la prostrazione, la rovina, la totale sconfitta dell'amata grande Germania.

Ciononostante era salpata per la sua prima missione, aveva raggiunto inosservata l'oceano Atlantico approfittando di quei giorni di eccitamento, confusione, frenesia mondiale perché la guerra era finita e non si doveva più morire.

Perciò la nave – fantasticava il Regulus – era andata vagando nelle acque più solitarie come quelle per esempio a levante dell'Argentina. Ma a quale scopo? Con quali speranze? E vivendo di che cosa? Con che nafta accendendo le sue caldaie vaste come le antiche cattedrali gotiche? Cosicché a questo punto l'ex-capitano di corvetta Regulus era ripreso dai dubbi e si metteva perfino a ridere della propria follia.

Ma quella specie di demone non si era arreso dentro di lui e lo spinse anzi a girare per le città dove erano esistiti i più grandi cantieri della Kriegsmarine, oppure nelle località della costa poco conosciute dove la flotta del Reich aveva disposto le sue basi minori.

Vestito male, con un berretto da macchinista, passava le sere nelle bettole più malfamate dei porti, ivi bevendo, fumando, chiacchierando, chiedendo le informazioni più sciocche come per esempio su dove trovare fresche ragazze a buon mercato, eppure ogni tanto faceva quasi casualmente anche domande d'altro genere come potrebbe fare un uomo già avanti con l'età che si trovi fortuitamente in un'osteria di basso rango in una città non sua dopo aver bevuto birra in modo da fluttuare a mezz'aria, con le parole che corrono fuori della bocca di loro spontanea volontà.

Parlava della leggendaria nave – non aveva trovato denominazione più adatta – come se quello fosse un dato di dominio pubblico che non ci fosse nessun pericolo a toccare.

Intorno a lui erano operai, scaricatori, marinai, bottegai, bagasce che dovevano sapere vita, miracoli e morte del loro porto. Mai però che uno mostrasse di capire l'allusione. Mai che uno denotasse per lo meno riluttanza o fastidio, o che invitasse, dichiaratamente o no, il signor Regulus a smettere un interrogatorio così inopportuno.

Sembrava proprio che nessuno sapesse niente di niente, mai sentito parlare di un grandissimo bastimento costruito in segreto, varato di nascosto e così via per la salvezza della patria agonizzante.

Era sul punto di rinunciare alle ricerche quando la fortuna andò appositamente ad aspettarlo, in una birreria di infimo ordine a Wilhelmhaven.

Essa aveva assunto la forma corporea di un facchino o tipo del genere, grigio di capelli, tarchiato, stanco, che si era addormentato in un angolo, dinanzi al suo boccale vuoto.

Hugo Regulus come sempre fece varie conversazioni coi presenti e arrivò con molta astuzia all'argomento che gli si era incastrato nell'animo. Domandò a questo domandò a quello, non capivano neppure a che cosa lui alludesse, mai avevano sentito parlare di una storia siffatta.

Cosicché la sera passò inutilmente e a un certo punto il Regulus si trovò solo nel locale e il proprietario aveva tutte le intenzioni di chiudere, e di fuori, nella notte di minuto in minuto più silenziosa, si udiva un ritmico doloroso cigolio come quello dei velieri alla banchina quando l'onda li fa dondolare.

Allora il facchino grigio di capelli si alzò per uscire ma quando fu sulla soglia si voltò con un curioso sogghigno e disse: «Quella storia, signore, che lei poco fa raccontava, l'ho sentita raccontare anche da un altro. Era uno dell'isola di Rügen». E scomparve.

Il Regulus gli corse dietro. Ma fuori non c'era anima viva. Guardò a destra guardò a sinistra, niente alla luce dell'unico lampione acceso, come se la terra lo avesse inghiottito.

Ebbene, eccolo nell'isola di Rügen che gira con un cavalletto e una cassettina fingendo di essere un pittore. Mentre dipinge – da ragazzo si divertiva a fare degli acquarelli, dopo tutto può anche recitare la parte – gli piace, si direbbe, scambiare due parole con i paesani, vecchi per lo più, bambini e qualche donna che gli stanno alle spalle per vedere come fa. «A proposito, a proposito» dice «ho sentito dire tempo fa che qui all'isola di Rügen durante la guerra avevano messo su un grande cantiere.» «È vero è vero» dice uno «facevano tutto di nascosto, come se tutti noi non si sapesse!»

Per l'emozione all'ex-capitano di corvetta viene meno il fiato. «E che cosa costruivano? Una corazzata, vero? Era una grande nave da guerra?» L'uomo ride, ridono anche gli altri. «Corazzata? Altro che corazzata. Era lo stadio, lo stadio per 500.000 spettatori, per le grandi olimpiadi del 1948 che dovevano essere la festa dell'umanità, dopo la vittoria di Hitler sul mondo!»

Questa è una amara delusione per chi ha cercato e si è affaticato tanto. «E perché allora costruirlo in segreto?» «Chi lo sa. Forse perché doveva essere una meravigliosa sorpresa, da rivelare improvvisamente al popolo stanco dopo la vittoria.» «E anche voi ci lavoravate?» «Oh, nessuno di noi, qui, di Rügen. Soltanto gente venuta da fuori, migliaia e migliaia, tutti giovani. E noi si diceva: perché mai mandano qui a lavorare allo stadio tutti questi giovanotti che dovrebbero invece essere sul fronte?»

«E a vedere il cantiere vi lasciavano andare?» «Intorno al cantiere filo spinato con corrente ad alta tensione. E sentinelle armate. Poi un bello spazio deserto. Poi ancora un grande muro e altro filo spinato, sul muro le sentinelle che avevano l'ordine di sparare.»

«E dopo, che cosa ne hanno fatto?» domanda l'ex-capitano di corvetta. «Dopo è stato distrutto tutto quanto. Per la rabbia, probabilmente. Ordine di far saltare gli impianti. Per quattro giorni continue esplosioni, si vedevano le vampe di qua, l'isola tremava.» «E adesso?» «Adesso non c'è più niente, solo qualche maceria.» «Ma dov'è?» Allora gli insegnano la strada.

Arriva dunque l'ostinato Hugo Regulus sul posto dove Hitler aveva ordinato di costruire il più grande stadio del mondo per le olimpiadi dell'apoteosi tedesca; proprio nell'isola di Rügen, che idea. Ma il Regulus se ne intende e capisce subito che non si è mai lavorato per lo stadio, il suo animo veramente trema di una commozione straordinaria, alla vista di ciò che lui cerca da tanti mesi.

È una specie di avvallamento che finisce nelle acque del mare, e ci sono erbacce, sconvolti macigni, pezzi di muratura e cemento, ferri contorti, pareti infrante, ma soprattutto erbacce e grami cespugli che coprono pietosamente ogni cosa.

Lui calcola la lunghezza della svasatura, circa mezzo chilometro, calcola larghezza, profondità, tutto quanto. Vede resti di rotaie, di gru, di pontoni, di lamiere, di travi, perfino un bossolo di granata affondato completamente nel fango. Inoltre avverte ancora nell'aria un odore caratteristico a lui ben noto, profumo persistente di nave da guerra: nafta, vernice, lamiera rovente, fiato di marinai.

Questa dunque la recondita base dell'"Eventualità 9000". Qui è stata costruita una nave di proporzioni mai tentate, in questo bacino è nata, di qui è scesa in mare, e adesso non resta neppure il ricordo, perché tutto è stato fatto in segreto e gli uomini che sanno non aprono mai bocca, deve essere questione di un giuramento sacro che impegna l'onore e la vita: a meno che non siano tutti morti, migliaia e migliaia sprofondati sotto la superficie della terra. O del mare.

Poi vede i resti del filo spinato, del lunghissimo muro di cinta, delle officine, delle baracche, una intera città deve essere vissuta qui per anni all'insaputa del mondo, protetta da chissà quali mascherature, all'insaputa degli stessi pezzi grossi della Kriegsmarine.

Ma adesso non c'è altro che una landa petrosa e abbandonata dove non passa mai nessuno, con in mezzo quella fatale concavità ormai senza senso, e sopra pochi uccelli simili a corvi che girano e girano tendenziosamente mandando lamentevoli strida, e sopra ancora il cielo grigio e immobile del Baltico con quella sua luce diafana che chiama al nord, sempre al nord, e davanti il mare che cammina in eterno, mare duro e potente di colore grigio con lunghe creste bianche le quali compaiono e scompaiono senza motivo e cercandole gli sguardi vanno in là, sempre più in là, fino al lontanissimo orizzonte, interamente disabitato.

Così il mistero dell'"Eventualità 9000" diventava ancora più vero e inquietante, Hugo Regulus non poteva tirarsi indietro neanche volendolo con tutte le forze, bisognava inoltrarsi fino in fondo a costo di consumarci l'intera vita che gli rimaneva. Era il maggio del 1946.

Ma subitamente l'enigma tanto difficile e oscuro si aprì quasi da solo. Comparve su un giornale di Amburgo una breve notiziola da Kiel che riferiva un tentato suicidio: in un giardino pubblico era stato trovato un uomo privo di sensi e insanguinato con una grave ferita alla testa. Stringeva ancora una rivoltella nella destra. Era un certo Wilhelm Untermeyer, già sottufficiale di marina, rimpatriato recentemente dal Sud America dove era stato qualche tempo internato. Ignote le cause del suicidio.

Era proprio il capo Willy Untermeyer che aveva lavorato tanto tempo alle dipendenze del Regulus e che era stato portato via dall'"Eventualità 9000". Il Regulus lo trovò all'ospedale di Kiel con la testa tutta bendata che parlava, ininterrottamente parlava, e invano i medici gli somministravano dei sedativi. Ogni tanto cadeva in un sonno profondo ma appena sveglio ricominciava a parlare, dicendo cose apparentemente incomprensibili, e perciò tutti erano convinti che delirasse. La ferita – dicevano i medici – era grave, scarse le probabilità che l'uomo sopravvivesse.

In quanto al padre e alla moglie del disgraziato, non sapevano spiegarsi l'accaduto. Willy era tornato già da oltre un mese, più taciturno e chiuso che mai. E di quanto gli era capitato aveva detto poco o niente. Aveva detto soltanto di essersi imbarcato su una nave, che alla fine della guerra questa nave si era autoaffondata, che lui era stato internato in Argentina e che qui se l'era passata discretamente, fin quando lo avevano fatto rimpatriare. Però non aveva spiegato che nave, né dove, né quando, né le circostanze relative. Strano anche che dopo il rimpatrio non si fosse fatto vivo col Regulus a cui era sempre stato affezionato. La moglie una volta gli aveva chiesto: «Come mai non scrivi al comandante Regulus? È venuto qui apposta a cercarti, sarà felice di saperti tornato». «Sì, sì, gli scriverò» aveva risposto Willy. Ma poi non ne aveva fatto niente.

Capo Untermeyer riconobbe il suo ex-superiore quando costui entrò nella stanzetta d'ospedale? Il Regulus scrive che la cosa è incerta. Tuttavia alle sue domande il ferito rispose quasi sempre a tono. Poche domande in verità perché i medici avevano proibito di interrogarlo. Parlava fin troppo lui da solo, quasi che dentro egli avesse uno spaventoso ingorgo di cose rimaste compresse che adesso volevano sfogarsi; quasi che il colpo della rivoltella avesse aperto un varco e di qui traboccasse fuori ciò che in lui fermentava con dolore da troppo lungo tempo.

Capo Untermeyer, in questi interminabili sproloqui che terminarono soltanto un'ora prima della sua morte, non fece mai un racconto filato. I ricordi lo assalivano dalle più svariate parti senza ordine alcuno, per cui a un episodio ne seguiva un altro che magari si riferiva a parecchi mesi prima.

La storia che il Regulus ne ricavò presenta perciò lacune e sconnessioni. In compenso il Regulus crede che nulla di quanto usciva dalle labbra di Untermeyer fosse frutto di delirio. Per quanto frammentaria, la narrazione è in ogni suo punto motivata e soprattutto risponde in modo esauriente ai maggiori interrogativi che l'"Eventualità 9000" aveva lasciato. Sia come sia, si tratta dell'unica testimonianza attendibile e diretta su uno degli avvenimenti più meravigliosi del nostro tempo.

A questo punto comincia la seconda parte del libro, la più importante e, purtroppo, la più breve. A ragione, il Regulus non ha voluto, per amplificarla, lavorare di fantasia e neppure coordinare la rotta materia con legamenti e aggiunte che la logica poteva anche autorizzare. Nel trascrivere ciò che disse l'Untermeyer, il suo intervento si limita a disporre i fatti secondo un'ovvia successione cronologica e nel dare forma sintattica alle cose che dalla bocca dell'agonizzante uscirono in frasi monche, espressioni dialettali, balbettii. E ora non resta che ascoltare.

Nel cantiere dell'isola di Rügen – detto appunto cantiere 9000 – con una segretezza che avrebbe fatto invidia ai pallidi burocrati degli Uffici Cifra e un impegno di mezzi che sembrava dovesse esaurire il sangue stesso del Paese fino all'ultima estenuata stilla, per cui tutti i presenti avevano una specie di paura quasi che fosse una follia calamitosa; all'ombra di una sterminata tettoia sulla quale ogni mattina degli uomini stendevano ramaglie verdi, sterpi giallastri, blocchi di neve, a seconda delle stagioni; in ermetica clausura di militari e operai; protetta da un giuramento solenne di tutti i partecipanti; fu costruita dal giugno 1942 al gennaio 1945 la corazzata *König Friedrich II* che doveva essere l'arma segreta del grande Reich per sbaragliare le flotte unite della Gran Bretagna e Stati Uniti e quante altre vi si affiancassero, infelici loro, pace all'anima dei marinai che vi si fossero trovati a bordo poiché non avranno neppure il tempo di rivolgere una breve preghiera al Signore Nostro Onnipossente.

Il dislocamento doveva essere di 120.000 tonnellate e tale infatti riuscì. La velocità, 30 nodi. Duplice protezione antisiluri della carena per cui la nave poteva incassare almeno 30 torpedini prima di vacillare. Propulsione a getto con due eliche ausiliarie. Protezione verticale di 45 centimetri dell'opera viva, di 35 sul ponte corazzato. Quattro torri trinate da 203, 36 complessi da 75 antiaerei. E l'armamento principale consisteva in dodici ordigni senza precedenti, a gruppi di tre, che forse erano cannoni e forse no, capo Untermeyer li denominava Vernichtungsgeschütze e diceva che potevano annientare in pochi secondi qualsiasi unità di superficie in un raggio di 40 chilometri. Lunghezza, circa 280 metri. Equipaggio 2100 uomini. I fumaioli erano tre.

All'ospedale, in un intermezzo di relativa calma, capo Untermeyer si fece portare dalla moglie le sue carte chiuse in una cartella di cuoio e ne trasse, per consegnarla al comandante Regulus, una piccola fotografia del leviatano. Non essendoci nella veduta alcun punto di riferimento, le dimensioni non si possono apprezzare, inoltre si tratta di una mediocre istantanea da inesperto dilettante. Nel complesso la sagoma ripete la linea delle precedenti grandi unità tedesche con la caratteristica prora falcata. Solo che mancano le solite torri dei grossi calibri, al loro posto si vedono delle aste o tubi metallici lunghi almeno una ventina di metri, a brandeggio ed elevazioni autonomi, che potrebbero essere cannoni ma anche no. Manca a queste armi, almeno in apparenza, qualsiasi corazzatura protettiva. Essi si dipartono all'altezza della coperta, protendendosi in alto con forte inclinazione (almeno nella fotografia). Il Regulus esclude che si trattasse di armi atomiche, dimostra pure che non potevano essere dei semplici lanciarazzi; e rinuncia a una descrizione tecnica.

Fu varata nell'ottobre 1944, passarono parecchi mesi prima che fosse pronta. Non si sa se eseguì in zona esercitazioni di tiro, e anche troppe altre cose non si sanno di quella vigilia disperata. Ma nessuno dei nemici ebbe mai il sospetto di ciò che si stava preparando nel cantiere 9000, non ci furono quindi mai bombardamenti e i ricognitori di passaggio tiravano via apparentemente soddisfatti.

Poi venne il febbraio, il marzo, l'aprile; la barriera difensiva del fronte scardinata, i russi che premevano su Berlino; ma sebbene i bollettini del Quartier Generale non facessero più mistero della disfatta, a bordo della *König Friedrich II* gli uomini vivevano tranquilli. Come chi è chiuso nella solida casa di granito mentre di fuori la bufera mugola. Tanto pareva invincibile la nuova grande corazzata, supremo capolavoro della stirpe tedesca.

Ma perché non si accendevano i fuochi? Che si aspettava ancora? Di veder comparire alle spalle le prime fangose pattuglie sovietiche? Berlino stava per cadere, doveva anzi essere già caduta, una sera il bollettino del Quartier Generale non fu più trasmesso.

Allora gli operai e gli ingegneri sbarcarono dalla corazzata, l'aria sopra i tre fumaioli cominciò a tremolare, segno che le caldaie erano state accese, opposti pensieri e speranze si combattevano negli animi, la pace sembrava terribilmente desiderabile pur nell'obbrobrio della disfatta ma era anche amaro abbandonare così il bastimento meraviglioso senza aver tentato neppure di combattere.

Il comandante dell'unità, capitano di vascello Rupert George, fece suonare dalla tromba l'assemblea generale. Era un uomo alto, biondo, aristocratico, dagli occhi molto chiari, così sensibile e vergognoso dei propri sentimenti che per salvarsi si era dovuto fare una volontà di ferro.

Erano le ore 3 pomeridiane del 4 giugno 1945. Come tutto l'equipaggio fu riunito sulla coperta di poppa, il comandante cominciò a parlare nei seguenti termini:

«Ufficiali, sottufficiali, marinai, devo dirvi poche cose, e gravi.

«Come forse voi stessi immaginate, le forze armate tedesche di terra, di mare e dell'aria stanno cessando di combattere. Entro stasera forse verrà firmato un armistizio. Alle clausole di tale armistizio tutti i militari del Reich dovranno sottostare.»

A questo punto si fermò e con i suoi chiari occhi osservò lungamente gli uomini che stavano dinanzi a lui.

«Ma la nostra sorte è diversa. Per un decreto del comando supremo la corazzata *König Friedrich II* è esentata dall'ottemperare alle clausole di qualsiasi eventuale armistizio. Il documento è nelle mie mani da parecchi giorni e più tardi sarà esposto affinché ciascuno di voi possa controllarlo.

«La corazzata *König Friedrich II* quindi partirà stasera stessa portandosi in una zona che non posso rivelarvi. Mentre il territorio nazionale sarà interamente calpestato dagli eserciti nemici, noi continueremo a restare libera e indipendente Germania. Noi non attaccheremo più il nemico, siamo però decisi a difenderci. Noi saremo l'ultimo pezzo intatto della nostra patria.

«Ho il dovere di farvi sapere che ci aspettano giorni, settimane, mesi, anni forse di duro sacrificio, e può darsi che ci aspetti la morte. Ma a noi, sappiatelo, è stato affidato l'ultimo brandello della devastata bandiera. A noi forse toccherà l'ultimo e più grave combattimento. Il quale ci potrà dare gloria ma non altro perché non ci saranno più speranze.

«Nello stesso tempo ho il dovere di lasciarvi completamente liberi. La scelta è a voi soltanto. Chi ritiene chiusa la partita e preferisce seguire la sorte comune del nostro popolo, è libero di sbarcare questa sera stessa, esonerato da ulteriori impegni militari. Motivi di notevole interesse umano e familiare possono giustificare tale scelta; e a me non spetta il sindacarli.

«Chi invece sceglie con libera volontà di rimanere a bordo sappia che non andrà incontro a gioie di sorta. Sarà una missione lunghissima, della cui fine non si può prevedere né la data, né il modo. Disagi, solitudine, separazione assoluta dalle vostre famiglie, ignoranza del proprio destino, sono tutto ciò che potete sperare. Vale la libertà tanto sacrificio? A ciascuno di voi tocca decidere. Ascoltate quindi la vostra coscienza. Io da lungo tempo ho già deciso.

«Fino a quando potremo conservare questo supremo bene? Quale ultima meta ci prefiggiamo? Saremo chiamati a una battaglia decisiva? Neppure io lo so, ma anche se lo sapessi non ve lo potrei dire.

«Perciò chi rimane a bordo, quando salperemo in direzione dell'ignoto, dia pure uno sguardo d'addio alla terra patria che lasciamo. Può darsi che non la rivedremo mai più.»

Tale, pressapoco, il discorso del comandante George. E subito dopo l'assemblea fu sciolta e nessuno capiva bene che cosa stesse succedendo, eppure le parole del comandante erano rintronate con strana potenza negli animi cosicché furono appena 227 gli uomini che chiesero lo sbarco.

La luce di quel giorno non si era ancora spenta interamente che la corazzata *König Friedrich II* uscì di sotto la gigantesca copertura mimetica che l'aveva per così lungo tempo nascosta e mosse verso l'aperto mare. Immediatamente, a terra, cominciarono a tuonare le cariche esplosive predisposte per distruggere il bacino, il cantiere, le officine e tutto il resto affinché di ciò che era stato fatto non rimanesse traccia comprensibile. E per lungo tempo, da bordo, sempre più lontane, si videro quelle vampe così significative. Laggiù non si sarebbe mai tornati.

La storia a questo punto fa un grande salto e non dice parola su come il bastimento poté uscire inosservato dal Baltico, impunemente scavalcare la Scozia e percorrere l'oceano Atlantico da nord a sud senza incontrare il nemico.

Ritroviamo la corazzata ferma in pieno mare a est del Golfo di San Matteo, ormeggiata a una specie di boa che per lei era stata sistemata, non si sa da chi né come, in corrispondenza di un bassofondo. Ivi quasi duemila uomini intrapresero una assurda vita, separati dal restante mondo che ne ignorava l'esistenza. La vita a bordo proseguiva regolarmente come in qualsiasi porto, solo che qui non esistevano banchine e tracce visibili di terra ferma, bensì la vacuità disperante delle onde. All'alba lavaggio, poi esercitazioni di ogni genere, solo raramente il radar segnalava l'avvicinarsi di una nave o di un aeroplano sconosciuti. Allora il mostro dei mari si copriva immediatamente di una pesante nebbia per mezzo di speciali apparecchiature e i naviganti sempre passarono oltre senza badare troppo a quella strana nube in mezzo all'oceano; e ugualmente fecero gli aerei. (Circa l'avvistamento da parte del *Maria Dolores III* l'Untermeyer non seppe dare spiegazioni.)

Di tanto in tanto una grossa motobarca veniva messa a mare e si allontanava verso ponente. Dopo non molte ore era di ritorno con nuove provviste di viveri. Il sistema di rifornimento era stato infatti organizzato preventivamente attraverso incontri in aperto oceano con navi provenienti dall'Argentina. Navi tedesche o straniere, e come camuffate? Di preciso non lo si è saputo. Invece della motobarca, alle volte veniva ammainata una piccola cisterna; allora, invece di viveri, era nafta.

Intanto le notizie della catastrofe tedesca si accavallavano alla radio, e a bordo voci discordi e sediziose serpeggiarono, sebbene la semplice vista del comandante George bastasse a risvegliare, nei cuori sofferenti, un senso di venerazione e di timore.

A lungo andare tuttavia neppure la disciplina formale e l'intensa attività di ogni genere bastarono a spegnere il fermento. Discussioni sempre più audaci si accendevano la sera nel quadrato ufficiali e qua e là, nel chiuso dei camerini, avvenivano quasi dei complotti.

Che cosa si stava aspettando? Che cosa si poteva sperare? L'illusione romantica che li aveva sedotti alla partenza ormai era perduta. La solitudine diventava un incubo. L'immobilità esasperante. Che cosa si aspettava? Di essere avvistati, come presto o tardi era fatale, e macellati dall'aviazione americana? Di marcire in quell'assurdo esilio?

Voci, dicerie, calunnie, sospetti, favole passavano ormai di bocca in bocca. Qualcuno dubitava che il comandante George fosse pazzo. Girò la voce di una violenta discussione da lui avuta col comandante in seconda Stephan Murlutter, un uomo solido, freddo, con la testa sulle spalle. Si diceva che Murlutter fosse favorevole all'autoaffondamento e alla resa. Dello stesso parere era la maggioranza.

C'erano però anche quelli che parteggiavano per George. Specialmente gli ufficiali più giovani, i guardiamarina, i sottotenenti di vascello. Era giusto – costoro sostenevano – che una aristocrazia di pochi espiasse le infami colpe di cui si era macchiata la Germania. Erano i puri, i mistici, gli asceti.

Quanti mesi passarono così? Il tempo precipitava su di loro come succede agli ammalati per cui i giorni, uno uguale all'altro, si confondono, e il passato perde ogni profondità. Venne novembre, si giunse a dicembre, ecco Natale e la invincibile fortezza nata per la distruzione e la battaglia continuava a giacere nell'ignavia. E quella sera – laggiù era piena estate – dalla coperta del bastimento il canto di "Stille Nacht" si allargò patetico sull'immensità nuda dell'oceano, senza trovare un'eco.

Strane leggende nacquero. Si diceva per esempio che con le navi dei rifornimenti clandestini fosse giunta a bordo una donna, anzi le donne erano tre e vivevano nascoste negli alloggi dei sottufficiali. Si diceva che qualcuno, in reparto macchina, lavorasse a sobillare i fuochisti affinché si ammutinassero. Si diceva, anche, che fosse prossimo un combattimento. Ma contro chi? Nessuno lo sapeva.

La gente, fino allora disciplinatissima, diede frequenti segni di nervosismo. Cominciarono, senza motivo, i falsi allarmi. Le vedette avvistavano apparecchi inesistenti o fumi ch'erano semplici miraggi. Di punto in bianco, anche nella piena notte, si propagava una smaniosa agitazione: i marinai balzavano giù dalle brande, si vestivano, correvano ai posti di combattimento. Si era sentito un "tocco" di radar, si era acceso un bengala all'orizzonte, era passato vicino un sommergibile; queste le voci. Poi si accertava che non era vero niente.

In questa, mentre si delineava lo sfacelo, il comandante George si ammalò. Il maggiore medico Leo Turba diagnosticò una forma tifica. La notizia contribuì al disfattismo.

Dopo otto giorni il comandante George cominciò a delirare. Credeva di essere nella propria casa di Brema, chiamava la moglie, ordinava che gli sellassero il cavallo.

Al nono giorno si riebbe, ebbe un lungo colloquio col comandante in seconda Murlutter; informato dell'eccitazione che si manifestava a bordo, ordinò di accendere per salpare il giorno dopo.

Ciò rianimò sulle prime l'equipaggio, ma lo scoraggiamento si aggravò quando la nave mise la prora a sud, allontanandosi ancora di più dalla Germania.

Finalmente però apparve terra e a questa vista poco mancò che i marinai impazzissero di gioia.

Anche stavolta le illusioni caddero. La costa era la Terra del Fuoco e la gigantesca nave si infilò in una insenatura tortuosa dove gettò l'ancora. Intorno, il più inospitale e selvaggio ambiente. Rocce scabre, ghiacciai immensi, non un filo di verde, torme di pinguini, freddo. Ormai nessuno chiamava più il bastimento col suo nome. Tutti dicevano: la corazzata *Tod*.

Addì 23 gennaio 1946 morì il comandante George e per la maggioranza fu un sollievo. Il comando infatti passava al capitano di fregata Murlutter che si sapeva favorevole all'autoaffondamento e alla resa.

Gli onori funebri tributati a George furono commoventi. Quando la cassa avvolta dalla bandiera scivolò, sprofondando, in mare, la banda attaccò l'inno nazionale. Molti, coi nervi ormai spezzati, ruppero in singhiozzi.

Passarono altri dieci giorni nell'immobilità tetra del fiordo patagonico. Chissà come, gli allarmi erano molto più frequenti di quando la nave stava ormeggiata nell'aperto oceano; per cui durante la giornata si continuava quasi sempre a fare nebbia, e l'aria era irrespirabile.

Ci si aspettava che da un momento all'altro Murlutter desse l'ordine di salpare verso il nord. E difatti diede ordine alle trombe che suonassero per convocare l'assemblea generale.

Ma per la terza volta i marinai, che già respiravano, furono crudelmente contristati. Quasi che con le consegne estreme, il comandante George gli avesse trasmesso anche la follìa, Murlutter annunciò che tutti dovevano prepararsi all'ultima e più dura prova: all'indomani, disse, si sarebbe impegnata battaglia.

Un mormorìo minaccioso attraversò l'esasperata folla di quegli uomini per lo più cenciosi e barbuti. Allora la voce di Murlutter divenne una specie di tuono.

«Ripeto» disse «che domani con ogni probabilità sarà giornata di combattimento. Ebbene, negli occhi vostri leggo una sola domanda: contro chi? Io vi rispondo: non lo so. Ignoro il nome del nemico. Non so che colore abbia la sua bandiera. Ma questo, devo aggiungere, non ha la minima importanza. Ricordatevi: molti di voi usano chiamare questa nave col nome di *Tod*. La corazzata *Morte*! Credevate forse di scherzare?

«Ed ora ascoltatemi con molta attenzione. Poiché tra voi può darsi che qualcuno, o molti, non si sentano chiamati, io a costoro dico, così come disse il comandante George quando si lasciò l'isola di Rügen, io dico: siete liberi di scegliere. Chi vuole sbarcare, sbarchi pure, ne faremo senza. A loro disposizione metto le imbarcazioni necessarie, con carburante e viveri sufficienti a raggiungere la località abitata più vicina. Unico loro dovere, su cui io non transigo, sarà il dovere del silenzio. Con giuramento pesantissimo essi dovranno impegnarsi a non dire mai una parola ad anima viva, per nessuna ragione, circa la corazzata... circa la corazzata *Tod*. Io non sono certo un filosofo e non so spiegare bene certe cose ma vorrei dire semplicemente questo: un sacrificio non arriverà mai ai piedi di Dio Onnipotente se non sarà stato consumato in segreto. Una vostra parola indiscreta, e tutto sarebbe sprecato nel modo più miserabile. La maledizione eterna dunque a chi non saprà tacere.

«Ma per coloro che restano a combattere, gloria! Gloria a noi, alla corazzata *Tod*! Gloria alla sventurata patria lontana!»

Il discorso piombò come una violentissima pietra sul cuore afflitto di quegli uomini. E il primo loro pensiero fu: anche Murlutter è impazzito come George. Specialmente le ultime frasi, pronunciate con un ardore cupo e doloroso, dimostravano infatti una pericolosa esaltazione.

Poi il nuovo comandante in seconda Hellmuth von Wallorita diede l'attenti e salutò Murlutter presentando l'equipaggio.

Ma nell'atto che alzava la mano alla visiera, von Wallorita si lasciò sfuggire il monocolo dall'occhio destro. Con uno strano tintinnìo il dischetto di vetro batté sulla lamiera ma anziché rompersi rimbalzò rotolando verso il limite della coperta. Nessuno osò muoversi. Nel pesante silenzio si udì l'esile rumore. Gli occhi seguirono il percorso della lente che accelerava via via la rotazione finché si infilò nel trincarino. Ma invece di fermarsi, ebbe qui un ultimo sobbalzo e piombò in mare.

Al cloc che fece il vetro dentro l'acqua, per le inesplicabili risonanze delle cose, un sentimento di atroce solitudine si impadronì degli uomini esiliati ai confini della terra, quale non avevano provato mai. E gli sguardi, smarriti, andarono con odio alle tetre montagne, alle rupi e ai ghiacciai che assistevano impassibili, sprofondati nel loro sonno eterno.

Chiesero di essere sbarcati esattamente 86 uomini di cui due ufficiali e 12 sottufficiali; tra i quali era Untermeyer.

Molti altri della corazzata sarebbero partiti volentieri per ritornare nel consorzio umano e quindi in patria. Senonché pensavano che quella fuga fosse inutile. All'indomani, la demenza del comandante si sarebbe rivelata tale a lui stesso. L'impossibilità di resistere a lungo in quel selvaggio approdo sarebbe stata più forte di ogni follìa. E la nave si sarebbe finalmente arresa.

Alla presenza del comandante, gli 86 partenti prestarono il giuramento di tacere, quindi col bagaglio personale – era già buio – presero posto sulla motobarca che si diresse all'uscita dell'insenatura e ben presto fu al largo. Solo allora in alcuni cominciò a risvegliarsi il pentimento, rimorso anzi, quasi che la loro fosse una vile diserzione. Rimorso che col passar dei giorni avrebbe perseguitato l'Untermeyer sempre di più, fino a indurlo a uccidersi.

Per tutta la notte, con mare calmo, la motobarca proseguì per rotta a levante poiché occorreva portarsi parecchio in fuori a evitare l'insidia delle scogliere e raggiungere lo stretto di Le Maire.

L'alba venne col cielo sereno, vaga foschia all'orizzonte, la terra quasi non si vedeva più. A poco a poco gli uomini poterono guardarsi in faccia, riconoscersi sotto le spesse barbe.

«Attenzione, un'unità sconosciuta a poppavia!» gridò uno all'improvviso. Tennero il respiro. «Ma è la corazzata *Tod*! Viene per la stessa nostra rotta... Sì, accosta nella nostra direzione... No, no, si allontana... E dove demonio sta andando?... Adesso accosta in fuori... Perdio, va a tutta forza!»

Era una scena impressionante. Lanciato alla massima andatura, il leviatano usciva dalle brume della notte, irto delle sue antenne misteriose, la possente prora a becco fendendo l'acqua con due alti rigurgiti di schiuma. Rapidamente la motobarca andò scadendo.

Quando la corazzata *Tod* fu quasi al traverso, a una distanza di circa mezzo miglio, sembrò a quelli della motobarca di distinguere, portato dal vento, un caratteristico segnale di tromba. «Senti la tromba?... Sì, la sento... La sento anch'io... Ma sono impazziti!... Suonano posto di combattimento generale!» Poi un urlo strozzato, con dentro un terrore senza nome: «Jesus Maria, guardate laggiù!».

Tutti gli 86 guardarono. E il sangue gli si gelò nel petto. All'estremo orizzonte australe, confusi nella caligine dell'alba, paurose ombre di bastimenti avanzavano in linea di fila. Navi vere o soltanto fantomatiche parvenze?

Esse torreggiavano con inusitate forme di intenso colore nero, e al paragone la gigantesca corazzata *Tod* sembrava una navicella da bambini. Dovevano essere alte centinaia di metri, dovevano pesare milioni di tonnellate, dovevano essere uscite dall'inferno. Ne contarono due, tre, quattro, cinque, sei, e altre ancora si intravvedevano attraverso la foschia, in un corteggio senza fine. Ciascuna era di sagoma diversa, con strane alberature, torrioni sghembi che dondolavano nel cielo, simili a minareti. A riva, criniera funebre, fluttuava una selva di lunghissimi stendardi. Il tutto – e spiegarne il perché era impossibile – aveva un'aria estremamente antica.

Chi erano? Dai recessi occulti della Terra venivano gli ammiragli dell'apocalisse con le orbite vuote e nere simili a spelonche, per umiliare l'uomo? Angeli o demoni popolavano quelle funebri fortezze? Forse era quello il nemico ultimo a cui alludeva il comandante George?

Ma evidentemente la corazzata *Tod* precipitava a capofitto verso la propria perdizione. La videro serrare le distanze, accelerare la velocità, quasi temendo che l'occasione le sfuggisse. Intanto i vascelli delle tenebre riempivano ormai tutto l'orizzonte con le loro sinistre architetture.

Il combattimento – raccontò poi capo Untermeyer – durò una decina di minuti. Quelli della motobarca vi assisterono, impotenti e paralizzati dall'orrore.

Videro la corazzata *Tod* brandeggiare i dodici lunghi colli dei Vernichtungsgeschütze all'elevazione massima, verso gli spettrali simulacri. Poi una triplice vampa, un triplice fiotto di fumo rossiccio che rimase indietro, sospeso sopra le onde. Dalle canne uscirono come tre aste incandescenti che in curvo volo salirono rapidissime ad altezza vertiginosa per poi precipitare sul bersaglio. Sparirono, parve, nel fianco di uno dei neri bastimenti.

«Colpito in pieno!» gridò uno sulla motobarca con un assurdo ritorno di speranza. Difatti nel centro del vascello si aprì una voragine di fuoco, immediatamente i torrioni vacillarono, rimasero qualche istante in bilico, tutto quindi crollò in un frenetico intrico di macerie, e sprofondò nel mare.

Ma quando la corazzata *Tod* diede fuori la seconda salva, anche il nemico fece fuoco. Barbagli giallastri lampeggiarono contemporaneamente su quattro unità dell'armata misteriosa.

Col fiato in gola, quelli della motobarca aspettarono l'arrivo dei proiettili. Finché uno disse: «Ma non arriva niente. Ma non sono che fantasmi!».

In quel preciso istante, mentre un terrificante tuono percuoteva gli echi dell'oceano, a proravia della corazzata *Tod*, dal mare livido, si levò verticalmente una dozzina di smisurate torri fatte di schiuma e d'acqua. Si eressero alte, altissime, sempre più alte, sembrava che non dovessero finire mai. Quanto alte? Seicento o settecento metri? Ciascuna era un cataclisma. Sfogato l'impeto, ricaddero, insaccandosi, tremenda massa in cui la corazzata *Tod* sparì per un paio di minuti.

Ricomparve intatta, tutta grondante spume, subito emise la terza e quarta salva lanciando altre sei aste incandescenti.

Tre, corte, finirono nel mare. Tre invece si infissero in un bastimento che assomigliava a un carro funebre con sette lunghi fumaioli. Ancora qualche secondo, ed ecco la nave scoperchiata da una violentissima esplosione: accartocciandosi i neri bordi, la ferita spaventosa vomitò fuori le viscere di fuoco. Allora il mare con furiosi sibili ribollì, e si formò un nuvolone di vapore acqueo nel quale disparvero, in un totale rovinio, le strutture della nave scardinata.

Anche ai guerrieri dell'inferno la corazzata *Tod* teneva dunque testa. Ma a che valevano i suoi magnifici colpi? Una seconda mostruosa selva di colonne d'acqua circondò la *Tod* scuotendola come fosse stata una barchetta. Che proiettili erano? Di che calibro? Grossi come vagoni? Come case? Di che sovrumane artiglierie?

Ora tutti i Vernichtungsgeschütze fecero fuoco in salva sincrona. Dodici fusi ardenti galopparono su per i nembi addensatisi sopra la battaglia. Fulminei ridiscesero. Un terzo bastimento nero fu sventrato e saltò in aria con un cipresso di fiamme e fumo che raggiunse la cupola del cielo.

Ma fu l'ultimo. A un tratto, nel preciso punto dove si trovava la corazzata *Tod* proruppe un picco d'acqua verticale, dalle pareti lisce e di dimensioni indescrivibili. Simile a un mostro, si drizzò in aria sorpassando l'altezza delle nubi. Qui restò immobile un secondo. Repentinamente tremò, si sciolse in cateratta, schiantandosi sul dorso grigio delle onde.

Quindi, di colpo, il nulla. Impietriti, quelli della motobarca non credevano quasi ai propri occhi. Di colpo dileguati i funerei vascelli dell'abisso, cessate le colonne d'acqua, le vampe, le detonazioni, sparita la corazzata *Tod*. Come se tutto quanto era successo se lo fossero inventato loro. Niente più c'era sulla vastità uniforme delle acque, non un rottame, un cadavere, una macchia di nafta iridescente. Il nudo oceano e basta (solo restavano nel cielo, a testimoniare, brandelli di catramose nubi). E nell'orribile silenzio, che si spalancò nei loro cuori come una immensa e vuota tomba, l'elica della motobarca borbottava, ritmicamente borbottava.

Indice

«Sessanta racconti»
di Dino Buzzati
Oscar
Mondadori Libri

Questo volume è stato stampato
presso ELCOGRAF S.p.A.
Stabilimento - Cles (TN)
Stampato in Italia. Printed in Italy